旋風

姜貴 著

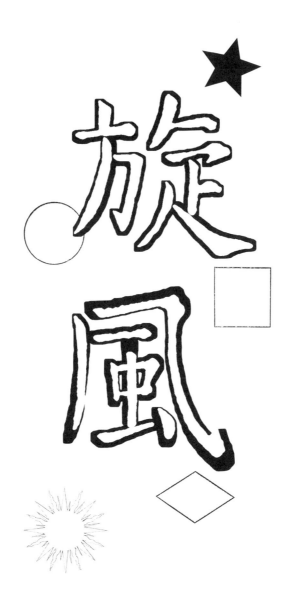

目錄

附錄

特載

增訂新版緣起：

經典重現的旅程

夏志清推崇姜貴是「晚清、五四、三十年代小說傳統的集大成者」，並論《旋風》是「中國諷刺小說傳統——從古典小說到近代作家如老舍、張天翼和錢鍾書——中最近一次的開花結果」，蔣夢麟讚譽為「現代水滸傳」。常理而論，此書當一鳴驚人，然而，不論作品或作者本身都是命運多舛。

姜貴青年時期歷經寧漢分裂、南昌暴動，對共產黨的崛起十分了解，一九四八年還台後，經商失敗，生活困頓，後以寫作為業。一九五二年完成《旋風》卻苦無出版機會，六年後將自己的壽宴費用挪為《旋風》印刷費，改名《今檮杌傳》，並加上章回小說的對仗回目，印刷五百冊，分贈好友。兩年後，在吳魯芹的推薦下，恢復原書名，並刪除章節回目，由台北明華書店出版；一九六二年版權移至高雄大眾；一九六六年，為生活所苦，姜貴將這本書與另一長篇《碧海青天夜夜心》版權售與高雄長城。之後的三十年，《旋風》在市面上絕跡，僅一九七六年國防部按長城版本出版，不對外發行。

一九七八年，姜貴獲第一屆吳三連文藝獎，卻於兩年後去世。

一九九九年，在「台灣文學經典三十」的研討會上，張曉風在場建議，應由聯合報或九歌讓《旋風》再度面市。九歌創辦人蔡文甫答應設法解決版權問題後，重新再版。

《旋風》早年坎坷的命運已遠，九歌重排出版已有十七年，藉再版之際，特收錄自印、明華、大眾、長城等版本書封，見證經典走過六十年。

引言：

一部怪誕的經典小說讀本

陳雨航

姜貴先生的成名，《旋風》的出頭，於今已經成為一則傳奇。先是他在民國四十一年寫成，屢遭書店（出版社）、報紙、雜誌退稿。遲至四十六年，為五十歲壽，才自印五百冊送給各方。反應意外熱烈，於是有五十一年的正式出版，開啟他爾後近二十年的小說寫作生涯，直至六十九年去世為止。

《旋風》是姜貴的成名作，也是他的一部扛鼎之作。小說以民國十幾二十年代前後的山東為背景，「從一個大姓家族的衰微和沒落，寫出那一時期的社會病態。而此種病態，正是共產黨的溫床。」角色則是「軍閥，官僚，土豪，劣紳，妓女，土匪，墮落文士，日本軍人和浪人，以及許許多多雞鳴狗盜的小人物。」（春雨樓藏版自序）

對《旋風》的評價，大致來自兩個層面。像蔣夢麟和胡適兩位先生主要著重在這本小說的內容面。蔣夢麟在寫給姜貴的信中說：「本書以小說體裁寫北伐與抗戰期間前後土共發展的歷史，其中移植穿插多本於事實，故可作土共發展實錄看，亦可作共黨搶奪政權歷史看。」胡適致作者信則引主角方祥千的姪子方天茂的話直指核心：「你老人家幹共產黨，是離開現實的。你所憑的祇是一種理想，像修仙的人學著打坐辟穀一樣，為了一種永遠不能實現的想像去喫苦，實在是沒有意義的。」（附錄及圖版頁）

胡適在信末問及小說裡兩次被胡博士批評的方通三是不是王統照？其實小說一開始就提及的新戲《終身大事》，也是胡適的作品（這是一齣向易卜生《傀儡家庭》致敬的中國版，講一名女 爭取自我的經過），看來胡適先生是特殊的讀者。

另一個層面是從內容面而推至它的文學本體的，那就是高陽和夏志清兩位先生（為代表）的評論。他們都認為「《旋風》是近代中國小說中最傑出的一本，同時也是一部能夠發人深省的研究共產主義的專書，與張愛玲的《秧歌》和《赤地之戀》占著同樣重要的地位。」夏志清更進一步指出「《旋風》是揉合著中國傳統小說和西方『浪人小說』技巧的產品。」；「所創造出來的喜劇，是一種荒謬的喜劇。」；「是一齣『徹頭徹尾的滑稽戲』。」（夏志清〈論姜貴的《旋風》〉）夏志清先生的這篇評論，奠定了姜貴的重量小說家的身分。

《旋風》問世近五十年的今天，接續前面的「傳奇」，九歌版《旋風》收集了史料的篇章、作者作品資料、評論資料等等作為附錄，已經形成了一部經典小說的「讀本」。在這樣的氛圍下重讀這小說，依然感覺到它小說本身的無盡魅力。首先因為是小說，談到的共產或其他的理論其實極少，也不是它的重點，反而是小說裡眾多的人物和對話的生動，情節的出奇，使人要認為作者必是世道嫻熟、人情練達之人，那正是小說家的重要特質之一。其次是內容描繪之荒誕，恐怖、悲慘，並不作為正面人物之反襯（小說裡幾無正面人物，至少在重要角色上是沒有的），即使是最後主人翁的理想破滅，被兒子和部屬出賣，也不能引起所謂悲劇的清滌作用。正是這種怪誕，成就這部小說的美學高度。作為一個讀者，你很難忘掉這樣令人印象深刻的讀後感覺。

自序（原刊《今檮杌傳》春雨樓藏版）

三十年來，我寫過五個長篇小說。二十歲的時候，我寫了第一個，那是一個畸形戀愛的悲劇故事。時洪雪帆在上海四馬路辦現代書局，我投給他，他給我印了。那篇東西，實在很幼稚，以後我常自覺不好意思。初版兩千本售罄後，正欲修正重版，而雪帆逝世，現代關門，遂告絕版。第二個也寫的是一個戀愛故事，王統照先生拿去，把它在《青島民報》發表。南京書店擬收購其版權，因價未議妥，亦作罷論。這一篇，題名為《白棺》。

民國十六年，我在漢口親眼目睹了共產黨那一套以後，第二年回到南京，那記憶歷數年而猶新。二十年，我寫了我的第三個長篇《黑之面》。我以為共產黨是屬於「光明的反面」的東西，必無前途可言。但在技巧方面，我卻並不滿意這一篇。過了些時候，逕把它付之一炬。

二十六年春天，我在徐州，寫了《突圍》。描述「一二八事變」時，一群小公務員自南京疏散洛陽的情形，目的在鼓吹對日抗戰。脫稿後，我寄給住在上海的一位文藝工作者。（這個人現在在偽紅朝已是部長級的人物，我倒不願意提及他的大名了）接著七七開始全面抗戰，我投入戰區工作，輾轉到後方，也顧不到它的命運如何了。

三十年夏間，我在重慶武庫街世界書局的櫥窗裡，發現這本書已由上海世界書局出版，立購二十本分贈親友。我自己比較喜歡這一個，但多年來，我也沒有這一本書了。

三十七年冬，避赤禍來台，所業尋敗，而老妻又病廢，我的生活頓陷於有生以來最為無聊的景況。回憶過去種種，都如一夢。而其中最大一個創傷，卻是許多人同樣遭遇的那「國破家亡」的況味。由於三十年來所親見親聞的若干事實，我想我應當知道共產黨是什麼。我將我整串的回憶，加上剪裁和穿插，便構成了一個完整的故事。即於每晨四時起身，寫兩三個鐘點，四個月內從無一日間斷，我的第五個長篇，便於四十一年歲首草草完成了。

據書業統計，新文藝小說遠沒有章回體小說的銷路好。照我個人推想，其原因有二：㈠章回體採用純中國文的句法和章法，雅俗共賞，為大多數讀者所接受。㈡以故事的情節發展，引人入勝，真正為讀者達到消閒的目的。小說舊原稱「閒書」。

我想，假如文藝不能不有其宣傳的目的，而出版也原是一種商業的話，則這個銷路問題應當是著作者本身所不容忽略的。利用他消閒的目的，達成我宣傳的目的。特別是在自由與

今檮杌傳

（姜貴 題）

旋風

蒼苔黃葉地
日暮多旋風

▲姜貴（左起）與姚宜瑛、夏志清、張佛千（1979年在台北）。

▲姜貴（前排右）於六十七年獲第一屆吳三連文藝獎，與三子、二媳、孫女合照（小民女士提供）。

姜貴先生：

謝謝你的十六號十一月五日的信。

大作「今檮杌傳」也寄到了。五百多頁的一本書，我一口氣就讀完了，可見你的白話文真夠流利痛快，讀下去毫不費勁，佩服！！

這倒不干章回不章回的事，我就完全沒注意到你的「對仗回目」，只是文字流暢不流暢的問題。您說是嗎？

你真是有心人，可惜我沒有机会的讀你以前的小說。在讀完這本小說之後，我最佩服你

胡適先生致姜貴函（共三頁）。

借方天戈嘴裏說的一句話：

「你老人家幹共產黨，是說用現實的。你們憑的祇是一種理想，像修仙的人學着打坐。修煉一樣，為了一種永遠不能實現的想像去受苦，實在是沒有意義的。」（請恕我改動了「像」字上面的「個標點符號」）（三七六頁）

你用「修仙」作譬喻，再好沒有了。我也在芝加哥城演說，也曾說，「各盡所能，各取需的共產階級社會」是一個永遠從來不曾有過，也永遠不會實現的理想。所以我特別注意到方天茂這樣的話。

像他的人為了一个永遠不会实现的梦像去吃苦，那還是自己叫自己吃苦。共產党则是為了一个永遠不会实现的梦像去屠殺生灵，去叫几千万的生灵吃苦！

你這本小說，誠如你自己說的，只描寫了「一个角落」，「一个土共集團」。你寫方鎮的天翻地覆，——如方冉武娘子的下場，如方天艾的瘋母，等等，——都很有力量，所以能動人。最可惜的是你沒有用同樣的氣力去描寫方天茂。

以上都是匆匆寫的，略表敬意和謝意，不成批評，請您原諒。

敬祝

平安

胡適 敬上

四十六，十二，八日

此信中寫方通三，兩次提及胡博士批評他的話。你的小說裏的方通三，難道是王统照嗎？

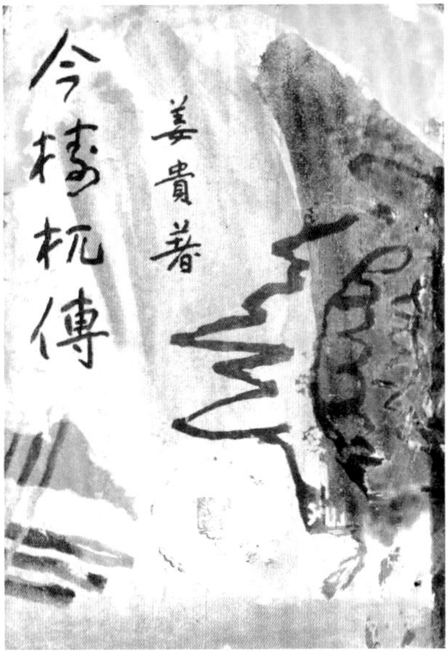

◀姜貴於台南自印的《旋風》，改名為《今檮杌傳》，春雨樓藏版，一九五七年初版。（呂學源先生提供）

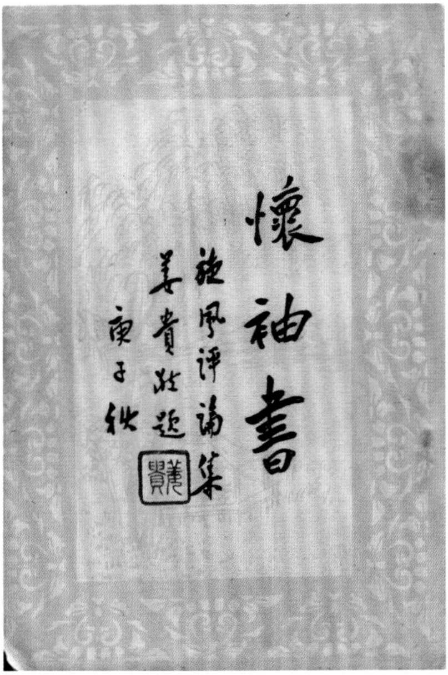

◀《懷袖書》為《旋風》評論集，姜貴自輯，台南春雨樓藏版，一九六〇年出版。（舊香居提供）

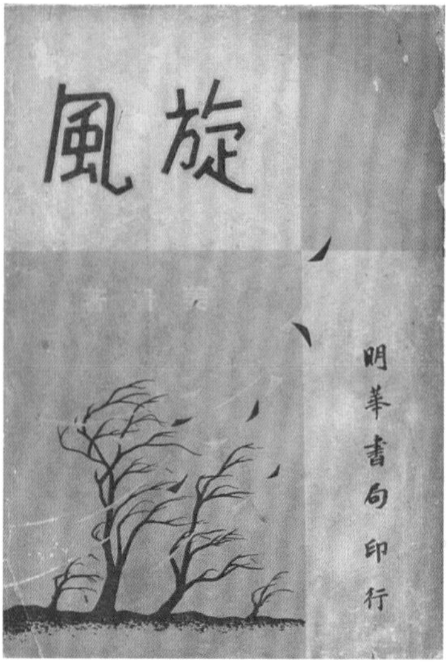

▶一九五九年由明華書局正式出版，書名改回《旋風》，去除對仗回目，並修正春雨樓藏版內一百多錯處。據藏書家李高雄文章所載，姜貴稱此版為「善本」。（舊香居提供）

▶一九六一年，與明華書局終止合約，版權移轉至大眾書局，但未通知姜貴自行出版，春雨樓藏版內的錯處再次出現，「蒼苔黃葉地，日暮多旋風」題字遭刪除。（蕭仁豪先生提供）

◀一九六六年由高雄長城出版社印行，封面為高山嵐設計。（蕭仁豪先生提供）

▼一九七六年八月國防部委託長城出版社印行，僅供軍中閱讀，當時市面《旋風》已斷版。（蕭仁豪先生提供）

◀長城版斷版後三十年，市面上流通的為此「盜印版」，封面字引用長城版，書封作者名、自序、對仗回目為春雨樓版，後記為明華版。（蕭仁豪先生提供）

▶九歌蔡文甫自長城出版購得此書版權，於一九九九年出版，書內除了收錄春雨樓藏本對仗回目，也收錄胡適、夏志清、蔣夢麟等人的專文。此版目前也已斷版。

▶二〇〇五年，由陳雨航策畫，《旋風》劃入九歌「典藏小說」書系。

▼二〇〇九年，新增應鳳凰〈介紹姜貴的《旋風》一文，為「增訂版」。

《今檮杌傳》春雨樓藏版目錄

一

文案方祥千惦念著當天上午十時的約會，等到約摸九點鐘，拿起他的黑皮包來，就去赴約。不想一出房門，便遇見校役老李，迎頭對他說：

「師爺，校長請你。」

方祥千遲疑了一下，一邊向外走著，一邊說：

「今天星期日，我有點私事。你就說我早已出去了，沒有找到我。」

「師爺，」老李跟著出來，賠笑說，「這不是我明明已經找到你老人家了，怎好對校長說謊？」

方祥千摸摸自己的荷包，把僅賸的一塊沉甸甸的銀圓掏出來，塞給老李。說：

「這個，你買煙吸。」

便加快腳步，匆匆而去。

「謝謝師爺。」老李的話，方祥千並沒有理會。

校門前排列著十幾輛東洋車，看見方師爺這個老主顧出來，車伕們爭先搶上來。方祥千隨便坐一輛，一邊說：

「我今天可沒有現錢。」

「不要緊，你老人家衹管坐罷。」車伕說著，按照方師爺指點的方向，飛似地跑去。

到了貢院街中學，他的姪子方天艾已在校門前等他。方祥千下了車，便問：

「你還有錢沒有？」

「有，我還有二十元。」

「那麼，你先給我五元。」

方天艾連忙摸了五元一張鈔票給了他的六伯。爺兒兩個從貢院街向東一拐，不多遠，就到了「雀花橋」。橋西坃，「名湖居」後面，一排畫舫，這就是「大名湖」的碼頭所在。遊湖的客人從這裡僱好船，就可以進湖去。T城這個地方，真正是家家流水，戶戶垂楊，是一座恬靜幽美的古城。這要是夏天的晚上，尤其是有月亮的時候，湖上是頗為熱鬧的。但現在卻已是涼秋九月，人已經穿上夾襖，早晚間且需薄棉了。湖上的蘆葦都已枯黃，西風落葉，充滿了蕭條和寂寞，遊湖的人是絕無僅有了，尤其在上午，更是冷清。

一路上，爺兒兩個並沒有多話講。最近因為兩件事情，兩個人感情弄得不大好。一回是今年夏天，在他們故鄉的方鎮，方祥千在本鎮的高等小學裡舉辦一次遊藝會，當中有一齣「新戲」叫做「終身大事」，方祥千指定方天艾扮演一個少女的配角，不想方天艾不願意擔任這個男扮女的工作，斷然加以拒絕。這引起方祥千大大的不滿，認為天艾這個孩子太不開通，太沒有出息。另一回是投考貢院街中學時，錄取一百名，天艾考在九十九名上，方祥千認為他平時太不用功，功課太差，狠狠訓斥了一頓。而天艾則並不這樣想，他以為投考學生一千多人，我能錄取在九十九名上，已經算不錯，至少還有九百多人不如我的。為了這兩個原故，彼此有點芥蒂，偶爾見了面，就像是沒有什麼話可以說的了。

方祥千僱妥了一條較為寬大的畫舫，等了一會，約會的人就到齊了。畫舫沿著一條兩邊是蘆葦的水道緩緩蕩了進去，首先到達的是湖心亭。湖心亭位置在湖中心的一個小島上，環島是一圈高齡的垂柳。靠南岸下船，迎面一個小小的大門；進了大門，就有一個破破爛爛的八角亭。配合在這樣的秋天，很顯得有點荒涼。

方祥千和他的客人們在這裡略作停留，便繼續往北極閣蕩去。船上，除了方祥千和方天艾，還有四個人。一個是天艾的同學貢院街中學三年級學生董銀明，一個是師範學生尹盡美，另兩個是同胞兄弟，成興印刷廠的排字工人汪大泉和汪二泉。汪二泉望著方祥千問道：

「六爺，你們大姑娘怎地不來？」

「她正害眼呢，」方祥千回答說，「已經一個多星期沒有上學了。」

「她不來倒不要緊，」汪大泉接過去說，「把我們七星聚義，變成六星遊湖了。」

大家笑了一陣。尹盡美從畫舫的玻璃窗向四面張了一張，覺得湖上真是太清靜了。就說：

「六爺，你真想得到，這一回跑到這個地方來開會。」

「因為我們老是固定在教育會碰頭，我怕引起麻煩來，所以換個新地方。」

方祥千撩起夾袍底襟來，擦擦自己的近視眼鏡，喝口茶，用手抹去鬍子上的水漬。繼續說：

「倒是民志報的羅聘三提醒我。他說我們對外雖是用馬克斯學術研究會這塊牌子，好像祇是在研究學術，也並不是一個可靠的辦法。那些走狗們哪裡替你分辨這許多！他們看起來，還不都是過激黨！所以我今天請大家特別注意：我們以後要採取完全祕密的方式，取消用馬克斯學術研究會對外的這個辦法。至於工作，我覺得我們過去的努力實在太差了。我們ＳＹ成立半年，到現在還祇有七個人。我們研究研究，要得發展才成。」

「我覺得我們知道的太少，」董銀明是貴州省人，用他那生硬的官話說，「我們僅僅知道俄國有十月革命，究竟這個十月革命的實在情形怎樣，我們根本不曉得。還有，理論方面，我們祇有這樣薄薄的一本《資本論》入門，而又看也看不懂。自己的了解不夠，要求發展，自然就難了。」

「我也是這麼想，」尹盡美同意董銀明的說法，「要是有機會，我們應當到俄國去看看。必得先弄個明白，然後幹起來才有頭緒。」

「不錯，這是一個根本問題。」方祥千連連點頭說，「我已經寫信到上海去，請他們派人來指導。俄國的情形，我們雖然知道的不多，但共產主義的革命，當然注重勞工和農民的利益。又說，不勞動者不得食。有了這個大原則，作我們工作的方向，也儘夠了。我們發展工農，發展以工農為中心基礎的革命運動，總不會錯的。」

方祥千重新點上他的煙斗，重重地吸上兩口，加重語氣，提醒當前這幾個青年說：

「我們不能再等等這，又等等那，我們要先幹起來。一邊做，一邊學。」

「六爺，」汪二泉用手抓抓自己的平頭頂，怯怯的說，「你剛才提到羅聘三，我們能不能和羅聘三合作呢？他們國民黨歷史久，比較有辦法。我老覺得，憑我們這幾個人，赤手空拳打天下，恐怕不容易。」

「這個可以考慮。不但羅聘三，任何可以利用的人，我們都不妨考慮一下。」

船到北極閣，大家下船散步一回。北極閣供奉真武祖師，祖師座前有龜蛇二將的銅像。據多年傳說，祇要用手摸摸它們的腦袋，便可以消災祈福。汪大泉頭一個跑上去說：

「待我來摸摸看。求祖師爺保佑我們工作順利，早早成功。」

北極閣地勢較高，可以俯瞰全湖，遙望萬佛山，極空曠遼遠之致。從此再泛舟而西，便是李公祠。

他們從李公祠下船，各自分散回去。這一天議定了兩件比較重要的事情。第一件是催請上海趕快派人來。第二件是由尹盡美負責打進玉鳳紗廠。玉鳳紗廠是T城第一家大工廠，尹盡美有個娘舅在廠裡做工多年，新近升了個小管事的。這個廠離城二十里之遠，方祥千答應設法弄一輛自行車給尹盡美使用。

他們指定給汪氏兄弟的任務，是盡量吸收印刷工人。印刷工人的特點，是他們雖是工人，卻認得字，小有知識，比較容易接受理論的領導。

方祥千結結實實地交代董銀明說：

「你教給天艾讀資本論入門，限定時間，指定頁數，教他念背過。」

這說得方天艾很不好意思，而大家都笑了。

方祥千經過鞭子巷的「扁食樓」，飽餐了一頓水餃。（T城人把水餃叫做扁食。）對於今天的湖上之會，他感覺得很愉快，就喝了個八分醉。他摸著他下巴的鬍子，把近視眼鏡從鼻梁上向上推一推，喝下一杯酒，想，「我是一個播種者，我是一個奠基者。有朝一日，中國的共產社會實現了，讓人家知道有我方祥千的血與汗在內，我這一生也算不虛度了。」

「日出而作，日入而息……」他想。

「大道之行也……是謂大同。」他又想。

方祥千乘醉經過「豹頭泉市場」，在一個小茶館裡，喝了一壺大方，才回到法政專門學校去。校役老李正在文案房裡等他。

「師爺，你老人家回來了，校長還是請你。」

於是方祥千從學校的西便門出去，來到校長沈平水的公館。沈校長和他的日本太太正在下圍棋，一見方祥千進來，就離開棋桌，忙著讓坐。沈太太給方祥千來了一個日本式九十度鞠躬，嘴裡還咭咕了一句大約是日本話，而方祥千是不懂日本話的。這弄得他手忙腳亂，不知道如何應付才好，祇好含含糊糊，依樣葫蘆，也還給了一個九十度的大鞠躬。

「祥千，」沈校長高興的說，「我怕星期天找不到你。今天晚上我請你喫便飯，還有兩個從北京來的老朋友，一塊坐坐。」

「那是我一定來奉陪。」

「今天的報紙，你一定看見了。」

「倒是沒有看。我一早跑出去赴一個約，剛剛回來，就教老李把我拖到校長這裡來了。有什麼特別新聞嗎？」

沈太太親自把一個紅漆攢盒捧上來，放在大方桌的中央，打開蓋子，裡面是幾樣蜜餞的果子，紅綠相間，頗為精緻。接著，一個年輕的女傭人，用同樣紅漆的茶盤，托過兩蓋杯茶來，分放在師爺和校長的面前。沈太太又向方祥千來了一個像剛才一樣的九十度鞠躬，又念念有辭，咭咕了一句什麼話，方祥千祇得也像剛才一樣的答禮如儀。

「正是有關你的好消息。」沈校長從茶几下面取出當日的一份民志報來遞給方祥千說，「你看，齊寶中當國務總理了。譚宗玉發表我們這裡的督軍。」

方祥千聽了沈平水的說明，就把那份報放下了，沒有打開來看。他為了敷衍沈平水，說了一句：

「噢，原來如此！」

「怎麼，祥千。你和齊寶申是老同學，又是換帖兄弟。他這時一人之下，萬人之上，做了當朝首相，能不替你想想辦法？我想，你應當到北京去找他，他不會冷落你的。」

「雖是如此說，他現在闊了，我找他幹什麼？」

「找他幹什麼?!」沈平水從椅子上忽地站起來說，「找他替你弄一份好差使幹幹！誰有這樣的好機會！難道你不要往高裡爬？再說，你們不是不夠味兒。上次他從這裡路過，你請他喫飯，約我作陪，你們的情形，我是親眼看見的。他一定會給你想辦法。」

「要說做朋友，寶申原是好朋友。但是我沒有意思到國務總理跟前去討差使。」

「祥千，你是沒有細想想看。」沈校長一片熱誠的說，「不要說什麼特別的肥缺，就算是做個縣知事罷，你是知道的，章祈芳在你們貴縣做了不過一年，就賸了四十萬！人生在世，還想什麼！你這時找到齊寶申，要個縣知事，還有問題？我是勸你趕快到北京去活動。如果你沒有活動費，或是缺少什麼，我一定幫忙你。」

沈平水從攢盒裡夾了一片杏脯放在嘴裡嚼著，抹著自己的八字鬍，關切地望著方祥千。

方祥千搖搖頭，拒絕了這個好意的勸告。他從蓋杯裡呷了一口茶，忍不住讚美說：

「嗡，好龍井！」

沈平水頓時覺得對於方祥千隔膜起來了。相處好幾年，竟沒有絲毫的了解。放棄了這樣一個機會，在沈平水看來，是不但可惜，而且是可悲的。這個人喫的是什麼飯，長的是什麼心，把富貴榮華往門外頭推。他惋惜地搖搖頭，說道：

「讀聖賢書，所學何事？」

方祥千倒是了解沈平水的，他也頗為感激他的好意。無如道不同，不相為謀，也就用不著多費唇舌。他於是說：

「這就叫士各有志。」

「那麼你是志在哪裡呢？你如果錯過了這個機會，還談什麼志不志呢！」

「我志在當文案。」方祥千笑了一下說，「在校長這裡當文案。」

「以後呢？」

「以後死了，到陰曹地府，替閻王爺當文案去。」

說著，哈哈笑了。

沈平水也跟著笑了。

「校長，」方祥千忽然興奮，眼睛從近視眼鏡底下透出光芒來，「你也是喜歡白樂天的，但我不知道你喜歡他哪幾首。你聽，這一首怎樣？」

他便朗誦起來：

晨起秋齋冷
蕭條稱病容
清風兩窗竹
白露一庭松
阮籍謀身拙
嵇康向事慵
生涯別有處
浩氣在心胸

「這首詩的好處，全在結尾這兩句。校長，我是不想做官，不想發財的。我有我自己的生涯，我有我自己的浩氣。校長。你放心，我是不會浪費我的生命的。我們兩個人歲數差不多，慢慢你自然會看見的。」

於是沈平水不得不移轉話題，說：

「你看，齊寶申當國務總理，對於大局有辦法嗎？」

「照我看來，他是絕對沒有辦法的。不但齊寶申，任何人當國務總理，都不會有辦法。中國問題決不是一個國務總理的人事變換，就能解決了的。」

「譚宗玉呢？」

「這個，原是袁世凱手下的二三流腳色，混水摸魚罷了。」

方祥千燃起煙斗，吸著。把一粒黑棋子重重地放在沈平水夫婦未曾下完的那盤殘棋上。一邊說道：

「我有我的一個根本看法。五四運動已經形成一個文化革命，這是大家都看見的了。一個文化革命往往是一個社會革命的開始。我以為不久將來，中國在政治經濟社會各方面，都將有激烈的變動發生。那時的實在情形，是無法預料的。校長，你以為怎樣？」

「是的，我有時候也這麼想。祇是真到那時候，未必還有你我這一代的人了。因此，我個人是得過且過的。」

「我看，你也不必這樣悲觀，一個人的前途，原是由自己創造的。」

「我是沒有這個雄心了。祥千，我等著看你的罷！」

沈平水的話，是含著諷刺的，方祥千自然聽得出來。他抬頭看看壁上的掛鐘，說道：

「時間還早呢，我接黑子，把這盤殘棋下完如何？」

「何不重新下一盤？」

「不，還是殘棋有味。我看，白子的局勢怕不妙呢。」

於是兩人在棋桌上坐下來。

二

想來想去，經費是沒有辦法。一個新的憂愁的擔子，壓上方祥千的肩頭。學校裡對於任何教職員都是欠薪欠到三個月以上的。獨有方師爺是例外，他因沈校長的特別關照，已經透支了二百元，而他的薪額是每月六十元。再借，自然是不大可能的了。而親戚，朋友，多多少少，凡有可以借的地方，也都沒有不借過的。借了，從來不還，也就無法再開口。

方祥千盤算了再盤算，好像衹有一個辦法，雖然渺茫，卻還可以一試。那就是把祖遺的田地賣上他幾畝。但老太爺是一定不會答應的，而且遠水不救近渴。玉鳳紗廠的工作是重要的，尹盡美必須早有一輛腳踏車。

方祥千寫了一封信，給他們家的馬莊頭，問他有沒有辦法可以瞞著老太爺賣幾畝田出去。信寄了之後，問題並沒有解決，因為縱然馬莊頭回信說有辦法，這個賣田的錢，至早也要三個月以後才能得到手。

「要麼去找找方通三……」方祥千一想到方通三，就不禁先自己搖搖頭，冷笑了一聲。這是他的一位族弟，是他們方鎮數一數二的大戶，人倒也是一個滿好的人，就是有點吝。不，說他吝也不大對，他是太儉省，太刻苦。因此，他不大與人來往，人也就不便與他來往，他變成了一個孤獨的人。方祥千對於他的這一位族弟，自始就投以鄙視的眼光，向來敬而遠之。要不是真為了難，他是永遠想也不會想起這個人來的。「為了工作，為了遼遠的重大的目的，我就委屈自己一下，姑且找他一趟，試試看罷。」方祥千這樣想了，就懷著一種自輕自鄙的心理，坐車到方通三的寓宅來。

方通三對於這位不常見面的六哥，倒是又客氣又親熱，把他一逕讓進書齋去，方通三應接客人，另有客廳，不是他十二分尊敬的人，他是不往書齋裡讓的。雖然這種難得的「榮譽」，方祥千並沒有領會，而情形是確實如此的。

方通三的書齋相當講究，一壁原板西書，一壁線裝古書，北窗之下排列著盆菊，寫字桌放在向南的窗下。屋子當中放一塊小地毯，有一張小圓桌，配著四把木椅。寒暄落座之後，方祥千問道：

「老三，你近來忙些什麼呀？」

「我在翻譯莎士比亞，」方通三讓一支哈德門香菸給方祥千，「我們到現在還沒有人翻譯莎士比亞的全集，我想做做看。」

「這倒是一件大事。我真佩服你這種堅苦的精神！我看過你的長篇小說《春雷》，那實在是扛鼎一樣的賣力的大著。」

「我覺得我的力量還不夠做那樣的長篇，不過想藉此磨練自己罷了。」方通三誠懇而又謙抑的說，「六哥，你看見胡博士對我的批評嗎？說我的翻譯不行，勸我少買二畝田，多買部字典。」

「我沒有看見。你知道，我對於文學方面的書報，是不大留意的。」

「六哥，其實你應當做文學，你做文學一定會有成就。你是學德文的，你可以翻譯歌德。」

「哪裡！我學的德文，老早忘乾淨了。我現在連份德文報紙都看不明白，哪裡還能翻譯歌德！」

兩個人笑了一會。

「六哥，你的譯學館老同學齊寶申當了國務總理，你怎麼樣哪？」

「我不怎麼樣。老三，你知道我是不做官的。」方祥千不願意多談齊寶申，就把話轉入正題，「老三，今天我是來和你商量點事情的。我近來手頭不大方便，急需用一百塊錢。我有兩個辦法：一個是你能借給我，我可不敢保證什麼時候才能還你。另一個辦法是，我把家裡的田賣兩畝給你，你從這裡給我錢，我寫信通知我家馬莊頭到你們家帳房裡去立文書，做手續。我擔保我們老人家和老七，都沒有異言。至於田價，那好說，我給你上好的肥田，每畝作價一百元。」

方祥千把事先準備好的一套話，做一口氣說了。這時方鎮的田價，公公道道，每畝至少值一百五十元，這是大家都知道的。而方祥千情願降低為一百元，也可見他的誠意了。

但方通三對於他的提議，並沒有加以思索。順口答道：

「六哥，你大約沒有知道我的情形。我是從這好幾年以來就靠賣田過日子的。我可以拿信給你看，凡家裡帳房的來信，沒有一封不是為賣田的。」

方通三說著，聲音有點發顫。他擦根火柴，點上一支香菸，似乎手也有點抖。他長長地呼出一口煙，深深地重重地嘆口氣，繼續說：

「六哥，你不是外人，我也不瞞你。老人家去世的時候，給我留下二十頃田，這是人人都知道的，並不是一個祕密。不想我不成材，守不住祖業，這才幾年的工夫，就教我賣掉了七八頃，把錢都糟踐了。再過幾年，眼看就要賣光了。下半世真不知道要喫什麼！想起來，我是常常愁得通宵不能睡覺。六哥，這是實情，你不要怪我！」

方祥千並不是不曾料到他會嘆苦經，拒之於千里之外的，所以聽完了他的話之後，並沒有感到驚異。卻很自然地點點頭說：

「既是這樣，那就算了。」

方祥千告辭出來，懷著滿腹的不平。他想：

「你大批賣田，難道我真不知道？你在鄉下賣了田，到省城裡來買成房產。騾馬市半條街都成了你的，一個月房租收上幾千元。你以為我是傻瓜，這些事一點不知道！」

方祥千簡直有點氣了。他連車也不坐，腳步越走越重，越快。眼鏡滑到了鼻頭上。他想：

「有錢的人，這等可惡，真的非共產不可了！」

他揚起拳頭來，向空捶了兩下。他想：

「是的。共產，共產，一定要共產！」

這一會，他就不再憂愁，也不再猶豫。跑回住處去，打開皮箱，取出了他的紫羔皮袍。他想，這以後還穿什麼皮袍呢！賣了皮袍，幹他娘的！

在西門大街一家相熟的皮貨店裡，祇消三言兩語，方祥千賣掉了他的皮袍。照他所希望，店主人給了一百元。方祥千興興頭頭地去找到尹盡美，給了他五十元，指定以三十元買一輛自行車，二十元零用，那意思就是活動費。又給了汪大泉兄弟二人每人二十元，教他們積極工作，擴展分子。於是他很滿足地回到學校去。他想：

「你教我譯歌德嗎？別作夢了！我這就要譯馬克斯了！」

這一夜，他睡得很寧靜。

方天艾從湖上開會之後，心裡想到女子師範去看看他的大姊方其蕙，他今天剛知道她在鬧眼睛。湖上之會，大家談了些什麼，他並沒有在心聽。他出身於禮教的舊家庭，自小養成了服從長上的習慣。離開家鄉的時候，母親又再三再四地交代，這一到了省城，一切一切，都要聽從六伯伯，他要怎樣就怎樣，免得喫虧上當，走錯了步子。就說參加ＳＹ罷，方天艾是並不明白ＳＹ是什麼東西的，祇因為六伯伯教參加，就參加了。每次開會，他總準時按址而到，這也沒有別的原故，不過是因為六伯伯來通知教去，不得不去而已。他所怕的倒是那本資本論入門，這本東西雖然頁數不多，但簡直像天書一樣的難懂。而六伯伯交代下來，說這本書是非讀不可的。這一天還說要教念背過。他想，你就算要了我的命，我也沒有法背得過它！

方天艾一心想去看看大姊方其蕙，倒也並不一定是因為她害眼的緣故。一個十四五歲的男學生，對於女子學校，總有點神祕之感。他覺得不可不藉這個機會去看看她們。說穿了，他要去看的是女學生，而不一定是他的大姊。

他考慮猶豫了整一星期，到了第二個禮拜日，才下了最大決心，上午八點鐘就跑到女子師範去了。告訴了門房，等在會客室裡。這時已經有些女學生三三兩兩地外出，方天艾很想看看她們，而又覺得不好意思，羞怯怯的不敢看，臉大約還有點紅。終於方其蕙出來了。

「你怎麼想起來到這裡來看我？」

「我聽說你害眼。」

「我已經好了。——我們到法專看爸爸去罷。」

兩個人在街上同行，方天艾老覺著不得勁兒。人家又不知道這個是我的大姊姊，和一個女學生同行，真是難為情。這要是教同學們看見了，他們不知道要怎樣取笑我！他把這個意思老老實實地告訴了方其蕙，問她是不是也有同樣的心理。方其蕙道：

「這個是你不好。因為你先有一個男女有別的念頭放在心裡，就覺得不自然了。你是心地不純潔，思想落後，所以才——」

「那麼，」方天艾打斷她的話說，「你和男人在街上同行，是不怕羞的了。」

「那是當然。男子是人，女子也是人，大家都是人，我羞什麼！」

「要麼是我沒有弄慣。大約常常和女孩兒混混，想必就自然了。」方天艾不由地笑了出來，「可惜，我沒有機會常和女孩兒在一起！」

方其蕙也笑了。她道：

「你是想要我給你介紹女朋友。是不是？」

「倒也不是。我祇是覺得一個男孩兒交女朋友，不如一個女孩兒交男朋友來得便當，機會多。

——上星期日，我們去遊湖了，你知道嗎？」

「我不知道。」

方天艾就把那一天的情形大概告訴了她。並且說：

「你沒有來，汪二泉問你來。」

「他問我幹什麼？」

「那我可不知道。」

「汪二泉是什麼東西！」方其蕙顯然不很高興了，「我就不喜歡他那個小鼻子小眼睛，鬼頭鬼腦的樣子！」

「那麼，你喜歡什麼樣子的？」方天艾故意逗她說。

「那用不著你管！」

到了法專的文案房。方祥千見女兒和姪兒相偕而來，很覺著高興。便說：

「你們來了很好。到中午，我帶你們喫鍋貼去。我知道你們在學校裡喫大伙，總是很饞的。我今天還有點零錢。」

接著，方祥千告訴他們，上海已經有回信來，說不久就有一位叫做史慎之的，到這裡來領導工作。

「那麼，」方其蕙說，「爸爸，你也受他的指揮嗎？」

「是的，我希望如此。」方祥千愉快地說，「我總覺得我這個人不能領導別人，籠蓋全局，而最好在別人的領導之下作一部分事情。我們現在要組黨，要學俄國，我更是事事外行，沒有一點經驗。希望史慎之來了，他能領導我們。」

「那自然是好。祇是，爸爸，你覺得我們中國行共產，一定能行得通嗎？」

「一定的。因為近百年來的變遷，證明中國問題不是一個單純的政治制度的問題，而更重要的是經濟制度的問題。共產黨是一個從經濟制度上謀改革的革命黨，所以一定有辦法。你們從今以後，再也不要有懷疑，祇管跟著我幹，我是下定決心了！」

女兒和姪兒對於這些問題都是弄不大清楚的，自然敬謹受教，沒有話說。

秋季的黃河下游地方，是常常颳黃風的，塵沙飛揚在空中，有時簡直是天昏地暗。這時候，文案房大窗子外邊幾棵古槐，一陣陣落葉，隨風飄進屋裡來，散落在寫字桌和靠近的地上。九月將盡的天氣，已經很有點冷了。方祥千把窗子關上，用雞毛帚拂去桌上的落葉和灰塵。

「爸爸，你不換換裡衣？你看你那白襯衣的領子露在外邊有多髒！」

對於女兒這一類好意的提議，方祥千向來是置諸不理的。他卻問方天艾道：

「你們貢院街中學學監李吉銘先生，近來有點事情，你知道嗎？」

「不知道。」

「他這幾天高興得很呢。原來他有一個孫女兒，七、八歲的時候，被拍花的拍走了。多年沒有消息。最近他偶然在一個大戲班裡發現了她，已經長大成人，說得一口北京話。原來她被人賣在戲班裡學戲了。李吉銘託了幾個有力量的朋友，把她從戲班裡要出來。已經暫時送進女子中學去做旁聽生，下學期要正式考學校。前天我在李吉銘家裡，看見那女孩，長的很好，又聰明，又伶俐。李吉銘看我很喜歡她，就教她拜我做乾爸爸了。」

方祥千得意地笑了笑。又說：

「其蕙，我給你認了這麼一個乾妹妹，你喜歡嗎？」

「我不喜歡戲班裡的女孩子。」

「不是那麼說。她雖然在戲班裡住了幾年，那衹是她的遭遇不幸，並不是她自甘墮落，情願做戲子。等你看見她就明白，她是一點壞習氣也沒有染上，地地道道還是一個好學生。」

方祥千一時興頭，仗著自己荷包裡還有十多塊錢，便說：

「這麼著罷。我認了乾女兒，還沒有請客呢。我們現在到李吉銘那邊去，約他們一同喫鍋貼去。你們也順便看看那李大姑娘，我的眼色準不錯。」

李吉銘住在貢院街中學附近的西宮街。方祥千帶著女兒老遠地跑了去，卻遇見李吉銘不在家。衹李吉銘太太和孫女在家裡包水餃，預備午飯。李太太要留方祥千他們喫水餃，方祥千卻定要帶乾女兒出去喫鍋貼。彼此客氣一番，方祥千的主張勝利。李吉銘太太準備的水餃，根本就不夠他們許多人喫的。

方其蕙和這位新的乾妹妹正是兩種典型，各有千秋。方其蕙是又矮又胖，像個冬瓜。李大姑娘卻是瘦削面孔，細小腰身，苗苗條條，玲瓏活潑，有如小鳥依人。方天艾不由地暗暗稱羨：「比較之下，我們大姊姊真是太不像樣了！」

他們在督軍衙門前的鍋貼鋪裡用飯之後，方祥千指派方天艾伴送李大姑娘回去，因為他們是一路。方天艾對於這個使命，是驚多於喜，不知道怎樣應付才好。他和方其蕙在街上同行，已經覺得不很得勁兒。而現在是一位初見面的陌生姑娘，她又那麼漂亮，那麼大方，他自然更覺著難以為情了。

正在不得主意，卻好有幾輛東洋車搶上來兜生意，方天艾就將計就計，陪李大姑娘坐車而回。到了李家門前，方天艾付了車錢，李大姑娘還要讓他進去坐坐，不想他竟撒腿跑了。

方天艾緊走出一段路去，回頭看看，李家大門已經關好，李大姑娘不見了，他這才心定下來。他心裡很愛慕這個李大姑娘，表面上卻不敢露出來。他跑到李公祠去，在湖邊上坐了一個整下午，才回學校去。從此，他有好幾個月不得寧靜，總是想法避免經過西宮街。

他和李大姑娘以後也再沒有會面的機會，由這一面之緣所引起的他那一時的愛慕，除了自己有時還記起來之外，也永遠成了一個祕密。

至於方其蕙，見面之後，卻老是說李大姑娘不好，怪爸爸多此一舉，認什麼乾女兒！她道：

「你看她言談表情，沒有一處不是虛偽的。她對人，沒有一點真誠，總是像作戲一樣，假的。你說她哪一點不像個戲子？」

方天艾分析她這種心理，實在是因為人家比她漂亮得太多了的緣故。自然，這個話他並沒有說出口來。而方祥千卻因為女兒的關係，以後也沒有常接近乾女兒。

三

史慎之到達之後，方祥千是興奮而又忙碌。他認為過去這一段，工作不能展開，完全因為缺少領導的緣故。你看人家史慎之，理論多麼豐富，處事多麼敏捷，信心多麼堅強。這以後，組織的發展，行動的推進，總不會再像以前那樣的碌碌無所表現了。他再三交代他的青年朋友們，要誠心誠意接受史慎之的領導，不如此便無辦法。大家唯唯而已。尹盡美卻私下對方祥千提出他個人的看法。

「六爺，你看史慎之這個人像是個鬧革命的嗎？他穿的是團花馬褂，緞鞋絲襪，吸的是老炮台香菸。一張臉兒白白的，好像還抹著粉。我看，他一定是抹粉的，到明兒倒要仔細瞧瞧。」

尹盡美這個人倒真正是出身於貧苦的家庭。他的父親是一個吹鼓手，這原是一種「賤民」，過的是「流浪者」的生活，真正喫了早上看不見晚上的。尹盡美能得進小學以至畢業，完全仰賴娘舅的幫助，這就是在玉鳳紗廠做事的那一位。盡美天分很高，而又刻苦用功，投考師範學校的時候，以第一名錄取。師範學校是官費，算是一般無力上進的貧苦子弟們的一條出路。那時候的官費生，被稱為「喫官饃饃的」，這個稱呼是帶一點譏笑意味的，因為既然「喫官饃饃」，家道一定不大好，而窮孩子是可笑的。

「六爺，我尤其看不慣的是他對於你們家大姑娘那副嘴臉。似乎一個革命者，見了女人也要有個革命者的派頭才是。」

「盡美，你的意思很好，但話不是這麼說的。」方祥千用一種長者風度，對於這個帶火氣的年輕小伙子加以誠懇的開導，「他穿得好一點，那是為了掩護工作。現在這年頭，不看喫的看穿的。穿得像樣一點，在社會上活動，不知要占多少便宜。再有一說，他們南邊人，生活富裕，原穿得比較好一點，這個我們不要去管他的閒事。吸老炮台，也是在上層社會上應酬，所不可少的。他把上層應付好了，我們底下就好做事。至於他對其蕙怎麼樣，我倒是不在乎，年輕人見了女人，哪個不像蚊子見了血？」

方祥千說到這裡，就打一個哈哈，拍著尹盡美的背，鼓勵他說：

「不要鬧什麼意見，好好地幹！等你需要女朋友的時候，我給你介紹個頂頂好的。別看我有了幾歲年紀了，我的思想卻一點不老，總是跑在大前頭。」

尹盡美被方祥千說得臉上一陣紅。

「六爺，你這個人，實在心太好了。但你也要有點分寸，不要過分相信人。對於史慎之，我們慢慢看看再說罷。反正事情我們總是要做的，他不來，我們也是做，這又不是替他做的。」

「你這麼設想也對，我們是對事不對人。」

這時候，史慎之已經在雀花街民志報館附近租到住處。方祥千把他當作一個普通朋友介紹給民志報館的羅聘三，他也替民志報寫寫無所謂的文章，漸漸就成了民志報座上的常客了。他從上海並沒有帶來什麼方略，而是先來看看情形，然後再定方針。他也以為國民黨是一個可供利用的朋友。

他同意方祥千過去的許多布置，以原有的幾個ＳＹ分子，作為ＣＰ的基幹，著手組織ＣＰ。他對方祥千頗致慰勉之意。他說：

「我們今天這個基礎自然是極其薄弱的，但有這個基礎比較沒有不知道要好上多少倍。而這個基礎是方祥千同志赤手空拳打下來，今天又全部拿出來交給我們大家的。我們的組織將來長大了，完成了，要永遠紀念方祥千同志，他是我們的拓荒者。我更徹底的說，他實在是我們這一區域的共產黨之父！」

這個慰勉詞，由史慎之親筆寫成書面，帶去上海，曾經正式的印在中共中央的通報上，是方祥千最為得意的一件事。

同時，他們決定在外縣成立組織。第一步至少要在Ｔ城以外的地方，先建立兩三處據點，預防萬一Ｔ城被掃蕩，可以有一個退守的地方。他們加強尹盡美和汪大泉汪二泉的工作，這幾個人都有相當的發展。

他們在會議時間，研究討論得最多的一個問題，是經費問題。他們的經費，是沒有任何方面的補貼的，完完全全靠自籌。商量結果，方祥千雖然已經債台高築，早已捉襟見肘，周轉不靈，但大部分的希望，還是寄託在他身上。

「祥千同志，」史慎之說，「你應當想辦法把你家裡的田產賣出去，供我們工作的需要。一個根本問題，你要注意到。那便是你不能既做共產黨，又做地主，這二者像水與火一樣的不能相容。魚與熊掌，你祇能取得一樣，絕不能兼而有之。」

「是的。」方祥千赧然說：「我早已打算到賣田，前些時已經寫信回去，叫管莊子的馬莊頭去想辦法。現在的困難是，老人家還在著，產權在他手裡，不是他出面賣，恐怕沒有人敢要。所以這很久還沒有接到馬莊頭的回信。」

「不要管老人家的事，他有幾年活？將來還不都是你的，偷偷把它賣出去就是了。令弟珍千兄總沒有問題罷？」

史慎之焦急地望著方祥千那張誠懇而老實的面孔。與會的人也都隨著史慎之把盼望的目光一齊投向方祥千的臉上。這時的情形，頗有點像債權人清算債務人的樣子，而這個債務人正是方祥千。

「祇要我能打得通馬莊頭，我是打算偷著賣掉的。但這要我親自回去才能辦。等放了寒假，我一定回去做這件事。至於我們老七，祇要是我關照他，他是絕對不會有異議的。」

「這樣說起來，竟是明年的事了。目前這幾個月怎麼辦呢？」史慎之想著一定要有一個救急的辦法才成。

方祥千一連抽了兩斗菸，盡量向自己身上找辦法，可是他實在沒有辦法。於是他慢吞吞地問道：

「董銀明，你怎麼樣？」

原來董銀明的父親，在北方幾省做縣知事多年，宦囊頗豐。現在不做事情了，就在T城住下來，算是落了戶，也不回貴州原籍了。

「我父親確實是有錢的。」董銀明很坦白地說，「祇是我向他要不出來。我祇能向他要點零用錢，他最多不過給我十元八元，絕不會多的。」

史愼之稍稍沉思了一下，說道：

「那麼，你說，你父親的錢都是放在什麼地方？」

「他每天都到聚永成銀號去，我想他的錢大部分都放在那裡，詳細情形我也不知道。」

「那麼你家裡就沒有什麼金銀首飾，珍奇古玩一類的東西？」

「我母親有個首飾箱子。」

「放在什麼地方？」

「在母親的臥房裡。床對面有一座大立櫥，櫥裡頭有抽屜。她的首飾箱子，就放在那抽屜裡，層層都有鎖。」

「你知道那首飾箱裡，究竟都是些什麼東西，值錢不值錢？」

「我平常也沒有注意。不過看見黃澄澄的，明亮亮的，想來一定是值錢的。」

史愼之長長地透一口氣。他抽上一支菸，鬆下他那緊張的情緒來。手指頭敲著桌面道：

「我想，辦法就在你這裡。為了工作，為了無產階級的利益，你要想辦法把那首飾箱偷出來！偷！把它偷出來！」

整個房間裡的空氣頓時又緊張起來，董銀明倒為難了。說道：

「母親抽大煙，馬桶都放在床腳下，她是很難得離開這屋子一下的。鑰匙，她穿在鍊子上，鍊子又拴在她自己的腰帶上。——我想，倒不是我不肯，祇怕不容易。」

「我們這麼樣罷。」史愼之滿面春風地說，「我問你，對於由你負責去偷那首飾箱，原則上你是不是贊成？你要說老實話，免得耽誤了正經事，這不能含糊。」

「原則我是贊成的。」董銀明熱忱地說，「她那些東西，還不是父親做官，刮地皮刮來的。現在拿了來做革命，是絕對應該的。我現在祇是考慮著很不容易偷得出來。」

「好，既然這樣，就不必再多談了。」史慎之對於這一議題作一結語，「你從今天起，留心機會，多動腦筋，設法去偷那箱子。每天下課回家以前，你到我這裡來打一個轉，我們多研究研究，我也可以給你出出主意。這件事，我們定要做成它。」

對於方通三這一線索，史慎之認為也可以想辦法。他說：

「祥千，你那種態度，是一種名士習氣，標準小資產階級，根本要不得。要知道我們是祇問目的，不擇手段的。方通三不但自己有錢，他太太的娘家，更是全國聞名的大富戶。我們不要放棄這個頭緒。你還想辦法和他多接觸，我再幫你出主意。總之，我們籌措經費，一定要向這些大財主動腦筋。我們要用資產階級的資產來打倒資產階級。」

這說得大家都笑了。

此外，還決定由方祥千寫信給國務卿總理齊寶申，請他介紹史慎之給督軍譚宗玉，希望在督軍公署謀一個顧問一類的掛名差使，一則可以掩護身分，二則也可以拿一點車馬費。

史慎之的寓所對面，是一個京戲院，叫做「易俗社」。有個唱青衣的主角，綽號「小破鞋」，就是後來在上海成名的王芸芳。「名湖居」白天賣茶，晚上也開鑼，做台柱的是三姊妹，唱皮黃，有時也唱梆子。這三姊妹，一個名叫金彩飛，唱花旦，拿手翠展山、許仙遊湖、小放牛一類的戲，是三姊妹中的領袖。其次金彩樓唱鬚生，金彩奎唱黑頭，都無所長，不過是金彩飛的配角。這兩處小戲院子，真真實實物美價廉，所以座賣得相當好。史慎之每到晚上，要是沒有什麼特別的事情，總是就近去看戲消遣。

名湖居斜對過，有家菜館，叫雀花樓，是史慎之喫飯的地方。史慎之也喜歡有兩樣適口的菜肴，與朋友對酌談心；沒有朋友相陪的時候，就自斟自飲。獨酌的樂處，是可以清清靜靜隨隨便便地思想，不拘想什麼，從一本正經以至胡思亂想，都成。史慎之就特別有這個癖好。

他很賞識金彩飛：細長身段，小圓面孔，兩隻又黑又大的眼睛，挽一個圓圓的高髻，髻旁插一朵大紅絨花，天藍色短襖長褲，紅繡花鞋。這個打扮最能引動史慎之。他過去常在上海蘇州，看慣了南朝金粉，現在到了T城，才知道北地胭脂原也有北地胭脂的好處，未可一概抹殺。其初，不過覺得很好罷了。漸漸，就發生一點感情。而這點感情膨脹得很快，不消多久，史慎之竟不能間斷地，每天晚上，不論忙閒，非到名湖居看戲不可了。

「這個動人的女人！」

茶前飯後，史慎之常常想到她。是的，這個女人把史慎之的心完全盤踞了。雖然她自己並沒有知道。

既然風雨無阻，每夕必到，戲院的案目和茶房自然就都認識了。史慎之冷眼留心，覺得有個案目人家都叫他老程的，似乎人很活躍，怪有辦法的樣子。他就開始對於這個老程花一點小錢，給老程造成一種印象，讓他覺得史慎之這個人是很有錢而且用錢很散漫的。他這就指定一個時間，教老程到他的寓所來。

「老程，你知道我很喜歡金大姑娘，她實在唱得好，做得好！我現在想買點東西送她，表示我對於她的一點小意思。可是我想不出來究竟送點什麼東西最合適。所以找了你來，給你商量，你給我出個主意怎樣？」

那老程原是個「滑油子」，一看史慎之這個「公館」，不像是有家眷的樣子，他心裡有什麼不明白的。就輕描淡寫地來一個欲擒先縱。

「史老爺，用不著送她什麼東西。您要是看得起她，祇管到她家裡去坐坐談談。不是我老程說大話，我陪您去，包管有面子。不過是個賣唱的！不管張三李四，三教九流，祇要院子裡一坐，就是她的衣食父母。何況史老爺您這麼天天去捧她，難道她會不明白！」

「老程，你那說法，不是我這種人幹的。」史慎之這時候很怕被老程看低了，「我要玩，就得錢花在先，不然沒有意思。」

「既然史老爺您這麼說，您這同她還不認識，也不過送點衣料哪，鞋腳哪，也就夠了。將來熟了，或是打首飾，或是送現款，隨您的尊意，那時就用不著和我商量了。」

兩人笑了一陣。史慎之道：「我一定選幾段上好的衣料送她，這個容易。你說送她鞋子，這沒有尺寸，不知道大小，怎麼買呢？」

「那好辦。芙蓉街有一家賣洋廣雜貨的蘭祥，您到他們那邊去，祇要說是送彩飛的，他們就知道大小，不但知道大小，還知道她喜歡什麼花樣。史老爺，我還多句嘴，您不妨順便少帶點東西，也敷衍敷衍彩樓彩奎她們，面子上熱鬧點。」

議妥，定明第二天下午到金彩飛家去，老程就走了。他把史慎之的一切情形通知了金家。

史慎之見初步進行這樣順利，高興得了不得。他到瑞蚨祥去選購了兩段衣料，又到蘭祥替金彩飛買了兩雙紅繡花鞋，彩樓彩奎每人一雙，還配了一點零星化妝品之類。晚上仍然到名湖居去看戲，覺得金彩飛不住地祇管對他送媚眼，知道老程已經把話說過去了，就有點坐立不安，心癢難搔起來。

金彩飛住在後宰門，距雀花街不遠，老程帶著史慎之，走了個小巷，近路，一轉就到了。一個小小的四合院，院中石板底下有潺潺流水，垂柳的葉子已經落盡，那支條卻仍然拂到地上。史慎之被讓進北面的客堂裡，金彩飛的母親出來陪著，說了多少道謝請關照捧場的話。好半天，才見金彩飛出來，叫了聲「史老爺」，就在她母親的椅子後頭站了，憨憨的祇管朝著史慎之笑。金媽媽笑道：

「真教史老爺見笑，也不是小了，今年都二十四歲了，看見了客人，連句話也不會說。史老爺送你東西，你到底也謝個賞呀！」

「我不會。」金彩飛一條汗巾搗著嘴說。

「你看，可該打？」

這屋裡就成了老太婆的世界，祇聽她一個人嘮嘮叨叨，話不絕口，別人祇有恭聽的分兒。那史慎之原定計畫，有多少甜言蜜語，要向金彩飛傾吐出來，這時候看情形是一定不行的了，他也就不再呆坐著，起身告辭。他快要走出大門的時候，聽見金彩飛跟出來說：

「史老爺，晚上院子裡見，您請早！」

這是這日下午金彩飛對他說的唯一的一句話，然而史慎之仍然很滿意。他是完全懂得這種風塵女子是需要什麼的，因此他也完全懂得應當用什麼方法來對付這種女子。作為一個共產黨員，他知道唯物論原是一種金科玉律。

他立住，扭回身，向站在客堂門前的金彩飛招招手，說：

「好，大姑娘，晚上見！」

走出門來，他摸了一張十元鈔票賞給老程，並且說：

「有點意思，我們以後再來看她。」

話雖是這麼說，但史慎之又不是傻瓜，並非沒有意識到事情的尷尬。假如有錢呢，這原是易如反掌的。可是史慎之在金錢上是一個外強中乾虛有其表的空心大老官，目前要用大筆的款子，又從哪裡設法呢？乾脆說，他是沒有辦法的。因此，這一晚上，他反倒失眠了。

到底史慎之不愧為一個唯物論者，他是現實的。此後，他試圖擺脫這個精神上的魔障，想忘掉金彩飛，就不大常去名湖居。不料那金家竟因此發生了誤會，以為那一天對於史慎之太冷落，或許得罪了他了，就央那老程接連幾次來請，請到院子裡去聽戲。那金家估量，史慎之一定是個有錢的闊大少，賣唱的人家沒有把財神爺向外推的道理。

這樣，就把史慎之尚未盡死的餘灰重又燃燒起來。他以為這是金彩飛對他有著好感的表示，風塵中自有知己，倒不可辜負她的好意。

問題仍然在金錢。

不要說金彩飛了。雀花樓的飯帳，也按日加上去，招待好像沒有以前那麼周到了。隔壁香菸店也已經表示本小利微，以後再拿菸，希望有現錢。總之，拮据的情形一天比一天緊起來。他知道這種情形，萬萬不可以表面化，像變戲法一樣，一點也漏不得，一漏就不值半文錢。他表面上，一切照常，彷彿無事人似的，心裡卻像熱鍋上的螞蟻，有走投無路之感。他想，真是非耍一點手段不可了。

他找了幾件不關重要的共產黨的小文件，裝在一個信封裡，信封上寫明收件人是方祥千。他就親自去找方祥千，告訴他如此這般，「你去試試看。」

方祥千向來是爽快而又勇猛的，這時也不免遲疑起來。他呆了半天，才說：

「慎之，這怕不妥罷。萬一他去告了呢。」

「決計不會的。我從各方面考慮他的為人，他絕不會去告的。」

「人心隔肚皮，那怎麼說得定！我倒不是怕犧牲，這樣犧牲了可實在不值得。」

「祥千，你不必遲疑，衹管放心去。試驗過這一次，你就知道我的錦囊妙計，原是百發百中的。三天以內，一定達到目的。」史慎之認定了非這樣幹一下不可。

方祥千在無可奈何的心情之下，依照了他的計策，再去拜訪方通三。直截了當表明了，還是要借錢，但數目比上一回大，希望五百元。方祥千趁方通三不注意的時候，把史慎之給他預備的那個裝有文件的信封，就放在方通三的書桌上了。待方通三委婉地表示無以應命以後，他就告辭。到了晚上，方通三竟跑到法專來找方祥千，特地對方祥千表示歉意。他說：

「六哥，兩次你教我替你幫點忙，我都沒有能作到，我真覺得過意不去。今天晚上我到孟家，就是我岳父家裡去喫飯，一時想到他們做生意的人家，也許有現成錢。試和他們商談了一下，果然就借到了五百元。現在，我給你帶來了。」

方通三把五百元一疊鈔票遞給方祥千。繼續說：

「這個錢，可是要還的。他們生意人家，借了一次不還，下次就再也別想開口了。六哥，你想想看，你預備怎樣還他？」

方祥千一見鈔票送上門來，心裡暗暗佩服史慎之的妙計。嘴裡卻說：

「老三，我的情形你是知道的。我唯一的辦法，祇有把家裡的田讓幾畝給你。現在我先寫一個臨時字據，到寒假回去，再到你們那邊去辦正式手續。你想可以罷？」

方祥千倒是老老實實地想賣田，並沒有一點敲人竹槓的意思。方通三同意了之後，他就寫給他一張五畝田的臨時賣據。

他連夜去找史慎之，告訴他經過情形，大大表示讚佩。說道：

「你這料事如神，是比諸葛亮還厲害。」

「這也不稀奇。」史慎之揚揚得意地說，「祥千，你想有錢的人有不怕強盜和共產黨的嗎？漏給他一點風，他自然會服貼。他們是怕報復，而不懂得談交情的。」

方祥千把五百元掃數給了史慎之。從此，他把史慎之視若神明，唯命是聽。

錢之於人，就和那水之於魚一樣；魚無水，要死，人無錢也不能活。「人為財死」這句話的道理，諒必就在這裡，因為沒有財不能活，自然就情願為財而死了。

你看，雖然不過是五百元之數，那史慎之立時就挺起腰板來了。卻不料還有接續而來的意外的幸運，證明那福無雙至的話未必就正確。

四

那董銀明開始注意老太太的首飾箱，苦於沒有下手的機會。一個星期天，董銀明待在家裡。老太太的習慣是午前十一時左右才起床，服侍她的是一個陪嫁過來的老丫頭，名字叫大滿。大滿的年齡和老太太差不多，曾被老太爺收過房，而不為老太爺所喜，所以到老還是個丫頭，沒有爬上姨太太的身分。老太太每日起床之後，由大滿服侍她洗臉梳頭，然後上床抽煙，挨到下午一兩點鐘才喫飯。這一天老太太洗臉的時候，把一個經常戴的一克拉白金鑽戒褪下來，放在洗臉台的大鏡前。這原是每天都如此的，但這一天她洗臉之後，忘記了戴上。直到喫過飯，洗手，要再上床抽煙的時候，才發覺那鑽戒已經不見了。老太太清楚地記得是早上洗臉的時候脫下來的，屋子裡沒有別人進來，除了大滿和銀明，問問他們，卻都說沒有見。老太太急了一會，想想總是丟不了的，就吩咐大滿仔細找找，看到底遺落在什麼地方。

當天下午，董銀明就把這個鑽戒送到史慎之那裡去了。這是一件事。另外一件事是方祥千寫信給齊寶申推薦史慎之之後，不知怎的，督軍譚宗玉派人拿了一封信，給方祥千送了一千塊錢去。這個錢，照方祥千的老脾氣，是一定不要的，但現在做了共產黨，奉命「不擇手段」，寫了封回信，就馬馬虎虎地收下來了。他卻分文不動，原封送給史慎之。

這一下，史慎之就有辦法了。他一個人跑到金彩飛那裡去，獻上那個一克拉的鑽戒，事情就急轉直下。老太婆吩咐金彩飛說：

「快讓史老爺到你房間裡歇一會去。晚上就留史老爺在這裡喫飯。館子裡叫菜，未必合口，看我自己弄兩樣菜，讓史老爺換換口味。教彩奎她們幫幫我。」

金彩飛抿嘴一笑，眼瞟著史慎之，嬌聲說道：

「好，你老人家放心去罷。你把他交給我，管保替你得罪不了人。」

「你知道就成。」老太婆打著哈哈說，「你要替我得罪了史老爺，看我還給你找小女婿兒不！」

「你看這個媽媽，」金彩飛吥了一聲說，「怎麼說起這種風話來了。」

一邊，她拉著史慎之，到她的臥房裡去了。

因為金彩飛要上院子，喫過晚飯，史慎之就先走了。為了慶祝這個勝利的好日子，他又一個人在雀花樓喝了個十二分醉，才回寓睡覺。這一夜，他連夢也沒有做一個，睡得特別甜蜜，特別寧靜。

而就在這個夜間，董銀明家裡出了事情。原來鑽戒一時不見，老太太還以為是遺落在什麼地方了，及至東也找不到，西也找不到，才疑心是丟了。但銀明和大滿兩個人，都是老太太信得過的，別又沒有人進來，老太太心裡蒙上了一層厚厚的疑雲，推究不出到底是怎麼回事來。晚上，老太爺回來，知道不見了鑽戒，也衹說明天再找找看罷。老兩口就在床上對抽起大煙來。抽得很晚很晚的時候，老太爺到後面去淨手，從廚房窗子外邊走過，聽得裡邊說話，是大滿的聲音：

「我給你的那個東西，你帶出去，可千萬不要教老太爺和老太太知道。」

「你看你，我又不傻，難道連這點事情不知道，還要你囑咐。」這個答話的是燒飯洗衣的劉媽，新近僱進來，還不到三個月。

老太爺聽了，大起疑心，回來和老太太說了，就斷定那個鑽戒是大滿偷去的。老太爺一時氣憤，一迭連聲叫大滿，進來，就逼她交出鑽戒來。

「鑽戒？我沒有拿鑽戒。老爺！」

老太爺就把剛才在廚房外邊所聽到的話，說給她聽，教她非承認不可。

「不，老爺，那說的不是鑽戒。那說的是大煙灰。劉媽的外頭人心口兒痛，要喝點大煙灰，是我給她拿了一點。老爺不信，可以問劉媽。」

「你們都串通好了，我問她幹什麼！你能偷煙灰，就能偷鑽戒，用不著再問！」

老太爺把大滿打了幾個嘴巴，又踢了幾腳，叫她跪在床前，非交出鑽戒不可。這時，老太太也忍不住發話了。

「你看，一個人要變壞起來，有多快！你怎麼生心偷我的鑽戒！這還了得！我這家裡值錢的東西多著呢，你有了這個壞脾氣，我這日子就不能過了。常言說，家賊難防。你每天出出進進，我怎麼防得了你！我是沒有別的辦法，你要是不給我交出鑽戒來，你就給我死！」

這裡一鬧，廚房裡劉媽也知道了。她不得不硬著頭皮來給大滿作證，說那拿的實在是大煙灰，並不是鑽戒。「你看，這不是！」劉媽拿出一個火柴盒來，裡邊裝著一點大煙灰。

「你不要多嘴！你明天給我滾蛋！」

老太爺把劉媽趕出去，又踢了大滿兩腳。

「我是給你要定鑽戒了。」

那大滿有口難分，又拿不出鑽戒來。含冤莫白，當夜就上吊死了。

第二天，老太爺知道家裡出了人命，就先給劉媽說好話，又給她錢，買住她，教她不要聲張。地面上也花點錢打點了，買口棺材收殮了，抬出去埋掉。

這事情發生之後，第一個難過的是董銀明。他受良心責備，覺得我雖不殺伯仁，伯仁由我而死，精神上他是負罪太重了。他時時想起大滿來，總覺得對不起她。

史慎之分析他這種情感，完全是小資產階級的劣根性在作祟。而這種劣根性，如果不加以徹底地克服，則這個人難望其成為一個真正的布爾塞維克！

就為喫了這個虧，以後不久，當選派同志赴俄觀光的時候，雖是董銀明自告奮勇，極願一往，史慎之卻一口回絕了他，而另行選派了尹盡美。那時，俄人以國民黨為其友黨，所以那次赴俄的人包括兩黨分子，國民黨方面參加的有民志報的羅聘三等人。

尹盡美在玉鳳紗廠所建立的組織關係，暫時交由汪大泉負責。尹盡美在實際工作上，是一個積極的活躍的人物，史慎之有意造就他，希望他將來能負更大的責任。尹盡美唯一的缺點，是身體不大好，平常面色蒼白，有時咳嗽，像有肺病的樣子。朋友們勸他到醫院裡去診察診察，看究竟有沒有病。他總是不肯接受。他的理由是——

「假如診察了，說有肺病了，怎麼辦呢？我有沒有資格長期療養？肺病是一種富貴病，不是窮小子可以嘗試的。所以我用不著去看。我祇是埋頭工作，哪一天累死，哪一天算完！人生不過是這麼回事！」

所以嚴格分析起來，尹盡美這個布爾塞維克，是有著濃厚的浪漫氣息的。他以小資產階級的悲觀主義，尋求刺激，消磨生命，無異把革命流血當鴉片煙抽。早期的共產黨人，像這樣的不在少數，尹盡美僅其一例而已。

赴俄觀光的人動身以後，陰曆年關就在跟前了。最焦心的仍然是史慎之，他開支浩大，而全無收入。金彩飛已經成了他的一個無底坑，這個是永永遠遠填不滿的。他清醒的時候，也常反省，對於自己的這一行為予以無情的苛評，認為真正是小資產階級劣根性的最大表現了。祇可惜事到而今，感情上他已經不能斷掉她。

為了金彩飛，他已經養成一種習慣，每天晚上一定要讓那震耳欲聾的鑼鼓，急管繁弦，和那超過音量的高音，無休止地，一連續地，刺激上幾個鐘頭，才覺得舒服，痛快。要不呢，就覺得太清靜，清靜得像置身於黑暗的太空中，無所依傍，無所著落，心被提得高高的，不好過！

他像一隻風箏，而金彩飛是一條放風箏的線。無論你飛得多高多遠，你總是被繫在這線頭上。他有時問自己，「我不能割斷這條線嗎？」可惜，答案是否定的，他不能。

那時的名湖居，還保存著古老的形式。戲台是方形的，前面兩角有兩根柱子，柱上掛著對聯。台下是一張一張的方桌，方桌四面有長凳，看客們圍坐在四周，桌子上放著茶水糖果，倒像個剛剛開始的飯局的樣子。史慎之是這裡的常客，台前正中一張桌子，面對戲台的那條長凳，像他包下來的一樣，永遠被案目保留起來，不賣給別人。

這一晚上，史慎之雖然面對戲台，但他簡直沒有知道在唱什麼。他有更大的憂愁壓在心頭。年關近了，處處要用錢，他一心盤算著應當怎樣弄進一筆錢來，才得風風光光地過年。否則，就要不好看！雀花樓的飯帳，是非清不可的，天天還要喫呢。金彩飛，雖然她並沒有開口，自然也得送她幾百，那還用說！自己再準備一點年間零用，至少也得千元。他想：

「要是沒有這一千元，我就不能過年！」

他不自覺地長嘆了一口氣。

「真要沒有這一千元，我衹好躲到上海去。」

他想到這裡，自己連連搖頭。輕輕說了兩聲：「不，不！」

「無論怎樣，我也得弄到這一千元。我不能丟這個面子，我不能扔下彩飛！」

他無頭無緒地繼續想下去。

「還得從董銀明身上打主意。這個官僚資產階級的兒子，他的錢應當拿出來。為了無產階級的革命利益，他要拿出錢來！還有，方祥千，這個老地主！還有，方通三，這個大地主！還有，方通三的岳父孟家，這個大富商！……」

正這麼漫天不著地地胡想著的時候，案目老程做著一臉笑容，彎著腰過來了，他對著史慎之的耳朵說：

「史老爺，散戲了，請您留步。金大姑娘約您到她家裡去說話兒。」

史慎之點點頭。

「史老爺，你看時間過得真快，這就快又過年了。」

史慎之再點點頭。

老程見他一無表情，像有心事的樣子，便搭訕著走開了。

散戲後，史慎之踱進後台去，看金彩飛下妝。然後一同出來。臘月的天氣，又是深夜之際，風吹到臉上都是痛的，正是一年間最冷的時候。史慎之扶著金彩飛走過那青石鋪的街道，覺得她像有點發抖，摸摸她的斗篷衹是一層薄薄的駝絨。便說：

「你冷，你穿得太單薄了。」

「還好。」金彩飛不經意地說，「我老說我應當有一件皮斗篷，媽媽總是不肯。錢，我倒替她賺了不少，她連件衣服都不肯替我做。」

一句話已經衝到史慎之的嘴邊，但他頓了一頓，沒有說出口來。這句話是：「那麼，我來送你一件皮斗篷罷。」這在史慎之，真覺得有點不好意思。

金彩飛見他沉吟不語，就繼續說：

「你看，連彩樓都有皮斗篷了。有個捧她的買賣人送她的。她這兩天好不興頭，真教我看不上眼！」

「…………」

「我今天晚上找你也沒有什麼事。這就快過年了，我自己做了兩樣小菜，請你喝點酒。你平常喜歡喝，我因為要唱戲，總是不能陪你。今天特地等散了戲，好陪你喝兩杯。你不知道，我今年年下，心裡總是彆扭！」

這時候，史慎之覺得要是再不說兩句漂亮話，那真是坍台完了，怎好厚著臉皮還叨擾她！就算是撒謊，也要先對她說兩句謊話了。就說：

「你的事情，我早已打算到了。我預備風風光光地和你過一個痛快年。我已經寫信到上海去要兩千塊錢，這三兩天就要到了。我分一半給你過年，你買一件皮斗篷，再買一件皮大衣，兩件替換著穿。老是穿一件，太寒相，不好看。我原打算不先告訴你，等錢到了一逕送給你的。現在既然說到這裡，我就先告訴你也是一樣。」

「我也不過因話說說，偶然提到罷了。這可不是向你要錢，你別誤會。」

「我對你，誤會什麼！你說這話，就是沒有把我當知心人！」

「唉！」金彩飛嘆口氣說，「你不知道我的心呢！我不把你當知心人，又把誰當知心人？你想，我這過了年，就是二十五歲了，還能再唱幾年！要是碰到機會，有那可靠的人，我也打算尋個歸宿。這樣混下去，怎麼是個了局！老史，你難道一點也不知道我的心？」

金彩飛說著，眼圈兒濕了。史慎之看她用手絹揉眼睛，就安慰她說：

「你的心事我知道。要不，我怎麼跟你來往得恁勤！」

說著，已經走到了金家的大門前。

五

從金彩飛家小飲回來，史慎之整夜不能入睡。原則上他已經決定「幹」一下，這要再不幹，簡直是表示自己怯弱無用了。這樣一個怯弱無用的人，配做什麼布爾塞維克！他拉開抽屜，從一疊舊報紙底下，摸出一把小小的五音手槍來，用手絹再把它擦了一番，光光淨淨，倒像是一個玩具。他推上一粒頂門彈，上好保險鈕，就把它塞在枕頭底下。他想：

「有錢的人，有不怕共產黨和強盜的？」

他又想：

「有錢的人，有不怕報復的？」

他想得很對。方通三這個倒楣的前例，給了他一個輕鬆的暗示：祇要少少給他漏一點，他就會自動地把鈔票獻出來。「這些軟骨頭的東西！」他想，真是可笑的很。

他以為他已經沒有再事猶豫的理由，幹是一定要幹了。使他一時不能入睡，還要考慮的是「怎麼樣幹」的問題。於是董銀明的影子，就又浮上他的腦際。他真有點恨了。他想：

「這個無用的廢料！不堪造就的官僚資產階級的兒子！你什麼事也不能做！連你自己家裡的東西你都偷不出來！你要是早能偷出你母親的首飾箱來，我現在還用為難嗎？也就用不著我自己出場動手了！你這小渾蛋！」

他又想：

「到明兒我做成了這事情，給你點顏色看看，也教你知道厲害！」

於是他決定了，他不再想了。他橫了心，頓一下腳，恨恨地說：

「我先下手你父親！」

這已經是靠近黎明的辰光，他一無掛礙地和衣睡了。

早上起來，他為了鎮定自己，喫過早點之後，喝下二兩白酒。把手槍從枕頭底下摸出來，再擦摩了一番，小心地放在中式呢大衣的外口袋裡。用毛刷把那雙回回絨的高筒絨靴刷得乾乾淨淨，一塵不染。古銅色絲棉綢褲的長褲腳上，用同樣質料，同樣顏色，一寸寬的帶子，緊緊束上。藍緞團花狐袍外邊，加一件黑緞團花夾馬褂，馬褲上釘著龍眼核那麼大的五顆白玉鈕。照照鏡子，再擦一點面膏。把那副玳瑁邊淺近視眼鏡，用絨布擦了戴上。已經上過油的博士式短髮，重新分梳一番。三十歲的人，原就生得漂亮，經過這一番收拾，真成了一個「玉樹臨風」般的風流人物。這時候，他「顧影自憐」，忽然有一點遲疑。他想，「我可以這樣做嗎？」但是這一遲疑，是微弱而又無力的，祇像輕煙似的一閃，便又飛得無影無蹤。由於窮年累月的長期的幻想，他已認定這正是像他這種為無產階級利益而奮鬥的人物所必須走的路。正在急馳的馬是沒有辦法可以在懸崖的邊沿上勒住的。他自嘲地作了一個微笑，反身鎖上門。手插在大衣口袋裡，捏住那柄小手槍。忽然又來了一個奇異的想頭，這傢伙是嫌太小，小得像個玩具，會不會嚇不住他們？要是他們不害怕，反抗起來，怎麼辦呢？其實這一問題，他已經想過許多次，他覺得這是絕不會發生的事情。有錢的人，哪有不愛惜生命的？萬一，果真，假定遇到反抗，那我就開槍打死他！他這樣決定。他想，連他們有錢的人都不要命了，我這窮光蛋還怕死幹什麼！

他一逕坐車到董銀明家去，開始這一他認為極其安全的冒險。他知道，董銀明這時候是在學校裡，他正在期考中。而董老頭兒這時候應當已經用過早餐，但還沒有出門。他是預先選定了這個時間來拜訪他的。他順利地被請進了客廳，賓主兩人並不曾相識，史慎之謹慎地問明白了這位主人就是董銀明的父親，並沒有錯誤之後，先就心定了許多。因為這是一個瘦弱的小老頭兒，雖然兩隻小眼睛發著光亮，顯出他的聰明和機警來，但他的體力是不值得注意的，就算是沒有手槍也很容易對付。

「老先生，」他接受了主人的敬菸，吸了兩口，悠然地說，「我來得很冒昧，請原諒。我姓史，大約老先生不知道，我是令郎銀明兄的朋友。」

董老頭兒嘴裡連連應「是」，心裡卻想，不知道銀明還有這樣一個漂亮闊氣的朋友。一個身穿鑲白邊藍布緊身短褲褂的年輕小夥子，用一個銅盤端進兩蓋杯茶來。這種打扮，一望而知，是大戶人家的包車伕。史慎之頓一頓，等他退出去，才繼續說：

「我有句話，老先生也許要喫驚。我是這邊共產黨的領導人，令郎銀明早已入了共產黨，在我手下，是一個最得力的助手。老先生還記得前些時候尊夫人不見了一只鑽戒嗎？那就是銀明拿的。他把那鑽戒捐到黨裡，做了活動費。可笑那大滿，白白送了一條命，真是冤哉枉也。」

史慎之說著，故意笑了兩聲，藉以顯示他的鎮定。

董老頭兒聽了他的話，心裡自是喫驚，表面上卻一點不露出來，笑嘻嘻地裝出並不在意的樣子，嘴裡依然連連應「是」。史慎之繼續說：

「今天我來這裡，是有點小事情，來麻煩你老人家了。年關就在跟前，黨需要一筆臨時費，數目也不大，祇要兩千塊錢。我想祇有老先生你能慷慨捐獻，這不但為了共產黨，也實在為了令郎。我知道你老人家跟前祇有這一個兒子，你要不拿這個錢，令郎身上一定有大大的不便。」

史慎之不等董老頭兒有所表示，連忙加重他說話的分量：

「為了讓你老人家知道我的決心，讓你知道我今天必不空回，我帶了一樣東西來了。你看！」

他拿出他的手槍來，明亮亮地晃了一晃。他怕董老頭兒弄不清楚，以為這是一個玩具，他就開了保險鈕，把膛裡的一粒頂門火拉出來，把第二粒頂上去。手法很敏捷，董老頭兒看得清清楚楚。

董老頭兒笑了一笑，揚起右手來，向空揮了一下。說：

「史先生，其實你不帶這個東西來也是一樣。我們是初交，你不知道我老董的為人，我一生最愛交朋友。沒有問題，你把那東西收起來，我們細談談。你的事情，並不難辦，我一定應命就是。」

史慎之沒有知道老頭兒出身行伍，又做了多年知縣，什麼樣的驚濤駭浪沒有經過，連機關槍大炮也不知道見過多少，哪裡把史慎之這柄小五音看在眼裡。這時，他已經滿口應承下來，一點也不為難，史慎之倒有點後悔自已未免太莽撞了，就把手槍收起來。一邊說：

「果然我的眼光沒有錯，我原知道你老人家是一定會慷慨捐輸的。要不，我也就不來了。」

董老頭兒把自己面前一杯茶，用個「三老四少」的手勢，端過史愼之這邊來。他說：

「你的茶冷了，我替你換換。我再請教請教：老大你貴姓？諒必是自己人。」

史愼之沒有料到董老頭兒多年作官的人也有這個門檻兒，這時候似乎也不能不承認，就答道：

「好說，在家姓史，出外姓潘。」

「這就怪不得了，原來是自家人。請問老大幾爐香進會？」

「我是頭頂大字，懷抱通字，手拉悟字。」

「貴前人是哪一位？」

「敝前人他老人家姓×，上×下×。」

談到這裡，董老頭兒高興的了不得，滿面春風，拍掌笑道：

「眞眞不是外人，我們是同參呢。敝前人姓×，上×下×，原來和貴前人是親同參，你一定也聽說過。史老大，你不知道我在這裡，專好幫助人。尤其同幫弟兄，祇要露一點口風，我總是送盤費。我們潘家的子孫，第一講的是義氣。你現在和銀明又有那種特殊關係，我當然更是義不容辭。好在你說的那個數目也並不大，我還可以張羅得出來。史老大，我問你，你這個錢打算什麼時候用呢？你告訴我，我替你弄去，包管沒有錯兒。」

「董老大，不瞞你說，我急得很，現在就要用。」史愼之老老實實地表示了他的希望。

「你要立時就用，我可眞沒有辦法。史老大，我不瞞你，我是有幾個錢，放在聚永成銀號馮經理那邊，教他替我生點利息，好維持這一家的生活。這兩天馮經理到天津去了，今天晚上一定回來。好不好你等到明天上午，我們到聚永成去，我教老馮弄兩千塊錢給你，你好過年。」

史慎之恐怕夜長夢多，總不如先拿到手妥當，就老實不客氣地說：

「我倒也不一定要現錢。我聽銀明說，尊夫人手頭有不少的首飾，你拿點金器給我罷。我不高興再等到明天！」

「史老大，你不要相信小孩子胡說八道。內人是抽鴉片煙的，癮又大，什麼東西不教她抽光了，她哪裡還有積蓄！你想，她要是有點積蓄，也不致為了一個小小的鑽戒，逼出人命來了。史老大，這麼著罷，我們明天上午在聚永成見面。明天早上我教銀明到你那裡去陪你到聚永成來，我立時付款子給你。你看可好？我們都是為了銀明，難道你還不相信我！」

史慎之看董老頭兒倒是很誠懇的，諒他也不敢起什麼怪花樣，就不再堅持。閒談一會，告辭出來。董老頭兒定要留他喫中飯，他也辭謝了。

他從董家出來，有點高興，又有點失望，而心裡卻覺得不安。經過剛才一度緊張之後，他很感到疲倦。想回去休息，不知怎的又好像有點怕，不敢回去。他沒有坐車，一個人孤魂似的在街上慢踱著，不知道怎樣才好。最後，他決定上澡堂裡睡覺去。跑到「復興池」，揀了一個上好的單人房間，洗了澡，一覺睡到傍晚才起來。他睡得並不寧靜，一連串作了許多奇奇怪怪的夢。他想：

「這是怎麼了！我這個人平常不是這樣的。怎麼會心緒這樣不安起來。要麼去喝點酒罷！」

精神有點恍惚。他跑進一家面生的酒樓去，痛飲了一個十分醉。想想，並沒有問題，祇怪自己太不鎮定。董老頭兒這個人是絕不至有意外的。祇要他有個風吹草動，我先解決董銀明，讓他知道我史慎之可不是好惹的。這麼想著的時候，就彷彿「天下太平」了。愉快地坐車到金彩飛家去，告訴她，上海已經匯到兩千元，明天上午就可以取出來了。這說得兩個人都很喜歡。史慎之醉了，他留在金彩飛的房間裡休息，等金彩飛唱戲回來，他就在她那裡睡了。這一夜，他們作著甜蜜的夢。

但金彩飛多少覺得史慎之有點異樣，他要求得太強烈，太頻繁，而又翻身太多，好像心裡有什麼不寧靜，故意在找刺激似的。她摸摸他的額部，知道他並沒有發燒，身體是正常的。

一個風塵女子，是特別容易自傷身世，憂慮個人前途的。當金彩飛那時代，一個唱戲的女子，是談不到有什麼「社會地位」的。這和後來的情形不同。以後風氣轉變，上流人士也有把坤角、妓女、舞女這一類的女子，明媒正娶，討回家去做夫人的。這自然是時代的進步。從前，風塵女子祇有兩條出路，一是嫁個有錢有勢的老頭子做姨太太，二是教養個把女孩兒接續自己的行業。女子一入風塵，便很難遇到好男人。正經男子漢要找女友，討老婆，自有那正經門第的女子為對象，他不會向風塵中去找麻煩。向風塵中去討好女人的，大抵都帶一點玩笑性質，或是別有用心。金彩飛雖不過是一個在小戲院裡賣唱兒的三等坤角，但人是絕頂聰明的。她一方面自傷年華老大，有意擇人而事，一方面卻謹慎她的對象，先不要上人家的當。她對於史慎之是有一半真，還有一半假的。她很愛這個人，因為年齡相當，儀表非俗，好像有幾個錢，而又很會討女人的喜歡。但她又知道，這是一個陌生的人，她不知道他的出身，不知道他的環境，尤其不知道他的心，他的心是不是靠得住！因此，她不得不一面親近他，一面又提防他。她的買賣是明白而又公道的，雖是零售，而算盤打得很精。當他報效得差不多了的時候，她就自動地應酬他一番，她不讓他花錢做冤桶，也不讓他討去便宜。自然，這因為她怕上當，而更重要的是她怕上了當以後，被同行人見笑，被那些她不願多敷衍的無聊的捧場者幸災樂禍。

半夜裡，史慎之口乾，要金彩飛給他一杯茶。她披衣起來，從暖壺裡倒給他一大杯香片，趁便問他說：

「怎麼，你是不是有點不大舒服！」

「沒有什麼不舒服，祇覺得心裡有點煩。大約是昨天酒喫多了。」

「要不要抽口大煙？我來給你燒。」

史慎之同意了。金彩飛從衣櫥裡取出大煙盤，一邊燒，一邊吸，兩個人說著閒話。

「你說過了年，要回上海去。」

「是的，我想回去看看，最多十天半月就回來。」

「你倒不回去過年。」

「那還不是為了你？不是為了陪你，我一定回去過年的。」史慎之說著，輕輕捏了一下她的手腕。

「你就是這樣一張甜嘴，專會灌米湯。」金彩飛笑瞇瞇地瞟了他一眼，「我現在來問你一句正經話，你的事情究竟怎樣了，什麼時候可以發表？」

「要不，早已發表了。」史慎之淡淡地說，「因為我想弄個好縣缺，譚督軍也想給我個好縣缺，所以還得再候機會。那些偏僻小縣，我是不幹！」

「聽說好得很呢！那些大縣，一任下來，能贜幾十萬。」

「要是真有那麼一天，我就再也不做事了。我帶著你，找個山明水秀的好地方，痛痛快快過個下半世。」

「就怕你太太不答應。我也沒有那個福氣。」

「你又來了。我說我沒有老婆，你總是不相信。」

「我是有點不相信。像你這樣一個人，會沒有老婆？就算死了，你要續弦還不容易？」

「我說的是實話。你不相信也不要緊，橫豎慢慢你就明白了。」

嚴冬的後半夜，冷氣越發重了。金彩飛起來撥撥尚未熄盡的火盆，加上一點木炭。紙窗上一陣沙沙的聲響，窗上很亮，金彩飛打開布窗簾隔玻璃向外一看，原來已經落雪了。熄了煙燈，重新睡下。金彩飛道：

「並不是我不相信你，我實在是不相信我自己。你看有幾個唱戲的女孩子得到好結果的？一個女人原靠年輕，唱戲的女人更是靠年輕。年輕時候一過，人老珠黃，誰還管你的閒事！老史，不瞞你說，我唱戲十年了。這十年間，男人我見的多了，有幾個拿真心給女戲子做朋友的？這也怪不得男人家，誰教你是個唱戲的來！唱戲的女孩子，難道就有好的？所以我不是說你靠不住，實在是覺得我自己靠不住。我的命是這樣苦，偏偏生在這樣一個人家！」

金彩飛說著，一陣心酸，眼淚就落下來了。但她是一個好強的人，不願意被人家看得軟了，就連忙抑住自己的眼淚，反而笑了一笑，說：

「前些日子，我找個瞎子來給我算命了。他說我從明年二十五歲起走好運，這一步好運一直走到老。他又說我應當嫁一個屬馬的人，才得白頭偕老，才算是個真正歸宿。老史，你不是屬馬的嗎？怎麼湊得這麼巧！」

「你也不用信命。」史慎之安慰她說，「祇要你能和我一心，我們雙方有意，自然就會達到目的。這年頭，不知道怎麼變化呢，你也用不著顧慮得太遠，眼前裡能混得過去也就算了。」

「我正是混眼前呢。要是想得遠，老早愁也愁死了！」

聽得遠遠的有雞叫聲，兩個人才睡了。

早上八點鐘，史慎之冒雪回到自己的寓所，心裡總是有點煩亂。真正是「急景凋年」，史慎之忽然想起家來了。父親去世的早，母親辛苦半生，把自己和妹妹帶大，那艱難是可以想像的。妹妹嫁了，自己又遠羈在這大名湖上，讓母親一個人留在上海，這時候她又是怎樣的情懷！他有意寫一封信回去，但也沒有提筆，而董銀明果然來了。

「史先生，父親教我來請你了，他在聚永成等我們。」董銀明興致很高地說，「你昨天的事，我都知道了。他是埋怨我的不了，但他很怕你。他這個人，祇有你這樣對付他才有辦法。他是欺軟怕硬，難纏的很呢！」

史慎之笑了笑，說道：

「你看，今天他會變卦嗎？」

「絕不會的。你不妨還帶著那傢伙，他要有變卦，你就來對付我。那時候他什麼都會答應的，再多點都成。」董銀明很有把握地說。

於是兩個人坐車一逕到西門大街來。走進聚永成銀號，櫃檯上正忙生意，也沒有人理會他們。穿過櫃檯，走到後院，董銀明帶他進了上房，在明間裡坐了。那是一間陳設精緻的小客廳，靜悄悄的沒有別的人。董銀明說道：

「史先生，你坐一坐，我到那邊去找父親來。」

大約不過兩分鐘，董老頭兒一個人笑嘻嘻地進來了。寒暄坐下，董老頭兒先說道：

「史先生，你要的東西，我是預備了。但數目小一點，祇有三百元。實在因為年底下緊，一時湊不出來，你要多多原諒！過了年，你祇管再用，一點沒有問題。」

這一還價，倒是史慎之沒有料到的，他不禁愣了一下。但剎那間他就作了一個決定：這不是還價的事情。他微慍地說：

「老董，昨天你已經滿口應承了我，似乎再要變卦，未免對不起朋友。這聚永成也算個大銀號，要說拿不出兩千塊錢來，有誰相信！」

「史先生，」董老頭兒也收起他的滿臉笑嘻嘻，一本正經地說，「我拿三百塊錢，就是為朋友，看在義氣上，而且是為了銀明。你領壞了我的孩子，還要逼我的錢。你想想，你這算朋友嗎？」

董老頭兒說著，從口袋裡摸出三百元一疊鈔票來，放到史慎之面前。說：

「史老大，你也不必多爭，這個你拿去用罷。祖師爺在上，我姓董的不做那對不起朋友的事情。我是寧人負我，我不負人。」

「不是那麼說，董老大。」史慎之換了和緩的口氣說，「我要是沒有那個用項，我要那些錢做什麼！這城裡有一千多共產黨員，這是銀明知道的。你給我三百塊錢，教我怎樣敷衍他們？這不是逼著他們鬧事嗎？董老大，你既然提到祖師爺，那你就得替我想想才是。」

「我的力量祇有這樣大，」董老頭兒搖搖頭說，「你要是不夠用，就去另想辦法罷，我是愛莫能助了。」

董老頭兒立起身來，大有送客的意思。史慎之知道說好的是沒有用處的了，就也站起身，沉下臉來，說：

「老董，既是這樣，你就不要怪我無禮了。」

他的手原放在大衣口袋裡，捏住那柄小手槍，這時候就拿槍出來。卻不料兩條胳臂被人從身後頭扭住了，同時手上受了重重的一擊，槍落在地上。七八條彪形大漢，從四面擁了進來。他立即被反縛了雙手，五花大綁，捆了個結實。董老頭兒笑笑說：

「老史，事到如今，你不要怪我姓董的。你實在欺人太甚了！你也不打聽打聽我姓董的究竟是哪一路！」

他說了，就招呼門外頭：

「請處長了嗎？」

「處長到了。」門外答應。

有人把棉門簾掀起來，一個瘦高個子的老頭兒安詳地緩步踱進來，靠上首的椅子上坐了。他頭戴瓜皮小帽，身穿長袍馬褂，而實在是個武官。他就是董老頭兒幹軍隊時候的老同事，曾經同生共死的患難之交，現任軍政執法處處長，為譚督軍手下說一不二的紅人。他看了史慎之一眼，說道：

「倒是好個外表。——武器呢？」

手下人把史慎之那把小手槍雙手捧給他。那史慎之這時候衹好直挺挺站在一邊，聽候他發落。

「你大天白日，持槍行劫銀號，好大膽子！」

「不是的，」史慎之強自鎮定著，分辯說，「我和老董是同參弟兄，我是來向他告幫，借幾個錢用的。並不是行劫！」

「你倒說得怪輕鬆！」處長笑了笑，揚聲問道，「外邊預備齊了嗎？」

「齊了！」外面答。

「來！」

四個穿灰色棉布軍服的大兵，應聲而入，他們都腰跨駁殼槍，手捧大刀。處長吩咐他們把史慎之帶出去，史慎之就被簇擁著走了出去。這時候，西門大街聚永成銀號門前這一段，已經密密層層地撒了崗，斷絕了交通。遠處有看熱鬧的人，靜悄悄地擠成一大片。史慎之被擁到街心，面對聚永成銀號大門。處長跟著踱出去，倒背著雙手，站在聚永成銀號大門前正中的石階上，面對著史慎之。手捧大刀的大兵吩咐史慎之跪下，史慎之剛一猶豫，後腿彎裡就重重地挨到了一腳，他就跪下了。這時候，史慎之不由得想道：「這莫不是要槍斃？」這是他先沒有料到的。

然而他最後還是想錯了，他沒有被槍斃，而是被砍了頭。

六

史慎之被殺之後，軍政執法處處長吩咐把他的腦袋用鐵絲串起來，掛在聚永成銀號門前一根電線桿上「示眾」。屍體拉到郊外去埋了。這事情，立即轟動了整個T城，三三兩兩，傳說不一，但都知道殺的是持槍行劫銀號的大盜。城裡城外，跑到西門大街來看電線桿上掛人頭的，大有人山人海之勢，交通都給擠斷了。有的人還埋怨自己運氣不濟，不曾遇上行刑的時候，看個熱鬧，到底不知道砍頭是個什麼情形。誰也說不定什麼時候才有這樣的事，機會錯過了，實在太可惜。聚永成銀號和附近幾家商號見不是事，大家商量一下，請求執法處免予示眾，把那個人頭移走。不料那處長堅持一定要掛過正月十五日元宵節之後，才許取下來。他以為這樣可以給那些匪盜一點戒心，有助於年節間治安的維持。這幾家人家聽了這消息，慌張的了不得。你想，大門口裡掛著個人頭，這個年還有個什麼過頭？他們徹夜開會之後，託那董老頭兒向處長講了關節，暗暗送了處長兩千塊錢菲禮，史慎之那顆頭才被拿走了。

過了三天，軍政執法處在聚永成銀號門前貼出一張布告，宣布了史慎之的罪狀，也說是持槍行劫，梟首示眾。

那些共產黨人，自方祥千以下，得到了史慎之被正法的消息，先以為是因為共產黨的緣故，大家都很怕。躲了幾天，漸漸知道不是那麼回事，才都放心露面。方祥千跑到雀花街去，把史慎之的遺物清理了一番，房子退掉。他寫信通知上海。過了幾天，有指示來，領導大任又落在方祥千身上。他預備回方鎮鄉間去過年的，這一來就走不脫了。

放在他面前的第一件大事是整肅內部。史慎之自有取死之道，但董銀明是否有出賣史慎之的嫌疑，也是要研究的。方祥千和董銀明單獨密談了好幾回，覺得董銀明實在並沒有把黨內祕密作任何的洩露。

「為了鑽戒，我犧牲了大滿。」董銀明含著兩泡眼淚，同方祥千訴說他從史慎之那裡所得來的那許多痛苦，「但是我一點也不灰心。我實在想把母親的首飾偷給他，祇是還沒有機會。他如果不直接去找我的父親，是絕不會發生這事情的。六爺，我可以給你老人家介紹我的父親，他不是一個好人，他貪財好貨，殺人不眨眼，而且詭計多端，史慎之絕不是他的對手。所以黨裡的事情，我一點也不敢教他知道，他是最會賣友求榮的。」

方祥千對於董銀明的坦白解釋，感覺得滿意，他安慰這個青年人說：

「根本錯誤，是上海不應當派出這種人來。我們要接受這一次的教訓。自今以後，我們要憑我們自己的力量來幹，我們自己領導我們自己，再也不要仰賴別人。等尹盡美從俄國回來，我們都跟著他幹，他一定會帶回許多方法來。」

史慎之的死，提高了方祥千的鬥爭情緒，也揚起了他的獨立自主的鬥爭意識。這便是他以後終於成為一個土共的最大原因。

還有那個金彩飛，她受了史愼之的刺激，終生變成了一個「寡情」的女人，再也不為那男女之愛耗費分毫的精神。第二年，她下嫁給她的琴師，收養了兩個女孩接續她的行業。她從此反倒清清靜靜，無牽無掛，覺得生活得很有意思。那算命瞎子允許她從二十五歲開始走好運，倒是滿對的。

有一部分國民黨黨員，在C島創辦一所中學，叫做惠泉中學，作為一個掩護工作和培育後進的機關。方祥千決定教方天艾轉學過去。他有兩個目的：一是繼續和國民黨聯合，作為患難中的一個朋友，初期的共產黨，這個思想極為普遍。二是也看看國民黨暗中在做些什麼，以便相機加以防範和利用，這是帶有「特務性」的。

方祥千本人決定等尹盡美回國後，他要回方鎮去建立一個鄉下據點。他計畫吸收大批的農民，做一個「實力派」。他告訴校長沈平水，說待學期終了，他要辭職回鄉了，請校長早一點物色一個文牘員，他將交代。不料那沈校長再三挽留，不肯答應。方祥千就推薦他的姪子方天芷接續他的職位。

「天芷，你是知道的。」方祥千給沈校長說，「先在洛陽跟吳大帥做祕書，新舊文學都來得。吳大帥隱退後，他回到了鄉下去教書。前些時候有信來，說要有機會，還想出來做事。我舉薦他來接續我的職務，他在這裡就像我在這裡是一樣的，你總可以放心了。」

沈平水是一個現實的人，他因為方祥千是齊寶申的朋友，不能不加以挽留。現在方天芷是吳大帥的祕書，自然又不能不接受。他不但同意了，而且希望方天芷不妨先來，和方祥千同在文案上辦事。

「大家都是朋友。不錯，天芷，我記得，他下得一手好圍棋，經常在曲水亭喝茶，會棋友。詩也做得。不錯，不錯。」

方祥千無意中獲得了這一勝利。天芷來了，介紹他入共產黨，就可以繼續保持法政專門學校這個小據點。不是萬不得已，不放棄據點，這原是共產黨的工作原則之一。

方天芷是一個孤僻的人。他由於父母之命與媒妁之言而娶進了一位和他全不相投的太太，是他的一件最大的憾事。他和他的這位太太雖然已經生下許多孩子，而他認為她根本一無可取。比方說，他是喜歡嬌小玲瓏這一型的，而太太是一個高頭大馬，望之如半截塔。他喜歡清靜的無言的美，而太太是一張貧嘴，絮絮不休，不管人要聽不要聽。她是一個種田人家的女孩子，你要和她談餵驢推磨，她是在行的。至於下圍棋作舊詩，甚至飲酒喝茶，她都一竅不通。天芷的父親是一位老秀才，他各方面都為天芷所親所敬，祇有替他討進這樣一位太太來，他認為是老人家頂頂對不起他的一件事。

有一短時期，天芷曾在民志報充副刊編輯，但他和羅聘三相處不來。羅聘三是一個玩政治的人，注重現實，分別利害，頭腦機警，手段毒辣。這在方天芷看起來，未免是粗俗不堪的。他批評羅聘三，祇用簡簡單單一句話：「他根本不是人！」此外，他就不高興多說了。

但方天芷本人被公認為是一個怪人。不但他們方鎮全族把他「另眼相看」，在T城也很少有能夠了解他的。譬如尹盡美就是看不起他的。他好談美學，而尹盡美一聽到他的美學就作嘔。尹盡美原有一個別的名字，他因為反對方天芷，才自己改名叫盡美。他這盡美二字，不是盡美盡善的意思，而是沒有美，不要美的意思。即此一端，可見尹盡美對他的反感之甚。

他與方祥千，叔姪兩個，也不甚相得。這一回方祥千把他推薦給沈平水，原是別有用心的。而他不知道方祥千的這一用心，所以欣然而就，接了六叔的後手。要是他明瞭方祥千的本意，他是絕不會接任這個文案的。他有個刎頸之交，跟隨吳大帥做衛隊旅長，他因為這個關係，曾任吳大帥的祕書。吳大帥這時候雖然暫時隱退，然而眾望所歸，隨時都有東山再起的可能。所以方天芷要做事情，並不是沒有機會的。他現在替沈平水當文案，可以說原是俯就的。這一點沈平水倒是明白的，他因此對於方天芷始終客客氣氣，不把他當部下相看，祗以朋友相待，正像他對於方祥千一樣。

夏初，天剛剛顯得有點燠熱，尹盡美回國來了。他比以前更加黃瘦，嘴唇更加白，沒有血色。他在莫斯科過了一個冬天，他的肺病顯然加重。但他還能掙扎，騎著腳踏車，到處亂跑，到處活動。他告訴他的同志們，俄國現在是鬧著怎樣的饑荒，蘇聯共黨的同志們是怎樣在這大饑荒中為了共產主義的種種理想，勇猛地艱苦地奮鬥。他喜歡唱一個俄文的國際歌。祇要環境許可，他總是輕聲輕氣地唱一個俄文的國際歌給他的同志們聽。因為他會唱俄文的國際歌，他在黨內的地位不知道提高了多少。他的同志們遇著難以解決的問題，常常喜歡說，「我們還是問問盡美去，他是從俄國回來的。」

方祥千費了很多唇舌，打算說服方天芷，教他加入ＣＰ。但方天芷竟沒有一絲一毫加入的意思。他說：

「我原是贊成共產的。但自從尹盡美從俄國回來以後，據他所說他親眼看見的那種情形，我現在是反對共產了。不共產，有窮有富，窮人固然受罪，但還有富人享福。共了產，卻是一律窮，大家都受罪，那又何苦多此一舉呢！」

方天芷這個反共的理由，自然是很幼稚的。但那個時候，同是在這一方面的知識不夠，聽起來倒也像是一個理由似的。尹盡美為了他這個頑固的頭腦，不知道說了多少挖苦他的話。兩個人時常鬧得面紅耳熱，不歡而散。方天芷為了尹盡美改名字，他也改名為頑石，以示報復。他彷彿說：「我就是頑固，我就是這樣一塊頑石了，偏不聽你們這一套！」

按照預定計畫，放了暑假，方祥千就回方鎮去了。方天芷正式接任了法專的文案。這個文案房，房子很寬大，一排三間，一頭是辦公房，一頭是文案的寢室。當中一間特別開敞，布置得像個會議廳，要是開會的話，足可容納二三十個人。窗外是空曠的院落，有合抱的大樹，到夏天是一個頗為陰涼的地方。就個性而言，這個環境對於方天芷是很相宜的。他能夠在這裡消磨他的歲月，未始不是他的福氣。然而尹盡美不放鬆他。尹盡美喜歡借用他這個文案房，約會朋友，在這裡開會，而方天芷是知道他們在開什麼會的。開會還不說，他又常常深更半夜間帶些素昧平生的人來借宿過夜。還沒有經你同意，他已經躺在大桌上呼呼睡了。有時他又拿點箱子或包裹什麼的放在這裡寄存些時，你也不知道裡頭是些什麼東西，那些東西是不是違禁。他又時常交來一張紙條，上邊寫幾個人名，用命令的口氣說：

「有這幾個人的信的時候，你替我收下來！」

弄得方天芷這塊頑石真是哭不得，笑不得，不知道應當怎樣應付他。然而一個人的忍耐並不是沒有限度的，方天芷意識到如果聽他這樣搞下去，不但對於自身，就是對於學校，對於校長，都有許多不方便。他再三考慮，覺得自己不能再隱忍了，就鄭重地和尹盡美提出了談判。他說：

「盡美，我們有時雖然也開玩笑，但你知道，我是絕不會有問題的。我反對共產，但我不反對作共產黨的這幾個朋友。有一句話，我不說你也應當知道。我這個文案房，自然不能說不教朋友進門。但朋友來了，總要有個分寸，不要忘記這並不是我私人的住宅。這是人家法專的辦公處所，我們不要妨礙人家。盡美，從今以後，我希望你們不要再借這個地方開會，不要再借這個地方住宿，也不要再借這個地方寄放東西。」

方天芷一邊說著，一邊想：索性一不做，二不休，趁這個機會，把話給他說明白了罷。於是他加強語氣，補足他的話。說：

「盡美，我把話再說明白點，你不要怪我！我以為你們以後最好根本不要到這個地方來，你們算不認得方天芷，好不好？」

尹盡美聽了方天芷這樣決裂的話，一點也不感驚異，祇是淡淡地說：

「頑石，你沒有弄明白。我們要不是想利用這個地點，方祥千為什麼要舉薦你來當文案？」

一句話，刺傷了方天芷的心。六叔的關照，原來如此！方天芷惱了。他恨恨地說：

「你們殺人不見血！你們的行為太鄙劣，太惡濁！可是，盡美。無奈我不受！對付鄙劣的人，我也要用鄙劣的手段了。尹盡美，你一定要接受我的提議，從此不認識我，再也不要來麻煩我！否則，莫怪我對不起你們！」

這個神經質的人，一邊說著「言不由衷」的狠話，一邊竟落下眼淚來。他擦去眼淚，想抑住自己的感情，可是抑不住，那眼淚祇管不住地落下來。他已經無力控制他自己，就索性抽抽噎噎哭了起來。

「頑石，這不是哭的事情！有個東西，給你看看。」

尹盡美從他的口袋裡摸出一張摺疊得像個火柴盒的平方那樣大的紙來，遞給方天芷。方天芷接過來，打開一看，上寫道：

「我誠心誠意，出於自動地加入共產黨，為共產黨黨員，無條件接受共產黨的命令，替共產黨工作。如有違背，願受任何嚴厲之制裁。此誓。」

奇怪的是下面有自己的簽字。他定定神，再細細看，一點不錯，「方天芷」這三個字，是自己親筆寫的。這時，他不哭了。他怒不可遏地把那張「誓辭」撕得片片碎，一把扔過去，紛紛落在尹盡美身上。他破口大罵：

「你們搗鬼，什麼時候偷去我的簽字，存心陷害我。看我不告你們！尹盡美，你等著我的！」

「你告我什麼？」尹盡美嘻皮笑臉地說。

「我告你是共產黨。」

「你告我共產黨，你沒有證據。但你做共產黨，卻是真憑實據，有自己親筆簽字的誓辭為證。」

尹盡美拍去身上的紙屑，從腰裡再摸出一張和剛才那一張完全相同的紙來，打開，遠遠地給方天芷看個明白。說：

「你撕了一張，不想我這裡還有一張。你認清楚，這個簽字也不假罷？」

方天芷愣然，一時驚得說不出話來。

「頑石，這以後，你再也不要胡思亂想，好好和我們做朋友罷，你知道我們共產黨，如果我們認定你應當給我們做朋友的時候，你不能推辭，你推辭也推辭不掉，非做朋友不可。一旦我們認為你不配和我們做朋友了，那就算你給我們磕頭，當孫子，也不行。頑石，你應當明瞭，我們選擇你，正是因為我們看得起你！好，我們晚上再見罷，晚上我們還借你這個地方開會，開會之後，大約還有人在這裡過宿。」

說著，傲然走了。

方天芷一頭栽在床上，哭了好半天，他拉開抽屜，拿出兩本十行簿來，看看，一點不錯，封面被人偷走了。這是前幾天「事務上」送過來的，碰巧他正坐在桌子上沒有事做，想想這兩個本子又沒有什麼用處，就提起筆來在白皮紙封面的左下角，簽了一個名字。簽好之後，就放進抽屜裡去了。這一舉動原是無聊的，無心的，沒有意義的。不想尹盡美把它們撕了去，做成「誓辭」來捉弄他。他想：

「我這就算完了。我被他們像拴老牛一樣用銅環子串起鼻子來了。這一群亡命之徒，我能是他們的對手嗎？」

沉重的悲哀侵襲著這個被捉弄被汙辱的人。人心如此奸詐，世路如此險惡，這是他以往沒有體驗過的。他覺得頭脹欲裂。門也沒有鎖，一個人無目的地走出來，離開了學校。學校門前的東洋車，按照老習慣，把他送到曲水亭，因為他坐上車子和沒有說明目的地，問他又不應。曲水亭的茶房也按照老習慣給他泡上一壺大方，因為他沒有交代要喫什麼茶，問他也不應。有個大鬍子的老棋友捧著他自己的茶，到他對面坐下。茶房過來擺下棋盤，棋子送到他手裡，兩個人就下起棋來。他沒有一句話，甚至他並不十分知道自己是在下棋。大鬍子原是他手下的敗將，但今天卻贏了數十目之多。大鬍子說：

「怎麼，方先生，你今天有心事！」

方天芷忽然清醒過來，緊瞅著棋盤，說道：

「並不是我有心事。我祇是到今天才知道以前所下的棋，原來都是錯的，沒有一著對。因此，我想改變一個新的棋法。」

「但是你輸得很多，可見你的新棋法倒是錯的，還是以前對呀！」人心隔肚皮，大鬍子自然不知道方天芷葫蘆裡是什麼藥。

「我是說對不對，不是說輸不輸。我們行的對，未必能保證不輸。這個世界上，不合理的地方太多，因此對的未必能贏，錯的未必定輸。這實在是可悲的！」

「方先生，你這不是談下棋，竟是在參禪了。方先生，我看你研究佛理，倒是滿好的。這幾天，法華寺來了一位杭州高僧，正在開講楞嚴經，我是天天去聽。你如果有這個興趣，晚上我們一同去。好不好？」大鬍子是一個佛教信徒，祇要有機會，他就勸人信佛。

原來大鬍子的母親，供奉觀世音菩薩。據說大鬍子年輕時候，曾經有兩次大病，被菩薩把他從死中救活，第一次是鬧白喉，人已經不行了，他在昏迷中，見一巨人，手執一棵大樹，團團輪轉，樹頭上水珠四濺。他正張開嘴透氣，有些水珠濺到他的喉嚨裡，祇覺遍體生涼，病就好了。不消說，這個巨人就是菩薩。第二次是他得了肺病，肺病是無藥可醫的。母親就告訴他，祇要能許下願心，在菩薩前每日三次燒香，安心靜養，病一定會好。他照辦了，果然不到一年工夫，肺病好了。他長大之後，曾參加理教，戒菸戒酒。老師傅於「授戒」之後，傳給他五字真言。許他於危難之時，向東南方叩頭，口誦五字真言，定然逢凶化吉，遇難呈祥。這五字真言是什麼呢？就是「觀世音菩薩」這五字。因這種種緣故，大鬍子做了佛門居士，每天不在菩薩跟前磕幾個頭，就不舒服。

這一回也正投合了方天芷，他從此每天都到法華寺去聽講經。一個多月以後，方天芷忽然失蹤。他走的時候曾給沈平水留下一封信，說是看破紅塵，到杭州半山寺削髮為僧去了。

七

沈平水把方天芷的留書寄給在方鎮故鄉的方祥千。方祥千對於他這位令姪發生了極大的厭惡。同時，他的另一位令姪，他派遣了去C島插班惠泉中學的方天艾，進了惠泉中學之後，不但沒有發生作用，完成他的使命，反而來了一個大轉身，加入了國民黨，到廣州參加工作去了。這兩個消息，在差不多的時間傳到方祥千的耳朵裡，是他回鄉以來第一件拂意的事。他想：

「這兩個孩子，真是看不出來，原來這樣沒有出息！辜負了我過去對於他們的期許。他們背棄了光明大道，甘願投向黑暗。小資產階級革命意識的不健全，不堅定，這就是明顯的例證。我以後倒要時時小心在意，謹防失足，好好誘導自己的兒女和別的有希望的青年們。」

但是如何「誘導」呢？方祥千曾經用了許多腦筋來研究這個問題，祇是並沒有滿意的結論。青年人正像鳥兒一般，你捏得緊了，他會窒息而死，放得鬆了，他會振翅飛去。青年人一點不像那泥人木偶，你把他放在哪裡他就待在哪裡，你教他倒立著他就倒立著，你教他反坐著他就反坐著。總而言之，他們不能盡如人意，真是不妥當的很！

然而方祥千知道「不見可欲，則其心不亂」的道理。他想。我們對於領導青年有責任的人，不能不對青年施行隔離，施行一種實質上無異於「絕聖棄知」的新領導政策。青年人意志不堅定，容易動搖。為了防止他們走入歧途，第一要教他們少與一般社會接觸，免得被誘惑。申言之，青年人的知識與情感，也不宜於多方面的發展。我們要教他們按著共產黨的路線，配合共產黨的需要，單單朝著這一個方向像鑽牛角一樣地拚著命鑽。青年人要目不二視，耳不二聽，像一個殉道者一樣，一無牽掛地為共產黨貢獻其生命。是的，要是能做到這個樣子就好了。方祥千這樣想，同時他也這樣行。他自信他已能漸漸深入共產黨的神髓，得其三昧，毫無遜色的可以作一個領導者了。

目前最大的難題是怎樣把天芷天艾兩個人的行蹤通知他們家裡。兩個人都是已經沒有了父親，僅還有母親在堂的人。天芷的母親，是方祥千的大嫂，他和天芷的父親為同堂兄弟。天芷的父親是一個秀才，是方鎮最後一個有科名的人，從他以後科舉就廢止了。因此，天芷的母親也就是方鎮上最後一個被尊稱為秀才娘子的婦人了。

天艾的父親是方祥千的堂弟，排行第八。方老八在C島德國學校讀書，他的德文程度不下於譯學館畢業的方祥千，他真正曾經試譯過歌德。辛亥革命那年，他推開了他所讀的德文典籍，從C島趕回方鎮，進城參加了革命軍。以後清兵來了，打破縣城，把革命黨殺了一個光，方老八也在其內。那時，已是清廷下詔退位之後，民國成立了。祇因電信遲緩，消息不靈，偏僻地方還在繼續流血，實在是冤枉的。

方老八死難之後，和其他的許多烈士，同時被叢葬在縣城北門外的荒地裡，堆成一個大塚。他留下一個剛剛二十五歲的太太和一個剛剛四歲的男孩，這個男孩就是方天艾。

方祥千的祖父時代，他們家有一百頃田。但這在方鎮還不是最大的地主。方鎮最大的地主是一個受戒的高僧，法號五蓮。他所住持的真蓮寺，有徒子徒孫五百餘人，擁有良田一百五十頃。真蓮寺的佃戶有遠在二三百里以外的。這些遙遠的佃戶，每當秋收完畢，自帶糧草，趕著騾車，把應納的租糧送到寺裡來。他們尊稱五蓮為老太爺，而不叫他師傅。真蓮寺的佃戶，每年有一定的時間，還要派遣他們的婦女到寺裡服役，替僧人們縫洗。有那慣造口孽的人，就傳說她們在陪和尚睡覺，替和尚生孩子。

這位五蓮老太爺有著封建領主那樣的權威，常常坐四抬藍呢轎到城裡去拜會縣太爺，縣太爺也到真蓮寺來回拜，並且接受和尚的宴請。有那抗租不法的佃戶，祇消五蓮一紙名片往縣衙門裡一送，縣裡就派役拿人。

五蓮涅槃後，真蓮寺的權勢才漸漸衰落下來。他的遺產，被徒子徒孫們分析了，大地主變為中地主，中地主變為小地主。而權勢之大小是決定於田地之多少的。

五蓮和尚和方祥千的祖父同時代。方祥千的祖父是進士出身，在廣東福建江西各省做知縣先後三十年，晚年告老還鄉，一口氣買進了一百頃良田。他摘取一句古詩「春星帶草堂」，而自題其居曰「帶星堂」，並自號「帶星老人」。帶星老人和五蓮和尚同是方鎮的兩大地主，兩個人也是好朋友，而個性則相反。五蓮和尚重享受，愛揮霍，雖曾受戒，卻不斷葷腥，參歡喜禪。帶星老人則自奉極儉，冬天不生炭火，不穿皮袍，夏天捨不得喫個西瓜。他唯一怪癖是愛尼姑，經常請些尼姑到家裡念經，和她們鬼混。他好背負著他所心愛的尼姑，在大廳裡轉圈兒跑，跑得上氣不接下氣，滿身大汗。那時他已經是六十多歲的老人了，他以此為樂。

他又有一種「疑心病」，老怕自己死。死了人要帶孝，孝服是白的，他因此怕見白。人死了要過七，他於是深惡這個七數。他更擴而大之，對於姓白的或排行第七的人也一律敬而遠之。他怕寡婦，怕棺材，又怕饅頭，因為饅頭的樣子像個墳。唯一不可解的是他不怕尼姑，也不怕尼姑念經，大約以為尼姑念經可以祈求他長生罷。

帶星老人的最後命運是和五蓮和尚一樣的，他一瞑不視之後，家道漸漸不行了。兒孫太多，越分越少。而承受祖業的人，未必知道艱難，很容易把祖業送掉，變成些破落戶。但他家的情形是直到方祥千這一代還是小具規模的。方八奶奶於公婆去世之後，還分到三頃多地。她少年寡居，並不希望她的獨生子天艾有什麼發跡。她打算天艾小學畢業後，就可以在家裡住下來了，討一房媳婦，生兒育女，能得守住祖業，就儘夠過的了。但方祥千再三反對她這個意思，一定要她送天艾到T城去升中學。

「你不給他升學，不給他深造的機會，」方祥千告訴方八奶奶說，「這就是對不起老八。你想老八祇留下這一個兒子，他要真是死而有知，沒有不希望他上進的道理。你年紀還輕，正應當自己照看著家務，讓他出去求學。將來你老了，不能動了的時候，再教他回家來服侍你也不遲。」

方祥千說的是一篇大道理，方八奶奶也不好一定要駁回，就答應了下來。但她有兩個條件，是說明了把孩子交給方祥千，要方祥千一切負責，萬一有個差錯，唯方祥千是問。

「那是自然，」方祥千拍著胸膛說，「我一定照看他，你一切放心！難道我不知道這是老八的獨子！老八為國犧牲，把他的孩子，帶大成人，完成他的心願，是你的責任，也是我的責任。」

在這樣的負責保證之下，方八奶奶才把天艾交給方祥千帶到T城去的。從T城轉學C島，方八奶奶沒有話講。這一回從C島上了廣州，走得這樣遠，已經不像話了，又聽說是到廣州去入軍隊的，方八奶奶可真有點毛了。

「六哥，」方八奶奶擦一把眼淚說，「我的孩子還不就是你的孩子，反正都是你們方家的人。祇是我想著他從小嬌生慣養的，哪裡喫過一點苦來！我們這種人家，像他這種孩子，怎能幹軍隊？他在軍隊裡能幹點什麼事情，他能扛得動槍嗎？他能跑得動路嗎？你看他在家裡，祇要一出門，哪怕是三里五里，也要套車，還有人跟著。軍隊裡頭的苦頭，他能喫得了嗎？再說，幹軍隊就得打仗，槍彈沒有眼，打仗總是危險的。他爹已經鬧革命送了命，連個屍首也沒有找回來，墳頭也沒有一個，教我想痛痛快快哭一場都沒有個地方！現在，不想天艾又走了這一條路，這以後我還有什麼指望，我還打算靠誰？」

方八奶奶越說越傷心，真的捏著鼻子大哭了起來。屋裡擠滿了人，有的勸解，有的嘆息，有的搖頭。也有那平素和方八奶奶合不來，這時候心裡暗暗高興的。

「六哥，」方八奶奶嗚咽著說，「不是我怪你！當時不是你說你能負責，我是不肯教他出去的。現在他走了，你得替我把他找回來。要是他有個三長兩短，你得賠我的兒子！」

方祥千費了無數的唇舌，賠了許多小心，方八奶奶總是哭個不停。方祥千告訴她，孩子上了廣州，那是去創事業，將來前途無量，應當歡喜。幹軍隊，他幹的當然是文差事，文差事不打仗，絕沒有危險。他又告訴她，現在有了火車輪船，廣東也不算遠地方了。「當年，爺爺在廣東做知縣，坐小帆船從湖南過去，一走就是幾個月。那才真叫是山遙路遠。現在，幾天就到了。你還急什麼？你要實在想他，我寫信教他回來就是。總之，你放心，不要著急！」

這才慢慢把方八奶奶安撫下來。方八奶奶最後還是要方祥千把天艾找回來。她自然沒有方祥千認事那樣明白，她不知道青年人像鳥兒，鳥兒是籠不住的，鳥兒是要飛走的。

秀才娘子這一邊可沒有方八奶奶這麼容易安撫。原來秀才娘子是續弦的，她的前房留下了一子一女，兒子名叫天芯，女兒排行第二，都叫她做二姊。秀才娘子自己也生下一子一女，兒子就是天芷，女兒名叫其菱。天芯早已娶妻，並且生下了大群的兒女，夫婦兩個為了讓兒女們在大家庭中能得適應生活起見，對於繼母是盡量地巴結，討好。秀才娘子也敷衍他們，表面上總算是相處得滿好。方二姊是一個性情執拗的姑娘，卻做得一手好針線，燒得一手好菜。秀才娘子為了跟前不能缺少這樣一個做活的人，故意高不成，低不就。以致方二姊三十多歲了還沒有出嫁。

老姑娘的心境是沉重的，未免不愉快，這就發於心，形諸外，常掛著一張陰鬱的不大好看的臉。說起話來，有時候也有好聲，無好氣，或者一問三不答，錐扎不動。秀才娘子出身於農家，既非心理學專家，又沒有容人的大度。對於方二姊那種神氣，就未免不能滿意，漸漸恨之於心。她以為方二姊是一定看不起她這個晚娘的。「你這明明是與我為難，你找我的麻煩！難道我還怕你不成？前房兒，後房女，天下難做的是晚娘！」秀才娘子想著就有氣，「事到其間，我也不避那嫌疑。好，偺們走著瞧罷，看倒楣的是誰？」從此對於方二姊也就沒有好臉，沒有好氣。那方天芯夫婦兩個，冷眼把這情形看在心裡，為了討好晚娘，不顧那同胞大義，有時候也在晚娘跟前說些不利於方二姊的話。秀才娘子又暗暗吩咐自己親生的女兒其菱，叫她察訪方二姊背地裡的一言一動。這個小姑娘，做過一兩回情報，覺著母親似乎很喜歡這一套，就有的無的瞎造謠言一陣，把個方二姊說得根本不成話。那方天芷在家裡的時候，也是方二姊的一個死對頭。方二姊不高興起來，有時候兩三天不洗臉也不梳頭，甚至不結領鈕，不提鞋後跟。方天芷最看不上她這個邋遢樣兒，就不肯喫她炒出來的菜。秀才娘子見兒子單喫白飯，菜是一點不動，心痛兒子，就恨那二姊，說她故意弄得腌腌臢臢，教人喫不下，心眼兒太壞，太不是東西。秀才娘子並沒有客氣，想在心裡，就說在口裡，而且嘮嘮叨叨，無止無休。方二姊做了事，還要受氣，對著這一個複雜的家庭，其厭惡之心是可以想見的。而真正使她灰心的，卻是天芯夫婦。她覺得你原和我是一母同胞，現在順了晚娘，也加入他們一夥兒，來糟踐自己的妹妹，真是良心何在！

方天芷自T城出走，到杭州出家之後，第一個遭殃的自然是方祥千。秀才娘子和天芷老婆，同樣不講理，她們一個向六弟要兒子，一個向六叔要丈夫，理由是簡單明瞭：

「你那時候要不薦他到法專去當文案，他就不會上T城。不上T城就不會上杭州，就不會當和尚。總之是你教他當了和尚，你就得還我們的人！」

這篇道理，說得那方祥千張口結舌，無法答對。他就索性給他個不管，搖著頭走得無影無蹤，由你找也找不到他。

給方祥千鬧不出個所以然來，第二個遭殃的就輪到方二姊了。秀才娘子和天芷老婆兩肚皮氣惱，不約而同地發洩到方二姊頭上來。秀才娘子首先開火：

「這一回你稱心如意了，你把他擠走了，這以後你就過好日子了。你可沒有想明白，放著我還沒有死呢！祇要有我在，你就莫打算爬上來，我眼裡放不下你這顆沙子！」

「媽，你還沒有知道呢！」天芷老婆接過去說：「今天早上趕著我們四寶寶叫小和尚，說小和尚，小和尚，你爹做了老和尚，你就是個小和尚，你們這一窩子和尚，都不得好死呢！媽，你聽聽，這可像是人說的話！」

「媽，你知道我們心裡難過，她高興呢！」天芯老婆也湊上來，悄聲說，「我剛才聽見她一個人在屋裡念阿彌陀佛，說這才是老天爺開眼，截斷了她那屁股後頭上一根毛。現世現報，家裡出了和尚了！」

其實，這都是冤枉的。方天芷出家，方二姊聽了有點稱心，是真的。她卻始終保持緘默，並沒有發表評論。第一，她原不是一個伶牙俐齒，能說會道的人。第二，她倒有忠厚的心腸，當人家不大好過的時候，她知道謹防自己幸災樂禍。然而面對著周圍的公然挑釁，方二姊感受到一種前所未有的沉重的壓力。她想，他這一出了家，要是從此不回來，我這個人也就完了。看看這個情形，他們還能讓我活下去嗎？自己是望著四十歲的人了，到現在還沒有一個歸宿。到老了，誰是個可以依靠的？不錯，爹爹去世的時候，曾有遺言，把五十畝田給我做陪嫁，我可以靠此維生。可是看看這情形，他們肯把這個田給我嗎？他們肯給我這個田，讓我安心養老嗎？

方二姊對於這些問題的預測，都是否定的。她覺得她的面前是漆黑一團，沒有光，沒有路，沒有同情的援手。她輕輕嘆口氣，心想，「我這就完了！」她覺得臉上有點發燒，渾身不得勁兒，真像是有點病了似的，她再也支持不住，她躺下了。

晚飯也沒有喫，悠悠忽忽，駕雲一般躺到下半夜。爬起來，嘔吐了一陣，用冷水漱漱口，才覺得好過一些。她點起一根香，插在窗前的香爐內，但她並沒有目的。她是一個被遺忘的弱女子，她孤孤單單，不但沒有接近她的人，也沒有接近她的神。她的香不是獻給神的。她在黑暗中呆望著那一點香火，聞著一絲絲的香氣，她好像有點想起她的母親。然而也是模糊的，飄渺的，她已經不能清切地記起母親面貌來了！

第二天，她不能起床了。她發燒，頭暈，作嘔，她病了。但是秀才娘子不相信她這一套。她站在她的房門外邊，提高了喉嚨，發話道：

「好端端的你害的什麼病！你裝腔作勢，祇能嚇小孩子，我卻不怕你！人人都知道我做晚娘的不是東西了，你這算是給我臉上貼金，替我做門面。你病，你病，你病，你病你的！我是不管，不管，不管，不管你的事！你倒要真的病出個樣兒來我看看！」

這些話，方二姊並沒有字字句句聽得進去，對於她們的煩言，她一直並不十分在意聽。因為她覺得她們的話祇有一個原則不變，那就是說她不好，怪她不對，反正是這一套，也就不必注意去聽了。然而今天她是在病中，病中的人情感往往會變得更脆弱，更禁不起刺激。她人雖在發高燒，心卻是涼的，聽了繼母的那些閒言冷語，更涼得厲害。她想：

「我這要是能完了，也算有個歸宿了！」已經去世了的母親的笑臉，又顯在她的眼前，她眼睛越合得緊，就越看得清楚，那笑臉也就越逼近前來。「媽！」她失口叫出聲來，隨著驚出一身冷汗。她睜眼看看，陽光照在紙窗上，光線太強，加重了她的頭暈，她趕緊再合上眼。

輕飄飄，像在駕雲。身體一直一直升上去，升上去，心裡一急，墮了下來。又是一身冷汗。……三天的時間，這麼悠悠忽忽地飛了過去。秀才娘子的閒話，越說越多，更沒有休止。天芯老婆輕聲輕氣地湊著秀才娘子的耳朵說：

「媽，你莫相信她不喫什麼。她白天不喫，半夜裡趁人睡了，起來偷著喫。你祇不睬她，看她能熬到哪一天！她是懶，裝病，不做活！」

「是的，媽媽！」其菱也插嘴說，「她一定是半夜裡起來偷東西喫。我剛才在她屋裡，她一翻身，被窩裡掉出一個大肉包子來。」

「這就對了！」天芷老婆緊接過去說，「怪道昨天晚上我收了整籠的包子，今天早上看看，倒少了大半籠，原來是她搗鬼！」

大姑娘家做出這樣沒有出息的事來，秀才娘子可真惱了。她一逕跑到方二姊的房裡去，罵道：

「你倒裝病裝的怪像樣兒，就不該半夜裡爬起來偷肉包子喫！你這種行為，哪裡還像是念書人家的姑娘！你這是不要臉，你是想漢子想迷了竅了！」

「想漢子想迷了竅」這句話，是不但震驚了方二姊，連天芯天芷兩個老婆也為之愕然不置，相顧失色。這句話，倘出之於村婦罵街，那就一點不稀奇。像方家這種大戶，像秀才娘子這種身分，對象又是自己的前房老姑娘，居然罵出這樣一句粗話來，真是傷盡了體面，失盡了尊嚴。那方二姊一陣痙攣，腦子裡嗡的一聲響，眼裡迸出金星來。她昏厥了過去。

過了不知道多少時候，她悠悠醒來。窗子上有著淡淡的月光，四周靜悄悄，天地彷彿變了。她想，我這就完了！臉上浮出一個苦笑來。

第二天早上，其菱第一個鑽到方二姊的房裡去，就看見方二姊掛在床頂上，蕩悠悠地用繩子吊著。其菱一面尖叫著，一面跑了出來。等家裡人七手八腳把方二姊放下來的時候，她早已渾身冰涼了。這個不幸的老姑娘，就這樣草草地結束了她的一生。她的死，赢得了若干旁觀者的嘆息，然而亦僅嘆息而已。其中搖頭最多的是方祥千，他感到這種舊家庭的罪惡之深，想想人與人之間的關係是再也不能不作一個根本的改變了。就加強了他的革命情緒。他想：

「自從太平天國以來，我們什麼都試驗過了，都沒有效驗！我們祇有最新的也是最後的一條路了，那就是共產！」

這時候，他接到上級的通知，要他派人參加到俄國去學習。他考慮再三，派出了兩個人。一個是他的大女兒方其蕙，另一個是他的親姪子方天茂。方天茂是方祥千的胞弟珍千的兒子，他到俄國去的那一年，僅僅十三歲，高小還沒有畢業。方祥千覺得培養一個好的共產黨員，必須從小的時候著手。年齡越大，頭腦和感情越不容易改變。他因此說服了方珍千，教天茂去俄國，他對於天茂比較對於其蕙抱著更大的希望。

方珍千是一個中學教員，又是一位有名的國醫。常常開出奇奇怪怪的方子，治好奇奇怪怪的病；也常開出奇奇怪怪的方子，治壞不奇不怪的病。他的嗜好是抽鴉片煙。他相信命運，看了許多看相算命的書。又會占課，對於文王六爻最有把握。他認為人生一切全是命定，半點也由不得人。有人駁他，說你躺在床上不動，天上總不會落饅頭給你喫罷。他道：

「祇要你運氣到了，天上自然會落饅頭。甚至比天上落饅頭還要奇妙，有你想不到的那許多好處臨到你頭上！」

他贊成天茂到俄國去，卻不是為了要他做一個布爾塞維克。而是因為他替天茂算命，覺得天茂十三歲這一年，最好能有遠行，走得越遠越好。而俄國剛巧並不是一個近的地方。

也為了信命的緣故，對於哥哥祥千的任何意見，從來不駁回。既然要這麼著，想必是命中該這麼著了，那麼就這麼著罷。他常常作如是想。

八

方鎮這個地方，在先原是極其平靖的。雖說還不到夜不閉戶那種境地，距離那種境地卻也並不太遠。這個鎮，有居民五千餘戶；原像個小城池一般，有一座相當堅厚的圍牆。可是這座圍牆後來慢慢倒坍了，也沒有人提議修理或重建。這就可以說明這地方的治安是還不壞的，圍牆並不是絕對的需要。

方鎮有許多大地主，也有更多的佃戶。地主是過好日子的，但太平時候，佃戶過的日子也並不壞。那個時候，地主是含有一點慈善家的意味的，因為有許多佃農，仰賴他的田地，才有飯喫。

方鎮及其附近地方，治安漸漸不好起來，先有竊盜，慢慢發生路劫和綁票，以至明火執仗，公然搶殺，是從袁世凱的洪憲朝開始的。全國國民用行動來反對袁世凱做皇帝，蔡松坡首義西南，全國聞風響應。國民黨要人居先生在C島附近組織反袁軍，以周大武為首，具有相當聲勢。那時候的C島算是德國人的，從德國人手裡取得輕武器，這是一條捷徑。有一種德國造的駁殼槍，分頭號二號三號三種，鄉下人稱之為盒子炮或盒子槍的，在那時候是一種最為快速的輕便武器。步槍，要算「套筒子」最好，也是德國造的。

方鎮上，首先舉起義旗響應周大武的反袁運動的，是方培蘭。他有五百多條步槍，自佩雙駁瞉，在鎮上的東嶽廟裡成立了司令部。以後他接受了周大武給他的一個團的番號，把司令部改稱團部，他本人就是團長。這是方鎮居民第一次看見兵荒馬亂。再早，是「鬧長毛」的時候，年代已久，後生們都趕不上了。

早早晚晚，鎮裡鎮外的場園裡，都有方培蘭的軍隊在操練，他們還唱著一個討袁的軍歌。方培蘭帶著隨從衛士，一行二三十匹高頭大馬，從這個場園趕到那個場園，看他的部下操練。有些老實的老百姓看見他來了，都遠遠地躲著，在悄地裡議論。

「這不是單刀方二樓的那個孩子，小名叫五十兒的？」

「誰說不是？他如今做了團長了。」

「我聽說他做了司令了呢。」

「方二樓沒得好死，倒積了這麼個好兒子！」

「你看他多威風！」

「聽說他這兩天在上緊地捉拿邢二虎。」

「為什麼要捉邢二？」

「你不知道？當年方二樓落案就落在邢二手裡。殺父之仇，他能不報？」

「怪不得這些日子不見邢二，原來如此。」

單刀方二樓和邢二這一案，究竟是怎麼回事呢？這要得四十多歲的人才能記得，因為這已經是三十年以前的事情了。

原來單刀方二樓幼年時候，和他的胞弟方光斗一同習武，曾經跟過名師，造詣頗高。二樓最後專練單刀，得其三昧，從來不曾遇到過敵手。傳說他能縱身一躍，跳上三層樓去，這是「飛簷走壁」的功夫。因此，大家送他一個雅號，叫做單刀方二樓。

方二樓成名之後，方圓數里內，慕名來訪，或要求拜師的，大有人在。儼然成了當地的一個江湖首領。那要求拜師的人，倒並不一定要老師指點武藝，祇希望寄名門下，便可聲價十倍。拜師是有贄見的。方二樓具有一般人的普通人情，未能擺脫名利；大門一開，凡有捧著禮物來拜師的，他是一概收下。不幾年的工夫，他由一個窮措大，變為小康之局。五十歲上，他才娶妻，當年生下一子，這就是方培蘭。乳名五十兒。這時候，方二樓也早已抽上了鴉片煙，把一切希望都寄在五十兒身上，自己倒沒有什麼雄心了。

生了五十兒第二年的中秋節，晚上，方二樓帶領家人拜月之後，坐在院子裡看了一會月亮，就回到房裡去躺在煙榻上抽煙。他每天晚上要這樣抽到四更天，才睡覺。這一天因為過節，晚飯時候用了一點酒，特別興奮。四周是靜寂的。聽得窗外有個沙啞的聲音說道：

「哥哥，還沒有睡嗎？」

是兄弟光斗的聲音，原來光斗鴉片煙抽得早，癮也來得大，習武不成，變成了一個流落漢。一向依靠二樓資助度日，二樓手頭寬裕，又義氣，對於弟弟花幾個錢，向來沒有異言。但他這個好脾氣，在娶妻生子之後，不知不覺地有了改變：沒有從前給錢給的那麼痛快了，態度也沒有從前客氣。這個改變，給了光斗一個極大的刺激，有時候他就忍不住說些閒話，埋怨哥哥不該聽老婆話，為什麼娶了老婆人就變了？弟兄一破臉，方二樓索性不准光斗再到他家裡玩。光斗斷了生路，仗著年輕時候學過三拳兩腳，不免偷偷摸摸，做些不見天日的勾當。被害的人看在方二樓面子上，倒也並不深究。他膽子越來越大，案子也越做越凶。地方上的人商量了一下，覺得再這樣下去，也不是事，就把光斗這些好行為告訴了方二樓。方二樓得悉之後，大大下不了面子，把光斗叫了來痛罵一頓。不想那光斗並不服氣，反而瞪著眼睛，怪起方二樓來。

「怎麼，你倒說起我的不是來了。」光斗氣哼哼地說，「你聽了老婆話，一個錢不給我用，飯也不給我喫，難道教我餓死？我在外面做這些事，都是你逼出來的。你現在倒反罵我，你真是良心何在！」

方二樓娘子抱著孩兒在一邊坐著。這時就插嘴道：

「我說二兄弟，你總是說哥哥聽老婆話，待你不好了。這真是冤枉了我！你不知道我的脾氣，我一輩子不曾在背後說人一句壞話。你這些天不上門，我倒是埋怨你哥哥：說起來，你也算個出頭露面的好漢子，把個兄弟扔在外頭，飯也沒得喫，你也不怕人家笑話，還成天講義氣呢？」

「你不知道他太不成材，」方二樓憤憤地說，「屢次做些事情教我灰心！」

「那些話，你也少說兩句罷。」方二樓娘子說，「今天聽我的。我看這麼著罷：二兄弟，你從今以後，再不要在外面亂來。你還是照舊到哥哥這裡來，你不過是要錢一件事，你還像從前一樣，祇管給哥哥開口要。他要是不給你，或是你不願給他開口，你給我要，我給你！你也看看嫂子是個什麼樣的人，再也不要說我說你的短話了！」

「好罷，照著嫂子的話辦。」方二樓表示贊同，「你也是條漢子，莫要教婦道人家看不起你！」

方二樓娘子不等二樓吩咐，逕自拿出二十塊大洋錢來，塞到光斗的手裡。那時候，一塊洋錢能買八斤豬肉或是三丈布，鴉片煙也衹值得一塊多錢一兩，所以二十塊錢倒也並不是一個太小的數目。但光斗是一個花慣了錢的人，並沒有把這幾個錢看在眼裡。他接了過來，冷冷地說：

「好，就這麼辦。我去了，明天再來。」

說著，一逕去了。方二樓搖搖頭，對渾家說道：

「你看嗎？他四十多歲的人了，什麼也不懂！」

「你管他幹什麼！」方二樓娘子嘆口氣說，「你不過就是他這一個兄弟，將就養著他算了。沒的教他在外頭偷偷摸摸，給你丟人！孩兒還小呢，你又不是沒有，犯不著得罪他！」

從此，方光斗依舊和哥哥嫂嫂來往。但方二樓兩口子發覺這個兄弟總是有點毛病，手來得不大乾淨。每逢他來一趟，家裡多少總得丟點東西，或是好玩的，或是好用的，或是可以變錢的。他好像衹要來了，就不空回。方二樓就對他提出警告：

「光斗，你這個毛病，不要以為我不知道。反正我家裡也沒有什麼了不起值錢的東西，我由你偷。我沒有被外人偷，你也沒有偷外人，這就算好。但是我得交代你明白，你不能在外邊偷人家，替我現眼。我要是知道了你在外邊不改這個老毛病，看我可要捶你！我話是說在先！」

「哥哥，你放心好了！」方光斗淡淡的說，「我不像你說的那麼下作！」

中秋節的這一晚上，方光斗在院子裡一說話，躺在煙榻上的方二樓就知道是兄弟來了。這時候，二樓娘子老早已經帶著孩子在別的屋裡睡了。二樓應聲答道：

「兄弟嗎，請進來！」

方光斗掀開單布門簾，輕輕走進，就在煙榻下面的一把圓椅上坐了，樣子也像喝過酒了。

「哥哥，你一定過節過得很痛快。祇是苦了兄弟我！我剛才在文昌閣底下，一把骰子輸了一百多塊，還是欠著人家的。我總是鬧窮，命這樣苦！不像哥哥你這一身本事，成家立業，也不枉人生一世！」

「我猜你今天晚上不但輸了錢，」方二樓不讓他多說下去，「而且連大煙灰也沒有得喫了，是不是？」

「正是呢，哥哥。」光斗自嘲地笑了一笑說，「要不，這深更半夜的，我也不來打擾你了。」

「那邊大桌上茶盤裡，我已經給你包好了一包，你拿去罷。時候不早了，我再抽兩口，也要睡了。」

方光斗拿起那一大包大煙灰來，掂掂，至少有半斤重，揣在懷裡，就走了。一邊說：

「你看，也沒有看見嫂子，我到明天再給她拜節罷。」

方二樓聽他走出去，又聽著外邊關了大門。不覺心裡一動，想時候這樣晚了，不要教他拿了什麼東西出去罷。端著大煙燈，從煙榻上下來，向大桌子上照了一照，心裡暗笑，原來那只康熙瓷的五彩花瓶兒不見了。要是別的東西，方二樓也就算了，祇因這個花瓶已經答應了送個朋友，不好失信，非要回來不可。既然要要回來，就得快要，怕稍一耽擱，被他賣掉了。方二樓拖著一雙便鞋，立刻跟出去，在大門外，趁著月光，看見方光斗遠遠的影子。他叫道：

「兄弟，你站下，我忘了一句話給你講！」

光斗裝不聽見，越走得快。方二樓跟上去，方光斗就跑。相隔不遠，方二樓撿起一塊拳頭般大的石子來，揚手打去，正打中在方光斗的腿彎裡，方光斗腿一發軟，就跪下了。他爬起來再跑，方二樓又給他一石子，又打中在腿彎裡，他就又跪了下去。這一次，他沒有來得及爬起來，就被方二樓趕上來拿住了。

「哥哥，有什麼事？」

「我要那花瓶兒。」

「我沒有拿什麼花瓶兒。」

「你讓我搜搜懷裡。」

果然從他懷裡搜了出來。方二樓也不和他多說話，讓他去了，自己踏月而回。

到家，親眼看那守門的人把大門關上，上了閂，這才又回到煙榻上去。把那五彩花瓶放在煙盤子旁邊，玩賞了一回，心裡覺得好笑。他用煙簽子挑起一朵煙膏，向煙燈上一燒，一陣香氣衝入他的鼻子，他覺得很舒服，打了一個呵欠。這時候，窗外頭有人說話了，是一個陌生的聲音：

「二爹，還沒有歇嗎？」

方二樓怔了一怔，把腦袋從枕頭上抬起來，朝窗看了一看。問道：

「是哪一個？」

「我是邢二虎。二爹。」

「你怎麼進來的？」

「我翻牆進來的。」

方二樓就覺著事情有點離奇。可是他鎮定著說：

「那麼，你進來坐罷。」

這個邢二虎也是方鎮人，耍得一手好花槍，也會玩鐵尺，現時在縣裡充當步役班頭。方二樓和他見過幾回面，因為二虎是官面上的人，所以方二樓很少和他接觸。這個時候，夤夜之間，忽然翻牆來訪，方二樓很覺著詫異。邢二虎掀開布簾子走進來。他頭戴瓜皮小帽，頂上有個紅帽結，身穿黑布長夾袍，不扣鈕扣，用黑布束著腰，高高的個子，不到三十歲的年紀。方二樓欠身起來，讓他面對面在煙榻上躺下來。方二樓一邊燒著煙，先發話道：

「邢班頭，一向少會。你這個時候來找我，有什麼事嗎？」

「我來給二爹打聽一個人。有個孫海，二爹認得嗎？」邢二虎客客氣氣地開始了他的訪問。

「孫海這個人，我倒是會過他，可沒有交情。」方二樓老老實實地告訴二虎。

「二爹跟前，用不著我繞彎子講話。這個孫海，現在落案了。你們貴本家居易堂方大太爺那邊五十個元寶，就是他做的。他已經承認了，可是交不出贓物來。後來三推六問，他賴不掉，才供了，說是東西藏在二爹家裡。縣裡太爺就把事情交給我辦。我想著二爹半世的英名，不值得壞在這種小事情上，所以特地來給二爹送個信。要是願意私了的話，縣裡太爺那邊由我來負責，沒有說不通的。」

方二樓聽了二虎的話，倒是喫了一驚。無奈他是剛強成性的人，又仗著自己根本沒有這回事，就不願意講關節。三十年來，他咬緊牙關，不開這個例。就怕的是例子一開，教官面上拿住了把柄，不但不能再稱英雄，連做人也不容易了。他裝好了鴉片煙，讓邢二虎抽了一筒，再挑了一朵煙膏燒著。說道：

「班頭，這是你關照我，把我當朋友看待。我謝謝你。可是孫海說的那事情，根本連影子也沒有。他什麼時候送五十個元寶到我這裡來了？簡直是說夢話！我和他，根本沒有這個交情。他說這話，莫不是別有用意？」

「照他的口供，他說他是二爹的門徒，他給你老人家磕過頭。是不是你老人家徒弟收多了，一時記不起來，你再仔細想想看。」

「不錯，班頭。給我磕頭的人多，有時候我不能都記得，這確是有的。不過孫海這個人的事情，我是忘不了的。他是有名的『飛毛腿』，『一夜來回四百里，一步八道山芋溝』，他是個無人不知的江洋大盜。他的名氣，老實說，不知道比我大多少！就論本事，我也萬萬及不上他！不錯，他是曾經找人帶著到我這裡來過，遞了帖子，要給我磕頭。可是我沒有收他，我門下不敢要他這種大名氣的人。我是個小神靈，禁不起大香火。我當時一定要把帖子退給他，說什麼也不收，大約他年輕人覺得有點不夠面子，從那以後再也沒有上門。他這一次無故攀掣我，莫不是報復那回的事情？」

方二樓緩緩地說到這裡，抬起眼來看著對面的邢二虎，笑了一笑。說道：

「要真是那麼著，這小子也太小量了！」

「照二爹這麼說，我怎麼回覆縣裡太爺呢？」

「班頭，你用不著為難，祇管公事公辦就是。」

「二爹，事情可不是好玩的。這麼著罷，你再細細想。我到明天這時候，再來聽二爹的回話。你看可好？」邢二虎倒是願意給方二樓一個猶豫的時間。

「班頭，你放心，我不用再想了。」方二樓抽過一筒煙，漠不關心似的，笑笑說，「這種小事情，我禁得多了。儘著想他幹什麼！」

邢二虎立即體味得這句話的意思，從煙榻上坐起來，冷笑了一聲。說道：

「那麼，二爹，明天中午，我們在東嶽廟前面的空場上見個面罷。」

「好，班頭，我一定來。」

「不要忘了帶著你的單刀，也讓晚輩開開眼界。」

「好罷，想來你一定是帶著花槍了。」

「那是自然。——二爹，再見。」邢二虎掀開布簾，輕快地走了出去。

「我不送你，班頭。」

「不敢勞動，謝謝二爹。」

「可要給你開大門？」

不再聽見外邊答話，大約人已經走了。

方二樓再抽了幾口煙，冷笑了一回，吹了煙燈，就在煙榻上和衣歇下。這時候，月亮已經落了。第二天起來，方二樓自己不說，家裡也就根本沒有人知道這件事情。中午時分，他一個人空著手兒慢踱到東嶽廟去。遠遠看見邢二虎一個人提著花槍站在廟前的空地上，太陽還熱，靜悄悄更沒有別的人。方二樓慢慢走上去。

「二爹，你來了。」

「是的。班頭，你早。」

「你沒有帶單刀？」

「我沒有帶。——班頭，既是你帶著花槍，你就來罷，不要客氣！」

邢二虎不再答話，也真的不再客氣，托起花槍來就照方二樓的腹部扎去。方二樓用左手把二虎的花槍向外一拍，右手伸過去抓住槍桿，飛起右腳來正踢在邢二虎的右手腕上，邢二虎的花槍就到了方二樓的手中了。方二樓卻不耽擱，照準了邢二虎的左腿，用槍扎去。大約剛夠二寸深，就把槍收回來，向旁邊一扔。卻抱起拳來，向邢二虎連連打躬。說道：

「班頭，你不要見怪。我要不還手，我就掛彩了。今天的事，沒有人看見，我死也不對人說，你祇管放心！」

「二爹，多謝你手下留情！」邢二虎撿起花槍來，瘸著腿，匆匆走了。

過了大約半個月的樣子，邢二虎又在一個深夜裡拜會方二樓。方二樓那時照例在抽睡前的鴉片煙，聽得院子裡叫了一聲「二爹」，他問明是邢二虎之後，就招呼他說：

「快請進來坐！」

「又打擾二爹。」外邊這樣應著，接著是一陣腳步聲，很亂，不像是一個人的樣子。那時候的人，都穿布底鞋，原沒有什麼聲音。可是這時候正值夜深人靜，方二樓又是練過功夫的人，加上來者是邢二虎，引起他特別注意，所以能聽得出來。方二樓心裡一動，像本能的一般，把煙燈吹了，藉著靈便的手腳，跳起來隱身在房門後邊。他有一把單刀經常掛在這裡，他抽出來，握在手裡。

外邊似乎也覺出了裡邊的異樣，邢二虎伸手一掀門簾，漆黑，就煞住腳，向後退了一步。問道：

「二爹，你怎麼吹了燈？」

「班頭，我問你：你是一個人來，還是帶著朋友？」

「我帶著兩個朋友。」

「連你是三個人？」

「正是。」

「你這是什麼意思？」

「沒有什麼意思。不過是來看看二爹。我總想著上次二爹沒有宰我，我是感恩不忘。」

「你這兩個朋友是什麼人？」

「是我的兩個手下。」

「好，那麼你請進來罷。」

「二爹，煩你老人家點了燈，我好進來。」

方二樓諒著這麼三個人，就算是來意不善，也沒有什麼了不起。那邢二虎是自己手下敗將，也未必敢有招惹是非的意思。他就放下刀，把煙燈點起，翻身過來，面對門簾，咳了一聲。說道：

「請進罷。」

衹見門簾起處，並排三個人，端平了三支駁殼槍，瞄準了他。方二樓猛一驚，右手剛要一揚，邢二虎立刻就開了一槍，正打中他的右手心。於是三個人服侍他一個，把方二樓上了五花大綁。這時候，大門已經開了，進來了二十多個步班，全是年輕力壯的彪形大漢，單刀鐵尺駁殼槍，陣容甚是整齊。

方二樓娘子被驚醒了，想出來看看，不料她的門上已經站了人，不准她行動。邢二虎開始翻箱倒櫃地給來了一個徹底的搜查，卻衹搜到了一部分散碎金銀，並不見一個元寶。拷問方二樓夫婦兩個，都不承認有元寶，尤其不承認有孫海送來的元寶。

鬧到天亮，做飯喫了，起解方二樓到縣裡去。動身之先，邢二虎給方二樓說道：

「二爹，我知道你的本領。可是你要明白我們這辦的是公事，並沒有私仇私恨。這到縣裡，也是四五十里路，有半天好走。你路上好好跟我們走，不要找麻煩才好。」

「班頭，」方二樓坦然說，「你不知道我方二樓一輩子不做那連累朋友的事。你是怕我跑了，你們沒有法交代。這個你祇管放心！莫說我跑不了，就是跑得了我也不跑。一來不能連累你們眾位，二來我犯什麼罪來？但憑孫海一句話，無憑無據，就好定罪嗎？我到了縣裡，見了太爺，把事情折辯明白，我就回來了，包管沒有事兒。我跑什麼！」

「話是說的很漂亮，」邢二虎搖搖頭說，「祇是人心隔肚皮，誰敢相信？你這勾結江洋大盜，坐地分贓，也不是個小案子。二爹，你莫怪我。我們實在擔不了這個干係。」

邢二虎說了，從從人的背袋裡摸出兩把明晃晃的小刀，連柄也不過半尺長。捲起方二樓的褲管，在他每一個腿肚上，向下斜扎進一把去。這才動身。那小刀扎在腿肚裡，走一步，搖一搖，痛徹心腑，血順著往下流。

方二樓咬著牙，一直走到縣裡，不曾說一句告饒的話，不曾嚷一聲痛，直像那無事人一樣。

過了三個多月，陰曆年前不幾天，方二樓回到方鎮來了，但回來的不是他原來那個活人，卻是被砍下來的一個腦袋。和他一同來的是孫海的腦袋。這兩個腦袋被掛在方鎮大街中心的一座牌坊上，底下還貼著一張告示，說是為了搶劫居易堂方家五十個元寶，大盜兩名，斬首示眾云。

九

方二樓和孫海這兩條有名的好漢同時「正法」之後，附近幾個縣都震動了。幾乎沒有一個人不在談論這件事，不在談論這兩個人。因為這案子，邢二虎的身價也高了。方二樓和孫海兩個人是絕頂的好漢，而邢二虎能制服這兩條好漢，不消說是尖上尖，好漢之中的好漢了。

然而據真正知道內幕的人說，不但方二樓死得冤枉，那孫海也冤枉。不但孫海冤枉，方居易堂也冤枉，因為方居易堂根本就沒有被劫五十個元寶這件事情。原來方鎮所屬的這個縣，是一個有名的肥缺。向例，一個知縣在這裡幹一年，公公道道，不要刮地皮，就可以有二十萬元的宦囊積下來。衹有現在這個知縣，已經幹了兩年多，就快卸任了，卻還兩袖清風，沒有撈到錢。跟這個知縣來的一位師爺見不是事，和同僚們商量了許多回，才想出這一妙計。授意方居易堂報劫案，並指控劫匪為孫海。由孫海再扯出方二樓。當時，一般人都知道孫方兩人是有錢而又肯花錢的。不想結果不如理想。兩個人誠然肯花錢，但並不像外面傳說的那樣有錢，而知縣的胃口是頗大的。兩條性命就這樣不明不白地送掉了。自然，這不過是種傳說，死無對證，永遠成為疑案了。

方二樓死後，他的徒子徒孫們，精神上首先受到打擊，都隱藏收斂，不敢再有活動。而真正抱恨終身的自然是方二樓娘子。方二樓一場官司，把家業打得精光，結果並沒有買得出他那條老命來。他死後，家裡祇還賸了一所房子和十幾畝薄田，此外一無所有。被「正法」了的人家，親戚朋友是沒有敢來往的了。但方二樓娘子在這個艱難的時候，卻明白自己的責任。她什麼也不想，祇一心一意，含辛茹苦地撫養五十兒。五十兒七歲入學，老師傅按他的輩分給他起個學名，叫做培蘭。

方培蘭在私塾裡，祇讀了幾本三字經百家姓一類的啟蒙書，就半途而廢，沒有再讀下去。原因是他對於讀書並沒有興趣，他認為被關在學房裡是一件最大的苦事。他的性情，有點像他的老子，好習武藝，愛交朋友。他的母親雖然屢屢教訓他，說「當時你的父親就是在這上頭送了命的，你不要再走他的老路」，但他一點也不聽從。他倒喜歡給母親打聽父親的事情，他武功怎樣高，義氣怎樣深，最後怎樣被害，他都不厭求詳地追問到底。他景慕自己的父親，覺得自己是這樣一個人的兒子，正是自己的光榮。他痛惡邢二虎。認為殺了父親的人就是這個人，他和這個人有不共戴天之仇。他從此學練武功，但他在這一方面也不成功，沒有真實的本領。他祇學會了雙手打駁殼槍，而且有點準頭。此外，他對於交朋友這一道，卻不弱於他的父親，他認識各色各樣許多人物，並且和他們有著很好的交情。

他十七歲上就娶了妻，因為母親希望早點有個孫子。他的妻，論年齡比他大六歲。兩個人感情不算好，卻是差不多一年一回，或者三年兩回，總要養一個孩子。後來，當他的第十個孩子出世的時候，他本人還不滿三十歲。而母親去世了。母親的死，可以說簡直是被太多的孫子累死了的。而自母親死後，方培蘭的家庭生活，就有了一個很大的變化。首先，他回到家裡來，沒有個可以說話的人了。他和他的妻向來不談心的。再則，孩子太多，太吵鬧。看看他們，一個個破衣襤褸，光頭赤足，眼淚鼻涕，面黃肌瘦，他是又有點嫌惡，又有點自疚。大的兩個，原已經上學了，可是聽說什麼也不會，根本讀不成。「一群叫化子！」方培蘭常常這樣想。

因此，他時常總是不大在家。為了破除心裡的苦悶，他開始縱酒，或是獨酌，或是朋友共飲，每天在街上喝得醉醉的。他有的時候也愛嫖。他玩姑娘，顯然有點變態，他要醜的，不要俏的，要老的，不要少的。急時抱佛腳，拿來用一用，就扔開，從此再不認得，和她們沒有一點感情。有那等各方面水準較高的姑娘，對他懷著好感，而他要是覺著也有點愛她的時候，他就永遠遠著她，絕不和她相愛，更不和她發生關係。他好像是把靈與肉嚴格地分開，靈是靈，肉是肉，一點也不含混。

因為不常在家的緣故，偶然回到家，就更待不住。過窮日子，柴米夫妻，女人家有時不能不告訴丈夫，喫的沒有了，穿的沒有了，丈夫聽到這種話，先就不痛快。她見沒有反響，當然還得繼續說下去，家裡都已經斷炊了，你還在外邊喝得這樣醉，埋怨起來，這時候丈夫就惱了。他恨自己的老婆，覺得你不應當逼我。為了家，我已經快急死了，快累死了，你還不諒解。他想想，他真是走投無路了。

然而，人生在世，誠然苦不堪言，有時候幸運之來，卻也出人意表。方培蘭正當束手無策的時候，想不到的有了辦法。原來單刀方二樓，是周大武的換帖弟兄，好朋友。周大武組織討袁軍的時候，想起老朋友這個兒子來。將門之後，必出虎子，想必不會沒有辦法罷。就教他找找人看，能不能拉得起來。湊巧，方培蘭就是朋友多，他跑了一下，馬上有了五百多人，人是勢利的，看見方培蘭竟然有個像周大武這樣的人物來提拔他，就也願意替他捧場了。

方培蘭當了團長以後，一面招兵買馬，積極操練，聽候調遣，準備參加討袁軍事。一面布出偵騎，嚴拿邢二虎，要報殺父之仇。這時候，邢二虎已經是過六十的人了，早已多年不做公事了。他到老沒有討女人。離開縣衙門以後，似乎手底下也沒有什麼錢，住在方鎮以北三十里的韓王壩上。這個韓王壩傳說就是當年韓信大敗楚將龍且的地方，現在是三二十戶人家的一個小村落。邢二虎有個徒弟，是這壩上的一個小財主，他就住在這個徒弟家裡。

方培蘭當了團長，邢二虎一得消息，就不得勁兒。他深怕方培蘭找他的麻煩。和徒弟商量了幾回，避到附近一個更偏僻的小村裡去，那裡有另一個徒弟。邢二虎躲在徒弟家裡，死也不出門，外邊有人替他打聽著消息，打算看著情形再遠走高飛。

過了幾個月，看方培蘭的情形，好像已經對他鬆了些，不像先時那麼緊了。邢二虎就偶然也到村頭上散散步。時當清明，邢二虎幫忙徒弟在村外田埂上栽了幾行柳樹，都發了芽，活了。邢二虎的心事也漸漸淡了。

又是許多天不出門。這日傍晚，邢二虎用了一點酒之後，到村外走走，看見一個放牛的小童，把他栽的柳樹拔了一棵趕牛。邢二虎一時氣不過，走上去說了那小童幾句，不想那小童不但不服錯，反倒怪起邢二虎來。

「我們村裡，從來不曾見過你這樣一個人。你是哪裡來的？多管閒事！」

「我是哪裡來的？柳樹是我栽的！」

「你不害臊，這是你栽的？就算你栽的，我拔了，你怎樣？」

「你拔了，我打你！」

「你敢！」

邢二虎奪過那一支柳樹來，在那放牛童的屁股上，狠狠地抽了幾下，抽得那小童大哭大叫大罵，趕著牛走了。

過了幾天，邢二虎得到報告，說方培蘭帶著二三十匹馬，老在附近這些村莊間繞圈子，好像得了什麼風聲的樣子。邢二虎心神不安。韓王壩位置在一條河的西岸。這個河的兩岸，生著許多怪石，把水勢逼緊，變成激流。冬春之間，河裡水小，石頭露出來，有許多天然的石洞。有那深邃的，曲曲折折走進去，從外面是無論如何發現不了的。邢二虎擔驚受怕，忽然想起這些石洞來。覺得與其遠走高飛，還不如躲到那石洞裡去，來得安全。於是他每天早起，裹著乾糧，進那石洞裡去，一直到晚黑了才出來。這樣又是多日。

這一天，方培蘭又帶著從騎走過這村外，在一棵大樹下歇馬。有個放牛小童遠遠看著方培蘭，有點要看，又有點害怕。方培蘭提著馬鞭走過去，拍拍那小童的腦袋。笑著說：

「你老看我幹麼？」

「你老到我們村裡幹麼？」

「我到你們村裡找個人。」

「你找什麼人？」

「我找邢二虎。」

「我們村裡沒有邢二虎。」

「我聽說他躲在你們這一帶裡。他不是你們村裡的人。」

「他是個什麼樣的人？」

「他是個老頭，高個子。」

「是不是白頭髮小辮，紅眼睛，一身瘦骨頭？」

「差不多。」方培蘭見有點頭緒，忙著問，「你知道他住在哪裡嗎？」

「巧哩。」放牛小童高興地說，「你不是問著我，一輩子也找不到他。你找的這個人，可不是好人。你找他幹什麼？」

「就因為他不是個好人，我才找他。你要能幫著我找到他，你就用不著放牛了。」

「這個人就住在我們這村裡，我可不知道他在誰家。前些天，為了我拔了那邊一棵小柳樹，教他打了我一頓。我回家去告訴他們，說被這樣一個人打了，家裡人都怪我不該惹他，說他不是好惹的。教我以後躲著他。這幾天，我見他一早出去，鬼鬼祟祟，鑽到河邊的石洞裡，也不知道是幹什麼，一直到天黑才出來。他大約料著他在那石洞裡進出，沒有人看見他。不想我天天在河邊放牛，比他出去的更早，回來的更晚，就被我看見了。」

放牛小童說得高興，連蹦帶跳。說道：

「你要找他，跟我來！我帶你去，這就走。」

方培蘭留下幾個人在這裡看著馬和牛，帶著約摸二十個人，都亮出短傢伙，隨那放牛小童向石壩上來。一邊大家商量，不知道邢二虎身上有沒有武器，如果到洞裡去捉他，他躲在暗處，怕要喫他的虧。

「那好辦，」放牛小童卻有計策，「到了那裡，你們埋伏起來，等我去叫著名兒罵他，他要是出來追我，你們就好捉他。」

一句話說得個方培蘭心裡喜歡的了不得。連連稱讚道：

「想不到你小小年紀，如此聰明。我問你，你爹是哪個？」

「我沒有爹娘，從小就在這村上苗六叔家裡放牛。」

「那麼，你姓什麼？」

「我姓許，名叫大海。」

「等我給苗六叔講，你跟我去做點事情，好不好？」

「除了放牛，我什麼也不會，沒的教你老人家惹氣。」

「你這領我捉到了邢二，讓我報了仇，你就是我的恩人了，我收你做徒弟。你跟著師傅，師傅有的喫，你就有的喫，師傅有的穿，你就有的穿。」

說著，走近了河壩。許大海遙遙指點了邢二虎藏身的石洞，看看地勢，大家埋伏了。河壩上盡是高高低低的大石，到處都是可以隱身的地方。許大海緊了緊腰帶，把一雙不大跟腳的破布鞋扔掉，鼻涕擦乾淨，赤著腳，奔了上去。他跳到一塊高石頭上，正對著邢二虎的石洞門，就大罵起來：

「邢二虎，我×你娘。你打了老子，跑到這裡來藏著，打算老子就找不到你了。你是個烏龜，專好縮頭。你有本事，出來跟老子拚拚。老子今天帶了刀子來割你！……」

一陣胡罵，邢二虎沉不住氣了。他從石洞裡望出去，就先看見了許大海。心想，原來是他！他倒知道我藏在這裡。他一定是想著我不敢出去，趁機會來報仇了。邢二虎雖然沒有讀過書，但他知道「小不忍則亂大謀」這種道理。他想，對手是個放牛的小孩子，值得和他嘔氣嗎？還是算了罷。

「邢二虎，我×你娘，你祖奶！……」

無奈罵的實在難聽。而且無休無歇，好像要是自己不出去，他就要永遠繼續罵下去的樣子。邢二虎又想到，罵倒也不要緊，祇是這不等於把自己藏身的地方告訴了別人嗎？而這是對自己最為不利的。「還是教訓教訓他罷，不要給我引出禍來！」邢二虎的行動，一向敏捷慣了的，心裡想著，身子已經竄出來了。他並不旁顧，直奔許大海，一躍而上，到了迎面的高石上。可是許大海身手也不慢，早已跑得遠遠的，站在另一塊大石頭上。邢二虎剛要再向前追，就聽得一聲槍響。這是他內行的，他一聽聲音就知道是駁殼槍，而用駁殼槍的主兒都是不大好惹的。他伏身下來，閃在一塊石頭後面，摸出自己的「八音」來。再看，許大海已經不見了。而又是一聲槍響。這一響是從自己身後打來的，正中在相距不到二尺的一塊石頭上，火星四迸，有幾塊碎石子還迸到自己臉上來。邢二虎回頭一看，祇見怪石參差，並沒個人影兒。接著槍聲連發，從四面打來。他想還擊，但又沒有目標。他知道他今天是一定完了。

於是對方發話了，聲音從四面八方送過來：

「邢二，扔出你的手槍來！」

「沒有什麼過不去的事！」

「我們有話好商量。」

「扔出你的手槍來。」

「再不扔出來，我們就瞄準打了。」

七言八語顯示了對方的人多，聽聽槍聲，又都是駁殼。自己雖有個「八音」，在這個局面之下，也顯然沒有什麼用處了。他想，還是漂亮點罷，看他們把我怎樣！

「好，朋友，」邢二虎大叫一聲，跳起身來，「看明白，我的槍繳了！」

他把他的「八音」扔得遠遠的，雙手高舉起來。他說：

「好，你們出來罷！」

方培蘭和他的隨從們四面圍上來，用麻繩把那邢二虎捆了。邢二虎望著方培蘭道：

「賢弟，我今天是被你拿住了。你打算把我怎樣就怎樣，我絕不說一句話。不過我知道賢弟也是一條好漢，我衹求你一件事。就是你給我個痛快，莫要我零碎受！」

「你也說得對。」方培蘭哼了一聲說，「邢二，我問你，你當年拿了老人家，給他腿肚子裡扎小刀，是什麼意思？」

「賢弟，你不知道二爹的能耐！他老人家的本領，哪裡像你我！一條麻繩捆得住他嗎？我到縣裡要是交不出人來，我怎麼樣？」

「那應該上大鐐！總不能腿肚裡扎小刀！」

「出來辦案，是祇帶麻繩的。大鐐，牢裡才有。這是規矩。賢弟，你打聽！」

「我也不用打聽。走罷，反正我姓方的不給你扎小刀走就是。」方培蘭擺一擺手，一齊動身。

許大海找了一根粗柳棒走上來了。

「姓邢的，你那一天打了我幾下子，你有記數嗎？」

邢二虎看看是許大海，便不答應。他一邊跟著走，一邊被許大海在他背，屁股上，打了許多棒。他一聲也不響。

方培蘭拜望了苗六叔，要了許大海。也不追究那收留邢二虎的人家，便帶著邢二虎回方鎮去了。

這在當地成了一個轟動一時的大新聞：方培蘭替父親報仇，邢二虎被捉了。接著就傳說，方培蘭就要殺邢二虎祭他父親方二樓了。遠遠近近，有多少準備看熱鬧的人。

方培蘭把邢二虎禁閉起來，也不難為他，也不盤問他，祇每天好酒好肉地招待他。邢二虎到了這個時候，祇好把生死禍福置之度外，把喝酒來消磨那太多的時光。他有時候想起來，從二十多歲入公門，在外頭辦案，前後三十年，昧良心虧人的事情，也實在做得太多了。「莫不我要不得善終？」想到這裡，他就五內如焚，坐臥不安，頻頻用手去摸自己的頭頸。

「方培蘭倒是個和氣的人。」他又想，「從來不曾聽說他給誰鬧事打架。難道他能宰我？再說，當時捉二爹，是我當步役，上命差遣，概不由己。又不是我要捉他的，他怪我怎的！他最多衹是關我幾天，難為難為我，還教我回去罷？」

這樣想著的時候，他就又好過一點。

方培蘭卻在忙著大發請帖，訂在四月二十八日替父親做八十歲冥壽。其實，四月二十八日並不是方二樓的生日，這一年他也不八十歲。方培蘭不過隨便定這麼個日期，隨便藉這麼個緣由，給邢二虎不好看罷了。

四月二十八日這一天，方鎮上是從來沒有過的那麼熱鬧。有遠從二三百里以外跑了來看殺邢二的。方培蘭雖說這一天是給父親做冥壽，外邊人則一概認定這一天要殺邢二。太平久了的人，把殺人當作一件稀奇大事，這就招引了無數的看客。方培蘭在大街上擺下了好幾百桌酒席，川流不息地上酒上菜，不論貧富，不管生熟，坐下來就喫就喝，主人家一概招待如儀。從中午開始，迄深夜始罷。傍晚，紙紮的冥器送到東嶽廟前的空場上了，車船轎馬，樓台亭閣，和那成群的男傭女僕，雞狗鵝鴨，都擺布得整整齊齊，像那真的一樣。其中最為看客稱讚的是一張鴉片煙榻，上邊放著真的鴉片煙具，和真的整罈的煙膏。

祭台設在東嶽廟前的戲台上，當中懸著方二樓的放大相片，祭牲是整隻的牛豬羊雞。一對六十斤重的大紅燭點在前面。方培蘭的部卒都荷槍實彈，四面彈壓。晚上，點起火把，照耀如同白晝。

方培蘭穿著軍禮服，長筒馬靴，掛東洋刀，後面跟著二三十個隨從，到廟前下馬。先向東嶽大帝前進香，行三叩首禮。再到廟前祭台上上香，對著父親的遺像行三跪九叩首大禮。這時，四面看客忽然騷動，但馬上又靜下來。原來一排兵把邢二虎解到了，他背縛著雙手，被推到戲台前跪下。方培蘭立在台上，說道：

「邢二虎，我父親無緣無故死在你手裡，我和你有不共戴天之仇。今天我要殺了你，用你的頭和你的心來祭我的父親。你大約不覺著冤枉罷！」

沒有聽見邢二虎有什麼回答。就見兩個穿青衣的漢子，走上去，一個揪住邢二虎的辮子，把他的頭頸拉得長長的，另一個舉起刀來，很快地一砍，頭就落了下來。戲台上遞下一個木盤來，把頭放在裡面。行刑人翻過邢二虎的屍體，開了膛，取出心臟，用另一個木盤盛了。兩個盤子送到祭台上，放在最裡邊。這時候，四面鞭炮齊鳴，冥器也點上火，一霎時燒得一片紅。

十

邢二虎身後的事大約是這樣的。

他的頭和心被送上祭台之後，方培蘭再上香，再行三跪九叩首大禮。禮畢，對著父親的遺像說道：「爹，我今天替你報仇了！」一個馬弁用一個小托盤送過三個大酒杯來，杯子裡頭有幾滴剛接下來的邢二虎的頸血。另一個馬弁提著一壺熱熱的白酒，沖滿了三個酒杯。方培蘭一一飲乾。走下祭台，上馬回家，陪朋友喫壽酒去了。

這裡賸下祭台之上和祭台之下腦袋和身體已經分了家的邢二虎。六十斤重的紅燭雖然閃著紅焰。但景象是暗淡的，淒慘的。看客們都走了，賸下一棚看守祭台的弟兄，他們有一桌酒，擺在東嶽廟的大殿裡，他們已經辛苦了一整天，這時候喝了個東倒西歪，各自去睡了。

第二天早上，太陽出來，才發現了邢二虎的屍首已被野狗撕得七零八落，腦袋還供在那裡。可是一顆心不見了。有兩個叫化子在翻撿那一大堆冥器的灰燼，想試試能不能找到那大罈子鴉片煙膏的煙灰。等到一無所得之後，才聽見別人說，冥器剛點火，那大罈煙膏就被方培蘭手下人偷偷拿走了，實在並沒有燒，哪裡來的煙灰！兩個叫化子才失望地走開了。

方培蘭據報不見了邢二虎的心之後，吩咐把邢二虎的腦袋掛到大街的牌坊上去，給人觀覽。已被撕爛的屍首拖到郊外去餵野狗。他嚴厲地追究那一顆心的下落，要打那一棚看守的兵士。這一棚子人齊排跪在當院子裡，軍棍都請出來了。方培蘭吩咐：

「一個人五十棍！」

這時候，許大海從看熱鬧的人群中走出來了。他湊到方培蘭跟前，輕聲說：

「師傅，不要打他們。邢二虎的心教我偷了！」

「你偷了去幹什麼？」方培蘭倒覺著有點奇怪。

「教我喫了。」

「你喫它幹麼？」

「邢二虎打了我恁一頓，我要報仇。」

「你怎樣喫的？」

「我生喫了。」

「生喫了？咬得動？」

「是咬不動，我把他切成八瓣，囫圇吞了。」

「看你這野孩子！真做得出來！」

於是不打人了，吩咐他們出去。從此，許大海得了一個渾名叫做許大膽。而邢二虎的名字在方鎮上是漸漸沒有人提起了，這個不能自保其首領的失敗者，自然算不得是一條漢子。

然而方培蘭的幸運也像曇花一現似的走過了尖頂，開始向下坡路。原來周大武被袁世凱誘進北京，中毒而死，他的部下成了群龍無首狀態。接著袁世凱也死了，各省討袁軍事結束。方培蘭這一部分人，因為餉項無著，就地解散。還算這些人都是講義氣的，除了帶走武器以外，他們衹要求一點路費。方培蘭打發了他們以後，自己仍然還是以前那個窮光蛋，家裡反而多了一個喫飯的徒弟許大海，十個孩子變成十一個了。

就從方培蘭這一部分人解散之後，方鎮附近才漸漸有點不大安靖。這個村子被搶了，那個人家被綁了，某人路上被劫了，這樣的消息不時流傳著。認真打聽打聽，倒也實有其事。

時間慢慢地過去，這種不安靖的程度也慢慢地增加，地方上也慢慢注意到自衛了。修治圍垣，辦保衛團，成立聯莊會，這些事情都做起來。但真所謂道高一尺，魔高一丈。自衛的力量增長了，騷擾的力量也隨之而提高。他們由三五人十人八人的小股，漸漸結成為幾十人幾百人的大股，可以攻破村鎮，實行洗劫。夤夜之間，不定哪一方面，天紅了半邊，隱隱有槍聲，不消問，一定是出了事了。

武裝自衛之後，地方上無形中產生了許多統治人物，成立了許多統治機構，都依然是具體而微的小衙門。譬如保衛團的團總，聯莊會的會頭，都設有「公所」。公所的業務，往往超過了自衛的限度，他兼理民刑訴訟，收稅派款，生殺予奪，為所欲為。地方行政機關，譬如說縣衙門罷，不但不能管他們，反而要仰承他們的鼻息，看他們的眼色行事。

方培蘭在這種場合之下，成了兩邊爭取的人物。地主鄉紳們希望他出來領導辦保衛團，辦聯莊會；匪桿方面則願意擁戴他為首領，痛快大幹一番。方培蘭卻敬謝了兩面的好意，依然過著自己的窮日子。他不能當土匪，也不能打土匪。他是曾經滄海的人，富貴榮華不過是那麼回事。他願意老老實實做一個老百姓，以終其天年。他唯一煩惱的是他這一個家，老婆孩子一大群，背在身上，背又背不動，扔又扔不下，真不知道如何才好！

然而對於這一個他所煩惱的問題，自方祥千從T城回來之後，他有了一個新的認識。方祥千是方培蘭的遠房六叔，他回到方鎮來的工作目標，是想造成一部分（哪怕是極小的一部分）實力。他開始接近方培蘭，希望方培蘭能歸入他的彀中，為他所利用。他常常約方培蘭在街上喫酒喝茶，談天說地。也一道去逛暗門子，玩下等姑珢。方祥千是一個饕餮之徒，會喫，而且講究喫，自己能動手烹調。他著有《髯翁食譜》一厚冊，曾經自印了分送戚友，獲得一般「喫家」的好評。他有時也約方培蘭到自己家裡，坐在廚房裡的矮桌上，喫他親自動手炒的菜。他最拿手的一樣菜是「燒雞」。將肥嫩子雞洗淨，滾水中煮三分鐘取出，放在另一個鐵鍋裡。這個鍋裡貼鍋放紅糖和柏葉，上加鐵篦，雞放在鐵篦上，用鐵蓋將鍋蓋嚴，用文火慢燒。紅糖和柏葉漸漸冒煙，用這個煙薰鍋裡的雞子，約十五分鐘取出。這時雞子已變成醬紅色，塗上上好麻油，斬開來，雞骨裡還滴血，然而肉是嫩的，香美無比。這樣作法，似乎應當叫做「薰雞」或「煙薰雞」，近乎廣東人家的「鐵鈀雞」。但方祥千卻名之曰「燒雞」。燒雞人人愛喫，方培蘭尤其嗜之如命。

「六叔，」他時常提出要求，「什麼時候再喫喫你老人家的燒雞呀？真個的，你老人家怎麼作來著？教人越喫越想喫。」

「怎麼去弄點好酒來，」方祥千總是同意他的提議，「我就再來燒雞，偺們喫他一頓。」

「這個算我的，六叔。明兒一早，教徒弟上北鎮，拿我的名片，燒鍋上要兩罈純高粱來喝。」

「那麼就明天晚上俗們喫燒雞罷。」

一口酒，一口雞，一口雞，一口酒，爺兒兩個漸漸都醉了。方培蘭手裡拿著一隻雞腿，啃一口，說道：

「六叔，不瞞你老人家說，自從你老人家回到家來，我這才算有了個談心事的人。你老人家知道，我是最愛交朋友的。組織討袁軍的時候，他們來捧我，我當了團長。後來解散的時候，雖然沒有一個經費，我還是每人送路費，罄我所有，先給弟兄們想辦法。結果，遣散完了，我連一把手槍，一匹馬，都沒有賸下來，家裡當天就沒有喫的。

「六叔，你老人家知道，我拖著一個老婆，十個孩子。不要說教育，連飯我都管不起他們！眼看將來是一群討飯的，沒有一個會有出息！我常想，我大不應該糊糊塗塗討上一個老婆，又糊糊塗塗養下許多孩子。我這個人，自問一生沒有什麼錯處，祗有這件事，祗有這件事，是我的一個大錯，也是我的一個大罪過！

「我這個老婆，我一點也不喜歡她，向來我沒有正眼看過她。最討厭的是我碰也不敢碰她一下。祇要碰一碰，靈得很，她準得養個孩子出來。我現在不過十個孩子，已經弄得走投無路，還禁得起再多嗎？因此，我立定志向，永遠不再碰她，她這才算勉勉強強的不再替我效這個勞了。

「說起孩子來，有時候大人心情好，小孩子原是很好玩的。無奈我這個做大人的，少喫無穿，心情好的時候太少，所以總覺得他們討厭。我喜歡把家裡弄得整整齊齊，乾乾淨淨的，他們偏要翻騰得亂七八糟，腌腌臢臢。有時候，我精神不好，實在需要清清靜靜地休息一會了，他們偏要吵吵鬧鬧，你打我罵，亂成一團。總之，他們的需要和我的需要是完全相反的，我對於他們沒有一點愛。我僅覺得我在道義上對於他們有責任，也有義務；在我沒有能盡到這個責任和義務的時候，我不能不覺得慚愧。所以我從來不打他們，也不罵他們。我對於他們，像對於院子裡的小樹一樣，讓他們自由生長。我不能教他們，也不能養他們，我也就不干涉他們！讓他們聽天由命，長成個什麼樣子就算個什麼樣子罷。

「但是我這樣一個態度，有時候也不行。他們常常逼我，弄得我沒有辦法，非打他們罵他們不可。譬如，這才不幾日的事，我多日沒有一個錢了，一點也沒有辦法。後來忽然想到家裡還有一柄『五音』小手槍，因為太小，沒有什麼用處，一直放在衣櫥的抽屜裡。打算拿出來賣掉。等到去找的時候，想不到不見了。追究我的老婆，才知道早就教孩子們拆開，零零碎碎扔掉了。好好的新被面子，他給你剪上兩個大窟窿，為的是試試那剪刀快不快。把大客廳裡的方磚地挖開，灌上水養金魚。你想想看，這還像個什麼人家！人成了家，再有了小孩子，這個人就算完了。

「六叔，照這樣子，你老人家說說我聽，人活在世界上到底有什麼意思？娶妻，生子，做牛馬，不死不休，這算幹什麼！有時候，我自己想想，我已經宰了邢二虎，替父親報了血海冤仇，我這一輩子的事情總算可以交代了。我不如去當個和尚，佛門裡過幾天清靜日子，也修修來世。這活著算什麼！」

方祥千凝神傾聽了他的話，笑笑，乾一杯酒。說道：

「你說的是。你不說我也知道你的痛苦。這種痛苦不是你一個人所有的，實在是大多數人所共有的。有這種社會制度和家庭制度，人就必然有這種痛苦。這是沒有辦法的。一個人如果要想免除這種痛苦，不是頭痛醫頭，腳痛醫腳的事。而必須對現在這種社會和家庭制度，來一個徹底的革命才行。」

「辛亥年，我們革命了。丙辰年，我們二次又革命了。有什麼好處？還不是老樣子！」方培蘭搖著頭說。

「不，我說的不是那種革命。那種革命是政治革命，或者說，並不是革命，而是換朝代。我說的是一種社會革命。連根到底把這個舊社會加以徹底摧毀，按照理想，從頭另建一個新社會的大革命。」

「這個倒新鮮，六叔，你講講我聽。這個新社會，是個什麼模樣？做這麼一個新社會的老百姓，比當牛馬強多少？是不是活著準比死好？」高粱酒灌得太多，方培蘭很有點醉了。

於是方祥千把社會革命的意義，簡單講給方培蘭聽。他以俄國為例，把十月革命以後的俄國說得完全像天堂。其實俄國革命後的情形，方祥千並不知道，他祇是照他自己的理想，順口加以描繪而已。他說：

「俄國經過十月革命以後，社會革命成功了。大家做工，大家種田，大家喫飯，大家一律平等，大家都有自由。結婚自由，離婚自由。老婆不如心，馬上離掉，再換新的。國家設有育兒院，孩子養下來，往育兒院裡一送，你就不用管了，一點也不牽累你！病了，國家設有醫院，免費替你醫治。老了，國家有養老院，給你養老送終。總之，人家俄國是成功了。」

「好呀，天地間有這種好地方！」

「這就是孔夫子所理想的大同世界。大道之行也，天下為公。……」

「六叔，我們打算打算看，能不能搬家到俄國去。我不知道別人，我自己實在過得太苦了，需要到那種好地方去休息休息，也不枉人生一世。」

「人家怎要我們！你要想過那種好生活，得自己幹。我們中國也正需要像俄國那樣，來一場大革命！……」

從這一回開始，方祥千把共產黨那一套東西慢慢傳授給方培蘭。方培蘭被他的家庭生活折磨得半死了，聽了這一套新玩藝，倒頗對胃口，彷彿黑暗中看見了一線光明。不久，他就正式加入了共產黨。

自從地方不靖以來，各村鎮辦保衛團，修治圍垣。方鎮的圍垣是早已坍倒得連影子也沒有了，這時要新建，為財力所不許。於是分區設防，巷口上安大柵欄門，四面建碉堡，入夜戒嚴，斷絕交通。東嶽廟因為孤懸鎮外，不在防區以內，方培蘭每天晚上帶著徒弟許大海在廟裡辦事，和各幫各路草澤英雄會面，作為他們之間的一個聯繫中心。東嶽廟的住持是一個老道，原是方二樓的徒弟，和方培蘭有師兄師弟之雅。自從方培蘭借他的地方辦事以來，那班草澤英雄都有禮物送他，他倒得了不少的好處。方培蘭現在也想開了，再不像從前那樣固執，也開始接受各路英雄的孝敬。他由消極變得積極了，他有了一個遠景。他回家看看他的孩子們，已經不再像叫化子，而都是未來的雄赳赳的共產黨的革命英雄了。

廣東創辦軍校，方祥千也沒有放過這個機會。他招呼方培蘭挑選最優秀最有革命性的青年去參加第一期入學試驗。方培蘭沒有忽視這一任務，他慎重地從數百有資格的青年之中選拔了一個陶補雲。

方天芷也打算上廣東進軍校，暗暗地和方祥千商量。但是方祥千不但沒有答應他，反而把他這個意思告訴了秀才娘子，教秀才娘子防範他偷跑。

原來秀才娘子自從方二姊自殺以後，氣焰消了許多，也不好意思再給方祥千吵鬧了。湊了幾百塊錢，教方天芯到杭州去找天芷回來。天芯是一個鄉下老土，從來沒有出過門，他受了種種為難，才算經由滬寧鐵路到了上海北站。他出了站，僱黃包車到「滬杭車站」，那個車伕拉他轉了一圈回來，老地方請他下車，說是到了。他認定這是「滬寧車站」，而他要到杭州，當然要上滬杭車站。言語又不通，糾纏了好久。他才恍然明白，仍舊進了站，老地方買票換車上了杭州。

杭州的半山並不是一個山名，距杭州又遠，知道的人很少，總算被他找到了。方天芷猛一見大哥找了來，這是他想不到的。他先是喫了一驚，接著心裡一酸，眼淚不住地流下來。天芯見天芷已經剃光了頭，穿著灰布僧袍，居然是一個出家人了。心裡也好像有點難過。天芷道：

「大哥，你怎麼找了上來？你來幹什麼？」

「二弟，」天芯鄭重其事地說，「我也是做人做夠了，也是到這裡來出家的。這個地方，山明水秀，果然不錯。我們兩個住在這裡，也不枉了這一輩子！」

「大哥，你這說的是真話嗎？你也來了，家裡怎麼辦呢？一家全是女人，沒個男人照料，恐怕不行罷。」

「既然要出家，自然就不管家了。由她們自己過去！」

住持老師傅聽說天芷家裡有人找了來，忙出來招呼。老師傅說得一口北京話，天芯明瞭了他的身分之後，就跪在地下連連叩頭，再也不肯起來，一定要老師傅收下他做徒弟，准他在這裡出家。老師傅道：

「你請起來，我們慢慢談談。你為什麼也要出家呢？」

「自從舍弟天芷出家以後，家母每天哭哭啼啼，一定要我找舍弟回去。我想舍弟既已出家，怎肯回去。我一個人回去，繼母手裡，日子是過不下去的了，所以我也要出家。」

老師傅聽了這話，再細細問問天芯家裡的情形，就明白了。他說：

「你祇管起來，我教天芷還俗，跟你回家就是了。」

天芯在半山寺休息了三天，才帶著天芷離開杭州。天芷原是不願意還俗的，到了這時候，也就沒有法子。弟兄兩個到了T城，先打個電報回家。秀才娘子知道天芷回來了，到處裡央求人：「等他回來，你們莫要譏笑他，怕他不好意思，再跑了。」

方鎮原有一個「方氏私立小學」，由方天芯任校長。現在因為怕天芷閒居無聊，再起遠走高飛的念頭，天芯就把這校長位子讓給了天芷。天芷從此在小學裡辦公，不再阿彌陀佛了。但他對於出家還俗一事，總覺得是一個缺憾，見了任何人都像有點抱愧似的。他因此想換一個比較生疏的環境，一舒他的身心。

「六叔，」他給方祥千說，「廣州辦軍校，我能去投考嗎！如果你老人家答應我去，我就瞞著媽媽走了。」

「你身體這樣文弱，神經這樣靈敏，幹武的恐怕不行罷。」

「正因為我太文弱，才想要投筆從戎，改變改變我的生活。我在洛陽的時候，也曾見過那些下級武弁和棚子裡的生活情形，我想我能頂得住。」

「但廣東是革命軍，和那些北洋隊伍的情形不同。你缺少堅定，衝動，凡事有頭無尾，我看總不大相宜。」

方祥千老實不客氣地說出了他的基本觀感，這使得天芷很不高興。沉默了一會，他喃喃說：

「你不答應我，我也可以自己去，我明天偷跑。」

方祥千冷笑了一聲，把這個消息鄭重地通知了秀才娘子。秀才娘子急了，把天芷找了來，婉勸一會，咒罵一會，又哭哭啼啼，尋死覓活。最後，她把天芷交給天芯和天芯的兩個大孩子，要他們輪流陪伴，片刻不離，防他逃走。天芯父子接受了這個特殊的任務，一直監視天芷半年之久，才慢慢放鬆了。

總之，現在是決定送陶補雲上廣東。陶家也是方鎮的老戶，陶補雲的父親陶鳳魁是做泥水匠的，靠替方家那些大戶們做零活過日子。方家是老鄉紳，幾乎家家都有一大片房子，年代久了，常常需要修理。這就成了陶鳳魁的專利一樣。他因此和方家家家戶戶都混得很熟，他對於他們每一家的房舍地理，都瞭如指掌。

陶鳳魁和方鎮上其他的人一樣，不到二十歲，就被父母給娶上一房老婆。這個老婆一口氣給他生下了十八個男孩子。這要是都能長大成人，安分守己，幫著老爹做活，無須臨時再覓日工幫忙，原也是件好事情。無奈現實是殘酷無情的。大兒患喘哮症。二兒患黃疸病。三兒不甘雌伏，上了關東，一去無音信。四兒患傴僂症，弓腰曲背，縮作一團，像個乾蝦。五兒在C島火車站上撿煤渣度日，被火車壓斷腿，從此沿街託缽，做了叫化子。六兒有個不大正式的職業，在開暗門子的小狐狸龐月梅家裡打雜跑腿。七兒當兵喫糧，傳說在山海關做了炮灰。八兒生天花死了。九兒出疹子去世。十兒患軟骨病，兩條腿細得像小竹竿，根本殘廢了。十二務農，佃了幾畝田種著，有個老婆，不斷替他生孩子，像陶鳳魁的老婆一樣。十三做流氓，天天在賭博場和暗娼院裡打架過日子。十四好勇狠鬥，為了幾百大錢，和人鬥毆，誤傷人命，押在縣大牢裡。十五推小車南海販魚，逛暗門子，梅毒打穿了鼻頭。十六在本縣保衛團裡喫糧當兵。十八體弱多病，學泥水匠不成，在十二田裡幫忙做點零活，等於討口飯喫。祇有十一陶祥雲，十七陶補雲，跟老子學成泥水匠，承襲了陶鳳魁的衣缽。那陶補雲還在方氏私立小學畢業，讀書的成績極好。

陶鳳魁本人有個多年的瘧症。他年輕時候，夢見自己睡在大路邊，遠遠地來了一輛小車，一拉一推，在陶鳳魁身邊停下來。一個問：

「怎麼樣？還推得動嗎？」

「我實在推不動了。」

「我也拉不動了。」

「不如在這裡卸下一邊，推一邊走罷。」

另一個同意了。解開繩索，把車上的簍筐推了一個下來，可巧正倒在陶鳳魁身上，很重，壓得他透不過氣來。聽得有人問：

「你們這倒的是什麼？」

「是瘧子。」

「怎麼有這許多？」

「這不算多，還不過剛夠一個人一輩子用的。」

陶鳳魁醒了，渾身發冷，繼之以熱，害起瘧疾來。當年神農嘗百草，為後人預備下治病的藥材，不知怎的會忽略了瘧疾。有種「常山」，說能治瘧，其實沒有一點用。因此，瘧疾在民間流傳，成了一種不治之症。公認有一種瘧鬼附在人身上，人就發瘧疾。事關陰騭，非藥可醫。方鎮上從古傳下來一種損人利己的辦法。當患者正在發寒熱的時候，拿一點可喫的東西，如包子饅頭大餅油條之類，揣在患者懷裡，等他退熱之後，把這點東西送到十字路口上扔下。什麼人撿到這點東西喫了，什麼人就發瘧疾，是一個移花接木之計。可是這一計也不靈，由損人利己變成損人不利己，實際是既不損人亦不利己。再有一個「忘」的治療法和「浸」的治療法。當發病之前，找一點什麼事情做，分了心神，把發瘧一事忘掉一回，病就好了。或者事先把自己浸到水塘裡，河溝裡，瘧鬼惡水，即望望然去而另找新戶頭，病也就好了。但這些「古法」，祇是有此一說而已，實際上都沒有效的。因此，我們的瘧疾患者擺在臉前的祇有兩條大路，一條是繼續病下去，另一條是死。

陶鳳魁是親自在夢中見到瘧鬼賜給他終此一生用之不盡的瘧疾的。因此他從得病之始就沒有希望自己會好，而準備一生一世為瘧鬼服役。他倒曾設想到自己死後，也做一個瘧鬼，也看看別人婉轉呻吟叫冷叫熱於自己的魔掌之下，倒是滿有意思的。

他的老婆認為得這種病，冥冥中一定有一種因果報應，因而勸他到東嶽廟去許一個願。他想，答應了。去東嶽廟燒了許多紙箔，磕了許多頭，哀哀憐憐給大帝說了許多好話。他告訴大帝，他是學泥水匠的。如果他蒙保佑，病好了，他願終身為東嶽廟義務做活，不要半文工錢。他又告訴大帝，他是個窮人，但是如果他有朝一日在街上跌一跤，撿到半截磚那麼大一塊金子，他一定整個獻到廟上來，絕不私自留下一絲一毫。

但是沒有靈效，他依然按日發瘧如故。

他一病十年，自分已無痊癒之望，卻因一個偶然的機會，使他霍然而癒。原來方祥千從T城回來，帶了三粒「金雞納霜丸」送他，他做一次喫了，病就沒有再發。方祥千把瘧疾的病理講一點給他聽，他雖然不能完全領會，卻從此對於瘧鬼及東嶽大帝起了懷疑，不似先前那麼無條件信仰了。

陶祥雲和陶補雲兩個兒子是他有力的助手，有他們兩個幫他做零活，儘夠維持一家的生活。然而少年人負氣好動，心理上和陶鳳魁有著很大的差別。他們常到方家大戶去做活，穿房入戶，看見大戶家的生活是那樣舒服，他們什麼也不做，祇是一味喫好的穿好的，還有丫頭老媽子服侍著。大戶家的女人，那些太太少奶奶們，生得那麼俊俏，打扮得那麼漂亮，也使這兩弟兄為之心神不安。人比人，氣死人，心裡漸漸有一點不平。

「不要說太太少奶奶們了。」陶補雲背地裡對陶祥雲說：「就是他家的丫頭老媽子也比我們窮人家女人來得好看。」

陶祥雲搖搖頭，感慨萬千地嘆口氣說：

「窮人！窮人幹不得！」

有一次弟兄兩個在居易堂方冉武大爺家裡替他們粉刷上房。原來居易堂老太爺早已去世了，留下老太太帶著方冉武大爺過日子。這一回是收拾大奶奶住的上房。因為粉刷內部，箱籠家具都移出到前廊底下和院子裡。有一張長條的腳凳上，擺著大奶奶各色各樣的繡花鞋。陶祥雲一邊做著活，抽空兒偷眼看，他心裡很喜歡這些繡花鞋。中午歇工回家的時候，趁人不見，他順手拿了一雙揣在懷裡。不想被方冉武大爺在東廂房裡看見了。他氣哼哼地趕出來，伸手到陶祥雲懷裡，把那雙鞋摸了出來，就打了陶祥雲好幾個嘴巴子。一邊罵道：

「混帳東西！你反了！這是什麼，你可以偷得！叫你老子來，打死你這混帳東西！」

陶祥雲自知理短，含著一泡眼淚，儘他打罵完了，才和兄弟回家。陶鳳魁知道了，連忙跑到居易堂給方大爺賠不是。從此不教陶祥雲再來做活，他自己帶著陶補雲做完。方大爺為了警誡他，不肯算給他工錢。

那點不平的念頭，受這件事情的影響，漸漸長大起來。弟兄兩個慢慢對於做泥水匠不感興趣了。他們原就認識一些幫會方面的英雄人物，後來經由許大海的介紹，加入了一個四五十人的小桿子，就落水了。

這兩個人的落水，使得方家各大戶都有點驚懼，因為他們兩個熟悉各家的房宅地理和富有的真正情形。但後來事實證明，這實在是一種小人之心。他們兩個到處打家劫舍，卻從來不侵犯方鎮。陶鳳魁因此受到各大戶的尊敬和奉養，他不但不再做泥水匠，反而過得像老太爺了。

十一

陶氏兄弟下水以後不久，漸漸有點懊悔。窮人誠然幹不得，但綠林也不是好幹的。野蠻詭詐籠罩著綠林中的每一個人物，使得他們的義氣豪爽為之黯然無光。更令人厭倦的是生活的不安定，簡直像老鼠一樣，夜裡要出去做案，白天得找地方掩避休息。心裡老是懷著恐懼，怕自己不知道在什麼時候要落網。分到手的錢，也衹有喫喝玩樂，隨手花掉，既不能儲蓄，又不能置成產業。總之，比較起來，並不比幹泥水匠強。幹泥水匠，窮固然窮，卻落個心安理得，夜裡睡安穩覺。

弟兄兩個不時到東嶽廟去見方培蘭，懇求方培蘭怎麼給他們想個辦法離開綠林。方培蘭特別賞識陶補雲，覺得他有抱負，有見地，而且眼光放得很遠。他介紹他們加入共產黨。替他們出主意，教他們去拜求方金閣，疏通縣衙門，招安做保衛團。藉一個合法的身分，好多做點事。

方金閣是方鎮上的第一個大紳士，常住在縣城裡，走動官府，經問地方上的事情。他每月也有三天五日，回到方鎮來住一住，照料照料家裡的田業。他也有幾支步槍，由他的幾家佃戶輪流來給他守衛。這一天，方金閣剛從城裡回來，深夜間他還在床上抽鴉片，忽聽得柵欄門外邊打了一排槍，那聲音是駁殼。那時守夜的人叫做韓大，正抱著一條又笨又重的俄國造步槍「馬利霞」在打盹兒，被柵欄外邊的槍聲驚醒。他手忙腳亂，哆哆嗦嗦，好歹算「砰！砰！」回敬了兩槍出去。聽得外面叫：

「看門的是哪一位？」

聲音很熟，不由地應聲道：

「韓大。你是誰？」

「原來是韓大哥。我是陶補雲和哥哥陶祥雲，特為來給方大老爺請安的。韓大哥，你能不能讓我走近前一點，我給你說幾句話。」

「原來是陶十七。好，你過來罷。我躲在這裡邊，我能打得到你，你可打不到我。我先說明白，你別搗鬼！」

「韓大哥，你放心罷，我不是那種人！」

陶補雲說著，走向柵欄門來，將陶祥雲仍舊留在遠處。等靠近了柵欄門，陶補雲才又說：

「我這裡有點小禮物，請你送進去給大老爺。你給大老爺說，我想見見他，有幾句要緊的話面談。」

陶補雲將一個包裹從柵欄洞裡扔了進來，落在地上發出沉重的一聲響。接著，又扔進一個來，聲音和先一個不同。

「韓大哥，這小包裡是五十塊洋錢，給你買兩壺酒喝。」

韓大撿起了兩包東西，上碉樓底下，藉煤油燈光，看了個明白。不錯，小包是五十塊錢。那大包，不用打開看，味道很大，是煙土，重重的怕不有一百多兩。他招呼陶補雲道：

「老十七，這東西，我給你送進去。你等著，可別搗鬼！你要趁著我不在這裡，爬柵欄，可不是人！」

「沒有的事，你放心！我一家還住在鎮上，我怎麼敢在這裡玩把戲！」

「好，那頂好！」

韓大進去，把情形給方金閣報告了，禮物也獻上去。方金閣一聲不響，祇管抽他的鴉片。過了好大一會，才坐起來，打開那一大包煙土，看看，聞聞，慢吞吞地說道：

「倒是點雲土！老韓，既然他也送你五十塊錢，我不能不教他進來，看看他到底有什麼話說。可有一樣，我得和你說明白，這件事情要祕密，衹許你記在心裡，不許對人講，免得鬧出閒言閒語來。你要能保得住我這句話，你就去帶他進來。要是你不能，我們趕快把東西送還給人家，不要找麻煩。」

「老爺，這是小事，我有什麼做不到的！我一定不給人講就是了。」

韓大說了，便出去開了柵欄門，放陶補雲進來，方金閣看在一百兩煙土的分上，從煙榻上坐起來，再三讓陶補雲坐了。陶補雲老老實實告訴他，因為一時打錯了主意，入了綠林，現在十分後悔。希望大老爺能給縣太爺講講情，准許「招安」他們弟兄兩個參加保衛團，替大戶主人家看門。

「老十七，想不到你小小年紀，有這個深謀遠慮。」方金閣對於陶補雲加以讚許，他放下大煙槍，燃上一支大炮台紙菸，高興地說，「這個主意好極了！我一定給你幫忙。我實在同你講，你這件事情，要是在上一任太爺手裡，少說也得花上一萬銀子；這等於是買一個死罪，你兄弟兩個，一萬銀子也不為多。幸好現在這位縣太爺給我特別合得來，特別有面子。這麼著罷，我來作主，你們兩個人，孝敬他五千塊錢，准你們復為良民。……」

「多謝你老人家為我們做好事。五千塊錢，等我給哥哥商量商量看。不瞞你老人家說，幹我們這一行，平常沒有攢錢的。這樣大的款子得臨時想辦法去籌。……」

陶補雲心裡打算給他還還價，因為確實是沒有錢。方金閣當然比他更機伶，便來一個「端茶送客」打斷他的話，說道：

「好罷。我不便多留你，你去罷。什麼時候錢籌足了，什麼時候你再來見我，你記住：下次再來，還找韓大傳話，不要教別人知道。韓大，你帶他去罷，時候不早了。十七，我不送你。」

陶補雲約著哥哥祥雲轉到東嶽廟來，把會見方金閣的情形告訴了方培蘭。方培蘭道：

「沒曾想到他的胃口這樣大，心這樣狠。」

「我們綁人家票，他綁我們票。」陶祥雲搖搖頭說，「我們算土匪，他算什麼？」

「我們是小土匪，」陶補雲說，「他是大土匪。」

大家笑了，方培蘭道：

「你們自己盡量去想辦法，看能湊得多少算多少？我這裡給各路弟兄告個幫，大家來成全這件事。」

「這許多錢送給他，可冤枉？」陶祥雲說。

「那也沒有什麼。」方培蘭說，「先給他！將來有機會再拿回來。」

這些綠林弟兄們在這件小事上表現了他們所標榜的義氣。你一百，我八十，他三十，不多幾天，湊足了萬把塊錢。而方金閣又到城裡去了，等到他第二次回鎮上來，陶氏兄弟兩個才又去拜見他。陶補雲道：

「錢是已經湊起來了，很不容易，全是靠人幫忙的。當然這是送縣太爺的。祇是，沒有得孝敬你老人家，實在說不過去。」

「十七，」方金閣彈去他的紙菸灰，腦袋晃了一下，說，「你說這個話就不對了。我是希望你們走一條正路，不要把自己陷得太深，才來多管這件閒事的，我難道為了要你們的東西，才替你們幫忙？你們要是這麼想，就辜負了我的心。」

「倒不敢那麼想。」陶祥雲接過去說，「承你老人家的好意，我們真是過意不去。過些時候，還有朋友願意給我們湊幾個錢，再來孝敬你老人家罷。」

方金閣再三推說用不著，客氣了一陣之後，把鈔票過了數，收了下來。說道：

「我提前明天就進城。我帶韓大去，教他把好消息帶回來給你們。」

陶氏兄弟出來的時候，又送了韓大二百塊錢。

過了幾天，韓大從城裡回來，拿著方金閣一封信，派定陶祥雲和陶補雲為本鎮保衛團隊副。原來方金閣是本鎮保衛團的團總，這封信是寫給副團總方冉武的。本鎮保衛團總共有三十多個團丁，由一個退伍排長張柳河負責管帶，名義是隊長。這一部分人，算是鎮上公有的武力；私家自衛力量，看家護院的人槍不包括在這裡頭。

陶氏兄弟因為這封信是寫給方冉武的，原是有芥蒂的人，頗覺著為難。陶祥雲說道：

「他要是記著從前的事，不肯容我，那怎麼辦？」

「這是金閣大老爺給他的信，」陶補雲說，「又不是我們去求他，管他怎的！請韓大哥先把信送給他，看他怎麼說罷。」

事實證明，陶祥雲的看法有近乎「小人之心」。方冉武好像並沒有還記得從前的事情，他熱切歡迎這兩位歧途歸來的子弟，親自帶著他們到團公所去，把他們介紹給隊長張柳河。張柳河立時集合全隊團丁，和這兩位新隊副見面。方冉武以副團總身分，在家中大客廳裡盛宴招待張隊長和兩位陶隊副，作陪的幾位紳士中有方培蘭。方冉武讓大家多喝點酒。他說：

「左左右右，這許多村鎮，差不多都出過事了。祇有我們鎮上一直到現在還是安安靜靜的，這是張隊長護衛的功勞。」

「哪裡哪裡！」張隊長說，「我是個外縣人，承各位鄉紳老爺看得起我，在這裡喫一份口糧，我不能不感恩圖報。可是我實在並沒有什麼辦法！鎮上能得平平靜靜，實在是培蘭大爺的面子！」

「這是你說客氣話了。」方培蘭笑了一聲說，「我說句老實話，現在新起的這些後生們，恐怕連我這個名字都沒有聽到過了，哪裡還有什麼面子。不過這以後，總可以高枕無憂了，有十一和十七在這裡，他們新出道的才有面子。」

方培蘭轉面向陶氏兄弟說道：

「以後你們兩個偏勞罷。」

方冉武娘子聽說大廳裡請客，有兩個剛「招安」來的土匪，她的「芳心」裡十分稀奇。原來陶十一和陶十七兩弟兄泥水匠，她祇是聞名，並沒有見過面。（大戶人家的女眷，終身藏在深閨裡，可以說絕對沒有與外邊男子碰面的機會。）自然，泥水匠是不值得一看的。祇有土匪，聽說他們綁票，搶掠，殺人如麻，可是從來沒見過，不知道究竟是怎麼個樣兒！她一時忘記了土匪原是人做的，人的樣兒彼此都差不多，一心想去看「土匪」。她獨自輕移「蓮步」，走到前面，伏在大廳的後窗上，從紙窗縫裡望進去。祇見圍著一桌人喫飯，除了自己的丈夫，都不認得。她不禁暗暗納罕，原來並沒有土匪！

輕輕退回來。陰曆初十左右的月亮，照在磚砌的甬道上，拖著她自己的影子。走到屏門，她原要回去，不知怎麼心裡一動，卻走向西跨院去。方冉武新討的小老婆，就住在這西跨院裡，遠遠的就聽見了，西跨院裡正在打牌。正房上燈燭輝煌，牌桌子斜放在當中。新來的小老婆喃喃說：

「再打四圈。我輸了三百多塊，讓我撈撈本兒。」

「祇怕越撈越輸，越輸越多。再說，你們大爺也快進來了。」

「他不進來。他有半個多月不到我房裡來了。」

「怎麼，你得罪了他？」

「我得罪他什麼！是他外邊又有了新人了。」

「什麼新人？」

「說是這街上的小狐狸。」

「不是罷，小狐狸今年四十多歲了。」

「敢怕是小狐狸的女兒小叫姑。」

「不錯，正是什麼小叫姑。」

「那麼，新姨太，你一定喫醋生氣了。」

「我才不喫這個醋，不生這個氣呢。」新姨太鼻子裡哼了一聲說：「他玩夠了我，給我幾個錢，我還回城裡賣去。憑我白玉簪這個名字，不愁沒有飯喫。」

方冉武娘子沒有勇氣再聽下去。她出身於亦耕亦讀的大家，目不睹非禮之事，耳不聞非禮之聲，從來沒有聽過這樣的粗話出於一個女子的口裡。她輕輕退出來，心裡埋怨丈夫，不該將這種不三不四的娼門女子討回家來。就算是小老婆，也要有個小老婆樣兒。

她走到前上房院子裡，預備穿過東甬道回自己住的後上房去。卻見前上房東間燈光明亮，靜悄悄的沒有聲音。她湊到窗子上去一看，見老太太正靠在大紅木頂子床上抽鴉片。替她燒煙，服侍她抽煙的是一個二十多歲的小跟班。他名字叫進寶，從他父親一代就在方家為奴。他身穿藍布罩袍，玄色光緞小馬甲，頭上瓜皮小帽，戴一個珊瑚紅帽結。他隔煙燈靠在老太太對面，一隻腳架在床欄杆上，腳上穿著粉底緞鞋。他裝好一口煙，老太太呼呼吸了。

「你想著那時候，」老太太把最後一口煙，用濃茶嚥下去，「你跟著老爺子在任上過得好舒服。教他把我放在家裡守了十二年活寡！現在老爺子去世了，你怎麼不跟了他去？」

方冉武娘子聽了老太太這個罵人的口氣，再注意一看，老姨太太正直挺挺跪在床前裡呢。原來老太爺當年由進士分發江西新淦縣知縣，因為太太正懷孕，沒有能隨行赴任。他經過上海，討了個姓西門的蘇州姑娘做姨太太帶到任上去。西門姨太太善伺顏色，頗得老太爺的寵愛，因此他在新淦連做四任，沒有接太太隨任。女人家的心情，那惡劣是可以想見的了。

老太爺卸任回來，仍然一直偏寵西門氏，對於大老婆取一個敬而遠之的態度。老太太這口氣一直悶在心裡，沒有發作的機會。後來老太爺因受本縣父母官太爺之託，虛報大盜孫海夤夜入宅，搶劫五十個元寶，結果送了孫海方二樓兩條人命。老太爺負疚於內，心境不佳，漸漸得了個胃氣病，喫不下東西去，勉強喫下去，接著還吐出來。那中國湯藥，更不能喫，祇一聞見那股味道，就先吐起來。後來到C島求醫於德國人的醫院，就死在醫院裡。他睡在棺材裡，由C島回到方鎮。從方家鄉紳的眼光看來，C島買的那口棺材，根本用不得。當時有兩個補救的辦法。一是換棺材，重新收殮。二是就原棺再加一槨。研討結果，因恐屍首已壞，無法重殮，決定採取第二個辦法。他的槨用八寸厚陳柏木製成，棺與槨之間，又灌上水銀。槨外加漆，一遍乾了再加一遍。又把上好細瓷，磨成粉，過羅，攙在漆裡漆上，也是一遍乾了再加一遍。計算單是這一層漆，就有一寸多厚，據專家估計，老太爺這套棺槨，下在層層磚石砌起來的墓穴裡，不說萬年不壞，至少支持千年以上是絕對沒有問題的。

老太爺的身後，不消說是風光的。他的死，讓老太太落下來並不太多的幾滴假淚，她不以為他並不應當死。因為他的死，接受了真正痛苦的是姨太太西門氏。她從此跌入老太太報復的陷阱中，望不見一個可以出頭的日子。

她每天晚上被罰跪在煙榻前，洗耳恭聽老太太那一套咒罵。老太太把一個稱錘用麻繩吊在床門前，她時而用腳一勾，稱錘向外一悠，就正打在西門氏的腦袋上。她不能閃避。因為她身邊還預備有一根實心的竹竿，祇要你一閃避，竹竿就劈頭照臉地打下來，大不如那一記稱錘來得文雅。

老太太頭上有一支金簪子，也是西門氏的剋星。每日在跟前端茶送飯，她不定什麼時候，不定什麼地方，就是一簪子扎過來，臉上也好，身上也好，馬上就是一個半寸深的小窟窿，血跟著流出來。在冬天，她有時也用燒紅了的銅火筷燙她。

那西門氏忍著淚，咬著牙，接受這種種摧殘。從來不叫一聲饒，也從來不曾有一句怨言。她世故已深，她知道那都是多餘的。

方冉武娘子這時在窗外，聽了老太太的咒罵，看了直挺挺跪著的西門氏，一時勾起了她的同情心，酸酸的就要落下淚來。

「好個蘇州美人兒！」老太太冷笑了一聲說，「上C島進醫院，你也跟著，莫不是你害了他的命！你這不要臉的浪蹄子！」

進寶再上好一口煙，他用手捏一捏老太太的手腕子，又用腳勾一下老太太的腳。不耐煩地說：

「你快抽煙罷！別囉嗦了！我說，老姨太，你也去罷，老跪在這裡幹什麼！」

「既是進寶給你講情，」老太太說，「你起來去罷。」

那西門氏默默地爬起來，孤魂似地走了出去。

老太太向進寶一笑，接過煙槍去吸著。

方冉武娘子立時退後了兩步。忍了半天的眼淚，撲簌簌掉下來。

十二

方冉武娘子為了避嫌，怕老太太起疑心，向來不大和西門氏接觸，連應酬話都少說。這一晚，她受了同情心的驅使，破例地走到西耳房來看西門氏。西門氏剛在洗臉，一根燈芯的豆油燈，光線是暗淡的，陰森的，看見了意外來訪的少奶奶，忙把洗臉巾打在面盆架上，謙抑地微笑著說：

「少奶奶坐。」

一點也不像剛受了委屈的樣子。方冉武娘子暗暗點點頭，佩服這個人的胸襟度量，心裡越覺得酸楚。她擦去眼上的淚痕，在靠近大方桌的一把椅子上坐了，說道：

「老姨太坐。」

西門氏搬一張方凳，在方冉武娘子下首，斜著身坐下。這是為奴為妾的老規矩，雖是對於主人的小輩，也沒有平起平坐的資格。這時她的臉正對著豆油燈，方冉武娘子再細看看她，覺得她光光的油頭，高高的額，細細的眉，圓大明亮的眼睛，平正豐滿的鼻，稍稍凹進的一張小嘴，配在那一個瓜子似的面龐上，喜俏伶俐，真不像是一個已經過了五十歲的人。而她的命是這樣苦，千里迢迢，來到這樣一個官紳人家為奴為妾。老爺子去世了，她永無再見天日的希望了。方冉武娘子真替她難過，淚又忍不住地滴下來。倒是西門氏先開口說：

「少奶奶，你有什麼難過嗎？」

「老姨太，活在這種人家，怎能不難過呢？」方冉武娘子深深嘆口氣，「你看，哪一天有過安穩來？上上下下，沒有一個不在找鬧事！哪個是舒心快意的？守著這樣的大家大業，不好好過日子，偏要一個人一條心，你爭我鬥，不肯相饒。老姨太，我是還年輕，不懂什麼事。你老人家歲數也大了，路也走得多了，經多見廣，有什麼不知道的？照你來看，這種人家能夠長久嗎？」

「少奶奶，這個，你也用不著難過。」老姨太倒反勸慰方冉武娘子，「人是個命運，家是個氣數。命運到了，氣數盡了，多少公子王孫，早上還花天酒地，晚上就沿門求乞，變成了叫化子。快，實在快，真是快極了。佛經上說，如夢幻泡影，如露亦如電，一點也不錯。無常一到，萬事皆休。普天下沒有該享福受了罪的人，也沒有該受罪享了福的人，命運和氣數定了，沒有人能逃得過！帝王家，總算夠頂了罷，但帝王家也有個衰落滅亡的時候。少奶奶，莫怪我說，我們這算什麼！由他去，走到哪裡算哪裡，愁煞也是白！」

「老姨太，我也不是顧慮到那以後多久的事。你看，這跟前裡，聽在耳裡，看在眼裡，就教人過不下去。我那沒有出閣的時候，聽說這鎮上方家大戶，多麼高的門第。誰想到他裡邊這樣爛汙！像那冬天的西瓜一樣，表皮雖還好，瓤子已經不行了。他們倒反看不起人，為了我娘家自己種著田，教他們見笑的了不得。我受他們多少奚落，多少揶揄！我倒想著，是要自己種著田，下點力，才知道那稼穡艱難，家道也還看得長久些。老姨太，我也知道這並不是一個萬年不拔之基。祇是我怕敗得太快，像你剛才說的那樣快，那就連你和我都不知道要死在什麼地方了。」

「看罷，真要到那一步，也沒有辦法。我自己從十歲到上海，落到堂子裡，這裡老爺拿四千銀子給我脫籍的時候，我才十五歲。我跟老爺三十多年，也算享過福的了。他事事讓著我，從來沒有高聲高氣地說過我一句。自從他去世了，這幾年，我過的哪裡是人的生活！不過想著自己命薄，福享得過了，該當受受折磨，也修個來世。真要是將來的日子還不如今天，那也沒有什麼，尋個自盡罷了。我五十多歲的人了，難道還去拋頭露面！」

「老姨太，你倒有這個志氣！」

方冉武娘子平常衹見西門氏本本分分，不大說話兒，沒有想到她襟懷這樣寬，見識這樣高，一時竟有相見恨晚，知己難逢之感。便又說：

「你看，西跨院裡新來的，為了半個月男子漢沒到她房裡去，她要回到城裡去做以前那老買賣了。真要到那一天，不知道我們大爺拿什麼臉去見人！」

「說說玩罷了，有這等容易！」

老姨太裝起水煙來呼盧呼盧地吸著。一個小丫頭拖著一條大辮子送上兩蓋杯茶來，泡的是燒焦的紅棗兒。老姨太親自敬了方冉武娘子一杯，方冉武娘子喝了一口就放下了。

「倒不是說著玩的。老姨太，你不知道她進門的時候，和我們家大爺寫的有合同。三萬塊錢，她跟進來，不許大爺再有別的女人，要是大爺有了別的女人，得再給她三萬塊錢，還她自由，讓她回去。」

「這倒新鮮。三萬塊錢從堂子裡買個人，好大價錢！」老姨太不由地笑了出來。

「什麼大價錢！還不是誠心要我們家那個大冤桶！帳房裡馮二爺娘子給我講來，憑那樣的姑娘，最多不過值得兩千塊錢。人家做好了圈套，存心坑他的。」

「既然立得有那合同，不要教人家再施一個美人計，再來一個圈套，再弄他三萬塊罷！」

「我說那是一定的。要不，也用不著先立那麼個合同了。」方冉武娘子忽然放低了聲音說，「馮二爺娘子給我說的還有更可怕的事呢。說他和老太太兩個人爭著往外賣田，一開出去，不是三頃，就是兩頃，該值一百的，八十就賣。老太爺死了這兩年，家產已經去了大半了。再過兩三年，眼看就光了。老姨太，你是一個人的事了。我跟前還有這兩三個孩子，教我不得不發愁！」

「老太太也賣田幹什麼？」老姨太放下水煙袋，關心地悄聲說。

「那是為了進寶。聽說進寶在城裡都治了房子了。」

老姨太搖搖頭，深深嘆口氣。她雖然聽天由命，忍受得橫逆，也覺著前途的可怕了。兩個人眼泡裡含著淚，靜默了好一會，那燈光似乎更加暗淡了。總之，左思右想，是一個沒有辦法。還是西門氏用她所相信的命運打破這岑寂。她說：

「少奶奶，你信菩薩嗎？」

「你是說菩薩能救我們？」

「我是這樣想的。」西門氏說著，好像振奮了起來，「你看我這窗盤上放個香爐，我每天三次，每次燒上一支香。晚上臨睡之前，默念一百遍菩薩。」

「倒沒有見你供菩薩像。」

「是老爺子在世的時候曾說，家庭之間供佛像，最容易褻瀆，反而罪過。信要信在心裡。少奶奶，我看你也照我這樣做做功課看，總是有益無害的。」

說著，聽見外間的掛鐘噹噹響了九下，西門氏忙站起來，說：

「上房裡開飯了。」

於是兩個人走向老太太這邊來。外間裡已經拉開大桌子，上好了菜，幾個丫頭老媽子靜悄悄站在那裡。大少奶奶掀簾子進裡間去，老太太正還在抽著一筒煙，大少奶奶站在床前，等她抽完了，才說：

「媽，開飯了。」

「已經九點了？」

「是。打過一會兒了。」

「那麼，」老太太轉對著進寶說，「我們先喫飯罷。」

老太太下了煙榻，上外間來，大少奶奶跟在她背後，進寶又跟在大少奶奶背後。老太太居中正面坐了，進寶坐在左邊向東的位子上。西門氏和大少奶奶分立在老太太椅子後面，丫頭老媽子都遠遠靠牆站著。老太太看了看桌子上的菜，皺皺眉。說道：

「張廚子大約是不想幹了，老給我這幾樣菜喫，就不會變變花樣。——進寶，你將就著喫點罷。」

「你老人家包涵點罷。」進寶拿起一個饅頭來咬了一口說，「你看這雞呀，肉呀，魚呀，你還說不好，你倒是想喫什麼？」

「看你這沒大沒小的，給我你呀我的！你不知道我對於喫上向來不講究，能塞飽了肚子就算了。我倒是怕你喫不如心。」

「罷，罷，你老人家，不要折死我！」

兩個人喫了一會，老太太抬起頭來四面看看，說道：

「怎麼西跨院裡又沒有來伺候飯？」

「打牌沒有散呢。」一個老媽子接口說。

老太太便不言語。過了一會，才說：

「不來也好，沒的教我看了生氣。什麼好蹄子，浪像兒東西！這是方家祖傳的家法，什麼香的，臭的，一概討回來，現世活報。」

她這句話暗暗刺著西門氏。進寶向西門氏做一個鬼臉，西門氏忙扭過頭去。

飯畢，老太太放下筷子，西門氏忙送上一把熱毛巾，她擦了，遞給進寶，進寶也擦了。大少奶奶遞上漱口的溫茶，一個小丫頭忙捧過白銅痰盂去。老太太漱了口，回到裡間去，進寶也跟進去。這裡，大少奶奶坐了右首向西的位子，西門氏下首面北相陪。兩個人喫了飯，起來，丫頭老媽子們才坐下喫飯。

西門氏和大少奶奶再進老太太房裡去，給老太太請晚安，老太太說了聲「你們也去歇了罷」，兩個人才退出來，各自回房去。老太太每天晚上要抽煙到三點鐘才睡。

方冉武娘子回到自己住的後上房去，三個奶媽和自己貼身服侍的韓媽，正坐在中間房裡說話兒，就知道孩子們已經都睡下了。她們見少奶奶進來，齊站起來，讓她正面坐下。少奶奶問道：

「晚上孩子們喫什麼？」

「給送來大白菜燒肉，乾煎豆腐，燙麵餃子和饅頭。三位小少爺都不喜歡。大的想喫紅燒雞，二的要喫大魚頭，第三個要喝稀飯，廚房裡通沒有預備。一個人喫了一個小饅頭，委委屈屈地睡了。」

大少奶奶聽了，嘆口氣。半晌才說：

「你看，孩子們連一頓如心的飯都喫不到。把這大家大業白白糟蹋了，有什麼意思！」

「我說大少奶奶，」韓媽說，「小孩子家，飲食上也不要太慣了。太喫慣了，把嘴喫尖了，反倒喫壞了胃口，弄得多病多災的。窮人家孩子，有一頓，沒一頓，殘湯賸飯，倒喫得結結實實的。」

「索性生在窮人家，沒有得喫倒也罷了。偏生生在這種人家，大家都挑嘴喫，你怎麼能單獨委屈小孩子！人最好一生下來，就不要有好日子過。怕的是先過好日子，再受窮，就不是味道了。」

「你守著這大家業，怎麼想到這裡了！」大孩子的奶媽插嘴說，「大少奶奶，我的事情再給你商量商量。我在這裡十幾年了，已經把小少爺帶到十二歲，小學都快畢業了。我看他也用不著我了。要不是男子漢從關東回來，家裡有了幾畝田，我也不說走的話。現在真是家裡少不了我，放著活沒有人做。……」

「我是想著再過幾年，等他成了親，你再回去。不想你這樣急！」

「大少奶奶，」第二個孩子的奶媽說，「你不知道她漢子一去十二年沒有音信。這一下回來了，她哪裡還耐得。她倒不是回去做活，是回去陪漢子！」

「看你在大少奶奶跟前說出這種屁話來！」大孩子奶媽在第二個孩子奶媽的背上重重打了一下說，「你陪漢子陪慣了，少不得漢子。我可不像你！」

大家笑了一陣。第三個孩子的奶媽說：

「說真的，你在這裡十幾年，好喫好穿的日子過慣了，回去過那窮日子，田裡做活，怕受不了罷。」

「是的，我也這麼想來。祇是我在這裡，好煞也是人家的家，人家的總是人家的。我依靠人，還能一輩子嗎？所以，我一定得回去。大少奶奶，你莫怪我！」

「好罷，等我給老太太和大爺商量了再說罷。」大少奶奶說了，走近自己住的東套房去，剛要就睡，方冉武來了。他已經好幾個月不到這屋裡來，驀的進來，大少奶奶倒詫異起來。他已經喝得有點醉。韓媽送上一杯茶來，他一口喝了，吩咐她出去。他笑嘻嘻地問大少奶奶道：

「孩子們睡了？」

「睡了。」

「他們都好嗎？」

「好。」

「你近來也好嗎？」

「我也好。」大少奶奶笑了笑，說。

「你過這邊來，我和你說話。」

「有話說就是了，過什麼那邊去。」

「隔得太遠了，你聽不見。」

「我聽得見，你說罷。」

「我定要你過來，我才說。」

「你醉了，出去睡罷。有話明天再說。」

「你攆我出去？我要在這裡睡呢。」

「我勸你還是出去，不要得罪她罷。我倒是不要緊的。」

「你說誰？難道我還怕她嗎？」

「還是怕一點的好。聽說你這半個月不到她房裡去，她很不高興呢。」

「讓她不高興去。今天晚上我是在這裡睡了。」

兩口子睡下，韓媽把燈熄了。方冉武說道：

「我有件事，打算找你幫個忙，你肯不肯？」

「能做得到的，我一定肯。」

「上次我從你娘家用了一萬塊錢，後來作了田還了他們。最近我有點急用，田開出去，急切沒有人要。你能不能給你哥哥再商量商量看，我田價算低點，教他要下來。」

「上次他也並不要田，是你一定要作給他，他沒有法子才留下來的。我看不必再和他商量。有個話，我說了，你不要生氣。你到底有什麼用項，這麼整批地賣田出去？要是能省的，我勸你還是省省罷！」大少奶奶柔和地緩緩地說，生怕惹出他的脾氣來。

「這一次弄款子，是為了擴充保衛團。」方冉武對少奶奶撒一個漫天謊。「你不知道近來土匪鬧得多厲害，萬一被綁了票，還不是得去贖！」

「我聽說你為什麼白玉簪，什麼小狐狸，家產去了一半了。我不是喫醋撚酸。我們這種人家，三妻四妾，原是應當的。但總要找個像樣的人家，看個像樣的姑娘，弄進來能過日子才成。那種窯子姑娘，怎好弄到家裡來，她們不過是想你的錢，有什麼真心跟你！這大的家業，祇要你稍拿緊一點，萬沒有喫盡用光的道理。就怕你太散漫，太沒有數兒！我們才三十多歲的人，跟前又有三個孩子，你真要弄光了，將來怎麼辦！」

大少奶奶極力把話說得委屈婉轉，但方冉武已經有點不耐煩。他說：

「我託你辦的事，你還沒有答應，倒先教訓起我來了。」

「教訓你，我是不敢的。」大少奶奶輕輕笑了笑，說，「你的事情我得替你辦，我應當說的話也得說，是不是？」

「既是你答應替我辦事，那麼有話你說罷！」方冉武也笑了。

「讓我來替你打個主意。西跨院裡那個人，你是弄不住她的，遲早她總是要走。這不要緊，破著再花幾頃地，讓她走了也好。你交給我，待我替你另外買一房正正經經的妾來服侍你，包管你中意。你從此也好安心在家裡過日子，不要再找什麼小狐狸，什麼小叫姑了！你想好嗎？」

「好的。我贊成你這個主意。」

「日子在人自己過。比方說我娘家罷。他們家業沒有你們大，可是你們賣田，人家買田，你們鬧虧空，人家有敷餘。這就因為一個會經營，一個不會經營，一個浪費，一個儉省的緣故。你以後也要收縮一點，不要太花的厲害，這也並不要你怎麼刻苦，吝嗇，祇要不太過於浪費就夠了。」

「這個主意，我也贊成。」

「祇有一件事情難辦。」

「什麼事？」

「就是進寶。」

「進寶嗎，」方冉武鼻子裡哼了一聲說，「進寶的事情交給我，好不好，我先斃了他。他能怎樣！」

「你們家裡兩個漏洞，你漏在狂嫖濫賭上面，老太太漏在進寶上面。這兩個漏洞，要堵就得都堵起來，單堵住一個是不夠的。」

「好，你的議論發完了，到底什麼時候回娘家一趟呢？」

方冉武打個哈欠，他有點睏了。大少奶奶一陣陣受不住他那股酒氣薰人。

「你要我什麼時候去，我就什麼時候去。」

「那麼，明天是來不及了。你後天一早去罷。你是坐轎子，還是坐騾車？」

「我坐騾車罷，還快當點。」

「我教新『招安』的陶十一和陶十七送你去。」

「我怕這兩個土匪！」

「招安了就不是土匪了。他們去送，頂保險。綠林之中最講義氣。」

「聽說土匪綁票，不綁女人。」

「那也不一定，女人有女人的用處。——我告訴你，你路上要加小心，不要再教陶十一撿了鞋子去！」

夫婦兩個笑了一回，也就睡了。

第二天，方冉武不斷從大少奶奶房裡出出進進，問這問那，慇勤的了不得，大少奶奶又是高興，又是心酸。丈夫是幾個月不曾看她一眼，不曾和她說過一句話了，現在忽然這樣慇勤，這樣熱絡，大少奶奶自然高興。可是想到這是為了要她回娘家替他辦款子，才忽然由冷而熱，由疏而密，世態炎涼，雖夫婦之間亦所難免，她又不禁心酸。「這要是他用不著我替他辦事，或是我娘家沒有辦款的力量，我在他的眼裡，自然是不值一顧的了。」她這樣想的時候，就有點灰心。然而一切一切，都有待於丈夫的幡然改悔，為了自己，為了孩子，為了這整個大家業，她又不得不委屈求全，希望能把他感化得過來。要是這個想法不成功，那就算完了。她鼓勵著她自己，她願意挑起這個她的力量未必能勝的擔子來。

傍晚的時候，方冉武帶著陶十一和陶十七到內宅來見大少奶奶，兩個人給大少奶奶請了安，遠遠地恭敬地站在一邊。方冉武說：

「明天送你的就是這兩個人。這是十一，這是十七。」

黑黑高高，結結實實的兩條漢子。不，兩個土匪，兩個招安了的土匪。大少奶奶想，這和一般人並沒有什麼兩樣，沒有什麼看頭，也沒有什麼可怕，土匪原來是這樣的人！我見過土匪了。她一邊想著，一邊點點頭。說道：

「勞動你們多跑些腿。」

「應當伺候大少奶奶。」陶祥雲說著一笑，眼睛不由自主地瞥到了大少奶奶腳上的繡花鞋。但僅僅是一瞥而已，他沒有敢多看。

大少奶奶教韓媽拿二十塊錢，賞他們買茶喝。他們謝了，仍跟著方冉武出去。大少奶奶心裡恍恍惚惚，想原來這個樣子的男人就是土匪。她又想，不知道他們有沒有老婆，女人家跟了土匪做老婆，不知道又是怎樣一番滋味？大少奶奶臉上熱辣辣的，一陣睏倦，倒在床上和衣睡了。

方冉武娘子回娘家一趟，使命是完成的。她的哥哥是一個守財奴型的人物，願意把款子借給妹夫用，將來好折他的田，把價錢特別作得低低的。回程中，方冉武娘子的雙套騾車在小梧莊歇腳。小梧莊的首富，一家姓曹的，是方冉武家的佃戶。曹老頭兒再三請方冉武娘子到他家裡去喫杯茶，坐坐。方冉武娘子答應了，帶著韓媽到曹家去。雖是鄉村小戶人家，裡裡外外，倒是收拾得乾乾淨淨。村裡多少婦女聽說來了鎮上方家的少奶奶，爭先恐後地擠到曹家來，想一開眼界。方冉武娘子也注意看她們。她衹中意一個人，那就是曹老頭兒的最小女兒，細細腰身，白白面孔，拖著一條大辮子，乾淨伶俐，能說會道。她年方一十八歲，名叫小娟。方冉武娘子拉著她的手兒，再三叮嚀：

「有空兒到鎮上來住幾天，你也看看我們的家。」

曹老婆子笑得瞇緊了兩眼，說道：

「大少奶奶，她巴不得要去呢。衹怕她灰毛烏嘴，拙口笨腮，倒惹得你老人家生氣。」

「可曾有婆家？要麼，你今天就坐我的騾車和我一道去罷。住個半月二十天，我再送你回來。好不好？」

「今天是來不及了。」曹老婆子忙說，「也等她洗洗漿漿，好來伺候大少奶奶。過了年，到春上再說罷。」

方冉武娘子回到家裡，悄悄告訴丈夫說：

「款子，我替你弄到了，這還不算。連姨太太我都給你相好了一個。你試試我的眼光看，比你自己弄的哪些濫汙貨，不知要好上多少倍呢。」

十三

年關近了。方冉武因為新賣了田，手頭寬裕，「過年」的興致頗高。從臘月初八日喫「臘八粥」開始，揭開了過年的第一幕。月半起，廚房裡就沒有閒時候了。各房裡丫頭老媽子，凡能抽得出空來的，都臨時調到廚房裡作活。大小饅頭，各樣葷素餡子的包子，年糕，用大蒸鍋晝以繼夜的一籠籠蒸出來，涼透了，收到人一般高的大甕裡。這一面預備賞賜佃戶窮人，一面留了自己家裡喫，要得夠從正月初一喫到二月初二。像方居易堂這種大戶，至少也得蒸滿四五十大甕才夠。

方家的習慣是不喫牛羊肉的，也很少用鴨和鵝。肉食以豬和雞為主，有各種作法，整鍋燒出來，用大瓦盆扣在背陽的陰地裡。方鎮地方整個正臘月都是結冰不化的。老天給有錢的人家這一便利，讓你盡量辦下熟菜，比放在冰箱裡還可靠，絕不會壞掉。

臘月二十三日晚上是「辭灶」，這一晚上「灶王爺」上天朝見玉皇大帝，報告這一年中每一個家庭裡的情形，作為玉皇大帝對於每個家庭的考績資料，以便降給「善有善報，惡有惡報」的獎懲。灶王爺此行，方鎮的居民都給予相當的重視。老例：一交臘月就有賣「灶馬」的。這是一張有光紙木板套色的灶王像，像的上首是第二年的月份表，印著每年十二個月的二十四節氣，種田人家按照節氣播種或收割，這是必不可少的依據。方鎮的人叫這個月份表為「灶馬頭」。灶馬頭再上首，印著一個素描的灶王爺騎馬像，馬作奔馳狀，這便是「灶馬」。買灶馬不叫買，而曰「請灶馬」。二十三日晚上，把上端素描的灶王爺騎馬像裁下來，放在米缸裡一會，算是「餵馬」。月份表裁下來，貼在門後頭，預備第二年看，套色的灶王爺像貼在大鍋灶上，前置供桌，點兩支紅燭，一爐香。供品用乾果，而必不可少的是麥芽糖。家家戶戶，一年到頭，誰也不敢保不說一句錯話，不做一件錯事。而灶王爺上奏玉皇，是有聞必錄的。於是大家在給他老人家餞行的時候，請他喫一點麥芽糖，糊住他的口，讓他見了玉皇，說不清話，含糊了事，免得惡有惡報。（好像沒有人希望善有善報。）

供品上好，紅燭點上之後，循例應由家主人親自上香，叩首行禮。但灶王爺在方鎮的大戶人家，其地位要打折扣。這些大戶，似乎並不很看得起他，都不肯親自給他上香行禮，而僅由廚子或老媽子代表，敷衍了事。之後，從米缸裡把灶馬取出，連同紙箔一起燒掉，灶王爺就上天去了。他這一去，要到正月初三才回來。那天早晨還有一個「接灶」的儀式，和「辭灶」的情形差不多，但供品改用葷菜，並有酒，大約因為他「上天言好事，回府降吉祥」的緣故，特別慰勞的罷。

對於那張灶王爺像的處置，大戶小戶人家也不相同。小戶人家是一直貼在灶上，長年供奉的；方家大戶則不然，接灶的時候就燒掉了。其原因無可考。大約灶君司食，窮人家喫飯難，不得不對他老人家特別恭維。大戶則滿倉滿廩，陳陳相因，喫之不盡，用之不竭，對於灶君也就不必太買帳了。

年前還有兩件要準備的事是「春聯」和「年畫」。這要是窮人家，還多一件，就是做新衣服。大戶則平日就都在穿新衣，箱子裡又有的是新衣，所以沒有趕在年前裡做新衣服的必要。「年畫」是一種套色印的木板畫，大張，紙質粗劣，是本地產的土貨。從上海來的道林紙精印的屏條，雖是大戶人家也不大要。土貨年畫取材分兩類：一類以福祿吉祥為主，如招財進寶，耄耋富貴之屬，另一類為流行的京劇，如翠屏山，虮蜡廟之屬。這些都是鄉下人所熟悉，所喜歡的。上海出品，則多為高跟鞋或光腿女人，方鎮的人認為有傷風化，不許其登堂入室，怕女孩子們學壞了。

年畫是貼在內室裡的，一年一換新。大戶家愛惜牆壁，不用漿糊貼，用釘釘。年前選購年畫，也是一件極要緊的事。姑娘太太們常要自己挑選。售畫人把樣本送進內宅去，有時等了大半天，才拿出來，還不一定賣得上一張兩張。在這種時候，賺大戶人家極少的幾個錢，反而極不容易。

春聯，窮人家上街買兩副現成寫好了的來貼上了事。有時候上下聯顛倒貼了，聯文意思該貼在內室裡的他卻貼在大門上了，都由他，都不礙事，不知者不見罪，於是而百無禁忌。傳說有個人家貼橫檔「春光明媚」，第二年貼「五世其昌」，紙短了一點，媚字的女旁未曾蓋沒，成了「五世其娼」了。大戶讀書人家把這來傳為笑談，為之噴飯。窮人家不認字，則根本不知道這是可笑的。人家都貼那麼一個橫檔兒，我們也貼了，這就算了。別的，一概不管它！

方家大戶則不然，他們是讀書人家，對於這事異常重視，紙張要講究，聯文要講究，寫得更要講究。把上好徽墨，砸碎，連同碎細瓷片，一同裝在粗瓷瓶裡，加上水，塞住瓶口，抓在手裡盡量地搖，至溶化為純細的墨汁為止。寫的時候，倒在碗裡，隔水燉熱，才揮灑自如。因為年前的天氣寒冷，冷墨化不開，寫不上紙去。

方冉武的老太爺雖然是進士出身，方冉武本人書卻讀得極少。他小時候不喜歡讀書，長大了依然不喜歡讀書，他一生是一個不喜歡讀書的人。他讀過三字經百家姓之後，老師給他講了一章上論語，學而時習之，不亦樂乎！就輟學了。因此，他對於文墨上極不熟悉。年年家裡要請人寫春聯。帳房馮二爺老早記著這件大事，紙墨都預備好了，和方冉武商量找什麼人寫。方冉武道：

「上年找天芯，今年還找天芯罷。」

「人家都說天芯大爺寫的不行呢。上年他把南學屋一副對子，欲除煩惱須無我的惱字，寫成了腦袋的腦字，好不教人家見笑！」

「那麼，你酌量著找誰呢？」

「今年，兩位飽學，祥千六爺和珍千七爺都在家裡，還是找他們罷。」

「怕他們不肯。」

「你自己去求他們，再好好送點禮。我聽說七爺也抽上這個了。」馮二爺把右手做一個六字式，向嘴上比了一比。

於是方冉武親自去拜求祥千與珍千這兩位老哥哥。方珍千看在一大包煙土的分上，沒有法拒絕，方祥千也祇好答應了。從第二天開始，兄弟兩個或早或晚，或單獨，或相偕，到方冉武家去寫春聯。方冉武倒認真地招待這兩位寫家，大廳裡生下兩大盆炭火，涼床上鋪下虎皮褥子，擺上大煙燈，按時候還有一桌酒飯。三四個跟班的伺候著。老太太聽說兩位老姪子來寫春聯，也扶著小丫頭到廳上來招呼，說閒話兒。

「年頭越來越不太平了。」老太太說，「老六，你在外面多年，想必看得出來，到底什麼時候才是個了局？」

「這個，」方祥千笑笑說，「我也看不出來。你老人家守著這樣大的家業，管他幹麼。他再亂也亂不到你老人家頭上去！」

「不是這麼說，老六。常言說，天坍了砸大家。真要天下大亂了，誰還能保得住家業？所以我總還是望個太平。那古話說，寧為太平狗，不做亂世人。想必有他的道理，我們不可以不信。——我說，老六，聽說有個什麼張中昌來做督軍了，這個張中昌能把我們這裡治得太平嗎？」

「媽，你不知道呢。」方冉武插口說，「這個張中昌就是個土匪。他來了，地方更要亂了。」

「那是你胡說。土匪怎麼能當督軍！」

「倒不是大弟弟胡說。」方祥千說，「這個張中昌是個老粗出身，一個字不認識。聽說他一生有三不知：一是不知道自己有多少小老婆。他有好幾十個小老婆，連他自己也不知道確數。二是不知道自己有多少錢。三是不知道自己有多少兵。憑這三不知，他的為人也就可想而知了。」

「這我倒不明白了。像這樣的人，為什麼要他來當督軍？」

「因為現在國家掌權的，都是像他這樣的人，所以就祇有他這樣的人才能當督軍了。」

「劫數呀，」方珍千剛寫好一個大福字，放下筆說，「這種人來當督軍，我們這裡是遭殃定了！國家氣數盡了，老百姓有了受罪的日子了。」

「老七，我聽說你會相面，你替我相相，看我還有幾年活，老了不至於餓死罷。」老太太算是說了個笑話。

方珍千細一看老太太的面部，覺得她嘴巴上面左右兩條紋，有點像那相書上所說的「餓紋」。人生了這種餓紋，將來要沒有飯喫。心裡不覺疑惑：難道她這種大富戶，會得餓死？於是順口說道：

「你老人家這兩條紋生得好，這叫『壽紋』，有了這種壽紋，定主壽至耄耋。」

「你這是誇獎我。人活得太老了，未必是福氣，還是早點死了好！」

老太太心裡很喜歡，卻故意這樣說。一邊，她看見跟班的在拉大桌子，擺杯筷，一時高興，說道：

「告訴後邊去，我也在這裡喫飯，陪陪兩位爺。」

方珍千這時候已經躺在煙榻上燒煙，接口道：

「你老人家教自己子姪們做點小事，用不著客氣。你請先來抽口煙罷。」

「我也不是客氣，不過好玩罷了。」

抽過兩口煙，坐下喫飯。馮二爺原是在這裡陪飯的，因為老太太在座，他回帳房裡喫去了。老太太看見有一盤焦皮糖醋魚，聯想起「湖魚」來。問道：

「你們那邊今年『輪供』了嗎？可曾定下湖魚？」

「我們今年輪供五世祖，」方祥千說，「用十二斤重的湖魚，已經定下了。」

「那很好。今年我是輪到供始祖，用二十斤重的呢。定是定了，魚販子沒有敢十分答應，定錢也沒有收。他怕湖上沒有這麼重的，回來交代不下來。我告訴他，你給我盡量找去，祇要有，哪怕五兩銀子一斤，我也要你的。」

原來方鎮這個地方，向南距海邊祇有百十里路，喫海鮮魚類極其方便。販魚的車子一早從鎮上出發，傍晚趕到海邊，那放海捕魚的船這時也回來了。把魚從船上卸下來，裝到車子上，連夜趕回。黎明時候趕到鎮上，立刻進魚市發賣，不但東西新鮮，價錢也便宜。窮人家喫不起肉，喫不起青菜，但多數人都能喫得起魚和鹽，因為這兩樣東西最便宜。這裡正是所謂魚鹽之鄉。

但大戶人家卻有個奇怪的規例。他們平常也喫海魚，祇有過年祭祖，規定一定要用湖魚。這種湖魚產於徐州附近的微山湖。微山湖距方鎮一千餘里。方鎮的魚販子，從臘月初頭推著車子動身往湖上去，到了產魚地，把魚打在蓆包裡，縛在車子上，潑上水，連包帶魚結成一個冰塊。回到方鎮的時候，剛巧在年前，供應方家大小各戶買了去祭祀祖先。

方家祖先死後大都將所遺田產劃出一部分，作為祭田，由子孫按照房份大小輪流管理，每房輪值期為一年。輪值人的責任是經收並享受祭田的租收，於清明端午中秋元旦及忌辰諸日上祭，並管理祭器。元旦一過，即將田籍清冊規例清冊和祭器移交給下一輪值的人。

祖先的地位亦並不完全相同。有的因為生時官位高，科名高，死後祭田多，祭品也就講究。而其中最為族人注意的就是這一條湖魚，看是否夠規定的重量。如果規定用二十斤，你用了十八斤的，這等於偷工減料，就算犯了家法了。犯家法的人，由族中長輩主持，可以送進祠堂裡去，跪在祖宗神主面前打板子。這種板子，每個祠堂裡有兩條，供在神龕的兩側，其名即為「家法」。

但這種重量的湖魚，有時確實因為湖上沒有，是真買不到，就祇好用次重的代替。如果輪值人是大戶，這就沒有一點問題。要是小戶呢（方家子孫自然也有小戶），就要受到長輩的申斥和同輩的揶揄，說他把上祭的錢省下來填了自己的肚皮了。至於打家法的事，倒也並不真有。據說僅有一次，有人用條小魚，攔腰斬斷，中間接一段麵粉，油炸之後，鋪上裝飾的配料，擺上供桌去。但那樣長大的魚，頭尾不應當那麼小。被人發覺出來，鬧得真真打了家法。

這時談起湖魚來，方珍千感慨地說：

「祖宗傳下來的事情，有的固然是好，有的也不對。譬如湖魚規定重量，就不合理。要是真真買不到那麼重的，怎麼辦呢？這不是明教輪供的人為難嗎？」

「老七，不是那麼說。」老太太說，「要不規定重量，真有那種下作不成材的，會拿巴掌大的魚去上供，那還成什麼樣子！還是有這麼個規定的好。」

「供始祖，」方祥千說，「要是買不到夠分量的湖魚，你老人家打算怎麼樣呢？」

「我是告訴魚販子，拿頂大頂大的送到我這裡來，有一百斤重的最好，價錢我不計較。這要是再找不到夠分量的，那也沒有法子，祇好我到祠堂裡挨家法去！」

「所以我說還是像他們窮人家好。」方祥千說，「讓祖宗三代和灶王爺坐在一張桌子上，有什麼喫什麼，倒來得實在，顯得親熱。」

「是呀，老六。」老太太說，「講規矩，擺架子，還不都是因為有兩個臭錢嗎？一旦窮了，規矩也不講了，架子也不擺了，但求有碗飯喫就心滿意足了。就因為這樣子，趁著現在還講得起規矩，擺得起架子，就講，就擺罷。『有花堪折直須折，莫待無花空折支。』我就是抱這個主意。能玩能樂，就先玩先樂。誰能知道以後的事呢？」

「你老人家這樣達觀，正合乎命運論。一切都命定好了，再也不必去瞎愁。」

說這個話的是方珍千。

飯畢，散座，大家喫茶，老太太到後邊去了。

大除夕一到，家家戶戶更緊張了。方冉武家，馮二爺起了一個早，招呼打雜的聽差把全宅各院子打掃得乾乾淨淨。早飯以後，開始貼春聯。大哨門上貼一副全幅紅紙的大字聯，文曰：

忠厚傳家遠
詩書繼世長

這幾乎就像方家的「家訓」一樣，凡是有大哨門的人家，一律都採用這個聯文。他們覺得這十個字，祇有他們方家可以當之而無愧，別的人家是不足以語此的。事實上，他姓人家也都不用這副聯文，成為方家的專利品了。

老太太上房門上貼的是——

壽比南山松不老
福如北海水長流

同樣，別姓人家也不用這副聯。他們很客氣，覺得除了方家大戶的老輩，誰都不配用這副聯。因此，這也成了方家的專利品。

大哨門對面，隔街是一個大草場。裡面大堆的高粱稭，穀稭，都是佃戶們按例繳納的，方鎮以這為主要的燃料。大草場上也有一個大哨門，向例貼一副七言對聯，文曰：

福祿壽三星共照
天地人一體同春

把宅裡各房門上都貼完之後，馮二爺帶著人來貼大草場門上的這一副。貼好之後，馮二爺看看聯文有點不對，道是：

福祿壽三星蹦跳
天地人一齊發昏

這是方六爺的筆跡。馮二爺吩咐馬上撕下來。重寫是來不及了，因為墨要好幾天才乾。馮二爺祇得親自跑到街上去，買了現成寫好的一副回來湊數。自然這種現成買來的，紙張差，字也寫得差。馮二爺心裡一直納罕，怎麼得罪了祥千六爺了，他給開這麼個大玩笑，明年倒不敢再推薦他了。

傍晚，祭祖的供桌開始擺設起來。這分兩部分：

近代的，自曾祖以下，都將木主從祠堂裡請回，設祭在外面的廳房裡，迎面正壁上懸遺像畫軸。貼壁設長條几，几前縱列大八仙拼桌兩張，上鋪紅氈。几上安木主，桌上設祭品。葷菜在後，以湖魚為主居中，高裝乾果（飣坐）在前。桌頭上掛大紅繡緞桌圍。上面是二尺多高的錫香爐，燭台，花瓶，執壺，奠爵。花瓶裡插柏葉和竹葉。桌前亦鋪紅氈，預備跪拜用的。

曾祖以上，祭桌設在祠堂裡。始祖祠在南門裡路西朝南，有著高大的門樓和圍垣。所謂始祖，是指方家在方鎮最先發跡的那一代，時在明之初葉。祠內兩棵白松，高數十丈，粗約四人合抱，二十里外即可望見。樹大蔭大，罩得整個祠堂裡陰森森的。有那會看風水的人說，祇看兩棵樹這般茂盛，就知道方家是怎樣的興旺了。

方冉武帶著跟班的，抬著大圓籠，將祭品送到祠堂裡來。看祠堂的早把裡裡外外打掃乾淨，開了大門，在門外恭候著。他緊走兩步，迎著方冉武打個扦兒。說道：

「請大爺安。」

方冉武點點頭，一逕走進祠堂去。跟班的把「拜墊」鋪下，方冉武向神龕上香跪拜，然後燒花紙箔。他踏著一個方凳，爬上神龕，拉開銅門，開了門，恭恭敬敬地將始祖爺爺和始祖奶奶兩個木主上刻有雞心孔的小門打開。下來，桌上鋪了紅氈，祭品擺好。二十斤重的湖魚就是用在這裡的。

方冉武再上香跪拜，化紙，放一條大鞭。接著，就有本族的人陸續來燒香叩拜。

方冉武轉到本支祠堂去，將他父親和祖父的木主請回家去，供在大廳上。曾祖由別家輪供了。晚上，各處都點上紅燭，甬道上都掛燈籠，發著閃閃的光，照射出新年的喜悅。喫過年夜飯之後，大家互相訪拜，說些吉利的話，名之曰「辭歲」。小孩子們的壓歲錢，就在這個時候從長輩的手中拿到了。

這一晚上，為了守歲，大抵都不睡覺，或少睡覺。大戶家，在四更左右的時候，家人小廝們就輕輕把曬得乾透了的芝麻稭撒在甬道上。待次日元旦一早，主人家開門出來，走到那芝麻稭上，發出辟辟巴巴的聲音，像小鞭炮一樣，是象徵快樂的。每一道門上，左右擺兩塊長條木炭，中腰間纏一道紅紙，其意義不甚明瞭，大約是代表守門的神。每一個門上，還要橫放一根粗木棍，名為「攔門棍」，是防備有邪神惡鬼闖進門來的。

這一晚上，是天上百神下界，鑒察人間善惡的。所以都小心說話，怕說得不對了，要受到神的處罰。為了怕小孩子們口無遮攔，說出沒有分寸的話來，所以有的人家還要貼一條紅紙，寫著「童言無忌」。

方冉武家的老太太一邊抽著大煙，一邊守歲，她是徹夜不睡的。紙窗上剛現魚肚白色，方冉武穿得整整齊齊地進來了。

「媽，我給媽拜年來了。媽守歲到這時候嗎？」

「你倒早。」

「不早了，天快亮了。」

這時候，四面八方遠遠近近，傳來一陣陣長長短短的鞭炮聲。進寶忙從煙榻上跳下來，給方冉武打個扦兒。說道：

「大爺早。給爺拜年。」

方冉武點點頭。方家拜年，不說「恭喜發財」這句話，他們認為這句話是商人市儈或是窮人們說的，而商人市儈和窮人說的話，自然不足以登鄉宦大雅之堂。

服侍老太太的兩個老媽子也跟著方冉武進來了。她們照例先拜了年，然後給老太太梳頭，換衣服。老太太說：

「我們也『發紙馬』罷，冉武你去！」

方冉武出來。「月台」上已經紮好一個臨時的小蓆篷，篷子裡條桌上放著一滿斗小麥，黃表紙寫的「天地三界之位」神牌，就插在這斗上。祭品三牲是豬頭全雞全魚，還有每個三斤重的大饅頭，三堆十五個。「紙馬」是有光紙木板套色的一張畫，上面中間坐一個帶鬍子的神，左右兩位夫人，面前許許多多珊瑚元寶之類的寶貝。這張畫被當作桌圍掛在桌子前面，上香跪拜之後，取下來和紙箔一同燒掉，這就是「發紙馬」。

方冉武在天地三界前上香跪拜之後，跟班的把紙馬發了。同時一條大鞭炮已用麻繩吊在院中的大柏樹上，方冉武請示了老太太，吩咐一聲「點！」這支鞭炮就被點上了，辟辟巴巴一直響了一頓飯時候才完。老太太從房裡出來，看院中煙氣瀰漫，火藥香撲鼻，腳踏在那又乾又脆的芝麻稭上，心裡著實的喜歡。她向天地三界拜過之後，就帶著冉武到前廳裡拜祖。她在冉武父親的祭桌前靜默了好大一會，才回到內宅去，接受家人和各方面的拜年。

方冉武在老太太房裡喝了兩口酒，喫了幾個水餃，就有跟班的跟著他出去，各祠堂裡燒香，各家拜年。你來我往，彼此彼此，一直到傍午時候才回家來。方鎮老例，正月初一日早上一定要喫素餡水餃，水餃之中有幾個裡面包著小銅錢。據說誰能喫到包銅錢的水餃，誰就有一年的好財運。但大戶人家，包錢的水餃，總是下人們喫了去。因為包了錢，重，沉底，而先撈起的上面的總是主人先喫，下人們後喫，就輪到包錢的了。

像別的地方一樣，方鎮上過年期間的一件大事，就是賭。從正月初一一直賭到二月二，聽說有賭輸得傾家蕩產了的，但沒有聽說有誰贏得發了財。

初二早上，各家仍然有一次互相的訪問，但這不是拜年了，而是「道乏」。意思好像說，年過了，你有沒有過年過乏了，我為此很掛心，特地來慰問一聲，如此而已。

初三早上，撤祭，把神主送回祠堂裡去。仍然是上香跪拜燒紙錢放鞭炮那一套，年這就算過完了。

十四

然而方鎮上過年，像方居易堂那麼愉快，那麼氣派的人家是不多的。小戶人家總是為了一個沒有錢，一切一切，都鬧得不歡而散。沒有錢買肉，沒有錢給小孩子做新衣服，甚至沒有錢買一對春聯，都足以使年興大減，不以為樂，反以為苦。更有那一等欠人家債的，被逼得走投無路，年關就無異是鬼門關了。而這一年更加上地方上的不寧靖，多數人家都過得不如理想。

剛到正月十五，小梧莊的曹老頭兒就推著車子把他的女兒小娟送到方冉武家裡來了。他求見方冉武娘子，要求大少奶奶留下他的女兒在宅裡住些天，避一避鄉下的兵荒馬亂。他帶著女兒給大少奶奶拜年之後，拿出了從鄉下帶來的一點禮物，幾隻母雞，幾十個雞蛋，大包乾菜，大捆菸葉。他抱愧似地說：

「鄉下，沒有什麼東西孝敬大少奶奶。這點東西，給大少奶奶留下來賞人罷。」

「你怎麼這樣客氣了！出了正月，我正想著派車子去接小娟來住幾天呢，不想你倒早來了。何必又帶東西來？」

「不是也不會來的恁早。」曹老頭說著，頭有點搖，嘴也有點顫，「大少奶奶，你不知道鄉下住不成了。年前裡忽然開了好些隊伍來，到處都住滿了。為的我家裡房子較為整齊些，做了營部，住著個營長，許多副官馬弁。不知怎的，這個隊伍一點不像隊伍，簡直就是土匪。不，也不像土匪，我家裡也住過土匪來，也沒有他們這麼壞，他們一住進來，就教我們讓出正房來給他們住，我們一家搬到牛棚裡去。家裡喫的穿的用的，不拘什麼，都成了他們的了。一天到晚，吆吆喝喝，不知鬧些什麼，把我們弄得直不像個人家了。這些，我們也都忍了，什麼也不說。不想，這幾天，那營長要討我們小娟做太太了。派副官過來說媒，是我說女兒已經有了婆家，拒絕了他。不想他又再三追問婆家是誰，要我找了來對證。我怕鬧出事來，今天早上帶著女兒空手走出來，過來五里路，才到我們親戚家裡借了車子和東西，到大少奶奶這裡來了。大少奶奶上年不是說教她來玩嗎？這不是來了？」

「倒不知道鄉下鬧到這般地步！」大少奶奶說：「哪裡來的隊伍這麼壞呀？」

「聽說是張督軍張什麼人的。」曹老頭說。

「張中昌。」曹小娟帶著驚魂甫定的神氣，瞪著一雙大眼睛說。

大少奶奶親暱地揑揑她的耳朵，又摸摸她的腮。笑道：

「在我這裡住著罷，再壞的隊伍也鬧不到我門上來。你不知道，從上年我見了你，一直想你的很呢。」

吩咐韓媽，把曹老頭帶到外面去招待喫飯。「歇一晚，明天回去。小娟就留在我房裡和我同住。」

「明天我回去，就不進來見大少奶奶了。」曹老頭說了，又問道，「我可要見老太太和大爺請安？」

「不必了，他們都沒有閒工夫和你囉嗦。你放心去罷，有話我替你說了就是。」

「過兩天我再來給小娟送衣服，這匆匆忙忙地跑了來，連衣服也沒有顧得帶。」

「你要來看看她，就來看看她，衣服可用不著帶。住在我這裡，你還怕她沒有衣服穿嗎？」

「好，我這算給小娟找到個好地方了。」曹老頭愉快地笑著說：「反正是麻煩大少奶奶了，等我一總磕頭道謝罷。」

韓媽領著曹老頭出去，交代給門房上。這裡大少奶奶和小娟說閒話兒。韓媽回來，帶她去梳洗。大少奶奶把自己的嫁時衣裳找出了幾套，教小娟按身材改小了。不幾天打扮起來，真看不出，竟是一個氣氣派派的大家小姐了。

大少奶奶暗暗吩咐韓媽，遇便找大爺進來一趟，「我有話給他說。」原來方冉武自從借到大舅子的錢以來，依然昏天黑地去搞他自己那一套，依然不進大少奶奶的房門。大少奶奶想找他找不到他，所以祇好教韓媽「遇便」尋他。

韓媽對於自己的主人大少奶奶，不消說是萬分忠心的。多少年來，這還是她第一次見主人說要找大爺說話，她就知道這一定是有要緊的緣故了。她不怠慢，先以私人資格去拜望新姨太太的身邊傭人劉二姊，說說家常。趁便問道：

「大爺可天天在新姨太太這邊？」

「哪裡哪裡，算是過年的時候，在這裡住了幾天，以後就不見影兒了。」

「他從來也不到我們奶奶那邊去。也不知道他都是在什麼地方！」

「他在小叫姑那裡，兩個人好得很呢！」劉二姊悄聲說：「你不知道，我們姨奶奶氣得了不得，和他鬧了兩場，要離開了！大爺已經答應送她回城裡去了。衹為她應當帶走三萬塊錢，所以還等著，這早晚也快了。」

「什麼樣的個小叫姑，弄得大爺這麼顛顛倒倒的？」

「也是個賣的。我見來，倒也生得喜俏俏的，好個人物，不亞似我們這個主兒。」

「這樣說，你也是喜歡她了。可不要教大爺知道了給你喫醋。」

兩個人笑了一回，各自走開。韓媽把這消息趕忙告訴了大少奶奶。大少奶奶想了又想，還是吩咐她上緊地找大爺說話。她心裡是一喜一怕，喜的是自己的理想眼看就要實現，怕的是萬一畫虎不成，那就這個人家注定是完了。她抱著孤注一擲的心情，她的心是沉重的。

韓媽再找到方冉武的貼身小跟班叫進喜的，託他趁便回大爺一聲兒，說大少奶奶有事情找他。進喜說：

「回我是替你回，可保不準他什麼時候才到後頭去。他現在是一條心在這裡了。」進喜說著，伸出左手的小指頭，搖了一搖。

「這是誰？」

「你不知道？這就是小叫姑。」

「我不信小叫姑有這等本事，就能把大爺迷糊塗了。」

「韓大嬸，是你也沒有見過，好排場人物。加上床上那種功夫，要不怎麼叫小叫姑呢？實在是好，不能怪大爺上迷。」進喜做個鬼臉，在韓媽的胳臂上捏了一下。

「你這不成器的！我不和你瘋。你衹記著替我回那句話好了。」

「韓大嬸，說老實的，到底大少奶奶找大爺有什麼事，莫不是她熬不住了？」進喜拍拍自己的胸膛說：「那有什麼煩心的？有我哪！你老人家怎不替我引薦引薦？」

「看你敢胡說八道！我實在告訴你，你也好給大爺露露口風，大少奶奶替大爺找了個新人兒了。今年十九歲，長得漂亮是不用說了，又加是個黃花閨女。現在衹等大爺回來過了目，就辦事。」

「有這等好事！」進喜不勝欣羨地說：「這個話告訴他，他準喜歡聽。管保立時就回家來。你不知道，我們大爺是個色迷饞癆鬼，喫著碗裡望著鍋裡，通沒個夠。」

「你給他報了這個喜信，準是你一大功。快去罷！」

韓媽抽身回來。那進喜跑到小叫姑家裡，瞅空兒把這話說了。方冉武半信半疑的，又拖過了兩三天，才回家來。

他一直走到後上房去，靜悄悄的不見個人影兒。掀簾子進了大少奶奶的臥房。大少奶奶正獨自一個坐在窗底下磕瓜子兒，看見大爺進來，連忙讓坐。方冉武問：

「他們說你有事找我？」

「我沒有什麼事找你。不過多日不看見你了，放心不下，問他們一聲兒。」

方冉武聽得話不對頭，抽身就要退出，卻聽見簾子響，祇見一個俊俏的姑娘端進一盤子茶來。她穿一件粉紅色小襖，寶藍色長腳褲，好個腰身兒。方冉武不覺得看呆了。他一屁股坐到大少奶奶對面的圈椅上，暗暗納罕，有這等美人兒，難道這就是那個話！

大少奶奶抿著嘴向他笑了一笑。說道：

「小娟，這就是大爺。」

曹小娟把茶放在大桌子上，怯怯的含羞的輕輕說了聲「請大爺安」，便匆匆抽身走了出去。

方冉武扭過頭去望望大少奶奶，笑了笑，問道：

「這是誰？」

「你看看怎麼樣。」

「好極了。」方冉武用手在大腿上一拍，伸了個大拇指說。

「比你那白玉簪怎樣？」

「她怎比得這個？」

「小叫姑呢？」

「也不行。」

「你給我說老實話，你在外邊胡鬧了這些年，有沒有遇到這樣一個妙人兒？」

「實在沒有。」

「這個，可是好人家的女孩兒，你不要癡心妄想。」

「你不必賣乖了。」方冉武禁不住笑了出來，「乾脆替我想想辦法罷。」

「想想辦法也容易，祇是你從前答應我的事呢？」

「我從前答應你什麼事？」

「姓白的。」大少奶奶右手豎起一個小指來，同方冉武比了一比。

「這個不成問題。祇要有錢給她，她就走。」

「你什麼時候給她錢呢？」

「最好你再替我想想辦法。我這裡賣地，還是賣不出去。」

「好，我答應再替你想辦法一次。那麼，小叫姑呢？」

「她不過是個賣的，沒有什麼糾葛。祇要我不去就斷了。」

「你可能斷得了她呢？」

「我有了這個，一定斷了她。」

「這個話可靠得住呢？」

「你不信，我就賭咒。」

「也用不著賭咒。——還有一個人，怕你要為難了！」

「我知道，你是說進寶，是不是？」

「正是。」

「那進寶的事最容易辦，我宰了他就完了。」

「你不要說笑話。」

「我不是說笑話，我早就有意宰了他。這也用不著自己動手，我衹暗暗託託陶十一，酬謝他幾個小錢，事情就做了。一點也不難。」

「殺人總不大好罷。」

「這是我的事，你不要管。我不會打人命官司的，你衹管放心！——你現在且說：還有別的條件嗎？」

「再也沒有別的條件了。」

「那麼，我們一言為定，你替我辦事罷。」

大少奶奶想了一想，向他招招手說：

「你過來，我和你說句話。」

方冉武湊近大少奶奶，大少奶奶向他耳朵根上不知咕唧了兩句什麼話，衹見那方冉武笑嘻嘻地連說：

「有，有。我去辦，我這就去辦！」

說著，他走了出去。大少奶奶隔著窗子又囑咐道：

「晚上十點鐘，你回來喫飯，不要誤了時刻。」

方冉武答應著走了。

晚上九點鐘，方冉武娘子伺候老太太喫過飯，問安之後，回到自己上房來，剛巧夠十點鐘。照著預先暗暗吩咐下的話，三個奶媽都帶孩子睡去了。祇留下韓媽和曹小娟還等著招呼。大少奶奶問道：

「大爺回來了嗎？」

「回來了。」韓媽應著。

「菜呢？」

「也預備好了。」

大少奶奶向曹小娟輕聲說道：

「今天是我的生日，不教他們知道，我和大爺喫杯酒兒。等一會，我也請你喫兩杯，你給我拜壽。」

曹小娟忙道：

「倒不知道大少奶奶壽日，待我來給你老人家拜壽。」

說著，就要跪下去。大少奶奶忙把她攙住，說道：

「說到了算，沒有個真拜的，快請起來罷。」

曹小娟趁勢直起身來，合掌當胸，拜了兩拜，抿著嘴兒笑了。兩個小酒渦，襯著一雙大大的眼睛，燈光之下，連大少奶奶也覺得有點動人。

臥房的大桌上，點上紅燭，大少奶奶讓丈夫上首坐了，自己對面相陪。韓媽和曹小娟端上幾樣下酒的菜肴，夫婦兩個對酌起來。方冉武趁曹小娟不在跟前，把一個方寸大的薄薄的小紙包遞給大少奶奶。說道：

「這個是——多謝你費心。」

大少奶奶打開那紙包，將一點白粉兒似的東西，傾在一個酒杯裡，用白乾酒沖滿一杯，筷子頭攪攪，放在一邊。等曹小娟進來，大少奶奶就把這杯酒讓曹小娟喫，她再三不肯，說不會喫。大少奶奶道：

「這是我的壽酒，你不會喫，也要喫了。衹這一杯，我不再讓你就是。」

「讓韓大嬸喫罷。」

「另外有她的。」大少奶奶把自己喫的一杯，遞給韓媽。韓媽謝了一聲，就接過來一飲而盡，把杯子收了，另換一個新杯子上來。

曹小娟看了這情形，知道不能推卻，也就道謝了，接過來飲了。她確實不會喝酒，衹是照韓媽的樣兒來了一個實地表演。這一杯酒下來，從喉嚨口熱辣辣的直到心口，好不難過。接著，頭昏起來，大少奶奶和韓媽扶她到大少奶奶的床上去躺下，她覺得像駕雲一般，四肢無力，不能動彈。再過一會兒，她就失去了知覺。

第二天，大少奶奶把裡套間收拾出來，教曹小娟住了進去。不但不再教她端茶送水，反而要韓媽給她端茶送水起來。大少奶奶撿了整箱的衣服給她穿，把整匣子的首飾給她戴，還教人給她打聽著買個小丫頭使喚。大少奶奶拉著她的手兒，親暱地說：

「小娟，這以後我把你當親生女兒一般看待。你知道，我跟前缺少個女兒。過些時候，我回明老太太，我和你姊妹一樣，你就是他的二房了。」

然而小娟祇是一味地掉淚，抽噎，什麼也不肯說。她並不嫌惡昨天夜裡的那位大爺和此時坐在對面的這位大少奶奶，她也不嫌惡那位慇勤的韓大嬸。她所遺憾的是昨天夜裡的那種方式，這使她的自尊心受了損傷，感情上受到委屈，總覺得像有點含冤似的要哭一下才痛快。假如經過求愛的階段，把時間稍微拖長一點，緩緩進攻過來，曹小娟也許會欣然接受，而不至於留下任何不快。自然，曹小娟自己並沒有這麼明白的分析，但她的悲哀和委屈，卻實在是這樣產生的。

「大少奶奶，」曹小娟用手帕擦去眼角上的淚痕，依然很溫柔地有禮貌地說，「你這裡是沒有話說了。我爹呢？教我做小，他恐怕不肯。」

「等我找人去和他說明白。他要是實在不肯，就做兩頭大，我也沒有什麼不可以。你放心，都在我身上。這以後祇要你和我一條心，我們能攏得住大爺，把這份家業守住了，你教我怎麼樣都成。」

「我以後祇倚仗大少奶奶替我作主。」

「那還用說，我和你還不是一個人嗎？」

那方冉武自從得了曹小娟，樣樣都很滿意。他以前玩慣妓女，現在遇到一個純潔天真的鄉下姑娘，處處都有新鮮之感。像喫膩了肉食的人，偶然夾一筷青菜嘗嘗，也覺得頗為爽口一樣。而且裡外套房，外邊住著大太太，裡邊住著尚未正名的小太太，這個左右逢源的新局面，也給他一種新的滿足。他倒想起西跨院的新姨太太來，就覺得不舒服，像眼中刺一般，非拔去不可。他再自動向大少奶奶提議：

「你有打算過嗎？什麼時候再回娘家去呀？我想西跨院裡的，還是教她早走了罷。」

「我倒給你打聽個實在消息，究竟你這幾年已經賣去多少田了？原來有多少，現在還有多少？」

「那要問馮二爺才知道，我怎麼能說得明白。」

「你看你這個人，連自己這幾畝田都弄不清楚，還怎麼能成家立業！你這詳細說不明白，難道也不知道個大概嗎？」

「大概的情形，我是知道的。老爺子去世的時候，給撇下了四十頃地。從C島運柩回來，連出殯，用掉三頃。以後我賣了大約十頃，老太太也賣了十頃，現在約摸還有十六七頃。」

方冉武這一數算，倒把大少奶奶嚇了一大跳。她沒有想到家業真去的這樣快。她說：

「你看，老太爺去世不幾年，家產就去了一半還多了。這樣下去，怎麼得了！」

心裡一急，她不由地哭了起來。方冉武的辦法，是凡事不去多想它，混混過日子。這時安靜坐下來，細一計算，也覺得有點尷尬。沉默了好一會，他才說：

「你也不必哭了。以後我再不出去玩，由你來當家作主就是了。」

大少奶奶怕他不耐煩，也不敢盡情哭。她擦乾眼淚，說：

「你這打發西跨院，到底得給她多少錢？」

「三萬。」

「就不能少給她幾個嗎？」

「立得有合同。」

「那合同，還不是做你的圈套的！」

「你不知道，她們這種人，不好纏的很呢。想給她講價，怕辦不到。而且鬧起來，我們也丟不起那個人！」

「好，這是三萬。你還有別的債務嗎？」

「沒有。」

「那麼，我再回去一趟，替你辦這三萬塊錢。等西跨院走了，就輪到進寶了。」

「那是自然，你放心！」

大少奶奶回娘家去了一趟，等款子陸續送足過來，已經是清明以後的事了。白玉簪收下三萬塊錢，憑中將合同作廢之後，她倒遇到了一個難題，從方鎮到縣城，一路上極為不靖，這大筆款子用什麼方法安全地帶了去呢？方冉武是不管這事的，那麼找誰商量一個辦法呢？

於是她去找方金閣。她和方金閣並不很熟，在城裡見過幾回，認得而已。她表示她願意拿一千塊錢出來，請方金閣替她找一個妥當的人包送到城裡。方金閣搖搖頭說：

「你這一千塊錢，是給我的介紹費呢，還是給人家的保鑣費？」

「一包在內，請大老爺支派。」

「那麼，你去找別人罷，我辦不了你這件大事！老實說，你弄我們老大這幾個錢，招搖得太厲害了，你這幾個錢的名氣太大了，誰也不敢保你的險！你沒有打聽打聽，這一路上，連十塊八塊的零錢，都有人攔劫呢！」

除了方金閣，白玉簪再也想不到一個可以商量的人了，因為她在方鎮前後不過幾個月，人頭兒極生疏。她無可奈何地讓步說：

「那麼，大老爺，照你的意思，應當怎麼辦？」

「照我的意思，我把那個包送的人找了來，看人家要什麼價錢罷。」

白玉簪同意了這個辦法。方金閣派人去找了陶祥雲來，要陶祥雲做這件事。陶祥雲想了一想說：

「往南這一路，我不大熟。我舉薦個萬無一失的人，大老爺一定會贊成。」

「你說誰？」

「方培蘭大爺。」

「祇怕他不屑幹。」

「等我去請他來談談看，怎麼樣？」

「那麼，你去。」

陶十一約了方培蘭來，大家商量了好久，才算決定下來。白玉簪拿五千塊錢，二千送方金閣，三千送方培蘭，由方培蘭派徒弟許大海送她進城去。

白玉簪急於離開方冉武家，第二天一早就動身走了。許大海空著雙手，跟著白玉簪的騾車走。白玉簪心裡疑惑，說道：

「你怎麼連槍也不帶？等有事起來，你怎麼辦？」

「大姑娘，」許大海笑嘻嘻地說，「你的意思是說我應當帶著傢伙，路上和人家對拚，是不是？你那麼想，就錯了。我這跟鑣，衹是賣師傅的面子，遇上事情，三言兩語，一講交情，就過去了。要是講打，不要說一條槍沒有用，就是十條八條，三十條五十條，也等於白。人家那大桿子，好幾百人呢，你怎麼同人家打？」

白玉簪聽他說得有理。看他年紀不過二十來歲，倒是生得白淨，心裡有點不忍心讓他跟著跑，就再三讓他跨在車沿上坐。於是連趕車的一車三人，說說笑笑，一路奔去，但聽得那騾子頸上的鈴鐺叮叮鐺鐺響個不住。

約摸走到一半路上，許大海忽然翻身過來，將一條活套扣的繩子，很熟練地套到了白玉簪的頸子上。出於意外，白玉簪猝不及防，許大海用力一拉，衹一會兒，白玉簪的生命就結束了。

許大海用被子把她的屍體蓋得嚴嚴的，拉下車門簾兒來，也壓得嚴嚴的。他和那趕車的對視一笑，兩個人一邊一個，跨在車沿上，轉個方向，車子就不進城了。

十五

方祥千自從爭取了方培蘭之後，工作是順利的。綠林弟兄們原是在自己也覺得名不正言不順的情形之下，捨生拚死，聊快一時的。現在有了題目了，他們是為了一個社會革命的目的在奮鬥，他們是英勇的布爾塞維克。方祥千給他們一個區分：不夠二十歲的都算是ＣＹ，這是由原來的ＳＹ改稱的，即共產主義青年團。過了二十歲的統統算共產黨，即ＣＰ。

ＣＹ的一個首腦就是許大海。他已經過了二十歲，以ＣＰ資格，被指定擔任ＣＹ的領導工作。他勇敢而又機智，有孤行到底，百折不回的精神。他的同志們常常讚揚他的成就，說：「我們怎比得了他？他是喫過活人的心的！」

採取了這個爭取綠林的政策以後，方祥千和方培蘭的經濟情形，也有了顯著的改善。各路英雄在「黨費」名義下的樂捐，盡夠兩個人支配的了。方祥千原祇是一個幾頃地的小地主，他沒有方冉武那種大根基。而老太爺還健在，把家產緊抓在自己手裡，事事躬親照料。雖然有個馬莊頭，實際上也不能替老太爺當家。因此，方祥千打算要偷偷地賣幾畝田，是極不容易的。他唯一的本事，是到處裡亂借。但那都是極小的小數目，不足以派大用場。及至總是有借無還之後，連這種小數目也沒有來源了。這種小數目的債主，方祥千至少也有百戶以上。其中有那大方的，或者根本不問，或者偶然問過一兩回，看不容易討得回來，也就算了。有那等認真的，簡直跟在屁股後頭，行坐不離，擺出那種不給錢便不善罷干休的神氣，嘴裡說些有欠文雅不太中聽的閒話，實在教人難以忍受。但方祥千總是還以笑臉，給他商量可能的解決辦法。譬如，要不要我做契約給你幾畝田，等老太爺過世之後，你來接收。又譬如，要不要我再多加一部分利息，把限期延長一點。不管對方肯不肯，方祥千總是誠懇地提出他的方案。他的見解是：我欠他的，總是我不對，我的理虧，我還有什麼可以同人家鬧的呢？

但有時候你太把他逼急了，他也會生氣。等債主走了以後，他發脾氣了，喃喃地罵：「什麼信用！我心裡何嘗不要守信用來！現在拿不出錢來，就沒有信用了。」於是他若有所悟地恨恨地說：「信用嗎？信用是資產階級的奢侈品！」這樣，他就把他的負債，把這種債務關係，歸咎於經濟制度的不良：「所以要革命呀。我們窮人，我們共產黨，不要信用！」

有那等不了解方祥千的人，覺得他借錢不還，一定是一個吝嗇的人，這是冤枉的。方祥千最看不起錢，最肯散漫花錢，祇要他有，他最愛急人之急。他把僅有的一點錢，隨便一下子給了別人，弄得自己餓飯，不能吸菸斗，從前在北京，在T城，是常有的事，而且被朋友們當笑話傳說。

在這一點上，他和方培蘭也是對脾氣的。自從經濟好轉以後，方祥千讓方培蘭保管現金，說：

「你找個妥當地方把它存起來，攢下一個數目，預備將來好大舉！」

「這個嗎？」方培蘭裂著嘴笑了，「你老人家另請高明罷。教我管錢，還不如沒有人管的好！我一輩子喫錢的苦，喫錢的虧，喫得最多，因此我最恨的是錢。我見了錢，非把它花掉不可，我恨它恨透了。」

方培蘭從口袋裡摸出每張十元一疊鈔票來，一張一張地擦著火柴燒掉。一邊說：

「六叔，現在我們有錢了，把鈔票燒著玩兒，『有錢的大爺喜歡這個調調兒』，一點也沒有可惜。可是，六叔，你不知道我一向常常為了極少的錢，一元，一角，甚至一個銅板，作極大的難。逼得我有時候竟想上吊，想跳井。你想，錢是好東西嗎？」

「雖是這麼說，我們還是離不了錢。沒有錢，就不能生活，就不能辦事。」

「六叔，等我們共產共成了功，那時候還有錢這個東西嗎？我想應該沒有才好。祇要有它在，就有買，就有賣，這個社會總是弄不好的。」

「我聽說俄國革命以後，是在盡量實行配給，錢的用處自然會減少。至於原始共產社會時代，那時是沒有錢的。」

「好罷，我們想法造成一個沒有錢的社會。必須沒有錢，人才有真平等，真自由，真幸福！」

最後叔姪兩個派定東嶽廟的老道和許大海兩個負保管財物的責任，把神座挖空了，作為保管庫。方培蘭吩咐下來：

「這是黨的公款，你們記個帳，把它保管起來。我是簡單明瞭，要是有了缺少，我用炮子打你們！」

雖是這麼說，這個款子進進出出，數字是極其模糊的。許大海和老道兩個人勾串起來，從中得了不少的好處。

小梧莊設了營部，營長要討曹小娟，曹小娟逃掉了的消息，方祥千馬上就知道了。因此，他定下一計，想要爭取這個營長，爭取這一營人。

他和方培蘭兩個人騎馬到小梧莊去，見到曹老頭。曹老頭和這兩位爺原是熟悉的，因為家裡沒有可坐的地方，就讓到莊外場園裡的小屋裡去坐。方培蘭道：

「老曹，聽說你家裡駐了營部？」

「是的，大爺。有個營長住在我家裡。」

「這可有人替你保鑣了，保險不會有土匪來綁你了。」

「大爺，別開玩笑了。不瞞你老人家說，自從住了營長，我這個人家就算完了！」

曹老頭一五一十地訴了許多苦。最後他說：

「不想他還要討我的小娟做老婆。這不是著了魔嗎？」

「你有個營長姑爺還不好嗎？」方祥千說。

「知道他是哪裡人，知道他是幹什麼的？他們南征北戰，我上哪裡尋我的女兒去！」

「這麼著罷，」方培蘭說，「我們去見見營長，也許有機會，替你求個情，把事情了了，免得你老是煩心！」

「那真是我的大恩人了。我先謝謝兩位爺。」曹老頭跪到地上就磕了兩個頭。

方祥千忙把他拉起來。說道：

「還不定怎樣呢，你先慢著高興。」

於是曹老頭去通知了營長。營長知道鎮上下來兩位紳士拜望，也不怠慢，自己接了出來，讓到堂屋裡坐了。寒暄之後，知道營長姓康，名子健，看上去還不到三十歲。雖是行伍出身，桌子上卻擺著古文觀止和柳宗元法帖，似乎也懂得文事。方祥千說道：

「營長在這裡駐防。是長期，還是短期？」

「我們，跟張督軍來到貴省，這才剛下來，大約一時不會調走。」

「那麼為什麼不駐到鎮上去？」

「我奉的命令是駐小梧莊。我們的任務是維持地方治安。大約因為鎮上自衛力量較強，所以才指定駐鄉下。」

「營長駐在這裡，真是我們地方之幸。」方祥千捋著他的長鬚，慢吞吞地說：「祇是小地方，一切不方便，要請營長包涵。以後營長有什麼事，祇管交代，我們一定效勞。」

「謝謝兩位的好意。過兩天我到鎮上來回拜。」

「回拜是不敢當。」方祥千說，「我們有桌酒，給營長接風，就設在鎮上保衛團公所裡。要是營長肯賞光，我們就定好一個時間罷。」

「如果營長能在鎮上多住幾天的話，」方培蘭說，「那是我們最歡迎。我們鎮上倒是還好玩，不比這鄉下。」

「那麼，我明天就來，就住兩三天也沒有什麼。」

康營長再三留下兩人喫了中飯，才回鎮上去。和張柳河隊長接好了頭，準備了一切。第二天康營長就帶著四五匹馬到鎮上來了。接到公所裡，略略休息之後，張隊長集合了他的團丁，請康營長檢閱訓話。康營長看著這幾十個人，倒是整整齊齊的，頗像那麼一回事。隨口稱讚了幾句，無非是保衛桑梓啦，視死如歸啦，媽那巴子啦，那時候的軍人們常常掛在嘴上的那一套。

宴席設在大廳上，康營長居中，張隊長陶隊副居右，方培蘭居左，方祥千下面相陪。這是一個盛宴，真是山珍海錯，水陸畢陳。把個康營長喫得讚不絕口。

「想不到貴地一個小鎮子，有這麼講究的酒席。我南南北北跑過多少地方，沒有見過這麼漂亮的席面！方鎮這個地方真是了不起！」

張柳河隊長把方鎮上的情形，大略介紹了一下，以前出過多少做官的，現在還有多少財主，說得活龍活現。

「就說我們公所對過這一家罷。這就是養德堂，在鎮上不算是大戶——」

「你說是什麼堂？」康營長打斷他的話，問了一句。

「養德堂。生養的養，德行的德。這鎮上的大戶人家，家家都自立一個堂號，好像那商家有一個店名一樣。別人說他，用不著提名道姓，祇提那堂號就知道是誰家了。這養德堂在鎮上還不算是大戶。兄弟七個全是大學畢業，都在外面做事。現在在家裡掌家的是第八個姑娘，中學畢業。因為老太爺去世，才回來的，要不也上大學了。這養德堂現在算窮了，聽說也還有五六頃地，後樓的樓門都不能開，因為那裡面裝滿了銀子，祇要一開門，銀子就淌出來了。」

「你說的這後樓的銀子，」陶隊副糾正他說，「是以前的事了。聽說老太爺去世的那一年，那樓上的銀子都變了白鴿，一夜之間統統飛走了。現在樓門還關著，裡面卻空了。」

「他們哪裡來的這許多錢呢？」

「這養德堂的老太爺是在福建做知縣發財的。」陶隊副說。

「這樣還不算大戶。那大戶就可想而知了。」康營長感嘆地說，「在我們關外，有整個縣的土地屬於一個人的，但那是還沒有開發的荒地，沒有出產。像你們這裡這樣的肥田，人口又這樣稠密，怎麼一個人家會有這許多田呢？」

「那就是不平均了。」方祥千說，「田地集中在少數人家成了大地主，必然就有許多人家沒有一指地！」

「但我看你們這裡，多數人家都過得很好。」

「那是因為地方富庶的緣故。」方祥千說。

「這是個好地方！」張隊長說，「我是個外縣人，到了這裡就不想走了。營長你要是能在這裡住久了，管保也會留戀這個地方。」

「營長寶眷沒有帶來嗎？」陶隊副問。

「我還沒有娶親呢。」

「你這個歲數，」方培蘭說，「也早該成家了。」

「是的。我已經二十八歲了。祇因為從小幹軍隊，東奔西走，沒個安定，所以耽誤下來。」

「你最好在這鎮上相一房親事。」張隊長說，「這裡的大姑娘們，是又大方，又懂規矩，好得很呢。」

「祇怕人家看不上我。」

「那是營長客氣。」張隊長說，「你要有意，託我們祥千六爺和培蘭大爺準有辦法。」

「承諸位錯愛，話說到這裡，我倒真要請諸位幫忙了。我住的小梧莊曹家，他有個姑娘，我很中意。給他提過，他推說已經有了婆家，不肯答應。這兩天，姑娘躲得不見了，成了我一件很大的心事。你們看看，這件事情可有什麼辦法？」

「你如果打算在這裡討親事，」方祥千笑嘻嘻地說，「就用不著要曹家的姑娘了。他家裡怎麼會有好姑娘！待我從這鎮上給你物色一個好的，你必中意。」

「是呀，」方培蘭說，「你聽我們六叔的，包沒有錯！」

席散之後，張隊長和陶隊副又陪他到小狐狸家去玩，把小叫姑介紹了給他。一夜過去，他再也不想那曹家的姑娘了。

那陶祥雲的六哥原來在小狐狸家打雜跑腿。小狐狸多年與張柳河隊長有交情。陶祥雲和陶補雲招安做了隊副以後，不久，陶補雲上廣東去了。賸下陶祥雲留在公所裡和張柳河同住在一個屋子裡。（張柳河有個老母，單獨住在公所後面一條小巷子裡。）張柳河仰仗陶祥雲的綠林關係，陶祥雲則認為張柳河是他的頭頂上司，不能不施以浸潤。兩個人互有目的，感情便很快地建立起來，成了親密的朋友。張柳河是不論忙閒，風雨無阻地每天總要到小狐狸家去泡一會兒。他做隊長的正當收入和不正當收入，一古腦兒都送在這個坑坑兒裡，還要築下債台，東扯西拉，弄得捉襟見肘。張柳河是幹了一輩子行伍，行近半百之年，在方鎮上謀到這一個輕而易舉的飯碗，巴不得有小狐狸這樣一個女人，為「白首偕老」之計。小狐狸——這是她的綽號，她本姓龐，名叫月梅。雖然生得有個親生女兒，卻從來沒有嫁過人。從十幾歲混事，現在年過四十，人老珠黃了。手底下有了一點錢，也需要張柳河這樣一個男人來排除她的寂寞，好混過下半世。（那有板有眼的人，誰又肯要她呢？）因此兩個人雖是露水姻緣假夫婦，卻有一點真感情。張柳河的鞠躬盡瘁，多方報效，也不是全無意義的。

龐月梅的女兒，就是那綽號「小叫姑」的，本名叫錦蓮。她繼承了母親的衣缽，發揚光大了母親的事業。雖然「混事」才不幾年，已經賺得許多傢私，使母親的二十年積蓄，為之黯然無光。她在鎮上設有一爿點心鋪，雖是有人造她的謠言，說她家出的酥餅，大車輪子滾過都壓不碎，但鎮上無論哪家請客送禮，都還是買她的點心，生意好得了不得。

大車輪子滾過都壓不碎的話，也不完全是謠言。據說曾經有過這樣的事：有個鄉下人從她店裡買了一包酥餅，帶回家去，咬不動，沒有法喫，原包送回去要退錢。一言不合，和櫃檯的人爭吵了起來。鄉下人一怒，將那包酥餅一扔扔到當街。湊巧有輛雙套騾子的鐵輪車經過，輪子正輾過那包酥餅。撿回來看看，那酥餅完完整整，依然結結實實，文風不動，滿不在乎的樣子。

點心鋪之外，還有田地和房產。至於衣服首飾，是不用說的了。

人在經濟方面有了一點基礎，眼睛自會轉移陣地，移防到眉毛上頭去，永遠祇會向上看。同時他也有了骨氣了。明明是「善財難捨」，他卻說是「有所不為」。而「有所不為」的精神，是連孔聖人都稱許過的。他自然並不知道那餓癟了肚皮的人，是一點也沒有這種「硬氣」的。

小叫姑龐錦蓮不幸也「未能免俗」。「發財」之後，她漸漸不能對客人一視同仁，喜歡的她就應酬，不喜歡的她就饗以閉門羹。她對客人有了選擇了。有時候小狐狸龐月梅勸勸她，她就說：「媽，這個人算你的罷，我是懶得打理他。」於是龐月梅不得不以徐娘半老之身，再向客人們推銷她的愛情。

但是小叫姑龐錦蓮很中意陶祥雲這個人物。她自幼聽說書，知道一些「公案」做事，對於那些綠林中的英雄好漢，有著甚深的憧憬。多年以來，在這一方面她所感到的是一個空虛。陶祥雲來了，她一念之間，想到這必就是那一類型的英雄好漢了，於是陶祥雲填補了她的這一空虛。

陶祥雲常被張柳河約著到龐月梅家裡來玩，但他因為他的六哥在這裡打雜聽差，面子上不大好看，所以總是拒絕。在妓院裡做幫閒，有名叫「大茶壺」。這打雜聽差比幫閒又低一等，名為「抗茶桿」，算是一種賤業。陶祥雲做了隊副以後，深以六哥的這個職業為恥。後來還是張柳河幫他想辦法，把老六補到公所裡當了一名伙頭軍。老六還不願意，說這不如在龐家「抗茶桿」見錢多。把陶祥雲氣的了不得，跳著腳要打他。

陶老六離開龐家以後，陶祥雲才第一次跟著張柳河到龐家去。

陶祥雲是一條結結實實，年富力強的黑漢，性情機警豪爽。龐錦蓮一見他就有點中意，相交下來，兩個人建立了極深的愛情。但陶祥雲的心裡卻蒙著一個隱祕的黑影。原來他自從偷了方冉武娘子的繡鞋，被方冉武打了幾個嘴巴子之後，對於女人漸漸有點變態，他喜歡年齡比自己大的女人。在他比較起來，他覺得小叫姑沒有小狐狸那樣子更富於刺激性，更能激動自己的慾愛。祇因為小狐狸是張隊長的老交情，他沒有插身的餘地。而且小叫姑一情二願，屈身相就，他自然也就樂得的把她來玩一玩。

龐錦蓮勾戀方冉武是假意的，那是為了方冉武有錢。龐錦蓮勾戀康子健營長也是假意的，那是為了康子健有勢。她經由陶祥雲的口轉奉到方培蘭的話，要她不惜一切代價「勾住」這位營長，她祇好奉命唯謹。雖然她並不知道為什麼要「勾住」這位營長，但她知道在這個鎮上，方培蘭大爺交代下來的話是必須聽從的。

康營長在鎮上一住三日，才戀戀不捨地回到小梧莊去。從此以後，他每隔三天五日，必到鎮上來住幾天。他正式呈報了團部，得到團長的批准，他和方鎮的保衛團成立了聯防，這是治安上一定要採取的措施。

然而小梧莊出了岔子了。營部後面一百米左近，經常有一個步哨。一個微雨之夜，這個步哨被人繳了械，嘴裡塞了東西，綁在一棵大榆樹上。而營部後身的一個小小農家遭了夜襲，老頭子僅有的兩個兒子被綁了票，當場給帶走了。綁匪給老頭子留下的話是：

「拿三百塊現洋，送到韓王壩河邊上，交給一個瞎了一隻眼，瘸了兩條腿的老婦人，你的兒子自然會回來。知道你弄錢不容易，不限你時間，隨便你什麼時候來都可以。這前頭就是營部，你報不報營部，是你的事，我們不管。」

綁匪帶肉票走了以後，老頭子心驚肉跳地亂到天亮，沒個周章處。老婆子又儘著哭。然而有隊伍到他家裡搜查來了，為了步哨被繳了械的緣故，看這裡有沒有窩藏匪人。老頭子這才把他所遭的事情一五一十地說了出來。隊伍就把他帶去營部見營長。康子健聽了他的報告，問道：

「匪人一共有多少？」

「屋裡站滿了，院子裡還有，怕不有三五十人！」

「你認得他們嗎？」

「不認得。」

「一個也不認得？」

「一個也不認得。」

「你有仇人嗎？」

「沒有。我們窮人家，處處聽人家，處處讓人家，一不打架，二不鬥氣，哪裡有什麼仇人？」

「你日子過得好嗎？」

「我們老兩口子守著這兩個孩子，通共佃了四畝地種著。過的那日子，直像叫化子一樣！」

「兩個孩子幾歲了？」

「大的十五，小的十二。」

康營長細一忖度這情形，心想，這不像綁票，這竟像是特意同我找麻煩來的。但是他顯得滿不在乎地說：

「好，你放心！這事情好辦。去到韓王壩上，把那個瘸腿瞎眼的老婆子找了來一問，馬上就有線索了。」

「營長，」老頭子疑疑惑惑地說，「那個老婆子是個殘廢，顛顛倒倒，多年在那邊河口上討飯，我們這本地人都知道她。說上她那裡贖票，這句話怕是開玩笑的罷？」

「那不管，帶了她來問問再說。我現在就派人去。」

「她走不得路，得帶著籮筐抬她。」

於是康營長派了一棚子槍，莊上派了抬夫帶著籮筐，立時出發到韓王壩去。

傍晚，人回來，那殘廢老婆子也抬到了。看看，已經是個死了半截的人，糊糊塗塗，話也說不清。盤問了半天，盤問不出個所以然來。營長一時氣得要打她，但看看那個樣子，實在是禁不起的了，也祇好罷休。吩咐莊上，明天早上還把她送回壩上去。

不想這個老婦，被抬著走了幾十里路，受了勞碌，又喫驚嚇，當天夜裡就斷氣死了。

案子變成了無頭案。營部裡整天會議，想不出個對策來，康子健就跑到鎮上來了。

十六

康子健騎上他的蒙古老馬，揚揚鞭子，一口氣跑到鎮上去。他在鎮西口上的騾馬店前下了馬，隨從馬弁也從馬上跳下來，接過他的馬去，到店裡歇了。他獨自提著老式的木柄馬鞭，逕自到北大街小狐狸家去。小狐狸家向東單扇大門，門上用朱紅臘尖紙貼著「紫氣東來」四個字，上面橫楣上用同樣的紙貼一個橫條，文曰，「東來紫氣」。門關著，康子健用馬鞭柄敲敲門，裡邊不聲不響地把門開了。

這出來開門的是一個五十多歲的鴉片煙老頭子，有個混名叫鐵拐李，是「抗茶桿」一流人物，而他的專職是看門。進了門有一間小小的門房，就是他的住處。他一看見康子健，春風滿面地彎彎腰說：

「營長，你老，請進，裡邊……」

這是一所兩進院落的小宅子。進了大門，有三間北房，算是客廳，有那不大很熟的客人，就在這外邊坐。從北房西頭向南的二門進去，是一個四合院，龐月梅住北上房，龐錦蓮住西廂房，東廂房算是內客廳，但也是寢室布置。南屋是下人們的住處和廚房。院子裡有白石鋪成的甬道，甬道兩旁也有幾盆雜花和幾缸金魚。龐月梅的窗子上爬得密密層層的蔦蘿，罩得房間裡永遠黑漆漆的。她是卜晝卜夜地在鴉片煙盤子旁邊過日子的，她不喜歡太多的陽光，她喜歡半明半暗的燈影。她的窗子上有兩幅黑布窗簾，中午時候要拉起來，以防透進陽光。她時常教訓她的女兒錦蓮，說：

「女人家，一輩子的事情都在這個床上，窮也窮在這上邊，富也富在這上邊，祇看你自己的本事罷了。娼門的訣竅，名氣要大，露面要少。名氣小了，人家不知道你，有誰上門來找？露面多了，把人的眼睛看熟了，你也就不稀不奇了。好好對付客人，教他出去給你揚名。關緊了窗子，不要曬著太陽，少出大門。人越是慕你的名，越是看不見你，你的身價就越高。」

女兒的聰明不在母親以下，心眼兒還要活動，她沒有布擺不開的事情。她唯一遺憾的是沒有一個父親。這理由很簡單，像手上戴的金箍兒一樣，要是人人都有，獨她缺如，她自然會感到不滿足。

「媽，沒個爹爹總是不好。」她有時像小孩子一樣地嚕囌，「先說這個姓罷，沒有爹，到底姓什麼好？我現在跟著你姓龐，你這個姓又有什麼來歷，還不是瞎扯？人呀，弄得連自己個姓都不明不白，真沒有意思！」

「傻孩子，你計較這些個幹什麼！隨便姓什麼還不是一樣。祇要過得著好日子，有碗現成飯喫，就算了。空頂著個好姓，餓著肚皮，又有什麼便宜！」

「不是這麼說，」龐錦蓮終於吐出了真正的心意，「我是想著，我們這好幾代傳下來，現在也算有了一點傢私了。再混兩年，我打算找個人家。別的不貪圖，祇盼有個孩兒，孩兒將來有爹有娘，換換門風，也像個人家！」

「我說你，你這就是個錯想頭。你自己有家有業，樂得自由自在，幹麼找個男人轄著你。你可曾見過那牛穿鼻子？女人嫁了人，就像那牛被人穿了鼻子一樣，拉著東就得東，拉著西就得西。你難道受得了那個拘束！」

小狐狸龐月梅說到這裡，心裡一動，斜著眼把女兒瞅了好大一會。然後似笑非笑地說道：

「我猜想，你心裡一定是相中了個人了。是不是？」

「是的。不過我總是拿不準，怕以後——」

「你先說，」龐月梅打斷女兒的話說，「是誰？」

「陶十一。」龐錦蓮不加思索地順口說了出來。

「陶十一？」龐月梅鼻子裡哼了一聲說，「那個原先做泥水匠，後來當土匪，最近才招安了的陶十一？你打算跟他！」

「是的。」

「跟他做什麼？」

「跟他成家。」

「跟他成家？」龐月梅大大不以為然，把個「他」字說得又長又重，「他光棍一條，渾身上下摸不出五塊錢來，你跟他成什麼家？你要跟了他，討飯倒是有分兒。」

「媽，你不要太看不起人。他也許——」

「他也許——」龐月梅不讓女兒說下去，「他也許不一定哪一天拉出去打炮子，再也撈不著上這裡來討便宜了。阿彌陀佛，那才是老天開了眼呢！」

「媽，你這樣恨他幹什麼？他得罪你來？」龐錦蓮對於母親這個偏激的態度，意外地喫了一驚，「還是你不喜歡我嫁人？」

「不是我不喜歡你嫁人，」龐月梅好像也覺得剛才的話說得太過分了一點，「你嫁人要得嫁個像樣的人。總得手底下有幾個錢，養活得起老婆才成。陶十一是個大窮光蛋，萬萬不要跟他。——我現在問你，你既然有這個意思，想來一定和他商量過了。」

「那倒沒有，我心裡這麼想，還沒有拿定主意呢。」

「那就好。趁早不要給他知道，免得他試著想牽你的牛鼻子。你不知道男人家的心，女人對他有一分好，他就對你逞五分強。你要是有十分心在他身上，他就把你用手帕包包，鎖在箱子裡了。哪個男人不想把他心愛的女人，成天揣在自己的荷包裡？再也不要去惹他們！」

「你嫌那陶十一窮，」龐錦蓮很想把這個問題再徹底談一談，「不錯，他是沒有錢。但那有錢的公子哥兒，人家肯要我嗎？」

「方冉武怎麼討白玉簪來？他現在不也和你很熟嗎？白玉簪走了，你不想抵她的缺？」

「我是不做小老婆，」龐錦蓮搖搖頭說，「他給我絮聒了多少回了，說要討我回去，我衹是不肯答應他。」

「你這可是把財神爺向外推。怎麼不答應他？也好想辦法弄他一票！他在白玉簪身上花了十幾萬，你難道不知道？」

「祇為礙著陶十一，現在又有康營長，我怎麼騰得出身子來去跟他？」

「唉，」龐月梅輕輕嘆口氣，「想不到你這麼傻！好，等著我來替你布擺布擺罷。」

「你打算怎麼布擺？」

「一時我也說不定。隨機應變，看風使舵罷了。」龐月梅打一個呵欠，眼淚撲簌簌流下來。她往煙榻上一橫，伸個懶腰說，「你再去拿點白粉來給我吸。」

「你這是來了煙癮了。」

「不是。煙，我剛過足了。這是白粉！」

「你看你這麼大年紀了，」龐錦蓮坐在椅子上文風不動，埋怨說，「已經有了口煙癮，怎麼又再學上白粉，自己真沒有數兒。」

「你少埋怨我罷！還不快去給我拿！」龐月梅連連打著呵欠，說。

龐錦蓮這才慢吞吞地從椅子上站起來，到西廂房裡去把白粉罐子取了來。罐子裡頭原放著一把小羹匙，龐錦蓮用這把小羹匙舀出一匙白粉來倒在一個旱煙袋鍋子裡，遞給龐月梅。龐月梅接過來，湊到煙燈上一連氣吸了。龐錦蓮再給她裝上一袋，又吸了。這才合上眼睛，在那裡養神。

龐錦蓮趁這個時候，自己也吸了兩袋。原來先前龐月梅祇吸鴉片，龐錦蓮單用白粉。新近龐月梅又吸上白粉，變成了雙癮。剛才女兒埋怨她，倒不是怕費錢，而是出於一點孝心，怕她年事大了，受不住這個雙癮的摧殘。

「你別笑我，」龐月梅有氣無力地懶懶地說，同時她用右手伸出兩個指頭比了一比，「總有一天，你也免不了。」

「那可不一定。我就是不吸大煙！」龐錦蓮笑一笑，堅決地說，「我嫌它太費時間，太麻煩，不如這個白粉來得爽快。人家日本人是真行，有了鴉片煙，還再想出這個白粉來給我們享用。怪不得說是人家強，我們中國打不過人家！」

「下回那日本人再到鎮上來的時候，多買他點。」龐月梅一時精神又恢復起來，「我聽人家說，販白粉，也是好生意。整進零出，三角兩角，小包兒賣給那窮人，賺頭最大。」

「那麼，我們也可以做做這生意。」

「我們沒有人，也沒有地方。」

「怎麼沒有人？教鐵拐李在大門上賣就是，還要什麼地方？」

「他不偷喫？」

「我們包好了，點數兒給他。一天一次查貨交錢，管保不會錯。」

「那麼，你給他商量去。——我現在還問你方冉武的事情。上一回你給我講，說白玉簪走了以後，他又弄了一個小老婆，現在怎麼樣了？」

「那是他家佃戶的女兒，是他的太太給他撮合的。照他給我講，他並不喜歡那個女的，玩了幾回，夠了，所以還是上這裡跑。」

「他怎麼說要討你來？」

「他再三問我肯不肯跟他，又問我想要多少錢。看那意思，不像是說著玩的。」

「不管他是不是說著玩的。」龐月梅點點頭說，「下回你正正經經地開個價錢給他，看他怎樣？」

「你看開多少的好？」

「照白玉簪的老價錢。」

「他要是果真答應了，」龐錦蓮遲疑地說，「難道我真跟他？媽，你不知道他這個人，空長了一個大個子，一點也不中用。不是為了他有兩個臭錢，我才不會理他呢！」

「等他答應了，真有了錢再說。你不知道，如今這些大戶，除了賣田，沒有錢弄。這個年頭，兵荒馬亂，賣田也不是容易事。教他先去辦款子去！」

「媽，張柳河最近又給你錢了嗎？」

「他也是個窮小子，有什麼給我！」龐月梅冷笑了一聲。

「沒有錢，你要他幹什麼！」

「不過解悶兒罷了。」

「你也不要太信他。他們幹保衛團的，有幾個不勾匪的？他們也有有錢的時候，你勒緊他點，不要教他騙了你！」

「是呀，我知道，用你教給我。他不掉錢，我能有好臉子給他看？」

「我看你貼他。」龐錦蓮用手帕摀著嘴，格格地笑了。

「那是你看錯了。我要貼，不貼他那樣兒的。小夥子多得很呢。你別看我四十開外了，多少年輕人想我還想不到呢。」

「是呀，」龐錦蓮說，「要不，怎麼能叫個小狐狸呢。」

「好，你也叫起媽媽的外號兒來了。看我不擰你這小叫姑。」龐月梅隔著煙燈伸手去格吱龐錦蓮，母女兩個笑成一團，把白粉罐子通打翻了，白粉撒了半床。

太陽略偏西，那跟隨龐月梅多年的卜四媽，用一個小小的茶托盤，給她送進午飯來。兩個小茶杯一般大的白麵饅頭，醬油碟裡一點醬醃蘿蔔，藍花蓋杯泡著濃茶。卜四媽把這個小托盤放在煙盤子旁邊。龐錦蓮說道：

「四媽，把我的飯也拿了這裡來我喫罷。」

卜四媽應聲出去，接著再端一個較大的托盤進來，也在煙榻上放了。母女兩個盤腿坐在煙榻上喫中飯。龐錦蓮的盤子裡是一碟炒肉絲，大半碗清燉雞。她看見媽媽衹空口喫饅頭，喝著濃茶，心裡好像有點過意不去。便說：

「媽，你那個長齋，也好開開了。到底歲數漸漸大了，你看你近來瘦的，全賸了一把骨頭了。」她用筷子指指自己的菜盤，「你先喝點雞湯罷。」

「是呀，」卜四媽斜坐在床沿上，也插口說，「我也說過幾回了，又不是沒有家業，受那苦幹什麼。人到底是憑個喫，不喫進點東西去，身體怎麼會好！」

龐月梅笑了笑，半晌不說話兒。龐錦蓮把大半碗清燉雞喫得光光的，才推開菜盤子。卜四媽遞一把熱手巾給她擦了嘴。龐月梅笑道：

「你盡喫著那些油膩東西，等發了胖，看還有哪個男人喜歡你！」

「管他有沒有男人喜歡，我先喫個痛快。我不像你那樣子先受眼前罪！」

原來龐月梅從年輕時候，以細腰長腿，婀娜多姿，馳譽一時，壓倒同儕姊妹。她刻意修飾，努力保持她的苗條身段，淫業興隆，多年不衰。三十歲以後，身體一度發胖，她就覺著好像沒有了以前的魔力，因為客人越來越少了。她以多年的經驗，覺得男人固然也有愛玩胖女人的，但為數極少，喜歡瘦的占絕對多數。於是她下了決心，斷絕葷腥，以極少量的白飯，勉強維持她的生命。白粉，鴉片，都是能令人變瘦的，她就盡量地享用這兩樣東西。這樣實行了以後，效果是顯然的，因為她很快地變瘦了，恢復了昔日的苗條婀娜之致，門庭又熱鬧起來。她私心頗引以為慰，認為這是萬分值得的。她也知道「楚王愛細腰，宮中多餓死」的故事，她同情那些餓死者。覺得與其門庭冷落，無人問津，受那被遺棄的寂寞，倒還是死了的痛快。她的哲學是，女人以色事人，拿身體給男人，藉以換取富貴，享受榮華，就必盡可能地迎合男人的興趣。男人喜歡細腰，餓死也值；男人喜歡小腳，就把它纏作三寸。不過，纏了腳走路不方便，但女人的事業是建立在枕席之間的，生命寄託在睡覺的床上，要走路幹什麼！你說少喫了一點葷膩就算苦了嗎？你哪裡知道一個不為男人下顧的女人，那精神痛苦，比什麼都厲害！有那不明瞭她這一心理的客人，倒奇怪起來。說：

「大仙娘，怎麼持起長齋了？」

「是呀，」龐月梅信口開河起來，「真是想不到的事。今年春上，我到北廟裡去給菩薩燒了個香，給菩薩許下心願，保佑我無病無災地多服侍幾個客人。我答應給她老人家重塑金身，做一件紅緞子披風。不想我的信心感動了菩薩，當天夜裡我作了一夢，夢見菩薩教我到她廟裡去，告訴我說：『你本來是南山裡一個得道的狐仙。因為王母娘娘蟠桃會上，你喫醉了，一時動了凡心，拉著呂洞賓要成其姻緣。王母娘娘惱了，才教你投生下凡，完成你的淫業。你不可昧其本來。要好好修持，將來功果圓滿，還你一個天仙的正果。』菩薩娘娘一片好心，再三囑咐，我就醒了。從那時起，我立志持齋，也不過是盼個正果的意思。」

「真有這等事！你外號兒叫小狐狸，前身果然就是個狐仙，可見不是偶然的了。」

「正是呢。從前他們給我起這個諢名，原是開玩笑的。無非說我是個狐媚子，能迷惑男人。不想竟有這一段前世的因緣。」

「我說，大仙娘，菩薩怎樣來找你的？」

「她教紅孩兒駕著觔斗雲到我這裡來，說了聲菩薩有請，把我背在肩頭上，祇見金光一閃，耳朵裡嗡的一聲，就落在菩薩面前了。」

「啊呀呀，大仙娘，你看菩薩什麼打扮，她住的是個什麼地方？」

「真像那畫兒上畫的一模一樣，她老人家赤著一雙腳丫兒，盤腿坐在一塊大石頭上。後面是一片竹林，前頭是海。她老人家手捧著一個羊脂白玉瓶，瓶裡插著幾根柳支兒。我一看見她老人家，就趕忙跪下磕頭。菩薩真客氣，再三拉我起來，讓我坐。告訴底下人說，『有前日南極老人送來的仙棗，拿來待客。』就有個小小女孩兒托出一盤子紅棗來，送到我面前。我不敢多喫，祇喫了三個。那仙棗真是又香又甜，味道好極了。你看，這相隔已經好幾個月了，我這嘴裡還是那棗香。你來聞聞看。」

就有人把鼻子揍到她嘴上去聞聞。說道：

「果然是個仙棗味兒，這個味兒倒像鴉片煙。」

「你不要瞎說，什麼鴉片煙，這是仙棗味兒！」

龐月梅自不愧為天才，她知道宣傳的妙用。為了達到某種目的，你可以以黑為白，以鹿為馬。一個謊言，你說得多了，就會變成真理。第一個聽她那一套夢話的人，也許會半信半疑，可是等到輾轉傳說開去，這謊言成了真理了。人人都知道菩薩和龐月梅有交情，時常找了她去說家常話兒。人人都知道龐月梅原是南山得道狐仙，在王母娘娘跟前極有面子，呂洞賓曾經和她有過一手兒。於是龐月梅頓時熱鬧起來，要不是女兒已經能幫忙，她真是沒有辦法應付那太多的客人了。

但她對於她的繼承者——她的女兒龐錦蓮，卻另有一番話說：

「我的好女兒，聽媽媽的話，少喝雞湯，多吸鴉片煙，把腰身弄得小小的。——不，你不吸鴉片煙，你吸白粉，一樣，你多吸白粉也是一樣。」

「你這樣說，女人就胖不得了！我聽說那楊貴妃就是胖的，唐明皇——人家還是個皇帝，一樣也愛她。」

「那不過這麼說，誰又真看見來？我打個比方罷：人有花錢買個洋娃娃拿著玩的，沒有人把『御葬』上的石翁仲捧著玩。因為洋娃娃輕巧玲瓏，拿在手裡，婉轉如意，毫不喫力。石翁仲卻又笨又大，扛也扛不動。那瘦巧女人就好比是那洋娃娃，胖女人就等於那石翁仲。男子漢們玩女人，定規要洋娃娃，不要石翁仲，你想有道理嗎？」

「什麼道理！」龐錦蓮不能接受媽媽這個怪論，「男人女人一樣是人，為什麼女人要給男人做玩物！」

「做玩物？」龐月梅不以為女兒會說出這樣糊塗的話來，不禁喫了一驚，「說說罷了！男子漢拿自己的身體來對女人的身體，他也快活你也快活，雙方是對等關係，半斤八兩。但男人給你喫的，喝的，穿的，戴的，百般供奉，一心情願，親生兒子也沒有那般孝順。這到底算是誰玩誰？到底男人是玩物，還是女人是玩物？」

「人家男人家在外頭，自由自在。女人家祇配關在家裡，一輩子沒有那出頭之日。算起來還是男人好。」

「怎麼？你說他們自由自在？你哪裡知道他們是在做牛做馬，為了供奉女人，去賣命賺錢。男人家沒有錢，再也沒有女人會打理他！」

「蓮姑娘，」卜四媽倒聽服了龐月梅這一套理論，她對龐錦蓮說，「我聽著還是仙娘娘說得對。就說我罷，比仙娘娘還小幾歲，祇為了這個粗腰笨腿，祇配做一輩子老媽子伺候人，從來沒有個男人喜歡我。你看，我的腰怕沒有仙娘娘五個粗。」

「我什麼也喫，腰也不見得粗。」龐錦蓮用兩手圍一圍自己的腰說。

「那是你年輕呀，」龐月梅說，「過了三十，你再看看！怎麼說女人家人老珠黃不值錢呢，一過三十，什麼毛病都出來了。臉皺了，腰粗了。就拿你小叫姑說罷，腰一粗，你叫也叫不動了，自然就不值錢了。」

「你看這個媽媽，老是拿我開心！」

「倒不是開心。我祇是要你知道，我這持長齋，為了這個瘦腰身，原是不得已的事呀。」

龐月梅說著，心裡酸酸的，眼圈兒紅了。窗外頭有個男夥計說道：

「蓮姑娘，營長來了，到西廂房裡去了。」

「我知道了，就來。」

龐錦蓮說著，走了出去。

十七

康營長一見龐錦蓮，就招呼趕快派人去請張隊長，這裡有事立等。龐錦蓮道：

「張隊長昨天早上進城出差去了，聽說有兩日才回來呢。你忙著找他幹什麼？」

康營長一聽，急得連連跺腳，抓耳撓腮。說道：

「你看倒楣不？偏這等巧！」

「你到底什麼事，這麼著急？他也不過三天兩日就回來，你有什麼等不及的嗎？」

「你不知道，小梧莊出了事了。」康營長把昨天夜裡發生的事告訴了龐錦蓮，又說，「看那情形，不像綁票勒贖，倒像是故意給我挑戰來的。所以我急著找張隊長商量個辦法。」

「原來為這點事情。這有什麼了不起，也值得急！這也不一定非找張隊長不可，找陶十一來談談也是一樣。你找了張隊長，張隊長也還得找他。」

龐錦蓮說了，隔著窗子問道：

「外面有人嗎？」

「有，姑娘，滿堂在這裡。」外面答應。

「好，滿堂，」龐錦蓮吩咐，「趕快去找陶隊副。你說我這裡有事急等著他，教他快來。你務必找到他。」

「你說我找他，」康營長連忙補充一句，「有要緊事！」

滿堂應聲去了，這裡康營長洗了臉，靠在床上休息。龐錦蓮吩咐備飯。康子健連連搖手道：

「用不著了，我喫不下去！」

「你快別替我丟人了，」龐錦蓮用右手的食指畫畫自己的腮幫，乜斜著眼，給他一個媚笑，「巴巴地為了這點事情，飯也喫不下去了？看不出來，你倒好個大度，還算個爺們呢！」

「也不為別的，我祇納悶他們為什麼要找我的事，我又沒有得罪他們！」

龐錦蓮拿一根三炮台香菸，在桌子角上撞撞緊，挑一點白粉堆在菸頭上，遞給康子健。說道：

「你吸口白粉定定神罷！」

說著，擦根火柴給康子建吸了。康子健道：

「倒要留點神，我最近吸這個東西吸得太多，祇怕會鬧上癮！」

「鬧上癮又怎麼樣？管喫什麼沒有喫這個便宜，你放心好了。你沒見我，我用旱菸袋吸呢。」

「我和你不同，我要做事，有了癮總不方便。」

「那怕什麼，我聽說新近又出了一種紅丸，囫圇吞了就能頂癮，比吸白粉更方便。」

不一時，飯端上來，康子健祇喝了兩杯白酒，就吩咐撤下去。接著，陶十一來了。康子健又把昨夜的事再說一遍給陶十一聽。

「陶隊副，你看這情形，一點不錯，是衝著我來的。」

「倒像是有那麼一點。」

「你看，這是什麼人辦的？」

「那可說不來。」

「我說，陶隊副，我們是自己人，話不妨明說。我在這裡駐防，並不和綠林弟兄為難。可是綠林弟兄也不要找我的麻煩。我們雙方聯繫聯繫，要大家和平相處才好。」

康子健頓了一頓，注視了陶十一一會。又說：

「我聽說你們這鎮上從來沒有出過事情，保衛團可也不見得多。我倒誠心誠意地想討教討教，你們有什麼辦法嗎？——我說，老陶，我們相交也不是一天了，你們總也看得出我康子健並不是那種不夠朋友的人，賣友求榮的事情不是我姓康的做的。咱們有話祇管痛痛快快地講。你們到底是個什麼門檻兒？」

「我們也沒有什麼門檻兒，」陶十一漫不經意地說，「不過是自己人不打自己人就完了。」

「著啊，老陶！」康子健用手在大腿上重重地拍了一下，直跳起來，大聲說，「我正等你這句話兒！我康子健也不是外人哪，有話祇管商量。」

「營長，你能給他們個什麼條件？」

「祇要把兩個肉票讓我打回來，我什麼條件都能答應他們。」康子健見有了頭緒，高興起來，

「老陶，你能辦這件事嗎？」

「我是辦不了。我去替你找找方培蘭大爺去。這半邊天的事，祇憑他老人家一句話！你這裡祇

管放心，我到黑了，一準來給你回信。」

康子健拉著陶十一的手，搖了又搖。一邊說：

「替我告訴方大爺，務必給我康子健幫幫忙。以後的事，方大爺說怎樣就怎樣。」

「大家話說穿了，營長就用不著客氣了。」陶十一說著走了。

陶十一這一去，時間耽擱得很久，直到夜裡十二點鐘敲過，他才醉醺醺撞了來。康營長早已等得不耐煩，龐錦蓮拉著他打天九，又餵他吸白粉，他祇是沒有心相。及至陶十一來了，他急急地追問有什麼結果：

「看見培蘭大爺了嗎？事情說好了沒有？」

「營長，我告訴你，全妥了！」陶十一歪歪斜斜地撲到床上去躺了，掣拉著龐錦蓮說道，「叫姑娘，把你那上好香片泡一碗給我喝，我醉了。」

「你在什麼地方喝的這個樣兒？」

跟房的老媽子遞上茶來。龐錦蓮用手摸摸陶十一的額角，教拿冷手巾來給他蒙上。陶十一卻又不要，把那手巾扔在地上。坐起來，拉著康子健，右手伸出個大拇指頭，晃著腦袋。說：

「營長，我們方培蘭大爺真行，真有一手兒！你認識了這個朋友，還有什麼了不了的事情！」

「是呀，我準知道他最夠朋友。我的事情怎樣了？」

「你的事情，我給他一提，他就惱了。大拍桌子，大罵人。什麼人這樣大膽，去找康營長的漏子，他不知道康營長是我的朋友嗎？太可惡！太混帳！立時教徒弟們分頭出去打聽，總也找不著頭緒。後來總算那做案的人自己來找大爺了，這才遇了個巧！原來那做案的人，和營長還是同宗，他名叫康小八。他拉了兩個肉票去，倒不是為找營長的漏子，實在是想藉這個機會和營長套交情。他怕營長著急，才來找方培蘭大爺透信的。營長，你看這不就好辦了嗎？」

「以後怎樣了呢？」

「方大爺好不埋怨他，說套交情不是這麼個套法。他自己也認錯，很覺著懊悔。後來這樣決定：營長你明天回去，後天黎明時分，你拉著隊伍上韓王壩去截肉票，一開火他們就退去，把肉票留下來給你。——營長你這總夠面子了罷？」

「夠面子！祇是他們的條件呢？」

「沒有條件。方大爺無論如何不准他提條件。祇說從今以後，大家做了朋友，將來要營長幫忙的事多著呢！」

「話雖是這麼說，我卻不能不酬謝酬謝他們。——老陶，你看我應當怎麼樣表表意思？」

「那我可不敢多這個嘴。方培蘭大爺知道了，他能答應我？」

「這是你我兩個人的私話，不教方大爺知道。這不是叫姑娘在這裡聽著，她也莫把話漏出去。」

「我是不管你們的事，你們莫要掣拉我！」龐錦蓮漫不經意地淡淡地說。

「既是營長這麼說，」陶十一這才無可奈何地說，「我可以說句話給營長參考。康小八這一桿子也有一百出頭的弟兄，案做的也不在少數了。聽說他近來打算弄幾挺輕機槍，壯壯聲勢；又說還要弄迫擊炮，想大大幹一番。我看，他給營長拉交情，目的在這上頭。」

康子健聽了這個話，心裡暗暗喫驚，他作夢也沒有想到他們會有這樣大的規模和野心。「這莫不要攻城略地嗎？」他這樣想，可是表面上不動聲色。隨口答道：

「那麼我就給他們幫一幫這個小忙罷。不過，老陶，我不瞞你說，我的營裡這兩樣武器也不太多。這麼著罷，反正大家分著用就是了。後天早晨，韓王壩上，我先留兩挺輕機槍給他們，這不算是報酬，祇算是一點小意思。你看怎樣？」

「那他們是一定感激營長的。」

這時，外間房裡長條几上的座鐘敲了兩下。康營長連連打了幾個呵欠。他在長時間的緊張之後，事情一解決，立刻睏倦起來。

「好罷，營長，你睡覺罷，我也回去了。」

陶十一說著，走了出來。康子健要送，卻被龐錦蓮擋住說：

「你歇著，我來替你送送罷。」

她跟在陶十一身後，走出房門，兩個人在黑影地裡廝抱著偷偷親了個嘴。陶十一看龐月梅窗子上還有燈光。說道：

「大仙娘還沒有睡，我去吸口大煙去。」

「他睡覺還早呢。你吸去，我不陪你了。」

陶十一個人輕輕走到龐月梅那邊去。她正躺在煙榻上，一個人靜靜地自燒自吸，屋子裡煙氣瀰漫。昏暗的煙燈光，無力地照在龐月梅那張白紙一樣的瘦削的臉上。陶十一笑嘻嘻地走上去。說道：

「大仙娘，怎麼一個人在吸煙？」

「哪個？」

「你看是哪個？」

「噢，十一！怎地這樣晚來？」

「知道你老人家一個人吸煙悶，特地來陪你老人家。」陶十一在煙榻上和龐月梅對面躺下來。

「可是扯淡！」龐月梅笑道，「我知道你是鳥窩兒教人家占了，才到這裡來填空兒。不，你會想著我！」

「你老人家就不知道我的心！我給你發誓，我實在愛的是你。祇為張隊長面前，我老是有點不好意思！」

「你是我的女婿。誰家那女婿好想丈母娘的事，你太不要臉了。」

「誰是你的女婿？這個我不承認。」

「你不是我的女婿？」

「你不要罵我了。你去看看，你的女兒在西廂房裡陪什麼人睡覺。到底誰是你的女婿！」

「不談這個。你吸口煙罷。」龐月梅把上好的一支煙槍，遞給陶十一，陶十一呼呼吸了。

兩個人東一句西一句地閒談著。

陶十一祇管上上下下地打量那龐月梅。她穿一套月白竹布短褂，撒腿長褲。頭上，明亮的黑髮，挽一個大大的高髻。額門上留一把長髮捋在右耳的後頭，不時地落下來，不時地捋上去。這一小動作，增加了她的嫵媚之致。高高的前額，眼角上有幾條細細的皺紋，配了那個瘦削慘白的臉，眼睛越顯得又黑又大。燒著鴉片煙，蜷臥在那裡，細腰，長腿，儼然是一條蟠著的蛇。陶十一不由地衝口說道：

「大仙娘，你不應當叫狐狸。」

「我應當叫什麼？」

「你是一條蛇。」

「狐狸會迷人，蛇會纏人，都是不好惹的。」龐月梅半瞇著眼睛，似笑非笑地說，「你莫打算在這裡撿到便宜。」

「祇要那狐狸肯迷我，蛇肯纏我，我就算便宜了。」陶十一說著，一眼望到她的寶藍緞子繡花鞋，忽然想起在方居易堂偷鞋的事來。他說：

「我在這鎮上，見到兩雙好腳。」

「誰？」

「一雙就是你，一雙是方冉武太太。你們這兩雙腳，可以算得是一對姊妹。」

「你也喜歡方冉武太太？」

「喜歡是喜歡，祇是撈不到。人家是大財主，深宅大院，連影兒都望不到，可不是白喜歡！」

陶十一不勝感慨地說。

「唉，我說你們男人呀，真是沒有一點用處！既然喜歡，就要撈到，才是大丈夫所為。她有錢，你不會讓她窮？她住大房子，你不會教她住小草棚？教她樣樣不如你，自然你就容易下手了。」

「你倒說得輕鬆！辦不到的事。」

「辦不到？」龐月梅鼻子裡哼了一聲說，「我原說你是個廢料！十一，你給我賭個東道，我略略翹翹腳兒，就讓方冉武家敗人亡，現世報在你跟前。」

「這個我倒真要領教領教，」陶十一突然抓住龐月梅的手說，「你說賭個什麼東道罷。」

「給我做個乾兒子怎樣？」

「你別不害臊了！你才比我大幾歲，就想做我的乾娘。」陶十一更用力地抓住她的手，兩隻眼睛熱情地貪婪地瞪著她。兩個人的四隻眼睛，結成了兩條線。

「你答應我！」龐月梅認真地說，「保你不會喫虧上當就是。我把方冉武太太許給你，給你做媳婦兒。你總合得來了罷。」

「我不聽你的鬼話，」陶十一搖搖頭，身體向前湊了湊，輕輕地說，「我現在祇要你。」

「你不認我做乾娘，我是不給你。」

「我認了就是。我的……」

半晌。龐月梅把對方冉武的計畫原原本本告訴了陶十一。最後她說：

「祇礙著一步棋走不通：他拿了錢來，難道我真地讓女兒跟了他去不成？我打算教他錢是花了，人可是撈不著。你有辦法幫忙我嗎？」

「那容易，我炮了他就完了！」陶十一拍拍他腰間的手槍說。

「這也用不著玩人命，臨時看情形再說罷。還有一點礙手的是康營長，怕他出來作梗！」

「那倒不要緊。方祥千六爺和方培蘭大爺正張羅著給他提媒呢。他有了老婆，大約就不到這裡來了。」

「給他提的什麼人？」

「我恍惚聽得好像是方天芯的小妹子，名叫其菱的。」

「他們方家也肯嫁給這些外路隊伍嗎？」

「誰知道是怎麼回事！我祇聽說是方六爺一力主張，成不成也還不一定呢。」

「各有各的主意。十一，我說句老實話，要是我的錦蓮，我就不肯。他們滿天飛，跟他到哪裡去？」

「你不知道，方六爺大約用的是美人計，他想他那點隊伍。」

「方六爺要隊伍幹什麼？」

「那我可不知道。他現在和方培蘭大爺拉在一起，這一文一武，將來總少不了熱鬧看。」

兩個人再抽幾口鴉片煙，窗子上已經發白了，龐月梅才收拾睡覺。陶十一一個人回公所去了。

第二天，龐錦蓮再三問她媽媽，陶十一昨天晚上過來抽了幾口煙，什麼時候走的。龐月梅老老實實告訴她，他天亮了才走的。

「怎麼？他怎麼不早回去？」

「他陪我說話來。」

「說什麼話？」

「就為了方冉武的事，我請他幫忙。」龐月梅一本正經地說，「姑娘，等方冉武再給你提起那事，你衹說你自己是千肯萬肯的，教他來給我商量。看我來對付他。」

康子健營長趕回小梧莊去，連夜召集會議。他正式宣布，在鎮上得到可靠的情報，肉票還是窩藏在韓王壩，他決定自帶一個連去起票。營部參謀說道：

「何必營長自己去呢，幾個小匪，教連長去看看好了。」

「幾個小匪？你倒說得輕鬆。這康小八，聽說是個大桿子，有幾百人呢。不是我自己去，別人怕服不住他！再說，我當營長的要不身先士卒，誰還肯上前！」

散會之後，大家議論紛紛，都佩服營長有膽有識。「帶種，實在帶種！怪不得人家當營長，人家真行麼！」

於是夜行軍到韓王壩去，黎明時分，剛剛趕到。一連人，分作三排，康營長自帶一排擔任正面，另外兩排分擔左右翼，採取了一個大包圍的形勢。營長下令，為了怕誤傷肉票，衹准向空開槍，不准對人射擊。隊伍散開，康營長提起駁殼槍來，打了一排子空槍，接著三面槍聲，像爆竹一樣地響起來。一陣槍過去，聽聽壩上，也是一陣槍聲。康營長帶著隊伍直衝過去，就見兩個人立在沙灘上，揚著手招呼：「我們兩個是肉票呀！肉票呀，肉票呀！」康營長教人帶過來問明白了，就把兩翼撤回，整理了隊伍。說道：

「既然已經得了肉票，目的已達，我們去罷！」

於是全連往回裡走。不想剛走出一里多路，後面槍聲大作，像是追過來的樣子。康營長下令，保護肉票速退，留下三挺機槍掩護退卻。康營長親自指揮這三挺機槍，在一個高高的路口上臥下，他自己遠遠地躲在一棵大榆樹後面幫著瞭望。

四面再是一陣槍響，那三位機槍手還沒有來得及看清還擊的目標，自己先已作了「壯烈犧牲」。康營長遠遠看著人家把三挺機槍扛走了以後，這才放心地跑步追上隊伍，回小梧莊來。

他立刻派人送捷報到團部和師部去。說已經起回肉票，匪被擊敗，我亦陣亡三人。

當天，小梧莊的老百姓大擺宴筵，請營長坐首席，替他道喜慶功。一方面忙著給三個陣亡的機槍手辦喪事。

第二天，鎮上保衛團吹吹打打，送來一架紅緞幛子，上面四個金字，道是「為民保障」。

第三天，團部頒下犒賞金五百元。

第四天，師部發下命令，營長晉為中校。

第五天，營長到鎮上來，在龐月梅家裡喫了一桌酒。同席的人是康小八，張柳河，陶祥雲，方培蘭，方祥千。兩個粉頭陪著，熱鬧了一整天。康子健和康小八聯了宗，認為兄弟。康小八年長，康子健趕著叫他八哥。半夜間，康小八辭去的時候，硬留下兩千塊錢給康營長作贄見，康營長辭之不獲，祇得謝了八哥，收下來，卻一總兒賞了龐錦蓮。龐錦蓮故意問龐月梅道：

「媽呀，你說我這應當謝誰呢？是謝營長呢，送是謝八爺？」

「傻孩子，連這點小事都布擺不開了！營長要謝，八爺也要謝，要謝他兩個呀。」

「拿了一筆錢，要謝兩個主，我太喫虧了，我不幹！」龐錦蓮撇著嘴說。

引得大家都笑了。

康小八告辭，大家爭著要送出來，康小八再三不肯。龐錦蓮道：

「大家都別起動，我代表送送罷。」

於是方培蘭接過去說：

「好，依你。——老八，我們都不送你了。沒有事，常到鎮上來玩玩。」

原來康小八和龐錦蓮是老交情。龐錦蓮獨自送他出去，兩個人又在外院客廳裡說了好大一會話，康小八才走。

裡邊，陶祥雲望著方祥千說道：

「趁叫姑娘不在這裡，六爺，你說說，你給人家康營長提的親事怎樣了？你不知道人家康營長嘴裡不說，心裡多麼急呢。」

那龐月梅眨眨眼，板著面孔，說道：

「我說，十一，你提這個話，我可是不願意。我的女兒哪些兒不好，給營長還不算是一對兒？用著你來忙著給營長提什麼親了！你這是存心拆散營長和錦蓮的姻緣，看我打不打你這個壞心眼兒的！」

「大仙娘，」方培蘭接過去道，「這個你可不要多心。這提親的事，是營長的正配，預備拿印把子，持家傳代的。你這裡算是營長的外室。將來營長，一內一外，一正一偏，井水不礙河水，少不了你女兒那一分兒。你不要怪十一，這是我和六爺的主意。」

「可是蘭大爺，」龐月梅道：「你得保著，等營長結了親，他要是戀著新夫人，不上我的門了，我是不答應的。」

「那還用說！」方培蘭大笑了一聲說，「根本營長也不是那種喜新忘舊的人哪，你放心好了。果真那樣，你來找我，我一定代表營長來『上你的門』，不讓你的『門』閒著就是了。」

「你看，」龐月梅抿著嘴笑了笑，說道，「蘭大爺也說笑話了。好，我們不談這個。請六爺快說說你提親的事罷，讓我也聽聽喜歡，好等著喝杯喜酒。莫不我還真為了自己的女兒，破壞人家的好事？」

「我倒替營長看好了一個，」方祥千說，「論年齡剛剛十八歲，外貌是一等的。也在家裡讀過書，看三國水滸，寫信記帳，是一點沒有問題的。營長要有意，我來安排個機會，你們見見面，再作決定。」

「多承六爺看顧，瞧得起我康子健。我一切聽命辦理，你老人家衹管吩咐就是。」

康營長一本正經地說。這在他，倒並不一定是一句客氣話，實實在在，他的心已經漸漸被方祥千和方培蘭這一班人拉住了。

「衹是你要另找媒人去說，」方祥千捋著鬍子，笑嘻嘻地說，「因為這個女孩是我的姪女，我不好自己做媒，這個，我也替你盤算到了，你找張隊長做媒就是。反正事情我已經給你說妥了，媒人不過是個形式。」

「好極，好極！」張柳河興奮地接受了這一個差使，「我的媒人，我的媒人！」

十八

方祥千的另一重大工作是創辦了一所「眾星補習夜校」，校名取「眾星」二字，是一句吉利話。希望這個學校像眾星一樣的萬古長存，學生之多多如天上的眾星。而這個學校是象徵他的革命事業的。

方祥千自任校長。學校分三部，一為初級部，專收無力就學的學齡兒童，那已入小學的兒童願意在晚間來補習的也收。另外兩部是男子成人部和女子成人部，分別招收十六歲以上的失學男女。校址就在他本宅的大廳裡。

方鎮的大戶人家，家家有一所深宅大院的房子，這種房子大致都分內宅和外宅，而以「屏門」為分界。屏門以內是住內眷的，外姓人——尤其是外姓男人是禁止進入的。外宅包括門房、帳房、糧倉、學房和大廳這幾部分。從前科舉時代，自家請先生教孩子們讀書，所以有個學房。學房大都分兩間，外間較寬大，為課堂，裡間則是先生的臥室。以後科舉廢了，學校成立，學房沒有用場了，就改為小客室。這個房子的性質變了，但稱呼則仍舊，都還呼之為學房。至於所謂大廳，就是五間或三間連通的高大房子，是為接官，祭祖，宴客，喜喪辦事用的，實際就是私家的「禮堂」。這五間三間之分，還有關各人家的功名前程，名分攸關，不是可以隨便的。據說若干年前，鎮上有個告老還鄉的大官，在家裡起了九間一連的廳房，被御史參奏了，皇帝傳旨嚴辦。這位告老的大官，有個至戚在京裡作吏部尚書，得到消息，可是不敢給他送信，祇派了一個親信僕人快馬趕了來，遂給他兩包東西。他打開一看，見是一包鹽，一包茶，正搞不清楚究竟是什麼意思的時候，查辦官員已經到了大門上了。進來看看，不錯，是九間廳房。真憑實據，賴不掉，就被解進京去，論了大辟。

原來專制時代，祇有皇帝家可以用九間一連的大廳，那是宮殿。任何人不得僭越。這是欺君罔上的罪名，可以解釋為謀逆，反叛，定準要砍腦袋的。其實如何，未經考據，但方鎮人如此相信。方祥千家的大廳是五間，能擺三十桌席面。眾星補習夜校，每部限制二十個學生，在這個廳裡上課是綽綽有餘的。這個學校的最大特點，就是不收費用，由校方供給一切書籍紙張，筆墨用具。它的另一特點，就是校長具有無上權威，入學退學罰跪打手心開除學籍，都由校長任意為之。

方祥千創辦這個夜校，不是為了普及教育，而是為了一個政治目的。他想借用這個學校，發掘和造就革命幹部。這和他的「綠林政策」是相輔而行的兩條路線，綠林政策的目的是武力的建立，眾星夜校則比較注重發展黨的組織。因此學生的好壞不決定於他的功課和品行，而在觀察他是否有革命性，和他的革命性是否堅強。有的學生，功課好，品行好，但校長忽然叫了他來，告訴他說：

「你已經被開除了，明天起你就不用來了。」

有那等不知進退的家長，還託人來求情，希望復學，說一定更督促他多多用功，更教他遵守學校的規則，必不令校長失望。但校長說：

「他功課也行，品行也行，祇是我看他沒有出息。讀了書也做不出什麼事來。所以我一定不要他來了。」

至於怎地看得出沒有出息，祇有他自己心裡有數，他沒有注解，人也沒有再問他。他的弟弟方珍千卻說：

「我看這個學生，將來倒還有點福氣。他是少年時代有點坎坷，一到三十一，交了眉運，就走入順境了。你還是留下他來，教他多讀幾天罷。」

「你說這個話，我更不贊成。靠天喫飯的人是沒有出息之尤。他既然交了三十一，就一定走入順境，祇管等著好了，更用不著在這裡讀書了。」

方祥千把他的第二個女兒其蔓，唯一的兒子天苡，都放進這個夜校裡去，和那些貧苦子弟一塊兒廝混。他不要什麼人給他幫忙，他一個人親自帶著這六十個男男女女大大小小的學生，按照他自己的計畫，開始訓練他們。

秀才娘子的小女兒其菱，也是夜校的一員。她自從方二姊去世之後，和她的母親一樣，精神上受了很重的打擊。她設身處地想了又想，覺得如果自己處在二姊這個地位，你看冤枉不冤枉呢！她開始想到，一個女人這樣被關在家裡，生死由人，實在是太不幸了。究竟是誰給女人注定下這樣的命運呢？

這是因果，這是業緣。當她不恥下問地請教了天芷以後，天芷給了她這樣一個回答。但這個回答，她並不以為滿足。她平常最看不起這位二哥，她覺得一個人出了家又還俗，總是有點無聊的。就像那紅樓夢上所說的襲人一樣，這「不得已」三個字，豈是可以原諒的。東也不得已，西也不得已，天下就沒有是非了。所謂「擇善固執」，自然也就是不必要的了。她尤其不以為然的是：天芷在小學裡，竟以校長之尊，藉補課為名，勾上了一個女學生。這個女學生姓張名繡裙，是本鎮上賣豆腐張家的女兒。老夫婦兩個，因為做點小生意，痛感不識字之苦，跟前又祇有這個女兒，就送她進方氏私立小學讀書。打算多少認幾個字，在家裡幫著寫寫帳，將來招贅個女婿。張繡裙已經十六歲，才進小學一年級，從「人手刀尺山水田」讀起。方天芷說她年齡太大了，讀一年級不好看，要她勤加補習，好跳升二年級或三年級。他自告奮勇，願意每天抽出一個時間來，替她加授功課。張繡裙回家商量過父母之後，就很高興地答應了。不想一學期不到，就發生了事情，張媽媽悄悄地找秀才娘子來了。她把秀才娘子拉到一邊說：

「真想不到，出了這樣的事。她已經有喜了！」

「不會罷！」秀才娘子還真有點不相信，「我們這個是出家當過和尚的人，真正的道學先生，怎會做出這樣事來！」

「你不信，問問他，看他說什麼。這是什麼事，我還能撒謊？你別看我們窮，我們也是要臉的呀！」

秀才娘子也知道事態嚴重，立刻派人去找天芷來，問他可有這件事。天芷在母親跟前，一點也不為難地承認了。秀才娘子拍著巴掌說：

「你看，你這是作的什麼孽！巴巴地弄出這樣事來，看怎麼了！」

但事已如此，埋怨是沒有用的了。衹得扭過身去請教張媽媽。張媽媽老實說：

「我也是想不出辦法來呀！我們兩口人守著這個女兒，原把這後半世都放在她身上。這一壞了身，是不能招女婿的了。她這一輩子又怎麼下場！我們這個人家，這就算完了！」

張媽媽說著，哭起來。她道：

「大娘娘，你不要想著我會來找你鬧，我是不鬧的，這不是鬧的事！鬧起來，我們就不怕丟人嗎？他爹，和我的意思一樣，我是來和你商量的，看有什麼辦法不要丟醜才好！」

秀才娘子聽了這話，心裡安定了些。忙拉她到裡間房裡坐下，拿茶給她喫。說道：

「那麼，張媽媽，你不要難過，我們來想想辦法看。——究竟你的意思怎麼樣呢？」

「萬事沒有這個肚子急！這一現了形，大姑娘家養孩子，還能做人嗎？我要先給她打下來，再說別的。」

「可有人會打？」秀才娘子急問。

「北門裡，賣驢肉的老莊媽，專會打胎。我已經問過她了。她本來不論錢，是給幾個就肯的。不想她一聽是你們方家的事，說你們有錢，開口就要五百塊，少一個也不肯。我沒有法子，這才來找大娘娘的！」

「五百塊，可不是個小數！」秀才娘子為難了一陣，說道，「我過的這日子，一下子也拿不出這些錢來，這值好幾畝地呢！這麼著罷，我儘著辦！過三五天，張媽媽你再過來一趟，我當面交給你。」

張媽媽答應了。但她再三聲明，這祇是老莊媽打胎的錢；她女兒的終身問題，以後再商量。秀才娘子承認了，她才蹣跚去了。

打胎以後，問題始終懸著。因為天芷已經有了老婆，不能再有一個老婆。作妾呢，張家不肯。給錢呢，張媽媽一開口就是一萬。她的理由也很充分。她說：

「白玉簪不過是個暗娼濫貨，方冉武大爺討她是三萬元，這是人人都知道的。我的女兒，一個黃花閨女，難道還不如白玉簪值錢！」

「不是說不值錢哪，」秀才娘子急得連連拍著巴掌說，「是說我們怎比得那居易堂有錢呢！」

「為的我們也都知道你們不如居易堂，才要一萬呢。你要是居易堂，我一開口，至少十萬。那還用說？」張媽媽的態度，漸漸沒有以前那麼柔和了。

但秀才娘子這個人家，拿一萬元，倒確實是不容易。她不過三頃來地，自己要送終，女兒要出嫁，分到天芷手裡也不過是頃把地。頃把地剛好值一萬多塊錢，這一下子報銷完了，他一家將來又靠什麼喫飯呢？

因此，事情一直拖著。

其菱為這事情，增加了對於二哥的不滿，而且引起了她對於家庭的懷疑。這樣的家庭到底有什麼意思？大家廝守著是為的什麼？

眾星夜校開辦的時候，她為了好玩，就加入了。她沒有進小學，但在家裡跟哥哥們認了不少的字，讀舊小說，看唱書，是一點沒有問題的。方祥千時常對學生發些奇怪的議論。譬如說，他有錢，你為什麼沒有錢？你為什麼不可以拿他的錢用？又譬如說，這一大家，老老少少，背在你一個人身上，你背不動，為什麼不扔下來？為什麼還要背？

這樣挑撥性的問題，不但窮苦人聽得進，連方家大戶的後生們，也聽得津津有味，覺得實在不錯。其菱就是其中之一。她禁錮的思想一旦開了，她慢慢向左走了。在祥千六叔的感召之下，她和其蔓天苡一樣，終於變成了積極的分子。方祥千告訴她說：

「最後自然靠武力。康子健這個人是很有革命性的，我想拉住他。他有一個營還不說，最重要的是他在軍隊方面的那許多關係，憑這些關係能有極大的發展。我們有了這個人，再加上你們培蘭大哥，立時成立兩三團人，是絕沒有問題的。」

「那麼我們為什麼不馬上成立？成立起來好幹哪！要幹就光明正大地幹，何必這麼藏藏躲躲的祕密著呢！」其菱幼稚而衝動地說。

「不，那還不到時機，我們現在是準備。等將來配合了各地的實際運動，同時大舉。——其菱，為了要拉住康子健這個人，我想分配給你一個重要的任務，你以為怎樣？」

「我是一個女孩子——」

「正用得著女孩子。」

「那麼六叔，你說，教我幹什麼罷？」

「你嫁給他，跟他結婚。」

一句話說得其菱滿面通紅，頭低下去，心別別地跳。十九歲的大姑娘了，雖然新近思想上起了變化，卻從來沒有想到自己的婚姻問題。六叔的這一提議，是完全出乎她的意料的。生根於禮教家庭的那種男女有別的意識，這時候就有力地在她的思想裡作怪起來，她回答不出一句話來。

「他呢，」方祥千笑嘻嘻地說下去，「論年齡大約比你大七八歲。人是很英俊，熱忱，有魄力。你嫁給他，是很相當的。你覺著是願意呢，還是不？」

「六叔，你這話還是給我媽媽去說罷。」

「要你贊成，我才好去說呀。」

「你還是去給我媽媽說罷。」其菱說著，頭也沒有抬，一溜煙跑了。

方祥千對於這件事已經考慮了又考慮，真個是成竹在胸。他並不去找秀才娘子，而一直地毫不猶豫地先去找天芷。他用開門見山的方式，劈頭問道：

「天芷，你近來有什麼心事嗎？」

「沒有。」

「你人也瘦了，眼睛都陷下去了，還說沒有心事！要是沒有心事，就是有病！」

「六叔，實在沒有。」

「你還給我嘴硬。」方祥千搖搖頭說，「你媽媽都給我商量過好幾回了，你還——」

「她給你商量什麼？」

「張繡裙的事呀。這是什麼事，能祕密得住！這件事，要趕快解決才行，拖不得，那賣豆腐的張老頭，誰不知道，有名的壞蛋，專在錢眼兒裡翻身，喝人血過日子。憑你這個文謅謅的樣兒，你能受得了他！」方祥千帶著恐嚇的意味說。

「是的，」方天芷無精打采地說，「六叔，我正在為難，解決不了呢！」

「為什麼解決不了！」

「他獅子大開口，要一萬塊！」

「哪裡要許多錢！這種人，要給他擺點勢力看，不壓服他一下，他是不肯就範的。」

「我給他擺什麼勢力！而且這種事情，招搖了也不好看！」方天芷搖著頭說。

「現在倒是有一個很好的機會。有個有辦法的人正有點事情要請教你。你們何不彼此幫忙？」

方祥千不緊不慢地把話拉入了正題。

「什麼人？」

「就是那在小梧莊駐防的康營長。你們見過面嗎？」

「見過一兩回，他找我有什麼事？」

「真是想不到的。他託了張柳河來問我，想和你對一門親事，求婚其菱作他的太太。」

方祥千緩緩地說了。哪曉得天芷一聽，從椅子上直跳起來。罵道：

「胡鬧，簡直是胡鬧！我的妹妹怎肯跟這種土匪軍隊作親。他是在作夢！我說，六叔，你怎麼回答他來？」

「我沒有回答他。我先來問了你，才好回答他呀！」

「不行，不行！這事情絕對不行！六叔，你告訴張柳河，教他再也不要提起這事。惹得我當面給他難看，就不好了。」

「好罷，我告訴他就是。」

方祥千從方天芷那裡出來，一路冷笑。他找到了方培蘭，當面交代了幾句話。方培蘭說道：

「好罷，六叔，我關照他就是了。我們爺兒兩個要是辦不了這點小事，真輪著我們對抹脖子了。」

當天晚上，方培蘭吩咐徒弟把張繡裙的爹叫到東嶽廟去，給他打了個足氣。他說：

「放大了膽子幹！無論什麼事都擔在我身上。明天，你照我的話，先給他個小樣看看。他要是還硬，偺們再布擺他。」

第二天早上，張繡裙的媽一陣風跑到小學大門口，一屁股坐在當地，就捏著鼻子大哭起來，皇天后土，嘴裡絮聒個不停。

「我的女兒是來上學的呀，不是來陪著校長睡覺的呀！誰想到來上學，就教校長弄大了肚子呀！你們辦學，原來還弄人家女學生呀！我的女兒，被你們校長弄也弄了，我也沒有臉再見人了，今天我一頭撞死在這裡算了！」

她哭著，叫著，一頭就往那磚牆上撞。這時候學校門前已經密密層層站了一大片看熱鬧的人，當中還有些本校的學生。大家七手八腳把她拉住，才算沒有撞著。

這一鬧倒弄得坐在「校長室」裡的方天芷沒有主意起來，又羞又氣，也恨不得一頭撞死才好。他脹紅了臉，跺著腳說：

「反了反了，這還像什麼話，叫保衛團，把她看起來！」

有個教國文的老先生——論行輩，天芷得叫他三爺爺——看鬧得太不像話了，便帶著幾個校役出去，把張媽媽勸住，讓她到裡面坐了。外面趕散了閒人。老先生派人去找天芯。天芯得到消息，匆匆趕了來，答應三天之內，一定有辦法，才把張媽媽勸走了。

天芷看見天芯，覺得很不好意思。他說：

「大哥，張媽媽的事，用不著談了，我自己可以解決。絕不會再有吵鬧了。祇是，經這一鬧，校長我是不能幹了。大哥，我還交回給你，你來罷！我立時搬出去。」

大家商量了一會，覺得天芷的提議是很對的，就馬上交接了。事情到了這一步，天芷也祇好厚著臉皮，默然離開了學校。他已經下了決心，他什麼也不再多想，逕自去找方祥千。

「六叔，」天芷一開口，心裡便一陣酸，竟掉下幾滴眼淚來，「張繡裙的事，我還得找你老人家幫忙，你昨天說的那話，我答應了。」

「那事情算已經過去了。」方祥千漫不經意地說，「昨天，我已經把你的意思告訴張柳河了，我看他以後絕不會再來討沒趣了。」

「不是這麼說，六叔，」方天芷忍氣吞聲無可奈何地說，「我是說張柳河提媒的事情，我答應了。現在我的事情不了，要請你老人家替我安排安排。」

「其菱的事，」方祥千便逼他一句說，「你一定能當家嗎？要是你媽媽不贊成呢？」

「都在我身上，包沒有錯兒。」方天芷拍拍胸膛，痛苦地說。

於是事情急轉直下，方其菱和康子健順利地訂了婚約。秀才娘子對於這件事是萬分的不願意，無如女兒自己願意，兒子願意，祥千六叔也願意。她看看周圍，沒有一個反對的人，她也祇好同意了。

訂婚的手續並不簡單。張柳河隊長換了長袍馬褂，到坤宅來。天芯天芷也穿著長袍馬褂，把張柳河接進大廳上去。張柳河說：

「聽說府上大小姐已經成人了。我特為來做媒，討個八字看看。乾宅是駐防軍營長康子健先生。」

「多謝張隊長費心！」天芯天芷把預先用紅紙寫好的八字——其菱的生日時辰，雙手捧給張柳河。張柳河接了，喝過茶，告辭出來。

第二天，張柳河再到坤宅，說道：

「貴府大小姐的八字，乾宅已經看過了，很好很好。我今天特地把乾宅康營長八字送過來，請貴府看看。」

「多謝張隊長費心！」天芯天芷接過來，說。

媒人喝了茶，去了。

這時候，方珍千七爺已經在秀才娘子房裡。秀才娘子特為買兩塊錢的大煙膏招待他。天芯天芷把乾宅的八字送進來。方珍千接過去一看，不由地招手道「好」：

「有這等巧事！乾方生於卯年，屬兔，二月十八日卯時，這個八字是卯年卯月卯日卯時。坤方生於戌年，屬狗，九月初十日戌時，這個八字是戌年戌月戌日戌時。卯與戌合。兩個八字四柱全合。我說，大嫂子，不用再看了，快答應下來罷，這是天地生成的姻緣。我看過許多書，合過多少次婚，沒有見過這等巧合的雙造。」

秀才娘子也自高興。笑著說：

「你可別騙我！你再細看看，這個人將來可有點出息？」

「他今年二十八歲。明年入午運，一帆風順。三十歲以後，獨當一面，掌大權，是個方面之材。正和我們其菱配得上。她這是個一品夫人的格局。」

「你們看相算命的，總是喜歡奉承人！」秀才娘子半開玩笑地說。

「那是江湖！我這又不賣錢，給自己姪女合婚，有什麼說什麼，根本用不著奉承。你要不信，祇管再找別人看去。」

「我說笑話呀，你看了就完了，還找誰看去？七爺，你躺著再抽兩口煙罷。親事，既然大家都願意，我還能不答應？不過我覺著，照老規矩，可是要女的比男的大個兩三歲才好。現在這頭親事，是男的比女的大七歲，總有點不大相配。我祇怕其菱將來要喫虧。」

「那喫什麼虧！」天芷接口說，「人家外國人夫婦，總是男的比女的大，相差十歲八歲很平常。」

「那是外國！」秀才娘子說，「我們又不是外國人，我們有我們的老規矩，管那外國幹什麼！」

「我們要強國，就得學外國。」

「好了，不要再說外國罷，我們自己的事情還說不清呢。人家張柳河算是男家的媒人，我們這一頭也要有個媒人呀。七爺，你看找誰？」

方珍千抽了一口鴉片煙，想了一想。說：

「要是沒有相當的人，我們家馬莊頭正在這裡，找他也成。他老夫老妻，兒女一大堆，倒是吉利。」

第二天，張柳河過來討回信，和馬莊頭一同送八字到乾宅去。乾宅辦事處設在保衛團公所裡。營部裡特派一位姓宋的上尉副官常川駐在這裡專辦營長的喜事。宋副官代表乾宅款待坤宅的媒人，馬莊頭喝了茶回去。

文定之日，乾宅用紅漆五層抬盒，送過求婚帖來。附禮：金鐲一對，金耳環一對，翡翠金簪一對，金戒指一對，還有四套衣料。坤宅收下。答以允婚帖一紙，黑色大禮帽一頂，黑緞靴一雙，玄緞團花馬褂料一件，藍緞袍料一件，外賞下帖人銀洋二十元。

再隔了幾日，乾宅託媒人張柳河送過「期柬」來，定當年冬十月二十四日吉日完婚。坤宅接受了，忙著預備起妝奩來。

十九

保衛團公所對面的養德堂，自從老夫婦去世之後，由老姨奶奶謝氏帶著八姑娘過日子，當年老太太是吏部尚書竇家的最小女兒，自幼患「羊癲風」。方八姑的祖父為了貪圖竇家的勢力，情願結這門親事。竇家自己覺得對不起人，買了個又漂亮又伶俐的丫頭陪嫁過來，收房為妾，這便是謝氏。老太爺仰仗竇家的提拔，做了一輩子官，很弄了一點家當。七個兒子和一個姑娘都是謝氏所出。老大早年留學日本，加入了同盟會，和國民黨的淵源極深。因此他的弟妹們在政治立場上都屬於國民黨。他的弟弟當中，兩個留美，兩個留德，還有兩個畢業於北大，都在外面做事，各自成家立業，有相當地位。

祇有八姑娘，因為老太爺去世，剛剛中學畢業，就回家來相伴著謝姨奶奶料理家務。他家的田地，由莊頭曾鴻全權經理。前後十年不到，養德堂也一步步走下坡，眼看就要成為一個破落戶。而曾鴻雖則名為莊頭，實際上卻是一個新興地主了。

方八姑因此心裡恨極了曾鴻，常當面叫他「小曹操」。曾鴻聽了，不但不生氣，反以為榮。他常常對人說：

「我看過一十八遍三國演義，我知道三國時候祇有兩個人物，一個諸葛亮，一個曹操，我曾鴻給養德堂做莊頭一輩子，落得個曹操的名字，總算是有一手的。你莫叫我諸葛亮，叫我諸葛亮我就不高興了。諸葛亮偏安一隅，五十來歲就秋風五丈原了，總算是個苦命。曹操則不然。曹操雄踞中原，當朝首相，位至封王，壽逾花甲，真是富貴壽考，兼而有之。你叫我聲曹操，真是誇獎我了，祇怕我承擔不起。哈哈，祇怕我承擔不起！」

他說這個話，既不是反調，又不是諷刺，而是實實在在的由衷之言。因此，他混得一個綽號，就叫「小曹操」。小曹操於熟讀三國演義之外，又通一點岐黃之術。他行動總有個小聽差替他拉著走驢，驢背上馱著一套「陳修園」。他逢人輒道，說要拚上老命，下工夫，非把這一套陳修園念背過不可。他雖然看不起諸葛亮，但治起病來，卻是「諸葛一生唯謹慎」，小心翼翼，從來不敢亂來。他總是用那種四平八穩的輕湯頭，先問問路子看，再酌量加減，緩緩而進。鎮上的大戶們，遇著有點小病，就輕描淡寫地說：

「既是有點不大舒服了，就請曾鴻來看看，喫帖藥罷。」

這句話好像是說病雖病了，但病得很輕，不服藥也會好，就喫曾鴻一帖不關痛癢的藥，敷衍敷衍門面罷。因為方家大戶也把常常喫湯藥，抱藥罐子，看得像抽鴉片煙，是一種享受，又是一種排場，窮人家，是縱然有病，也不延醫服藥的。

他自己的主人謝姨奶奶，就是他的主顧之一。謝姨奶奶服侍老太爺抽了一輩子鴉片煙，但她自己從來不抽，也沒有「燈癮」。什麼是燈癮呢？是說人經常躺在煙燈旁邊，看或服侍別人抽煙，久了，自己雖不抽也會有癮。到了時候，不見煙燈，一樣會眼淚鼻涕，失其體統。自老太爺去世之後，謝姨奶奶卻弄上了一個喫湯藥的習慣。她天天要找曾鴻按脈，開方喫藥。至於治的是什麼病呢，她自己說不明白，曾鴻也說不明白。曾鴻在她的處方上是用全部功力的，每一味藥都經過細細推敲。譬如說，人參是用五分呢，還是用六分？用當歸呢，還是用川芎？都要費大半日的斟酌，才能定案。方八姑特別反對曾鴻的醫道。她說：

「曾鴻是個什麼東西，也會行醫！當醫生，第一要有好心術。曾鴻卻是一肚皮奸詐，使慣了壞心眼。他還能給人治病嗎？」

她又怪謝姨奶奶：

「我說，姨奶奶，我看你飯也喫得，覺也睡得，你到底生的是什麼病呀？你天天把曾鴻叫到屋裡去，按著你的手腕子；一按就是大半天，那像什麼樣子！你要真有病，那曾鴻能醫得好你？他生了個壞心病，自己都醫不好，還能替人治病！」

這說得謝姨奶奶老眼昏花，摸不著路徑。忙道：

「噯呀，姑娘，你這說的像是什麼話！你看我近來腰又疼，腿又痛，飯也比以前喫得少多了，你還說我沒有病！人家曾鴻的醫道，有誰比得過他！鎮上這些大戶人家，哪個有了病不找他！」

「好，」方八姑氣哼哼地說，「我不管你的事！什麼人玩什麼鳥，武大郎玩夜貓子。有你生的這個病，就有治你這個病的曾鴻。什麼東西！」

謝姨奶奶到底老了，辯不過伶牙俐齒的方八姑，祇好躲著不理她。卻仍然天天要教曾鴻按手腕子。

養德堂一家人口這樣少，卻住著五六十間一所大房子。康子健要娶親，託人商量方八姑，借了她的西跨院做新房。方八姑是看不起康子健這種什麼營長的，為了帶星堂那邊的面子，才慷慨地答應下來。她心裡卻暗暗納罕，怎麼方其菱一個向來不出閨門的姑娘，會嫁給這種無頭無尾的老粗軍人！

陰曆十月二十四日這一天，密雲，狂風，夾著一陣陣的霰子，滴水成冰，天冷的了不得。「康府」上兩棚吹鼓手，吹吹打打，一棚設在大哨門外邊，二棚設在內院子裡。大門上宮燈結綵。廳房裡正中懸著張督軍送的紅緞金字雙喜幛，兩邊依次是師長旅長團長的。從內至外，油漆一新。各方賀客盈門。下午，康子健披紅簪花，乘藍呢四人轎親迎。最前開道是一對鑼，肅靜迴避牌，吹鼓手，本鎮保衛團武裝團丁一排，五色旗，龍鳳日月旗，金瓜鉞斧，一對對跟著。次後是四匹前頂馬，本營衛隊一排。四個青衣小帽的跟班，提著拜墊，跟在轎子兩邊。藍轎後面是一乘紅繡花轎，方培蘭的十二歲的兒子押轎。花轎後面，又是四匹頂馬，又是一排兵。這個長長的迎親行列，在鼓樂鞭炮聲中，冒著嚴寒，一逕到坤宅來。轎子停下，天芯天芷長袍馬褂，兩個跟班的提著拜墊，在大門外恭候。新郎下轎，雙方對揖，天芯天芷讓在兩邊，新郎被導入廳房，正中大方桌後面坐了，天芯天芷兩邊奉陪，吹鼓手在院子裡吹打。獻茶畢，即開始宴會。這個宴會，通常用的是最好的酒席，但祇是一個形式而已，菜是川流不息地隨上隨撤，不消半小時，宴罷。新郎被導入內堂。堂上用紅氈鋪地。有兩把太師椅，上置紅繡披墊，遙遙相對放著，新郎坐在靠外面的一把上。新娘鳳冠霞帔，蓋頭紅，著紅底繡鞋，用紅幔圍著，從內房出來，與新郎相對坐。一疋紅綢，一端繫一古銅鏡，新娘抱著，另一端由新郎捧住。一會，紅綢取去，新郎向新娘一揖，轉身向外走。此時步步紅氈鋪地，新娘在紅幔中被攙扶著跟出來，上轎。

原行列回乾宅來。新郎立在大門首，對新娘的花轎一揖。新娘被扶出來，新郎前導，仍然步步紅氈鋪地，走進新房。新房的院子裡用席棚設「天地三界之位」，供豬頭三牲，紅燭高燒。新郎向上行三跪九叩首大禮。然後導入洞房。新娘坐床。新郎用雙尺挑下新娘的頭紅，插在一個用紅紙封起來的斗上，斗裡裝滿小麥。兩隻古銅爵，繫一條紅線，由執事人等分向新郎新娘的嘴上送一送，作出一種要喝的樣子，這就算是交杯酒。外面鼓樂停止，婚禮告成。大廳上開始宴會，喫喜酒。洞房裡新郎新娘亦對坐飲宴。但一般習慣，此時新娘呆坐不動，形同木偶，祇新郎獨自享用。

康子健對於方其菱雖曾見過一面，但祇是遠遠地一瞥，看到一個大略的輪廓。洞房裡，在紅燭光中，面對面細一看，心裡更覺得愉快。他感謝方祥千，給他撮合成這一頭親事，真正是意想不到的。不錯，現在注定是夫婦了，然而過去是完全生疏。他想，怎樣開始說話呢？說句什麼話呢？康子健軍隊裡混了十幾年，進了妓院，見了妓女，倒有話說。不想此時面對著結髮夫人，倒不知道怎麼提起這個「開場白」。他想了半晌，為難了半晌，才迸出一句話來：

「今天很冷。你累了罷？」

然而新娘沒有答話，祇是呆坐著。

過了一會，新郎又說：

「我是個軍人——」

這話剛一出口，自己覺得不得體。我是個軍人，她不早就知道了嗎？這時候還說他幹什麼？於是把話縮住。正盤算著再另說句什麼話的時候，窗外頭有人說話了：

「報告營長，外邊大廳上喫喜酒的老爺們請營長出去呢。」

「好，我來了。」

康子健應聲出來，被外面的嚴寒一侵，精神為之一振。剛才新夫人面前的那種拘束和為難，這才鬆快了。

一到廳上，對著幾十桌酒，新郎是無從倖免的。結果他喝了個十二分醉，還虧得有人幫著，才逃出這個酒陣來。回到洞房裡，夜已深了。一雙紅燭，閃閃地跳著，射在紅的帳子上，紅的被子上，全身紅的新娘身上，康子健覺得有點睜不開眼。這時，蒙了酒，他不拘束了。他定一定神，再看著呆坐在床上的新娘子，這個甜美的面孔和柔細的身段，「我在哪裡見過的？」他想，然而想不起來了。唔唔，這是八大胡同的小班嗎？恍惚間，他彷彿觸著舊夢了。他躺到床上，把頭栽到其菱的懷裡，手在她的胸前腰間亂摸。一邊喃喃地說：

「晚了，好睡了，睡罷！」

酒氣煙氣衝得其菱透不過氣來。她推他，推不動。等使足了力，才把他的頭移開去。她沒有說話，衹睜大了眼睛看著他，心裡直跳，有點怕。「哪裡來的這個陌生的野男人！」她想，但她立刻就糾正自己：「不，這是我的丈夫。」於是她更怕了，更怕了。她想，「這個人就是我的丈夫嗎？」

康子健忽地坐起來，搖搖頭，似乎清醒了一下。他笑笑，自言自語地說：

「醉了，喝醉了！」

他站起身來，從抽屜裡拿出一支小小的旱菸袋和一個香菸筒來。打開香菸筒，把一種白粉子裝在旱菸管裡，就著紅燭吸了。吸完了，又裝又吸，一連好幾次。方其菱根本不知道這種白粉子是什麼東西。這是旱菸袋，但吸的不是旱菸。這是什麼呀？她想。當然，這不是想得懂的事，但她也沒有問他。祇見他吸完之後，不耐煩地瞪了她兩眼，就又撲過來，亂抓她的衣服，亂翻被子。嘴裡嚕囌著：

「怎麼這樣晚了還不睡覺，不睡覺幹什麼？……你快點，快點睡罷！我等得不耐煩了！……你這是存心難為我！……再不睡，我可惱！……」

方其菱護緊了自己的衣服，一言不發，全力抵抗。康子健用力拉她的下衣，一下滑脫了手，手背誤撞在其菱的下巴上。其菱誤會了，以為他在打她，不禁哭了起來。一哭，抵抗鬆懈了，康子健達到了他的簡單的目的。他在任何妓院，對於任何妓女，在五分鐘以內必然可以達到的同樣目的。他拉拉被子，睡了，似乎並不知道其菱在哭。他做新郎做累了，他做新郎做醉了，他一覺睡去，呼呼不知東方之既白。

第二天早上，他醒過來。其菱仍然呆呆坐在那裡，似乎哭過，眼睛紅紅的，有點腫。他看了又看，不覺奇怪。說道：

「怎麼，你沒有睡？你哭了嗎？」

新娘子沒有回答，但好像搖了搖頭。她心裡卻又是一陣酸：「你看，我整夜沒有睡，他都不知道！」跟房老媽子打進洗臉水來，康子健胡亂擦了擦臉。天冷，茶杯裡的膭茶都結了冰。康子健心裡喜歡這位新夫人，怕她冷。對老媽子說：

「怎麼炭盆裡不添炭？」

這樣說了，自己覺得語氣不夠重，不足以表示自己的關切，就加以補充。說：

「快去燒炭來！他媽的×！」

這一聲「他媽的×，」不但其菱喫了一驚，連老媽子也為之愕然。他們方家的女眷可以說是從來沒有機會聽到這句話的，現在意外地聽到了，就覺得說不出的刺耳。其菱的臉一陣紅了，老媽子的臉也紅了。但康子健並沒有覺察，因為他根本沒有知道已經說了這麼一句話。這句話是他的「口頭禪」，早已多年就說順了口。在他的口語中已經成了一種「符號」，用以表示欣喜，表示憤怒，表示親愛，也表示憎惡。

老媽子向坐在床上的新娘子眨眨眼，嘴裡應點「是」，走了出去。一會兒，洗臉水也來了，炭盆也來了。其菱下床來洗臉梳頭，康子健坐在炭盆旁邊烤火，又抽那白粉子。方其菱這時候忍不住了，輕聲問道：

「你那吸的是什麼？」

這一問，康子健大為驚訝。心想，「怎麼她連這個東西都不認得，難道是故意同我開玩笑？」於是他大聲笑了。說道：

「你別啦！你存心！」

「你說什麼？」方其菱從大鏡子裡望著他說。

「我說你同我開玩笑！」

「我沒有開玩笑。我是問你那吸的是什麼東西，我從來沒有見過。」

「真的？」康子健相信她是真不認得了，於是帶點看不起，又帶點驕傲地說，「這是白粉，又叫白麵，又叫海洛英，是日本人造了給我們中國人吸的，它有鴉片煙的那種種好處，但比鴉片煙簡便，價錢比鴉片煙貴。」

「也有癮？」

「是的。」

「你什麼時候抽起的？」

「我最近剛學上。」

「怎麼巴巴的去學這個？」

「還不是在外頭玩，隨便抽兩口耍子，一來二去就有了癮了。」

「噢！」方其菱喉嚨裡應了一聲。她這時候真覺得酸甜苦辣，不知是何味道。老媽子正立在她身後給她梳頭，兩個人四隻眼睛在大鏡子裡對望了一望，方其菱心裡有點淒然。他想起她的祥千六叔來了。「六叔教我來，來幹什麼的？然而人是這樣的一個人，我將怎樣對付他，把他抓住呢？」這個問題在她的心裡盤據著，一時竟出了神。老媽子替她挽好了髻子，插好首飾，輕輕地拍拍她的肩頭說，「好了，姑娘。」她這才醒過來，自己覺著有點不好意思，回過頭來，朝著康子健嫣然一笑。康子健站起來挨近了她，老媽子忙著走出去。

早飯後，天芯天芷兄弟兩個以「送親」者的身分，進來看妹妹，向妹夫辭行。其菱說：

「回去告訴媽媽，我在這裡很好，請她不要掛心！」

「明天上午，」天芯說，「來接妹妹回門。」

「請妹夫一路去。」天芷補足說。

「是的。」康子健說，「我應當來拜見媽媽，給兩位哥哥嫂嫂行禮。」

天芯天芷回去之後，方八姑陪著謝姨奶奶來拜望。康子健應酬了兩句話，到外面去了。方八姑道：

「其菱妹，你大喜呀。」

「八姊姊，請坐，我正要裡面去給八姊姊和姨奶奶請安呢。」方其菱紅著臉，「你看，自己連個房子都沒有。虧了八姊姊和姨奶奶借給這所房子住，我也還沒有道謝呢。」

「大姑娘千萬別客氣，」謝姨奶奶張了張屋裡的陳設說，「房子空著幹什麼！康姑爺出門在外，難道還頂著房子走。你看這裡裡外外，收拾得一新，我們房子沾大姑娘的光呢。」

老媽子用蓋杯端上茶來，每個杯子裡有一對燒焦的紅棗。謝姨奶奶接過來，趁熱喝了兩口。笑道：

「早子，早子。好個吉利，明年今日，大姑娘生個大娃娃，別忘了給我們紅蛋喫。」

「姨奶奶倒會取笑。」方其菱說。

「我說，其菱妹，」方八姑說道，「你這個親事是怎麼訂下來的？你們和康營長早就認識嗎？」

「是祥千六叔作主的，他們認識。」

「這好了，」謝姨奶奶說，「有了康姑爺這門親戚，以後我們也有了照應了。這個年頭，兵荒馬亂，沒有隊伍保著，莫想過得成日子。我這裡先約下，等大姑娘回過門，我請大姑娘和姑爺喫飯，找祥千六爺和珍千七爺作陪。」

「我先謝謝。」

方其菱這個新娘又有一樣好處，進了門就當家，沒有公婆，沒有妯娌，一點不拘束。下午她睡了一會，精神好了，心情也鬆了些。她試著改變自己的生活習慣，她試著修正自己的見解和觀點。她想：「這個是我的丈夫，我有追隨他，遷就他，然後把他抓住的必要。我的丈夫就是我的生命，也就是我的事業！這裡沒有反悔，沒有退後，也沒有推諉，我已是他的人了。」

晚上，新夫婦燈下閒敘。當康子健讓她抽一支紙菸的時候，她抽了。她試著吸進一口煙去，嗆了，連連咳嗽，招得康子健大笑，她也不以為忤。康子健遞給她旱菸管，讓她嘗嘗白粉，她也嘗了，但她不敢吸下去，從嘴裡便噴掉了，因此也就體味不到究竟有什麼好處。

由於方其菱的一念轉變，婚後生活大致還愉快。康子健每個星期，有一半時間在鎮上，一半時間在小梧莊。方其菱也學著騎馬，有時候跟到小梧莊去住。小梧莊上曹小娟的媽媽就漸漸後悔，暗暗埋怨起曹老頭來了。

「你看，」她說，「方家的秀才姑娘都肯嫁他，偏你的女兒是個寶，就怕他了！你不過是方家的佃戶，沒有這個福分罷了！你看看人家穿的戴的，出出進進，騎著大馬，多少氣派！」

曹老頭聽了，祇是不言語。他由於三十年的老經驗，知道對付老婆的最好方法，是置諸不理。她一天囉嗦你一百句，你如果回了一句，她就得囉嗦你一千句，甚至一萬句，那個禍就算是闖大了。隨你怎麼說，我總是至死也不開口，不知道省了多少是非。他心裡想：

「一樣的事情，要看是在什麼人頭上。方家大戶的姑娘嫁了營長，人家說是門當戶對，郎才女貌，天作之合。輪到我們頭上就不那樣了！要是我們小娟跟了營長，人家準得說是我們女兒沒有人要了，才胡亂跟了個不知道天南地北的軍爺。有那等愛造口孽的人，說不定還要說是我們把女兒賣到軍隊裡去了。哪個人的嘴是抬舉我們窮人的！」

曹老頭心裡的話，並沒有說出來給渾家聽，他認為那是完全沒有必要的。曹媽媽又說：

「女兒去了一年。這又要過年了，人家營長也不會再要她了，你還不帶個車子去接她回來！看你正經事情一點也不知道打算！」

這一回，曹老頭發話了。他說：

「好，明天去。」

第二天一早，曹老頭教長工推著車子，自己趕著騾子，帶點鄉土禮物，到鎮上去了。傍午時候，車子遠遠停在居易堂的巷頭上，他自己走上去。看門的見是曹老頭，便說：

「老曹，又來接閨女了？這一回，給我帶的什麼禮物！大年下，可要像樣點！」

「鄉下人家有什麼禮物，」曹老頭赧然一笑說，「我帶了幾隻老母雞來孝敬你。你看，通肥著呢，三斤多沉一隻。」

「好罷，老曹，謝謝你。我給你說笑話呢，你真送我！你這裡坐著喝茶歇歇，我進去給你回一聲兒去。你這一趟又來，是什麼意思？」

「年下了，我想帶小娟回去過年。」

「這怕不成罷。你知道小娟現在是我們大少奶奶跟前的心腹紅人，什麼事情都交給她，一時也離不開。現在，韓媽通靠後了。這宅子裡，小娟當著一半家了。你想接她回去，莫說大少奶奶不答應，就是小娟本人也未必肯。」

「大少奶奶抬舉她，難道不好？你替我回一聲再說罷。」

門上人進去了半天，才出來。招呼人給跟曹老頭來的人喫飯，餵牲口。他說：

「我說怎麼樣？大少奶奶總歸不肯放她。教你喫了飯回去，以後不用再來接了。等她回去的時候，這裡派轎車送她，你也用不著來車子了。」

曹老頭半晌說話不得。最後，他好容易掙出一句話來。說道：

「那麼，教小娟出來，我看看她，我就回去了！」

「那也不用了。難道你還不放心！住在這裡，缺喫的？缺穿的？」

晚上，曹老頭仍然空車子趕回小梧莊家裡來。曹媽媽迎頭問道：

「怎麼，又沒有接回來？」

「沒有。大少奶奶不放。」

「你看見她來？」

「沒有。」

「自從你送她去了，以後你去看她好幾趟，到底沒有看到過。」曹媽媽頓了一頓，悄聲說，「不會有什麼岔子罷？」

曹老頭搖搖頭，沒有說什麼。

老夫婦兩個帶著沉重不安的心情，你看著我，我看著你，無頭無緒地爬上床去睡了。

二十

住在鎮上方居易堂家的曹小娟，心情也並不是完全寧靜的。她由布衣荊釵，一下子換上了一身綾羅，滿頭珠翠，她原是異常滿足愉快的。但大少奶奶指定給她的活動範圍，祇限於這兩間屋子，每日所見到的祇是大少奶奶跟前這幾個人。穿的戴的再講究，又有什麼意思？她記得在小梧莊的時候，偶然添了一件新的花布衣服或是一點點鍍金的小首飾，左鄰右舍的姊妹，都爭著跑了來鑑賞批評。當這些姊妹露出天真的欣羨的目光的時候，她就覺得有出人頭地之感，小臉上大約也浮出勝利者的驕傲罷。衣錦晝行，那才叫有意思。而現在是穿戴得闊闊氣氣，收拾得整整齊齊，一個人在屋裡呆坐著，連耗子貓都不正眼看一看。這穿了戴了又是為的什麼？還不是個白！而且天天這樣呆坐著，也實在教人煩，教人悶！她在小梧莊是操作慣了的，一清早跑到菜畦裡去捉小蟲兒，農忙的時節就幫著燒飯送到田裡去，看場，拾麥子。一空下來就做針線，全家的鞋腳襪子，補補聯聯，自從媽媽老花了眼睛以後，幾乎都馱在她一個人身上。她每天用興奮的心情去迎接這許多瑣瑣碎碎永遠沒有完的工作，臉上永遠浮著甜蜜的微笑。現在整天閒著，寂寞無聊，太陽像釘住了不動似的，一天比一年還長。別人都不需要針線活，她想不如自己做雙鞋穿罷。鞋，多著呢，像這樣老坐著，一輩子也穿不完，就做一雙解悶罷。但是，這屋裡根本沒有針，沒有線，沒有剪刀，沒有任何可以做鞋的材料。樣樣治辦起來，好像是不大容易的。

「韓大嬸，你有沒有針線匣，拿來我用用。我打算做雙鞋子耍，這麼坐著——」

「我沒有針線匣，」韓大嬸笑吟吟地說，「有也不敢拿給你用，回來教大少奶奶看見了，怪我勞累了你！」

「好韓大嬸，你倒會說笑話。我又不是那紙紮的，做雙鞋兒就累著了！你看我這日日坐著，什麼也不做，悶得我哪，真是不知道怎麼才好！想我在小梧莊——」

「你進了這個大門頭兒，就不要再想小梧莊了。我知道你的意思，必是你在小梧莊從早到夜，忙個不停，人累得半死。床上一躺，一覺睡到天亮，再也不知道什麼是個悶的慌！這大戶鄉紳人家，享的是清福。你這麼整天坐著不動，正是你的福氣，也是你的本分。要是那鄉紳大戶也胼手胝腳，親自操作，就失了體統了。」

「你這麼說，韓大嬸，我該做點什麼，也好消遣消遣。」

「你嗎，你應當學著玩玩馬將牌，天九牌。再不，學著抽抽水煙，紙菸，或是鴉片煙，都成。你現在是第二號少奶奶了。」

「你看韓大嬸，」曹小娟臉兒一紅，「你又奚落我！」

「我怎麼會奚落你，這是實在的。你這以後，衹能和這些玩耍的事情結結緣分了。——來，這裡有馬將牌，我先教著你打馬將，等你學會了，我去找搭子陪你打牌，你這日子就好過了。」

曹小娟無可奈何地答應了一聲「好」，於是韓媽把馬將牌倒在方桌上，教她認牌。認來認去，總不記得，把個韓媽說的舌敝唇焦，而曹小娟仍然不能明白。這叫條子，又叫梭子，為什麼那個又叫餅子，還有筒子萬字，越聽越糊塗。

「韓大嬸，收起來罷，等慢慢再學。」

於是韓媽把牌收進匣子裡去。那曹小娟卻想，「這個東西這樣麻煩，誰能學得會它？還是做雙鞋，繡個鞋幫兒省事。」

有時候她實在悶得急了，滿屋裡打轉。忍不住說：

「韓大嬸，前面是老太太上房，聽說還有西門姨奶奶，我們能不能去坐坐耍子？還有，大哨門外頭也好站一會，看看人來人往呀。」

正說著，大少奶奶走了進來，她臉上紅紅的，似乎剛著了氣惱。小娟和韓媽忙站起來，大少奶奶坐了。順口問道：

「你們在說什麼呀？」

「沒有說什麼。」韓媽接口說，「曹姑娘閒的慌，我們說閒話呢。」

「我說，小娟，」大少奶奶含著怒意說，「再也別想著離開這個屋子。人面獸心，通沒個好東西，沒的教他們害了你！我想著躲在這屋裡不見人，還辦不到呢。一個人清清靜靜，不出頭，不露面，省了多少是非，少受多少閒氣！我這是叫做了和尚不得不撞鐘。一天三四遍，上房裡去低三下四，伺伺候候，名為做媳婦，實在還不如個丫頭！」

她說到這裡，頓了一頓。韓媽忙把水煙袋遞給她，她吸了兩袋。嘆口氣說：

「韓媽，你跟我最久，你明白我是個怎樣的人。三從四德，我是滾瓜爛熟。伺候公婆，誰敢說是不應當的？公公死了，服侍婆婆，更是天經地義。無奈婆婆這個煙榻上還躺著個燒煙的奴才，這個奴才竟是個『小公公』，大剌剌架子也把我當丫頭看待。韓媽，你說這日子我還能過嗎？」

她又重重地吸了兩袋水煙。然後冷笑了兩聲說：

「你猜怎麼樣？他今天當著老太太面，教我給他倒茶了！我略略猶豫了一下，老太太就說，『進寶教你替他倒碗茶，你就快替他倒一碗，又怕怎的！』你看這像話嗎？」

「你倒了嗎？」韓媽也急著問，顯然不平了。

「哼，倒了！我怎麼能不倒！在人屋簷下，不得不低頭。今天我要是不倒這杯茶，不鬧得天翻地覆才怪呢！」

大少奶奶說了，把水煙袋重重地放下，手在桌子上拍了一下。

曹小娟遞上一杯熱茶，輕輕說道：

「大少奶奶，快別生氣了，你喝杯茶，歇歇罷！」

大少奶奶接過去喝了一口，勉強一笑。說道：

「小娟，祇有你和韓媽跟我一條心。你就是我的妹妹一般。不要忘了，我們兩個人抬著大爺走，別教他栽觔斗。女人家靠的是個男子漢，祇要有他，我們就有指望。」

「是的，大少奶奶，」曹小娟彎下身去說，「我就是你的人。像跟在你身上的影兒一樣，你要我怎樣我就怎樣。我情願服侍你。」

那韓媽卻越想越不舒服，她透一口氣，又問：

「大少奶奶，難道那時候跟前就沒個別人，偏偏要你給他倒茶？」

「都在外邊喫飯。我和老姨奶奶先進去伺候，不知道為什麼老太太又罰了老姨奶奶跪，慢條斯理用小竹竿抽她。這站在跟前的不就是我一個人了嗎！」

「你該叫外頭喫飯的老媽子進來。」

「我想著那樣，還沒等的開口，老太太就先發話了！」

「真真的，真真的！」韓媽搖著頭說，「作孽作孽！這還像個什麼有禮有法的人家！那從前的老人說老話，都說要跟那鄉紳大戶人家學禮法。現在的鄉紳大戶弄成這個樣子，真還不如那窮人家，公婆是公婆，媳婦是媳婦，分得出個上下尊卑來。世界變了，莫不年頭要不好？你看那兵荒馬亂，就不是個好兆頭！」

「慢慢地瞧罷！」大少奶奶點點頭說，「國家將亡，必出妖孽。這還不就是妖孽嗎？」

大家沉默了一會，大少奶奶望望窗子上的太陽。問小娟道：

「大爺出去，沒有說什麼時候回來？」

「沒有。晚點總回來。」

「你看他近來怎麼樣？」

「好像有心事，整夜地嘆氣，問他又不肯說。」

「還不是那龐家的在作怪！」大少奶奶無可奈何地長嘆一聲，含著滿泡眼淚說，「說妖孽，這就又是妖孽！聽說那龐家的近來被什麼營長占住了，夜裡沒有我們這一個的分，所以祇能白天去趁人家的空兒！你大家大業，有妻有妾，何必這樣自輕自賤！妖孽，不錯，真是妖孽！」

停了一停，她又對小娟說：

「當初要你的時候，他答應我兩件事，一件也沒有做到。我算是受了他的騙了！男人家說話不作數！還能立腳！」

三個人嘆息了一番。

黃昏時候，方冉武回來了。大少奶奶笑著說：

「今天晚上，我想喝杯酒兒，你能不能陪我？你要不陪，我就不喝，也就不用預備了。」

「怎麼不陪？我也久已沒有痛快喝一場了，心裡正不舒服呢。」他又轉過臉去對小娟說，「你也該練練。酒席酒習，練習練習就會喝了。」

那曹小娟不答應他，祇抿著嘴兒笑。

「傻笑！」方冉武親暱地說，「你是喫喝嫖賭吹，任什麼也不會，看你將來怎麼得了！」

「不會還不得了？」大少奶奶倒笑了，「看你會的太多了，才真不得了呢！我問你，你近來有什麼心事嗎？」

「沒有。」

「你莫想瞞得過我！龐家的近來接了個營長，把你的窠兒占了，是不是？」

「你倒有個耳報神。」

「你當時有了小娟，不是答應我斷了那小叫姑嗎？我白白替你跑了兩回娘家，給我哥哥說了多少好話，辛辛苦苦，還看人家的冷臉。不想你答應我的事，一樣也不肯做！這以後，你再用著我到娘家去商量什麼事，我真也沒有臉去了。」

方冉武不安地抓抓耳朵，摸摸下巴，又站起來走兩轉。然後半吞半吐地說：

「不知怎的，我這個人，真是，沒有用。像著了迷一樣，對於小叫姑，總是下不了狠心！最近康子健在她那裡走動，我簡直含酸喫醋，心裡受不得！我也明白，她又不是我的什麼人，無過是個窯姐兒，誰花錢誰玩。無奈我的心不是這樣子！祇要我知道她接了別的人，不拘是誰，我就認真的不痛快起來。」

「哼，」大少奶奶摸摸臉說，「你那個心哪，豈但對於小叫姑狠不下來，隨便對於什麼人，你照樣狠不下來。你自己倒說得對，你沒有用！」

「你說我還對於誰？」

「當初你答應我兩件事，原來你已經根本忘記了！」

「噢，你說還有這一個，」他右手伸一個小指，向前邊指一指，「我馬上就辦他！你不用急，看我有用沒有用！」

「自然我要看看。不但我要看看，連小娟都要開開眼界呢。這遠近，誰不知道方鎮上的方冉武大爺，首富，大紳，第一分兒！」大少奶奶伸了伸右手的大拇指。

曹小娟抿著嘴兒直笑，兩眼望著方冉武，手不住地摸自己的腮幫兒。方冉武對著這一妻一妾，一時高興起來，縱聲笑了。說道：

「原來你們兩個串通好了，來激我的。好，我不把這件事辦了，你們也不會佩服我大爺！三天，我給你三天期，讓你們兩個也痛快笑一笑，出一口氣！」

他又轉向大少奶奶嘻皮笑臉地說道：

「這事情辦了，小叫姑那邊的事，你能替我出個主意嗎？」

「你這是把話反說了。你哪裡是要我出主意，你先說說你的主意給我聽罷。」大少奶奶也陪他笑了一笑。

「你看見前面廳房裡擺的那個大鼎嗎？」

「你直說罷，別繞彎子了。」

「你說那鼎有幾足？」

「三足。」大少奶奶沉下臉來說，「我明白你的意思了。你是說我和小娟，祇算兩足，還缺一足。」

「少奶奶，好聰明！」

「主意呢，倒是個好主意。」大少奶奶低眉沉吟了一會說，「不過以她那種出身，教她給我和小娟鼎足而三，你覺得不委屈了我和小娟嗎？」

「四個人剛好一桌馬將呀。」

「就算我答應了，小娟也未必肯罷？」

「你們兩個人穿一條褲子，一個鼻孔裡出氣。祇要你肯，她是一定肯。」他轉過臉去對著小娟說，「是不是，小娟，你說。」

曹小娟仍舊抿著嘴兒祇是笑，這會卻把頭似搖非搖地擺了一下。方冉武看了，笑道：

「好，你也給我賣起乖來了！」

說著，走上去要擰她的腮，曹小娟笑著躲開了。

「說真的。」大少奶奶想了一想，一本正經地說，「你要想鼎足而三，還不是容易事，無過是擬著幾個錢罷了。就憑你這一分兒，人家開不出小價錢來！你現在自然還是個沒有錢，還是得我替你想辦法，是不是？」

「正是。我的少奶奶。」方冉武忙打一躬。

「我看，你先辦了那件事，去龐家討個口風，問個價錢，我再去替你張羅。也得先和馮二爺談談，看看你現在到底還有多少家當，才好辦事。沒有個餓著肚子討小老婆的道理。是不是，大少爺？」

「正是，我的少奶奶。」方冉武又打一躬。

「我一發再奉勸你幾句良言，你這以後，也自尊自重一點。那龐家女兒不過是個賣的，你又不是沒有錢，何必去給人家填空兒。等有錢，把她討回家來，盡情你自己玩，千萬不要再去喫那營長的鬧醋了。」大少奶奶怕把話說急了，惹得他著惱，忙又賠著笑臉說，「我這可算是多話，聽不聽隨你的便。」

「我聽，我聽，我的少奶奶。」方冉武再打一躬，「祇要你肯幫我把她討回來，讓我獨享，我暫時就不到她那裡去也成，這倒沒有什麼一定辦不到。」

那曹小娟閃在一邊，看他祇管給大少奶奶打躬，不由地笑出聲來。方冉武道：

「我說怎麼樣？你在我跟前一占上風，她也就高興起來了。你看，這不是笑啦。」

「夫婦之間，」大少奶奶長嘆一口氣說，「也說不到什麼占上風不占上風。我不過盡我的心，巴結著想把你這份家當多少留下一點，老起來有個著落，孩子們將來有碗飯喫罷了。但願你以後能夠收心，自己有點底兒，那是不但我和小娟有了依靠，連孩子們也沾你的光了。」

說著，忍不住落下幾滴淚來。方冉武忙道：

「好了，好了。我答應聽你的就是了。再也別弄這些擦眼抹淚，哭哭啼啼，教我看著心煩。」

「誰又哭來？」大少奶奶忙擦乾了眼淚說，「你這裡和小娟坐一會，我再到上房去看看。」

大少奶奶站起身來，一逕走了出去。

當晚，方冉武陪著這一妻一妾，喝了個十分醉，拉著她們在一個床上睡了。

過了幾日的一個晚上，進寶給老太太請了個假，說是他母親病了，要回去看看，今天就不再到宅裡來了。近來進寶常常在晚上請假回去，老太太真有說不出的種種不快。因為晚上九點到次晨三點，是她抽鴉片的時間。她每天有好幾個時間抽煙，而以這一個時間為主。因此，在這一個時間她需要進寶也最殷。要是這時候你不能來服侍，那是簡直可以說根本用不到你了。

一聽又是請假，老太太立刻沉下臉來，半晌沒有做聲。那進寶卻嘻嘻地笑了。說道：

「你再自己抽一回罷。要不，找老姨奶奶來給你燒也成。我明天早點來服侍你。——好，就這麼辦罷，我走了。」

說著，果真溜了。老太太越想越不是味兒，年輕小夥子真真沒有良心！奴才伺候主人原本是應分的，這幾年我倒填給你好幾頃地的傢私。你原是個窮光蛋，現在什麼都有了。這是誰給你的？忘恩背義，什麼東西！

一肚皮悶氣沒個地方出，就教西門氏來伺候燒煙。她一邊抽著煙，一邊用煙籤子扎那西門氏。那西門氏一邊給她燒煙，一邊挨她的扎，咬著牙不出一點聲。

老太太恨進寶，並沒有恨得錯。什麼是他的母親病了，那不過是一種推辭。真實的情形是他熱上了開暗門子的孟四姊了。孟四姊一身肥肉，兩隻小眼，還拖著有名的兩隻大腳，原是個下三等貨兒。卻不知怎地竟對了進寶的胃口，時常帶著沉甸甸的大洋錢去嫖她，教她拎著耳朵開玩笑，唱「一見嬌兒進窯門，不由為娘喜在心。」進寶聽了，不但不惱，反以為榮。

但這一晚上，在孟四姊大門外邊，還沒有進得窯門，一排子槍聲過去，進寶便躺倒了。第二天大亮了，才有人出來看，他被打得周身是窟窿，血流得一地，手裡還緊握著一包洋錢。張柳河隊長帶著兩個弟兄來看了一看，因為方金閣在城裡，就忙去報告方冉武。方冉武想了一想，問道：

「死在孟四姊門前？」

「是的。」

「那麼孟四姊是有干係的了？」

「是的。」

「把她押起來。馬上辦公事，送縣衙門。」

張柳河答應著走了。方冉武忙到上房裡去報告老太太，老太太還睡著沒有起身，方冉武叫醒了她，就把消息給她講了。老太太一聽，不由得一陣心痛，放大聲哭起來。這時候，她遺憾於進寶的那些事情，是一點也不記得了，而僅僅想著他那種種好處。她一邊哭著，一邊絮聒著說：

「什麼混帳王八羔子下這狠手，打死了這個小夥子！……我真也活不成了！我這算靠著有他在跟前說說笑笑，解個悶兒，才勉強過得這苦日子！死了，你這死了，還有誰把我放在心上？……我的苦命的進寶呀！……」

她哭了一會，睜開眼看看，屋子裡黑鴉鴉地站滿了人，都冷冷地用眼睛看著她，沒有一點表情，也沒有一句話。她倒很不自然起來。她擦擦眼淚鼻涕，定一定神。問方冉武道：

「你剛才說他死在什麼地方？」

「孟四姊門前。」

「這孟四姊是個什麼人？」

「是個暗門子。」

「原來不是個正經貨！」老太太恨恨地說，「好不要臉的濫蹄子！勾了人家的年輕人去害他的命，好個狠毒的婆娘！」

她穿好衣服，下得床來，熱手巾擦了擦臉，跺跺腳，又嘆兩口氣。方冉武娘子捧給她水煙袋，她吸了又吸，黑鴉鴉的一屋子人，靜悄悄的沒有一點聲音。她吩咐方冉武說：

「你用公事送她上縣，有什麼用？公事公辦，等於不辦。你還是寫封信託你金閣大哥，私下裡給知縣說個人情，務必嚴辦這婆娘。這樣辦，才有用。還給你金閣大哥提一句，說要是得花錢，衹管寫信來要。我就算是傾了這個家，也要給他報仇。」

方冉武應著。她想想，又說：

「要麼，這封信我教馮二爺寫罷。我這裡專差去送，你不用管了。」

她吩咐去請馮二爺進來，又教滿屋子人都出去。

「出去罷，你們都去！這也沒有什麼熱鬧好看。平常有個進寶服侍我吸口煙，我多痛他一點，你們都氣不過。現在他教人家打死了，你們總該趁心如意了。」

屋子裡衹賸下方冉武一個人，無精打采地靠在煙榻上。老太太望望他說：

「你也該小心點。我聽說你也總在外頭玩。逛暗門子，爭風喫醋，總沒有好事！還有呢，我聽說你弄了小梧莊曹家的女兒放在自己屋裡，怎麼瞞著我，不教我知道。這是誰替你辦的事？難道還怕我阻攔你？我們這種人家，三妻四妾也是常事。你衹要少在外邊胡蕩，我就放心了。你給我講，那曹家女兒是怎麼回事？」

「是我把她收在屋裡。」方冉武老實說，「因為還沒有給她家裡說明白，所以——」

「為什麼不說明白？」

「也不為什麼，不過還沒說。」

「這該早弄明白才對。」

說著，馮二爺進來，老太太再三讓他坐了，告訴他給方金閣寫信的事。馮二爺應著。老太太又道：

「你再派人去找小梧莊曹家老頭來。給他說明白，我們家大爺收用了他的女兒。這原是我的意思，你問他有什麼條件，務必給他講明白。一定要他答應，不答應也得答應，人是已經收用了。」

馮二爺應著。老太太又道：

「你送五百塊錢給進寶家裡去。告訴他們替他買口好棺材，砌個好墳，不要委屈了他！」

馮二爺應著出去。方冉武也要跟著走，老太太喚住他說：

「你等等，我還有話。」

頓了一頓，老太太說：

「我這裡少不了這個燒煙的人。我看跟你的那個進喜，倒還伶俐。你教他來給我燒煙，頂進寶的缺。你要用小跟班，慢慢再另找一個。好不好？」

方冉武聽了這話，不禁暗暗喫驚，表面上卻不動聲色。說道：

「進喜那個孩子，飛揚浮躁，野的了不得。教他燒煙，準沒有耐心，倒惹得你生氣。我看，媽還是找個女人用，比較方便。」

「我不怕他野。你把他交給我，我調理調理他，他就好了。我不用女燒煙的。用個男孩子，還可以帶著替我外面辦點事，省我多少麻煩。你這就教他進來，我教給他規矩。我往常裡看著他倒像是滿好的。」

方冉武無可奈何地應聲「是」，掀簾子出去。大少奶奶正站在外間聽裡面說話呢。

二十一

方冉武娘子聽說老太太選中了進喜接替進寶，心裡像放上了一塊更重的石頭。這個混帳東西往常裡見了我，大瞪著兩隻賊眼，不是看頭，就是看腳，簡直沒有一點規矩。比較起來，倒是進寶還老成些。她想，活該這個人家是完了，偏偏地遇到這些妖孽！

她越想越不對勁兒。像那棋手一樣，一步一步眼看著敗下來了，倒也不再著急，祇覺得氣悶。一切一切，似乎都靜止了；像停了擺的鐘一樣，呆在那牆壁上，已經遺忘了它自己。

她從老奶奶的上房裡出來，正不知道要走向哪裡去的是，卻見老姨奶奶站在西角門上向她招手兒，她就往西角門上來了。

「少奶奶，」老姨奶奶說，「到我屋裡來坐坐，告訴你一件稀奇事。」

「剛才的事，還不夠稀奇的嗎？」大少奶奶勉強笑著說。

「磨房裡的周二媽沒有來找你？」

「沒有。你看從一大早，為了進寶，哭哭鬧鬧。我這才下來，哪裡有個空兒來？」

兩個人進房裡坐下，西門氏先給大少奶奶遞上一杯茶。然後悄聲說：

「周二媽來告訴我，她和她漢子今天早上四更天起來，預備到磨房裡去推麥子。剛把燈點上，要穿衣服，就聽見磨房裡磨響。周二媽說，『你聽聽，是不是磨響？』她漢子說，『別胡說了，怎麼會磨響？』『不是胡說，你倒是細聽聽呀，真是磨響。』她漢子靜下來細一聽，不錯，果然是磨響。『什麼人這麼早套上磨了？』周二媽說，『除了你我兩個人管磨房，這個宅子裡有誰套磨？』『那麼說，難道是那磨自己動？』夫婦兩個心裡疑疑惑惑，提著燈籠往磨房裡去。一直走到磨房門前，裡面漆黑，磨可是真在響，一點不錯。她漢子一手提著燈籠，一手推開磨房的門，用燈籠一照，聲音立時停了。磨還是那磨，一點沒有動靜。兩個人提著燈籠回來，沒走了幾步，磨又呼隆呼隆響起來了。『鬼推磨！鬼推磨！』她漢子說了，差一點沒有把她嚇得叫起來。緊走到後頭碉樓上去，和幾個護院的團丁擠在一起，壯著膽子，挨到天亮，才去套磨。那些團丁也拿著槍去聽來，真真不錯，是『鬼推磨』。……」

大少奶奶聽得有點發毛。仗著是在白天，又有老姨奶奶作著伴兒，心還是卜卜地直跳。

「鬼推磨？」她說，「真是聽也沒有聽說過，竟有這等事！」

「總是一個人家要敗了，才發生這種事，這就是不祥之兆！」西門氏搖搖頭，冷冷地說，「你看，那不是進寶先送了命！」

「難道這鬼推磨是應在進寶身上？」

「進寶是什麼東西，也驚動得鬼推磨！這鬼推磨是一件大事，定然應在這一家的家運上，或是應在這一家之——」老姨奶奶說到這裡，把話嚥住，卻伸出了右手的大拇指，對著大少奶奶比畫了一下。

「果真天意如此，人力不能挽回，」大少奶奶含著一泡眼淚，嘆口氣說，「也就用不著使心計，擔憂愁了。等著走到哪裡算哪裡就完了！」

「可不是。我現在是什麼都看穿了。大不了，解下褲腰帶來結個活扣兒，也能解脫了。」

「老姨奶奶，你那蘇州老家裡還有什麼人嗎？你又沒有孩兒累著你，真是這裡不能住了，可好回去？」

「我進了方家這個大門，已經三四十年了。知道那老家裡變得是個什麼樣子！就算是還有親人在，我這麼空著兩隻手回去，誰還認得我？」

正說著，忽聽得上房裡一片喧嚷，「打呀，打呀，快快打呀！……」好像亂成一團的樣子。大少奶奶聽了聽，說道：「又出了什麼事了！」兩個人忙走過去。

「鑽到花檯子裡去了！」上房裡叫。

「什麼事？」大少奶奶問。

「一條大蛇，跑了！」

「那打不得！」西門氏說，「快燒香來，磕頭，送牠走。」

老太太正站在後門上望著後院裡的花檯子，看那蛇不見了。聽見西門氏說話，就對著她吐了一口唾沫。說道：

「你快別胡說了！怎麼打不得？你給牠燒香磕頭，你去你去！好不要臉的貨！」

西門氏紅著臉，靠牆壁站了，沒有敢回話。老太太繼續說道：

「這可不是好事！一個人家，好好地見了蛇，總是不吉利。上一回大廳房簷上掉下一條蛇來，老爺子在C島去世了。今天這又見了蛇，進寶死了！可見蛇不是好東西，可惜沒有打著牠！」

「那裡來的蛇？」大少奶奶問底下人。

「好像從那邊大櫥底下鑽出來的。有雞蛋那麼粗，一托多長，黑白花。我們看見牠的時候，牠已經爬到後門口了。緊著找東西去打，就來不及了。」

「這些妖物都是有靈性的。」老太太坐下來，捧著水煙袋說，「通三三爺那邊老太爺去世的時候，才鬧得厲害呢。老太爺人好好的，半夜裡開門出去小解，一條大蛇團團地蟠在門口正當中，動也不動。老太爺沒敢出去，關上門回來。不想自己的煙榻上，正在自己躺著抽煙的地方，又蟠著一條。看見人來了，才慢吞吞地爬下床去走了。老太爺嚇得一夜不能睡覺，天剛放明，無病無痛的，人就死了！死了以後才是怪呢。五間上房，前簷上，一個瓦稜上垂下一條蛇來，齊齊的一排，比那冬天的簷溜冰還整齊。把一家人差點沒有都嚇死！直到東嶽廟老道來念過『倒頭經』，才都走了。走也走得怪，祇一霎眼，就蹤影不見了！」

「這麼看起來，」大少奶奶接過去說，「對於家財也是不利的。聽說通三三爺那邊，沒有幾年的工夫，田都賣光了。現在祇賸下一片空宅子了。那通三三爺還是頂會過日子的，平常連一文錢都捨不得花。」

「一個人家該成該敗，不在你省不省。」老太太說，「應該敗了，你省也得敗。財具是天賜的，不是人能強留得住的。這些事情，我是最想得開。有福享的時候不享，等窮了再想享就晚了！」

那大少奶奶聽了這話，大大不以為然。她的意思是就算你有錢，也無須一朝夕之間定要把它花光。不妨細水長流，留著慢慢地花。自己花不完，也可以傳之子孫。但她嘴裡卻不能不附和老太太。她說：

「你老人家這樣想法，就是你老人家的福氣了。」

「這也說不到是什麼福氣。祇要你們能知道我的心，我就算留下好兒孫了。」

老太太說著，打了一個呵欠，覺得有點上癮，就到裡間抽鴉片煙去了。她心裡念著進喜。有人伺候她吸煙吸慣了，一時沒有了這個人，總覺著不大方便。怎麼冉武還沒有帶他進來？她想。

第二天中午，曹小娟的爹到了。他被讓進帳房，和馮二爺一同喫午飯。這個「殊遇」，頗使他驚異。因為多年以來，他照例在門房裡和看門的一同用飯慣了，現在和帳房先生平坐著，總覺著不大得勁。馮二爺的態度也比以前不同，他今天是分外的親熱，再三讓他多喝點酒，又把菜布過來。他忍不住說話了：

「二爺，你這麼客氣，我不敢當。」

「老曹，不是我客氣。我透個好消息給你，你快要和主人家做親戚了。不要說我，以後冉武大爺也要和你平起平坐了。」

「二爺，我不明白你的話。」

「是你生了個好女兒。」馮二爺笑了一聲說，「你的女兒巴結上冉武大爺了。」

曹老頭聽到這話，就把酒杯放下了。他不安地抹抹自己的嘴，怯生生地問道：

「怎麼？二爺，我的女兒不好？」

「你不要急，等我慢慢告訴你。你的女兒原在大少奶奶房裡，和韓媽一處住。有時候，在大爺跟前端茶送水，幫著伺伺候候，這原是不免的。不想，有一天，被大少奶奶親自撞見她坐在大爺腿上。大少奶奶就惱了，怪大爺不該壞人家的女孩。你的女兒不好意思——」

「她怎麼啦？」曹老頭睜大眼睛，急著問。

「她央了韓媽，告訴大少奶奶，說那原是她自己願意的，請大少奶奶不要和大爺鬧。」

「這丫頭！」曹老頭氣起來，把頭上的氈帽摘下來往桌子上重重地一拍，「想不到這樣不成貨！二爺，我在宅裡不好撒野，你看等我帶她回去要她的命！」

「你不能帶她回去了。你想不到，老太太喜歡她。老太太知道了以後，就給大爺說，人家好好女孩，被你壞了，還怎麼回去嫁人。不如找馮二爺做媒，你就留下她罷。這一來，大爺大少奶奶都願意，你的女兒也願意。所以我就請你來了。這可是你的一個好機會。」

「宅裡的意思想怎樣呢？」

「宅裡是把你的女兒算了大爺跟前的人了。這已經是木已成舟，生米做成熟飯，再也沒有辦法挽回的了。現在就看你的意思了。」

曹老頭連連喝酒，沒有一句話。他明瞭自己的身分。他知道祇要他一點頭，他的女兒就成了宅裡的「小老婆」了。他深惡「小老婆」這個名稱，現在一下子把這個名稱加在他自己的女兒身上，不管女兒成不成貨，對於自己的老臉總是不好看的。康營長要她做太太，他都不肯，現在竟然給人家做了小老婆，那還成什麼話！但是不答應又怎樣呢？他實在想不出一個辦法來。於是他就祇有喝酒的分兒了。

馮二爺怕他酒喝過了量，反而不好談話，就吩咐擺飯。曹老頭放下酒杯，說道：

「我夠了，用不著喫飯了。二爺，你請罷。」

站起身來，往旁邊一坐，就抽起旱菸來。他眼睛睜得很大，但是他沒有話說。

馮二爺也不理他，祇顧自己把飯喫了。然後說：

「怎麼樣呀，老曹，你想了這半天，想得怎樣了？」

「二爺，我實在想不出辦法來。你替我出出主意怎樣？」曹老頭老實說。

「我麼，譬如說我現在要是你的話，我一定趁這個機會，給宅裡要幾個錢。因為女兒是已經要不回來了，就算勉強要回來，也已經破過身，不能再嫁人了。祇有要幾個錢，把事情了了算了。」

「我賣女兒？」

「這不能算賣。就算是正式成婚，也有個聘禮呀。你現在就算是給他要點聘禮罷。」

話雖是這麼說，當天，事情並沒有談妥。曹老頭想和女兒見個面，馮二爺也沒有答應他。夜裡，曹老頭睡在門房裡，幾個看門的也極力勸說他，弄得一夜不曾合眼。第二天早上，他帶著懊惱和疲倦，趁人不注意，回小梧莊去了。

老太太知道「老曹跑了」之後，大大的不滿意馮二爺。她說：

「原來你這個人這麼不能辦事。要是我沒有錢，或是我不肯花錢，你辦不成事，倒也罷了。我現在破著用錢，祇求把事情辦妥，你怎麼還讓他走了！」

「老太太你放心罷。」馮二爺賠笑說，「我已經計算好了。他走他的，一點也不誤事。包教他寫親筆賣身契把女兒賣到宅裡來就是。錢也用不著多花，大不了三千二千的儘夠了。」

「你真能辦得到，就是多花幾個錢又算什麼？」老太太聽得馮二爺話說得確實，氣平了一些。

馮二爺退出上房來，並不耽擱，一逕去找方天芷。方天芷自從交卸了校長，在家裡嫌吵鬧，常跑到始祖祠堂裡去，坐在那白松樹下，打坐，念佛，沉思，作詩，成了一個忙碌的閒人。他發願要做五百首七言律詩，一傾自己的閒愁萬種。但半年光景，做了還不到二十首，因此他心裡非常焦急，怪張繡裙帶走了他的靈感。他不時地想，「繡裙啊，繡裙啊，要是有你在我的身邊，我何至於變得這樣遲鈍呢？你走了，我的靈感也跟著你走了。繡裙啊，回來罷，帶回我的靈感來！」

可惜的是張繡裙並不在他的禱告中顯現，他的詩就總是做不出來。大冷天裡，呆在那白松樹下，倒弄得手上腳上耳朵上通長了凍瘡，人也瘦得多了。

馮二爺在祠堂裡找到了方天芷，覺得十分奇怪。他想，怪不得人家都說他有神經病，原來果然有一點。這個冷天，不在家裡烤火，跑到這裡來乘涼幹什麼！

「馮二爺，你有話，我們就在這裡談罷。」

「這個地方可是真冷，話也長呢。我看我們還是到宅裡去罷。喝兩杯，我們細談談。」

方天芷接受了馮二爺的約請，就坐到居易堂的帳房裡來了。屋裡生著大炭盆，又喝了熱酒，方天芷周身發燒起來。他脫去老羊皮馬褂，從玻璃窗望出去，天在下著大片的雪花。

「老太太和冉武大爺，」馮二爺漸漸把話說攏了，「有點事想拜託令戚康營長。祇要事情做到，有點小酬勞給二少爺過年。」

「單看是什麼事罷，我們雖是親戚，我可是從來沒有託他辦過什麼事。酬勞，自然是談不到。這邊的事，還不就是我自己的事嗎？」

馮二爺慢慢把曹小娟的事告訴了天芷，「事情到了這一步，不想曹老頭再三不肯答應。要是康營長能順便給他一點點小厲害看看，那就容易辦了。」

這使得方天芷又想起了張繡裙，「我自己也放著同樣的一件事呢。」他想。

馮二爺見他不說話，摸不透他的心思，就先讓他喝酒。然後說：

「二少爺有什麼為難嗎？」

「沒有什麼為難。這事情，我去託康營長，想來他一定會幫忙，沒有問題。我現在是想起我自己的事來了。」方天芷藉酒遮臉。無限感慨地提起張繡裙來，「馮二爺，不瞞你說，這個女孩子我實在愛她。她帶走了我的靈感，我什麼都完了！」

「為什麼不買了她來作妾？豆腐老張倒是肯賣女兒的，他和老曹不一樣。」

「還不是礙著錢？」方天芷嘆口氣說，「家裡沒有現錢。賣田呢，老太太和大哥都不願意。」

「大約要多少錢？」

「也沒有問過。前些日子，聽說方金閣大爺買了北頭盧家的女兒，身價是六千塊。豆腐老張家道沒有盧家好，開價或者會小一點。」

「二少爺，這麼著好不好？」馮二爺這一回摸清了路子了，「你把冉武大爺的事辦妥了，我勸這邊老太太把張家女兒買了，送給你作妾怎樣？」

方天芷一聽這話，就站起身來了。

「馮二爺，你這個話可作準兒？」

「當然作準兒。我怎麼好和二少爺開玩笑？」

「既是這樣，我這就去找舍親去。」方天芷喜出望外，穿起皮馬褂來就要走。

「外面下雪兒，何必急著去！」馮二爺攔住說，「還有一層，二少爺你討小老婆，府上沒有人反對嗎？」

「沒有，沒有。我早有計畫，想在外面另找個房子住，圖個清靜。有了張繡裙，我就要實現這個計畫了。」方天芷把聲音放低了說，「不要你們買了來送我，還是你們給我拿錢，我自己出面去買，比較好看。可是有一樣，馮二爺，我們要彼此都守祕密才好。要不——」

「那還用說，絕不會教人知道，二少爺你放心罷。」

說了，方天芷就冒雪走了。

晚飯之後，馮二爺到上房去，要把和天芷接頭的情形報告老太太。走進屏門，就聽見上房裡一陣亂，老太太哭，還有人連聲叫，「點起來，快點起來！」

馮二爺不等得通報，匆匆闖進去，裡邊擠了許多人，都說：

「好了，好了，馮二爺來了！」

「什麼事呀？」

「說是『鬼吹燈』呢！」進喜從老太太煙榻上下來說，「馮二爺，剛才我給老太太燒煙，不知怎地，煙燈忽然滅了。點起來，又滅了。點起來，又滅了。又沒有風，又滿著油，滅得又快，直像是被人一口氣吹滅了的一般。老太太嚇得叫起來，說這是『鬼吹燈』呀，準是進寶來顯靈了。這一叫不打緊，煙燈的燈火，一下子這麼跳起一尺多高，落下去，又跳起來。落下去，又跳起來老太太就嚇哭了。等她們都擁進來，這才好了！」

雖說好了，大家可是真都害怕，馮二爺也有點發毛，老太太說道：

「可見進寶死的冤枉！這是他來顯靈，要我替他報仇呀！馮二爺，去城裡送信的人，還沒有回來嗎？」

「沒有呀。原告訴他，等看看那邊怎麼辦，再回來，好有個的信，讓老太太放心！」

老太太聽了，就憑空說起鬼話來。

「進寶啊，進寶啊，你要有靈有聖，祇管放寬心罷！我已經託人講情，定必把你那仇人，那個臭婆娘，宰了她，亂刀割了她，我才甘心。我知道你的冤枉了，你再也不要在這裡鬧了！」

這一說，就像進寶的陰魂真個在這屋裡似的，大家越發怕起來。老太太說：

「馮二爺，你不要走，你們也都不要出去，大家作著伴兒，也好壯壯膽子！」

「老太太衹管抽煙罷，事情過去了，還怕什麼！」馮二爺雖是這麼說，自己的心可是直跳，

「到明天，教東嶽廟的老道來念念經，就好了！」

「是呀，」老太太說，「聽說東嶽廟老道會趕鬼呢。何必明天，現在馬上派人請去，請他立刻就來。」

這一提議，獲得了全體的贊成，空氣頓時鬆活了許多。過了大約點把鐘，老道來了。他吩咐裡裡外外通點起燈來。自己穿了法衣，左手執拂塵，右手拿著桃木棒，嘴裡高聲念念有辭。有個助手跟在他後邊，敲著大鑼。他從老太太房裡起，到處用桃木棒抽打。大少奶奶告訴方冉武說：

「今天早上磨房裡『鬼推磨』，你教老道也到磨房裡去趕一趕。」

方冉武走上前去，大聲告訴了老道。老道停止了念誦，上下四方，看了一會。笑道：

「怪不得我總看不見他呢，原來在磨房裡。對，一定在磨房裡。走，我們到磨房裡去！」

「道爺，」老太太也大聲說，「你要看見是進寶，千萬不要打他，衹要趕他走了就算了。」

「是的，老太太。」老道答應著，便跟著人到磨房裡去了。

這樣前前後後，一直鬧到天亮。老道才說：

「好了，我已經把他們趕走了。我留下幾張符，貼在各房大門上，以後就再也不會鬧鬼了！」

老太太終是不放心。忙著追問：

「到底是不是進寶？」

「是進寶。」老道說，「他還帶著一群破爛小鬼，教我好一個罵他！我說，你再不走，再敢來胡鬧，我可真要打了！進寶說，並不敢來胡鬧，祇求老太太多給他燒點紙錢，他有的花用，就走了。」

「那容易，馮二爺你去辦，我給他多燒點！」老太太又問，「道爺，你看進寶是個什麼樣子？」

「渾身是血，一臉雪白，好不嚇人！」

老道順口說來，老太太又傷心地哭了。

二十二

康子健營長吩咐馬弁去請曹老頭。曹老頭自從鎮上回來，被老婆罵得天昏地暗，抬不起頭來。接著，他就病倒了，高燒不退，胡言亂語。老婆又說他裝病，罵得更厲害了。

「老不死的東西，你倒是還我的女兒來呀！你到底把我的女兒送到哪裡去了呀！你是什麼東西！你裝病，難道我就怕了。我都快六十歲了，要個漢子有什麼用？巴不得你快死了，我倒落個清靜。」

這時馬弁來請，老婆更加瘋起來。

「你祇管去叫他。他是裝病，你不要信他！你拿槍把子狠狠搗他兩下子，看他還病不！」

馬弁卻不聽她。叫他兩聲，不答應，伸手去摸摸他的額，燙得很。就回去報告營長。營部裡也有一位上尉醫官。這位上尉醫官，原在鐵路上當小工。他曾看見站長室裡有一個急救藥箱，又曾看見站長使用這個急救藥箱救活過一個中暑暈倒的旅客。有一次，他的手被擦破了，又是站長親自給他上了藥，包紮了起來。他因此內外兩科都懂得，投效了張督軍，做了上尉醫官。現在營長教他去看曹老頭的病。

「這個人，我現在正有事要用他，你好好給他治一治，千萬別讓他伸了腿！」

「是的，營長。」

醫官跑到曹老頭房裡去，他和那馬弁一樣，覺得老頭子燙是燙極了，可是弄不明白他到底是不是生病，生的是什麼病。看他昏昏沉沉，嘴裡咕咕噥噥，症候準不輕。他想，這是營長親自交給我的重要病人，我得弄點好藥給他喫一喫。他回去自己的房裡，打開藥箱，翻了半天，發現還有四粒獅牌頭痛藥片。這是德國第一個好牌子的藥，就先給他一粒試試看罷。他叫個馬弁跟著，喊醒了老曹，餵了他一粒。過了小半天，再去看看，燒好像退了一點。醫官高興起來，又餵了他一粒。等到四粒藥片喫完，老曹的熱度居然就退清了。醫官跑了去報告營長，營長對於他的醫道大為稱許。休息了兩天，老曹爬起來，先去謝了醫官。又去見營長，問那一天營長找他，有什麼事情。

「也是沒要緊的事。」營長說，「我聽說你的女兒住在居易堂，原是為了躲我的。現在我已經給方家大鄉紳家的女兒結了親，不要你的女兒了。你怎麼還不接她回來？」

這問得那老曹張口結舌，半晌回答不出來。營長笑了笑，接著說道：

「大約是人已經成了人家的，你接不回來了罷？」

「是的，營長，你知道了。」老曹很不好意思地說。

「那麼，你打算怎麼辦呢？」

「沒有辦法。」

「女兒大了，總是人家的。居易堂這個人家也不辱沒了你。我看你還是給他要幾個錢，或是要幾畝地，把女兒給他換了罷。」

「營長，那敢是好。無奈我怎好賣女兒給人家作妾。我雖是窮，不能做這種事！」曹老頭的這一個觀點，總是難以改變。

「你佃了居易堂一共幾畝地？」

「我一共種著他三十畝地。我一家大小，倒是靠著他這幾畝地才過得今天這個日子。居易堂對於我一家，可算得是天高地厚。要是別的事，我沒有不答應的。無奈要女兒作妾，我是真辦不到。」

「我做個和事佬，教他把這三十畝地交換你的女兒，你看怎麼樣？你要是同意，你們寫了文書，我來作保。」

「營長，我總不能賣女兒。」

「三十畝地，也值四五千塊錢哪，你不喫虧！」對於曹老頭那個不馴順的態度，康子健有點不耐煩起來。「你要知道，這是我的意思，人家還不一定肯呢。你是個什麼好女兒，就值得這麼些地還不肯賣！」

吩咐馬弁叫了曹老婆來。營長把這個話告訴了她，問她的意思怎樣。曹老婆說道：

「營長，你不知道我這兩天正和他鬧呢。他弄沒了我的女兒，我還要他幹什麼！既是跟了宅裡大爺，女兒算有了個享福的地方了，不要說還給三十畝地，就算是不給地，我也不能不願意呀！」

「你看，你的老婆都答應了，你還有什麼說的？」

「這不是她的事。營長，她懂得什麼？」

「你這老不死的！我一頭把你撞死！」曹老婆真被老頭子說惱了。把腰一彎，想去撞那老曹，卻被馬弁們揪住了。

營長吩咐老曹夫婦兩個出去，說：「等慢慢再談罷！」

晚上，一個馬弁來問老曹說，「營長的手槍不見了，你有沒有拿？」

「這真問得稀奇了。我怎麼拿他的手槍？」老曹苦笑了一下說。

「那也不能憑你說，等我來翻翻看。」那馬弁說著，就去翻他床上的鋪蓋，不想就在草褥子底下翻出了一柄小手槍來。那馬弁獰笑了一聲。說：

「真憑實據，你還想賴嗎？」

就帶他去見營長。營長吩咐綁起來，用繩子把他倒吊在大梁上，問他是不是勾匪。既不勾匪，為什麼要偷手槍。勾匪是槍斃的罪！

曹老頭有口難分，祇叫冤枉。營長惱了，說道：

「你聽，他還說冤枉呢！拿馬鞭子來抽他！」

「他這一身厚棉花，打著不痛。」

「往他的臉上抽！狠抽！」

人倒吊著已經夠受了，又抽了幾鞭子，曹老頭就硬不起來了。他討饒說：

「營長，放我下來，要我怎麼說我就怎麼說！」

「不要放下你來，你又厲害！」

「那，我不敢！」

於是放了下來。營長問道：

「你是勾匪？」

「不，營長。」

「好，既是不，再吊起他來！這一回再也不要放下來了！」營長一說，馬弁們就要動手。

「我勾匪，營長，不要再吊，我是勾匪！」曹老頭來不及地承認下來，額骨頭上的汗珠子像黃豆那麼大。

「勾匪是要槍斃的。你知道嗎？」

「營長開恩！」

「這麼辦罷，老曹。我住在這裡，總不免打攪你，難道我還能真辦你？我替你擔下這事來，你可得聽我的話！」

「是的，營長開恩！」

「你把女兒賣給居易堂罷。你要答應了這件事，你勾匪的事，我就不提了。」

「營長開恩！」

「不要淨說開恩哪，你倒是答應不答應哪？」

「我答應了！」曹老頭深深地嘆口氣說。

「那麼，你來寫字據。」

「我不會寫。」

「教書記官寫了，你捺手印好不好？」

「好，營長。」

一時寫好，念念給他聽。大意說，欠下了居易堂的錢，無力償還，自願把女兒送給方冉武大爺作妾，折抵欠債云云。連那三十畝地交換的話通沒有了，曹老頭連忙捺了手印。

營長想了想，又叫曹老婆來也捺了一個手印。曹老婆倒是極願意。她說：

「過這窮日子，名為是個大老婆，巴巴結結，有什麼好處？情願給那大財主做個小老婆，倒落個好喫好喝，好穿好戴。」

「你倒想得開。」營長笑了，「等我也給你找個好地方，去做小老婆。好不好？」

「我沒有那個福分了。等下一輩子來的時候再說罷！」曹老婆說著，也高興地笑了。

曹老頭卻再無言地深深嘆口氣。

康子健替他的二舅爺辦了這件事，心情是興奮的。他一邊吩咐馬弁去請天芷，一邊拿賣身契給其菱看，把迫使曹老頭就範的那一錦囊妙計，告訴給她聽。其菱表面上也敷衍他一個微笑，不住地點頭，心裡卻實在是聽著不合適。她說：

「我二哥的事，你以後還是少管的好。他實在有點神經病，古古怪怪的。為了他，你去得罪人，犯不上。」

「新親戚，他頭一回找我辦事，我怎好推辭他？」

「這一回，已經辦了，自然不說了，我是說以後。你不知道，我們方家，族大人多，好壞人都有，有出息的少。像居易堂這位大少爺，簡直就是個魔神。正正派派的人，有誰和他打交道？我說給你，你心裡也有個數兒。」

「照你看，你們貴族上，哪些人是比較好的？」

「我們祥千六叔，還有培蘭大哥，你不是常和他們在一起嗎？這兩個你就接近的不錯。你說你跑軍隊跑膩了，想在這裡安定下來，立個家。那麼，這兩個人是不會欺心害人的，將來準能夠幫助你。」

「這兩個人在綠林裡很有力量，也不是安分守己的人罷？不過，和我倒對脾氣，合得來。」

「他們倒不是不安分。還不是因為正氣、公平，在地方上有點聲望，人家才肯聽他的。那些土匪，你是知道的，姦盜淫邪，無所不包，難道是肯在人前低頭的？但他們對於祥千六叔和培蘭大哥，卻一心情願，唯命是從，這也就可見這兩個人的魔力了。」

「是的，你說的不錯。」康子健連連點頭說，「我在這裡駐防，能得平平安安，不出一點事情，倒是虧了他們幫忙。」

說著，天芷來了。康子健和方其菱忙著起來招呼。

「二哥，」康子健說，「你的事情我已經替你辦好了。這就是曹老頭夫婦兩個捺手印的賣身契，你拿了去罷。這可不是個小人情。二哥，那方冉武大大的家業，得了這個便宜，有沒有許下怎麼酬謝你？」

「自己人，倒沒有先說到酬謝。」方天芷想了一想說，「你這裡是不是要他送點禮？」

「哪裡哪裡！」康子健連連搖手說，「二哥，你誤會了，我不要酬勞。我辦這件事，完全是為了你。方冉武應當對於你有個辦法，才合乎情理。你說是不是？」

「那看他的意思罷，我也不好自己開口給他要什麼。」方天芷說了，又再三給康子健道謝。

當天晚上，方天芷就去找馮二爺，把賣身契給他看了。馮二爺說：

「二少爺，這個東西你先拿著，等我把這邊給你的交換條件辦妥了，你再拿了來。我做中間人，不能不小心點。」

「怪不得人家都說你老謀深算，」方天芷教他引得笑起來，「原來真想得周到。」

「倒不是我想得周到。實在這個年頭，過河拆橋的事太多了。」

「方居易堂忠厚傳家，不至於。」

「那是自然，不過還是小心點好。」

送走了方天芷，馮二爺就到上房去見老太太。說道：「曹家的賣身契，剛才天芷二少爺是送來了，我已經過目，寫得明明白白，一點不錯。我們是要不要呢？」

「你既然託他辦了，怎麼不要？」老太太倒覺著有點奇怪。

「要呢，天芷二少爺可是獅子大開口，條件不小。」

「什麼條件？」

「上回我已經答應他把豆腐老張的女兒買了送他，這個老太太已經知道了。今天他又說康營長辦這件事，還要一萬塊的酬勞，這個錢非有不行。我一時沒有敢作主，他就把那賣身契帶回去了。——可有一樣好，那曹家倒不要一文錢，情願白白地把女兒送給大爺作妾。」

「到底照現在的行市，買那張家女孩得多少錢？」

「現在人價高了，少說也得八千。」

「這麼說，一共是一萬八千塊了。」

「是呀，」馮二爺顯著極不高興的樣子說，「太花錢多了也冤枉。無奈康營長是我們這裡的駐防軍，似乎不給他這個錢也不妥當。他要給我們找點小麻煩，那就不得了了！」

「你說得是。」老太太對於馮二爺的見事周密，忠心耿耿，覺得十分滿意。「我們就藉這個機會聯絡聯絡他也好，說不定以後也有用著人家的時候。早點燒下香，也省得臨時抱佛腳。一萬塊就一萬塊罷，你想辦法去。」

「辦法可是不容易想。老太太你不知道外面的情形，這如今賣田，極不容易。少，一畝八分，還有要主。多了，簡直沒有人理。這一萬八千塊錢，得賣一頃多地呢。」

「你給他們商量，我出面把田作給他們，行不行？這賣田賣不動，是大家都知道的。他們要田，不是一樣嗎？」

「是呀，我給他們商量去，最好是要田。」

「康營長要是肯要田，我情願給他一頃，算一萬塊。他現在和秀才家結了親，你託人勸勸他，還是要田罷，我實在沒有現錢。」

馮二爺應著出去。煙榻上的進喜接著給老太太說道：

「你還是賣了田給他現錢比較合算，一萬塊錢不過賣上六七十畝田就夠了，一下子省下幾十畝呢。馮二爺說賣不動，是他怕麻煩的推辭話。不過慢一點，零碎一點，賣總是有人要的。這種錢，用不著一下子付清，一邊賣，一邊慢慢給他就是了。」

「你倒也想得對。教馮二爺酌量辦罷。」

進喜出來，把馮二爺拉到一邊。說：

「你真願意作田出去？」

「實在賣著費事。」

「你不要說夢話了！」進喜笑著說，「你不費事就能賺錢。剛才我已經幫你說過話了，還是賣。有點好處，不要忘了我。」

「你要肯幫我，那是最好了。」

「我們是彼此幫忙，誰也不要瞞誰。」

「這個意思好。老弟，」馮二爺拍著進喜的肩說，「明天到舍下，教你嫂子包水餃兒給你喫。我們也細談談。」

「包什麼水餃兒。嫂子現成的有個水餃兒，讓我嘗嘗就是了。」

樣樣事，我都肯。祇有教我戴綠帽子，我可是不受，你不要想錯了。」

兩個人開了一回玩笑，愉快地散開去。

轉眼又過年。年間，方天芷是愉快的，他已經把張繡裙安置在一個小房裡。這個女孩，從前是他的入門弟子，現在卻成了他的姨太太。有一個不愉快的是許大海。他看中了張繡裙，張繡裙也看中了他，方培蘭也同意他入贅給豆腐老張，豆腐老張也點了頭了。不料那方天芷捲土重來，憑藉了康子健的勢力和居易堂的財力，硬把那張繡裙又奪下去。許大海埋怨方培蘭：

「師傅，難道你還怕那康營長和居易堂？為什麼我不可以和方天芷爭？他是個什麼東西，有了大老婆，還要小老婆！偏我連一個老婆都沒有！師傅，怎麼事到其間，你向著人家，不向著徒弟？」

「不是這麼說，大海。現在還不到時候，這些小事情，我們不能不退讓一點。你是我自己的人，你就是我，我就是你。我不好教人家看出來，我凡事淨向著自己，寒了別人的心。我無權無勇，為什麼人家都聽我的，無非就是靠這點義氣。大海，你記住師傅的話，至少在表面上要顯得處處為人，不為自己，才能在江湖上立腳。」

「是的，師傅。這些話，是你早已教訓過我，我都知道了。」許大海極力抑制住自己的不平，含著眼淚說，「無奈我和張繡裙已經都有過關係了，再教她跟別人，我總不大甘心！」

方培蘭聽了這樣幼稚的話，倒不由得笑起來。這個雛虎般的許大海，不想在女人關口上竟是這樣的軟弱。他說：

「這又有什麼不甘心！我問你，你和張繡裙鬧關係的時候，她是處女嗎？」

「不是。」

「這就完了。女人家就是這麼一回事！她先歸方天芷玩，再歸你玩。現在又從你手裡再回到方天芷手裡去，將來焉見得不又從方天芷手裡再落到你手裡。玩女人，就等於拋皮球，拋來拋去，落到誰手裡誰玩。衹有傻瓜，才會在這上頭認真！」

「她已經一紙賣身契進了人家的大門了，怎麼還會再落到我手裡！」

「現在的事情，那可不一定。年頭兒正在變呢！照我看起來，所有這些大戶，都支持不了好久了。就說頭一個大財主居易堂罷，原先四十多頃地，幾年工夫，聽說牘下還不到十頃了。你說快嗎？你年紀經輕的，等著看罷。」

「師傅，你說的那是人家的事。我為了張繡裙，現在可真難過。要不是你老人家攔在頭裡，我真要用手槍打那方天芷了。你淨教我等，我等到什麼時候？」

「用不著鑽牛角！再另找一個就是了。女人，還不都是一樣的。林黛玉也好，潘金蓮也好，無非是那麼一塊肉。再說，真正討個女人做老婆，馱在背上，放不下，扔不掉，也沒有什麼意思。還是遇便兒玩玩罷！」

話雖是這麼說，許大海心裡總是不痛快。張繡裙直像一個釣魚鉤，正鉤著他的心。年前年後，一直地沒有好心緒。每天不論忙閒，總有幾次在方天芷的小房子大門前，走幾個來回，希望遇到張繡裙，可是總遇不到。大門老是關著，鬼影兒也沒有一個！

住在這裡面的張繡裙和方天芷，兩個人的心情也不大一樣。方天芷守著這個「新寵」，寸步不離，把她當作自己的靈感，要繼續完成他的五百首七律。他把凍爛了的兩隻手伸到張繡裙的臉上，說道：

「你看，我自從失掉了你，灰心灰透了。我每天坐在始祖祠堂的大松樹底下，立志要做五百首七律，寫出我對於你的一片相思來。我這手上腳上耳朵上的凍瘡，就是在那時候凍出來的。現在我有了你，一生的缺陷算是補起來了，本來用不著再作詩了。但我想到那個時候的苦楚，決計仍然完成那五百首詩，好作一個紀念。」

「這麼冷的天，為什麼到祠堂裡去坐著？」

「那裡清靜。」

「熱熱鬧鬧的倒不好，要那清靜幹什麼？」

「要作詩就得清靜。」

「為什麼？」

「不清靜做不出來。」

「做出來幹什麼？」

「為的我想你。」

「做了詩就不想了？」

「做了更想。」

「那你做他幹什麼？」

這問得方天芷無言可答。知道大約再解釋也沒有什麼用，話就不再說下去。「還是做我的詩罷。」他想。可是張繡裙雖然回來了，被她帶走的靈感卻彷彿沒有一同回來，方天芷的詩老是作著不大順利，貨出得很慢。方天芷有時連自己都不耐煩，急得抓耳撓腮，連連嘆氣。卻不料那張繡裙也有點煩躁。說道：

「天天這麼關著大門，待在房裡，恐怕不行罷。我看還是出去走走，串個門兒，說說話兒，才好過些。我真悶得慌了。」

「我在祠堂大松樹底下的時候，曾經有個誓願：萬一將來得你到手，我一定和你關在房裡，永遠不離開，一償那時的相思之苦。現在我就是在還那個願。」

「你還你的願，卻沒有想到會把我悶死！」

張繡裙覺得臉前裡這個人真有點奇怪，說話做事，教人懂也不懂。人家都說他有個神經病，倒怕是真的。她於是想起許大海了。許大海從來不做什麼詩，手上也不長凍瘡，每天說說笑笑，喜歡跑到哪裡去玩就跑到哪裡去玩，自由自在，一點也不拘束。

「我這要是跟了他，」張繡裙不由地想，「真不知道要怎樣地快活！我到這裡邊來了，不知道他想我不想。要是他想我哪，又怎麼樣呢？」

她抬起頭來，從玻璃窗望出去，天上不見一片雲，太陽發著溫暖的光。她想，「這樣好天，不出去走走，關在這房裡幹什麼？」

她又想，「這個人真古怪，我整夜地陪了他了，白天還要我陪！你夜裡要我有用處，白天要我幹什麼！」

她轉過眼去望望正在瞑目深思的方天芷，覺得陌生而又隔膜。「這算個什麼人？」她想。

她想得越多，越覺得糊塗。

二十三

許大海老是顛顛倒倒，排解不開。方培蘭說了他幾回，一點也沒有效驗。後來方培蘭氣起來，跳著腳要打他，罵他「混帳，不是東西！」，他反而從此不見師傅的面了。方培蘭滿腹牢騷，逢人輒道：「你看，養兒養女收徒弟，有什麼意思？為了個臭丫頭，情願不要師傅了。」

方祥千怕師徒兩個真的決裂了，再三派人去把許大海找了來。原來他躲在孟四姊的漢子家裡賭錢呢。那孟四姊自從被方冉武送了縣，押進監獄以後，牘了她丈夫劉斗子一個人在家裡無以為生，就把娼寮改為賭窟，約些不三不四的光棍，在家裡聚賭抽頭。許大海在這裡算是一個大賭家，一輸三百二百，面不改色。不但劉斗子笑臉捧著他，連那些賭棍都仰他鼻息，口口聲聲叫他許大爺，連起手兒來贏他的錢，去買白粉過癮。小狐狸龐月梅家現在大做白粉生意，劉斗子就是她家的推銷員之一。不久以前，為了代銷的貨帳不清，劉斗子被保衛團的張隊長柳河和陶隊副祥雲抓到公所裡去結結實實地打了四十軍棍。張隊長吩咐下來：

「你以後要再欠她錢，我就照一塊錢十棍，有多算多，有少算少，認真地打你！打了你，還得拿出錢來。不拿再打，直到拿出來為止。你記清楚了，別再馬虎！」

劉斗子受了這一場教訓，這才釘是釘，卯是卯，再也不敢賴帳了。

許大海戀戀不捨地推開賭局，一步懶一步地到師傅家來。祇見師傅在外頭學房裡陪著方六爺喝酒。見他來了，吩咐人添把椅子，一同坐下，方祥千就先說道：

「今天，我們把以前的話一句也不要再提起來。你的親事，放在我身上，等我來給你找個好的。要不教你看著比張繡裙好上百倍，也不算數。男大當婚，你並沒有錯。可是張繡裙既然已經跟了別人，那也就沒有法子，師傅勸你的話也是實情。你這心裡發悶也難怪。這麼著罷，我給你出一趟差，你到外面走走，也散散心去。」

「教我上哪裡去？」

「高家集。」

「高家集火車站嗎？」許大海一聽這個地方，就先有點高興。原來他活了二十多歲，沒有見過火車。

「是的。我有個朋友，原住在T城，多年肺病，如今一天比一天厲害。又窮，生活醫藥都成了問題。是我寫信給他，請他到這裡來養病。你到高家集去把他接了來。」

「這個人，」方培蘭接著說，「就是在T城領導工作的尹盡美。還有一個陪著他的人，是上海來的，順便來看看我們的工作，大約還有指示。你一路上要好好照護他們，不要多嘴亂說話。」

「尹盡美走了，T城由誰負責？」許大海問。

「我也還不知道，」方祥千說，「我想大約是董銀明。等他們來了就知道了。」

東嶽廟的大殿西頭，收拾出一間屋子，裡面裱糊一新，預備給尹盡美住。上海客人，方祥千因為自己的廳房辦了夜校，決定招待他住在方培蘭的學房裡。

「六叔，住在我這裡，祗有一樣不方便，我家裡沒有人會做菜。他們端出來的飯，連我和大海都不高興喫。上海來的人，怕不嘴尖得很。最好你老人家拿手的那燒雞，請他喫一回，也讓他知道我們方鎮不是含糊的。我說，六叔，我這好幾個月沒有喫到你老人家的燒雞了，想起來我就嚥唾沫。」

方培蘭說著，揚聲笑起來。方祥千道：

「那是自然，我一定請他喫喫燒雞。至於每天喫飯，找個人來燒罷。——我記得那一回在小狐狸家，就是康小八和康子健頭一回見面的那一次，那個菜弄得還不離譜。你知道不知道那是誰做的？」

「她家裡的菜，都是自己做的。她有一個老廚子名叫龐二明，說就是龐月梅的弟弟，菜倒是弄得不錯。」

「就借龐二明來罷。」

第二天一早，許大海就帶著雙套騾子轎車上高家集了。他在火車站上看了火車，大大地開了眼界之後，過了兩天，就在約定的地點和時間接到了尹盡美。上海客人，也說著和方鎮差不多口音的話，四十多歲，土裡土氣，倒像個鄉下教書先生。他自己介紹，姓侯名達，說：「你叫我侯大爺好了。」

尹盡美已經病得不能起坐，他是用帆布床從T城抬了來的。不用說，騾車是不能坐的了。許大海和侯大爺商量，僱了一頂四人轎子，帶了八個轎夫，輪著班抬他到方鎮。

侯達帶到的是一連串緊張的消息，國民革命軍從廣州北伐，順利地攻下兩湖。現在已經規復了南京和上海。國民革命軍的迅速進展，是和共產黨的利益相背馳的。這就像兩個人競走一樣，共產黨被遠遠地拋在大後頭了。侯達帶到的上級指示是：阻撓國民革命軍的進展，破壞國民黨的一切工作，不擇手段發展共產黨自己的力量。方祥千告訴侯達說：

「我們這裡沒有國民黨，可以說沒有。少數國民黨的中上領導階層，都在外面做官，沒有在本鄉地方上扎根。我們現在已經控制了所有的綠林，這都是『逼上梁山』的貧農佃農和遊民無產階級。我們的作法是：惡化地主和農民的關係，掌握綠林的武力，靜待時局的演進。」

侯達在方鎮一住兩月餘，他對於方祥千所能控制的綠林和駐軍的實力，發出衷心的敬佩。他說：

「鬥爭是離不開武力的。你的作法，將是共產黨成功的一條捷徑。」

然而侯達和尹盡美也帶來教人悲傷的消息，那就是加入廣東軍校一期的陶補雲已經在東征淡水之役陣亡了。對於這個極有希望的雛虎的夭折，方祥千比別人流了更多的眼淚。他請了八個道士在東嶽廟裡給陶補雲念了四十九天經，陶補雲的父親陶鳳魁和他的好幾個哥哥，輪流守在廟裡上香供飯，追悼這個首先犧牲的英靈。

侯達離去之後，尹盡美的病漸漸沒有希望了。方珍千自告奮勇，要給他醫治，斟酌了三天才立出一個方子來。方祥千拿過來一看，頭一味藥是生地二兩，他沒有看第二味，就放下了。卻去請小曹操曾鴻，根據他所淵源的陳修園，用八分人參的補劑來「投石問路」。不幸的是路還沒有問著，尹盡美就伸了腿了。

尹盡美的病逝，是方祥千自陶補雲陣亡之後的第二件傷心事。他老淚縱橫地說：

「八個道士，八個和尚，再請八個尼姑，多給他念幾天經。這是我們僅有的一個人才，他偏偏死了。從今以後，我們再也沒有人會唱俄文的第三國際歌了！連個俄文歌都不會唱，我們的臉上還有什麼光！」

「人已經死了，」方培蘭卻誠懇地勸慰他說，「你老人家就不必再儘著難過了。一個俄文歌有什麼稀罕！我們其蕙妹妹和天茂弟弟，去了俄國這好幾年，等回來了還能不會唱個俄文歌？恐怕連俄國話都會說，俄國孩子都會養了。你老人家等著瞧罷。」

然而時局的消息，卻愈來愈離奇了。說是國民革命軍攻入了T城，又被日本兵打了出去，張中昌跑了，日本人重新占領了T城C島和聯貫這兩地的一條鐵路。康子健接到師長的命令，要他這一營人隨師向南方撤退，聽候改編為國民革命軍。方祥千和方培蘭卻勸他不必走。

「日本人又來了，我們不藉機會給自己做點事，儘著跟人家跑什麼？你和革命軍有什麼淵源？改編來，改編去，就把你改編完了。」

方其菱也再三給他說：

「你要真想在這裡成家立業，這就是個機會了。這幾年，你已經扎下了根，一走，就連根拔了。你到哪裡再去找這樣好的地盤去？」

於是康子健就下了最後的決心，藉開拔為名，把隊伍拉到山裡頭去了。少數不贊成這一行動的人，都給他一一解決了。他從此實質上變成了康小八一流的綠林英雄，卻仍然住在鎮上，作了第二流紳士。在這個鎮上，祇有真正姓方的才有作第一流紳士的資格。

當地變成真空之後，方祥千就積極布置和日本人聯繫。他的目的有二：購進器械彈藥，輸入毒品。前者為擴張實力，後者為籌措經費。康小八年輕時候，曾在C島日本洋行裡做過事情，說得很好的一口日本話，也認得幾個日本人。他便親自到高家集去，又從高家集上T城C島跑了一轉，帶回了一個日本浪人名叫山本次郎的，在鎮上設立了一個山本洋行。這個山本次郎會說中國話，常穿中國長袍。他的洋行和高家集的日本駐軍直接聯絡。往來貨款，都由方培蘭派人護送。

小狐狸龐月梅賣白粉嘗到了甜頭。這一回竟異想天開，想要取得山本洋行各項毒品的「專賣權」。小叫姑龐錦蓮親自到山本洋行去，以購貨為由，對山本次郎大施其勾引手段，當天她就留宿在山本洋行裡。以後，山本次郎曾對方培蘭有所表示，他有意把所有毒品交給龐錦蓮總代銷。方培蘭當時對山本沒有任何表示，離開山本，到了保衛團公所，卻教張柳河陶祥雲兩個人送給龐家這樣一句話：「我不一定什麼時候，要拿她娘兒兩個的腦袋！」

龐月梅慌了，央及張柳河和陶祥雲兩個給方培蘭說好話：

「我們從今以後，再也不賣白粉了。我也不教錦蓮再看那山本去。培蘭大爺說怎樣就怎樣，我什麼時候敢駁回來？大爺有話，祇管吩咐，千萬不要生氣。難道我們娘兒兩個還是外人嗎？」

方培蘭得了這個回報，點點頭說：

「好，她心裡明白就好。你們兩個和她們有交情，也要時常開導她們，不要讓她們財迷轉向，迷了心竅。山本這個人，我是容易弄了來的嗎？」

「是的，大爺。」張柳河說，「我事先一點也不知道這個消息。我要知道，還能不攔住她們？這個小叫姑真比她娘還要潑辣，就自己去找上山本了。」

「大爺，你祇管放心！」陶祥雲也說，「她要真敢礙手礙腳，我先炮了她！」

「不要說笑話罷！」方培蘭笑笑說，「你能捨得炮了她？」

一句話把陶祥雲說急了，他脹粗了脖頸。說：

「大爺，在你跟前，我怎麼能說笑話？你不信，我這就炮個樣兒給你看。不過是個賣貨，又不是老子娘，我有什麼捨不得！」

「那也犯不著。」方培蘭說，「留著她們，用處多得很呢。祇教她不要做我的反叛就是了。」

那山本次郎一連幾天不見龐錦蓮上門，就有點「心不在焉」起來。晚上，喫下大量的白酒之後，越發忍耐不得。就教洋行裡的夥計田元初去找她。這個田元初也是方培蘭的徒弟，二十來歲，聰明伶俐。方培蘭把他薦給山本次郎，名為當夥計，實在是監視山本的。龐錦蓮一進山本洋行，就看穿了這個關係，施出手段來籠絡那田元初。田元初心裡也很喜歡這個女人，祇礙著臉上有點不好意思，沒有和她十分親近。這幾日，龐錦蓮不來，他心裡也覺著不自在。這時山本教他去找她，他就一路興興頭頭地去了。

他等在外院的客室裡，小叫姑從裡面出來見他。原來她內院裡正有客人呢。

「小弟，你來這裡幹什麼？」小叫姑一見田元初，就笑吟吟地在他的腮上擰了一下。「你也學著來打茶圍？」

「山本教我來找你。你怎麼幾天不去了？」田元初紅著臉說。

「我家裡忙呢！你告訴他，我實在沒有空兒出去。等過幾天，我有空就來。你也不用來找我了。」

「這麼告訴他，他不會答應罷。」

「他不答應也沒有辦法。除非是他到我這裡來還可以。可是話說得明白，是他自己願意來找我，不是我找他來的。」

「那還不是一樣？」

「自然不一樣，分別大得很呢。」

龐錦蓮見田元初手裡拿著一支又明又亮的短棒兒。就問：

「你手裡拿的是什麼？」

「手電棒。」

「怎麼叫手電棒？」

「你看，這麼就亮了，照著走路，比打燈籠方便。」

龐錦蓮接過去試著照了照，看了又看，覺著很新奇。問道：

「你哪裡弄來的？」

「是山本的。」

「既是山本的，你留下來給我罷。」

「我要照著回去呢。而且他也沒有說教我留給你。你要，當面給他要去。」

「噯呀呀，什麼大了不起的東西！我說，小弟呀，真看不出你來，心眼兒這麼死！你還說認我做姊姊呢。」

龐錦蓮說著，跑上去抱住田元初就親了個嘴。田元初沒有辦法，祇好把手電棒留給她，自己打個燈籠回去。山本次郎知道龐錦蓮不肯來，便移樽就教，自己到她家裡來。龐錦蓮把他招待在外院裡住了一夜。她自己卻不時地往內院裡跑，出來一會又進去，進去一會又出來，忙得了不得。山本次郎一夜也沒有睡得好，就動了個念頭，覺得要玩這個女人，非把她據為己有不可。

第二天早上，用早點的時候。山本問道：

「我看你生意很忙。你一個月大約可以賺多少錢？」

「也不一定。有幾千的時候，也有幾百的時候。」

「譬如現在我想把你包下來，一個月你要多少錢？」

「我不包給人家。」

「為什麼？」

「我的客人很多，伺候了一個人，豈不冷落了別人？」

「不過是為賺錢罷了，誰還不是一樣？」

「我冷落的人多了，就賺不到錢了。」

這說得山本次郎很覺得沒有面子，他有點惱了，說話的聲音不覺高起來。

「我一定要包你！」

「你一定要包我？」

「是的。」

「不包不行？」

「是的。」

「那是我自己不能作主。」

「誰作主？」

「方培蘭大爺。」

「你是他的人？」

「並不是說我是他的人。因為他是我們鎮上的頭腦，大家都尊敬他，服從他，凡事都聽他一句話。」

「那好，我找他說話去。祇要他答應，你就沒有問題了，是不是？」

「是的。」

為了「敦睦邦交」，方培蘭沒有法拒絕山本次郎這一要求。三面談妥之後，祇賸下一個房子問題尚待磋商。原來山本次郎有了那一夜之間的痛苦經驗，發誓不肯住到龐家來，龐錦蓮則嫌洋行的房子太偪促，也不肯住洋行。調停下來，決定在洋行附近另覓一個住處。

龐錦蓮指定要住養德堂的房子，說祇有他家的房子好，也祇有他家有空房子。自然，這祇是表面的理由。她內心的真實原因，是為了養德堂在保衛團公所對門，她希望不要冷落了陶祥雲。她心裡明白，這個日本鬼子豈是白首偕老的對象，沒有為了他得罪自己的知心熟客的道理。但這一提議，遭受了養德堂正主方八姑的嚴重反對。她說：

「我家裡的房子，就算點上火燒了，也不借給賣淫的女人住，尤其不能借給日本鬼子住！」

無論怎麼勸說，怎麼疏通，她的立場是堅定不移。這使得山本次郎大大的惱火，他跺著兩腳說：

「看我不請了皇軍來，用炮打平你這鳥房子！」

方八姑的惱火比山本次郎更甚。她乾脆說：

「最好打平了，偺們兩家都不要住，省下多少是非。」

張柳河隊長好歹把山本次郎勸著回去，在龐錦蓮內院裡擺下一桌酒，替他消氣。張柳河說道：

「山本先生，你和那個野姑娘吵什麼！你不知道她一家全是國民黨，國民黨要打倒帝國主義，你們日本人就是帝國主義。她要打倒你呢，怎麼還肯借房子給你住！」

「她想打倒日本嗎？」山本次郎悻悻地說，「日本皇軍消滅她。」

「是呀，他們太不知道自量了，總有自食其果的一天。」

一個桌子上，異口同聲地詛咒了一會，山本的氣慢慢平了。最後還是方培蘭作主，吩咐龐錦蓮道：

「你就暫時先住在洋行裡罷。人家日本人都住得，你還有什麼一定住不得！什麼事都好說，現在最要緊的是不要冷落了人家日本人。」

從此，小叫姑龐錦蓮歸入了日本人山本次郎的懷抱。但她除了夜間住洋行裡，白天總還是回到龐月梅那邊去，瞞著山本，照舊應接客人。有那想和日本人打交道的，都走她的門路，因此她的生意更加興旺了。連龐月梅也沾她的光，應接不暇起來。她每次見到山本，總逗著他叫她兩聲丈母娘。山本也知道孝順這個丈母娘，常常把整盒子的白粉送給她過癮。她越來越蒼白，越來越瘦了。

山本次郎卻是老記著那個倔強的方八姑，這是這個鎮上唯一有膽量敢於和他對抗的一個人。他說：

「我的丈母娘呀，你給我想想，有什麼法子懲治懲治那個方八姑。我和什麼人都商量過了，都沒有好主意，衹臢下還沒有領教你了！」

「這些事情，你來問我，那可是白問！我聽說人家方八姑，正正派派一個人，你和人家為難幹什麼？房子呢，人家借，是個人情，不借呢，是應當。我勸你把度量放大點，不要老想著報復罷。」

小狐狸龐月梅年齡大了，閱歷深了，鴉片白粉又抽得多，已經到了火氣全消的地步。因此，看見年輕人火旺氣盛，總覺得好像沒有必要似的。這時候，她勸山本的話，倒是出於真心的。但她又怕山本聽著不對胃口，招起反感，就又轉個口風。說道：

「這是我老沒出息的話，你們年輕人，未必聽著合適。真正要想報復呢，那還不容易。這個方八姑雖然也姓方，在鎮上可是極其孤立，他和人家不合群，人家都不理她。她幾個哥哥都在外邊做官，就算有勢力，現在這個時候，勢力也使不到這裡來。你要報復，還不是憑你！」

「我打算請高家集的皇軍來抓她去，你看行嗎？」

「那要問方培蘭大爺，他答應了就成。」

「你是說他要不答應，皇軍不能來？」

「他有人有勢力呀，他要攔在頭裡，事情就棘手了。」龐月梅一邊解釋，一邊又怕山本誤會，忙說，「好啦，好啦，你是我的好女婿，不要和我商量這些事情罷。我祇要有口鴉片煙抽，什麼事都不管。」

「你這個老滑頭！」山本次郎說著，哈哈笑了。

得了方培蘭的默許，高家集的日軍分了一小部分駐到鎮上來。方家大戶們，以保衛團公所為代表，在方祥千方培蘭的主持之下，殺豬宰牛，大事招待。帶領這一部分日軍的是一個「河田隊長」。河田隊長矮矮胖胖，留著短髭。幾杯酒下肚之後，教山本次郎給他翻譯，發表了一篇「日支親善」的演說。

「張中昌督辦是我們大日本的好朋友，革命軍要打倒張中昌，我們大日本皇軍當然要幫張中昌的忙。這是『日支親善』的最好表現。

「你們這鎮上，都是張中昌的好百姓，也就是我們大日本皇軍的好百姓。今天在座歡迎皇軍的紳士們，都是大日本皇軍的好走狗。狗是頂頂好的，你們要學狗，狗對主人最忠心。

「我聽說你們這鎮上也有反日分子，那是國民黨，國民黨是反日的。我這一次帶部隊到這裡來，就是為了要消滅這些反日分子。

「你們支那不能離開大日本單獨生存。沒有大日本保護你們，白種人早來亡你們的國了。支那人反日，就等於反自己。唯有頂頂糊塗的人，才做這樣的糊塗事。

「我的責任，是要替你們殺盡這些糊塗人。這些糊塗人一日不殺盡，你們就一日不得安居樂業。

「你們要感恩皇軍，替皇軍做忠心的狗！」

在座的「紳士」們，恭聆訓示之後，無不唯唯。河田隊長在鎮上一住五日，大大提高和加強了山本次郎的地位。一個清晨，他帶著原來的小部隊回高家集去了。

他回防的時候，什麼也沒有要，祇用騾車載走了方八姑。他認為這是這鎮上唯一反日的危險人物。

「她是國民黨！」

二十四

自從方八姑和山本次郎直接衝突之後，第一個心裡不安的是謝姨奶奶。她把正在火爆的方八姑拉到自己後面的住室裡，讓她喝兩口茶，氣消一消。然後說道：

「姑娘，快不要生氣了。東洋鬼子有什麼好東西，他們哪裡有道理好講，不理他算了。沒的倒氣壞了你自己。」

她是最能了解方八姑的個性的，當著她正在氣頭上的時候，總是依順著她。待她氣消下去了，就委屈婉轉地另有一番話說。

「可是，我的好姑娘，年頭不對了。現在是他們的勢力天下。像我們這種人家，你我兩個女人，得罪了他，還怎麼能過得成日子！」

不想她的話剛開頭，方八姑就又有點動肝火，她對於任何事情總是和老姨奶奶的看法有些不同。她說：

「像這樣的日子，還過他幹什麼！我原是不想過這日子了，我過夠了這日子！我怕得罪他？我正要和他拚一下呢！」

「不是這麼說，我的好姑娘！」謝姨奶奶急著說，「我們能拚得過他嗎？你看著這鎮上，所有這些出頭露面的人物，有哪個不是幫著他的？不是他們挑唆，他一個外國人，人生地不熟，就會知道我們家裡有閒房子，就會敢找上門來鬧！我看，我的好姑娘，你就讓他一步算了。房子呢，閒著也是白閒著，讓他兩間住了罷！」

「那是除非我死了！」方八姑斬鋼截鐵地說，「祇要我有一口氣在，你就莫想！什麼東西！土匪、妓女、土豪、劣紳、地痞、流氓、東洋鬼子，打成一片，除了欺壓糟踐善良老百姓，他們還會幹什麼？我偏偏就不服氣他們，我偏偏要碰碰他們，看他們能把我怎樣！我情願犧牲我自己，為天地間留一線正氣！要不，真教人看出來我們姓方的沒有人了！」

「罷罷，姑娘，又是這一套！你看，連人家祥千六爺——這可是你們方家有名的飽學，老資格，人家都隨和著，和日本鬼子混在一起了。你還彆扭什麼！我聽說，可也不知道是真是假，人家都說，康小八——這個大土匪——在小狐狸家裡大請客，祥千六爺都在座呢！這如今還有什麼是是非非好講，馬虎點，過去算了！你儘著得罪他們，他們哪裡是那有器量的，能不報復？你的哥哥們又都在外邊，萬一有個三長兩短，誰是個幫忙你的！」

「好了，我的姨奶奶，」方八姑不耐煩起來，「再也不要說這些廢話了！我已經給你說得明明白白，我出上這條小命，和他拚了，什麼我都不顧忌了！」

說著，氣哼哼地走開去。

謝姨奶奶越想越不是事，越想心裡越怕，派人下鄉教曾鴻上來。第二天，曾鴻趕到了，謝姨奶奶把八姑娘和日本人正面開了火的事情，原原本本告訴了，把曾鴻嚇了一大跳。他說：

「這可不是玩的。這樣一來，養德堂這個人家就算後患無窮了！老姨奶奶，莫怪我多嘴，姑娘嬌生慣養，脾氣太壞了。可是在家裡鬧行呀，怎麼都行。這對外，尤其是對日本人，可不行呀！」

「我也這麼說呀，你知道，我總是勸她的。無奈她不聽，我也沒有辦法。要麼，你再勸勸她？」

曾鴻聽了，連連搖手說：

「我一開口，她脾氣更大了。等我去找找培蘭大爺，大家商量商量再說罷。事情總要有個解決的辦法才成，否則是後患無窮！——唉，你看，老姨奶奶，我下鄉去了這些天，回來了還沒有問問，你的病怎麼樣了呀？」

「這兩天，正不好呢！」謝姨奶奶皺著眉說，「自從日本人來吵鬧，把我嚇得一直心跳得人發慌。急等著你回來，給我弄個方子喫兩帖藥呢。」

「好，等我試試脈看。」

好半天，脈試完了。曾鴻到外面學房裡，用一錢神麯，五分硃砂為主，湊成一個方子，派人取藥去。他自己為了主人的事情，並不耽擱，一逕找方培蘭去了。

方培蘭一見提到日本人的事情，就不肯認帳。

「曾二爺，」他說，「下回你有別的事情要我辦，祇管告訴我一聲就是。這個日本鬼子的事，我是一概不過問。你不知道，如今的人心壞了。外頭閒言冷語，都說這個山本次郎是我託人請了來住在這鎮上的。這個話，可是存心栽我！我請個日本人來幹什麼？我和他是親？是友？他來了我有什麼好處？曾老二，你是明白人，你倒說說我聽。」

曾鴻一聽這口氣，就覺著這個話不容易說得進去。祇得繞個彎子。說道：

「這麼著，大爺，我們家正主兒都不在家，祇賸下這位八姑娘在家裡過日子，這也算大爺你的一個妹妹。你的妹妹栽了觔斗，喫了虧，難道大爺你臉上就有光彩？你看在她幾位哥哥的分上，也得替她料理料理呀！」

「她自己不肯下氣，曾老二，你說教我怎麼料理？」方培蘭反問一句。

「為了我實在想不出辦法來，」曾鴻賠笑說，「才來煩你老人家呀。你老人家就不要再客氣了。謝姨奶奶再三教我拜請大爺。如果用得著花錢應酬，祇要能免災，大爺祇管吩咐，多少都成。」

「你是有名的小曹操，足智多謀，連這點事情都布擺不開嗎？」方培蘭說著笑了。

「我祇會打小算盤。真遇見正經事情，就不行了。」

「那麼我就替你出個主意。這個主意連一文錢都用不著，管保千妥萬當。」

「是怎麼個主意，大爺你就說罷。」曾鴻急著問。

「何不來一個調虎離山，教她出門去住一住？進城去，到T城，上C島，都行。祇要她走了，這家裡的事情，還不是由著你辦嗎？」

曾鴻聽了，不禁拍手叫好道：

「好計，好計。大爺你真行，我們就這麼辦！」

曾鴻回去通知了謝姨奶奶，兩個人計議了好久，預定了許多步驟，然後謝姨奶奶才和方八姑說話。

「鎮上是漸漸不太平了。城裡的房子空著，也該去看看，修理修理。遲早我們要搬到城裡去住了。姑娘，你就先進城去看看罷！」

「城裡和鎮上還不是一樣？真要是鎮上不能住了，城裡也不見得就能住。我不去！」方八姑肯定地說。

「那麼，你三哥在C島，你到C島去和你三哥商量商量。在C島弄個房子，我們就住C島罷。」

「我和三嫂子弄不來。而且C島生活程度高，你憑什麼去住在那裡？我不去！」

「那麼，你看T城可好？」

「T城也沒有這鎮上好。」

話說得多了，方八姑就全然明瞭了謝姨奶奶的意思。她冷笑了一聲說：

「你打算調虎離山？我走了，你好在家裡隨和他們。這一定是曾鴻那個『賣國奸臣』替你出的主意。我準知道，我一走了，日本人就住進來了。是不是？我偏不走，我守在這裡，看他能不能進來！」

「好姑娘，你這麼說，我倒是向著日本人，不向著自己了，哪有這個道理？我想著你既然在家裡彆扭，不痛快，還不如外面跑跑，散散心去。」

「彆扭就彆扭罷，我反正是不走開！」

以後，曾鴻又接連想了許多辦法，但都沒有能夠移動方八姑的決心。方八姑和方金閣的大女兒平素極其要好。方金閣的大女兒在城裡出嫁，方金閣親自跑了來，要接八姑到城裡去喫喜酒，住一住，陪陪將嫁的女兒。連方金閣都沒有想到，她會抹了自己這個老面子，斷然拒絕了這一約請。

方八姑雖然並不喜歡文藝，但她平素卻極崇拜方通三，認為方通三是當今文壇上第一流小說家，也是他們方家這一族中少有的人才。她常常說，如果有機會，很願意到T城去，在方通三家裡住幾天，親自看看這位大文豪的日常生活。這一回，方通三有信來給她了，約她到T城去。信裡說，「我已經在我的書房隔壁的一個幽靜的房間裡，為你準備了住處，我熱切地希望你來。」這自然是一個極大的誘惑。然而方八姑謝絕了這一誘惑。她的理由是：我不能離開，我一離開，日本人就住進來了。

等到河田隊長和他所帶領的小部隊住到鎮上來以後，謝姨奶奶和曾鴻就不惜和她大吵大鬧，硬要逼著她躲一躲，甚至於要用強力把她綑起來抬走了，她依然堅定不移。她說，「這好比是我的最後一道防線，我寧死也不離開！」謝姨奶奶急得哭了。說：

「日本人有什麼理可講，他們宰了你又算什麼！」

「我是要他們宰了我，宰了我正好。」

「那可是白死！」

「我要教日本人知道：我們這裡不衹有土匪、妓女、土豪、劣紳、地痞、流氓，也還有百折不回的硬漢子！」

「你充了這個硬漢子，又有什麼意思？」曾鴻也忍不住說。這位姑娘的這股彆扭勁兒，他真有點受不了了。

「這個你不懂！」方八姑冷笑說，「我所代表的是一種正氣！天地間不能沒有正氣！」

「得了，姑娘，什麼正氣不正氣，你防著不要喫眼前虧要緊。」

方八姑搖搖頭，不願意再說話。直到日本兵闖進來逮她，她鎮定地跟了他們出去，她始終沒有再說什麼話。

謝姨奶奶是哭了又哭。她絮聒著說：

「你看，養兒女有什麼用？我養了七個兒子，個個成材，個個有辦法。祇可惜事到臨頭，他們都不在我眼前，救不了我的急。他們但有一個在家裡，也不至於發生這樣的事情。也沒見我們姑娘這樣的女孩子，別人的好話一句也不要聽，睜著兩眼，硬著頭皮，自己往火裡跳！」

她又怪曾鴻：

「你也不替我打算打算看，怎麼想辦法救她回來呀！你快跟到高家集去，寫信到C島約會著三爺，無論如何要把她救回來！」

曾鴻急得直搓手，聽了謝姨奶奶的話，嘆口氣說：

「老姨奶奶，我哪裡是不知道要救她！這一到高家集去，要花錢呀！沒有錢，怎麼能辦得這等事！」

「我的家當都在你手裡，要用錢，你自己想辦法去。救她回來，越快越好！一個大姑娘家，名聲要緊！」

「是呀，老姨奶奶，我也知道大姑娘家名聲要緊！祇是這份家當，現在祇還有兩頃多地了。一來二去，快要完了，你也沒有想想以後怎麼辦！」

「以後的事以後再說。我許多兒子都有本事，難道我還愁著沒有一碗飯喫！罄我所有，祇要能把她救回來，你就算對得起我了。」

曾鴻討下這個口氣來，忙說：

「既是這麼著，我想法子去。可是有一樣，日本人的事情，我可沒有準兒。要是辦得不圓滿，老姨奶奶你不要怪我才好！」

「不要儘著說這些廢話了，你忙你的去罷！」

曾鴻忙到街上，在和他有來往的商家對付了幾百塊錢，央及方培蘭派了一個人，坐騾車送他到高家集去。日本軍隊都集中住在火車站附近，曾鴻卻在集子裡頭找了一家小客棧住下來。略略休息，想著第一件事情自然是請三爺來，照他的意思行事。以免萬一有了差誤，自己擔不了這個干係。街上買了一套信封信紙，給店家借了筆硯，藉著一點點煤油燈光，就寫起信來。曾鴻雖是熟讀三國演義，文理上卻不很高明，寫了半天，還不過三行。文曰：三少爺大人福安曾鴻今天到高家集住在××客棧為日本軍事十分緊急八姑危在旦夕請三少爺速駕前來共策進行。

正在苦思不得下文，外面有重重的皮鞋聲走來。曾鴻機警，把這張未寫完的信向枕頭底下一塞，忙站起來。就見兩個挎著腰刀的東洋兵走了進來，後面跟著幾個中國人。其中一個，曾鴻認得，就是客棧的掌櫃。掌櫃說：

「這位曾先生，下午剛到的。」

另一個中國人就向那日本兵咭咕了兩句話，這個大約是「通事」了。這位通事望望曾鴻。問道：

「你從哪裡來？」

「方鎮。」

「哼，你從方鎮來？」

「是的。」

「聽說方鎮有革命黨。」

這說得曾鴻真有點摸不著頭腦，不知道怎麼回答才好。他喉嚨裡嗯嗯了一陣子，沒看說出什麼來。

「怎麼樣呀，」通事有點不耐煩了，「問你話呀！方鎮有革命黨嗎？」

「沒有罷。」曾鴻忙賠笑說，「我是實在沒有聽說過。」

「你這是在寫什麼？」通事指著桌上的筆硯說。

「想寫封信，還沒有寫。」

「寫信給誰？」

「給我家三少爺。」

「你家三少爺是幹什麼的？」

「在C島港務局當工程師。」

通事一邊問話，一邊順手翻他的鋪蓋，枕頭底下翻出那張沒有寫完的信來。他看了又看，然後問道：

「這是你寫的了？」

「是的。」曾鴻心裡一陣跳，嘴裡卻答應著。

「你這『為日本軍事十分緊急』是什麼意思？」通事睜大了眼睛，嚴肅地問。

「為了我家八姑娘，」曾鴻極力鎮定著說：「被這邊日本軍隊帶來了，我心裡十分緊急，所以請三少爺來想法子營救。」

通事點點頭，把那張信向自己的口袋裡一塞，和兩個日本兵說了幾句曾鴻聽不懂的話，就揚長而去了。曾鴻鬆一口氣，像遇了大赦一樣，在床上躺下來。不明白他為什麼帶走了自己的信。「這難道會出毛病？」他想。

然而無論如何，三少爺的信是一定要寫的。曾鴻爬起來，重新再寫這封信。因為剛才那通事特別問及「為日本軍事十分緊急」這句話，這一次就不要這句話。祇說：「為八姑危在旦夕」，請三少爺快來。

寫好，放在桌子上，預備第二天一早寄出去。正在收拾就寢，客棧掌櫃陪著剛才那位通事回來了，這一回卻沒有別的人。掌櫃說：

「曾先生，來認認這位通事爺，你們是一家子呢。」

「噢，請坐，原來通事爺也姓曾？」

「是的，」通事在床沿上坐下來說，「不是為了本家，我怎麼肯替你幫忙。」

曾鴻有點茫然。掌櫃接過去說：

「曾先生，剛才你那封信上，寫著日本軍事，約人來攻日本軍。通事爺沒有照實給日本人講，要是講了，你是個槍斃的罪。這個忙，通事爺算是給你幫大了，你難道不知道？」

「沒有的話，」曾鴻直跳起來，急辯道，「我哪裡有約人來攻日本軍的話，通事爺你不要看錯了！」

通事爺望望掌櫃，冷笑一聲。說道：

「你看，我說得對了罷？人是『黑心蟲』，萬萬救不得。我剛才倒一片好心救了他一條命，他這回反倒說我看錯了他的信。這種人還能算朋友嗎？」

「不，不，通事爺，」曾鴻一看顏色不對，連忙改口說，「是我一時心急，把話說冒了。通事爺你別見怪！你的好心，我是完全知道，我一切聽從你就是。我正有事情求你老幫忙呢。」

「這麼著，曾先生，」掌櫃說，「知恩不報非君子，大丈夫第一要光明磊落。剛才通事爺替你遮蓋了這麼一件大事，你也總得謝謝人家，才是道理。你們方鎮養德堂家，誰不知道是數一數二的財主，你替主人家辦事，又不花了你的。你何必不多交幾個朋友。」

「是的，掌櫃，我是話已經露明白，我不但要酬謝剛才的事，我還有別的事情請通事爺幫忙。錢呢，我有，隨身帶的可是有限。要用得著，回去拿就是。」

「那麼，」掌櫃說，「既然彼此都是朋友，到我櫃房裡去談談罷。那邊有個大煙盤子，曾先生，你也抽兩口解解乏。你這一天騾車，也坐得夠受了。」

三個人親密地細談了大半晚。掌櫃姓蔡，高高的身量，他卻有個哥哥比他更高，因此人家都叫他做蔡二個子。這個蔡二個子也有個幫，也收徒弟，算是高家集上的一虎。當夜議定，曾鴻拿一千塊錢把那封未曾寫完的信買回來，通事幫忙打聽方八姑的消息，酬勞使費隨時另議。

第二天一早，曾鴻發出兩封信，一封給C島的三少爺，另一封給他的大兒子，教他籌現款，速送高家集備用。過了兩天，C島的回信來了，因為曾鴻的信沒有能寫得明白，三少爺弄不清楚是怎麼回事，信上教曾鴻到C島去一趟。曾鴻不敢怠慢，搭火車往C島去。到了C島，曾鴻提著皮包。隨著大群旅客下了火車，跟出站去，打算僱一輛東洋車到三少爺公館裡去。剛走了沒有幾步，迎面來了一個日本憲兵，照準曾鴻臉上打了兩個巴掌。打得曾鴻眼裡冒金星，差一點沒有栽倒下去。曾鴻站穩了，定定神，正要聽候發落，那個日本憲兵卻又大踏步揚長走了。

曾鴻見到三少爺，報告了八姑的事情，三少爺氣得直跳腳。日本人原是不可理喻，他倒不氣，他恨的是方鎮上那些喪盡天良的敗類，裡勾外合，出賣了自己的八妹。

「曾鴻，你在這裡住幾天等等著。」三少爺說，「我們的局長和這裡的日軍司令官很要好。我託他去說說看，請他們司令官去個電報，大約就沒有事了。」

曾鴻又見了三少奶奶，就安心住了下來。過了幾天，回話來了，高家集日軍已有回電，說根本沒有這回事。曾有小部隊去方鎮巡邏，是實在的。但這個小部隊回來的時候，並沒有帶回什麼人來。

三少爺是沒有辦法。曾鴻回到高家集，問曾通事，曾通事也說打聽不出這位八姑的信息來。蔡二個子說道：

「老曾，你說拉你們八姑的騾車是你們鎮上趕腳的。那麼你先回去，追問追問那趕車的，到底把你們八姑拉到哪裡去了。這麼一問，不就有了頭緒了嗎？我和曾通事爺也在這裡替你打聽著，有消息我們就寫信通知你，我們聯絡著點兒。想來總沒有找不到的人。我說句你莫嫌惡的話，就算人死了，也還有個屍首呀。」

「是的，老曾，」曾通事也說，「你回去照呼那邊。這裡的事情交給我和蔡二哥了。我們還是外人嗎？」

曾鴻謝了他們，回到鎮上去，那拉走八姑的騾車一直沒有回來。這樣，方八姑就算下落不明了。曾鴻告訴謝姨奶奶說：

「我看，解鈴還得繫鈴人。這事情，不找山本次郎是沒有辦法的。祇好託託那小叫姑龐錦蓮，就在她身上花幾個錢罷。房子，讓給他們住。我在C島的時候，三少爺說來，請你老人家馬上上C島去住。將來八姑找到了，也住C島，鎮上這一分家，交給我照看。」

「我這時不上C島。等姑娘回來再說罷。你說你要找那什麼小叫姑，你去找就是。」

過了幾日，在曾鴻的誠意邀約之下，山本次郎和龐錦蓮就住到養德堂的前上房裡來了。這原是方八姑住的地方。謝姨奶奶原住在後上房裡，這時仍然住在後上房裡。方家大戶的老規矩，前上房是這一整個宅院的「主房」，姨太太是永遠沒有資格住的，就算空著，她也不能住。不想這時候這個名分森嚴的主房，被日本鬼子和賣淫婦住了。謝姨奶奶想著，也覺得傷心。

龐錦蓮也曉得禮貌，住進來之後，先到西跨院裡去拜望方其菱。她心裡想，「我到底看看康子健這個老婆是個什麼神道。他自從討了這個老婆，對待我比從前冷得多了！」

拜望過方其菱之後，又到後上房拜望謝姨奶奶。謝姨奶奶拿出全副精神來接待她，捧得她高高在上，再三託她央及山本次郎設法找方八姑回來。謝姨奶奶說：

「等她回來，我帶她上C島去住。我情願把這一所大宅子送給你，這就算是你的了。」

「這可是姨奶奶說笑話，」龐錦蓮笑道，「這所房子真要給了我，年年修理我也修理不起，我有這個福分嗎？」

「龐姑娘，我聽說你如今也是個財主了。這樣的大宅子正配你住。」謝姨奶奶滿面春風地一力恭維她。

龐錦蓮答應幫忙，山本次郎也答應幫忙。然而時間一天一天地過去，方八姑終是消息杳然。

二十五

陸續而來的時局消息是：革命軍的順利進展，武漢和南京的分裂，共產黨操縱了武漢政權，最後是雙方的由分而合，共產黨被踢了出去。方祥千和他的黨羽們，隨著這些盪開的波紋，時而一喜，時而一憂。他們所慶幸的是有日本軍隊近在眼前，不期然而然地作了他們的掩護。局外人永遠估不透他們的真實內容，以為不過是一群又一群殺人放火的綠林而已，誰也想不到在這個灰色的軀殼裡面，還有什麼政治目的。——他們因此得以滋生潛長。

然而日本軍終於撤走了。隨著填過來的是革命軍的武裝部隊，和國民黨的各級組織。曾經在武漢政權的尾巴上搖旗吶喊的那些老老少少男男女女的粉紅色以至紅色的分子們，裝扮成另一種姿態，零零碎碎地散開了，散到每一個不被人注意的偏僻的角落。有的在那裡怕死偷生，苟延殘喘。有的在那裡待機而動，準備作一個英勇的布爾塞維克之神，之鬼。慘劇時有發生。

方鎮東邊的巴家莊上，巴二爺的大兒子巴成德，在武漢政權裡鬧了些時候，樹倒猢猻散，悄悄地回老家來了。方祥千最近和外邊隔絕了，幾次想找他談談，打聽打聽目前的革命行情，然而巴成德拒不與他見面。這因為地方上少數明眼人對於方祥千的這一套漸漸有點摸著頭緒了。「原來你是幹這個買賣的！」巴二爺囑咐了大兒子，方祥千就喫到了閉門羹。

巴二爺深愛他的這個鋒芒畢露的大少爺，為了收他的心起見，用最快的速度，給他訂下一門親事。選了一個最近的日子，一頂花轎，鑼鼓喧天，把新娘子親迎了回來。不想在巴家莊莊外不足三里之地，有便衣武裝攔截住，把巴成德從轎裡拉出來，立時砍了腦袋。

危機已經臨到方鎮的邊緣了。

方祥千和他的黨羽們估量著這個形勢，對於他們甚是不利，就頓時斂跡起來。東嶽廟的辦事處取消了，眾星夜校停辦了。方祥千跟著他的老弟珍千學著抽鴉片煙，每天晚上在大煙盤子上教他的第二個女兒其蔓和唯一的兒子天苡讀古文觀止。他常常有意無意地說：

「吳稚暉先生說得對，中國要行共產，起碼要一百年以後。從今天起，我要奉法西斯了。我們中國今天所缺少的就是墨索里尼那樣的一個領袖。鄉下三家村冬烘先生所說的沒有真龍天子出世，天下便不得太平，正是同樣的意思。」

他於抽鴉片之暇，也時常到後園子裡去，掘幾支竹子，連根削做手杖，雕上各樣的辭句，寄一時之興。他為了夫人常常生病，就揀了一支最細的竹子，刻上「祝細君常健」五個字，以為夫人祝福。不想剛剛雕好，正自得意的時候，被天苡一把搶過去折斷了。方祥千因此大大不滿意天苡，說這個孩子將來一定是個梟獍。他發狠說：

「好不好，我先把你宰了！」

見為了一支小竹子，這麼對待兒子，夫人又不合意，不免說些閒話。她道：

「你這麼大年紀了，還不免孩子氣，怎度怪得那小孩子！竹子，後園裡有的是，什麼稀罕東西！」

「我不是為了竹子，我是為了竹子上刻的那五個字。那五個字是祝福你的健康的。我看你多病多災，希望你長命百歲。不想他一下子給我折斷了，這就不是好兆頭！你說他不該打？」

「罷，罷，罷！你少作踐我點也夠了，我用不著你來祝福！什麼長命短命，管他怎的！」夫人說著，連連呸了兩口。

方祥千一片好心，招得夫人大發牢騷，不禁叫屈起來。

「原來你們女人這等沒有良心，這等可惡！怪不得培蘭一天到晚後悔不該娶了老婆，生下孩子！我這才知道，原來他倒是對的。現在，真是連我也有點後悔了！」

然而不如意事正接踵而來。T城來的可靠的消息，汪大泉汪二泉這兄弟兩個——真正工人出身的布爾塞維克，受不了當局的壓迫，已經自首了。兩個人供出了大部分的組織關係，親自領著「肅反」人員捉去了好些同志。眼看他一手培植的基礎，從T城到方鎮，幾乎已經蕩然無存。方祥千所受的打擊實在是夠重的。此外，理論上的動搖，也使他有點茫茫然。共產主義的革命鬥爭，是以無產階級為領導中心的。方祥千常常自恨他所建立的黨，以小資產階級的知識分子為基礎，真正工人出身的（但還不是真正的無產階級）領導階層，衹有汪氏兄弟這兩個人。萬萬想不到臨危變節的竟然就是這兩個人。這是偶然的呢，還是領導理論的不可靠呢？方祥千真是有點莫名其妙了。

恐懼和徬徨襲擊著他，眼前的道路是模糊的。真理是屬於巴成德呢，還是屬於汪氏兄弟呢？他整日躺在鴉片煙榻上，參禪一樣地考念著這個大問題，鬢邊的白髮一天一天加多起來。最後終於得到了答案。那是因為他想起了他的遠在蘇聯的女兒其蕙和姪兒天茂。他想，「我已經把他們硬生生地領到這一條路上來了，我不能在自己兒女跟前做一個沒有定見的變節的人！」

他告訴方培蘭說：

「咬緊牙關，度過這一暗淡的時期，不要叫手下人散了！打聽著消息，機警一點，祇要有個風吹草動，我們先躲到山裡去。要緊的是我們要堅定信心，站穩立場，不要朝秦暮楚，變成一個無所謂的沒有骨頭的人！」

「你老人家放心罷！」方培蘭拍拍胸脯說，「我是跟著你老人家跑定了。哪怕是赴湯蹈火呢，我也絕不含糊！巴成德的好運氣，一生一世也落不到我們爺兒兩個頭上。你老人家該幹什麼幹什麼，用不著藏頭露尾，有我呢！」

「時機不對，還是銷聲一點的好。」

「怎麼，他們不教我們共產，總該教我們當土匪罷！我們當土匪就是了，我們原是土匪呀！」

「還有，你記住，給我拿支手槍來！」

「你老人家要手槍幹什麼？」

「我也防著點。」

「真到了你老人家用得著手槍的時候，那就完了。好罷，我這支先給你。」方培蘭笑了一聲，把自己常帶的一支「馬牌八音」，從衣服底下解下來，給了方祥千。

方祥千接過來，站在門口，向迎面的土牆上，連打了兩槍。笑嘻嘻地說道：

「倒是好個響聲，聽著比炮仗過癮！」

「那還用說！你老人家要聽響聲，以後多著呢！偺們來罷！」方培蘭把太長的袖子向上捲了捲，重重地喝下一口茶，說道，「你老人家沒有知道嗎？說是偺們縣裡新派來一個縣長，是養德堂大爺的學生，明兒從省裡下來接印，要從我們鎮上路過，給養德堂謝姨奶奶請安呢。這一來：管保少不了要叨登出八姑娘的事情來。你老人家想想看，他會不會說我接近山本次郎，給我來一個漢奸的罪名？」

「當然要留他的神，莫喫眼前虧！」

「我很想半路上把他炮了，免得他找我的麻煩。」

「炮了一個，再來一個，總不能斬盡殺絕。現在這時候，不惹禍，退讓為先。要麼，你先躲躲罷！」

「我也不躲他，我也不惹他。看情形再說罷！」

話雖是這麼說，方培蘭卻從這一天起，便不在家。他朋友多，徒子徒孫多，可住的地方也就多，你想找到他，可真不是容易事。

過了幾時，新縣長果然到了鎮上。下榻在養德堂，山本次郎走了，小叫姑龐錦蓮剛剛讓出來的那個房子裡。縣長姓程，單名一個時字，大約三十歲左右，穿著一身灰布中山裝。這個打扮，給人一種新鮮之感。原來在方鎮人士的記憶中，縣長應當穿長袍馬褂，坐四人藍呢轎。程時縣長卻是坐騾車從高家集來到鎮上的。

這還是小事。轟動一時的是方八姑和程縣長坐一輛騾車回來了。方鎮上人人把這件事當做大新聞，輾轉傳說，互相談論。

原來方八姑一直住在高家集日本兵營裡。日軍退走時，把她扔下來。她便北上，住在北京的大哥家裡了。這一回，再從T城和程縣長一同回來。很多人見著她，她和從前並沒有兩樣，衹是瘦了，右腿短了些，走路有點瘸。據她自己說，曾在日本兵營裡受刑，腿便是傷了的。

然而謝姨奶奶卻儘著哭。說道：

「看你喫了這麼大的虧，將來怎麼嫁人？有誰還要你！不想你的命這麼苦！」

說得方八姑氣起來，她人雖受了折磨，氣性卻並沒有變好。她說：

「不嫁人就不嫁人，難道我還一定要嫁人？你貓子哭老鼠，乾急些什麼！再說，衹怕我沒有辦法，有辦法一樣可以嫁人。老太太那時候，生得羊癇風，不一樣嫁過這邊來，跟了爸爸嗎？你是她的陪房丫頭，難道你不知道！」

一提到「陪房丫頭」，謝姨奶奶是又氣又傷心。

「好歹你是我養的。我這麼大年紀了，你還叫我陪房丫頭，一點也不給我留情面！看你去了這些時候，說話更沒有譜兒了！」

怕住在前上房裡的程縣長聽見，謝姨奶奶衹好忍氣吞聲地算了。說道：

「你看你瘦得這樣子，多分是病了。教曾鴻給你看看，開個方子調理調理罷！」

「我也沒有病，我也不喫曾鴻的藥！你要喜歡喫他的藥，你找他看罷。我看你教他纂著你那手腕子，一纂大半晌，倒怪有趣的。」

說得謝姨奶奶臉都氣白了。

「好好，姑娘，以後我再也不管你的事了！你看你開口就傷我，哪裡還把我當個人看待！」

「那頂好，俗們井水不犯河水，各不相干。」

程縣長在鎮上住了兩天，和當地紳商見了見面，又看了看保衛團，給張柳河隊長陶祥雲隊副問了問當地的治安情形，便進城接印去了。陪他進城去的是方金閣，他特地從城裡趕回來迎接新縣長的。

程縣長走過之後，方八姑仍然沒有好氣，成天和謝姨奶奶鬧彆扭。她心裡老是想，「你這個老東西！你怎麼就敢斷定我嫁不到人，我就不相信！」祇是不好說出口來。

然而以後的事實證明，謝姨奶奶的顧慮，確實是一種杞人之憂，方八姑的自信原是頗有道理的。因為方通三特地從T城回到鎮上來，為方八姑做媒了。

原來巴成德有一個姑表兄弟，名叫張嘉。兩個人一路趕到漢口去，迎接勝利的革命軍，就都參加了武昌的軍校。兩個人在學校裡，喊出了一個似通非通的口號，道是「我們要比共產黨還要左」。因此得到該校負責人之一共產黨紅員雲大英的特別賞識。兩個人受寵若驚，替共產黨做啦啦隊，打衝鋒，殘害異己，使盡了哑奶的力氣。那時，從前在T城辦民志報的羅聘三也在漢口，他是國民黨的要員之一，為共產黨攻擊的目標。羅聘三有一個女兒名叫羅如珠，也是武昌軍校的學生。有一天，張嘉把羅如珠約到一家小旅館裡，沒有經過求愛手續，就要解決某種問題。他的理論是：漸進的求愛方式，是陳腐的，落後的，反革命的，右傾機會主義的。真正的革命青年男女，應當刪除這種多餘的方式，直接完成最後的原始目的。否則便不夠左。

不幸這一理論，非羅如珠所能了解，她毅然拒絕協助他解決那一問題。不但此也，她反而以為受了委屈，原原本本把事情告訴了羅聘三。羅聘三一怒之下，以鄉前輩資格，把張嘉找了來，大大訓斥了一番。

此後的發展，顯而易見的有兩件事。第一件是羅如珠在女生隊裡不能立足了，她受到集體檢討和個人譏諷，原因是她的思想太落伍，太封建，她的行動太禮教，太保守。第二件事是反羅聘三的運動發展到了最高潮，嚇得羅聘三不得不躲進法租界裡的「法國飯店」去，忍痛支付每天六十元的高貴房金。

武漢政權樹倒猢猻散之後，張嘉和巴成德兩個人匆匆經過上海回到C島。在C島逗留了一個短時期，巴成德決定回家去。他的看法是：「我們在武漢的事，有幾個人知道？回到老家，老老實實住下來，有誰追究？所以祇管放心回去，包管沒有錯兒！」

張嘉膽子小，主張慎重，就在C島隱祕起來，打算看看風頭再說。不久，巴成德被殺的消息傳來了。張嘉一面深自慶幸沒有冒冒失失同他一路回去，一面感到C島也非安樂土，因為距家鄉太近，熟人太多，隱祕的程度有限。他就籌措了一點盤費，乘日本船上大連，更轉車北行，止於松花江南岸的一個小城附近，住在他的奶媽的兒子家裡。原來他的奶媽的兒子，因為在本鄉無以為生，跑到關外去幫傭，居積起來，現在自己也有了幾畝田，成家立業了。張嘉住在他的牛棚裡，跟著他喫高粱麵。雖是困苦，卻較安全。因為這真的是到了異鄉了，一個相熟的面孔也沒有。就連奶媽的兒子，過去也是沒有見過的。張嘉對著奶媽的兒子，口口聲聲叫他劉大哥。他說：

「我來了，真是打擾你，心裡很不安。我能幫你做什麼事嗎？」

「我這裡的活兒，」劉大哥笑笑說，「不過是耕田餵牛，打柴燒飯。你一個念書的人，能做得哪一樣？」

「是呀，看起來，念書的人真沒有用。」張嘉異常抱歉地說。

「念書的人，做官，怎麼沒有用？不過是在我這裡沒有用罷了！」劉大哥轉個話題說，「你看，我到底也沒有細問問你。大少，你這跑到關外來，到底是個什麼打算？」

「沒有什麼打算。我在家裡過得太悶，又有個夜裡睡不著的毛病。有人勸我出來跑跑，散散心，就會好的。我想著對，別沒有地方好去，就跑到大哥你這裡來了。住一個時期，我還到別的地方去遊歷。」

「既是這麼著，你就住著玩罷，我可是沒有工夫陪你，真真慢待。」劉大哥嘴裡說著，心裡終是疑疑惑惑。因為張嘉那種神情，不像是個出來散心玩兒的樣子。

張嘉每日徘徊於松花江上，夜間蜷臥在牛棚裡，往日的豪情是一點也沒有了。想想過去種種，真是感慨萬千。所謂四海飄零，所謂蒼茫身世，都不能形容他這一時的情懷。這異樣的心情，究將何所寄託呢？他從前在師範學校裡讀書的時候，常常喜歡作兩首白話詩，登在本校學生自治會所辦的週刊上，贏得一個詩人的雅號。呼他為詩人的人，大約有兩種心理。一種是覺得他的詩真真作得不壞，出於真誠的恭維。另一種是譏諷。然而張嘉不管那許多，竟把詩人這頂花冠頂在自己頭上，居之而不疑。現在流落了，嘗到了真的痛苦，真的悲哀，張嘉就又開始作起詩來。他的作詩，不是一種消遣，可作可不作，而是一種事業，非作不可。像著了魔一樣，無論行起坐臥，茶前飯後，無時無地不在一念作詩。為了推敲一個句子或一個字，弄得一整夜不睡覺，是常有的事。一首，又一首，漸漸積成一厚冊了。他自信他的詩已經很像是詩了，就摘出幾首最得意的來，用個筆名，投到各文學雜誌上去，果然登出來了。而且還接到編者的回信，希望他多寄幾首去。

有一天，他接到文風文學社編者的一封信，這位編者就是方通三，原是他認得的。他考慮了很久，用真實姓名寫了一封信去，備述他目前的淒涼情況。以後，方通三回信來了，約他到T城去住。信上暗示，對他的行蹤保守祕密，安全可以無問題。

接到這封信，詩人的第一個念頭是，莫非他勾結了當局，誘我回去落網。想來想去，覺得自己和方通三向來無冤無仇，不至於如此。不錯，詩人的這一想法，對了。因為方通三有一種為藝術而藝術的文學主張，對於任何政治力量都避之唯恐不及，豈肯作他人的鷹犬。但他是一個謹慎而又吝嗇的人，怎麼肯約請張嘉的呢？張嘉果真到了T城，萬一生活發生了問題，或是安全失去了保障，直接間接，他能完全沒有責任嗎？這卻另有一個微妙的原因。原來方通三自從被胡博士譏諷，勸他

「少買二畝田，多買部字典」以後，一面更加努力充實自己，一面也深感個人在文壇上的孤立。他覺得他既然發誓要做一個文人，就不能不在文壇上有一班互相標榜的朋友，尤其不能不有一班由自己提拔起來的後進，作為自己的讀者大眾，環繞在自己的周圍，為自己吹噓。為了這一目的，他賞識了張嘉的詩，擔著十二萬分的重大干係，對張嘉發出了試探的邀請。

張嘉終於應約到了T城。過瀋陽，過山海關，過天津，這些生疏的地方，都沒有問題。唯有T城，他的熟識很多，黨政方面認得他的人也不在少數。而且他老是覺得，像他這樣一個曾經比共產黨更左的分子，緝捕名單上不會沒有他的大名。「看，巴成德就是個樣子！」

因此，他慎重地在天津耽擱了小半日，特地趕一班深夜間到達T城的車，他到T城了。下車的時候，他把一頂「土耳其帽」盡量拉下來，又把圍巾盡量圍上去，祇露著兩個眼睛看路，以避免偵探的銳眼。他出站了，上了東洋車了，一直到了方通三的寓宅了，似乎並沒有什麼人注意他。等到安全坐在方通三的客室裡的時候，他的心定下來了。

方通三熱忱地接待他，告訴他說：

「成了，你的詩是夠成熟的了。你休息休息，先編一個集子，馬上出版。我替你寫一篇介紹的文章，再約幾位文壇上有地位的人，來幾篇文章捧捧你，你在詩壇上的地位就可以奠定了。」

「是的，通三先生。」張嘉興奮地答應著。前途頓時光明起來。這是他從離開武漢的政治漩渦以來，所沒有過的事。

然而他的心裡蒙著一個更重大的陰影。住定下來，便慢慢和方通三談起來了。

「通三先生，在政治上我是一個亡命徒，永遠祇能躲在暗處，見不得天日。而且我這樣長期受著生命的威脅，神經過度緊張，真是受不得！我想，詩，成名不成名，還是次要的事。現在最要緊的是，怎麼想辦法先洗去政治上的色彩，恢復我的自由之身才好。」

方通三沉吟了一下。說道：

「你的事情，我大約知道一點。慢慢等等機會看罷。你知道，我在政治上是一點關係沒有的，我跟他們說不著話。你的事情，怕得個有大力量的人出面招呼一下才成呢。」

「正是呢，通三先生，」張嘉同意地說，「我整天作著一個夢，希望個有大權力的人，出來替我說句話，我就可以自由了。祇要有靠背山，我這一點點小事情算什麼？殺下幾條人命，也不要緊呀！」

「照最近激烈的情形看，」方通三輕輕搖著頭說，「我每天看看報上公開發表的紀錄，一涉及政治立場，色彩略有不同，事情就嚴重了。我看寧可殺下幾條人命，倒還可以想辦法打官司，祇有牽涉到政治，就永遠跳入黃河洗不清了。你或許知道，我是從小就不喜歡政治的。我總覺得這不是我們這種人幹的事情。我現在親眼看見這種鬥爭的情形，對於政治是更加厭惡了。有人說，政治就是黑暗，我想是不錯的。」

「通三先生，我是後悔不及了。共產黨慣會使迷魂藥，青年人不遇到他的迷魂藥便罷，祇要遇到，就不能自拔，非跟著他跑不可。我在武漢就中過他這種藥。現在想想，那時像瘋狂了一樣，不知道怎麼會做出那些事情來！」

張嘉說著，眼淚就要流下來。

「通三先生，我曾經發過瘧疾，在高燒的時候，自己從床上跳起來，要跳井，要上吊。而自己一點也不知道。待退燒之後，人家告訴我那種情形，我還有點不大相信。我想，一個青年人跟了共產黨，大約就像那樣子。」

「經蛇咬一口，望著井繩怕。」方通三笑笑說，「你有了這次經驗也好，以後可以死心塌地作一個詩人，不再過問政治了。」

「但是這能不能辦得到呢？通三先生。作一個現代人，能不能離開政治，單獨存在呢？文藝是不是也可以離開政治，單獨存在，單獨發展呢？」

「我對於這個問題的答案是，我們盡量想辦法離開它，盡量盡量，能得少沾它一分，就少沾它一分。」

「是的，至多祇能如此。我們離不開政治，就得跟著政治翻跟斗。這真是現代人的莫大痛苦！」

談到最後，也還是絕路一條。沒有一個可以逃避的地方，像陶淵明的世外桃源一樣。其實，這是從古如斯的，伯夷叔齊躲到首陽山去，結果是餓死的。

二十六

方八姑從北京回來，在T城停留了幾天，特地去探望方通三。方通三留她喫飯，張嘉同座。方通三祇說，「這是我的學生，姓張。」沒有告訴她名字。方通三也把方八姑介紹給張嘉。說道：

「這位八姑娘，是我的姪女，方慧農先生的令妹。」

「可是做國會議員的國民黨元老方慧農先生？」張嘉關心地問。他自幼就熟悉方慧農這個名字，他知道方慧農在國民黨方面是極有力量的。

「是的，正是他。」方通三點點頭說。

「能在這裡見到方八姑娘，」張嘉殷勤地說，「真是我的幸運。我們青年人，很多都是崇拜慧農先生的，革命老前輩，青年人的領導者。」

「張先生太客氣，」方八姑也笑笑說，「真不敢當。」

方八姑是一個粗線條的大姑娘，高高細細的個子，微微有點駝背，黑黃皮膚，圓臉，濃眉，大眼，拖著又粗又長的一條大辮子。新近又有點瘸腿。

張嘉注意地看她，看得她不好意思起來，就扭過頭去和方通三說話。

「三叔，你新近又有什麼創作嗎？」

「自從日本軍占領以來，我就什麼也沒有作。時局太亂，忌諱太多，文章不容易寫。我最近在看英譯的柴霍甫，我有意嘗試一下短篇小說。我過去祇寫長篇，從來沒有寫過短篇。但大勢所趨，長篇銷路漸漸小了。現代人生活太複雜，太忙，有幾個人有工夫捧著大部頭的長篇讀？短篇，十分二十分鐘，多則點把鐘，一口氣就可以讀完的短篇，最合乎現代人的要求。茶餘飯後，像讀報讀雜誌一樣，隨便拿過來看看，一篇讀完，忙別的事情去。我想，這就是小說的前途了。」

「實情或者如此，」張嘉接著說，「但我總覺得短篇沒有長篇來得過癮。像莫泊桑的項鍊，無論怎麼好，總沒有托爾斯泰的復活那等感人之深。我看了項鍊，祇回味了幾分鐘，便放下了。看了復活，竟有好幾天不舒服。我有個比方，看短篇等於喫一粒橄欖，看長篇則好像赴了一個盛宴，兩種滿足是不同的。」

方通三聽了這個比方，不禁縱聲笑了。方八姑道：

「原來張先生也喜歡文藝。」

「豈但喜歡文藝，」方通三說，「張先生在詩一方面的成就，高得很呢。他最近就有一本詩集問世，下星期可以出版。」

「真是失敬得很。可惜我明天就要回家，來不及拜讀了。」

「等出版了，一定寄一本來，請八姑娘指教。」張嘉謙虛地說。

方八姑辭去之後，張嘉試探著和方通三說道：

「通三先生，你以為這位八姑娘是怎樣一位人物？」

「是一個充滿了男性的女子，很少有女子溫柔的氣息。」

「我想，當著這個時代，倒是像她這樣的女子，才適合家庭和社會的需要。太溫柔，太懦弱的已經落伍了。」

「通三先生，她還沒有結婚罷？」

「還沒有。」

張嘉頓一頓，放低了聲音道：

「我好不好向她求婚？」

「怎麼，你有意思嗎？」方通三略略覺得有點詫異。

「是的，我很喜歡她這個男性的氣概。」

方通三沉思了一會，點點頭。說道：

「你這個意思，倒是很好的。如果說成了，你也可以仰藉方慧農幫你一個忙，把你那頂紅帽子洗了去。」

「是的，通三先生，我老實說，我也這麼想呢。如果你以為可以一試，我就拜託你做個媒人。」

方通三想著這是一件兩面討好的事，就答應下來。為了張嘉的政治原因，他決定先取得方八姑的同意，然後再告訴方慧農。他在方鎮的田產，這時已經賣得差不多光了，還賸下一部分祭田和一所住宅，也需要他自己回去料理一下，作一個結束。因此，他等到張嘉的詩集出版發行了之後，就回方鎮來了。

他親自跑到養德堂，致候了謝姨奶奶之後，便和方八姑舉行了一次密談。他遞給她薄薄的一本小書。說道：

「這就是那位張先生的詩集，他託我帶一本送你。你看，這是他親筆的題字，這個是他的筆名。」

方八姑嘴裡說聲謝謝，接過來，略翻一翻，就放在一邊了。方通三接著說：

「你看張先生這個人怎麼樣？」

「我看不大出他怎麼樣來。」方八姑微微覺得方通三的問話有點特別，就隨口敷衍了一句。

「有這樣一件事，我先和你談談。」方通三知道方八姑是一個說一不二的痛快人，就直截了當地說，「那位張先生自從見過你以後，印象十分好，十分深。有意來提親，向你求婚。不知道你願意不願意，所以託我來和你談談。這是你自己的終身大事，你不妨從長考慮一下。」

方八姑臉上紅了一紅，沉默了一會。然後說：

「他是怎樣一個人，三叔一定知道了。」

「這也不能瞞著你。我老實告訴你，這個人就是張嘉，和巴成德一同在武漢搞過的。他從離開武漢，後悔的了不得。在關外住了一些時候，才到了T城。他現在是不幹黨派，不問政治了。像我一樣，也想作一個單純的文人，以終其身。」

「我知道他這個名字，他是一個有名的共產黨。三叔，我和一個共產黨作親，恐怕不大好罷。」

「不是這麼說，姑娘。我不是已經說過嗎？他現在是不幹黨派了。他如果仍然是一個共產黨，我還能來給他做媒？他再三給我講，祇要你答應了這頭親事，他準備先正式作一個脫黨的手續。以後最好不再搞政治。如果要搞的話，他便跟著慧農的路線跑。因為他先有了這個表示，而且表示得這麼誠懇，所以我才和你商量的。」

方八姑正為了謝姨奶奶說她嫁不到人，一肚子沒好氣。聽了方通三的話，便說：

「既然三叔這麼說，我還能不同意。你去給老姨奶奶提一提罷。我哥哥們，也要三叔寫信。」

謝姨奶奶和方八姑的哥哥們，知道八姑自已先已經情願了，也就沒有人反對。親事順利地定下來。用不著費事，憑了方慧農一封八行書，張嘉被當局承認他已經脫離了共產黨，恢復為一個自由人了。

張嘉是世居在城裡的。但結婚之後，卻常住在方鎮。這是謝姨奶奶當初的一個條件，她自已年事已高，希望八姑娘多有一些時間和她同住。

仰仗這個裙帶關係，張嘉在政治上的矛盾，算是銷除了。然而婚後的生活並不十分理想。方八姑喜歡打打馬將，抽抽香菸。有空兒還要罵罵曾鴻，和老姨奶奶吵吵鬧鬧。張嘉卻每日一味地埋首作詩，廢寢忘餐，如瘋如傻。兩個人興趣不同，就影響到感情，總不大融洽。方八姑首先抱怨說：

「和你這個人住在一塊，真會把人急出毛病來。你一天到晚，詩呀，詩呀，詩呀，簡直是著了魔了。這樣單調，這樣枯燥的生活，我真過不來。還有，你這個詩呀，我就不相信你會作得出好詩來！你連閒談閒談，隨便說說話兒都不會，你能會作詩？」

最先，張嘉對於這種抱怨，是置之一笑的。抱怨多了，漸漸有點反感，他就忍耐。忍耐得多了，再也忍耐不住，就漸漸發生反抗。但張嘉的反抗，是有限度的，他深切了解他的政治環境和本身的弱點，他有不能擺脫方八姑這種羈絆的痛苦。因此，他的反抗仍然是蘊蓄在心裡的。他至多衹能說：

「詩，是我的事業，也是我的生命。你最好不要打擾我！你找地方去打牌玩罷！」

「你的生命？」方八姑哼一聲說，「你這樣下去，還會有生命？不要送了命就算好了。你也出去走走，談談笑笑，散散心，別儘著獃頭獃腦了！」

張嘉未便十分拒絕夫人的好意，兩個人出來，左鄰右舍地轉個圈兒。無奈張嘉連句應酬寒暄的話都說得不能符合方八姑的好勝之心，匆匆回來，仍然是一團彆扭。方八姑說道：

「我想起一個笑話來了。雖說是笑話，卻是實事。我的娘舅竇籙先生——」

「不錯，」張嘉接口說，「竇籙先生，我知道，有名的小學家。你說，他怎麼樣呀？」

「他從小專喜歡讀書，人情世故，一概不懂，完全是一個書獃子。除了讀書有聰明以外，什麼事他都糊糊塗塗。有一天，老人家把他從書房裡叫出來，吩咐一個跟班的帶他出去走走，活動活動，散散心去。走到郊外，遇著一條小水溝，橫在面前，跟班的一下跳過去了。竇籙先生就沒有辦法過這條水溝，因為寬了一點，一步邁不過去。他十分為難。跟班的說，你跳罷，一跳就跳過來了。竇籙先生雙足並起，用力一跳，正掉在水溝裡，把襪子鞋都濕了。跟班的埋怨說，你不該兩隻腳並著跳，你該左腳向前，右腳用力一蹬，就過來了。竇籙先生道，你這說的不是跳，是躍了。你要知道，雙足為跳，單足為躍。你剛才原教我跳，沒有教我躍呀。你教我躍就好了。」

這個故事，引起了張嘉極大的興趣。他道：

「你看，一個做學問的人，必得有竇籙先生這種專心一志的精神才成。要不，他也不會成功為一個小學家了。我們看看竇籙先生，才知道自己的努力不夠！」

「你倒說得好。我的意思是說，人一變成書獃子，就什麼也沒有用了。我看你這個樣兒，跟竇籙先生也差不多少了。」

方八姑這樣說了，張嘉祇得笑一笑，談話就結束了。張嘉自以為最不甘心的是，常常苦思數日，一陣靈感上來，有了一句好詩，方八姑跑過來一陣無情的囉囉嗦嗦，把他的靈感也囉嗦走了，詩也囉嗦忘了。張嘉有時候訴苦說：

「每當那種時候，真比挖去我心頭一塊肉還要難過。這樣下去，我怎能作得出好詩來呢？我想，最好，你以後少給我囉嗦。」

「囉嗦？」方八姑不耐煩地說，「你說我囉嗦？你怕囉嗦就不該討老婆。你怕囉嗦，當和尚去！你怕囉嗦，就不該從松花江回來！」

這說得張嘉張口結舌，無從對答。他沒有想到她這張嘴這樣厲害，對於自己這樣不留情。有時候，他背地裡告訴謝姨奶奶，說道：

「她一開口就傷人，一點不留餘地，真教人受不了！」

「她從小就是這個樣子，」謝姨奶奶忙著撫慰他說，「姑爺，你千萬不要拿著當回事！你沒有看她說我，什麼話她也說得出口來，有時候我也覺得下不來這個老臉！但是，有什麼辦法呢？祇好由她去！姑爺，我看著她對於你，就算比對我要客氣得多了。還有，她一天罵那曾鴻，你也見來，還像什麼話？她就是這樣一張嘴不好。姑爺，你千萬不要介意，千萬不要介意呀！」

自然，介意也沒有用，張嘉祇得忍耐著。然而這也正像天下其他家的夫婦一樣，感情儘管不佳，孩子卻總不斷地養下來。一年不到，方八姑生下了第一個男孩。這時候，張嘉已經是全國聞名的大詩人了。

城裡，新辦了一所縣立中學，縣長程時兼任校長。他親自來信，約張嘉做國文教員，方八姑做女生訓育員。方八姑因為剛生下一個小孩子做母親忙，辭謝了。祇張嘉接受了約聘。他藉這個機會，回到城裡去住，其真正目的在求暫時可以離開太太。

學校開學的這一天，程兼校長對著數百學生教職員和黨政士紳來賓，發表一篇訓辭，當中有一段特別提及張嘉。他說：

「更有一件教人萬分興奮的事，是張嘉先生來擔任我們的國文教員了。諸位都知道，張先生是全國聞名的大詩人。他的詩，在英法德日各國都有譯本，也可以說是全世界聞名的大詩人。國內外若干大學請他教書，他都因為健康關係，婉辭謝絕了。本校創辦伊始，張先生為了服務桑梓，慨然允許，來任教員，這真是本校的光榮！」

大家一陣掌聲如雷，張嘉紅著臉，輕輕地說著「不敢當，不敢當」，心裡卻異樣地感到滿足。開課以後，從全體同事到全體學生，無不投以尊敬的眼光。同學們常常問他說：

「怎麼尊夫人沒有來呀？令親方慧農先生做了部長了，有信來嗎？」

張嘉忙著回答一番。學生們卻另有一種問題：

「張先生，你的這首春日，我一點也不懂。你能講解一下給我們聽嗎？」

有的要求：

「張先生，這是我的筆記簿，請先生給我題幾個字。」

張嘉也忙著敷衍他們一番。

然而詩人的心坎深處，卻另有詩人的新的痛苦，這是圍繞在他一圈的人們所都不能知道的。作為一個詩人，按說有兩樣必不可少的東西，那便是豐富的感情和銳敏的感覺。張嘉是大詩人，當然少不了。他自從被拒於羅如珠，討上了一位富於男子性格的方八姑做太太，他的生活上始終留著一個缺陷，就是感情無處發洩。作詩，自然可以發洩一部分，但衹是一部分，而非全部。他在縣立中學，擔任兩班功課，一班男生，一班女生。這個學校是男女分班的。男生，沒有問題。成問題的是這班女生。張嘉每次要到女生班授課的時候，心裡總不安定。一對對誘人的又像要喫人的少女的眼睛，連結成一堵牆，對於他好像施行了包圍，使他感到窒息。他用力地透一口氣，眼睛看在教授書上。講道：

「愛蓮說，這篇是愛蓮說。說蓮的可愛之處，說為什麼要愛蓮。蓮就是荷花。這篇愛蓮說，是周敦頤作的，周敦頤這個人是——」

教室裡好像有嗤嗤的笑聲，張嘉翻上眼去一看，一個女學生站起來在那裡。

「老師，老師！」

「唔，怎麼樣？」

「不知道是誰用個小紙球兒打我一下子！」

「是誰？」

「不知道是誰。」

「到底是誰？」

「不知道，不知道。」許多學生異口同聲地說。

「好，不要頑皮！周敦頤這個人——」

「老師，老師！」又有個學生站起來叫。

「又怎麼啦！」

「我也教紙球兒打了一下！」

「頑皮！什麼紙球兒，拿來我看！是誰扔的？」

「這不是？」紙球兒送上來了。

張嘉接過來一看，原來是一個白色的鬆鬆的小紙團。他微慍地說：

「不要頑皮，好好聽講！這有什麼鬧的？」

一邊，他把那個紙團拉了開來，看看上面寫得有字，道是「我不愛聽愛蓮說」。

「誰？這是誰寫的？為什麼不愛聽愛蓮說？」

嗤嗤的有一兩聲笑，但是沒有人回答。張嘉把那個小紙條夾在教授書裡。下課回去，拿作文簿子來對筆跡。對來對去，教他對著了。「不錯，就是這個學生。」再看看，原來她的名字叫趙蓮。詩人忍不住笑出聲來。他想，怪不得她不愛聽愛蓮說，原來她的名字叫蓮。頑皮得很。繼而又一轉念：不，這不像是頑皮，這是含有深意的，一定是含有深意的。再想想，一時想不起這個趙蓮是個什麼模樣兒了。

第二天再上課，張嘉先點一下名。點到這個「趙蓮」的時候，他心裡跳著，結結實實地看了她一眼。「原來是這一個，這一個是很不錯的。」他想。

在趙蓮的這一本作文簿上，他斟酌再三，給她批上了這麼一句話：「寓意深遠令人感動」。想想，怕人發生誤會，又把「令人感動」四個字塗了去。

這是一堂作文課。張嘉在黑板上出下一個題目：「愛蓮說」。他解釋說：

「周敦頤的愛蓮說，你們已經讀過了。但各人有各人的見解，未必都相同。現在我要你們也作一篇愛蓮說，照你們自己的意思說話。假如你有理由，說不愛蓮也可以，並不一定非愛不可。不過照我的意思，我同意周敦頤的意見，我也認為蓮是可愛的。我這兩天正用愛蓮這個題目在作一首詩。」

他這樣說了，心裡念著趙蓮，眼睛卻沒有敢去看她。等到大家都低下頭去提筆沉思的時候，他才瞟她一眼，覺得她的臉紅紅的，像有點發燒。趙蓮翻上眼去看看老師，當她發覺了老師正在瞟著她的時候，忙把眼睛低下去，臉似乎更紅了。

張嘉感到一種從所未有的滿足。

他在辦公室裡偷著翻了翻女生訓育員的學生宿舍名簿，知道趙蓮宿在四舍五號房。他顛顛倒倒，整夜的不能入睡。想作愛蓮詩，又作不出來。最後，他若有所悟地想，「管她住在哪個宿舍裡幹什麼？難道還能到宿舍裡去找她？」於是他自己也忍不住笑了。

上課罷，祇有上課的時候能夠看到她。可惜國文每天祇有一堂課！不知道為什麼國文每天祇有一堂課。他想，這是完全沒有道理的。

一個晚上，他正在對著一盞煤油燈呆坐著的時候，聽見紙窗上有一種窸窸窣窣的聲音，接著

「老師，老師。」

輕輕地叫。

「誰？」

「趙蓮。有首詩，讀不懂，來——」

「請進來！」

輕盈地走了進來，立在桌子角上。

「老師，你的心印這首詩是什麼意思？」

「是說一種感情，一種愛，印在心上，永遠不會去掉。」

「我很愛這首詩，祇是不能領會。」

「你能愛它，就是已經領會它了。詩原是不能用別的語言來解釋的，詩就是詩。」

「我學著作了一首，」趙蓮紅著臉，怯怯地說，「請老師給我改改。不要在班上說，教同學們知道了不好意思。」

張嘉接過來一看，題目是「愛蓮」。他不由地興奮萬分地說道：

「你不是說，你不愛聽愛蓮說嗎？」

趙蓮輕聲一笑，含羞地低下頭去。

二十七

曾鴻下鄉去了三天，謝姨奶奶周身的痛都復發了。頭痛，腰痛，四肢發痠，沒有一個合適的地方。她眼望著方八姑說：

「姑娘，你看我這一身的不得勁兒，要得喫兩帖藥，調理調理才好呢。我真也受不得了！」

「我明白你的意思，」方八姑口快心直地說，「你是想派人去找曾鴻上來，是不是？現在正是催租子的時候，他能有空上來？你也不想想！」

「唉，姑娘，你總是愛說這種沒分寸的話，教人聽著什麼意思！我難道還在你跟前裝病撒嬌不成？論起來，我原也不當說你。我算是你們家裡的小老婆了，你們是主，我是奴。但你不想想，你和你的哥哥們，哪個不是我養的？你現在也出了嫁，孩子都有了，還祇管說些沒輕沒重的話，盡情作踐我！女人家，做了人家的小老婆，不到死，算不能出頭的了！」

謝姨奶奶說著，竟真的傷心哭起來。方八姑連連擺手道：

「好了，好了，我的老奶奶。你也不必囉囉嗦嗦，來這些貓兒哭老鼠了。你不是有病要喫藥嗎？請個大夫來給你看看，不就完了嗎？人家都說我們珍千七叔好醫道，教人去請他來。好不好？」

「他的醫道行嗎？我怎麼沒聽說過！」

「你聽說沒聽說，算什麼！閉著眼睛去請個先生來，也準比曾鴻強。你要是真有病，這就派人請去。」方八姑好像有了決心，怎麼也不肯找曾鴻去。

「好罷，我聽你的。」謝姨奶奶含著一肚皮的委屈說，「姑娘，再也不要提那曾鴻了。」

方八姑準備下大煙盤子，泡好茶，擺好點心。方珍千撒拉著鞋，打著哈欠，一請就到了。他先在煙榻上過了個足癮，喫了兩片麻糖，然後和方八姑說些閒話。

「張嘉的詩，」他說，「的確不壞。他送我的集子，我已經看過了。這是一個真正的農民詩人，把農村和農民的一切痛苦，都歌詠出來了。我想，再進一步，他寫出農村和農民的希望，指出他們的前途來，他就完全成功了。」

「七叔，」方八姑搖搖頭說，「你快別誇獎了。詩，詩有什麼用？還不是挖空心思，說些瞞心昧己的話！他連鋤把子都沒有拿過，知道什麼農民的痛苦！見了個田裡做活的鄉下人，捏著鼻子躲得遠遠的，嫌他們身上臭。回到書房裡去造謠言，說那農民怎樣怎樣的痛苦。文人無行，這就算是第一！」

方八姑這個論調，引得方珍千大笑起來。

「不是那麼說，姑娘。農民自己不認得字，不會寫，勢必得找文人捉刀。有這個肯替他們捉刀的文人，就算是難能可貴的了！」

談過詩，方珍千這才問到謝姨奶奶的病。方八姑說：

「她其實沒有什麼病，不過是抱藥罐子抱慣了，三天不喝那苦水，就自己覺得過意不去。七叔，你隨便弄個方子敷衍敷衍她，她就好了。」

試過脈，方珍千知道方八姑的話並沒有錯，她確實沒有什麼大毛病。他近來正在看張仲景的《傷寒論》，記準了一個古方，就照寫了下來。說道：

「先喫一帖，看看有什麼變化，我再來斟酌加減，管保就會好了。沒有什麼大礙，衹管放心就是。」

當晚，臨睡之前，把藥服下。第二天，日上三竿了，謝姨奶奶沒有動靜。她房裡的老媽子上去，叫著不應，手摸摸，渾身冰涼。原來不知道什麼時候已經伸了腿，「駕返瑤池」了。

全家一時忙亂起來。方八姑呼天搶地地哭了一回。要辦喪事，這不得不教曾鴻回來了。趕著派人下鄉去送信。當晚曾鴻趕到，大略問了幾句話，便一頭跪在謝姨奶奶的靈前，哀哀哭了。隨你怎麼勸他，拉他，他衹是哭個不停，再也不肯起來。最後，還是方八姑不耐煩了，罵了他幾句，他才算爬起來。一邊擦著眼淚，一邊說：

「到底喫的什麼藥，拿方子來我看。」

方八姑教人把珍千的處方取了來。曾鴻接過去一看，首味藥是「麻黃四兩」，就不由地跳起腳來。

「姑娘，老姨奶奶是活活被人藥死了！留著這個藥方，這就是證據，好替老姨奶奶伸冤。這場官司是打定了！」

「是喫錯了藥嗎？」

「這不是喫錯了藥，這是明明的殺人！姑娘，這個藥理上，我說了你也不明白。我們現在先辦事罷。等老姨奶奶出了殯，我們就打官司！這個藥方是頂要緊的證據，我收起來，免得遺失了。」

曾鴻說了，不由地恨聲不絕，大罵方珍千庸醫殺人。

訃文到了城裡，縣長程時親自到方鎮來弔唁。曾鴻拖著方八姑當面告了狀，程縣長看過那藥方，說道：

「不錯，這是庸醫殺人。法律上叫做過失殺人，確實是犯罪的。」

他把方珍千找了來，大略問了幾句話。然後說：

「你既然不是一個正式醫生，不過因為同族的關係，來給她看看病，又是他們來請你的，你當然沒有什麼責任。你跟我到城裡去，具個結，辦個手續，這個案子——不，這也不能算是一個案子——這件事情就算了了。」

「縣長什麼時候回城？」

「明天一早。」

「好罷，我明天一早過來，跟縣長去。」

話雖是這麼說了，方珍千回到家裡，卻老是不安，和方祥千研究了一回，也沒有什麼結論。不去，當然不行，去呢，又怕有什麼不好。心裡猶豫不決。最後，方祥千是主張他去。

「你去，看他能把你怎麼樣！真要有事情，我再來救你。大不了花幾個錢，天大的事也了了。他們有什麼真正的是非！」

方珍千自己卜了一卦，子孫持世，臨日辰作主，大吉大利之兆。心裡安靜了一點。又跑到大街上的關帝廟裡，在關帝座前求了一籤。文曰：

曩時敗北且圖南
筋力雖衰尚一堪
若問前生君定數
前三三與後三三

看不出究竟是個什麼意思來。但既「尚一堪」，想必沒有什麼不利。總之是非跟縣長進城不可了。

老太爺和老太太也知道這回事了。老人家的心自然又不同，怎麼想怎麼不對，這一進城就不得了了。但他們也知道雖是這樣，城還是非進不可的。

老太爺說：「老六，你酌量派個什麼人跟了你七弟去，一則好照料他，一則好和家裡聯絡。你再用我的名義寫封信給金閣，託他關照點。」

「人呢，我已經派好了兩個。」方祥千說，「給金閣寫信，我看用不著了。他還不是和程縣長站在一面的？方慧農現在正有辦法，他會不巴結他？空口託人情有什麼用？跟著去就是了，萬一有事，再打點也不遲。」

這裡說話，老太太在旁邊聽著，祇顧擦眼抹淚。一家上下，悽惶得了不得。

第二天，方珍千終於跟著縣長到了城裡了。進了縣衙，程縣長吩咐把方珍千招待在鄭祕書的辦公室裡。鄭祕書進去見過縣長，出來，寫個便條，方珍千就被押進監獄了。

消息到了方鎮，方祥千沒有讓老太爺和老太太知道，逕自去找了方培蘭。原來早已計算好了。方培蘭親自帶著兩千塊錢，和大徒弟許大海趕進城去。當晚，在縣東巷鄭祕書的公館裡，方培蘭親自會見了鄭祕書的太太。方培蘭向她拱手說：

「四姊，你現在闊了，還認得我嗎？」

「大爺，你說笑話。」

「不是說笑話，我有事情來求著你了。」

「有什麼事，大爺吩咐就是。」

原來這位鄭太太就是方鎮上開暗門子的孟四姊。她因為進寶一條命案，糊糊塗塗被送進監獄住了兩三年，一堂也沒有過，一句口供也沒有問。她手底下沒有錢，城裡又沒有親人，飯喫不飽，已是餓得奄奄一息了。湊巧程時縣長接任，派鄭祕書查點監獄，清理積案。鄭祕書是一個孤身漢。看見孟四姊還有幾分姿色，查查她的案子，並沒有文卷，就把她從獄裡放出來，拿在自己的公館裡使用了。孟四姊閉門家中坐，禍從天上來，這回又夢想不到的一跤跌在青雲裡，人家都稱呼起她鄭太太來了。

她的丈夫劉斗子曾經從方鎮跑來看她一次，教她大罵一場。

「你是哪裡來的光棍，膽敢冒充我的漢子！我的漢子是縣衙門裡的鄭祕書，哪個不知道？你還不給我滾出去，快滾出去！你滾慢了一步，我告訴了我的漢子——鄭祕書，把你押到監獄裡去，教你上好漢床，站木籠，滾釘板，要你的狗命！」

嚇得劉斗子來不及地逃了回去。

她這時看見方培蘭，卻知道這個人和劉斗子大不相同，她一點也沒有拿出祕書太太的架子來。從前在方鎮，她還夠不上和方培蘭平起平坐呢，現在方培蘭居然笑嘻嘻地向她拱手，叫她四姊，她也夠光榮的了。

她伸手接過那兩千塊錢來，臉上一陣發熱，心別別地跳。她有生以來，從來沒有過——甚至夢也沒夢見過這許多許多的錢，而這許多許多的錢又會到了自己的手裡來。她的手在顫。她說：

「大爺，你放心，一定辦得到就是。」

「你給鄭祕書好好地商量。」

「商量什麼？他一定得辦，他不能不辦。」

當時，方培蘭辭去。過了幾天，方珍千就交保出來了。出來雖是出來了，卻被指定要住在城裡，以便隨時傳案。因此，方珍千就留住在城裡的一個親戚家裡。他去找了方金閣，希望方金閣出面給他調解。方金閣老實地告訴他說：

「這位八姑娘的事情，可不好辦。我現在不能答應你一定怎麼樣，我們試著來罷。」

是的，方金閣的話說得一點不錯，方八姑的事情是真不好辦。她一知道方珍千交保之後，就從鎮上趕到城裡來了。她在縣長辦公室裡見到程縣長，一句寒暄也沒有。劈頭就問：

「你為什麼把方珍千放了？」

「沒有放他。他有病，交保就醫的。」

方八姑一聽，氣往上撞。冷笑說道：

「交保就醫還不和放了一樣？你想騙哪個？」

「我教他住在城裡，隨時可以傳他。」

「我不聽你這一套！你趕快把他押起來，以後我不同意，你再也不能放他。」

對於這個有失縣長尊嚴的過分要求，程縣長真覺得無法可以答應。便說：

「八姑娘，你不要急，我們慢慢談談。我在這裡辦事，我有我的立場，你也要顧到我的立場才好。」

「你別不要臉了！你有什麼立場！你貪了方珍千五千塊錢，賣放了他，你以為我不知道！好不好，我到省裡去告你，你知道韓主席是有名的韓青天。像你這種貪官，我不教他斃了你才怪呢！」

這會，方八姑是真惱了，她已經不能控制她自己的感情。而程縣長卻礙著面子，尤其在許多員役面前，不能太失身分。他提高了聲音，微怒說道：

「你不能信口胡說。這是衙門，你說的話要有根據。你說我貪了五千塊錢，你拿出證據來！拿出來！」

「好，你打我的官腔！什麼東西！」

方八姑說著，隔了辦公桌，伸手過去要打程縣長，卻被左右的人拉住了。鄭祕書見不成體統，忙上來勸說：

「縣長，外邊有事情等你呢，你去罷。方八姑娘的事情，我來辦就是。」

程縣長藉這個機會走了出去。鄭祕書轉過身來給方八姑賠笑說：

「姑娘的意思，我明白了。要把方珍千再押起來，那還不容易！你看，我這就辦！姑娘，你不知道，縣長實在是太忙，有時候難免有照顧不到的地方，姑娘不要見怪。以後你有事情，交代我就是。」

「我沒有工夫和你囉嗦！」方八姑依然氣哼哼地說，「你快把那方珍千押起來，我好走。我不親自看著你把他押起來，我是不走的。」

鄭祕書無奈何，祇好把方珍千傳了來，在方八姑親自監視之下，再度把他關進監獄。方珍千對方八姑說：

「姑娘，祇要不打官司，讓我不坐監獄，什麼條件我都可以答應。你細想想，我們還是和解了罷。就算我庸醫殺人，也沒有償命的道理！」

方八姑卻不聽他，扭著頭說：

「我也不和解，我也不要你償命，我就是要你坐監獄。我恨你無緣無故，為什麼一定要開上四兩麻黃！」

「姑娘，這原是張仲景的一個古方！你不信，我查《傷寒論》給你看，我一點也沒有錯！」方珍千滿口分辯說。

然而方八姑並不要看《傷寒論》，於是方珍千再度入獄。

事情發展到這一步，第一個自感不堪的是程時縣長。縣太爺的臉面是丟完了，被這樣一個鄉下丫頭掃盡了他的威風。官，誠然要做，但面皮也不能一點也不要。他委屈婉轉地寫了一封長信給方慧農，原原本本地敘明了案情。最後他表示他自己的意見，案子不能不依法辦理。而依法辦理，便不能滿足方八姑的要求。他自感能力薄弱，不能圓洽地方人士的感情，他已準備辭職不幹了。

這一個苦肉計，發生了一點效果。方慧農回信來了，對於方八姑的無理取鬧，表示歉意。他告訴程縣長，不要理會她，儘管依法公平處理就是。他說，他已經寫信給方金閣，託他代為約束方八姑了。

程縣長一點也不動聲色，等候方金閣來，看他怎麼說。過了一會，方金閣果然來了。兩個人商量了一下。方金閣道：

「有了他這兩封信，這就不怕她了。照縣長的意思，你要怎麼辦就怎麼辦罷。我已經想好了主意，馬上送她回方鎮去。」

然後他放低了聲音，湊近程縣長的耳朵說：

「方珍千家道還不錯。」

程縣長讓他抽了一根香菸，臉上沒有任何表情。方金閣便搭訕著告辭走了。他心裡想，難道他另外有了什麼門路？倒要冷眼瞧瞧！

晚上，鄭祕書的公館裡，孟四姊再度接見方培蘭。

一切妥當之後，方珍千被從監獄裡提出來。程縣長親自坐堂，反覆鞫訊了好幾個鐘點。當堂宣判：方珍千過失殺人致死，罰銀洋三十元示儆。

有方珍千家裡隨來的人，當時交了罰金，取了收據，方珍千便恢復自由了。

他懷著異樣的心情，拖著破滅以後的沉重的悲哀，離開縣衙門，再走到他的親戚家裡。雖然日子不算多，可是鬍子長長了，身上爬滿了蝨子，人也更加瘦了。洗洗澡，換換衣服，理了髮，煙榻上抽了幾筒鴉片煙，精神就提上來了。獄中，靠吞煙泡過癮，是第一件苦事。他曾經再三把他自己的八字推算，現下走的是一生最好的一步運，然而走到監獄裡去了。豈不怪哉？難道八字不可靠，命運之說不足信？方珍千這就起了懷疑了。

還有，他自己占的那一卦，明明子孫持世，臨日辰作主，應該逢凶化吉，沒有官司的。不，卜書上說，問官司，如獲子孫持世，縱然已經綁到法場要殺頭，還可以有救。這等利害！怎麼會進了監獄呢？

方珍千想起來了，祇有一樣是靈驗的。那就是關帝廟的籤語，「前三三與後三三」。原來他兩度入獄，每次都恰為九天。他跳起來說：

「神呀，神呀。靈極了，靈極了。」

奉陪在他的對面的惠四爺，是他祖母娘家的姪孫，他叫他做四表哥的。看了他這個興奮之狀，就問道：

「怎麼，你算著好卦了嗎？」

「不，四哥，我的卦攤子砸了，一點也不靈。我現在說的是關帝廟裡的一支籤，靈極了。四哥，你聽——」

惠四爺聽了，也不禁為之拍案叫絕。他道：

「老七，你的意思，這算是偶然呢，還是真的有神有靈？」

「當然有神有靈。」

「那神靈預知未來一切，當你抽籤的時候，就特地把這根籤讓你抽出來。是這樣嗎？」

「是的，四哥。我最近從實際的遭遇，參悟出一個道理來。我想，一飲一啄莫非前定，命運這個東西原是有的。命運是什麼？命運就是一個冥冥中最大的支配力量，任何其他力量都拗不過他，不過命運這個東西雖然有，但不是現在所有的這些命相家，和現在所有的這些命相典籍，所能推算得出來的罷了。現在的命相學，衹觸到命運的一點點皮毛，升堂入室還遠得很呢。所以他們推算出來的吉凶禍福，雖然有時也有一點靈，但並不全靈。人類的科學研究，早哩，早哩！」

惠四爺聽得有趣，就追問下去。他說：

「命運論也是科學的一部分嗎？」

「那是自然。任何學問，你觸到了它的核心，明白了它的真理，就是科學。命運力量既然如此之大，而又看不見，聽不到，摸不著，它的動力在哪裡呢？這就要歸結到『有神論』。有神在操縱著命運，有神！關帝廟的靈籤，就是最為明顯的證據。不錯，你沒有看見過神，但你不能因為你沒有看見過，就敢斷定它沒有。」

方珍千的命運論和有神論，越發揮越精到，也越離奇。惠四爺笑道：

「老七，不想你坐了幾天監獄，長了許多學問，也不枉了喫這場官司。」

「是的，四哥，這就是命呀。多少英雄豪傑，都是監獄裡出來的，我能因此自暴自棄嗎？我現在計畫著著作兩部書，一部是『科學的命運論』，一部是『科學的神鬼論』。」

「老七，」惠四爺打趣他說，「你還應當著作一部『科學的麻黃論』，把這個麻黃的用法徹底研究一番。」

方珍千赧然一笑，正不知道怎麼回答才好。外面看門的帶進一位客人來，原來是張嘉。

寒暄落座之後，張嘉坦白而又誠懇地說：

「七叔，你看這一陣子鬧的是什麼事！自己人，有什麼不能解開的寃仇，偏偏人仰馬翻地打官司，鬧笑話，無非是給人家看。鷸蚌相持，漁翁得利。七叔，你老人家知道我，我是沒有發言權的。她跑到城裡來，氣沖斗牛，恨不得把人宰了還不甘心！我盡我的心，試著勸了勸她。倒教她罵我烏龜，說我祇會縮著頭；又罵我鼻涕，說我渾身沒有一點硬氣！七叔，你看這像什麼話！」

「唉，都是我不好。為了我的事，讓你們兩口子拌嘴使氣，我真不安。」

「不，七叔，讓你坐牢，受冤受苦，我才是不安呢！」張嘉說著，眼圈兒都紅了。「聽說，當時請你老人家去給謝姨奶奶看病，原是她主張的。」

「不要再提那些事了。總之是我命該如此，我應當有這兩個九天的牢獄之災。你是詩人，不知道信不信神鬼？我在鎮上關帝廟裡……」方珍千又把求籤的事，詳細告訴了張嘉。

「巧得很，倒很好玩。」張嘉見跟前沒有別的人，便低聲說，「七叔，我現在心裡是痛苦極了，我的痛苦沒有人可以告訴。環境逼迫我，走上現在這一條政治路線，我是不甘心的。我的真心，是朝著祥千六叔一個方向跑。七叔，我沒有機會和六叔接近，因為他們監視我。我為了六叔，也不能不避嫌疑。七叔，我煩你老人家，回去給六叔說明我的心跡，我終不是這一邊的人。」

方珍千眼睛望望他，不知道他說這話的真意所在。怕他是在做間諜，便不敢回答他。張嘉卻繼續說：

「七叔，我現在正像降了曹操的關雲長一樣，我是身在曹營，心在皇叔。七叔，你記住我這個話，將來若果有那一天，你老人家替我今天的話作見證。我是冤枉的！」

說著，惠四爺走了進來。他說：

「難得張先生來，七叔你又剛出來，我教他們弄了幾樣菜，咱們三個人喝一頓罷。你們兩個，一個詩人，一個命運學者，我要領教領教呢。」

張嘉聽了，連忙站起身來說：

「多謝四爺費心！」

二十八

自經方珍千一場「麻黃官司」之後，方祥千對於當前政局的印象更加惡劣了。他想，無緣無故地把人一再下在獄裡，硬加上一個罪名，不由你分說，這還成什麼話！這些統治階級的走狗們，作威作福，「看我打倒你！」方祥千把煙槍向空一揮，重重地放下去，就不耐煩安靜地躺著了。他想，我一定要共你的產。要不，我就法你的西。總之，我和你勢不兩立了。

然而不如意事還不止此。他的大女兒方其蕙在俄國住了幾年，奉派到江西的「紅區」工作，經過九江，被捕了。幸而還沒有被拿到什麼證據，祇因「行跡可疑」，可能與紅區有關，就被放進監獄。無法判罪，也不便釋放。

自然，他也有痛快的事情。第一件是汪大泉汪二泉弟兄兩個自首以後，做眼線，捕去了許多舊日的同黨，把辛苦建立的一點小根基幾乎連根都給拔了。這一回，汪二泉卻遇到了徹底的報復。他在C島一家鞋店裡正在選購一雙鞋子的時候，被人用手槍暗殺，當場身死。二泉死後，大泉為了安全關係，被調到西北方面工作去了。

另一件是關於他的姪子方天茂的。天茂在俄國，留學於炮兵學校，正式加入了蘇聯的炮兵，當一個下級小軍官。當俄軍和張學良的部將梁忠甲衝突的時期，他正在俄軍中用大炮轟擊梁忠甲的部隊，他的忠勇贏得了蘇聯人的賞識。

方祥千興奮地告訴方珍千說：

「我的眼光準沒有錯，天茂這孩子是有出息的。你在縣城坐了幾天冤枉監獄，好好記住，不要忘了。等天茂帶著俄國炮兵打過來的時候，就可以報仇雪恨了。人家是以眼還眼，以牙還牙，欠一文還一文，我不這樣主張。我是主張你要欠我一隻眼，把整個腦袋拿來還；欠下一文錢，拿上萬的銀子來還。不是這樣，算不得報復。對於資產階級，第一講不得恕道。騎著驢觀燈，俗們走著瞧罷。」

「六哥，」方珍千笑笑，慢吞吞地說，「你現在抽上了鴉片煙，火氣也該小些了，怎麼還是這麼大的脾氣！天下烏鴉一般黑，這批去了，再來一批，還不是一樣？我看，六哥，倒是其蕙在九江，應當替她想想辦法才好。」

「唉，」方祥千輕輕嘆口氣說，「有什麼辦法好想？」

「羅聘三，方慧農，都是有面子，有力量的人，能不能託他們給說句話？」

「一找他們，就得辦自首。我對於辦自首，真是深惡痛絕。我最看不起像張嘉那樣的人。反反覆覆，看風轉舵，真是小人之尤。我不希望我自己的女兒做這樣一個小人，讓她在監獄裡住著罷。」

「萬一她自己自首了呢？」

「我希望她不至如此。果真她那樣沒有骨氣，我就不認她是我的女兒了。」

方祥千說著，自己也有點茫然。

上回來過的侯達再度蒞臨方鎮。方祥千仍然把他安置在方培蘭家裡。方培蘭江湖朋友多，有個把生面孔的人住幾天，不大被注意。侯達帶著不安的情緒，說道：

「我衹住一個晚上，明天一早就走。現在的政治環境，和我上次來的時候那種真空狀態，完全不同了。官方的壓力這樣大，我們要提高警覺。」

侯達從國際到國內，把共產黨的整個活動，大致告訴了方祥千和方培蘭。對這兩個地方實力派，加以鼓勵。最後他說：

「最糟糕的是T城了。自從汪大泉和汪二泉自首以後，衹賸下一個董銀明，勉維殘局，已經是什麼也不能作了。現在董銀明又下了獄，那邊的呼吸簡直是斷了。」

「汪家兄弟倒沒有出賣董銀明。」

「董銀明離開學校以後，跟他父親在聚永成銀號學生意，手頭很活動，常常接濟汪氏兄弟。後來汪氏兄弟自首了，不但沒有出賣他，反替他做掩護。」

方祥千聽了侯達的解釋，這才明白。便點點頭，笑著說：

「可見錢是最重要的東西。有錢，事事方便；無錢，事事為難。」

「那還用說！所以你們兩位的『綠林政策』，是完全正確的。現在江西，還不是差不多的這一套，不過規模大小不同罷了。我這一次到方鎮來，一則為公，一則為私。我自己簡直是窮得連褲子都快沒有的穿了，要找你們兩位給我幫個忙。」

「沒有問題，」方祥千和方培蘭兩個人同聲說，「要用多少，走的時候帶著就是。」

「還有T城方面，需要祥千兄去看看。我去了是一點辦法沒有，非祥千去一趟不可。」

「這個時候，去幹什麼？」

「埋下一條根，不要斷了呼吸，這就夠了。」

方祥千不能推辭，就應允下來。

原來汪氏兄弟自首以前，曾經和董銀明商量過，原要約著他一同自首。因為董銀明反對甚力，汪二泉就說：

「現在兩邊鬥爭這樣劇烈，我們不能再統統站在一邊了。我和大哥過那邊去，我們互相掩護，彼此幫忙。將來兩邊不拘哪邊成功了，我們都有辦法。這就等於押寶，我們分開來押四門，將來總有一門贏的。」

「這是真正的機會主義，」董銀明極不以為然，「根本違反了無產階級的革命原則。」

「不管是什麼主義罷，我們這樣確定了。」汪氏兄弟異口同聲地說，「銀明，記住我們三個人的約定：我們互相掩護，彼此幫忙，誰也不要害誰。」

雖說信誓旦旦，原有這麼個約定，但汪氏兄弟自首以後，董銀明看看他們的手段是這樣的毒辣，除了自己，所有同黨，幾乎都被他們兩個一網打盡了，也就不能不深自警惕，時具戒心。他想，誰知道那種口頭約定到底靠得住靠不住呢，不要教他們騙了，還是小心點的好。因此，他銀號裡不去了，也不常在家。仗著父親的朋友和徒弟多，東家住兩天，西家待一夜，過著不安定的生活。董老頭的意思是，共產黨一定不會成功。他道：

「要是他有成功的希望，連我也去加入了，無奈我看他們實在不行。而且，銀明，你也不能長此過著這種顛沛的生活。擺在你面前的祇有一條路，就是汪大泉汪二泉人家已經走了的那條路，你自首了罷！」

無奈董銀明頗為執拗。他說：

「我倒並不一定非幹共產黨不可，共產黨的許多作法，都和我的理想不合。但現在正是共產黨失勢倒楣的時候，在這個時候教我脫離共產黨，有失做人之道，我是萬萬不肯的。我這個人，祇有一個脫離共產黨的機會，那就是史慎之被殺的時候。那個時候我沒有脫離，我就一輩子再也不會脫離了。」

父子兩個談來談去，總是談不攏，老頭子就不免帶點氣。銀明是他的獨子，他又有點怕，怕這個獨子被捕，被「肅」掉。在這種又氣又怕的情緒之中，他也還得為了兒子各方奔走聯絡。嘴裡雖不便說，目的是很明顯的，希望各有關方面不要太和他的兒子為難，和緩點。

董銀明之所以能長期不被捕，汪氏兄弟掩護的力量小，老頭子奔走聯絡的力量大。但是老頭子總是說：

「銀明，這樣下去，總不是辦法。現在韓主席，嘴巴子抹一抹，殺人不眨眼。誰能保得住？而且我在外面聯絡，是花錢的。憑我這點家當，一味的有出無入，還能維持多久？你不自首，問題多啦！」

「再等等看罷！」董銀明忽而覺得有點對不起父親，就破例地說了這麼一句比較鬆動一點的話。

「等到什麼時候？」董老頭認為有機可乘，就忙著追問。

「也不一定，再等等看就是了。」

「你總得告訴我一個原則，要等到一種什麼情況，你才肯自首，也讓我好有個指望。」

「等共產黨抬起頭來的時候。」

「怎麼會有那一天？」

「要是沒有那一天，我就永遠不能脫離共產黨了。」

「你這該殺的！」董老頭氣得再也說不出別的話來。

董銀明早已經結了婚，他的親事是董老頭一個人一手給他包辦成功的，連老太太也一點沒有得過問。娶的是董老頭的老朋友的女兒，名叫李玉瑛。這個李玉瑛，自幼在董老頭的眼睛裡看著長大起來。小的時候，董老頭常抱著她玩，買糖給她喫；大了，還給她開玩笑。李玉瑛小學畢業，年齡比董銀明小好幾歲。董老頭為了抱孫心切，就娶過來了，這時她祇有十六歲。

因為年幼，世故上不大明瞭，雖然公公疼愛，卻不得婆婆的歡心。老太太嫌她活不會做，話不會說，站沒有站樣，坐沒有坐樣。

「都是你這個老糊塗，瞞著我，一點也不教我知道，做賊一樣的偷著定下這頭親事來。你看，像個什麼東西！怎麼對得起銀明！你這老糊塗！」

銀明呢，確實也不喜歡這個太太。原因她做媳婦，還像在父母家裡做女兒一樣，自由自在，不管那天高地厚。丈夫眼前，也像在家裡哥哥弟弟跟前一樣，凡事跑在前頭，一點也不讓。有時候，還帶一點你要這樣我偏不這樣的執拗。遇著這個也喜歡執拗的自幼嬌生慣養的獨生寶貝兒子董銀明，兩個人的感情，就算沒有辦法弄得好了。

然而董老頭卻實在是疼她，拿了愛兒子的心同樣地愛兒媳婦，希望兒子和兒媳婦合得來，希望他們早生貴子。自然，他們的兒子，在名分上，就是他的孫子了。

老太太看在眼裡，越覺著有氣。下人們，老媽子丫頭們，又是喫飽了飯沒有事做，慣愛搬弄是非的，從中添上些油鹽醬醋，家庭間便從此無寧日了。

這一天，董老頭被兒子頂撞得一肚皮氣，大踏步走進兒媳婦房裡去了。這在舊家庭中，是一個非分越禮的舉動，因為公公絕對不可以走進兒媳婦的房間。大約董老頭因為和老太太向來話不投機，覺著兒媳婦還談得來，可以一消胸中塊壘。氣頭上，不知不覺地就走進她的房裡去了。

李玉瑛見公公走進來，忙站起來讓他坐，董老頭氣沖沖地說：

「銀明太可惡！」

李玉瑛不知道怎麼回答，無言地看著老頭子氣得鐵青的臉，黃鬍子撅得高高的。董老頭又說：

「你幫我勸勸他，教他自首。」

李玉瑛不明白「自首」是怎麼回事，卻懂得「勸勸」的意思。就接口說：

「我勸他，他不會聽的。」

老頭子聽了這話，頓時想起來他們小夫婦間原是向不談心的。覺著自己有點弄錯，便站起來，跺跺腳，走出去。

卻被老太太冷冷地看在眼裡，她嘴裡不說，心裡卻想：

「怪不得，原來這等！這個老無恥，老禽獸！」

董老頭一逕走出去，看門的開門稍慢了一點，被他打了兩個嘴巴子。拉包車的行動敏捷，伺候得妥妥當當，被他踢了兩腳。他跑到聚永成銀號樓上的招待室裡悶坐了大半天，越想越不是味兒。人自己總算是功成名就，滿可以享享晚年的清福了，偏偏生下個敗家兒子，攪鬧得沒有半刻寧靜。人生在世，看起來真是太沒有意思了。董老頭這時候真有點萬念俱灰，他一生很少有這樣的喪氣過。

這個招待室是專用作招待達官貴人，過路住宿的。布置得富麗堂皇，而很少有人走進去。又是最後一進房子，離大街遠，清靜得真不像是在城市裡。外間客室正面懸著前大總統徐世昌親筆寫的「富貴吉祥澹泊寧靜」八個大字的條山。東壁上是慈禧太后寫的大「壽」字。遙遙相對，西壁上是張天師的大「虎」字，董老頭玩賞了一回，自言自語地說道：

「闊極了，排場極了！想那『天上神仙府，人間宰相家』，也不過就是這個派頭了！這要是心情好，在這裡坐一會，或是住上一兩天，當然是一種福氣。可惜我這時候，被那不成器的鬧得心神不安，走投無路，對著這樣的房子，真是祇有慚愧！人活著，實在太沒有意思了！」

晚上，他在銀號裡和夥計們一桌，胡亂喫了一頓飯，然後坐包車回去。銀明正在他母親的房裡，原來老太太教訓他了。她用向來少有的嚴肅口吻，告訴銀明說：

「你是三天兩日不著家，我也不知道你在外面胡混些什麼！想起來，總不會有什麼好事！我也知道，你不喜歡這房媳婦，你在這個家裡沒有戀頭，心就野了。但是，孩兒，你這就不對了，少年婦女，你做丈夫的不愛惜她，她還有什麼盼望？她沒有了盼望，難道不會替自己打主意？從來家庭之間，倫常之變，都是這樣發生的。你現在也是二十多歲的人了，應當注意防範著點兒才好。我自己，年紀大了，苦著這口煙，精神不濟，總有點照顧不過來。而且我是你的母親，我這個地位，有許多不便說的話，不便管的事。你自己的事，要自己留心才好。」

董銀明聽了母親這個口氣，似乎自己的老婆出了什麼事情了。他卻並不怎麼關心地說：

「最好她自己能有個打算，那最好。我自己現在都一步也走不動了，哪裡還管得了別人！我看，你老人家也不必多管閒事，由她去罷！」

「怎麼，這是閒事？」老太太困惑地說，「這不是閒事呀，銀明！你的名譽，你的事業，都會牽累壞了的！從古以來，多少英雄豪傑，栽跟斗栽在這上頭。你不要太大意，總得小心點！」

「沒有關係，我倒希望她另有個頭緒。」

「你那是圖什麼？」

「她有了頭緒，我就有理由和她離婚了。將來我總是不會要她的，遲早是散夥，還是早點好。」

「果真那樣，那是不但你自己的名譽完了，連你們董家的門風也完了！」老太太搖著頭說。

「什麼名譽，什麼門風，那都是多餘的事！」銀明說著，卻又忍不住跟進一步去追問道，「究竟她已經發生了什麼事情？」

「也沒有什麼事！你自己暗暗留心點。記住，家醜不可外揚。萬一你得了什麼風聲，千萬可聲張不得！」

老太太鄭重地交代過了，便躺下去抽她的鴉片煙。董銀明一時陷入了沉思。

晚飯的時候，老太太居中，董銀明李玉瑛左右陪著。三人各有各的心事，一句話也沒有得說，一直到飯畢。董銀明焦急著，再三地看錶。自言自語地說：

「怎麼這麼晚了，爸爸還不回來！」

老太太看了，忍不住問道：

「你急等著他，有什麼事嗎？」

「他的手槍有沒有在家裡？」董銀明問。

「他總帶在身上。你問手槍幹什麼？」

董銀明沒有答應，老太太倒疑惑起來。她放下煙槍，坐起來再追問一句：

「我問你，你問手槍幹什麼？」

「我想用一用。」

「你用手槍幹什麼？」

「不過是玩兒。」董銀明不耐煩地說。

「我告訴你，」老太太鄭重地說，「手槍可不是好玩的。闖出禍來，可不得了！我的意思，我們家裡根本就不要手槍。也沒有見你爸爸這樣的人，整天帶著個手槍幹什麼！我也不知道給他說過多少回了，他總不聽！」

「不要緊，」李玉瑛接口說，「我娘家裡爸爸，也是常年帶手槍，也沒見闖出什麼禍來。」

「你倒見得比我多！」老太太白了媳婦一眼，微慍地說，「你想，手槍原是用了打人的。你一用著它，就人命關天，可是好事情？」

「不用它打人不就完了嗎？」董銀明說。

「這就是了。你既然不預備打人，也就不必要手槍了。我還聽說，有人為了圖人的手槍，才把人打死的，這竟是為了手槍把命送了。可見這不是好東西！」

老太太說著，董老頭回來了，董銀明說道：

「爸爸，我等你呢。我們對面房裡說話去。」

「什麼事情？」老太太說，「要得背著我說！」

父子兩個沒有理她，逕自到西間房裡去。董銀明低聲說：

「爸爸，你剛才進來，大門外面可有什麼可疑的人？」

「根本沒有人。」

「消息可是不大好。有人透信給我，說是他們一定要捕我。最近幾天就要動手。」

「這不是不可能的。我想，銀明，我為了你這事情，人已經焦慮得要死了。這樣下去，總不是辦法。我看你還是自首了罷。祇要你答應，我們現在馬上就辦手續去。」

董老頭一聽說是消息不好，從本心裡著急起來。他知道他自己在現在的黨政界，力量是有限的。縱然有一點力量，這頂「紅帽子」也不是好惹的。而銀明是他的獨生的兒子！

「自首總不是辦法。我想再躲幾天看看。真要緊急，我到上海避避去。」董銀明心裡原想著從上海到江西的「紅區」去，可是嘴裡沒有說出來。他知道去上海，老頭子還有答應的可能，到紅區是絕不會得到同意的。

「那麼，今天晚上呢？」

「今天晚上，我就不在家了。」

「你打算住到哪裡去？」

「還到張二乾爹那邊去，怎麼樣？」

這個「張二乾爹」，現任省府委員，是董老頭的「親同參」，又是換帖，極要好的朋友。董老頭點頭說道：

「好罷，他這個人還比較靠得住，你就去罷。」

「我說不定不回來了。爸爸，你多給我幾個錢我帶著。我到上海去，那邊你有什麼朋友嗎？」

「上海，朋友多著呢。我開幾個人名地址你帶著，找到了就有照應。」董老頭轉個口氣說，「祇是，銀明，我看還是自首了罷，亡命生活也不是好過的。硬充那好漢幹什麼！」

「爸爸，希望你再也不要談自首。」董銀明說著，眼睛裡湧出淚水來。

董老頭看了，不願意再逼他。就說：

「好罷，跟我來，我拿錢給你。」

跟父親回到母親房裡。董老頭從櫥子裡取出三百塊錢來給他。說道：

「家裡沒有錢了。這個，你先拿著。明天上午，我從聚永成再給你送點來。我和你張二叔也還有話面談。」

「你的手槍，給我帶兩天。」董銀明把錢收了說。

「手槍，就不用了。」董老頭不同意這另一要求。

「給我帶兩天。萬一他們要對付我，我也好自衛。我絕不會闖禍的，爸爸，你放心！」董銀明急切地說。

「我想，萬一他們要捕你，你就讓他們捕了去，我還可以想辦法救你。拒捕，你哪裡打得過他們？事情反而不好辦了。」

「是的，我是備而不用。如果他們暗殺我，我就好還擊。我一定不會拒捕。」

老太太聽了這些話，雖然不明白是為了什麼，卻知道事態嚴重了。便說：

「什麼事情，你們也不和我商量商量！到底闖了什麼禍？你做老子的也不替他料理料理！」

「我已經給他料理好了，你放心罷。」董老頭怕她儘著追問，趕緊敷衍她一下。

無奈董銀明非要這個手槍不行。纏了好半天，站在旁邊的李玉瑛倒不耐煩起來。她說：

「爸爸，你就給他帶兩天，有什麼要緊？一個玩藝兒罷了，難道他還敢真去打人。他要有那膽子，倒好了！」

「滾開！用不著你多嘴！」

董銀明沒有想到要手槍這麼費事，原就已經不高興。聽了李玉瑛的話，著惱起來。不想李玉瑛不讓他，反而說：

「你看，我幫你要手槍還不好，倒教我滾開！我偏不滾開，偏要多嘴！」

老太太見媳婦這樣倔強，不由得脹紅了臉說：

「一個兒媳婦，公婆面前，這等無禮，頂撞丈夫，太不像話！」

董老頭見鬧起來了，便忙著說：

「好，好，都不要再講了。銀明，這不是手槍？你拿去就是。祇是務必要小心，千萬不要闖出禍來！」

董老頭撩起袍子，把手槍解下來，連皮帶一齊遞給銀明。董銀明究竟有點孩子氣，目的達到，頓時高興起來。他興奮地說：

「爸爸，你什麼時候有了一把新手槍？」

「給朋友換的。這是美國造左輪，裝潢，樣式，最講究。鉛彈頭，帶毒，打著就沒有救。」董老頭解釋說，「吶，你看，這是保險鈕，扳開，一勾就響。」

保險鈕扳開，董銀明高興極了，照著父親的解釋，手指頭一勾，「砰！」槍響了。

這一槍，擊中了董老頭的心臟，他立刻倒了下去。屋子裡的人叫起來。李玉瑛嚷著說：

「打死人了，打死人了！兒子打死老子了！兒子打死老子了！」她一逕從屋子裡衝出來，一逕嚷著跑出去。

二十九

外邊拉包車和看大門的正在喝著半瓶高粱酒，發牢騷，談心。拉包車的說：

「近來老爺的脾氣，變得壞透了！張口就罵，舉手就打，怎麼也合不著他的心思。我真不想幹了。」

「是呀，你看今天！」看大門的說，「無緣無故打我兩個嘴巴子！你年輕，還不怎樣。我今年都五十歲了，不想挨了他這兩下子！我真是越想越氣！——可是，我還沒有問你呢，你每天拉著他出去，都是上什麼地方去？」

「每天必到的是聚永成。也常到張委員公館裡去。他倒不亂跑。我不是嫌活兒累，我是嫌他脾氣難伺候。」

「你知道他為什麼脾氣變壞了？」看大門的四顧無人，放低了聲音說。

「我不知道。莫不是做生意賠了錢？我在聚永成，聽他們說，今年銀號裡生意不算好。教那些大銀行把這些小銀號的生意搶完了。他們說，照這樣下去，將來除了幾家大銀行，都沒有生意作了。」

「不是，不是。」看大門的笑了一笑說：「有個話，我說給你，你可不能告訴別人。這是祕密，干係不輕！」

「我不告訴別人就是了。你說罷。」

「我聽裡面老媽子偷偷告訴我，說是老頭子想兒媳婦的事呢。大約想不上，脾氣就壞了。」

「不會，不會，老頭子不是這種人。」拉包車的不相信這個話，他說：「我替他拉車子這些年，從來不見他結交女朋友，也從來沒有上過窯子門。可見他不喜歡這一道。他年紀比少奶奶大了三四十歲，絕不會有這等事！千萬不要亂說，這是傷陰德的。」

「你是不知道實情，」看大門的更進一步說：「人家還說少奶奶在娘家的時候，就和老頭子那麼著了。所以他硬教少爺娶她，他好交帳。及至娶過來，又不是原包貨，少爺啞子喫黃蓮，有苦說不出，所以一直不喜歡她。」

「這更不對。老頭子每次到李家，都是我拉他去的。人家李老爺親自在外面大廳上陪他，李小姐偶然出來坐坐，又在白天，怎麼會發生那種事？發生那種事，總得有個機會呀。我準知道老頭子沒有那個機會。」

「他有那機會，也不會告訴你。」

「他在外邊，總是我跟著他，所以我敢這麼說。我的意思，老頭子近來脾氣不好，是實在的。除了這一點，他這個人是個正派好人。」

「正派好人，踢你兩腳！」看大門的譏諷地說。

「我原說他就是這點不好，所以才想不幹了。——好了，我們不要談他的事了，喝杯酒，聊聊別的罷。你上一回說的那聊齋故事，狐狸精變美女，送銀子給那窮書生用，還陪他睡覺。我聽著怪有趣的。你今天再講一個給我聽聽，好不好？」

「我不再說了。說多了，怕你想狐狸精想迷了。」

「那怎麼會？我有那麼大的福分嗎？我又不是傻瓜！」

這裡正聊天，忽然聽著內宅裡叫起來。兩個人趕到裡邊去，正遇著李玉瑛嚷出來。兩個人忙問道：

「怎麼，少奶奶，你嚷的是什麼？」

「兒子打死老子了，你們快看去。」

她一邊說著，一邊往外跑。拉包車的追著問道：

「少奶奶，你這是到哪裡去？」

「我回娘家，這個地方我不能住了。」

「你等著，我拉車子送你去。」

「我不要你送，我自己會走。」

說著，她自己把大門拉開，一逕跑了。

這時候，董老頭已經嚥了氣。老太太和董銀明放聲大哭了一場，然後吩咐拉包車的去請張委員，看怎麼照料後事。看大門的略不思索，趁大家忙亂的時候，一個人跑到巷口的派出所裡報警去了。

「實在的，兒子用手槍打死了老子！董家，這是你們知道的。這是什麼事，我敢謊報！」

當值的巡官一聽，這是逆倫弒父大案，就不敢怠慢。教兩個警士陪住了看大門的，自己打電話報告了分局，一會兒警備車就開了來了。巡官把看大門的帶上車，一逕開到董家門前。警士們荷槍實彈，衝到內宅上房。分局辦案人員，看了看死者，確實是槍傷致死，大略問了幾句話，董銀明承認手槍走火，誤斃父命，他便被手銬銬起來了。

老太太一邊抹著眼淚，一邊招呼警局人員，說道：

「請先生們略坐坐，我教人請張委員去了。等張委員來，大家商量商量，請不要把我的兒子帶了去。」

「哪個張委員？」

「省府委員張——」

「好，既是省政府張委員，我們就等一會。」

一時，拉包車的回來，說已經見到了張委員，但是張委員不肯來。老太太急了，說道：

「一定是你沒有把話說明白。」

「我的話說得再明白也沒有。張委員一聽是兒子打死了老子，就一直搖頭，說這是一件麻煩事，沾不得手，就推辭不肯來了。」拉包車的分辯說。

「你不該說什麼兒子打死了老子！」

「我不把事情說明白，怎好起動人家呢！」

警局人員一聽這口氣，就站起身來，把董銀明帶了出去。很多時候以來，董銀明就常常想到自己說不定會被捕，被帶上手銬牽進監獄去。但他所想像的是一種政治罪名，一種光榮的政治罪名，作為無產階級的革命前驅，他被下獄了。然而今天的事，和他所想像的不同。今天，他以一個弒父的罪名被捕，真是作夢也沒有料到的。

「完了，可惜這樣子完了！」他一邊想著，一邊跟著走出去，連老太太嚎啕大哭的聲音，他都沒有聽見。

他蹲在警局的囚房裡，油煎似地度過了這一夜。天剛亮，看守警察遞給他一條新毛巾包著幾個熱饅頭，他驚異地接過來。看守說：

「這是你家裡送來的。你有事衹管對我說就是。」

他心裡一陣酸，眼淚掉了下來。父親這樣橫死了，橫死在他的獨生子手裡。母親一個人，現在過的是什麼日子呢？她要料理父親的後事，又要照顧獄中的兒子。老人家橫遭大故，怎麼忍受得了呢？慘，真是太慘了！

饅頭是熱的，然而他不能下嚥。這個斗大的囚室裡，乾草地上，還躺著好幾個囚首垢面的看樣子很窮的犯人。他們睜大了眼睛，看看董銀明的臉，又看看他的饅頭，露出十分懷疑不解的神情。

董銀明忽然想起來了，這些不就是受難的無產者的真正的面孔嗎？同志，同志，我一天到處尋求我的同志，這不就是我的真正的同志嗎？遙想當年，自列寧以下，那些英勇的聯共黨徒，無產階級革命的前驅們，受難在沙皇獄中的時候，不也就是這個樣子嗎？

他想著，寬慰了許多，就不自覺地對他們點點頭。那幾個犯人也點點頭。當中有一個四十多歲的癩頭，輕輕問道：

「你，你怎麼會──」

他的意思是說「你怎麼會住到這裡頭來」，可是他沒有說全，董銀明也懂得了。

「我為了手槍走火，打死了人。」

癩頭聽了，略點點頭，眼睛卻又望著他的饅頭。董銀明便把幾個饅頭分給他們每人一個，請他們喫，他們一點也不客氣地接過去喫了。

「你自己怎麼不喫？」

「我不餓，我喫不下去。」董銀明接著問癩頭說：「你是為了什麼事？」

「我冤枉。」

癩頭好像不願意暴露自己的案情。二十多歲的疤眼笑了一笑，說道：

「你這傢伙，真是老奸巨猾！到了這裡邊，還不說老實話。你冤枉什麼？」

「我怎麼不冤枉了，」癩頭做個鬼臉說：「我偷了人家一件藍布大褂子，統共不值兩塊錢，就抓了進來，一個多月也沒有問一聲，還不冤枉？我怎及得上你，強姦了一個五十多歲的老媽媽，總算快活了一時，坐牢也值得。」

「哪裡，哪裡！」疤眼也表示有點冤枉，「我弄也沒有弄到，就喫那老妖精亂吵亂叫，教人家把我捉到這裡來了。」

「哇哇哇哇……」

另外一個是啞吧，看樣子也有二十多歲了。喫過饅頭之後，他也插嘴說話了：

「哇哇哇哇……」

「小董，」癩頭說：「你聽懂他說話嗎？」

「我不懂啞吧說話。」

「你手裡不是還有一個饅頭嗎？你一發請我喫了，我把他的話翻譯給你聽。你不知道，我喫了一個饅頭，不喫第二個，真比刀子穿心還難過。」

於是董銀明把留下來的一個饅頭也給了他，他喫了。說道：

「你不知道，小董，我這個人，一輩子祇有兩個本事。一個是偷，我會偷，非偷不可，一天不偷，一天不得喫飯。另一個是會聽啞吧說話。他剛才這麼一哇哇，是說他自己不是人。又這麼一哇哇，是說他的媽媽原是一條老母狗。他哇哇來，哇哇去，不過說他是狗娘養的。」

這引得大家都笑了。

看守警察從小窗眼裡看了看，罵道：

「你媽的，笑什麼？沒有挨夠！」

他又向董銀明說道：

「你不要打理他們，通沒個好東西！吶，這是今天的報，你看看你自己的新聞罷。他們這些狗，要是敢欺負你，你告訴我，我拉出來抽他們！」

他又望著癩頭說：

「你聽見了嗎？你頂壞！」

「是是是，警爺我不敢。」癩頭伸伸舌頭，又做個鬼臉。

董銀明接過那張報來，一看，出號大字標題，整版的篇幅，登著他的新聞。大意說，董老頭和兒媳婦李玉瑛素有姦情，被董銀明撞破，一時氣急，用手槍把父親打死云云。

董銀明看過之後，氣得哭了！他恨恨地說：

「什麼東西！這種造謠生事的無聊報紙！非殺不可！」

癩頭大睜著眼問道：

「小董，你看了什麼，這麼上火？」

董銀明把那張報遞給他，說道：

「你看，他們昧著良心，造我的謠！」

癩頭接過來，反反覆覆看了又看。疤眼笑道：

「怎麼，你不認得它？」

「不是我不認得它，是它不認得我！這種報紙，不錯，一點良心也沒有，我這麼翻來覆去地看它，它總是不認我。我說，小董，我這也不必客氣。我們這幾個人，都是字不認得的，還是你費心說說給我們聽罷！」

董銀明便大略告訴他們一點情節。癩頭笑道：

「公公弄兒媳婦，叫做扒灰。我說，小董，你把他一槍打死，對，打得對！」

「我說是不對，」疤眼另有意見，「女人家那個，弄弄又少不了什麼。自己老爹，又沒有便宜了外人。何必這麼認真？小董，這是你不對。」

「哇哇哇……」啞吧又開腔了。

「你們沒有弄明白，」董銀明脹紅了臉說：「這是他們造謠，根本沒有的話！實情是我一時不小心，走了火。」

「唉，小董，」疤眼和癩頭異口同聲地說，「來到這裡邊，當著我們這些難友，你就不用客氣了！打死個把人，算什麼！」

「哇哇哇……」

「男子漢大豆腐，」癩頭慷慨激昂地說：「要殺人，就先從親爹殺起，殺個痛快。」

「是呀，」疤眼也感慨起來，「這個世道，不殺是不行了。人家那有錢的人，高樓大廈，嬌妻美妾，過著神仙一樣的生活。偏我們這些窮光蛋，偷件破布衣服要坐牢，弄個老媽媽要坐牢，殺個親爹也要坐牢。大家都是個人，為什麼人家那樣厚，我們就這樣薄，太不公平了。」

「疤眼子，」癩頭激他說：「你這要是能出去，你要不殺你親爹，你就是狗娘養的！」

「你是狗娘養的。」

「我嗎，我是從小沒有爹。我要有的話，要不殺給你看，我就算是狗娘養的。連人家小董這樣的人物，都要殺自己的親爹，我們還有什麼不可以！」

「哇哇哇哇……」

董銀明對著這些同志型的難友，真真感覺得沒有辦法可以談下去。便斜靠在土壁上合眼假寐。身上癢，原來半夜之間，已經招滿了一身白蝨。董銀明自有生以來，身上從來沒有過白蝨，這時伸手從領子上摸了一個出來，不覺毛骨悚然，渾身發抖起來。

「啊呀！蝨子！」

「蝨子，你怕什麼！」

「可怕，可怕！」

「那有什麼可怕？我身上能找出一萬個來和你比比。」

「我從來沒有招過蝨子。」

「身上沒有蝨子，還能算人？皇帝身上，還有三個玉蝨子呢。」癩頭洋洋得意地說，好像他知道的比別人多。

「胡扯，」疤眼不服氣，「皇帝身上怎麼有玉蝨子，你見來？別儘著吹牛了！」

「吹牛？告訴你疤眼子，我是一點也不吹牛。皇帝身上，什麼都是玉的。戴的是玉帽，穿的是玉襖，喫的是玉飯，喝的是玉茶。說給你，你也不信，皇帝的屁股門子都是玉鑲的。」

「我真有點不信，他哪裡那許多玉來？」

「哇哇哇哇……」

董銀明聽得笑出聲來。

「怎麼樣，」癩頭說：「我說得對了罷？你看小董都聽得高興啦。」

住得日子久了，彼此廝混得更熟了。董銀明覺得說說話，也還可以排除寂寞，就時常和這幾個寶貝聊天。天上一句，地上一句，有的無的，說些莫名其妙的閒話。董銀明覺得這兩個無產階級型的下等朋友，也有一種長處，那便是「直爽」。他們內心坦白，赤裸裸地沒有一點掩飾。他們是剝削制度下的無辜者。他們對於他們的統治者，有一種「無反抗的反抗」，那便是他們那種「遊戲人間」的滑稽精神。這種精神比憤怒還要悲壯，比眼淚還要感人。這是董銀明以前所未曾知道的。於是他明白了，明白了共產黨的革命運動，何以定要無產階級為基礎的道理了。他同情而又關切地問道：

「說點真的，你們在這裡住著打算怎麼樣？」

「不打算怎麼樣。反正不教出去，衹好待著。什麼時候教出去，我就什麼時候出去，聽人家的。」癩頭隨隨便便地說，「小董，你不知道，我如今成了他們家裡的祖先牌位了，他要把我安在哪裡就安在哪裡，行動全由他，我自己作不得主。有朝一日，他們不願意供奉我了，把我劈了當柴火往鍋灶裡填，我就化灰了！」

「這又不犯死罪，你將來總要出去的。你有沒有打算出去以後怎麼樣？」

「出去，還是得偷。不偷，怎麼喫飯？」

「你呢？」董銀明又問疤眼。

「他嗎，」癩頭搶過去說：「他出去再弄老媽媽。」

「你不要亂扯了。我才二十多歲，不能和你一樣。我這一出去，就補名字當兵了。」

「你疤著個眼，人家隊伍上不要你。」癩頭說。

「我當伙伕，當挑夫，都成哪。」

「哇哇哇哇……」

這個一席不到的小囚室裡，四個人住著，已經顯得十分擁擠。厚厚的牆壁，衹有一個一尺多大的小窗戶，上面裝著又粗又密的鐵櫺子。另一邊是保險櫃似的一個小鐵門，上邊留著一個碗口大小的洞，遞飯傳話，這是唯一的交通要道。土地上鋪著乾草，規定夜間衹准臥著，白天衹准坐著。那就是說，這裡邊是永遠不許站立的。不消說，空氣是混濁的，味道是腥臭的，光線是陰暗的。董銀明初進來，一切不慣，焦急而又氣悶。但住下來，想想急也無用，心便漸漸寬了。覺得監獄這東西，原也是人住的。佛說，我不入地獄，誰入地獄？憑這種精神，昂然走進監獄，實在是一種可敬的壯舉。坐監獄，原是革命者的一種光榮。一個革命者，如果不曾坐監獄，總不能不算是一個很大的缺陷。再想下去，監獄竟是非坐不可的了。

董銀明住進來之後，一個多月不曾出去過，也不曾被問過一句話，他完全像被遺忘了似的。有時候，他不耐煩起來，問問那看守警察，到底案子怎麼樣了。那看守警察就安慰他說：

「不要急呀，你總不會喫虧。我聽說，你家裡有人在上下活動呢。打點好了，就可以出去了。你放心罷！」

過了一天，看守警察又拿一份報來給他看。說道：

「你看，今天又登了你的消息了。」

董銀明忙接過來一看，原來是報導他在警局招供的消息，說他已經承認為了父親姦淫他的妻，才把父親打死了的。這時，董銀明沒有憤怒了，他祇苦笑著搖搖頭。對那看守警察說：

「你看他們會造謠言罷！別人不知道，你是知道的，他們什麼時候叫我去問過話來？」

「這就是公事公辦，你管他怎的？」看守警察說。

「這與我有切身的利害關係，在法律上相差很多，我怎能不管他？」

說著，外邊一迭連聲地傳董銀明。他被提到前邊一間小辦公室裡，裡邊坐著一位老警官，和顏悅色地告訴他說：

「你的案子，今天送法院。」

他指著面前一疊文卷，吩咐立在旁邊的警察說：

「來！」

於是上來一個警察，抓起董銀明的右手，用他的食指在一個文件上打了好幾個手印。董銀明忍不住問道：「這是什麼？」

「沒有什麼。」老警官說：「你到法院就知道了。」

印畢，戴上手銬。在八個警察武裝護衛之下，他被帶了出去。外面等著看熱鬧的人似乎很多，還好像有人在攔著照相。董銀明像駕雲一般悠悠晃晃地跟著飄出去，迎面有人叫道：

「抬起頭來！」

董銀明倒聽到了這一句，但是他的頭更放得低了。走到大街上，滿眼裡冒著金星，嘈雜，飄忽，一切都是模糊的。

「畜生！」

「殺死父親的畜生！」

四面好像有唾沫吐過來，有小石頭打過來。

董銀明像駕雲一樣地跟著飄了去。

到了法院，他被關進一間不見天日的黑屋子。過了好半天，被提出來，牽進一間小辦公室。有個官兒慢吞吞地問他說：

「你父親姦你的媳婦，被你撞見。你一氣，就用手槍把你父親打死了！是這樣嗎？」

「不是。實在是手槍走火，誤傷。」

「你在警察局已經承認了，怎麼到了這裡又翻供？」

「我沒有在警察局承認什麼，警察局根本沒有問過我什麼話。」

「你在口供上都蓋過指印了，還賴！可見就不是個好人！」官兒有點不高興了。

「指印是蓋過的，但我不知道蓋的是什麼！」

官兒制止他說話。有個法警抓起他的右手來，又在一個文件上蓋了好幾個指印。

然後，他被押進監獄。

三十

被牽進監獄的大鐵門，走進一個小小的房間。像當店的櫃檯那般高的辦公檯上，坐著一個滿腮鬍子的獄官。董銀明立正在他的檯前，手銬被卸除了。問過姓名年籍之後，獄官把那張押票反覆看了好一會，眼瞪著董銀明。說道：

「你是什麼案子？」

「手槍失火，誤傷人命。」

「哼，你說的倒輕快。」獄官縱聲大笑著說，「你這弒父，殺害直系尊親屬，是個死罪，要上絞刑。進了監獄，可要守規矩，這裡由不得你！」

董銀明板著冷冷的面孔，沒有回答。獄官不耐煩地大聲說道：

「你聽見了嗎？我說的話。」

「聽見了。」

有個法警上來，把他口袋裡的東西完全掏了出來。又教他脫去鞋襪，赤著雙腳，繳出了褲帶，印下指模。獄官又吩咐道：

「記住，你是二千零八號。你進去以後，姓名就不用了，點名呼喚，你就是二千零八號。記住了嗎？」

「記住了。」

經過了裡面的兩道鐵門，董銀明被送進天字第一號囚房。這裡的規模比較警察局的拘留所是大得多了，祇這一個房間就住著三十多個人。董銀明被推了進去。看守叫道：

「十九號，十九號。」

有個麻面大個子的囚犯，應聲「有」。

「這個是二千零八號，交給你。」看守說。

「好了，你放心罷。」

十九號應著，一邊打量那董銀明。問道：

「你就是二千零八號？」

「是的。」

「你是什麼案子？」

「手槍失火，誤傷人命。」

「小事，不要緊。大不了，判上五年。我問你，你家在哪裡？」

「本地。」

「家裡可有人替你送東西，關照你？」

「有的。」

「好罷。以後你有東西拿進來，記住，交給我，我替你分配，大家都好用。我這天字第一號囚房裡，原來有個老規矩，新進來的犯人，要抱著馬桶睡覺，專管替老犯人擦屁股。你呀，我看你人還不錯，家裡又有東西送進來，我就免了你這擦屁股的差使。你這邊來，靠著我睡。我這個地方，離馬桶最遠，靠窗子最近，空氣流通，還曬得進一點陽光來，最好不過的一個地方。」

董銀明打量情形，就知道十九號是這個囚房裡的龍頭。不把這個人對付好了，以後不要打算有好日子過。就連忙說道：

「多謝多謝，承情承情。」

「你不要給我來這些片兒湯。我問你，你家道怎麼樣？能天天買東西給你送了來嗎？」十九號關切地問。

「能。」

「那麼，你趕快寫一封信，我託這裡的看守，找人送到你家裡去。開個單子，教他們送點東西來用。」

「可以。祇是寫信要紙筆呢。」

「紙筆現成有。」

十九號湊到門上的小洞裡，喊道：

「值班的是哪一位？張爺嗎？」

值班的走過來，十九號和他咕唧了一陣。馬上，紙筆送來了。董銀明伏在地上，就給母親寫信。

「你這麼寫！」十九號交代說，「這裡頭要沒有東西送人，根本不能住。教他們每天多多送點東西來，你好自己用，也好送人。頂要緊的是喫的，菜，日用品，毛巾哪，牙刷哪，短褲背心哪，祇管送進來。你信上不要忘了寫上，給這個送信的人二十塊錢，下次你有事好再煩他。」

董銀明一一寫畢。十九號道：

「拿過來給我看看，你寫得怎麼樣？」

董銀明遞給他，他看了，稱讚道：

「你寫得很好呀，你上過學來？」

「我是中學畢業。」

「哪個中學？」

「貢院。」

「哼，我們先後同學呢。」

「原來你也是——」

「回頭我們再細談，現在先送信。」

十九號又從門洞裡喊過那位值班的張爺來，把信繳出去。過了一會，回話來了，說是信已送到，老太太吩咐，「教你放心在裡面住著，外頭正在想辦法。東西，馬上送來。老太太教送信的人先帶進二百塊現錢來，給你用。」

董銀明接進這二百塊錢來，拿五十塊給值班傳話的人，把一百五十塊統統交給十九號。說道：

「你收著，我們慢慢用。」

十九號多少客氣了一下，就接過去塞在褲袋裡了。他把自己的鋪位整理了一下，讓董銀明睡下休息，一邊說道：

「零八，你真是好朋友。像你這樣的好人，坐監獄真是虧，老天爺沒有長眼睛。」

說著，他又喊：

「三百五十八號呢？」

「有，大爺，我在這裡。」一個瘦小個子的年輕人答應著。

「你那蜜棗和橘子還有沒有？拿出來呀！拿出來招待招待我們的新朋友呀！」

「是的，大爺。」三百五十八號應著，遞過一個小籃子來，「都在這裡了。大爺，放在你那邊喫罷。」

十九號接過去，再三讓董銀明喫。董銀明推辭不得，就喫了一個橘子。屋裡，雖然三十多個囚犯，卻都靜悄悄地呆在那裡，動也不敢動。都大睜著眼，看那十九號，儘他頤指氣使，作威作福。這些來自三山五岳，非姦即盜的英雄好漢，肯在十九號手下，這樣的服貼，實在是怪事。十九號這個人的魔力，也許可以想見了。董銀明這麼想著，就更加注意籠絡他，「這應當是一個領導的天才！我要想辦法緊抓住他。」

好在這並不是什麼難事。因為董銀明家裡每天有供應品送了進來，這些供應品就把十九號拴住了。

「零八，你問我的案子嗎？」十九號不勝感慨地說，「說起我的案子來，我才真正是冤枉呢。我從貢院畢業以後，到北京考取了中大。發榜以後，我因為T城有事，就回來一趟。在天津換火車，人很少，我對面的位子空著。一會兒，有個紅帽子扛著一個柳條包上來，後面跟著一個客人。柳條包放到行李架上去，紅帽子拿了錢，下車去了。那個客人便在我對面的位子上坐了下來。他不住地從車窗裡巴著往外看，好像等人等得不耐煩的樣子。過了一會，他下車去了。一直到火車開走，沒有再回來。我想，他一定是誤了車了，就起了貪心，想他那個柳條包，多少一定值幾個錢，取之不傷廉。到T城下車，我就把那個柳條包帶下來了。我是學體育的，十項運動在全省運動會上得過第一名。我有的是力氣，一件兩件的行李，我從來不叫紅帽子，總是自己拿。這一回這個柳條包並不太重，我就自己提出站來。出口檢查，一向是沒有的。這一回卻不想正遇著檢查，我心裡就覺著有點不對，可是又好像以後不會有什麼事情似的，疑疑惑惑地就把柳條包放在一個憲兵的面前了。我說：

『我是個學生，從北京回來，這箱子裡是幾本書和幾件衣服。不要打開看了罷？』

『打開！』那憲兵說。

於是我祇好打開。心裡有點不安，因為我也不知道那裡邊裝的是什麼。繩子解了，蓋子揭開，裡邊塞滿了破布碎紙，我就覺得不對了。把那些破布碎紙拉了去，你猜怎麼樣？」

十九號說到這裡，便頓住了。他的冷冷的麻臉上，似乎還含著餘怖。

「到底怎麼樣？」董銀明也急著問。

「唉，真是想不到的事。原來那裡邊是個人頭！」

「人頭?!」

「是的，一個留著短頭髮的男人的人頭！我當時就被抓起來了。帶到憲兵隊，轉到警察局，一直來到法院，到處裡都追問我這個人頭的來歷。我就把天津車站上的情形對他們講了。後來從天津查明，這個死者是一家公司的職員，到銀行裡取一筆款子，款子取了，人卻沒有回公司，失蹤了。於是謀財害命的罪名，就落到我頭上來了。我被判無期徒刑，上訴減為十五年。我現在已經坐了八年，坐過一半多了。」

十九號說著，眼睛裡含著淚水。

「零八，莫非命也！你看，我這不是命嗎？單論我那一念貪心，我應當受這樣重的刑罰嗎？命運哪！命運真是太可怕了！」

「是的，」董銀明同情地說，「命運確是可怕的。我的情形也和你差不多少。我們說冤枉，是沒有人會相信的。」

「我初進獄，家裡還來看我。及至過了二三年，就沒有人來了。常言說久病無孝子。誰有那個耐心，常年不斷地來探監呢？這也怪不得人家！幸好我是學體育的，自從家裡不來看我，不送東西以後，我就打。打同監的犯人，打看守，打著他們要他們供奉我，喫就喫，用就用。結果，這個天下就被我打出來了。我成了這天字第一號的龍頭，全監獄裡的英雄！」

「總算你是有辦法的。」

「什麼辦法？」十九號苦笑著說，「當時學體育，練十項，有誰想到後來用得著到這裡頭來打天下呢！細想想，這也是命運的安排。我要不能打，這十五年的悠長歲月，我還能過嗎？單憑每天那兩頓窩窩頭，餓也把我餓死了。今天還能在這裡請你喫蜜棗嗎？」

十九號說著，把一個蜜棗硬塞到董銀明嘴裡。為了驅除他自己的悲哀，他故意的大聲笑了。

「我說，零八，你這一百五十塊錢，我來替你出個主意，我們先買幾包香菸抽抽怎麼樣？」

「好呀，你看著辦，不必同我商量。」

「零八，你不知道，我這個抽菸，還是在這裡邊學上的。我打天下以後，他們有什麼給我什麼。我呢，是你給我什麼我就要什麼。他們孝敬我菸卷，我就要菸卷，結果我就學會了抽菸。零八，你抽不抽菸？」

「我不抽。」

「住到這裡頭來了，你不妨學著抽了解悶兒。」

「這裡頭准許抽菸嗎？」

「這裡頭不准許的事多著呢！誰管他！」

十九號再從窗洞裡和值班看守說話，錢拏出去，香菸就進來了。居然是老炮台。十九號抽出一枝來，遠遠地扔給三百五十八號。說道：

「我不白喫你的蜜棗，拿一根抽去。」

「謝謝大爺，」三百五十八號說，「我不抽了罷。萬一教他們看見了，又是麻煩！」

「你祇管抽，怕他幹什麼？你祇說是我給你抽的好了！」十九號說著，把洋火也遞了過去。

董銀明看著十九號這種場面，聽聽他這種口氣，真有點不解。忍不住問道：

「我很佩服你能在這裡頭打出天下來。我祇不明白，你憑一個人，就算有點力量，怎麼能打得過許多人？」

「這個道理很容易懂。我是個亡命徒，打起架來，捨生忘死，唯恐這條命送不掉。別人則不然，不但命不情願送，連帶一點傷都害怕。因此，我是先聲奪人，精神上先已經壓倒了他們。動起手來，沒有不贏的。」

十九號抽了幾口菸，眼睛裡射出了光芒，他回想到他入獄以前的年代了。

「零八，我告訴你，我從前原也和別人一樣，極愛惜自己的生命。自從判了無期，又改了十五年，我的心理上起了一個極大的變化，自尊心是一點也沒有了。我自輕自賤，把這個生命看得像一個贅疣，恨不得立時毀滅了才痛快。國家設立監獄，目的在施教化，想變壞人為好人。但結果則得其反。這裡邊，我見得多了。刑期久的，我就是個樣子，他們失掉了自由，同時也失掉了希望，做人的問題根本沒有了，不管是做好人還是做壞人。刑期短的，進來住了一個時期，更學壞了。你看，這裡邊哪裡會有好人？非奸即盜，彼此混在一起。每天談論的祇有一個問題，就是怎麼樣才能夠在法律的空隙中投機取巧，犯罪而不受法律制裁。研究來，研究去，犯罪的經驗更多了。將來出了獄，沒有一個會做好事的！還有一層，凡是坐過監獄的人，對於政府，對於社會，都抱著一種仇視的心理，一有機會，就要報復。這固然是自外生成，但死逼梁山，也是一個自然的趨勢，為人情所必然。零八，你剛進來，還不會懂得這些事，慢慢你見得多了，就體會到問題了。總而言之，人進了監獄，固然是一切都完了，但國家的監獄政策，也是完全失敗的。監獄祇能製造問題，而不能解決問題。政治上了軌道，一定政簡刑清。什麼時候監獄塞滿了，甚至塞不下了，天下也一定是亂了。」

十九號說到這裡，感慨起來。他一氣抽完他的一支菸，全號子裡的犯人都屏息傾聽他的高論，三十多對眼睛一齊射到他的脈臉上。這個蒼白而無表情的脈臉，這時候好像有點紅潤了。號子裡靜悄悄的。值班看守從窗洞裡向裡望了一望，輕聲說道：

「不要再抽菸了。馬上點名。」

「怎麼飯還沒有開就點名？」十九號問。

「典獄長臨時點名。」

「有什麼事嗎？」

「不知道。你小心點，不要惹事。」

「祇要他不惹我，我是不會惹他的。你放心罷！」

看守去了。十九號望著董銀明說道：

「我剛才的話沒有說完呢。我這個人算是完了。一個人離開社會十五年，再回到社會去，還會適應環境嗎？好比一個會寫字的人，經過十五年沒有摸過筆，還會寫字嗎？因此，我常覺得，長期徒刑實在是一種最殘忍最不人道的刑罰，真比死刑更難過。死刑祇是一個極短時間的痛苦，而長期徒刑的痛苦是拖長到不知幾何的歲月之中的。人類自相殘，正如曹子建的七步詩一樣，本是同根生，相煎何太急！不知道是什麼人發明的監獄，不知道是什麼人發明的長期徒刑。應當把發明這種缺德制度和缺德刑罰的人，關進監獄，來個無期徒刑，讓他嘗嘗滋味才好。」

「我想，」董銀明緩緩說道：「監獄原是統治階級的一種統治手段。在目前資本主義的社會中，這便是資產階級鎮壓無產階級的利器。他們有個想法：你怕坐獄嗎？那麼你好好讓我壓榨，讓我剝削，不要貳心，不要反抗。然而歷史的教訓可以證明，監獄是阻擋不住任何革命潮流的。」

董銀明還要繼續說下去，聽得外邊大聲叫道：

「天字第一號點名，預備！」

於是以十九號為首，三十多個人，分成四排坐了，面對著門洞，董銀明資格最淺，號數最大，排在最末一個。外邊就有人大聲喊著各犯的號碼，挨著點過去。門洞上有個戴眼鏡的臉伏在那裡向裡注視著。十九號向著這張臉點點頭，笑道：

「典獄長，您忙？」

那張臉卻沒有理他。

點過名，接著開飯了，一個人兩個黑窩窩頭，半碗黃白開水。十九號說道：

「零八，怎麼你家裡還沒有送飯來？」

「我想就快到了。他們一定會給我送的。」

「那麼我們就不喫這個窩窩頭了，等你的飯罷。萬一不送來，你這裡有錢，等會兒教他們買去。」十九號老老實實地計畫起來，「零八，你要是喜歡喝酒，也可以買進來。」

「我倒不喝酒。你要是喜歡，買了喝就是了。」

「倒看不出你這個人來！一個打死父親的人，菸也不吸，酒也不喝。好罷，我今天晚上是要喝一頓。我遇見你，你進來，我真是痛快極了。」

「你看，你這個朋友！我坐了監獄，怎麼你倒痛快極了！」

董銀明這麼說，引得大家都笑了。

值班看守從門洞裡說話了：

「十九號，教他們不要大聲笑！說不定典獄長還要過來呢。大家小心點！」

「今天到底出了什麼事？」

「不關你的事。」

「不關我的事，我聽聽也不要緊呀！張爺，到底是什麼事？」

「不過是個笑話。那邊小號子裡，押著一個有錢的大生意人。有個報紙上說，他的姨太太每天到獄裡來陪他睡覺。這個消息要是真的，典獄長能受得了嗎？他各號子裡親自點名，就是為了這個。外邊還有謠言，說我們看守為了勒索不遂，把犯人都打死了幾個。你想，這還成話嗎？」

「我說，張爺，」十九號堆著笑臉說，「俗們莫管人家的閒事。二千零八號這裡有錢，打算晚上打點酒喝，你能幫忙嗎？」

「這倒可以。不過我有個條件，你不能喝醉了發酒瘋，我有責任。少喝點，安安靜靜地睡覺。」

「那是自然，你放心就是了。我什麼時候替你惹禍來？」

三個月以後，董銀明奉到一紙起訴書，他被提起公訴了，罪名是殺害直系尊親屬。他家裡替他請了一個辯護律師，他在獄裡接見過這位律師。又三個月以後，這位律師來告訴他，說他這個案子已經移軍法處辦理了，因為韓主席注意到弒父這一個大逆的罪名了。

「這對於我，是有利呢，還是不利？」董銀明問。

「軍法處長是我的朋友，沒有什麼不利。」律師說。

再一個三個月以後，律師來說，這案子仍歸法院辦理了，因為法院曾向韓主席力爭這個司法權。

三個月，三個月，經過好幾個三個月，初審判決了，董銀明無期徒刑。上訴，又經過了幾個三個月，董銀明減處有期徒刑十五年。再上訴，再經過了許多個三個月，最後判定為十五年。這個二千零八號和十九號做了真正同病相憐的難友。

而一場官司下來，董老頭留下來的家業也用光了。老太太賣去了住宅，把煙槍劈開，煮水喝了過癮。最後她餓斃在一個破廟裡，當一個風雨的黑夜。

董銀明早已斷絕了家庭的供應。但是不要緊，因為他這時候，也已經熬成了一個龍頭，其地位不下於十九號。

除了十九號，就數著二千零八號了。

三十一

方祥千的T城之行，是大費躊躇的。T城是他的第二故鄉，熟人太多。他從三十歲還不到，就留起了一把大鬍子，更成了一個特徵。凡是與黨政多少有點關係的人，誰不知道這個大鬍子就是T城共產黨的創始人。再則他最近鴉片煙已經抽上了癮，長途旅行總有許多不便。

然而這些困難都不足以阻礙方祥千的行意，他剃光了鬍子，燒下預備吞服的現成的煙泡，毅然動身了。方培蘭親自送他到高家集，再三告訴他務必處處留心，早去早回。

「萬一有什麼意外的話，總要想辦法透個信給我，我好帶點款子來替你老人家打點。現在，我們籌款子是沒有什麼困難的了。有錢，總好辦事。」

「我料著沒有什麼關係。這些新起的人物，都以為我已經落伍了，我已經老了，不會再幹這一套了。不見得還會注意我。這是一個空子，我現在就鑽這個空子。這叫做出其不意，攻其不備。」方祥千說著，摸摸自己的下巴，鬍子沒有了，光光的，很覺得有點異樣之感。

「既是這麼說，你老人家就不該剃了鬍子。」

「這也沒有關係。」方祥千笑笑說，「我年輕時候留著鬍子，是少年老成；現在老了，剃了鬍子，算是老當益壯。憑這一點德行，就不會做共產黨。」

「這麼著罷，六叔，」方培蘭終是不放心，因為近來的黨爭實在太劇烈了，「我回到鎮上，馬上派個人跟到T城來，有事情好聯繫。——你老人家預備住什麼地方呢？」

「我就是為難這個住的地方。我想我還是住在方通三家裡，比較的好。」

「方通三？提防他出賣你！」

「這個人，膽子太小，顧慮太多，絕不會做這種斬盡殺絕的事。」方祥千回想起史慎之那時候，用了一小卷文件，給方通三借錢的事來。便告訴了方培蘭。然後說，「你看，他就是這樣一個人。」

「但是那時候和現在，時代不同，方通三的看法也未必沒有變化。這種小器量的人，總靠不大住。」

方培蘭送他到火車站上，買好了車票。還說：

「你看，就沒有找我們珍千七叔給你老人家算一卦，到底此一行順利不順利。」

「他倒是替我算來。說我這一次出門，大吉大利。無奈我總是不相信他那個卦。他的卦要是靈的話，他自己也不至於為了麻黃坐監獄了。」

爺兒兩個笑了一回。

方祥千到了T城，照預定計畫，坐車子一逕到方通三家裡去。方通三接待這位不速而至的客人，倒是滿客氣的。但是他再三追問這回到省裡來究竟為了什麼事，大約要住幾日，他很關心這些事。

「六哥，莫怪我直說。現在這方面緊得很。你的政治立場，又是大家都知道的。住久了，總不大好。」

「三弟，你放心，我早已不玩政治了。萬一他們不諒解我，我就辦一個自首手續也成。我近來贊成吳稚暉先生的說法，中國行共產要一百年以後。我最近在讀墨索里尼的傳記，研究法西斯呢。」方祥千信口說。

「六哥，你說到自首，我想起天茂來了。你知道天茂在T城嗎？」

「哪個天茂，你說的是珍千家的天茂嗎？」方祥千喫驚地問。

「是啊，正是他。」

「他在俄國，什麼時候回來的，我怎麼不知道？」這消息太離奇，方祥千急急地追問。

「詳細情形我不知道。大約他從俄國回來，在南京辦了自首，最近奉派到T城來的。我也是聽到別人這麼說，我並沒有見過他。」

方祥千一肚皮的不自在。想了好一會，才說：

「三弟，你想辦法找了他來，我和他見個面。好不好？」

「那容易，到黨部裡去一問，就知道他的住址了。」

第二天，天茂來了。去國十年，他已經長得又高又大，嘴巴子刮得青青的，頗具武夫氣概。方通三為了他們說話方便，自己稍微坐了坐，就躲到內宅裡去了。這裡賸下方祥千和天茂兩個人。方祥千說：

「怎麼你這一連串行動，一直瞞著我和你父親？」

「不是瞞著，六伯，」方天茂脹紅了臉說，「我這些行動，連我自己都覺著不對，我是不好意思。」

「既然知道不對，為什麼要這麼做呢？」

「六伯，我是疲倦了。我實在疲倦不堪，我不能再繼續那種生活了。我需要休息，自然，如果有人說我懶惰，說我不夠堅定，那也可以。」

「我五十多歲的人了，都不說疲倦。偏你二十多歲的青年人，就需要休息了！」方祥千冷笑說。

「這是生活不同的緣故。我在西伯利亞的冰天雪地之中，一氣住了十年。一年有十個月，和那酷寒奮鬥。冬天，我穿了雙層熊皮，還頂不住那嚴寒。在屋裡還罷，一開門出去，風吹過來，寒氣一直逼到肌膚之上。在北滿，同樣的冰天雪地，我每天有十二個小時以上，騎在馬上奔馳。我說俄國話，寫俄國字，喫俄國飯，做俄國事，甚至討了俄國老婆，我已經變成九十九分的俄國人了。還賸下一分沒有變的原因，祇為我沒有斯拉夫人的血統。六伯，人越是在不可耐的酷寒中，越是想著我們這溫帶的春天和夏天。我想像著，人光著膀子，在樹蔭之下搖扇乘涼，過那百零三度的炎天，就是神仙。我想像著，假如能說中國話，寫中國字，喫中國飯，做中國事，回到中國人的家庭中，就不啻是神仙中之神仙。我騎在馬上，到了筋疲力竭的時候，就想像著柔軟的睡椅。我發著俄國人的大炮，就老是想著我們家裡過年的爆竹。在這樣的心情之下，當國際派我回來的時候，我連考慮也用不著考慮，一到上海就自首了。我真疲倦了，我非休息不可了。我還記得，當我剛回來的時候，我連中國話都說不大上來了，要一邊慢慢地想著，一邊慢慢地說，彆彆扭拗，太沒有說俄國話來得方便。中國字，更不會寫了，尤其那支毛筆，我簡直拏也拏不動它。但是我偏喜歡說中國話，寫中國字。不知怎的，我總覺得這才是我應當說的話，我應當寫的字。我不能拏人家的東西，硬當作自己的。」

方天茂先見到六伯父，原有點像小時候見了尊長那樣的莫名其妙的恐懼心。但話匣子一打開，感情激動著他，他滔滔地講下去了。他已不再顧忌到六伯父對於他的話會起怎樣的反感。

這時候，方祥千在不耐煩的心情之中還帶著沉重的悲哀。他的夢破滅了。天茂是他培植起來的許多後輩中最年幼的一個，他寄予他的期望也最大，想不到他先變了。正如他的陣營中，首先自首的偏偏是工人出身的汪大泉和汪二泉一樣，曾經引起他的深長的懷疑。他沒有憤怒了，他這時候的心情是悲哀和寂寞。他搖著頭說：

「不想你從小受訓練，還克服不掉小資產階級的劣根性。你說的這一切，全是小資產階級的劣根性在作怪！」

「我不這樣想，六伯，」方天茂坦白地表示他的意見，「我以為這是現實。現實的力量比什麼都大，現實是能夠戰勝一切的。你老人家幹共產黨，是離開現實的。你所憑的祇是一種理想。像修仙的人學著打坐辟穀一樣，為了一種永遠不能實現的想像去喫苦，實在是沒有意義的。」

「這就是你在俄國十年，所學到的政治理論嗎？」對著方天茂的直言，方祥千倒覺得有點驚異。

「是的，六伯，因為俄國人最講現實。史達林知道無產階級專政是統治俄國的最有效的手段，他便採用無產階級專政的方式。如果史達林發現了自由企業制度比較無產階級專政更能夠維持他的統治，而他不放棄無產階級專政，去實行自由企業制度，那才是怪事！」

「這麼說起來，你的自首不是為了疲倦，為了要休息，竟是為了反共了。你這次到T城來，負著這種任務嗎？」

「並不這樣。我是先看穿了他們的作法，然後才疲倦的。」

方天茂望望六伯父的憔悴的臉，覺得這個老人到了這般境地，還為了一種理想，在不知不覺之間，被人家牽著鼻子到處亂跑，實在有點可憐。便說：

「六伯，我知道你還在幹！」

「是的，我犯不上對你說假話，我還是在幹。你要出賣我嗎？」

「不，六伯，我絕不出賣你老人家。如果你老人家在這裡有所活動的話，我還可以掩護你，幫忙你。因為你是我的六伯，我和你有一種封建的家族關係，我很喜歡這種關係。我現在，我現在愛惜那種關係。」

「既是你這麼說，我們就談家族關係的話罷。你知道其蕙的消息嗎？」方祥千看著姪子，就想起女兒來了。

「我知道。她在九江坐過獄。出來之後，回到上海，和一個姓薛的同居了。這個姓薛的是一個有名的托派，因此其蕙姊姊也被目為是一個托派了。」

這又是使方祥千掃興的一個消息。真是不如意事常八九，怎麼自己的晚輩中就沒有一個成材的！自首的，托派的，就沒有一個正統的共產黨！他打個呵欠，他也疲倦了。他從手提包裡倒出一個瓶子來，從瓶子裡倒出一塊鴉片煙來，用茶吞了下去。方天茂認得這東西，忍不住問道：

「六伯，你現在也有煙癮了？」

「是的。」

「你怎麼會？」

「我是以腐化掩護惡化。」

「六伯，」方天茂鼓足勇氣，說出了他想說的話，「我以為你老人家寧腐勿惡，情願抽鴉片煙，莫要做共產黨。因為共產黨的害處比鴉片煙的害處大得多！」

「天茂，」方祥千搖著頭說，「從今天起，我和你兩個人，保留封建家族關係，不再談黨。在黨的立場上，我們是道不同不相謀，你幹你的，我幹我的。」

「這樣也好。」於是方天茂以子姪身分，到內宅去給三叔母（方通三太太）請安。方通三趁著這個機會，問方天茂道：

「你剛才和他談的怎麼樣？他還幹那個嗎？」

「他還幹。」

「他住在我這裡，有危險嗎？」

「我掩護他，一定沒有危險。」

「還是早些教他回去的好。」

「我也這麼想，我來想辦法罷。」

兩個人密計了一番。方通三笑了一聲，說道：

「妙，妙，就這麼辦。」

第二天深晚，方通三和方天茂正在陪著方祥千聊天的時候，外面有人敲門。一會兒，看門的人帶進兩個青衣小帽的人來，拿著軍政總稽查處的名片拜訪方通三。方通三忙讓他們兩個坐。

「我們很冒昧，通三先生。」

「不敢。有什麼貴幹？」

「處長接到密報，說有一個資本家方祥千，這個人是有一把大鬍子的。他在政治上有點問題，請他去談談。」兩個青衣小帽中的一個，客客氣氣地說。

「我這裡並沒有這個人。」方通三驚訝地說，「不錯，有個方祥千，一把大鬍子，是我的六哥。但他沒有來。等他來的時候，我通知貴處來約他就是。」

兩個青衣小帽望望方祥千。問道：

「這位是誰？」

「讓我來介紹，這是我的叔叔。」

方通三說了，又指著方天茂道，「這是我的姪子。」

「對不起，通三先生，」兩個青衣小帽站起來告辭，「既是方祥千沒有來，我們回去報告處長就是了。打擾得很！」

「不，不要客氣。」方通三送他們出去。

方祥千不安地望望天茂。說道：

「這是怎麼回事？」

「他們的消息倒靈通。」方天茂順口說。

「這是教我快點回去的意思，是不是？」

「如果沒有什麼要緊的事，我勸你老人家早點回去。政治鬥爭是無情的，誰也保不了誰？通三叔擔不了這干係。我自己剛自首不久，也要避嫌疑。」

「這麼說，剛才這兩個人，是你指使他們來的。」方祥千冷冷地說。

「那是你老人家誤會。我對於你老人家，用不著拐那麼大的彎子！」

方祥千估量這情形，自己在T城已沒有活動的餘地，就決定第二天早車離開。他想，回到方鎮，把握自己的實力，我們慢慢總有相見的一日。「我把你這些沒骨頭的東西幹掉！」

但是方通三和方天茂再三留他再住二三天。方通三究竟是一個文人，重感情，心裡倒覺得過意不去。他說：

「既然決定馬上回去了，倒不妨再住幾天。休息休息，到湖上去玩玩，也順便看看老朋友們。」

提到老朋友，方祥千的興致好了一點。他為工作而來，原把這些私事置之度外，偶然想到過去的老友，也以為他們像是另一個世界的人物似的。現在決定放棄工作了，老朋友們在他的心目中也像是親近了一點。

「好罷，那麼就住幾天，看看朋友。三弟，你知道沈平水和李吉銘的消息嗎？」

「我多少知道一點。」

方通三剛要說下去，裡邊端出消夜來。四碟小菜，有酒，喫水餃兒。便讓坐，斟酒，兄弟叔姪三個人慢慢喝起來。

「沈平水，自從政權變動了以後，法專停辦了，一直找不到事情做。他原住著法專的房子，又被逼著遷出去，住到後宰門兩間小房子裡，生活漸漸不行了。日本太太天天吵鬧，最後是離了婚，回國去了。沈平水曾經到南京去住了幾個月，也沒有出路，好像連喫飯都成問題了。在日軍占據T城的時候，他曾經在日本軍部裡做過翻譯。以後的情形，我就不知道了。」

方祥千聽了，不禁搖頭嘆道：

「辛亥年革命的時候，平水也算是一個急進的人物。他後來由國民黨一變而擁袁，寫過主張君憲的勸進文章。袁死後，他就跟著北洋軍閥跑。已經是每下愈況了。想不到到了這個知命之年，弄得妻離子散，跟日本軍做起翻譯來。可見一個政權的變換，對於有些人的影響之大。十年河東，十年河西。將來不知道什麼人再起來推倒現在這個政權，那時候被淘汰下去的又不知道是哪些人！」

「所以，」方通三說，「我始終願意置身於政治之外。」

「那是做不到的。」

「我努力這樣，做到幾分算幾分。」

「你的努力是白費的。」方祥千乾下一杯酒去，興奮地說，「舉世滔滔，不歸於楊，即歸於墨。我倒以為天茂是對的，要拐彎，就來個一百八十度，不東則西，不左則右。徘徊，騎牆，總不是辦法。尤其作為一個文人，你的文章，就是你的政治態度。譬如說，你想置身於政治之外，這個態度就表示你對現實政治不感興趣，不感興趣就是不贊成，不贊成就是反對。這不就是你的政治態度了嗎？」

「你這麼解釋，」方通三笑笑說，「我竟成了反對現政權的人物了，我可實實在在沒有這個意思。我以為政治也好比一種行業，我務農，並不表示我是反對經商的。」

「我的意思，」方天茂接過去說，「六伯伯提到現實這兩個字是最要緊的。我們要注重現實，把現實的一切分析得清清楚楚，看明白他可能要前進的方向和路徑，我們的政治態度就可以決定了。」

「那麼，」方祥千對於方天茂這一說，忽然大感興趣，「我們這裡沒有外人，試各言爾志。讓我來根據你這個說法，分析一下我們三個人的政治態度罷。先說我，我是認為俄國革命成功以後，潮流所趨，中國一定要走俄國的路。因為中國不能在帝國主義的環伺之下偷生苟安，是很明白的。

通三，你，你是以為現政權必無出路，而又看不明白什麼力量將起而代之，所以願意置身於政治之外。看看風向再說。天茂，你呢，你是以為現政權一定有辦法，可以維持他的統治，所以你就跟著他跑，做他的鷹犬！你們說，我分析得對嗎？」

方祥千說到「鷹犬」兩個字，用力特別的重，嘴裡噴出唾沫來，臉上也顯然地有怒意了。方通三連忙把話岔開說：

「六哥，你看我們把話說遠了。我剛才說了沈平水，還沒有說李吉銘呢。李吉銘老了，貢院中學的事情早已不幹了。他有個孫女，從小被人拐進戲班裡去，後來找回來──」

「不錯，這個女孩還是我的乾女兒呢。你說她怎麼樣？」

「找回來，進中學讀書。還沒畢業，她自己又跑了。原來她愛看電影，是個影迷，跑到上海演電影，做電影明星了。她做電影明星的名字叫做藍平，聽說演技還不壞，我也沒有見過。最近她從上海回來，說是來看李吉銘的。不想，報紙上登出來，卻是因為鬧戀愛糾紛。她在上海有個男朋友叫做唐諾，兩個人不知怎地鬧翻了。藍平一氣跑到T城來，原是為了躲那唐諾的。不料那唐諾又跟蹤而至，住在旅館裡，服毒自殺未遂。各大報都有記載，鬧得很臭！聽說李吉銘很生氣，把她趕出去，不承認是他的孫女了。」

「青年男女，這算什麼！李吉銘也太不開通了。我們明天看看他去。那藍平不在他家裡了嗎？想不到這個女孩倒是個傳奇人物，親身演出了這許多的故事。」

「藍平是已經回上海了。六哥，你見著李吉銘，如果他不提起這件事來，最好你裝不知道，免得他難過，不好意思。」

「我知道。」方祥千應著。

第二天，方天茂陪著他各處走走。豹頭泉市場混亂如故，方祥千在茶館裡略坐一坐，泡上一碗茶，祇呷了一口，便起身走了。西門城樓拆掉了，馬路放得很寬。從前這個西門甕城，是最擁擠的一個地方，現在是寬敞極了。這是新政之下的一大建設。然而方祥千對於這些建設並不大注意，他卻望著隨處飄揚的青天白日滿地紅的國旗。他想，我從前在這裡的時候，是掛五色旗的。再上去是龍旗，現在政權變換，換了新旗了。不知道我什麼時候再來T城，這裡又掛什麼旗？他輕輕問天茂道：

「你在蘇聯，看見他們掛什麼旗？」

方天茂覺得這一問真有點奇怪，因為六伯伯不能不知道蘇聯是掛什麼旗。他卻接口答道：

「斧頭鐮刀。六伯，你問這個是什麼意思？」

方祥千望望左右，輕輕說：

「我一時想起來，不知道這個街上什麼時候也掛那個旗。」

方天茂便沒有再回答他。

順著西門大街，方祥千一直走到聚永成銀號。他望望聚永成的大門，又望望對門的那根電桿，腳步不停地一直走過去，心裡卻想起了史慎之。他覺得史慎之固然是荒唐的，然而資產階級的鷹犬們在他身上所表現的又是多麼殘忍，多麼卑鄙，多麼無恥！為了很少很少的幾個錢，殺害了一個青年的生命。

曲水亭，經過曲水亭，爺兒兩個也坐了一坐。方祥千想起從前方天芷常在這裡下棋，他後來竟當了和尚，還了俗，討了小老婆，放印子錢。他原期望他做共產黨的，卻不料他做下這些事。這些事，如果是一個共產黨做的，祇問目的，不擇手段，原不是不可以原諒的。無奈他不肯做共產黨，那麼他做的這些事也就不可以原諒了。這就可見下棋是不好的。下棋的地方是不好的地方。

這樣想著，他就不願在曲水亭多坐，起身走了。泡上來的茶，他沒有喝，方天茂扔下了茶錢。

走到雀花街，經過史慎之舊日的寓所門前，方祥千斜著眼看了看那個大門，心裡感到不安，又感到沉重。走過去，雀花樓飯莊還在營業。他走進去，一直到樓上，從坐櫃檯的一直到跑堂，已經沒有一個舊日的面孔。爺兒兩個在靠窗的一張桌子上坐下，喫了午飯。方祥千點了一樣雀花樓馳名拿手的油燒茄子，這是當年史慎之最嗜好的。

易俗社早已停辦了。羅聘三辦的民志報，原也在這條街上，也早停辦了。真是桃花依舊，面目全非，方祥千心裡無限的蒼涼和感慨。從雀花樓出來，走不幾步，就是名湖居。不錯，名湖居還在。方祥千也還記得金彩飛的名字，這個誘殺了史慎之的禍水。然而進去看看，現在是說書館了，這裡邊已經沒有金彩飛。不知道這個禍水到哪裡去了！

爺兒兩個僱一條小艇，蕩到湖裡去。水光，山色，蘆影，荷香，在在如舊。方祥千想起馬克斯主義學術研究會在這裡遊湖開會的事。工人出身的汪二泉，背叛了他自己的陣營，煮豆燃豆萁，已經流了他應該流的血！大泉，不知道到什麼地方幹什麼事去了。他大約也走著二泉的老路罷！董銀明以弒父罪名，被下在獄裡。其蕙，到過俄國，也坐過獄，多麼好的革命資歷，可惜投入了托派！還有，最最沒有出息的是天艾，他從廣州跟著革命軍出來，一直跟著革命軍，做個極小的事情！

在他的回想中，幾乎沒有一點是如意的，方祥千不願意再想下去了。他注意看看天茂，好一個年富力強的小夥子，這原是聯共黨一手栽培起來的孩子，現在卻以殺害共產黨為生活的手段。方祥千不由得怕起來了，他覺得他在T城是太孤立了，太冒險了。他問天茂道：

「你父親時常很想念你，你打算回家看看嗎？」

「韓主席不久要出巡到我們那一帶，我或許跟他一起去，順便回家看看。」

爺兒兩個從湖上回來，經過李吉銘門前，方祥千猶豫了一會，沒有進去。這時候，他又覺得沒有看這位老朋友的必要了。

回到方通三家裡。方培蘭派來的接應人員已經到了，原來就是許大海。趁沒有人，許大海輕聲問道：

「怎麼？六爺，這裡的事情順手嗎？」

「一點沒有活動的餘地！」方祥千搖搖頭說，「以後是比實力的問題了。我們趕快回去，還準備我們的實力去。水到渠成，自然有那一天。」

三十二

廝伴著嬌妻美妾的方冉武，心裡總撇不下小叫姑龐錦蓮。自從山本次郎把龐錦蓮包占了以後，他沒有辦法再摸著這個心愛的人了。他在當地雖是一個有財有勢的巨紳，但他知道他不能與日本人爭雄。他就不免抱怨起自己的太太來：

「你看，我說是早點把她討回來就沒有事了罷，你偏偏不上緊！耽擱下來，落到人家手裡去啦，這怎麼好！」

少奶奶聽了，又是好笑，又是好氣，半晌不言語。方冉武說道：

「怎麼你不說話了？你自己想著也對不起我罷。」

「不是我不說話，」少奶奶笑一笑，慢慢說，「實在你說的這個話，教人難以回答。這個人沒有弄進門來，是因為你沒有錢，怎麼說我耽擱了你！難道教我去搶了來給你？」

「你要是早些回娘家去，把田產做給你哥哥，換回現錢來，事情不早成了嗎？我有的是田，祇是換不成現錢！」

「罷，罷，再也別說了！你打量著你的田是永遠賣不完的呢。像你這樣糟踐下去，我不知道你還能過幾天！你莫怪我多話，你沉住氣，讓我也說說給你聽。進寶死了，換了個進喜，這個漏洞不但沒有堵住，反而更大了。小叫姑一開價就是三萬元，人家說的也不是沒有道理，有白玉簪那個價錢擺在頭裡，人家這也不能算是漫天討價。我替你估量著，你變換這三萬塊錢，少說也得三頃地。我問你，你現在到底還有多少地，再去掉三頃還靠什麼喫飯？」

少奶奶在丈夫跟前百依百隨的，從來沒有紅著臉爭辯過什麼事情，現在看看局勢不對了，忍不住多說了幾句話。話雖是說了，卻擔心惹他惱，弄得沒趣。便斜了小娟一眼，意思要她幫襯自己一下，小娟便接口說道：

「爺，奶奶說的話是對的。你不想想，你和奶奶才不過是三十多歲的人，以後的日月長得很呢。」

她又故意把嘴一噘，似怒非怒，似笑非笑，憨憨地說道：

「我說，爺，你這個人哪，說起來真教人寒心！你一天迷著那個什麼小叫姑，我也不知道那個小叫姑到底有個什麼好處，我就是不服氣！」

說著，眼圈兒一紅，淚就落下來了。

方冉武被她逗得笑了。說道：

「看你有這些做作。我今天實在告訴你，我並不是沒有計算。我眼下大約還有八頃地。破上三頃把小叫姑討回來，賸下五頃，在這鎮上也還是一二流的財主，還怕沒有飯喫嗎？進喜根本不成問題，他自從上房裡燒煙，那個神氣我早就看夠了。我教他跟進寶一路去，你看我的！」

大少奶奶連忙搖手，輕聲說道：

「你說這種諢話，也輕聲點，莫要鬧出亂子來！這是什麼事，可以一再地做，你快不要瞎說了！」

「這點小事，我怕什麼！就是明做，我也不在乎！我一定斃掉他！到那時候，進喜沒有了，小叫姑進來了，我就好收心過日子，在家裡享清福了。你看我這個計算好嗎？」

「罷，罷，」少奶奶用手摸摸自己的腮說，「你這種話，我聽得多了。白玉簪時候，你說過；小娟時候，你又說過。這是第三回了！好話說三遍，狗也不要聽，你留著騙鬼罷！」

「這回我不騙你！不信，你試試看。」

「也用不著試。你要賣田，你自己和馮二爺想辦法去，我也不阻攔你。我哥哥家裡，自從上年遭了綁票，是再也沒有餘錢治地了。」

「現在是不談了。有山本次郎占著她，我有什麼辦法討她！我說的是以前的話呀，那個時候你耽誤了我的事！」

「以前的話，就不必再多囉嗦了。你以後還是收收心罷！」

「沒有小叫姑，我實在告訴你，我這個心是一點子收不起來了。」方冉武說著，一頭倒在床上，無精打采地蒙著頭睡了。

大少奶奶和小娟，兩個人彼此望望，抿著嘴兒笑了一笑。大少奶奶搖搖頭，又輕輕嘆口氣。

然而「皇天不負苦心人」，山本次郎終於隨著高家集的日軍一同撤退了。方冉武的機會來了。他斬鋼截鐵地叮嚀大少奶奶，又向她打躬作揖地說：

「這回再也不能耽誤了！一失足成千古恨，再回頭已百年身。無論如何，這回要把她討回來了！我的好少奶奶，你要幫幫我的忙才好！」

他給小娟也打了一躬，笑嘻嘻地說：

「好小娟，我們不說外話。你是和少奶奶一個鼻孔裡出氣的。你也要幫幫我，莫儘著看我的笑話。」

小娟把身子一扭，嘴一噘，嬌聲說：

「我是不管你的閒事，你莫要扯拉我！」

「我說真的，」大少奶奶鄭重地說，「我是幫你籌不出錢來。你快去找馮二爺想辦法去，莫要怪我誤了你的事！」

「我的少奶奶，我們分頭進行，我也找你，也找馮二爺。」

這裡叮嚀了又叮嚀，方冉武興匆匆地去找小叫姑龎錦蓮了。叫開大門，他被讓進外邊的客房裡，他心裡就有點不自在。因為這就表示內宅裡已經有別的客人在，他的獨占慾受了損傷，就不免含有醋意。因此，他要討她回去的心就更加堅決了。他知道，他如果要占有她，除了討她回去是沒有別的辦法的。

「錦蓮，從前我給你提過的事，你已經答應我了。因為來了山本次郎，耽延了這麼久。現在山本走了，我們的事情怎麼樣呢？」

「這個，我自己作不得主。你還是和我媽媽談罷。祇要你們談妥，我是怎麼也可以的。」

「也得你自己肯呀。你輸心樂意嗎？」

「你這個傻瓜！」龐錦蓮笑吟吟地在他的腮上擰了一把說，「這個話還要問得！你問出這個話來，可見就是不知道我的心了！我真冤死了！」

「這麼說，你是願意的了？」方冉武心裡痛快，卻故意再逗她一句。

「你這個傻瓜！我不要你再問了！」

「那麼，我找你媽媽說話去。」

「她嘛，正在屋裡不得閒。我找她出來罷。」

「好，我就在這裡等她。」

龐錦蓮進去了好半天，龐月梅才出來。她進門便說：

「你看你們怎麼也不點個煙盤子來，就讓大爺在這裡白坐著。這算什麼規矩！」

於是有人送上煙盤子來，龐月梅陪著方冉武在煙榻上躺下，兩個人一邊抽著煙，一邊談起話來。方冉武說：

「我不說假話，我是有田沒有錢。我給你田，多給點也可以。我立文書，到城裡去稅契。算你用現錢買我的。你看好嗎？」

「如今田不值錢，我不要田。」

「田不值錢，我多給你一點就是了。」

「你預備給我多少？」

「如今雖說田不值錢，一畝也還值一百五六十元。我給你兩頃田，足夠三萬塊了罷？」

「大爺這說的不是誠心誠意的話了！」龐月梅冷冷一笑，扭一扭腰身說，「我最近為了用幾個現錢，也把南門外頭的上好田賣了幾畝，一畝祇賣得八十元。也在縣裡稅的契。你不信，祇管查去，我一點也不說謊。」

「沒有這麼便宜罷？」

「大爺，我看，你還是給現錢罷。田不好作價，作高了，作低了，都不好，我一定不要田。」

這個談判繼續了半月之久，才達成了協議。方鎮的田，南郊最上，每畝八十元作價，方冉武以出賣方式，給龐月梅四頃田，共價三萬二千元。三萬元是龐錦蓮的身價，二千元算妝奩費。

方冉武難得龐月梅一口答應下來，便興興頭頭地回來告訴了馮二爺，要馮二爺拿出地畝冊子來和龐家的帳房做手續。馮二爺一聽，沉下臉來說：

「這個事情，我不好做。把祖宗產業這樣糟踐，我不能幫著你做。大爺，地畝冊子我交給你，你自己辦去。好在再去掉這四頃地，你的產業也快光了，也用不著再用帳房了。我這就辭了罷，我也好早點另找個生路去。」

方冉武一聽急了，連忙安撫他。說：

「馮二爺，你這是怎麼了？我自己怎麼弄得來這種事情！你把地畝冊子交給我，我怎麼會看！你不要看我的笑話呀！我說，馮二爺，這麼著罷，你給我辦好了這件事，我酬勞你二十畝地，你自己從地畝冊子上挑頂好的，我立文書給你。」

「大爺，」馮二爺便自己轉彎說，「你不要怪我，剛才是我聽到一下子出去這許多田，心痛得很，就說了許多急話。既是大爺又賞我二十畝，難道我不識抬舉？好，我就給大爺先做了這件事，也喫大爺一杯喜酒罷。」

方冉武這才放下心來。

四頃地的轉賣手續，倒是異常麻煩的。還虧方冉武催得緊，縣裡又花錢運動，也還過了三個多月，才辦完轉讓稅契的手續，四頃南郊上好肥田變到了龐月梅的名下。方冉武興匆匆地跑到龐月梅那邊去，商量要接龐錦蓮回來。龐月梅正在家裡請了個瞎子算命呢。她說：

「大爺來了正好，我正請了個先生，算算什麼日期把錦蓮送到宅裡去的好。還有立這賣身契，也是我一件大事，也要查個好日子。大爺，你把你的八字也告訴先生，教他算算。」

「我不記得我的生日時辰呢。」

「單憑姑娘的命算也是一樣。」瞎子說。

於是算來算去，九月二十五日立契送親最吉，因為龐錦蓮生於卯年，喜個戌月戌日相合。方冉武一算，到那時候，還有足足兩個月，就不高興起來。

「這個日子太遠了，你再找個近的。」

「近的，沒有一個好日子，不是沖，就是剋，男女雙方不利。」

「大爺，」龐月梅笑瞇瞇地說，「這個百年大事，不爭在這一個月兩個月上，還是等到九月二十五日罷。」

「那麼，送親等到那時候，賣身契現在先立了罷。」

「大爺，這是什麼事，你莫不成還怕我賴？我有那麼大的膽子！」龐月梅跑過來把方冉武一把推到煙榻上，「你來抽口煙，我們細細商量商量，你急什麼！」

細細商量的結果，自然是方冉武完全依從了龐月梅。龐月梅答應從當日為始，龐錦蓮不再接待別的客人，她為方冉武所專有了。方冉武喫了這顆定心丸，心裡寬展了許多。

方冉武做這件事情，原是極力祕密的。他不許龐家洩漏消息出去，也不許馮二爺告訴任何人。他這樣祕密，也沒有別的意思，不過為了減少阻力，讓事情能夠順利地進行而已。但這樣的事，豈是祕密得住的？外邊，自始就有人知道。倒是方冉武自己家裡的人，因為深宅大院，少與外界接觸，得到的消息較遲。先是進喜聽得一點風聲，偷偷地告訴了老太太，這時候已是九月初間了。老太太叫進馮二爺來一問，馮二爺絕口否認這件事。老太太平日相信馮二爺慣了，也覺得不會有這件事，一定是進喜聽錯了。進喜心裡明白，馮二爺一定在這件事情上得到了好處。怪他不肯分潤自己一點，便暗暗說，「等我打聽的實了，再來問你，看你說什麼！」他原也和龐錦蓮打打罵罵，混得很熟。他想，等我問她去，這總不是可以瞞到底的事。

在龐月梅和方冉武直接交涉的過程中，一直擔著心事的是龐錦蓮。她總覺著這事情有點荒唐，四頃肥田換一個煙花女子，天底下會有這等事！眼看手續辦妥，這許多田一下子變成龐月梅的了，她的心事更重了。她想，難道我真要進居易堂，給方冉武做小老婆？她一則一直並不喜歡方冉武這位大爺，二則她知道做小老婆還不如當妓女強。她很怕弄假成真，像鳥兒一樣地被關進了籠兒。

她有時覺得她真要進居易堂了。這不免要離開龐月梅這個家，也不免要離開陶祥雲了，她就更愛著龐月梅這個家，更戀著陶祥雲，怪陶祥雲怎麼不多抽點空兒來陪她！「你老是喜歡跑到媽媽房裡去，兩個人咕咕唧唧，也不知道說些什麼！」

張柳河是死心塌地愛戀著龐月梅的，但他時常在眉目含情之間，覺得龐月梅和陶祥雲之間的情形有點異樣。他故意有幾天不到龐家去，龐月梅也不派人來找。去了，龐月梅淡淡的，也不追問這幾天為什麼沒有來。這在從前是絕不如此冷漠的。張柳河真有點不耐了。

「大仙娘，我有句話問你，可以嗎？」

「有什麼不可以？」

「我覺得，你近來對於我，太冷淡了。」

張柳河說出這樣一句話，原希望龐月梅立刻報之以若干的柔情，和若干的慰藉。那麼，他的心氣自然就平和了。不料那龐月梅卻祇淡淡地說道：

「唉，隊長，這娼門裡邊，逢場作戲罷了，你認真幹什麼！」

這就更加不是味兒。不但這句話說得不帶一點情感，簡直叫起隊長來了，真是豈有此理的生疏，這在過去是從來沒有過的。他真要忍不住了。但一想，龐月梅說的也是實話，這娼門裡邊如何可以認得真。便帶著一肚皮悶氣走回隊部去了。

無奈越想忍耐，越忍耐不住，越想越氣。他便對陶祥雲發話了：

「隊副，逛窯子有割靴子這句話，是怎麼回事？」

陶祥雲一聽這問話，知道有點不對。他在綠林裡機警成性，無時不注意著自己的安全。這時，他的兩隻鷹目就釘住了張柳河腰間的手槍了。一邊，他微笑著說：

「你這是明知故問，難道你真不知道割靴子是怎麼回事？」

「我是問你，朋友之間，割了靴子，還算不算朋友？」張柳河的問題更追緊了一步。

「這要看姑娘對嫖客的感情怎樣。要是真夠味兒，朋友有心割靴子，姑娘也不教割。所以我說如果有人被割了靴子，應當怪自己玩不住姑娘。還是縮起龜頭來，少生氣罷！」

這使得張柳河真也不能忍耐了，他從椅子上直跳起來。罵道：

「姓陶的，你太不夠朋友！你做的事情，打量我不知道！你割了我的靴子，不說句對不起我的話，反倒用話罵我，你是什麼東西！你娘的！」

陶祥雲淨防他的手槍，卻不想他奔過來就是一個大耳光子。這一記，張柳河用了個十分力，陶祥雲差一點倒下去。他穩住自己的身體，頭一擺，就竄上來了。張柳河一下被他撞倒在地上，壓住，便起不來了。陶祥雲拾起拳頭沒頭沒臉地亂打。

幸而隊上人多，大家一擁上來，把兩個人拉開。陶祥雲掙著，還要向前打，被幾個人硬拉到外邊去了。祗聽他遠遠的還在叫：

「姓張的，我到龐家去了，我去割你的靴子，看你能怎麼樣！」

「我彜你！」張柳河也大聲說。

「你不彜我，你就算是個大王八！」陶祥雲說了，又故意地高聲大笑，逗那張柳河生氣。

「不錯，你說得對！」張柳河冷笑一聲，「我不甏你，我就是個大王八！」

陶祥雲氣哼哼地一逕來到龐家。龐錦蓮正在自己房裡伴著方冉武，他便一直到龐月梅上房裡來了。他一言不發，在龐月梅煙盤子對面躺下，重重地嘆了一口氣。龐月梅正在燒煙，抬起倦眼來望了他一下。問道：

「怎麼，你生氣了？」

「是的。」

「為什麼？」

「打架了！」

「和什麼人？」

「張柳河！」

「為什麼！」

「為你！」

「這又何必！你讓著他點兒不就完了嗎？」

「這就怪了！你怎麼不教他讓著我點兒呢？」陶祥雲翻一個身，不耐煩地說。

「你想，」龐月梅輕聲說，「我和他算是明的，和你是暗的。鬧起來，面子上總不大好看。」

「你怕什麼？」

「我什麼也不怕。不過總覺著還是平安無事的好。這也不必多說了，你來抽口煙，消消氣罷。」龐月梅上好了一口煙，遞給陶祥雲，陶祥雲呼呼吸了。

龐月梅欠身起來看看窗外頭，又回顧了屋裡一下，低聲低氣地說道：

「九月二十五日就在眼前了。」

陶祥雲無言地點點頭。

屋裡沉默了好一會。

「你打算什麼時候辦？」龐月梅問。

「什麼時候都可以。你要什麼時候辦，我就什麼時候辦。」

「要是能早點，還是早點好。」

「那麼今天？」

「好，你看看。」

農曆的九月十五日，秋高氣爽，晚上好大的月亮。進喜給老太太告了一個假，九點鐘就出來了。他預備向小叫姑龐錦蓮打聽方冉武的消息。身上還帶著一大疊鈔票，想和她落個交情，也試割一下主人的靴子。街上靜悄悄的，月明如晝。對面有個人走過來了，遠遠的，細高個子，晃晃悠悠的，進喜看慣了這個走相，這正是他的主人——方冉武大爺。進喜正要躲進小巷子裡去，免得面對面碰頭。前面槍聲響了，進喜一驚，再看看方冉武，已經躺倒在地上了。

進喜心驚肉跳，躲在黑影裡，動也不敢動。半晌，見前面橫巷子裡有個人走出來，伏下身去，像是在方冉武身上摸索了一回，揚長走了。這個人影，在進喜看起來，也像是很熟的，祇是一時記不起是誰來。又過了好大一會，見不再有什麼動靜，進喜才上去。他又不敢近前，隔著十好幾步，望了一望。

不錯，果是方冉武，動也不動，響也不響，大約已經死透了。他一時毛骨悚然，拔步便往回裡跑。凶耗帶到居易堂，全家就大亂了。

另一邊，張柳河和陶祥雲鬥氣之後，回到家裡，看看老母親，心裡老覺著不舒服。晚上，一個人喫了一回悶酒，不住地嘆氣。老人家忍不住問道：

「怎麼，你不舒服？」

「我沒有什麼不舒服。」

「那麼嘆氣幹什麼？」

「我有點心事。」

「什麼心事？」

「這也不能算是心事，衹可以算是個笑話。我忽然想起來，假如我這時候一下子死了，你老人家怎麼辦呢？」張柳河說了，作個苦笑。

「快別說這個傻話。年輕輕的人，也不忌諱！」老母親呸了他一口說。

「早死晚死，總是一死，我衹是放心不下你老人家。」

張柳河說著便往外走。老母親叫道：

「今天這麼晚了，你就在家裡歇了罷，還出去幹什麼？」

「今天我自己值班呢。明天，明天我早點回來看你罷。」說著，一逕去了。

他先到團公所，剛剛坐下，就接到報告，說方冉武大爺被人家用槍打死了。他喫了一驚，立刻趕了去。屍體已被抬回去了，卻還有大群的閒人圍著一灘血跡在議論紛紛。張柳河盤問他們一回，也得不到頭緒。

他要到居易堂去看看，卻因為另一條心事，使他改變了方向，他到龐家來了。白天的話，還在他耳邊繚繞：「你不打死我，你就是個大王八！」他就哼一聲，自言自語地說道：

「好，我就打死你！」

叫開大門，他放輕腳步，一逕走進內院。他從棉布門簾縫裡向裡一瞧，衹見龐月梅隔著煙盤子探身過去親陶祥雲的嘴。聽她輕輕說：

「你替我辦好了這件事，你要什麼我都給你。」

「我要你不理那張柳河。」

「我就不理他。」

「當真？」

「這還有什麼假？」

龐月梅說著，便靠在自己這邊的靠枕上了。

張柳河氣往上一撞，就要衝進去。一時顧慮到陶祥雲的槍法（他是有名的神槍手），怕自己拚不過他，便把心一橫，暗暗說：「我給你個冷不防罷。」

他摸出手槍來，從簾子縫裡，瞄了又瞄，照準了陶祥雲，就開了一槍，陶祥雲腦袋上便開了花。

龐月梅從煙榻上跳起來，向外就跑，卻和張柳河撞個滿懷。張柳河抱起她來，扔到陶祥雲身上。獰笑說：

「你兩個親熱去罷！」

龐月梅滾到床前頭，就勢跪在地上，恐怖地望著張柳河說：

「你，你怎麼了？」

陶祥雲手腳還在動，眼睛卻已經合上了。

龐錦蓮聽了槍聲，從西房裡第一個先跑進來。一見被打的是陶祥雲，心裡一陣痛，淚便流了下來。上去摸摸他，人已經不行了。便望著張柳河說：

「你這是怎麼啦？」

「我打死他了！」

「你何必下這狠手?!」

陶祥雲的手槍正觸著她的手，趁張柳河不注意，她便輕輕摸出那手槍。她知道這個手槍是照例上著頂門火的，大拇指撥開保險鈕，食指一鉤，張柳河的腦袋就也開了花。因為距離近了，打個正著。龐錦蓮冷笑說：「狗，我教你在這裡討便宜！」

張柳河一頭栽倒在地。

三十三

一夜之間，兩處三條命案，方鎮像滾湯一樣地轟動了。從方二樓邢二虎先後被殺以來，這是少有的激動人心的大血案。三個死者，都是保衛團的首要人物，一個副團總，一個隊長，一個隊副。隊長和隊副的死，是很容易明白的：爭風，互擊，雙雙斃命。祇有這個副團總為什麼被人擊斃在路上，則說法不一，成為疑案。

方培蘭被請出來暫時管照保衛團的事情。公所裡忙亂了一整夜，好容易挨到天亮，報案的人就拿著公事進城了。「公事」當然沒有「私事」來得迅速，當這個報案的人剛從方鎮動身的時候，龐月梅母女兩個派了進城的人已經連夜趕到城裡了。當這個報案的人趕進城去的時候，龐家的人已經完成了布署，往回程裡奔了。

程縣長派鄭祕書偕同方金閣一路到方鎮來處理這案子。照例看過現場，驗了屍。張陶兩家家屬控告龐氏母女殺人嫌疑，奉諭不准。方居易堂由進喜代表出面，也控告龐氏母女騙財害命嫌疑，並提出四頃田的賣契為證據。原來方冉武一死，馮二爺就不能再瞞著了。把這四頃田的賣契拿出來交給老太太，說出了整個的經過情形。老太太哭著說：

「你看你也跟著他荒唐，這等大事怎麼不告訴我一聲兒？一準是人家把東西騙到手，人卻不肯跟他，就把他打死了！這冤枉真是比天還大！馮二爺，我一直相信你是個忠心的好人，這件事情你卻把我害了！」

「老太太，這怎麼怪得我！大爺的脾氣，難道老太太還不知道？他是主，我是奴，我能不聽他的嗎？」

馮二爺說了，仰著臉不住地冷笑。他這樣傲慢的態度，過去是從來沒有過的。人變得這麼快，老太太也為之喫驚。進喜從旁插嘴說：

「事情逼到這一步，還爭論什麼！我倒想起一件事來了。昨天晚上我在那胡同裡，月亮底下看見那凶手的影子，是個極熟的人，祇是一時記不起是誰來。現在我想起來了，那個人就是陶祥雲！」

「一定是龐家指使的了。」老太太說。

鄭祕書到了方鎮，進喜就代表主人提出控告。鄭祕書聽了，推敲了一會。說道：

「這四頃田的賣契，明明寫著因正用不足，自願將祖遺田產售於龐家。並沒有買妾的話。買妾，龐家應當有個賣身契，你拿來我看！」

進喜拿不出來。鄭祕書說：

「你月亮底下看見那個人影像陶祥雲。現在陶祥雲死了，沒有法對證，你能提出別的證據來嗎？」

進喜提不出來。鄭祕書說：

「你主人死了，我已經答應替你緝捕凶手，這也就是了，你不應當誣賴好人。你告人，祇憑口說，沒有證據，是不行的。」

進喜祇好退了下來。鄭祕書又諭知張柳河的老母和陶祥雲的老父說：

「你們的兒子被打死了，我很同情。但你們不能誣攀好人。這明明是兩個人爭風，互擊斃命，怎能怪龐家？龐家是個娼家，她不能拒絕人到她家裡去。你死在人家家裡，觸人家楣頭，人家不要求你賠償，已經便宜你了。怎麼好再辦她的罪！」

坐在旁邊的方金閣，也幫著說：

「祕書的話說得很對，你們要聽從。我知道龐家母女雖是為娼，卻是好人，絕不能為非作歹！」

兩個人也祇好退了下來。

在鄭祕書的指導之下，方金閣召集鎮上紳商人士，開了一個會。他表示，他常住在城裡，對於鎮上保衛團團總一職，事實上不能負責。便要求方培蘭說：

「培蘭，你再也不要推辭了。為了地方治安，你擔任了這團總一職罷。」

「是的。」鄭祕書也說，「金閣先生的主意很好，培蘭先生你就答應下來罷。我代表縣政府，我代表程縣長，希望培蘭先生出山，為桑梓服務。」

他們自然無從知道現在的方培蘭已經不是昔日的方培蘭了。昔日的方培蘭，薄此團總一席而不為。現在的方培蘭，做了共產黨了，觀念和手段都有基本上的改變。料不到他竟會說：

「團總呢，我是絕對不幹。這麼著罷，金閣大叔，你還當你的團總，讓我來接替冉武叔做副團總罷。」

「不，那太委屈了你！」方金閣說。

「大叔，你這麼說，是客氣了。我這個人是不幹便罷，既然要幹，就真幹。不為名，不為利，為地方犧牲。大叔，我以後跟著你跑。我們現在有了程縣長和鄭祕書這樣的好父母官，我們地方人士再不多負一點責任，能不問心有愧嗎？」

「培蘭先生見義勇為，真是難得的很。」鄭祕書說，「縣政府一定要報到省裡去，請求褒揚。那麼，這也不必再多討論了，這副團總一職就算是培蘭先生的了。這隊長和隊副兩個缺呢？」

鄭祕書不待別人發言，緊接著說：

「我看，這兩個缺，就請培蘭先生保舉罷。」

「是的，」方金閣說，「我們既然要培蘭肩負治安責任，就得給他用人的全權，好便利他指揮調動。」

「那麼，」方培蘭沉思了一下說，「我保舉康子健做隊長，許大海做隊副。」

「好極了，這個人選最好不過。」方金閣拍著手說，「祕書，這個康子健是做過營長的，好雖是好，未免大材小用。許大海是培蘭的學生，手下第一個得力的人。這樣委派了，真比以前健全得多了。以後本鎮的治安，縣政府大可以高枕無憂了。」

事畢，鄭祕書和方金閣回城去。鎮上，方培蘭自從占有了保衛團這個據點以後，工作更加便利了。經過了這一場風波，龐氏母女更聽從他的分派了。這種淫窟，原是些不三不四的人出出進進的地方，方培蘭的祕密活動，就得到了最好的掩護。

另一方面，方冉武的死，居易堂蒙受了最不利的影響。屍體收殮了，停放在外面的大廳裡。一家人的淚痕還沒有乾，馮二爺到上房裡說話了。

「老太太，不幸大爺去世了。我實在難過的很。一切我經手進出的帳目，我都弄得清清楚楚的，裝了兩個櫥子，放在外面帳房裡。我這就辭差不幹了。城裡張家大戶那邊約我去管帳，我明天就要進城去了。」

老太太傷痛之餘，一聽這個話，不由得大喫一驚，半晌說不出話來。馮二爺不耐煩地催促著說：

「老太太，我的話已經說明白了。我明天就走，你到帳房裡去看看那些帳罷。」

「我說，慢慢的！」老太太流著淚說，「馮二爺，你是我這裡的舊人，怎麼大爺剛一死，殯還沒有出，你就起了念頭想走！你走了，這麼大的一份田業，哪一個替我照管？」

「老太太，」馮二爺一屁股在煙榻對面的太師椅上坐下說，「你已經沒有什麼田業了，用不到照管了！我留在這裡，也沒有我的事做了，你還是讓我走了罷！」

「怎麼，你說我的田業已經沒有了？」老太太還以為馮二爺在故意這麼說著嚇她。

「是的，沒有了！」

「那是你胡說，我這樣大的田業，難道就會沒有了？」

「老太太！」馮二爺鄭重地大聲說，「你不要以為我胡說。這是什麼事情，我好胡說！我實在告訴你，你的田業都被大爺賣了，賣得光光的，連一分一毫也沒有賸。賣契，帳目，都在帳房裡，你自己看去！」

老太太看他說得這樣鄭重，知道事情嚴重了，忍不住搗著鼻子放聲大哭起來。大少奶奶，在旁邊聽著，淚也像湧泉一般地流下來。馮二爺又說：

「老太太，這不是哭的事，哭有什麼用？你還是到帳房裡去看看帳，我明天好走。這是正經的。」

大少奶奶看看馮二爺這個神氣，便勸說：

「馮二爺，你也不要急。媽媽，既是馮二爺這麼說了，你就去看看帳，讓他走了罷！」

老太太收住淚，嘆口氣說：

「我自己是看不來帳。我看著西門姨奶奶天天念佛經，大約字還認得不少，還有進喜也還行。就教他們兩個去看看罷！」

西門氏和進喜都推辭，說一筆兩筆的小帳條，他們還看得來，這麼整櫥子的大帳，他們實在看不懂。還是另找別人罷。老太太說：

「還找什麼人？你們不過胡亂看看，應個景兒罷了！馮二爺既然說是田業光了，難道他的帳上還會記得有！你們祇看看大爺畫押的賣契，一共賣了多少，再對對地畝總冊，大概不差什麼就算了！」

西門氏無奈，跟著馮二爺和進喜到帳房裡來。馮二爺照著老太太的意思，把賣契和地畝總冊搬出來，單這兩項就有三四尺高兩大堆。進喜搖搖頭說：

「馮二爺，你這個人真行，戲法真變得好，這許多帳，我是實情要了命也看不來。」

他望望西門氏，向她做個鬼臉說：

「老姨太太，你一準比我行，你快看罷！」

「是啊，」馮二爺也擠擠眼說，「老姨太，你請查帳！」

老姨太太一聲也不響，拿起一本地畝總冊來，隨便翻一翻，祇見滿紙上金星亂迸，眼花撩亂，連一個字也看不見。她忙放下，兩手扶住桌沿，差一點沒有暈倒了。進喜道：

「怎麼，你也不看？」

「我看不見。」老姨太太搖搖頭說。

「你既然看不見，還是陪我和馮二爺玩一玩，就算交了差罷！」

進喜說著，把西門氏攔腰抱住，就要親嘴。西門氏掙不開，舉起兩手來沒頭沒臉地打那進喜。打得進喜惱了，放開手，用力把她一推，西門氏就跌倒在地上了。西門氏年紀老了，骨頭硬了，被這麼重重地摔下來，掙扎了好大一會，才算爬起來。

「好玩，好玩！」馮二爺拍著手樂起來。

「你這老不識抬舉的淫婦！」進喜怒氣不息。

西門氏一手扶著腰，瘸著一條腿，進後邊去了。她面色鐵青，兩眼直瞪著，殭屍一樣地站在老太太面前，老太太倒詫異起來。問道：

「你這是怎麼啦。」

「進喜調戲我，他抱住我——」

老太太不待她說完，照臉吐她一口唾沫。罵道：

「老不要臉的！進喜他會調戲你？必是你調戲他，碰了釘子罷！不要臉，你的小主人死了不到三天，你就不安分了！呸，呸！」

老太太氣極了，奔上去就用簪子扎她的臉，扎得滿臉上是血。西門氏向後退了兩步，摀著臉退出去，回自已房裡去了。她沒有眼淚，她的眼淚早已經流乾了。她沒有憤怒，也沒有悲哀，她的感情早已經麻木了。她仰起頭來看看天，雲彩眼裡有個人笑嘻嘻地向她招手了。那是誰？

「老爺？是你！」

她笑了，眼睛裡射出了光芒，她觸到了她的青春時代，她的活力頓時恢復了。她點點頭，笑著說：

「老爺，我來了。」

她愉快地把房門關上，一條褲帶吊死在床門上。

然而她的身後也正和她的生前一樣的蹭蹬。她的死，加深了老太太對於她的厭惡。你早也不死，晚也不死，偏偏在這個人心裡滾燙的時候，來火上添油。老太太氣得渾身發抖。罵道：

「可見你就根本不是個好東西！」

又吩咐底下人說：

「不要給她棺材！用條蘆蓆把她捲出去餵狗！」

大少奶奶想著自己已經是個寡婦了，而且是一個窮寡婦了，對於西門氏的死，就不免起了一個兔死狐悲之感。便對老太太說：

「媽說的是，像她這種人衹配用蘆蓆捲出去餵狗。無奈我們這種人家，不給她口棺材，怕太失了體面。她自己大約也還有點首飾什麼的，拿她自己的錢，買口薄棺材把她埋了算了。媽也不必生氣了。」

對於少奶奶的意見，老太太向例是給她一個很大折扣的。但現在，她知道她的居易堂已經窮了，而少奶奶的娘家還是縣裡一二流的大地主。少奶奶在老太太的眼睛裡，分量就重了。

「你也說得對。這事情我交給你，你看著辦去。你點點她的首飾，收起來，我們以後還生活呢。」

少奶奶答應著，卻先自己拿出錢來，給西門氏買了一口三寸厚的柳木棺材，把她生前的好衣服找幾件給她穿了，收殮起來，停在前邊的學房裡。奴才和主人，就是死了也還是有分別，主人停在廳房裡，奴才衹能停在非正房的學房裡。

馮二爺走了，總管家的責任落在進喜身上。他一會兒告訴老太太說，倉裡的糧食一粒也沒有了；一會兒又告訴說，柴草園裡連一根柴火也沒有了。老太太看看自己的煙缸子裡，鴉片煙膏也不夠喫到當天夜裡的了。就急得哭了起來。

「我也上了吊算了，這日子怎麼過得下去！」

大少奶奶想著這真不是事，便先從自己屋裡緊縮，同時辭退了四個孩子的四個奶媽，衹留下韓媽幫著曹小娟照料。她獲得了老太太的同意，賣掉了西門氏的丫頭。門房裡，廚房裡，各留下一個人使用。把其餘的男女傭人二十多口，一起辭掉了。這些傭人知道主人家已經敗到地了，也就樂得走開。

老太太先把自己頭上的金簪子——這一支常常用了扎西門氏的金簪子，拔下來賣了，換進了鴉片煙土。西門氏留下來的首飾衣物，也先往外賣，把錢糴糧食進來喫。老太太知道這樣也還是不能維持下去，就也把自己上房裡的傭人全部遣散了。

剛剛衰敗下來的大戶人家，是還想維持那虛面子，唯恐怕人家知道他已經窮了的。賣東西，也偷偷地買。為了怕人家知道，該值一元的東西，八角就賣，甚至五角也賣，三角二角都賣。

傭人已經走完了，祇有韓媽，發了會餓死也不走，跟少奶奶共患難。她知道少奶奶最後是有辦法的，因為她的娘家還富有。另外一個是進喜，不能讓他走，因為這一家沒有一個走得出大門的人，要靠他拿東西出去賣，東西賣了才有飯喫。進喜自己也沒有要走。因為經手賣東西也還有點好處。進喜和馮二爺不同，他手底下並沒有存錢。他弄來的錢，都嫖了，賭了，一點也沒有賸下。他又有鴉片煙癮，好喫懶做，什麼也不會，他離開居易堂是沒有生路的。老太太滿意極了。常常說：

「路遙知馬力，日久見人心。難得有進喜這種有良心的人。我們窮了，他還肯跟著受罪，從來不說走的話。」

慢慢廚房和門房的傭人也都裁撤了。居易堂變成了一個九口之家，老太太，少奶奶，四個孩子，小娟，韓媽和進喜。家裡東西已經越賣越少了。這一天的晚上，賣到幾個零錢，祇夠買八個燒餅，而一家是九口人，老太太和少奶奶推讓了一陣，兩個人都沒有喫，進喜倒喫了兩個。

老太太連煙槍都用菜刀劈了，把裡邊的煙油泡來喝了過癮。真正是到了山窮水盡的地步。老太太對少奶奶說：

「事到如今，這麼死守著也沒有意思了。外邊兩口棺材沒有出殯，一家九口沒有飯喫。我有句話，你不要多心，我是娘家沒有人了，死活祇好在這裡。我打算著，你娘家日子還興旺，不差幾個人喫飯，你就帶著四個孩子和韓媽住娘家去罷，住住再說。小娟，她娘家也成，也教她回去。大家各謀生路，比死在一起強。你想想好不好？」

「媽這個意思，好是好，無奈嫁出去的姑娘，潑出去的水。我這個時候回去，有什麼臉面！而且當家的是我哥哥，他是個吝嗇鬼，萬萬容不得我娘兒們。」

大少奶奶說著，撲簌簌落下淚來。

「媽，我也前前後後地想來。人無非是個命！我和孩子們也和你老人家一樣，死活在這裡算了。你想，四十多頃地的大財主，幾年的工夫變得沒有飯喫，這不是天意嗎？天意這樣子，我還想別的幹什麼！」

「好，你也是個有良心的！」老太太說著也哭了。

然而兩個較大的孩子，一個十八歲，一個十六歲，卻不耐煩在家裡窮挨下去了。兩個人偷偷地跑了。跑進城去，在縣保衛團裡補名做了團丁。家裡多日不見兩個孩子回來，自然是急，可是家道如此，急也急不出勁兒來。倒是少了兩個喫飯的，覺得日子好像鬆了些，也就聽其自然了。

曹小娟的母親聽說居易堂家道敗了，親自坐車到鎮上來看女兒。兩扇大哨門虛掩著，閃開一個門縫，剛夠一個人出入的。曹媽媽挨進去，靜悄悄的。看看門房，門開著，裡邊是空的。她高聲問道：

「有人嗎？有人嗎？」

沒有人答應。連狗也沒有一個。

曹媽媽從來沒到宅裡來過，摸不著門徑。覺得眼前裡門不少，不知道走哪一個的對。順步走了去，不想就撞進廳房裡去了。猛抬頭，見一口棺材，嚇得忙退出來。退進對面一所較小的屋子裡，不料又是一口棺材！曹媽媽呀了一聲，從原路奔了出來。挨出大哨門，看見自己的車子。說道：

「你們沒有認錯地方嗎？這個地方怕不對罷？」

「對，對。不錯，不錯。」推車的忙說，「我來過不知道多少回了。大媽，你怎麼啦？你怎麼臉都白了！」

「是呀，可把我嚇壞了！這裡邊一個人也沒有，淨是棺材！個個屋裡有棺材！」

「有這等怪事！」推車的倒有點不大相信起來，「來，我陪你進去看看。」

兩個人進去，推車的年年來上租，倒知道哪裡是內宅。他把曹媽媽領到屏門那邊。說道：

「你從這裡進去，就是內宅了。這裡邊我是不能進去的，這是宅裡的規矩！防著有大狗！」

「我可是怕狗！」曹媽媽不敢進去，「你在這裡幫我叫個人出來罷了。不要自己亂撞，看撞出禍來！」

「好罷，我來叫一聲試試看。」推車的叫道，「有人嗎？有人嗎？」

然而沒有人答應。狗也沒有一個。

「真是怪事！」推車的說，倒要進去看看。

兩個人疑疑惑惑地進了屏門。祇見大大的院子，方磚鋪地，有個月台，一排又高又大的上房，兩邊是東西廂房。靜悄悄的，不見個人影。

「有人嗎？有人嗎？」

然而沒有人答應。狗也沒有一個。

兩個人有點怕。鼓著勇氣，挨進上房去。裡邊是空空洞洞的，到處裡結著蛛網。東間套房的門開著，進去看看，也沒有人，祇有幾件破家具，有張床。從後門出去，再向裡走，是第二進上房。一般的大院子，方磚鋪地，東西兩廂。

「有人嗎？有人嗎？」

「是哪一個？」這回有人答應了。

推車的向後退了幾步。曹媽媽答道：

「我是小梧莊曹家。」

上房裡有人出來了。

「小娟？」

「媽？」

母女兩個一把抱住，放聲哭起來。

推車的緊走兩步，退到大哨門外邊去。

老太太，少奶奶，韓媽，帶著兩個孩子，一齊擁出來。曹小娟擦擦眼淚，給她母親一一引見了，讓到屋裡坐。屋裡空空洞洞的，祇有幾件破家具，有張床。老太太說：

「親家，真真對不起，沒有什麼待遠客的。看，以前這裡邊家道好的時候，親家也沒有來玩玩！現在真是……」

「老太太，那時候我也想來的，祇是怕，不敢。老太太，你不知道我們鄉下做佃戶的，怕的是那鄉紳大戶，實在不敢上門。」

曹碼媽說著，被小娟推了她一把。說：

「你看你這說的像什麼話！也不怕老太太怪你！我問你，你有帶點什麼喫的東西來嗎？」

「我帶了兩隻老母雞，和幾十個雞蛋來，還在外邊車上。老太太，你不要見笑。我們鄉下佃戶人家送禮，不是雞就是雞蛋，不是雞蛋就是雞，再沒有別的好東西了。」

「你怎麼不帶點米呀麵的來喫喫？」小娟有點著急。

「米呀麵的，宅裡還少嗎？巴巴地要我帶了來！」

「親家，你不知道我們早就沒有米麵喫了！」老太太說了，搖搖頭，又嘆口氣。

曹媽媽祇聽說居易堂衰敗了，打量著船破了有底，不過日子不如從前了罷了。沒有想到當真地沒有飯喫了。她露著憐憫而又疑惑的眼光，把曹小娟看了又看，直看得曹小娟哭了。她便老老實實地問道：

「你們今天喫過飯嗎？」

「沒有呢。」曹小娟說。

「那麼，讓我來給你們弄頓飯喫罷。」

曹媽媽這時候也就不客氣了，說著，走了出去。問推車的身上有沒有帶錢，她把自己身上的錢也給了推車的，教他一總買成麵粉。

「買了，你就送進裡頭去。等著下鍋喫呢。你衹管進去，不要緊。我看這個人家，鬧不的什麼排場了！」

她自己把雞和雞蛋先帶了進去，教小娟下廚房弄去，小娟道：

「柴火也沒有。」

「怎麼，」曹媽媽大聲說，「你們這門呀，桌子板凳的，衹管燒呀。窮到這一步了，還留著這大片房子幹什麼！拿來燒了，先喫飯要緊呀！」

「親家說的是。」老太太忙說，「老早我們就在賣這房子，衹是沒有要主，賣不出去。親家，你知道誰家要買房子，也替我們張羅張羅。」

「唷呀，這大的房子，誰要得起？一輩子也沒有要主！這種房子，衹好拆了，零碎賣磚瓦木料。」

「親家，」老太太點點頭說，「拆了賣材料，這倒是個好主意。還是親家想得到，有辦法。說起來真是教人難過，你不知道我們這種鄉紳大戶人家，有田業的時候不會過日子，窮了更不會過日子。真真是天生廢物，就該餓死！」

三十四

曹媽媽留在居易堂住了一個晚上，她和小娟同睡在前上房老太太的床上。母女兩個說說哭哭，傷感的了不得，曹媽媽說：

「早知如此，還不如嫁給康營長。人家後來娶了秀才的女兒，住著養德堂的房子，過得倒很好的。」

「這裡，要是大爺不死，也夠舒服的。大奶奶這個人頂好，看承我真像自己的女兒一樣。」

「我愁著你這連口飯也沒有得喫，以後怎麼辦呢？」

「她們倒有意教我回去。媽，你看我回去了怎麼樣？爹還要我嗎？」

「你爹倒不要緊。他不要你，有我呢。」

「衹是回去了，以後又怎麼樣呢？誰不知道我在居易堂做過妾了。將來，你和爹百年以後，我又靠誰呢？我弟弟，他能養我一輩子嗎？」

「那也顧不得那麼遠。這年頭，過一天算一天。人家這四五十頃地的大財主，還保不住以後的事呢。你年輕輕的，愁他幹什麼？」

第二天，老太太果然提起那話來。她說：

「親家，這裡的日子，你也親眼看見了。小娟年輕呢，她原是個偏房，跟前又沒有孩兒，留在這裡幹什麼？活活地把她餓死了，又有什麼好處？我看，親家，你這一回就把她帶回去罷。當初她來的時候，我也不知道她爹有沒有寫賣身契。……」

「我記得聽說寫得有。」大少奶奶接口說，「不過現在是有也找不到了。曹大媽，你不知道，我們連前面帳房裡的帳簿文契，都當廢紙賣了。」

「反正這個人家已經完了，冉武又死了，誰還來和你算舊帳不成？親家，你祇管帶她回去好了。」

「既是這麼著，」曹媽媽說，「小娟，你今天就跟我回去罷。這是老太太和大少奶奶的恩典！」

「親家，快別說這個恩典不恩典的話，慚愧煞人！」

小娟還有幾件衣服，包在一個小包袱裡。她含著眼淚，拉著大少奶奶的手說：

「奶奶，我走了。享福的時候，我陪著你享過福了。現在受罪了，我卻走了，不能陪著你受罪，小娟真不是人！包袱裡幾件衣服，奶奶，你留著穿罷，或是賣了。」

她又把大少奶奶拉到裡間房裡，背著人，偷偷地從床几底下摸出一雙紫色的花緞鞋來。嗚咽著說道：

「奶奶，這雙鞋子也留給你作個紀念。大爺在的時候，最愛我這一雙鞋。奶奶，你看，這上面還有他的牙印子！」

大少奶奶接過去，看看，兩個人又傷感了一回。

「奶奶，我回去，假使有便人，我一定給你帶點米麵來！」

大少奶奶拉著她的手，一句話也說不出來。

小娟又辭別韓媽媽，看看兩位小少爺，最後給老太太磕頭。老太太拉住她，怎麼也不肯讓她磕。說道：

「小娟，日子衰落到這一步了，快別再來這些虛禮罷。一向我富有的時候，也沒有好待承你，你今天倒對我多禮，真教我覺著怪不好意思的。」

小娟看看每一個人，每一件東西，都有著留戀之情。她原一直想著在這個宅裡終其一生的，不想這麼早就離開了。對著這個空無所有的大宅院，一個破落大戶所賸的最後的殘殼，小娟懷著無限的留戀和傷感。

全家把她送出來。她卻一直走到廳房裡去。她在方冉武的棺材前邊跪下，想給他留下最後一爐香，然而供案上空空的，沒有一根香。她想給他燒下最後一次紙箔，然而宅裡早就買不起紙箔了。她哭著說：

「大爺，小娟要走了，小娟走了。可憐我什麼也沒有給你留下！我有的衹還賸下這一把眼淚，我就把這一把眼淚留下來給你罷！還有，我告訴你，你心愛的紫鞋兒，我留給少奶奶了！」

說著，放聲大哭起來。老太太和大少奶奶也陪她哭。

她磕了頭起來，又到對面學房裡，在西門氏靈前拜了一拜，這才和她媽媽一同上車走了。

老太太回來，又和大少奶奶商量。

「難得韓媽一片好心，願意留在這裡和我們共患難。祇是我們這個窮，是窮到底的了。我們留下她受罪到什麼時候為止？還是勸她也走了罷！」

「我早已不知道勸過她多少回了，她說是餓死也要守著我，她又捨不得兩個孩子！」

韓媽媽聽見在談論她，便走過來說：

「老太太，我是窮人家出身，過慣了窮日子。我回去也是窮，不如還是在這裡陪少奶奶罷。現在，宅裡東西已經賣完了，總得打算個生路才好。我和大少奶奶，都會做針線，何不出去找點針線活兒來做做，也好添補著喫飯。」

「你這個主意也好，回頭進喜來你們給他商量。」老太太盤算著說，「我想著曹媽媽說的那個話，拆了房子賣材料，我也要和進喜商量。」

「我們做針線的事，用不著進喜。從前有個賣布的唐婆，常在各宅裡出入，要賣針線活兒，她就可以承攬。我聽說她住在這後街不遠，等我自己找她去。」

老太太和大少奶奶同意了這一提議。韓媽媽又說：

「前些年，有結網子的，也可以靠了生活。不知道如今還興不興，找著唐婆一問，也就知道了。」

「什麼結網子？」老太太問。

「聽說是外國女人蒙臉的。有人下來發給頭髮，過些時候來取網子，給手工錢。」

「怕我們不會結。」少奶奶說。

「學呀，誰又是天生就會的。還有，替外國人繡桌巾，繡衣服，也能賺錢生活。」

老太太聽著稀奇，不覺高興起來。說道：

「韓媽媽，看你不出，你倒有這許多生活的辦法。現在倒正用著了。不是你，我真連聽都沒有聽說過。」

「唉，老太太，」韓媽媽嘆口氣說，「一個人要喫飯，得靠自己幹呀。不能全靠祖宗給留下來，也不能全靠老天爺賞賜。有現成飯，就喫碗現成飯，固然好。沒有的時候，就得賣自己的力氣。饒你有至親好友，救得了急，救不了窮。何況如今，連那救急的人也沒有了，你不靠自己又靠誰？」

韓媽媽這番話，說得老太太和少奶奶連連點頭，贊同不置。這種大道理，她們一向是作夢也不曾聽到過的。韓媽媽趁這機會又說：

「老太太，我說句話，老太太可別見怪。進喜這個人，就不是個正經人。老姨奶奶，被他害了。他見了大少奶奶，也不規矩。連我，他還胡思亂想呢。你留下這樣一個人在宅裡，遲早是個禍根！」

老太太聽了，沉著臉，半晌不說話。大少奶奶便逼上一步去說：

「媽，韓媽媽的話說得對。我如今也是一個寡婦了，雖說窮，名譽還是要緊的。」

「我也正這麼想呢。」老太太說，「我想著拆了房子賣材料，還用得著他這樣一個人。過些時候，再辭退他罷。」

然而進喜對於老太太委給他的這一個新的任務，並沒有好辦法。他各處打聽之後，才有人指點他說：

「這是泥水匠一行的生意。什麼地方用得著房屋材料，祇有泥水匠知道。你去找陶鳳魁談談看罷。」

一提到陶鳳魁，進喜就覺著為難。因為他曾經對縣政府鄭祕書指控過陶祥雲，說他有槍殺方冉武的嫌疑。那陶鳳魁對他會不懷恨？無奈方鎮泥水匠，祇有陶鳳魁一家還比較像樣些，進喜祇得硬著頭皮去找他。

陶佩魁這一年整整八十四歲，卻是耳聰目明，硬朗得很。他年輕時候原本多病，不想老當益壯，越老身體倒越好了。果然一見面，老頭子就記起那事來。他說：

「進喜，你也不想想你是個什麼東西！祥雲已經死了，你還扯他一把！難道你想從鬼門關上把他拉回來，再槍斃地一次！你們這些替大戶人家守門的狗，沒有一個有人味兒！」

「老爹，你怎麼怪我，我這原是替你老人家幫忙呀！」

「放你媽的屁！」

「唉，老爹，你別急，聽我說呀！你老人家不是告龐家小狐狸嗎？我是說，陶隊副殺我家大爺，是龐家指使的。反正隊副已經死了，不會再有罪，龐家指使殺人，罪可是加重了。這不是我替你老人家幫腔嗎？」

「你倒會圓說，」陶鳳魁笑笑說，「好，我不追究你！我問你，你今天找我，有什麼事嗎？」

進喜便把居易堂想拆了房子賣材料的意思告訴他，請他幫忙。陶鳳魁說：

「這個事情，你找到我，正找得對。不過，臉前裡沒有機會。這年頭，亂烘烘的，誰家蓋房子？不要說新蓋，就連修理房子的都少了。大家一個主意，住坍了算了。你滿街看看，哪裡不是牆倒屋塌，沒有人管？」

「這麼說，」進喜大失所望地說，「是賣不出去的了。你看，這怎麼好？宅裡還等著賣了錢買米下鍋呢！」

「也沒有一定。我聽說東海龍王登基，要蓋水晶宮呢。等他們來找我包工的時候，我給你說合這筆交易罷。」

陶鳳魁說著，縱聲大笑。進喜沒有法子，也祇好跟著他笑。陶鳳魁又道：

「想當年，為了我家十一拿了宅裡少奶奶一雙鞋子，教大爺把我家十一打了。我家十一，為了這事，才進了綠林。你看看，大戶人家多麼威風！誰想到幾年的工夫，他們要拆了房子賣材料了。現世現報，活該活該！」

進喜見生意做不成，話又不投機，便告辭走了。陶鳳魁倚老賣老，大聲罵道：

「進喜，你這大戶狗，總也要有報應，你小心點！」

進喜祇當沒有聽見，匆匆而去。他心裡卻接受了一個新的教訓。原來他從來沒有知道他在大戶人家做個奴才，外間竟招下這麼大的仇恨！先前，主人家興旺的時候，外間人見了他，叫他二爺，捧他，原來那都是假的。那是「捧狗看主面」。今天陶鳳魁這個態度，才是外間對於他的一個真實的態度。「你小心點！」這個警告，像一支利箭似的射穿了他的心，他不禁打了一個寒噤。

拆了房子賣材料既然不成，進喜對於主人根本也沒有什麼想頭了。他打算著應當另外找一條生路。他會跟著小主人逛窯子，他會替老主母燒鴉片煙，他有這許多能耐。什麼地方需要這樣一個人才呢？他想想，失望了。

兩個小少爺都當兵喫糧去了，但是他不能去，因為這一條步槍實在太重了，他扛不動。入綠林也一樣，那比當兵更苦。

最後，他想起來了，他不如去投龐錦蓮，在她那裡打個雜兒。他從前跟著方冉武在龐家，也常和小叫姑偷著摟摟抱抱的，很夠味兒。於是他到龐家來了。但是小叫姑拒絕了他。她說：

「外邊正說我的壞話呢！你不是也告我來？說我騙了你家主人的錢，又指使人要了他的命。這時候，你有臉來投我，我可沒有臉收容你。我不同你多說話，你去罷！」

進喜走投無路，祇得仍然回居易堂來。拆了房子賣材料不成，老大太的最後希望斷了。她咕噥著說：

「怎麼辦呢，怎麼辦呢！兩頓沒有喫飯了！」

「還是找點零碎東西先賣賣罷！」進喜說。

「哪裡還有零碎東西？早沒有了！」

「大少奶奶也許還有。」

「你去問問她看。不，還是我自己去罷！」

老太太勉強走到大少奶奶房裡。房裡正沒有一個人，她便自己去摸摸床几的抽屜，尋到了一雙紫緞花鞋。他想，寡婦人家留著這個幹什麼？又看看，繡的是鴛鴦戲水。便自言自語地說道：「這更用不著了！」

便拿出來交給進喜。

進喜拿起這雙鞋來，把玩一回，用手帕包了，便走出來。心裡正盤算著到什麼地方去賣這一樣東西，迎面遇著了陶鳳魁。進喜正想躲他，陶鳳魁叫道：

「進喜，來，我和你說話！」

進喜無奈，祇得迎上去說：

「老爹，有什麼事？」

「我找你幫忙呢。」

「老爹，你老人家吩咐就是。」

「你跟我去告個狀。」

「告誰？」

「你跟我到張隊長老娘那邊去，我們慢慢談談。」

於是進喜跟著他走。他接著告訴進喜說道：

「你不知道，進喜，韓主席出巡，今天晚上就在鎮上住宿。韓主席放告出來，有冤的報冤，有仇的報仇。我和張隊長老娘商量好了，去喊冤，告那龐家狐狸精。你家大爺和我們是一案，我們三個人一路去好不好？」

進喜因為剛受了小叫姑龐錦蓮的搶白，心裡正恨她，聽陶鳳魁一說，立刻就答應了。來到張家，張媽媽正等著呢。她知道了進喜願意同去，便說：

「韓主席是青天大老爺。我們去告了狀，管保那娼婦母女要喫大虧。我算教她兩個把我害苦了！我七十多歲了，祇靠這一個兒子生活，她竟忍心害了他的命！」

「是呀！老大娘！我們主人家也喫了她的虧。主人一死，家道就完了。我們老太太已經兩頓沒有喫飯了！你看，我這不是拿著一雙鞋出來賣，等賣了錢買東西喫呢。」

「閒話少說，我們還是先告狀要緊。」陶鳳魁說。

「韓主席住在什麼地方？」進喜問。

「住養德堂。已經到了。」陶鳳魁說。

「那麼，」張媽媽站起身來，「我們這就去喊冤罷，不要誤了！」

於是進喜把一雙紫緞繡花鞋揣在懷裡，攙扶著張媽媽，逕往養德堂來。這一天，街上的閒人特別多，三三兩兩，啊啊喊喊，都是為了主席駕到，湊著看熱鬧的。他們見陶鳳魁三個人走在一路，便覺著詫異。就有人問道：

「陶老爹，你上哪裡去呀？」

「找韓主席喊冤告狀呀！」陶鳳魁得意地應著。

「告什麼人哪？」

「告龐家狐狸精呀！」

於是就有看熱鬧的人圍隨著他們，越聚越多。

養德堂大門外邊停著好幾輛大大小小的汽車，四個衛兵都拿著手提機關槍。陶鳳魁三個人一直走上去，看熱鬧的人遠遠地站住了。三個人並排著迎門跪下，直著脖子大聲喊道：

「冤枉呀，冤枉呀！青天大老爺韓主席，小民冤枉呀！」

「什麼事？」四個衛兵驚異地問，「什麼事？」

「我們告狀的。」

接著裡面有人出來了。衛兵見了這個人，忙著立正敬禮。這個人理也不理他們，看樣子，大約是個不小的官兒。

「你們告誰？」

「告龐家狐狸精。」

「為什麼事？」

「為她殺害我們三家三條人命。」

「那麼，你們跟我進來。」

那個人把這三個原告放在門房裡，裡頭叫出另外一個衛兵來看住他們。過了一歇，有人出來問他們話，用筆錄了下來。這時候，天已經快黑了。

三個人晚飯也沒有喫，在黑影裡坐著，祇覺得外邊進進出出的人很多，腳步聲亂成一片。等到半夜，有幾個衛兵提著燈籠進來。說道：

「走，主席坐堂了。」

三個人跟進裡面的大廳房。房裡燈燭輝煌，小狐狸龐月梅和小叫姑龐錦蓮已經先提到了。龐月梅跟陶鳳魁站的近，便輕輕說：

「老爹，我們還有什麼事不好商量，幹什麼要告狀？主席跟前可瞎鬧不得！」

「你害了我的兒子，還有什麼商量的？我就是要告你！」

張媽媽也緊跟著補充一句道：

「告你這個害人的狐狸精！」

這裡正要鬥口，旁邊有個衛兵，輕輕喝道：

「不要說話，主席出來了！」

祇見東套房裡出來一個四十多歲的瘦瘦的漢子，穿著衛兵一樣的灰布軍服。在當中大桌子的上首坐了，剛才筆錄口供的那個人，雙手捧給他一張紙，他略看一看，便放在桌子上。叫——

「龐錦蓮！」

衛兵把龐錦蓮推上前。龐錦蓮正要跪下去，旁邊有人說：

「站住，不要跪！」

龐錦蓮便站住。

「龐月梅！」

龐月梅也答應一聲，向前走了兩步。

「他們告你們，說是你們把他們的兒子打死了。是不是這樣子？」

「我們怎敢打死人！」龐月梅說，「他們是自己打的。兩個人同時開槍，就同時死了。」

「你怎麼知道？」

「在我的房裡，我親眼看見的。」

「你既親眼看見，一定是真的了？」

「是真的。」

主席叫兩個原告近前來。說道：

「龐月梅親自看見他們自己打死的，你們怎麼好隨便亂說！」

「她打死人，怎能不向外推？」陶鳳魁說，「她是賴帳，騙主席。」

「她騙你。」張媽媽也跟著說，「她是個狐狸精，專會騙人！」

「你們怎麼知道是她打死你們兒子的？」

「死在她房裡，不是她打的還有誰？」

韓主席沉思一會。說道：

「你這種說法也對。無奈她親眼看見的事情，也不會假，你們倒是各有各的理由。還有，進喜！」

「有！」進喜答應一聲，往前站了一點。

「你的主人死在街上，怎麼也怪龐家？」

「我親眼看見陶祥雲打死我的主人。」

「既是陶祥雲打的，怎麼告龐家？」

「是龐家指使陶祥雲打的。」

「你怎麼知道？」

「陶祥雲和龐家最要好，專替龐家做這些事情。我們鎮上的人都知道。」

「好，你這個理由也對。」

韓主席把原被告五個人細細再看一遍，想了一想，用手在臉上抹了一把。說道：

「你們老這麼打官司，也不是辦法！今天，我替你們把這案子了了罷。」

「青天大老爺！」五個人連聲喊著。

韓主席把腰板挺了一挺，右手輕輕拍著桌沿。說道：

「龐月梅和龐錦蓮娘兒兩個接客賣淫，不用說，根本不是好東西！陶鳳魁你這麼大年紀了，不知道管教兒子，把兒子放在窯子裡過活，可見是個老糊塗蟲！張婆，你和陶鳳魁一樣，一樣糊塗，一樣沒有出息。進喜，你是個什麼東西！你攀扯好人，亂告人的狀，我看你就不是個安分的樣子！像你們這樣五個人，世界上也不少你們。你們活著，也是白糟踐糧食！」

韓主席說到這裡，大叫一聲——

「來！」

外邊答應一聲「有！」進來一個官兒，筆挺挺地站在主席面前。主席一揮手，說道：

「全拉出去，槍斃！」

五個人愣了。進喜第一個先叫起來：

「青天大老爺，這不是我的事呀。我不能死，我不能死！」

「不是你的事，你告狀幹什麼？」韓主席冷笑了一聲，往套房裡去了。

五個人，哭的哭，叫的叫，亂成一團。大批衛士擁進來，把他們一個一個上了五花大綁。推到外邊門房裡去。這時候，門房裡有了一盞煤油燈。衛士們拿槍托子亂搗人，不准哭，不准有聲音。過了一會，裡邊傳話出來：「交給本地保衛團，立時槍斃！」

於是方培蘭康子健帶著人進來了。兩個架一個，跟著一個紙燈籠，往東嶽廟去。在東嶽廟前面，會合了另一班保衛團，擁簇著五個人到八里路以外的河沿上去。在這裡，方培蘭吩咐人把陶鳳魁張媽媽和進喜三個人槍斃了，埋在沙窩裡。進喜的懷裡還揣著曹小娟那雙紫繡花鞋，上面有著方冉武的牙印子。

方培蘭把龐氏母女的繩子解開。說道：

「河對岸，劉家崖子上，有康小八的小房子。我教人把你們兩個背過河去，暫時先在那邊住一住。消停一時，聽我的信，祇管回鎮上來。怕小八不在那邊，我教大海跟你們過去，他自然會安置你們！」

母女兩個喜出望外，沙灘上跪下，磕了幾個頭，謝了又謝。龐月梅說道：

「大爺，我家裡和店裡怎麼辦？」

「你支派個人，替你照料就是了。」

「這個時候，我哪裡支派得出人來？大爺你老人家看著誰好？」

「那麼，我教田元初專管你家的事罷！」

「謝大爺！」

於是母女兩個過河去了。方培蘭和康子健回到鎮上的時候，天已經大亮了。韓主席的汽車已經排好在養德堂門前，準備起身進城。

程時縣長連夜趕到了。正在養德堂大門前和主席的隨從人員說話，託他們進去報告主席。那人進去了一會，出來，說道：

「主席就出來了。你在這外邊等著見罷！」

本鎮紳商各界人士在養德堂大門對面列成一群，有的還執著歡迎歡送的紅綠紙小旗。程時縣長卻立在大門外邊的石階上。一時，主席出來了。程時縣長向他一鞠躬，嘴裡說：

「縣長恭迎主席。」

「你叫什麼名字？」主席站住問。

「程時。」

「我從省裡起身的時候，有電報給各縣，通知不准迎送，你接到嗎？」

「接到的。」

「既然接到，為什麼還來接？故意違抗我的命令嗎？」

「不敢。」

「你這專會逢迎上官，必然欺壓百姓，一定不是個好官！」

主席說了，劈劈巴巴，打了他好幾個嘴巴子。主席力大，差一點沒有把縣長打倒了。

三十五

然而韓主席的最後命運，也正和他治下的老百姓差不多的悲慘。盧溝橋的炮聲一響，抗日戰爭開始了。韓主席的軍隊在黃河以北和日軍照了個面，便不戰而退。便宜了日軍，不費一槍一彈，席捲了T城C島，和這兩地之間黃金鑄成一般的一條鐵路。最高統帥部查究責任，把這個為了想保全實力而臨陣脫逃的韓青天，明正了典刑。這一認真的措施，提高了全國軍民的鬥志，為戰爭的最後勝利奠下了基礎。這一戰爭，儆醒了每一個善良的中華兒女。這一戰爭，把世界帶著向前跑了不知道有多少遠。

方鎮又成了真空，日軍又開到了高家集。程時縣長把縣政府搬到南山裡去住了幾個月，城裡也成了真空。日軍不來，看看沒有什麼事，他又搬著縣政府回到城裡。卻不料日軍又突然而至，這一回他來不及跑了，就做了俘虜。

然而做官的人，在任何情形之下，都是注定了要做官的。日軍把他關了幾天，仍然放他出來，還教他做縣長。他在縣政府大門前的照壁上出了一張就職視事的紅布告，奉的是「大日本皇軍」的令派。縣長不再叫縣長，恢復了北洋政府時代的老名稱，叫做縣知事了。這位程時知事從此變成了日軍方面的官吏，他自己覺著他已和中華民國居於敵對的地位了。

方祥千和方培蘭在這個真空中，第一步先加強了保衛團的權力。把保衛團公所變成了一個小規模的地方政府，所有民財行政，民刑訴訟，一概權宜處理。康小八也公然在鎮上出現，和康子健手拉著手兒一同在街上走。龐月梅和龐錦蓮乘著兩頂藍呢四人小轎從劉家崖子回來了。有康小八的部下，穿著便衣，佩著駁殼，圍隨著保護。轎子進了街，龐錦蓮嬌聲嬌氣地吩咐那轎夫說：

「到了街上，你走得慢點。我這一去一兩年，不知道街上有什麼變化沒有，也讓我細看看。」

鎮上的人已經好幾年沒有見過轎子了。這兩頂轎子抬進街來，立時引起了大家的注意。一看，原來是龐家母女，都奇怪起來。消息傳開去，整個鎮上轟動了，比日軍開到高家集和城裡的消息更轟動。「這兩個人不是說被韓主席槍斃了嗎？」怪事一端，是的，真正是怪事一端！

康小八再到高家集和T城C島一帶跑了一轉，直接和日本的特務機關發生了聯繫。回到鎮上，就產生了一個新的局面。成立縣政府，和城裡的縣政府立於對等地位，康小八為縣長。保衛團擴編為縣保衛總團，方培蘭為總團長，康子健許大海等分任大隊長。方培蘭聯繫之下的所有綠林英雄好漢，都編入了這裡邊。

縣政府設在養德堂。自從謝姨奶奶去世，方八姑便帶著孩子遷到城裡去住了。她在城裡原有個房子。程縣長也給她在縣立中學擔任一個女生訓育員的名義，以便利她和她的丈夫詩人張嘉的共同生活。抗戰開始，縣立中學停辦，夫婦兩個把孩子撇了，也躲到南山裡去。直到程時降敵，才又回到城裡，在程時的掩護之下，苟且過活。

養德堂的房子，從方八姑離開的時候，就空起來，由保衛團長期借用為招待所。這時候就做了縣政府的辦公地點。保衛團總團部則設在原來的保衛團公所。這兩個機關的特點是，收起了青天白日滿地紅國旗，從此不掛旗子。

各事布置妥當之後，康小八再去高家集，伴同一個穿了中國長袍的日本人，來鎮上視察一番。這個日本人是代表特務機關的。康小八招待這個日本人在龐月梅家裡住了好幾天，使他滿意而去。日本人的作法是，承認康小八，也承認程時，卻教康小八和程時兩者之間互不承認。

省政府在南山裡恢復辦公以後，國軍的力量在這一帶又有了新的布置。康小八就實行他對國軍的欺騙政策，親自進山和省府取得聯繫。省府派了一位大員到鎮上來看了看他的武力，就承認了他的縣長地位。不久，城裡的少數日軍被國軍驅走，程時也跟著日軍走了。省政府便命令康小八將縣政府移進城去。康小八卻以安全為理由，拒絕了這一命令，僅僅在城裡成立了一個辦事處。

方祥千的大女兒其蕙也在這時候回家來了。她已經和她的托派丈夫離了婚。方祥千滿意了這一點，卻不讓她在家裡多住。他說：

「你回來的正好。我正打算教其蔓和天苡到陝北去，祇愁著他們兩個沒有出過門。好，你帶他們去罷！抗日軍政大學已經開學了，你們去參加，畢業以後趕快回來。這邊的工作經過我這幾年的布置，已經大有可為了。」

「我已經在俄國受訓，用不著再去陝北了。爸爸，你教他們兩個去罷。這許多年，我也累了，我打算在家裡休息休息呢！」方其蕙拒絕了爸爸的分派。

「不，其蕙，」方祥千說，「雖然你已經去過俄國，但陝北受訓還是必要的。因為我們的工作，是和陝北聯繫的。你去罷，現在還不是休息的時候。」

於是其蕙帶著其蔓天苡上陝北去了。

地方上各黨各派各系的鬥爭，其尖銳性是遠在對日鬥爭以上的。城裡，方八姑原是國民黨世家，是一個永不改變的死硬派。她的丈夫詩人張嘉，雖然曾經辦過自首手續，卻一直同情共黨。抗戰軍興，他直覺地覺著共產黨要發跡，對於八姑就沒有以前那麼恭順了。他給方祥千寫了許多信，表白他的心跡，說他當時自首原是不得已的。方祥千抹不下面子來，也就寫回信給他，教他注意籠絡青年，將來自有立功贖罪的機會。張嘉接到這些信，曾經高興得夜裡睡不著覺。但他現在是老練得多了，他已不再作比共產黨還要左的那種想法，他衹想著他應當跟著共產黨跑。如果這叫做尾巴主義，那麼我就做一個尾巴主義者罷。

他又想起趙蓮這個學生來了。她是最能了解我的詩的，而我的詩是向著和共產黨同一個方向發展的。這正是一個有希望的好青年，我應當把握她。不，照方祥千的說法是籠絡她。

張嘉這樣想了以後，便毫不猶豫地向北門大街來了，因為趙蓮住在這條街上。趙蓮的父親趙老四，在這條街上開設了一家雜貨鋪，家眷就住在店鋪的後院裡。自從戰爭發生，地方變成真空以來，他的雜貨鋪便沒有正式開門。衹留著一扇門板的空隙出入，應付左鄰右舍的老主顧。因為一直沒有進貨，衹顧售出，貨架子已經空出大半來了。張嘉從門板縫裡伸進一個頭去望望，裡邊黑洞洞的。揚聲問道：

「趙四先生在嗎？」

一個伏在帳桌上的四十多歲的漢子，從半睡中驚醒過來，慢慢站起來。問：

「是哪一位。——噢，原來是張先生，少見少見，快請裡邊坐！」

張嘉進來，一邊說道：

「怎麼你這屋裡這等黑？」

「沒有下門板子。」趙老四說，「你等我下下門板子來，就亮了。」

「用不著了，趙四先生，我說幾句閒話就走，亮不亮的沒有關係。」

兩個人坐了，趙老四從棉套子暖壺裡倒了一杯溫吞濃茶放在張嘉面前。張嘉謝了一聲，問：

「趙四先生，生意好嗎？」

「有什麼生意？亂騰騰的這種年頭，還談得到做生意嗎？」趙老四嘆口氣，指指半空的貨架子說，「你看，賣完了算了。」

「也要有個打算才好呀。以後的日子長著呢！」

「有什麼打算？做個老百姓，管誰來了還不是一樣？完糧納稅，隨便誰來了也沒有老百姓的好事兒！」

「不是這麼說，四先生。也要看看哪一邊有希望，好跟著跑。如今，不是從前了，不是完了糧，納了稅就完了的時代了。你靠不上一個力量，命也難得活！」

趙老四望望張嘉的臉，茫然地點點頭，似乎並不了解張嘉的話。但他有著生意人的機警，便改變話題說：

「張先生，太太好嗎？怎麼不一道來玩玩？」

「謝謝你，她很好。她這兩天掛念著你家的學生，又忙著不能出來，所以今天特地教我來來看看她。她在家嗎？」張嘉順著趙老四的口氣，就把話引到正題上來了。

「在家，在家。」趙老四略感惶恐地說，「你看，我真糊塗，也沒有教學生出來見見老師。」他說著，隔窗喊了兩聲，趙蓮便出來了。張嘉很激動，心跳得很厲害。見趙蓮叫了一聲老師，恭敬地鞠了一躬，便說：

「趙蓮，你在家裡幹什麼？」

趙蓮臉上一陣紅，身體扭了扭，沒有說什麼。還是趙老四替她說：

「在家裡幫她媽媽洗衣服燒飯抱孩子，家庭間總不外是這一套。」

「還應該讀讀書，寫寫字才是正經。四先生，你不知道你這個女兒，天分很高，作兩首小詩，很有味兒。你不要埋沒了她，順著她自己的愛好發展，不愁不成功一個女詩人。四先生，你要不嫌棄的話，我可以替你教她，一定會成材。」

趙老四聽懂了「女詩人」的話，卻不明白做了女詩人到底有什麼用處。他想著他自己做個小生意，需要的是打打算盤弄弄帳，女詩人也能幹這個嗎？但他有著生意人的順隨，心裡這麼想，嘴裡卻說：

「多謝張老師的好意，你就提拔提拔她罷！真要能做個女詩人，倒也滿好的。」

張嘉見趙老四特別同意做女詩人這一點，心裡高興極了。便對趙蓮說：

「方老師想你呢，教我來帶你去玩玩。你現在有空，就跟我一同去罷。晚上，在我那裡喫飯，喫過飯我再送你回來。」

趙蓮不說話，卻瞪著眼看她父親。張嘉便問：

「趙四先生，好嗎？」

「好，好。」趙老四應著，「你去換換衣服，和你媽說一聲，就跟張先生去罷。你看人家張老師和方老師，心眼兒多好！」

趙蓮後邊去了一會，換了一件藍布褂子，便出來了。張嘉帶著她從北門大街一直往南，走到十字路口，要是到他家裡去，應當向西走，因為他的家在西城牆根。張嘉仰頭看看太陽，約摸下午三四點鐘的樣子。便說：

「時間早呢。我們先到南門外關帝廟裡去玩玩好嗎？我聽說關帝廟裡正開玉蘭，我要去找一點詩料。」

趙蓮點點頭，抿著嘴兒一笑。

於是師生兩個一直往南。街上店鋪，十九關著門，往來行人稀少，這是戰爭波動的新景象。張嘉略略懷著一點鬼胎，怕遇著熟人，尤其怕遇見方八姑，因為方八姑是喜歡滿街上走著玩兒的。

走出南關，春末的綠野便呈現在眼前了。越過吏部賫尚書的墓園，離城約三里之遙，有座黃瓦紅牆的古廟從松林中露出來。這便是張嘉所說的關帝廟。這座關帝廟的馳名遠近，倒不因為關帝本身，而是由於附祀的華佗。這裡的華佗神像座前，有十六根藥籤，能治萬病，靈驗無比。當年竇尚書退老林泉，有一愛妾患水腫症，醫治罔效。在這裡求了一籤，謂以牛溲灌之奇效。竇尚書抱著一種「把死馬當活馬醫」的心情，試灌之，果然霍然而癒。尚書喜出望外，拿一萬兩銀子，把這座廟大加擴修，才有了今日的規模。

張嘉說是廟裡有玉蘭可看，原是一句謊言。趙蓮也知道這是一句謊言。但彼此把謊言當幌子，就雙雙到廟裡來了。近年來兵荒馬亂，廟裡香火斷了，看廟的人餓跑了。廟裡的門窗木料也都被人下走了，祇賸下一個空殼子，遮蓋著幾尊神像，在那裡過著無聊的日子。自竇尚書以後，那以牛溲治水腫的奇方，曾經不斷有人試服，然而沒有一點效。據說華佗因為不滿於當今的世道，已經離此他去，所以他的方子也就不靈了。

前前後後，靜悄悄的沒有一個人影。祇有松聲，和偶然幾聲松間的鳥聲，相伴著這無邊的寂寞。張嘉就拉了趙蓮的手兒，直走進正殿去。趙蓮卻在殿門外邊站住了。她說：

「我不進去，看見那神像教人怪怕的。」

「一個木偶傀儡罷了，你怕他怎的？」

「我祇是怕他！」

「我倒想不到你一個年輕輕的女孩子，也會怕那木偶傀儡。怪不得有些沒有出息的人，竟要拜他了。——好，那麼我們就在這台階上坐一會罷。蓮，我今天想問問你，我上回和你提議的事情，你考慮過了沒有？」

兩個人並排著在大殿前的石階上坐下來，滿地的松針松子殼和鳥糞。在陣陣微寒的晚風中，詩人張嘉感慨起來了。他見趙蓮低著頭，沒有回答他的話，便用手臂勾住了她的腰。說道：

「蓮，你不能再猶豫了。現在是一個大變動的時代，這是有史以來最偉大最劇烈的變動的時代。在這個變局中，跟得上去的便跟上去了，跟不上去的便被刷下來，歸於淘汰。我們應當有進步的理想，追求進步的生活。自甘墮落，是不值得的。」

「我什麼都想得開，」趙蓮拿一條松支，在石階上隨便畫著說，「想不開的事情衹有一樣。」但她卻沒有把這一樣事情說明。張嘉便問：

「哪一樣事情，你說了我聽聽。」

「方老師！」

「她怎麼樣？」

「我如果照你的意思做了，又怎麼對得起方老師呢？方老師在學校裡，對於我們同學真是太好了。我覺得她對於我，又像是特別好。你和她結婚多年，又有了個孩子，我不能那樣做。萬一我那樣做了，社會上不知道要怎樣批評我！」

「你這種想法，是完全在舊道德的束縛之下的。你太不前進，這是你的一個大缺點。你如果不能改正你的這一個缺點，你就落伍了。」張嘉用了幾個不大好聽的新名詞，威嚇著她說。

「唉，沒有辦法，落伍就落伍了罷，我不能那樣做！」

這麼肯定而又決絕的回答，是張嘉所沒有料到的。他喫了一驚，定定神，把趙蓮勾得更緊了一點。說道：

「蓮，你這樣頑固，是不應當的。你忘記了我那一首〈時代的花朵〉嗎？你辜負了我贈給你的這一曾詩。這一首詩，在俄國法國和日本，都有了譯文了。這已經成了全世界家傳戶誦的一首名詩了。」

趙蓮也覺得剛才的話說得太決絕了一點。便笑一笑說：

「這也用不著著急，我們慢慢再談罷。」

「你這就是拖延我的話，我真等得不耐煩了！」

太陽偏到正西，松蔭之下已經有點黑影。趙蓮說：

「時候不早了，我們回去罷。」

於是出了廟，緩步著回來。張嘉一路上催著她答應，她總是推辭。走到寶墓外邊，張嘉說：

「我們到這裡面看看石人石馬好不好？」

「門鎖著，怎麼進去？」

「我們從這裡爬進去。」

「爬牆，不好，我不。」趙蓮搖搖頭說。

「我說你這個人太頑固，太落伍，一點沒有錯。我今天老老實實地告訴你：進園子，一定要走大門，不肯爬牆，大門鎖著便情願不進去，這便是頑固，沒有革命性，也就是落伍！」

「罷罷，天也晚了，我們明天再來爬罷！」

「不，蓮，我不能看著你這樣頑固，這樣落伍，而不伸手救你。這是我的責任，我非教你從這裡爬進去不可。」

張嘉說著，便來拉她。趙蓮怕纏得時候久了，被過路的人看見不雅，就在張嘉的扶腋之下，爬了進去。這裡邊真正是蔓草豐碑，斜陽古木，荒涼中夾著寂寞。張嘉便擁著趙蓮在墓前的供石上坐了。

「你太頑固！」張嘉聞聞趙蓮的腮說。

「你太落伍！」又伸手去摸她的大腿。

「不要頑固，不要落伍！」嘴裡喃喃地說著，一逕把她壓倒在供石上。

烏鴉在墓園的白楊樹上直叫，冰涼的一塊東西落在趙蓮的腮幫上。她伸手去摸了下來，看是一坨鳥糞。便把張嘉推開，站起身來，理一理衣服。說：

「人家說，天上落下烏鴉屎來，打在人身上，人要倒楣。你看，我恐怕要不好罷？」

「你真是越說越不像話了。沒有別的說，我應當救你。到陝北去，到那個革命的熔爐裡去，把你的思想徹底改造過，你就得救了。這是我的責任，我陪你去。」

不知怎的，趙蓮忽然覺得有點受委屈。她說：

「你總有這許多好話說。你是我的老師，我把你像父親一樣地敬重，你卻盡情地逼我，逼到我今天這一步。你看，我還有什麼臉回家？」

「一個女孩兒，哪裡是你的家？你看見過誰家的女兒跟著父親過到老？快不要再說這些廢話了，我們到陝北去！」

「孩子都有了，你把你的太太說扔了就扔了，你帶我出去，能靠得住嗎？到了那外鄉，你要變了心，我怎麼辦？」趙蓮說著，意味到前途的危險，竟哭了起來。

「哪裡會有那樣的事。我真把心挖出來給你看。」張嘉看看太陽都落山了，便催著她回去。「走罷，我把路費都已經預備好了，待我再準備準備，我們就好走了。千萬沉住氣，不要走露了風聲。」

跳牆出來，在南關一家火燒鋪裡買了幾個火燒喫了，張嘉一直送趙蓮回去。趙老四在店鋪裡點著一盞小煤油燈，正等女兒回來。他一見張嘉，便拉他到爐台裡邊。悄聲說：

「張先生，你有什麼消息嗎？剛才街上有個謠言，說國軍從南路，日軍從東路，八路軍從西路，三路大軍爭奪我們這個縣城。這要是真的話，我們這個小城還不就完了嗎？」

「萬萬不會有的事，」張嘉笑笑說，「這不是T城，也不是C島，絕沒有人為了我們這個偏僻小城，認真流血拚命。以我預料，以後我們這裡會有一種此去彼來，朝秦暮楚的局面，劇烈的戰事是不會在這裡發生的。四先生，你放心罷！」

「這個八路軍是什麼軍隊？我從來沒有聽說過。他是日軍呢，還是國軍？」

「八路軍就是八路軍，他不是國軍，也不是日軍。」

「那麼，他是幫國軍打日軍呢，還是幫日軍打國軍？」

「他誰也不幫，他是幫著自己打人家。」

「你這麼說，我更不明白了。他們也是中國人嗎？」

「是倒是中國人。」

「既是中國人，為什麼不幫國軍打日軍？」

「他們雖然也是中國人，但和國軍不是一個立場，不但不是一個立場，而且立於反對的地位。」

「我不明白，我真不明白。既然都是中國人，為什麼又立場不同？」趙老四疑惑地搖著頭說。

張嘉知道這樣說下去，是永遠沒有法使他明白的。他環顧四周，見沒有人，便湊到趙老四的耳朵上說：

「四先生，這八路軍是共產黨的軍隊，國軍是國民黨的軍隊，所以他們立場不同，互相反對。我這麼說，你總可以明白了罷？」

趙老四一聽這個解釋，不覺嚇了一跳。忙道：

「共產黨？聽說共產黨共產共妻，他的是他的，人家的也是他的。共產黨真要來了，我們怕沒有活命了罷！」

「四先生，快不要聽信這些無稽的謠言！這都是反對共產黨的人胡說八道！事實上，人家是愛國家，愛民族，專替老百姓做事的。我們城裡真要是來了共產黨，那才是幸運呢。四先生，你不妨準備準備，將來也可以和共產黨打打交道，定然有好處。」

「有這等事，」趙老四將信將疑地說，「張先生，共產黨那邊你有朋友嗎？萬一他們真得了勢，也好有個照應。」

「到那個時候再看罷，四先生，我們反正彼此幫忙就是了。」

張嘉辭別了趙老四，回到家裡。方八姑沉著臉，看也不看他一眼。他便有點不得主意。搭訕著說：

「孩子呢？」

「跟奶媽睡了。」

「你喫飯了嗎？」

「我不喫難道餓著？這還要你問！」方八姑氣哼哼地說，「我正要問你呢。你今天到哪裡去來？」

「我去看金閣先生來。」

「你那就算是胡說！我今天在金閣叔那裡打牌來，幾曾見你個影子？可見你做賊心虛。你說，你下午在南門大街和什麼人一路走來？」

張嘉知道機密洩露了，便也不再隱瞞。大聲說道：

「我和趙蓮一路走來。你怎麼樣？不高興嗎？」

「我不高興？」方八姑冷笑了一聲說，「你不要作錯了夢，方八姑可不是那種喫醋撚酸的人！」

「那不就完了嗎？你又追究我幹麼？」

「我不是追究你，我是儆醒你。我知道你的心思，你慣於首鼠兩端，腳踏兩隻船，投機取巧，看風轉舵。武漢出來，你看看共產黨沒有指望了，你就自首，入國民黨。現在抗戰了，共產黨像要抬頭了，你就又打算賣弄風情，做共產黨的尾巴。我說得對嗎？祇是我告訴你，我是國民黨，我全家沒有一個不是國民黨，我這個立場是死也不變的。你從前利用了我一次，我也甘心被你利用了一次。但是這一回可不一樣了。這一回，我們的敵人是日本，我們要認真，一點也不能含糊。因為我們總不能做漢奸。多了這樣一個題目，政治鬥爭就比以前更尖銳，更激烈。雖是夫婦，也沒有可以通融的地方。你應當放明白，不要以為我是你的老婆，你就可以馬馬虎虎。」

方八姑這一席話，把個張嘉說得臉上紅一陣白一陣，心裡七上八下，坐立不安起來。他有一點惱羞成怒，可是沒有敢發作。「雖是夫婦，也沒有通融」這句話，特別刺著他，他不禁打一個寒噤。於是他深深覺得，方八姑已經不是他的老婆，竟是他的敵人了。他便勉強做個笑臉，說道：

「你原來是和我講這個大題目！八姑，你放心，我早已宣言，我是脫離了一切黨派關係，專作詩人的。怎見得共產黨又要抬頭呢，有什麼首鼠兩端的必要呢？雖是你好意這麼儆醒我，我可實在沒有這個意思。」

「但願你能如此就好！」方八姑點點頭說。

夜裡，同床異夢，夫婦兩個各有各的心事。

方八姑想，你要真再和共產黨眉來眼去，我就要對不起你。我不管你是不是我的丈夫！趙蓮的影子老浮在她的眼前，趕也趕不掉。

張嘉想，我應當早點走了才好，這是個虎口，我不能在虎口裡流連！

過了幾日，張嘉果然就失了蹤。

和他同時失蹤了的還有趙蓮。

三十六

趙老四所聽到的謠言，以後事實證明，並不完全是謠言。一個早上，大家一覺睡醒，開開大門一看，街上到了隊伍了。來來往往，好像人數不少。這個隊伍的服裝，包括草綠，瓦灰，深藍，淡青，各種顏色，樣式也不是一律的。有個特點是沒有帽花，沒有符號，也沒有臂章。槍支也是雜湊的，有第一次大戰時代德國製的套筒子，有時也看見幾支一打一的鉛彈土槍，比較新式，數量也比較多的是九八式。

老百姓的臉上像蒙著一層霜，遠遠的冷冷的注意著這些新來的隊伍。有那愛說話的大膽的老百姓，問他們說：

「請問貴軍是？」

被問的人很客氣地微笑，沒有回答。

隊伍露天住在大街上，沒有一個走入民家，也沒有一個和老百姓交談，或是買賣借用什麼東西。這樣子，又過了一個晚上，就有二十歲左右的年輕女兵出現，三三兩兩，挨門訪問了。這些女兵生就一張甜嘴，見了和她們差不多年齡的人，開口就叫大哥，大姊。對於年長一點的，大娘，大媽，老奶奶，叫得像一家人那麼親熱。她們一開口，先說許多對不起：

「隊伍有沒有騷擾你們？要是騷擾了你們，請告訴我們，我們報到上級去，重重地辦他們！」

老百姓自然告訴她們並沒有受到任何騷擾：

「你們的隊伍真是好極了。請問，你們是什麼隊伍？」

「我們是八路軍的海東縱隊。」

接著，她們說出八路軍許多好處，要求當地人民作他們的後盾，為了表示「軍民一致」，她們提出要求了：

「你看，弟兄們露天住著，要是颳風下雨，怎麼辦？你們家裡這麼寬敞，讓個地方給他們住一住罷。我們軍民原是一家呀。」

這樣，三三兩兩，就都住到民家去了，沒有一個人家不住得有。

過不久，共產黨的「省委」和「省府」，在山區裡成立了。康小八的縣政府，經過共黨省府的承認，從方鎮遷到城裡來了。縣保衛團改編為八路軍的另一個縱隊。這一回，方培蘭一定要擁方祥千為縱隊司令，他說：

「六叔，過去我們在暗中活動，我不過做個幌子。現在我們正式編成八路了，就非你老人家出面領導不可了。有你老人家在黨裡的資格，我們的事情一定要好辦得多，號召力也強得多。六叔，你不能再客氣了！」

但是方祥千怎麼也不肯，他祇答應擔任一個政委。於是縱隊司令一職，仍然落到方培蘭的頭上。許大海、康子健、田元初等分任支隊長。

縱隊在方鎮成立。共黨省委和省府都派員參加成立會，康小八從城裡陪著他們一同下來。司令部設在前保衛團公所。大廳上有三桌酒席，與會人員邊喫邊談。方培蘭道：

「縱隊成立了，要定一個名稱。大家想想看。」

談論一番，沒有定議。方祥千發言了：

「你們看見過旋風嗎？一陣旋風捲起來，飛砂走石，天昏地暗，正代表一種威力。我們的縱隊，應當有這樣的威力。它又行動迅速，轟雷掣電一般地轉瞬千里，令人無從捉摸。我們行軍作戰，不也是應當這樣的嗎？因此，我提議，我們的縱隊，定名為『旋風』，就叫做『旋風縱隊』好不好？」

哄堂一陣鼓掌聲。這一提議，博得了全體的贊成。省委代表說道：

「方祥千同志是我們黨的元老，他的見解是異常高超的。今天縱隊成立，象徵著黨的武力的擴展和中國無產階級革命運動的蓬勃，實在也不算是一件小事。我們應當請方祥千同志對我們來一番訓示——」

話還沒有說完，大家又是一陣鼓掌，一致表示歡迎。方祥千就捋一捋下巴上的鬍子，站起來了。

「我們今天是成則為王，敗則為寇。」他開始了他的演說，「因此，祇許成功，不許失敗。人生在世，一腳失錯，走了敗路，你這個人就算是一無可取了，還有誰來原諒你的心跡？那時候，你的心無論好到什麼程度，也不會有人知道，知道了他也不會原諒你！所以，所謂憑心做事，是沒有意義的。我們今天要橫了心，把心扔得遠遠的，扔到它十萬八千里以外去。然後才好放手做事，而且保證成功……」

大家鼓掌。

「莊子有句話，說得最好：竊鉤者誅，竊國者侯。我們今天所做的正是竊國的事業。我特別保證，今天在座諸同志，將來都有封侯的希望。」

演說一畢，方祥千坐下，喝口酒潤潤喉嚨。全堂鼓掌，歷久不息。省委代表又站起來說：

「作為一個唯物論的真正的布爾塞維克，我們的方祥千同志是當之無愧的。整個歷史要翻案過，黃巢李闖王張獻忠這些人，在資產階級的眼目中，是反叛，是流寇。在我們看起來，卻都是些革命英雄，為了反抗封建地主而奮起的革命英雄。這些革命英雄，就是我們竊國的老前輩。他們雖然沒有成功，他們的事業精神卻實在是值得我們效法的。」

省委代表的補充演說，與會人員也鼓掌如儀。

宴畢，大家到東嶽廟前的廣場上，檢閱一個小部隊。服裝，武器，以至精神，都是上乘的。省委代表在這裡再發表演說，對於這些戰鬥人員加以鼓勵。

旋風縱隊剛成立，就在方鎮以北和不同立場的游擊隊進行一場苦戰，完全把對方打垮，對方的遊擊隊司令當場斃命。這位司令是奉重慶正朔的，他又是一位省府委員。這時候，在山區裡有兩個省府，互相爭戰，一個是重慶委派的，另一個是延安委派的。

旋風縱隊旗開得勝，各方面都震動了。高家集的日軍因此急遽增援，接連多日並有飛機出來偵查。共黨省委為了消除日軍誤會，再令康小八到高家集去切實解釋一番。日軍司令聽取報告之後，給康小八帶回來這樣的訓令：徹底打擊國軍，保障皇軍安全。他又特別交代，「你們放心幹，槍械彈藥是沒有問題的。」

省委注意到這一個縱隊的力量，便派出一個代表，率領若干幹部，常駐在方鎮，負責領導工作。而鬥爭也就開始了。

首先，住在城裡的方八姑和方金閣被海東縱隊逮捕，而且移送回方鎮來，被押在司令部裡，省委代表指定政委方祥千蒐集這兩個人的劣跡罪狀，方鎮初次出現了鬥爭大會。

罪狀原是現成的，用不著蒐集，因為兩個人都是地主。祇這一點，已經夠了。

在省委代表和縱隊司令部扶持之下新成立的中共黨鎮委員會，分令到各街各巷委員會，挨家挨戶，鳴鑼通知，東嶽廟前的廣場上，鬥爭大會開始了。因為是首次，大家都有著一個看熱鬧的好玩的心，當作看社戲一樣，扶老攜幼，紛紛而至。廣場上人山人海，圍繞著廟前的戲台。方八姑和方金閣，五花大綁，被推上台去，面眾而立。祇見一個共幹，指手畫腳演說一番。因為群眾太嘈雜，誰也沒有聽見他說的是什麼。另有幾個共幹，用皮鞭木棍把兩個人沒頭沒臉亂打一陣。

共幹再演說。就有靠近台前的群眾紛紛跳上台去，把兩個人狠踢狠打。群眾多數沒有能知道是怎麼一回事，又是喫驚，又是納悶，議論紛紛，亂成一片。

等到跳上台去的群眾們下來之後，秩序才算恢復了一點。共幹連連揮手，要大家安靜。他又說了許多話，仍然沒有什麼人聽見。群眾所見到的是方八姑和方金閣已經不是站在台上，而是躺在台上了。

於是會就散了。慢慢，才知道消息，那一天方八姑和方金閣當場被擊斃。散會之後，拖到河邊上餵野狗了。

這事件，震動了方鎮上每個人的心弦，無論是富的窮的。

秧歌隊出現了，到處扭，到處唱，教每個老百姓跟他們學習。鎮委員會發表了一個名單，包括所有大戶的老太太少奶奶大姑娘。每天早上六點鐘在東嶽廟前集會，集體學習扭秧歌。一上來，許多人不知道共幹的厲害，沒有去。鎮委員會便派人把她們抓了來，給她們剃去半邊頭髮，以示薄懲。被剃去半邊頭髮的人當中，就有居易堂的老太太，方冉武娘子，還有秀才娘子，方天艾的母親等。

學習開始，又有害羞，不肯大扭大唱的人，便把她們的裹腳帶除去，讓她們赤著兩隻纏而未放的小腳，在石子路上走，又趕著她們手拉著手兒過河。在急流的深水中，跌倒淹死的大有人在。

陶祥雲的六哥，現任是旋風縱隊的伙伕班長了。他記得陶祥雲為偷了方冉武娘子一雙繡鞋挨了打的那件事，他就報告了司令方培蘭，想要方冉武娘子做老婆。方培蘭說：

「這不是我的事。你這件事情，要去問鎮委員會的革命婦女委員會才成。」

「我知道革命婦女委員會是誰呀！」

「我告訴你，是你的熟人。革命婦女委員會的委員長，就是你的老東家小叫姑龐錦蓮。」

「真的嗎？」陶老六喜出望外地說，「要是她如今當了家，我這個事情就好辦了。」

原來省委代表一到鎮上，便愛上了小狐狸龐月梅。龐月梅這時候已經是五十開外，比省委代表大了二十歲還不止。省委代表的意思，原要教龐月梅擔任這個革命婦女委員會的委員長，因為龐月梅不願意離開煙榻，便推薦她的女兒龐錦蓮自代。龐錦蓮原定要跟康小八結婚，到城裡去做縣長太太，也因為要做委員長，把婚事延期了。

陶老六一口氣跑到龐錦蓮的辦公室門外，大聲喊了個報告，裡邊叫聲「進來」，他便進去了，直挺挺立在那裡。龐錦蓮正坐在大方桌後的太師椅上，用旱菸袋抽白粉。

「老六，是你？有什麼事嗎？」

「我，報告委員長，我想討那方冉武娘子做個老婆玩玩，你看好不好？」

「哼，方冉武娘子？她教我剃了半邊頭了。怪難看的，你要她幹什麼？」

「剃了半邊頭不要緊，我不嫌她。委員長，你不知道這個人，原是我們老十一活著的時候心愛的人。可憐我們老十一，摸也沒有摸到過她，就死了！我現在算是替老十一——」

龐錦蓮不願意他盡說老十一的事，便打斷他的話道：

「好了，我明白了。我批了你的准。我問你，你討老婆，有了房子沒有？」

「去找呀。」

「你不用去找了。我那外院裡，現在閒著，你帶她去住好了。我早晚也正要這個女人服侍我呢。」

陶老六一輩子也沒有想到自己到了五十多歲，還會娶老婆，而且娶的是大戶人家的少奶奶。他一團高興，跑回司令部，把喜信報告了方培蘭司令。方培蘭便派人幫他辦喜事。

轎子這個東西，是已經多年沒有了。陶老六的同僚們把兩把太師椅用木槓穿起來，擁簇著陶老六，一逕到居易堂來。居易堂的大片房子早已駐了旋風縱隊。韓媽也老早帶著兩個孩子到外婆家就食去了。祇賸下老太太和方冉武娘子婆媳兩個住在外邊的學房裡，廝伴著西門姨奶奶的靈柩。大廳做了支隊長田元初的辦公處，方冉武的棺材被抬到院子裡露天放著。婆媳兩個近來都剃了半邊頭，老太太剃了左邊，少奶奶剃了右邊，賸下半邊長頭髮披散著，實在不像樣子。婆媳兩個商量著，還不如把賸的這一邊索性剪短了倒還便當些。不想找來找去，找不到剪子，沒有剪得成。然而真是僥倖得很，婆媳兩個親眼看見秀才娘子把半邊頭髮剪短了，受到共幹嚴厲的斥罵。

「你這老豬婆，好大膽子！沒有得到我的允許，竟敢把我替你留下來的半邊頭髮剪了，真個想造反了。」

於是找了替秀才家看祖塋的張金來，教張金用棍子打這個老豬婆。替大戶人家看祖塋的人，算是一種奴才，在主人面前沒有座位的。但秀才娘子對待張金，一直很厚道，欠下租子從來不催他，隔幾年便勾銷了，農忙的時候也不徵他的短工。這基於秀才娘子的一種倫常觀念。她以為祖塋是死去的祖先居住的地方，看祖塋的人無異是祖先的傭人，而後輩子孫不善待祖先的傭人，就等於不恭敬祖先。六十多歲的張金，對於主人這種厚道，一向就感激萬分。自從鬧共產，他看見主人受種種凌辱，心裡大大不忍，敢怒而不敢言。不想他今天受到共幹的命令，要他動手打他的主人婆。

「同志，」他滿面賠笑說，「秀才娘子不是壞人，對待窮人也極厚道。饒了她罷！」

「你這奴才。」共幹惱了，「你替封建地主講情，就是反革命！好！我先打了你，再打她不遲。」

於是幾個共幹一齊動手，把個張金打得半死，伏在地上爬不起來。共幹教秀才娘子給張金磕響頭，大聲叫他祖宗。秀才娘子不敢違拗，磕了頭，叫了祖宗，卻仍舊挨了一頓狠打。

方冉武娘子和她的婆婆親眼目睹了這一幕慘劇之後，才深幸自己家裡沒有剪子。老太太說：

「你看，窮也有窮的好處。這要是有把剪子，我們兩個也就完了。幸好幸好窮得連把剪子都沒有了呀！」

「媽，你還說好呢。這個肚子餓得吱吱叫，任什麼沒有得喫，怎麼辦哪？」方冉武娘子含著一泡眼淚說。

「等他們隊伍上開飯的時候，看有臢飯要點喫罷！」

「媽，你不知道，給他們要點臢飯，他們淨給你開玩笑。不光說嘴，還加上動手動腳。我真不好意思！」方冉武娘子眼淚滴下來了。

「唉，孩子，難得討到口臢飯喫，就讓他們占點便宜罷。」

「媽，」方冉武娘子恨恨地說，「你老人家怎麼一點也不明白，非要我說出口來不可。他們是真拉褲子呀。」

老太太聽了，半晌不做聲。最後說：

「那麼，今天我去罷。我老了，他們不會。」

可是老太太空著手回來了。她哭喪著臉說：

「不行，他們一定要你去才肯給。」

「媽，我什麼都不為，祇為了他。我還是餓死了罷！」方冉武娘子流著眼淚，指一指院子裡方冉武的棺材。

「不，孩兒，」老太太心裡也是難過，嘴裡卻說，「如今不是那種年頭了。馬虎一點罷！死了的人，你念著他幹什麼！常言說，人死如燈滅，他也不見得還會知道你的心了。」

然而方冉武娘子終是不願意去，婆媳兩個餓了夠兩天了。

卻不料就在這時候，來了個「紅鸞照命」。陶老六帶著一大群人，扛著太師椅來了。一個小頭目嚷著說：

「老太太，恭喜恭喜。」

「什麼事呀？」

「你家媳婦，經革命婦女委員會批了准，把她配給陶老六了。來，陶老六，見見你的丈母娘，不，不，這不叫丈母娘，這是老婆的前夫的婆婆，這叫什麼呢？我真想不出來。好，就算是丈母娘罷。」

小頭目說了，大家一陣哈哈。方冉武娘子哭了。

「你們快不要開玩笑，」老太太說，「我們有什麼好心腸辦這些閒事？我們兩個人已經兩天沒有喫到東西了。」

「你們為什麼不喫？」

「沒有呀！」

「那更好辦了。你這新女婿，是個伙伕頭。你家媳婦配了他，還愁沒有的喫嗎？」

於是不由分說，把方冉武娘子硬拉出來，按在太師椅裡，就抬走了。由於過去的許多慘痛經驗，方冉武娘子知道反抗必無結果，而且要喫苦頭，便安安靜靜地低著頭讓他們抬走。老太太大聲叫道：

「你們抬走了我的媳婦，連口飯也不賞我喫嗎？」

陶老六一聽這話，忽然動了個惻隱之心。便拜託田元初支隊的伙伕，招呼老太太每日的喫食。

「你看，陶老六多愛丈母娘呀！」

「老太太，你有了這個好女婿，以後喫飯是沒有問題了。」

大家七嘴八舌地嚷嚷了一陣。田支隊的伙伕當著陶老六的面，把田司令小廚房裡的大饅頭拿了幾個給老太太。老太太接在手裡，一邊喫著，一邊笑嘻嘻地說：

「真真是我的好女婿，真真是我的好女婿。你們也給我的媳婦喫個饅頭呀，她也兩天沒有喫東西了！」

於是一團喜氣，方冉武娘子被抬走了。小頭目告訴老太太說道：

「你的媳婦不喫這個冷饅頭，那邊有上好的魚翅席等著她呢。你放心，喫你的罷！」

這又是全鎮轟動的一件大事：居易堂的大少奶奶配給陶老六了。

方冉武娘子從此變成了陶六嫂。她並不習慣陶老六這種人物，也不習慣再醮後的這種生活。使她能夠相安的是從此又有了一碗現成飯喫了，從此用不著再到東嶽廟前的廣場上扭秧歌了，而剃掉的半邊頭也可以留起來了。

「命，這就是我的命了罷？」她有時候這麼想。現實生活的長期煎迫，已經把她這個人從根本上改變了，她幾乎完全沒有憧憬，也完全沒有幻想了。她知道怎樣得過且過，胡混這漫長的歲月了。

「陶六嫂，」小叫姑龐錦蓮叫著她說，「你過來，我問問你：你們家進喜告我殺死你的丈夫。是你的意思嗎？」

「不是，委員長，」陶六嫂淡淡地說，「我們肚子都填不飽了，哪裡還有心思告狀。我聽人家說，進喜告狀，是陶鳳魁央他幫場的。」

「陶鳳魁是你的什麼人？」龐錦蓮故意一笑。

「照現在說，」陶六嫂臉上一紅，「我叫他公公。」

「這才是一本糊塗帳呢。好，我不和你談這個。我這屋裡，跟我多年的一個老媽子，我薦她到縣政府裡當科長去了，近來這個屋裡鬧得亂七八糟，沒有一點頭緒。我看，陶六嫂，你來給我跟房罷。你掌過那等大的家業，這一點點小事，一定幹得好。」

「既是委員長提拔我，我就試試看罷。」陶六嫂不敢不答應。

「還有，你記住，你在家裡不要叫我委員長。你叫我蓮姑娘或是叫姑娘，我喜歡人家叫我蓮姑娘或是叫姑娘。不瞞你說，我雖是做了委員長，遇著相當的客人，我還做我的生意。做生意是我的本分。我媽，你叫她大仙娘，她不喜歡人家叫她老太太。」

龐錦蓮說一句，陶六嫂應一句。龐錦蓮對於她的馴順，發生了很大的好感。她說：

「大戶人家的女眷們，要都像你這樣坦白改過，接受新生活，革命婦女委員會的工作，就好做得多了。」

從此，陶六嫂的生命展開了新的一頁。實在的，所有鎮上大戶人家的婦女，方冉武娘子的結果，算是最為幸運的了。

那秀才娘子就大大不如她。

原來那秀才娘子於備受凌辱之後，曾經把女兒其菱叫回家來，向她訴苦。她說：

「這要是別人家，還有可說。我，人已經七十多歲了。有個女婿還當著支隊長，難道就沒有一點情面。今天，把我這等欺負，是我應該受的呢，還是我的女婿沒有照應我？這汙辱，是汙辱我的呢，還是汙辱我的女婿呢？其菱，你回去對子健說，務必教他講明白給我聽，我就死了也得明白些！」

秀才娘子說著哭了，天芯天芷勸慰一番。方其菱道：

「媽，這個話還等你老人家說？我早已同子健提過了。那僧集體學習扭秧歌的時候，我就說不應當讓你老人家參加。祇為這省委代表，是黨方人物，連子健還得聽他的呢，所以無法通融。媽，你好好養傷，不要急，我再和子健想辦法去。聽說那省委代表倒肯聽小狐狸龐月梅的話，讓子健託龐月梅說情去！」

方天芷聽了其菱的話，不由得一陣冷笑。說道：

「堂堂支隊長倒不能說話，還要央及那老娼婦！這樣的黨，這樣的政治，真是太黑暗了，太黑暗了！」

「二哥，」方其菱悄聲說，「你以後說話可要留心點，莫要惹出禍來。我聽說他們近來組織了一種『聽壁隊』，專門偷聽人家背後裡說話。這種聽壁隊隊員，還有不露身分的。比方說，我們現時屋裡這幾個人，說不定大哥就是聽壁隊，也說不定我就是聽壁隊。你除了說話留神之外，是防不勝防的。」

「他聽了去又怎麼樣？」方天芷還不平。

「聽了去，那還用說？鬥爭呀！要你的命呀！」方其菱誠懇地說，「二哥，這可使不得氣，小心為妙。」

方其菱從娘家回來，便託康子健替母親講情，想辦法。為了秀才娘子受辱，康子健心裡正不痛快呢，他覺得這些幹部們未免太不給他留面子了。「你們難道不知道她是我的岳母？」他想著便有點氣。聽了其菱的話，憤然說：

「人總要講理，不能說共產黨就可以不講理。我自己見省委代表去。好就好，不好，我就反他娘的！」

方其菱連忙去搗他的嘴，教他不要亂說。

「你說這種氣話，是有害無益。你要平不下心，還是不必去罷，不要反而更闖大了禍。」

「不要緊，我知道。」康子健說著走了。

他在司令部裡先見到政委方祥千和司令方培蘭，提到秀才娘子的事。方祥千再三勸他不必過問，多事。

「你和秀才娘子的關係，是一種封建裙帶關係。我們共產黨，正要徹底消滅這種關係，難道你會不知道？」

「假定我和秀才娘子沒有親戚關係，這種事情看在我眼裡，我還是要抱不平的。」康子健說。

「我一定要去見省委代表！」

要見，自然，就見到了。話也和盤托出了。然而省委代表的反應極其不佳。他不住地搖頭，不住地冷笑。他說：

「康子健同志，你今天使我失望極了。作為一個布爾塞維克，你真差得太遠了。你從一種頑固的封建思想，產生出淺薄的人道主義。這樣，你觀察任何事情，就一無是處了。秀才娘子所代表的是一種封建殘餘。我們今天對秀才娘子鬥爭，被鬥爭的不是秀才娘子這個人，而是她所代表的這種封建殘餘。基於這個觀點，我正認為我們對於秀才娘子所展開的鬥爭，還不夠得很呢。偏你倒以為過甚了！康子健同志，你還要力求進步，盡量克服你的小資產階級的弱點。否則，你本人都是很成問題的。」

省委代表說了，仍不住地搖頭，不住地冷笑。

康子健脹紅了臉，無言地走出去。省委代表望著他的背影，頭搖得更重了。

三十七

和迫使大戶婦女集體學習扭秧歌差不多先後，「省府」頒布下來的分田辦法，已經開始執行。這個辦法，硬性規定，所有大小地主（包括自耕農），按人口計算，每人得保留五畝田。多餘的繳出歸公，另行分配。保留下來的田，必須自耕，不許佃給別人或僱人耕種。

各戶繳出地籍清冊和田契，在准許保留的田契上蓋印發還，多餘的沒收。但事實上得到這種「便宜」的，幾乎是沒有的。共產黨的鬥爭，其意義為報復，而且專究既往。你祇要被列入地主之林，不論是大地主或小地主，你便從此一無是處，動輒得咎，不動亦輒得咎。隨便一個什麼人，隨便說你一句什麼話，你便永遠分辯不清，而且總是錯在你。最寬厚的懲罰是取消你和你一家每人五畝田的保留權，你從此便一無所有了。

就以秀才娘子為例來說罷。自從康子健冒昧地向省委代表進言之後，她的遭遇就越來越壞了。有一個她根本不認得的人，向鎮委員會對她提出控告。

「二十年前，我給她上租子的時候，她用了一根抹斗的板子，是向上彎曲的。這一斗當中，至少多抹我半升糧食。當時我是敢怒而不敢言，現在特地來伸冤。」

於是她首先被勒令繳出當時那根抹斗板子，繳不出來，她就被認為不夠坦白。而且計算下來，每年收二十石租，每斗非法浮收半升，每年共一石。二十年，就是二十石。要她先把這二十石糧食繳出來，然後再作商量。她繳不出來，就又被認為不夠坦白。

不坦白，並不是一個小罪過。不坦白，就是不悔過，也就是還想繼續作惡。對付這種人的辦法，祇有一個：開鬥爭大會的時候，拿上台去活活打死。秀才娘子就是這樣結束了她的生命的，她的子孫們並因此被取消了五畝田的保留權。

追究既往，可以追究到多久呢？這個，並沒有明文規定。但居易堂老太太曾被再三詰問到五百年前的舊事。說居易堂的祖先，曾有人跟明太祖打過天下，這個人後來做到總兵，是一個大貪官，同時也是大地主。省委代表把居易堂老太太提了來，親自加以審問。

「人人都說有這事，想必不是假的。」

「他到底一共貪汙了多少錢，買了多少田？」

老太太自然無從回答。

「…………」

「你不必替他隱瞞。隱瞞是你的罪。」

「…………」

「你不坦白，祇好上鬥爭大會了。」

「老爺，」老太太跪下，哭著說，「饒了我罷！我早已窮得討飯了！」

「你這老頑固！」省委代表惱了，「你叫我老爺，又給我下跪，這就證明你的的確確是一個封建餘孽，五百年前的事是一點也不錯的了！好，你就先把這一筆貪汙錢賠出來罷！還有你丈夫做官的貪汙錢，我再慢慢和你算。」

「真的，我早已討飯了。這鎮上，誰不知道？」

「全縣第一首富，」省委代表悻悻地說，「百多頃地的大戶，怎的會窮？你是在騙鬼，拿我當傻瓜！你明明是為了逃避鬥爭，隱匿財產，故意裝窮！你快說，你的財寶究竟埋藏在什麼地方？再不實說，我可要送你上東嶽廟了！」

老太太一聽上東嶽廟，連魂都嚇飛了。原來東嶽廟早已改為「自省堂」。凡有不肯坦白的頑固分子，一律送去自省。名為自省，其實是一個刑場。據在該堂服務的共幹出來宣傳，裡邊設有非刑十八種，總名為十八層地獄。有進去的人，沒有出來的人，大抵用不到經歷十八層，挨到三層五層上就難以活命了。

老太太急叫一聲，暈倒在地。但她仍然被送進東嶽廟去，從此便沒有再出來了。

秀才娘子和居易堂老太太，人雖然死了，事情卻沒有了結。共幹們多數主張徹底追究她們的後人，支隊長許大海對於這一主張響應最力。他早已是一個極左傾的人物，他認為一切由地主出身的共產主義者，都缺少堅定的革命性，都是假革命。假革命就是反革命，甚至比反革命的毒素更大。窮人，而祖先原是地主的人，他有著地主的血統，也不會有足夠而又堅定的革命意識。他是方培蘭的大徒弟，而這一種論調，是有害於師傅的。尤其有害於和師傅如同一體的方祥千，因為方培蘭和方祥千都出身於地主。但是許大海並不因此而有所顧忌。對於徒弟的左傾，方培蘭最明白，那是由張繡裙引起的。當時師傅沒有准許他把他心愛的這個女孩從方天芷手裡攫回來，曾經造成他和師傅之間的重大裂痕。

好幾年來，許大海並沒有忘情張繡裙。由於幾個偶然的機會，他意外地獲得和張繡裙祕密會晤之後，他明瞭了她的心情，他就對她發生了更深厚的愛情。他表面上不動聲色，心裡卻一直暗暗地埋怨師父，埋怨方祥千，尤其痛恨康子健。

從黨的見地和革命的立場，他認為師傅不過是一個封建武士式的大流氓，方祥千是一個偽裝革命的開明地主，而康子健則地地道道的是一個地主資產階級的看家狗！

大徒弟的地位，是相當於皇帝跟前的太子的，將來要傳給他衣缽。方培蘭的確有著「封建武士」那樣的慷慨熱情和厚道，他對於提拔徒弟（尤其是大徒弟）是不遺餘力的。無論什麼事情，你和他談過了，他總是告訴你說，「很好很好，你再去和大海談談罷，看看他是什麼意思。」對外聯絡，也常常故意使用許大海的名字，把許大海代替自己。漸漸的，有許多人有事情要找方培蘭的時候，就不找方培蘭了，單和許大海一商量就解決了。

這樣，方培蘭的實權，就漸漸落到許大海手裡了。

有時候，方培蘭也覺著有一點像是尾大不掉了，但是他並不以為忤，反而安慰。徒弟能自立了，自己的事情有了可以交代的人了，他將可以享享清福，以度餘年了。

有的人稱讚方培蘭晚景好，方培蘭也覺得自己的晚景果然不錯。許大海越有辦法，方培蘭就越喜歡。

許大海是特別接近省委代表的，他常對省委代表發牢騷，批評工作做得不徹底。秀才娘子死後，對於倡議寬大，不再追究她的後人的人，許大海抨擊得最厲害，認為根本違反了革命鬥爭的基本原則。他憤怒地說：

「這種作風，就是國特！」

他的指責是針對著康子健的，康子健自然懂得。他如何肯在許大海跟前認輸呢？也就反唇相譏。

「我姓康的加入共產黨，是帶著一個支隊的人馬作本錢的，並不像人家靠師傅提拔，撐腰。我做個支隊長，連自己的岳母都保不住，我還革什麼命，共什麼產？」

這個話，立刻就傳進了省委代表的耳朵裡去。省委代表對政委方祥千說道：

「這個人的思想，根本反動。你平時就是這樣訓練他的嗎？」

「他原有一點愛發牢騷的毛病，」方祥千賠笑說，「我時常說他。不過他今天的話，又超出牢騷之外了。」

「你看應當怎麼辦呢？」

「我完全服從你的意見，你是我的上級。」

這樣，當天夜裡，康支隊就被許田兩支隊包圍繳械了。康子健和他的太太方其菱在住宅被捕，不到天亮就在東嶽廟前槍決了。第二天，由縱隊司令方培蘭公布他一個罪狀，無非「違抗命令，準備降敵」那一套。許大海和田元初瓜分了他的支隊，把自己的支隊擴大了。

張繡裙跑到鎮委員會去指控天芯天芷藏匿財物，違反分田辦法，私留田契，於是全家被捕，在鬥爭大會上斃命。

張繡裙受到革命婦女委員會的嘉獎以後，便和許大海結婚了。有情人終成眷屬，兩個人的愉快是可想而知的。

和分田辦法相伴而來的一個口號是：窮人翻身了！過去在前的，現在在後了；過去在上的，現在在下了；天也彷彿沒有地高了。

方氏私立小學是鎮上唯一的學校，因為方氏是地主，方氏私立的學校，當然不能讓它存在，停辦了。校址改為「退福堂」。地主們，不分男女老幼，一律被指定戴上一頂麻布孝帽，上面寫著「地主」兩個字，集中居住在「退福堂」。說他們過去享福享得太多了，現在應當退一退。退福堂是不管飯的，每家准許有一個女眷出來，在指定的地區為她的一家人討飯喫。但是又沒有人敢把東西給她們喫，因為你一給了，馬上就有共幹來調查，「你和她有什麼關係，這樣關切她？」麻煩就沒有完了。

因此，退福堂實在就是飢餓堂。

然而能夠住退福堂的地主，還都是沒有什麼具體罪狀的好地主。差池一點，被指控有罪的，那是「自省堂」的貨。但也有人情願「自省」，而不希望「退福」。因為自省死得快，退福死得慢，同是一死，還是爽爽快快的好。

地主們「掃地出門」，退福的退福，自省的自省去了。賸下來那些房子，太大的（如門樓廳房之類）被拆掉了另蓋小的，一律分配給窮人居住。當拆房子的時候，真有從牆壁裡，地磚下，或是頂篷上，拆出金銀現款或是別的值錢的東西來的。這就給自省和退福的地主們，帶來了災禍。從此非刑拷打，要他們作最後最徹底的坦白，名之曰「卸底」。

掘墓的始倡者是張繡裙。方天芷在世時，曾經和她談起一句閒話，說他父親的棺材裡有金元寶，還有銀錁子。金元寶放在死屍的口裡，銀錁子攥在手裡，肛門裡還塞著一塊古玉。張繡裙歸了許大海以後，就把這話告訴大海，問大海能不能掘開秀才的墓，看看到底有沒有。許大海認為沒有什麼不可以，就把秀才墳墓掘開了，劈開棺材，果然搜到了那些東西。從這引起來，掘墓運動就如火如荼地展開了。有的人掘紅了眼，也不管是誰家的，見墓就掘。連方培蘭的父親方二樓的墓都被掘了，那是僅僅埋著一顆頭連屍體也沒有的空墓。

路條制度早已施行了，任何人都沒有逃走的可能。受過嚴格訓練的兒童團團員，無分晝夜地把守在各個大小路口上，認真地盤查行人。

一個微雨的陰沉天，西大路口上來了一個胖胖矮矮的老人。他大約六十多歲，穿著長袍馬褂，騎著一匹大黑走驢，鞍子上還掛著一大套書。他看見站崗的兒童團團員，就從驢背上跳下來了。口袋裡摸出一張路條，遞給那兒童。湊巧，這個孩子不認得字。接過路條，看也不看，卻祇顧盤問起來。

「你從哪裡來?叫什麼名字?」

老人知道他不認得字，就不待他一句一句地問，把應該說的話一口氣告訴了他。

「我叫曾鴻，是個醫生，西邊曾家集的人。有個女兒嫁在這個鎮上，有病，帶信給我，我來給她看病了。」

「你的女兒是誰家?」

「我的女婿就是開藥鋪的宗彩辰。」

這個兒童把曾鴻上上下下打量一番，就拿起身邊的銅鑼，用力敲起來。鑼聲一響，街上就有人出來了，當中還有掛著手槍的旋風縱隊的隊兵。值崗的兒童告訴他們說:

「你們看這個人，這個年紀，這個衣服，這麼胖，這麼矮，又騎著這麼大的驢，帶著這麼多的書，像不像個大地主?」

「像，像，像。」

「那麼，你們幫我把他帶到鎮委員會去!」

曾鴻想著這時候多說話也沒有用，等到了裡邊反正一說就明白，便跟著他們到鎮委員會來了。可巧省委代表也在這裡，他一聽是個醫生，就先有點不高興。因為省委代表一向就有個特別高見，他認為請醫生看病，抱藥罐子喫藥，根本是資產階級的奢侈享受，和抽鴉片煙同樣是一種無益的消耗。因此他把做醫生的看作是資產階級封建地主的幫閒走狗。

「既是醫生，先把他關起來。我們正要清算所有的醫生呢!」省委代表一點不加思索地說。

「不，」就中有認得曾鴻的人說，「這個人不單純是一個醫生。他是養德堂的莊頭，養德堂一家上上下下全是國民黨。」

於是問題立刻就嚴重了。他的女婿宗彩辰一家也被捕了。鞫訊的重點是追究他們是不是國特。對於這個問題，他們自然無從回答。這就被放進了自省堂。

省委代表下令清算了全鎮上所有的醫生，不讓他們有一個存留。藥店的存藥全部燒光。不但這一個鎮上，附近八路軍勢力範圍內的好幾個縣的醫生藥店，都清算了。

不料事有湊巧，清算醫生藥店之後不久，省委代表竟生起病來。每日發高燒不退，昏沉無力，不思飲食。他一向身體健康，從來不知道生病是怎麼回事，現在才第一次體驗到原來生病有這等不好受。他病的頭兩天，原住在龐月梅屋裡，因為病中受不了那太重的鴉片煙氣，才遷回自己的寓所。一個星期過去了，病勢有增無減。龐月梅每天來看他，著急得了不得。趁左右沒有人，便說：

「這樣病下去，怎麼得了！你想想看，要不要找個醫生看看。喫喫藥，總好的快些，少受許多罪。」

省委代表無力地望望龐月梅，半晌不言語。龐月梅又說：

「這也用不著為難。你要是看西醫，我找人上高家集去請日本醫生。從前我常常聽山本次郎談起來，日本人對於西醫，研究得最好。你要是想著中醫，臉前裡有個人，我推薦給你，也管保能把你治好。反正有了病總得醫，儘著拖是沒有意思的。」

龐月梅萬分誠懇地說。自從有了省委代表，在這個鬥爭清算的一片混亂之中，龐月梅不但沒有受到任何損失，反而得到若干便宜，因此她對省委代表不能不有一種特別的情感。她是真的害怕這場病把他拖壞了。

「我們已經清算了所有的醫生，」省委代表意思有點動了，「你說，這裡還能找得到醫生嗎？」

「正式醫生是沒有了。我知道有一個人，醫道極行，卻不行醫。但你要找他看病，他必定不會拒絕的。」

「你說是誰？」

「你是不是要找他看病呢？」龐月梅笑著說，「是，我就說，不是就罷了！莫要等我說出他的名字來，你倒去清算他！」

這引得省委代表也忍不住笑了。他說：

「你看你這個心眼兒多壞！你告訴我，他是誰，我一定不清算他就是了。」

「你得和我說明，是不是決定要看。」

「我本不要看，為了你的一片好心，我不能不聽你的話。」

「看中醫呢，還是西醫？」

「老遠地去請日本醫生，太麻煩了！」

「那麼，是看中醫的了？」

「是的，你說誰能看病？」

「那就是方祥千的弟弟，排行第七的方珍千。」

「他？我聽說他一帖藥藥死了什麼人，喫過官司，醫道怕不行罷？」

「是的，有過這麼一回事。死的人就是養德堂的老姨太太。那是因為養德堂是國民黨，他有意下毒手弄死她的，並不是醫道不好。」

龐月梅這樣解釋。她近年來，對於黨派利害，政治關係，也很能了解了。

「這等說起來，他竟是一個革命醫生了！好，好，快請他來給我看病。我們過去清算的是反革命醫藥，以後正要建立革命醫藥呢，方珍千正巧可以做這件事。」

省委代表說著，忽然很興奮，彷彿病已去了一大半似的。

「大仙娘，就去請他罷！」

「等我想想，找誰去的好。要得有點面子，說得動他，他才肯來。這清算醫生，還是才不幾天的事，怕他不肯承認。」龐月梅顧慮著眼前的實際困難。

「就找方祥千罷。」

「請醫生，不同別的事。哥哥壓弟弟，怕他未必買帳！——我看，最好找許大海去請他。」

於是省委代表派人請了許大海來，許大海立刻就去請方珍千。方珍千果然推辭。禁不起許大海從各方面說服了他，他才來了。

方祥千聽說方珍千去給省委代表看病了，嚇得出了一身冷汗。他料著這定然又是一條人命，但這條人命可和謝姨奶奶不同，麻煩大得多呢。他匆匆趕到省委代表那邊，知道方珍千已來看過，回家開方子去了。便老老實實對省委代表說：

「珍千，他雖然看醫書，記得幾個湯頭，看病可是實在不行。四兩麻黃，藥死養德堂老姨奶奶，打了一場官司，是人人都知道的。代表千萬不要喫他的藥，他看病最靠不住。」

「不，祥千同志，一切事情我都明白。珍千是一個革命醫生，我相信他一定能醫我的病，因為祇有革命醫生能醫革命者的病。你放心，不要再說了！」

省委代表的話，方祥千並沒有完全聽得懂，他忙著跑回家去，擦著一頭的汗，埋怨珍千說：

「老七，你怎麼又荒唐了？這個是省委代表，可比不得普通人，你要是治壞了他，怎麼得了！」

「不要緊，六哥，」方珍千不經意地笑一笑說，「他這個病，我是十拿九穩。」

「罷，罷，你再也不要吹了！你知道他生的什麼病！」

「傷寒，這是真正的傷寒。」

方祥千一聽他斷為傷寒，唯恐他又要來麻黃。便說：

「老七，你把這個病辭了罷，這不是玩的。萬一辭不掉，你給他個投石問路的方子試試看罷。千萬不要獨出心裁，標新立異，招惹這種沒有意思的禍患！」

「我祇給他二兩麻黃，包他一藥而癒。」方珍千磨好了墨，提起筆來說。

方祥千怎麼肯答應他？弟兄兩個鬧了半天，才算得了一個折中的方案，下了五錢麻黃。對於這個方子，方祥千覺得麻黃用的太多，方珍千則嫌少，兩個人都不滿意。

有了方子，又沒有藥，藥草都燒光了。龐月梅對此更不猶豫，立刻派人上高家集，在日軍占領區內把藥抓了回來。她問方珍千說：

「七爺，人去一回不容易。你約摸著，大約要喫幾帖可以好全，就教他多抓幾帖回來，免得耽誤。」

「一帖，」方珍千拍拍胸脯說，「衹要一帖，我包好！」

這一回，方珍千真是出足了鋒頭，露足了臉。省委代表那麼沉重的病，果然教他一藥而癒。省委代表高興極了，他知道什麼是病，什麼是藥了。他下令在鎮委員會之下成立一個新的委員會，定名為「革命醫藥委員會」，就派方珍千做委員長。

省委代表對於推薦方珍千的龐月梅，也十分感激。他說：

「你怎麼知道方珍千的醫道呢？」

「我和錦蓮找他打過幾次胎，衹要一帖藥，一點不痛苦，所以我知道他高明。北門裡有個賣驢肉的老莊媽，也打胎，照著他差得遠呢！他更有一樣好處，給人家治好了病，不要酬謝，衹要大煙土，他喜歡抽大煙。」

「這個人，」省委代表興奮地說，「太有用處了。我們過去，對於許多女人，一碰就懷孕，真是頭痛。以後就不怕了。」

省委代表把「革命醫藥委員會」的工作綱領批准了之後，便動身進城，會同康小八到山區去了。原來山區裡兩個省政府，一個屬重慶，一個屬延安，彼此鬥爭摩擦，日甚一日。共產黨決定把對方加以消滅，因此召回駐方鎮的省委代表和縣長康小八，面授機宜。過了幾天，從山區裡出來，康小八便再度經由高家集遊歷了一趟T城和C島。

經過了一個多月的調動和布置，海東縱隊擔任西南面，旋風縱隊擔任西北面，日軍沿鐵路向西出動，國軍和他們的省政府便被包圍了。這一場混戰，延續了三晝夜才告解決，國軍垮了，他們的省政府也垮了。戰役結束，日軍撤回鐵路去，把大片的土地讓給八路軍。沒有人知道這中間有什麼默契，這是祕密，將永遠沒有人知道。人所共睹的，祇是日軍視作生命線的鐵路交通，從此通得更暢了。

這一戰役，旋風縱隊方面的指揮，不是方培蘭，而是許大海。方培蘭和方祥千奉命留守後方（方鎮），辦理給養，接濟軍實。許大海和田元初兩個支隊全軍出動，而由許大海任指揮。田元初是方培蘭最小的徒弟，他自從收了田元初以後，便沒有再收徒，關山門了。田元初原是一個專做女子弓鞋木底的木匠的獨子。自從女子放足，這一行生意沒有了，一家生活成了問題。田元初便由父親設法，投到方培蘭門下混碗飯喫。田元初人生得很文弱，卻機警有智，深得師傅的歡心。一步一步一力提拔他做到支隊長。但田元初卻和許大海接近，對於師傅，敬畏中一直含著一點生疏。

凱旋之日，東嶽廟前有一個歡迎大會，人山人海，全鎮和附近的男女老幼，傾城而至。省委代表，方培蘭，方祥千等都有歡迎的演說。最後是許大海的答辭。他說：

「當康子健脫離了革命陣營，被我們的省委代表斷然處決以後，很有些人發生了一種多餘的顧慮。說我們不當在這個時候，毀壞自己的同志，我們的力量一定大打折扣了。今天的勝利，證明這種顧慮是愚蠢的，甚或是別有用心的。我們的縱隊，因為剔去了那些和我們不能齊一步伐的假革命分子，戰鬥力大大提高了。」

話也許說得很對，但在方培蘭和方祥千聽起來，卻有點刺心。因為處決康子健的時候，這兩個人曾經表示過許大海所說的那種愚蠢的顧慮。許大海的話，正是有意刺這兩個人的。

散會之後，繼之以宴會。宴會之後，方培蘭對方祥千說道：

「六叔，你老人家的鴉片煙，戒掉了沒有？」

「戒是常常在戒，可是並沒有戒掉。」

「有個朋友，送給我幾兩雲土，紅皮子，真正是難得的好貨。我們一路走罷，我到家裡拿了給你。」

到家，方培蘭把方祥千讓進學房。現在辦事都在司令部裡，家裡反倒清靜了。方培蘭拿一包煙土給方祥千，一邊說：

「煙土是煙土。約你老人家來，可是為了幾句別的話。唯有我們爺兒兩個是真正知心，可以無話不談。六叔，我有兩句話問你，第一句是：你以為我們這個省委代表到底怎麼樣？」

「你這樣問我，我覺得很好玩。我們長話短說，出我之口，入君之耳，天知，地知，你知，我知。我以為我們的省委代表最適合於做一個詩人。因為他的做事，一不憑理，二不依法，三不講情，四不論面。但憑興之所至，以意為之。這完全是詩人的氣質。」

「換言之，他做共產黨是不合適的，是不是？」

「至少，他在我們這裡做省委代表是很教人灰心的。你說，你的第二個問題呢？」

「我那頂門大徒弟今天刺我一句『別有用心』，這句話裡面是有刀呢，還是有毒藥？」

「我想，兼而有之，或者兼而無之。青出於藍和尾大不掉，原是一樣的。」

「既是這麼說，我們爺兒兩個倒要留神了！」

「那也用不著，因為革命原是一種犧牲。」

方培蘭沉默了一會，點著頭說道：

「好的，六叔，我記住你的話，革命就是犧牲！」

方祥千拿著那包大煙土，去了。

三十八

旋風縱隊經兩次作戰大獲勝利之後，聲名就傳揚出去了。頗有慕名而來，自願參加工作的。方祥千對於這種情形，是一則以喜，一則以懼。喜的是他多年以來辛勤培植的一種理想，已經有了一個具體的初步的實現，花兒開過，要結果子了。所懼者，革命不能關起大門來革，但太開大了，又怕混進奸細來。萬一旋風縱隊裡面潛伏了國特，起了破壞作用，政委的責任就太大了。

然而方祥千對於事業有著一顆火熱的心，他寧自己多擔一點干係，也不肯隨便拒絕一個自願投效的人。他說：

「我們這裡有什麼？兩餐高粱麵，喫得似飽非飽，三個月發不夠一塊錢的餉，入了九的寒天裡還穿著單褲子！憑我們這一分，人家不是為了一種高超的理想，不是為了獻身革命甘作犧牲，又是來做什麼？即便是國特，能夠喫這樣的苦來這裡做國特，這個國特也就真值得我們佩服。真要是國特，他親眼看見了我們這種生活，親眼看見了我們的戰鬥精神，他也會受感動，變成我們的朋友了。」

有時候也有相識的人，從遠道而來。羅如珠便是一個。羅如珠是羅聘三的女兒。羅聘三是一個老國民黨，為實現中山先生的政治理想，奔走多年。「九一八」事變先後，他在上海公共租界內被人暗殺身死，打得渾身窟窿。有人說，他其實是在自己的陣營中，被擠在兩個力量的夾縫中活活擠死了的。羅如珠傷心之餘，便走了一條相反的路，企圖在精神上為父親報仇雪恨。她一改當年嚴拒張嘉的那種陳腐的貞操觀念，人還不到三十歲，已經四次結婚，四次離婚。她一點也不注重所謂男女之愛，僅僅為了追求一個為父親報仇的單純的政治目的，而以笑面迎人。什麼時候，她發覺了她所把握的那個男子已經失去了這一意義，她便立刻把他丟掉，像丟掉一個吸過了的香菸屁股一樣。

她來到方鎮，投效旋風縱隊的時候，是單身一個人，剛剛第四次離過婚。她想不到旋風縱隊的戰鬥人員，生活過得這樣苦。她提出建議說：

「也要讓他們獲得一點調劑。像皮球一樣，不打足了氣，它是不會有彈力的。應當馬上成立一個婦女工作隊，擔任慰勞和調劑的工作。打氣，給他們把氣打足！」

方祥千取得省委代表的同意，核准了她的這一建議，就派她擔任婦女工作隊隊長。在革命婦女委員會委員長龐錦蓮的熱心協助之下，一個包括二十個隊員的小規模婦工隊就成立了。這些隊員，大半是從方家大戶的姑娘少奶奶群中挑選出來，又加以特別訓練的。他們在羅如珠隊長的親身率領之下，每天在各個大大小小的營房裡進出。她們和那些襤褸而又飢餓的縱隊隊員，一塊兒扭秧歌，一塊兒說笑，甚至於摟摟抱抱，親嘴咂舌。

這一工作，確乎發生了很大的成效。那些縱隊隊員，完全是當地的貧農苦工，地痞流氓。往常，對於那班常年鎖在深閨中的大戶家的婦女，是看都沒有機會看到的。而現在，她們被送到門上來，儘著他們玩笑了。這使得許多宣傳的言辭，更容易獲得他們的聽從。譬如說：

「世界已經是我們的世界，年頭兒朝著我們來了。」

此時事實證明，果然不錯。於是他們自己先說話了：

「拚，我們一齊拚！這個時候不拚，還要等到什麼時候？殺盡那些封建地主和資產階級呀，殺呀，殺呀！」

一陣狂呼之後，羅如珠一轉身，看見一個禿子隊員要去摸一下坐在他懷中的那個婦工隊員的腳，而那個婦工隊員不肯。她便走上去，把那個婦工隊員打了兩個嘴巴子。說道：

「你這不要臉的騷貨！他要摸摸你的腳，你怎麼不好好地教他摸？你不想想，你是幹什麼的，你這浪蹄子！」

羅如珠把那個婦工隊員拉開，自己坐到禿子懷裡，把一隻腳一直伸到禿子的臉上，教禿子玩個痛快。說道：

「你看見嗎？應當這樣子。你，你來，做做我看。」

她起來，讓那婦工隊員再坐到禿子大腿上，翹起一隻腳來讓他摸，禿子摸了。羅如珠還嫌她腳翹得不夠高，再要打她。幸虧禿子說：

「隊長，不要打她了，夠高了，夠高了！」

羅如珠這才罷了。那個婦工隊員深感禿子幫她說好話，抱著個禿頭連連親著。說：

「好人，好人，好人。」

引得禿子大樂。羅如珠看了，抿著嘴兒一笑，對於那個婦工隊員，她也感覺得滿意了。

孟四姊也到鎮上來了。她是來替程時縣長走門路的。原來程時自從做了大日本皇軍的縣知事之後，地盤日益蹙，槍支日益少，越弄越不成個氣派。日本人也把他看不上眼了，常常當面叫他「狗！」大巴掌賞到他的臉上。他自己也覺著長此下去，總不是事，非另謀出路不可了。就和鄭祕書商量，派孟四姊上方鎮，接洽投誠旋風縱隊。

孟四姊起先在方鎮，原是個最下等的暗門子。龐氏母女卻是有錢有勢的「名花」，孟四姊根本夠不上和她們說話。現在，龐氏母女又有了政治上的地位，比先前越發熱門了。幸虧孟四姊為了方珍千四兩麻黃一案，曾經受過方培蘭的請託。她便憑藉這一段因緣，直接去求見方培蘭。

「我是一點問題沒有。」方培蘭告訴孟四姊說，「不過這個程時，也算有名人焉。要得先經省委代表承認一下，再投過來，比較妥當。」

「那麼，大爺你——」

「我不行！我辦這件事，很容易引起誤會。不過我可以指給你一條路子，你自己去辦，包管千妥萬當。這件事，非找龐月梅不可。她在省委代表跟前，說一不二。」

「我和她不熟，說不著話。」

方培蘭為難了好大一會。這個程時原是和國民黨，和日軍，都有深切關係的。他不願經由自己或自己的關係人，把他引進來。

「你有沒有帶點運動費來呢？」方培蘭輕聲問。

「有。」

「那就好辦了。你去找陶老六。陶老六你總熟罷？」

「熟。」

「想必你還和他有一手兒，是不是？」

孟四姊臉一紅，把腰一扭。說道：

「大爺說笑話。」

「我告訴你，你記住我的話。這件事情，我一定在暗中幫忙，表面上我可是一點不過問。你這會從這出去，務必說我拒絕了你，不肯替你辦。你祇一力拜託陶老六，一定成功。」

「陶老六怎能辦這樣的大事？」

「還非他不可呢！你去找他罷，我不冤你！」

孟四姊將信將疑地跑到伙房裡，把陶老六拉到一邊，照方培蘭的意思說了。陶老六並不為難，一口答應下來。

「祇是你拿點什麼酬謝我呢？」

「我是拿不出什麼來，人家程縣長手底下還能沒有錢，你要他兩個錢不就完了嗎？」

「他能出多少錢？」

「你看。」

「四姊，偺們是老交情。我替你辦，等事成了，你看著辦罷！」

「還是六哥你爽快，我總對得起你就是了。」

原來方冉武娘子，不，她現在是陶六嫂了。自從在龐家服侍小叫姑龐錦蓮以來，深得龐氏母女的抬愛。大戶人家的少奶奶，用下人用得多了，就深知道做下人的道理，深知道做下人的如何可以取得主人的歡心。她施展出當年服侍婆婆的那套本領來，穿房越戶，低三下四，不拿的強拿，不笑的強笑，又肯用心，勤快，不偷懶。一個娼家女，幾曾見過這等浸潤，這等熨貼，小叫姑總算是厲害的了，竟教她兜得團團轉。不消說，小叫姑喜歡了，龐月梅也就喜歡。

另有一種嫖客，想著她原是全鎮第一富紳方冉武的老婆，就動了好奇心。拿著大卷的鈔票，和龐家母女商量，指名要和她「落交情」。陶六嫂在這種環境中，也就難以保持清白了。

大家女自有大家風度。龐氏母女拿出衣服首飾來，把她打扮了，她就漸漸吸收了不少的顧客。她年長於龐錦蓮，而比龐月梅年輕，她追隨她們之後，成了龐家第三株「名花」。

陶老六知道這事情，但知道了還是白知道。主意既是大仙娘和小叫姑出的，陶老六祇好贊同，當「渾家」留下客人的時候，他便乖乖地回到司令部裡去住。陶六嫂的心裡倒是老覺著有點對不起他。

他和孟四姊談話之後，就回龐家來了。事情和預料的同樣順利，陶六嫂把話傳給龐氏母女之後，孟四姊立刻就被「召見」了。孟四姊獻上三對金鐲子。說道：

「這是程縣長教我帶來的一點見面禮，大仙娘和兩位姊姊留著玩罷。還有點禮物，等程縣長親自送過來。」

「小事情，算什麼！」龐月梅收下鐲子說。

「四姊，」龐錦蓮問，「你這回回來住在哪裡？」

「住在北門裡我九妹家裡。」

「說是你有個漢子來？」

「是呀，就是那劉斗子。我正為了這事情，想找錦蓮姊呢。我打算和他辦離婚，請錦蓮姊幫我個忙！」

「那容易，我批你准，你就離了。等程縣長過來了，你到我的辦公處裡去辦就是了。」

「我想著現在先辦一辦，莫要等鄭祕書來了，看著不好看。」

「那也行，你明天來辦就是。四姊，莫怪我說你，一個女人家，自己的身體，自由自在倒不好，要個漢子管著幹什麼？你和鄭祕書結婚來？」

「沒有，姊姊。」

「既是沒有結婚，你離了那劉斗子，還是幫你九妹做生意才是。我聽說你九妹生意倒做得滿好。」

「是的，姊姊。」孟四姊忙答應著。

省委代表應許了之後，程時縣長和鄭祕書就到鎮上來了。程時被任為旋風縱隊副司令，鄭祕書為縱隊司令部祕書。

不料這一事件，意外地惹起了一場對日交涉。原來程時自日本憲兵手裡藉故出走不返之後，日軍得到報告，知道他投了旋風縱隊，便對程時和旋風縱隊都感不滿：怪程時不應當溜走，怪旋風縱隊不應當收留從他們手裡溜走的人。

日本代表首先到了城裡，向康小八追究這件事。康小八道：

「我有個比方。皇軍和旋風縱隊，原像親兄親弟一樣。這個程時，就是這一家的奴才。奴才離開哥哥家，到弟弟那邊做事去了。站在一家人的立場，請問，這有什麼分別？」

「話誠然說得好聽，」日軍代表說，「無奈你們事先沒有和我們接洽。我有一樣東西，你和我講明了，借了去用，原無不可。如果你趁我不注意，拿走了，這叫做偷，偷是違法的。你偷我的東西，就是你對不起我！」

「那麼，閣下預備怎麼呢。」

「把程時交給我帶回去。」

「他已就旋風縱隊副司令。我們很難把一個副司令交給你，聽憑你處置。有沒有別的解決辦法？」

「沒有。」

談判無結果。日軍有個小的巡邏部隊，開到城外了。海東縱隊就以數十倍於日軍的實力，對他完成了包圍。康小八派人告訴日軍：

「城裡已經準備盛宴，歡迎皇軍進城休息遊覽。請皇軍暫時卸除服裝器械，以免誤會。」

來人帶到便服，日軍在迫不得已的情形之下，放下武器，便服進城了。康小八躬自在城門上迎候，滿街上貼著歡迎皇軍和表示中日親善的標語。日軍小隊長面無人色，對康小八行一個九十度鞠躬禮。說道：

「我是巡邏部隊，並沒有侵犯貴城的意思。」

「我知道，我知道。」康小八熱烈地握著日軍小隊長的手說，「你的部隊人數已經告訴我，你沒有惡意。我請你進城，是為了聯歡，已經準備了一點小禮物送閣下回去。請寬心在這裡住兩天！」

縣府的大堂擺好了盛宴，賓主落座，彼此懷著不安的情緒，舉杯互祝健康。

另一個場面：海東縱隊把日軍的服裝器械做道具，扮演起來，照了許多相片，內有骨瘦如柴光頭赤身的日軍戰俘，戰利品，戰鬥時的火海，兩軍肉搏等等真刀真槍的表演。

康小八準備了一百頭肥豬，十隻肥牛，五十罈高粱酒，二十個年輕力壯的女人做禮物，還了服裝器械，恭送日軍回去。過了一些時候，日軍高級司令部頒給康小八一個匾額，題著「和平保障」四個大金字。

同時，共黨省委會宣傳部根據康小八送來的資料，編成一個「海東大會戰」的新聞報導，附以照片，遍發國內外各大報紙，認真地加以宣傳。據這一報導所載，海東旋風兩縱隊聯合擊潰來攻的日軍兩個整師團，擊斃敵五千人，生俘五千人，完成了「百團大戰」以來的又一次大勝利。這個報導，也見於國外報紙，引起了全世界的注意：中國共產黨真行，八路軍真能打！喝采的聲音，來自全世界的各個角落。

延安方面為了加強這一區域的工作，陸續派來大批曾受訓練的青年幹部。方其蕙和弟弟天苡也一路回來了。方其蕙因在蘇聯多年，明瞭國際情形，在抗日軍政大學擔任講授「蘇聯——無產階級的祖國」這一門功課。其蔓天苡則參加受訓。天苡表現得最好，他能講，能寫，喫苦耐勞，被譽為一個最有希望的布爾塞維克。

「爸爸，」方其蕙告訴方祥千說，「我給你帶來一個你一定喜歡的消息。」

「你們告訴我的每一句話，每一件事，我都喜歡，我聽起來都是好消息。」

「不，這是一個特別的消息。爸爸，你還記得李吉銘的孫女嗎？你在T城認她作乾女兒的。」

「我記得，上一回我在T城，聽通三說，她做了電影明星了。是不是？」

「不錯，她做了電影明星，藝名叫藍平。現在，你猜怎麼樣？她已經是毛主席的夫人了。」

「果然是好消息。」方祥千又驚又喜地說，「她怎麼一下子爬得這樣高？」

「她從上海到延安，在魯迅藝術學院受訓。每次聽過毛主席演講之後，總有許多問題提出，引起毛主席的注意。毛主席就常約她到他所住的窯洞裡談天。這樣，兩個人便結合了。」

「毛主席原來的夫人呢？」

「她原在莫斯科學習。毛主席有了藍平，就宣布把她離掉了。這件事情，在黨內，曾有許多不同的批評，贊成和反對的都有。」

「男女之間，應當任其自然，反對倒也不必。」方祥千說道，「其蕙，我當時在T城和你說的怎樣？我說人家李大姑娘大大方方，定然前程無量。現在事實證明，果然不錯罷？」

「那也不見得，」方其蕙露出滿面不屑的神氣說：「共產黨的男女關係，還不是這麼一回事！現在延安盛行一種『一杯水主義』，把男女結合，看作像喝一杯水一樣的平淡，一樣的隨便。焉知道毛主席不也是這個主義呢？他原來的老婆，跟他多年，參加過長征，他說不要就不要了，說丟掉就丟掉了。這個藍平又算什麼？這時候玩個新鮮，玩夠了還不是一樣扔開？」

「爸爸，」方天苡接過去說，「藍平還記著你呢。抗大畢業，毛主席在窯洞裡召見幾個最優秀的學生，我也在內。毛夫人聽了我的姓氏籍貫，便問起你這個名字來，我說這是我的爸爸，她高興極了。她說：你的爸爸就是我的乾爸爸。你回去，不要忘了替我問候他。」

「難得她還記得我！這就好了。我正因為有許多現象，看不過眼，而又沒有法糾正，心裡悶得很呢。慢慢，等我寫一個詳細報告，託我的乾女兒轉呈毛主席，作一個通盤的改革。」方祥千忽然覺得自己變成一個有力量的人物了，就不免野心勃勃起來。

「算了罷，爸爸。」方其蕙說，「你老人家幹共產黨多年，還有什麼不知道的？共產黨對敵人殘酷，對自己的同志更殘酷。毛主席高高在上，管不著底下的事。你當心他們把你陷害了。」

「姊姊，」方天苡插言道，「話也不能這麼說。共產黨有共產黨的立場，共產黨有共產黨的作風，談不到殘酷不殘酷。我們不知道爸爸不滿意的現象，到底是什麼？」

「新官僚主義，機會主義，左傾主義，盲目國際主義，瀰漫於我們的領導階層中，真正農民無產階級的利益反而受到侵蝕，這不能不算是一個根本上的危機！」方祥千說著，便有點悻悻然，他沒有把自己的兒女當作外人。

「工作過程中，錯誤是難免的。」方天苡說，「不斷改正錯誤，就是我們的責任。我以為還是爸爸的態度比較積極正確。姊姊的話是發牢騷。發牢騷是小資產階級的劣根性之一。你和其蔓姊姊所犯的是同一個毛病。」

「其蔓沒有和你們一同回來，」方祥千問，「到底是為什麼？」

「她嗎？」方其蕙說，「她跟詩人張嘉上重慶去了。原來我們到延安不久，張嘉也帶著一個叫做趙蓮的女學生來了。趙蓮也進抗大，張嘉卻以詩人身分，受到那邊的招待。其蔓因為要學作詩，常常去看張嘉，兩個人來往頗密。引起趙蓮的醋勁，在抗大同學的集會中，公開檢討了其蔓。湊巧，延安文藝界對於張嘉的詩，來了一個總批判，說他的詩是沒落的地主階級的悲鳴。張嘉自覺無趣，便和其蔓一路到重慶去了。」

「荒唐荒唐，你們為什麼不阻止她？」方祥千連連搖頭說。

「哪裡阻止得住？」方天苡說，「他們這時候怕已經結婚了。」

「那個趙蓮呢？」方祥千問。

「女人在延安總是有出路的，何況趙蓮那等年輕美貌呢。」方其蕙說。

姊弟兩個回到家來，第一次坐到飯桌上喫飯，就感到驚詫。因為喫的東西祗有一樣：高粱麵和紅薯乾合煮的「糊塗」。七十多歲的祖父說：

「你們在延安喫些什麼東西？我們老早喫這個東西了！」

「在延安，也是喫這個。」姊弟兩個為了安慰祖父，這樣說。

原來自分田以來，方祥千一家也變得一貧如洗了。因為不能自耕，就沒有保留的田。還虧方祥千當政委，縱隊上津貼他一點眷屬口糧，才算沒有上街討飯。老太爺不時唉聲嘆氣地說：

「祥千，都是你鬧的，你看共產有什麼好處？」

「還虧他呢，」老太太說，「要不是他，我也剃了半邊頭去扭秧歌了。總算兒子共產，還有點面子，也沒有進什麼自省堂，還有什麼退福堂。」

「你這麼說，倒是共產好了？」老太爺說。

「這也不是說共產好。」老太太解釋說，「人貴知足，到了這個時候，能不進自省堂和退福堂的，就算是好的了！」

初期，方祥千還把方培蘭那邊的存款取點來，買點葷菜孝敬爹娘。自從有了「聞香隊」，鎮委員會雷厲風行地追究那些喫好菜的人家，問他們哪裡來的錢喫這麼好的菜，又要退福，又要自省，鬧得家家不安。省委代表就勸方祥千務必以身作則，起模範作用。省委代表說：

「你與我們不同。你原是大戶地主，又姓方，人家特別注意你。而且誰不知道你著過食譜，最考較喫。這都是資產階級的壞習氣，你必須痛改！」

從此，方祥千一家就單靠高粱麵過日子了。因為紅薯乾也不能每天都有。

方天芷是分發到「省府」的，在家裡休息了兩天，他便動身到山區裡去了。工作分配下來，他所擔任的是「反動地主懲治委員會」的委員長。命令發表之日，「主席」特別召見，當面給他這樣的訓示：

「延安指示，你是一個特出的人才。我現在把這一個重要職位交給你，要你負完全責任。土地改革能不能成功，消極方面就看對於反動地主的懲治夠不夠嚴厲。革命是流血的，你要施展鐵腕，心狠手辣，徹底從事。有一句話，不待我告訴你，你自然知道：寧冤枉一百，勿漏網一個。中國人口太多，粥少僧多，是致亂的主因。尤其這些地主剝削階級，對於無產階級的革命運動，總是站在反對立場的。不妨多殺，多殺他們幾個！更有一點，你要儆醒自己。你們這一縣，是這整個半島上地主最多，最大，封建勢力最雄厚的一縣。你們方家，在你們這一縣中，又是歷史最久，根基最深的地主。你在這一地區的工作，要做得格外徹底，才可以顯示你的坦白。為什麼我選拔你做反動地主懲治委員會的委員長，我想你一定明白的。」

「是的，我明白！」方天苡恭恭敬敬地回答。

然後他又去謁見「黨省委書記」。書記說：

「我們共產黨的最大一個長處，就是黨政軍一致。你站在任何立場都必須貫徹政策，達成任務。一個共產黨人，祇有黨的利益，而不知有他。省委所得到的報告是，你的父親是一個熱心的共產黨員，然而地主階級的觀念太深，鄉土意味太重，他和方培蘭所掌握的旋風縱隊，私人武力的傾向太大。這個，我不妨對你直說，我們早已加以監視，並且早已有所布置，為害是不至於的了。然而作為一個地主，你身為反動地主懲治委員會委員長的人，不能不有所措施。我提醒你，你一定會明白的。」

「是的，我明白。」

方天苡回答了，接著還要有所建白，省委書記連忙搖手，阻止他說話。

「現在，不必多說。事實表現最要緊，我們看你的表現罷。」

方天苡便把話嚥住。

這個反動地主懲治委員會，是原有的一個機構，有十二個委員和一個委員兼委員長。原來的那個委員兼委員長調土地部副部長，方天苡接任他的遺缺。委員會也有幾個職員，每天在辦公桌上喝茶下棋。方天苡問問他們，所有組織規程，懲治條例，辦事細則等等這一切應有的章則，都沒有。方天苡召開接任後的第一次會議，看看這十二個七長八短男男女女的委員，倒都是真正的農民出身。方天苡以主席地位首先發言：

「土地改革運動聲中，我們這個反動地主懲治委員會的工作是太重要了。委員會必不可少的一定要有一個懲治條例，作為懲治的依據。我知道我們一向並沒有這個條例，那麼兩個問題就發生了困難：第一個問題是什麼樣的地主算是反動地主呢？第二個問題是罪刑有輕有重，我們發現了反動地主如何加以懲治呢？」

方天苡的話一畢，十二個委員都爭先發言，噪雜成一片。方天苡就予以制止，要求他們順序發言，但是沒有人聽他。亂了一陣，方天苡從偶然聽到的一鱗半爪中，大約明白他們的意思。反動地主就是地主，地主也就是反動地主，因為沒有地主不反動。反動就是反動，有什麼輕重之分？懲治辦法祇有一個，鬥爭大會上打死完事，要條例幹什麼？

一個女委員，把袖子捋得高高的，跑過方天苡這邊來，對著方天苡的面孔，大聲說道：

「根本你就不能做我們這個委員會的委員長。你就是個地主，你怎麼能懲治地主！」

唾沫星子噴了方天苡一臉。

三十九

任何自由競爭的制度，都難免有幸與不幸。而人與人之間的能力比較，相差原是極微的。共產黨是近代自由競爭制度之下的一種反動。神道設教式的偶像崇拜，滅門滅族式的暴力統治，都是原始部落時代的反動遺留。

方其蕙常在背地裡對父親這樣分析共產黨。這要是在從前，方祥千聽到這種不敬的話，很有可能嘴巴子打到女兒的臉上。但自從省委代表駐到鎮上，那種種表現，引起了方祥千的反感之後，他對於共產黨就有點懷疑了。他和省委代表也發生過幾次小摩擦。譬如說，省委代表熱戀龐月梅，方祥千原抱著無所謂的態度。他覺得年富力強的省委代表，對於女人有所需要原是極自然的。因此，任何人都沒有理由說省委代表不應當愛龐月梅，因為龐月梅正是一個女人。

但如果龐月梅利用省委代表的政治地位，從而干預黨務政治以至軍事，方祥千認為，那就絕對不許可。方祥千曾經反對龐錦蓮擔任革命婦女委員會的委員長。他認為龐錦蓮願意參加革命，那是最值得歡迎的事。但她出身娼妓，把她放在領導階層，很容易引起一般社會的誤解和輕視，就未免不合適。他覺得龐錦蓮不妨擔任革命婦女委員會的委員，委員長一職則必須另外物色一個在地方上具有聲望的女人充任，以增強號召。

他曾經把他的意見貢獻給省委代表，省委代表未曾給他應有的重視，他便直接報告省委會了。他這樣做，並不是和省委代表有什麼過不去，而完全是為事業著想，公而非私。但省委會對於此事的指示，是完全支持省委代表，怪方祥千輕視了龐錦蓮的地位，頭腦有近頑固。

類此的事情，不止一端，方祥千的懷疑加深了。他倒原是主張昧著良心，不擇手段的。祇可惜深度不夠，他的階級立場就大有問題了。

方其蕙從延安回來以後，她的態度對於方祥千也有多少的影響。她常常說：

「我真夠了，我需要休息！」

「上回我在T城，」方祥千黯然說，「天茂也在這麼說。難道你也有意自首嗎？」

「不，我不自首！一個人的政治情操，是非常要緊的。從來沒有變了節的人，受到人家重視的。我從小加入共產黨，我就一世一生作共產黨了。像舊時代的女子一樣，雖然嫁了一個不成器的負心漢，也祇好從一而終了。」

方祥千覺得女兒的想法，要比自首的天茂高明得多。就說：

「灰心也不必。我們既然發現這許多缺點，就應當起來彌補這些缺點。天苡說得對，不斷改正錯誤，就是我們的責任。我們不能放棄責任，我們還得積極奮鬥。其蕙，我想你去代替龐錦蓮做革命婦女委員會的委員長好不好？」

「不，龐錦蓮做過的事，我不願意接她！」

「這是你不對了！你接過來，可以把這一部分事情做好呀！為了革命，你顧那小節幹什麼？」

於是方祥千去拜訪省委代表，提到方其蕙從延安回來，應當給她做點什麼事情。省委代表說：

「她可以到省委會去報到，聽候分配工作。」

「她自願留在鎮上，我也贊成她留在鎮上。」

「鎮上有什麼她做的事呢？」

「革命婦女委員會不需要充實一下嗎？」

「那麼，」省委代表沉思一下說，「請她擔任一個委員好嗎？」

「她在蘇聯多年，又在抗大教書，任何一方面都比龐錦蓮高出萬萬。是不是可以教她做委員長？」

「那麼，龐錦蓮呢？」

「龐錦蓮至今還在賣淫，應當教她離開委員會。」方祥千坦直地說，意思是誠懇的。

「祥千同志，」省委代表笑笑說，「你的老套子還沒有改掉？現在是窮人翻身的時代，你不能戴著老光眼鏡去看龐錦蓮了。這麼著罷，請其蕙同志做革命婦女委員會的副委員長罷。」

這一事件的發展，對於方祥千又是不利的。方其蕙發表了副委員長，力辭不就。省委代表教龐錦蓮親自去促駕，方其蕙又拒而不見。父女兩個在黨內就受到嚴酷的批評，被認為不脫地主階級的舊根性，根本要不得。

就在這個時候，方天艾回到鎮上來了。

方天艾是最早的馬克斯學術研究會會員之一。他奉了方祥千的指派，由T城貢院街中學轉學到C島的惠泉中學。因為惠泉中學是國民黨一方面的人物創辦的，方祥千意在使方天艾進去看看他們在搞些什麼。不想方天艾進了惠泉中學以後，立場轉變，加入了國民黨，到廣東去參加北伐了。方天艾這一轉變，曾經給了方祥千很大的不快。

方天艾跟著國民革命軍在江南幾省跑了一陣，跑不出個所以然來。抗日軍興，他又在大後方混了幾年，越混越不像話，簡直連飯都喫不上口了。看看八路軍，新四軍，幹得轟轟烈烈，如火如荼，他就動了一個後悔的念頭，覺得當年脫離共產黨，實在是一個大錯。這要是從馬克斯學術研究會時代一直幹下來，幹到現在，在黨內就有元老的地位了。真是可惜得很！

他雖然窮途潦倒，卻依然自作多情，從來不肯用鏡子照照自己的面孔。他記得在T城的時候，他的祥千六叔有個乾女兒——李吉銘的孫女，他曾經陪她喫過一回飯，又坐車把她送回家去。由於這一點點因緣，他一直對於這位李大姑娘私懷著極深的愛慕，雖然這個愛慕是毫無目的的。

他知道李大姑娘後來做了電影明星，藝名藍平，又喚江城，不知怎麼一來，就做了毛主席的夫人了。於是他常常想，她現在是鑽得天一般高了，而我還在地獄裡，真是從何說起呢！尤其使他懊惱的是，人已經三十多歲了，連個老婆都沒有混上，兒子孫子根本沒有影兒！女人，他倒是曾經摸著過的，在下三等的土娼院裡，而且也僅僅三回兩回而已。花錢的事情，他總是沒有辦法的。

因此，他也知道，他私愛藍平，原是多餘的事。

他想，不在外邊亂跑了罷。還是回家，在母親跟前，靠祖上數畝薄田，喫碗現成飯，以終天年罷。他卻又不情願，想再碰碰機會。因為許多相面先生都說他過了四十，要做大官呢。一回到家，哪裡還有官做？

然而以後的榮華富貴，無濟於目前現實的窮苦。有個時候，他真想到延安去投奔毛夫人了。但又怕她貴人多忘，未必還記得一面之緣的方天艾了，就覺得沒有勇氣去探這個險。

後來，他得到確實的家鄉消息，知道田元初做了土八路的司令了，才決計回到老家去。原來田元初是他小學時代的同班同學，兩個人極要好，曾經祕密換帖，拜過把子。換帖為什麼要祕密呢？因為兩個人年紀雖小，卻知道方家大戶的哥兒和做弓鞋木底的木匠兒子拜把子，兩家的大人都不會答應的。方家一面，一定會怪兒子不該自甘下流，竟與鳥獸為伍。木匠，當然覺得高攀不上，還是不要鬧笑話的好。

不料這一幼稚的無聊舉動，二十餘年後，竟使方天艾得到極大的好處。

他從四川動身，轉來轉去，走了一個多月，才到達南京近郊。花了幾個錢，買到一張良民證就進城了。在城門上，他第一次嘗到向日本兵鞠躬如也的滋味，覺得心頭有點酸，有點苦，而更多的是怕。在南京住了一個星期，他打算求見汪政府的立法院陳院長，他在廣州的時候曾經給這位陳院長抄過文章，勉強算得上是老上司。他希望在南京謀到一官半職，就不必回家了。然而一個星期的奔波和盼望，完全白費，他到底沒有見得上這位陳院長，祇好仍然決定回家去。

在C島，他小作停留，和田元初採取了聯繫。直到田元初正式應許了他，他才回到方鎮。二十年他鄉作客，不要說內裡，就是表面上，方鎮也大非昔比了。在方天艾的記憶裡，方鎮的大街小巷，都是整整齊齊，乾乾淨淨的。二層樓，高大廳房，青磚牆垣，比比皆是。就是小戶人家的茅屋，也露著粉白的圍牆，顯出一種富裕的氣派來。現在不同了，高樓大廈沒有了，有也東倒西塌，破落得不像樣子，小戶房子，也變得少門無窗，搖搖欲墜。尤其奇怪的是，從前，全鎮上都是鬱鬱叢叢的樹木，二十里外就可以望見的，現在連一棵樹都不容易找到了。人物也變了，從前鎮上的人，臉是光亮的，身體是結實的，沒有人穿著帶補釘的衣服。如今，十個人至少有九個，囚首垢面，面黃肌瘦，襤褸而又汙穢。陰慘的寂靜，代替了以前愉快而活潑的氣氛：方鎮是大變了。

方天艾懷著一種傷感的心情，回到他的故居。這個方位，這條巷子，是一點不錯的，然而他那個大門沒有了，他那所青磚房子也沒有了。那個地方，一大半已經變成了荒蕪，一個角落上蓋了幾間茅頂的小土房。方天艾在那裡立了一會，狗也沒有一個，雞也沒有一個，冷清得有點怕人。他硬著頭皮走向那小草房子去，大著膽子叫道：

「有人在嗎？」

「誰呀？」

一個沙啞的聲音答應著。接著，就有一位白髮婆婆跟聲出來了。

「老太太。你好？」

「你是誰？」

「我叫方天艾，從前住在這裡的。」

「噢，」老婆婆喫驚地說，「你是八娘娘跟前的哥兒，是不是？」

「正是呢。我忘記了老太太你是誰了！」

「我嗎，我是王福山的媽呀，你不認得我了？」

原來王福山是方天艾家的佃戶，王福山的老婆就是方天艾的奶媽。老婆婆讓方天艾屋裡坐。一邊說：

「你一去許多年，我們這裡變得天翻地覆了。」

「是呀，老太太，」方天艾急著問，「你知道我的媽媽呢？」

「你說八娘娘，」老太太嘆口氣，擦擦老眼說，「八娘娘死了好幾年了。她被人家趕出這邊的老房子去，住在小廟裡。討飯討不到，沒有得喫，生生餓死了！」

從四川回來，方天艾一路上想著，不要回到家見不到母親。被鬥爭清算的人多著呢，誰敢保一定沒有自己的母親在內！他這麼想了已經不知道多少遍，想到傷心處，淚也流過許多回了。所以這時候聽了王福山媽媽的話，倒也並不怎麼喫驚，僅僅像證實了一件事情一樣，倒把心放到地了。

「老太太，你知道我媽媽葬在什麼地方？」

「被鬥爭清算的人，死後沒有埋葬的，都拉到東河壩上餵狗了。——八娘娘那傄埋在什麼地方，我可不知道。」

方天艾心裡一慘。又問道：

「這裡的房子怎麼沒有了？」

「八娘娘出去了，這裡亂七八糟地住進許多人家來。這些老房子，原是年年要修理的，幾年不修，就漏了，坍了，被人家把材料拆去了。前兩年分田的時候，這塊地皮給我的兒子分到了。我們就在這裡蓋了這個小房子住。這種地皮是不能當田種的，種了莊稼不長。」

方天艾要知道的事情，都已經問明白了，便不再多坐。辭了老婆婆出來，到居易堂的老房子上來，這裡是田元初的司令部。

田元初熱切地歡迎這位老拜弟，在他自己的臥房裡為天艾加設了一張床。當天，哥兒兩個就喝了一整夜的酒，說了一整夜的話。

「大哥，」方天艾擔心地問，「我姓的這個姓可是不好，鬥爭清算這樣厲害，你看我不要緊嗎？你能保得住我嗎？」

「保呢，我當然盡力保你。不過站得住站不住，問題還在你自己。你自己要是表現得好，沒有我保你的駕，你也不礙事。果真你表現得不夠了，那是我也無從為力了。」

「怎麼樣才能表現得好呢？我倒真要討教討教。」

田元初笑了。他再喝下一杯酒去，抹抹嘴說：

「老弟，我有個祕訣，錯過是我的老拜弟，錯過是你，莫想我肯傳人。你要領會了我這個祕訣，在這個環境裡，就無往不利了。」

「大哥，」方天艾站起身來，對田元初深深打了一躬，笑笑說，「你就成全了兄弟罷！」

「你得先發個誓，絕不再傳給別人！」

「大哥，你把這個祕訣傳了我，我要再傳別人的話，教我天誅地滅，好不好？」方天艾把眼睛仰起來，看著頂篷，向空抱拳說。

「來，我告訴你。」田元初鄭而重之地說，「簡單一句話，在這個環境裡，你是要命，或是要臉，祇能要一樣，不能兩樣都要。」

「你說，要命就不能要臉，要臉就不能要命。不要臉了，命就保了。是不是？」方天艾引而申之，對於田元初的祕訣加以詮釋。

「是的，老弟，你真是聞一而知十。你要是肯照我的話做，我保你不但能立得住腳，還要飛黃騰達呢！」

「祕訣有了，事實表現也要有機會呀，大哥，總還得靠你提拔。」

「那沒有問題，機會多得呢，祇看你能不能抓得住。」

兩個人又說些閒話。田元初問道：

「老弟，你在外邊許多年，沒有混上個老婆嗎？」

「沒有呢，」方天艾嘆口氣說，「大哥，在你跟前，我也不怕你笑話。我這十多年在外邊，什麼樣的困苦艱難都嘗過了，祇差一點沒有討了飯！我哪裡有力量討老婆？誰家的姑娘肯跟我？再說，她真要跟了我，我還真管不起她喫飯呢！」

「想不到你混的這麼慘！這樣子，就該早回來，幹我們這一套。」

「現在回來，我覺著也還不晚。大哥，你的事業比我得意的多，你想必早已經結婚了！」

「我也沒有結婚。我不結婚，可不是為了窮。我是看見許多人，一結婚，養下許多孩子，把個大包裹背在身上，背又背不動，扔又扔不下，活活地受罪。我因此立志不討老婆。」

「你不覺著需要女人？」

「需要。我需要女人的時候，就去逛窯子，玩姑娘。花兩個錢，玩過了就走，一點沒有責任。我覺得那樣子最痛快！」田元初一提到玩女人，興高采烈起來，「最近，我們有了一個新的出路。天艾，你記得你家七叔嗎？」

「珍千七叔是不是？」

「是的，他現在擔任我們鎮委員會革命醫藥委員會的委員長，他的醫道是真好。尤其對於打胎，更是十拿九穩。我們自從有了他，就放心高興玩什麼女人就玩什麼女人了。玩良家婦女，就是怕玩大了肚子，麻煩！現在打胎有了辦法，就什麼也不怕了。」

「珍千七叔倒肯做這些事情？」方天艾覺著有點詫異。

「為什麼不肯？他大約也體會到我那個祕訣了，教他幹什麼他就高高興興地幹什麼！」田元初臉上露出一種不屑的神氣來。

「我們祥千六叔呢？」

田元初把眼睛瞪著，注視在方天艾的臉上。好一歇，才說：

「他是我們縱隊的政委，是我們師傅的靈魂！」

「他一定很有力量罷？大哥，我很擔他的心，他對於我印象極壞，他不至於和我為難罷？」

「天艾，我告訴你。在這鎮上，有兩個人，你要避免和他們接近。」

「誰呢？」

「你再發個誓，」田元初笑了笑說，「要守絕對祕密，我才告訴你。」

「剛才我已經發了個『天誅地滅』的誓，現在我再發一個『地滅天誅』的誓好不好？你說罷，我知道你沒有把我當外人看待，我也知道這裡的政治環境是怎麼一回事。你說的話，我一定保守祕密就完了。」

「其實也沒有什麼，」田元初看看左右無人，低聲說，「我不過告訴你，要避免接近方祥千和我師傅方培蘭，萬萬不要接近他們。你現在回來了，最好不必去看他們。」

「為什麼呢？」

「你不必問，將來你總會知道的。以後，你對人家說，衹說你這一次是衝著我的關係回來的，問題一定要少得多。好，我們不談這個。我再問你，你還記得鎮上有個小狐狸龐月梅嗎？」

「記得，是一朵名花。」

「她有個女兒，小叫姑龐錦蓮，你知道嗎？」

「這個我不知道，一定是我離開鎮上以後才出道的。」

「這個小叫姑，以我看起來，比她母親更好。明天，我帶你玩去。」

「你們兩個一定很有交情。」

「差不多。現在龐月梅是跟省委代表很要好。她家裡還有個新起的名花，是你們方府上出身的，就是這居易堂的少奶奶，方冉武的老婆，也很不錯。如果你有興致，我可以把她介紹給你。」

「大哥，你說笑話。既是我的本家，又是長輩，怎麼可以？」

「哼，」田元初大搖著頭說，「你說什麼不可以？你一轉眼就把我的祕訣忘記了，你真危險得很呢！天艾，就憑你剛才這一句話，就足夠戴一頂頑固的帽子的了！」

「嗳，大哥，」方天艾自恨起來，「虧你提醒我。我以後一定注意，一切都聽你支派就是了。」

於是田元初派人通知龐錦蓮，明天晚上在她那邊喫酒，有朋友。龐錦蓮近來公私大忙，非事先訂座不可。

方天艾見到龐錦蓮，嘴裡不說，心裡暗暗喫驚。原來這個女人的面龐身段，像極了他從前在T城見過的李吉銘的孫女——現任毛夫人藍平。這一回，他摸到他自己的瘡疤了。二十年的飄忽和空虛，被他一下子捉到了，他頓時感到一種從所未有的滿足。他學一個京戲身段，向龐錦蓮一揖到地。笑嘻嘻地說道：

「嫂嫂請上，受小弟一拜。」

龐錦蓮立在那裡，抿著嘴兒動也不動一動。她先抽一口紙菸，把方天艾端詳一下。才問田元初道：

「小弟，這個是誰？」

「這是我自小結義的兄弟方天艾。」

「你的兄弟？」龐錦蓮笑笑說，「那麼，是我的小小弟了。我說，小小弟，你是哪裡人？怎麼我從來沒有見過你？」

「我就是這本鎮的，南頭帶星堂家八娘娘，就是我的母親。我出外二十年，前天剛剛回來。」

龐錦蓮牙咬著小指頭，微微搖著頭說：

「這麼說，你也是大戶出身？」

「他雖出身大戶，立場卻和我們一致。」田元初忙接過去說，「二十年前，他就和我拜把子，認我做哥哥，你想他這個人還有問題嗎？」

酒擺上來，三個人坐下。方天艾舉起酒杯來，說道：

「今天我借花獻佛，把這個酒敬嫂嫂一杯，嫂嫂一定要賞我個臉！」

「我家裡的老規矩，」龐錦蓮說，「你敬我一杯酒，要自己先喝三杯，才算敬意。」

「那也沒有問題，我就先喝三杯。」

三個人喝到半夜，都有八分醉了。田元初道：

「怎麼今天不見陶六嫂？」

「說起她來，才是怪事呢。」

「她怎麼了？」

「你記得有個要錢鬼，叫劉斗子嗎？」

「孟四姊的前夫，是不是？」

「正是他。他這兩天，不知道怎麼發了一點小財了。央出人來給我商量，指著名字要陶六嫂陪他一夜，錢多錢少不在乎。我不能不答應他。可是不許他到我家裡來住，我家裡不住他這種骯髒貨！今天陶六嫂到他家裡住去了。」

「天艾，你看，」田元初興奮地說，「我們不吹牛，真正是窮人翻身了罷？像劉斗子這種人，一樣抱著大戶家少奶奶睡覺，天地總算是恢復正常了。」

一時，喫飯的菜端上來。田元初皺皺眉頭說：

「這些雞呀肉呀的，我真是喫膩了。天艾，你用飯罷！」

「有高家集帶來的甜醬瓜，」龐錦蓮說，「切點來你喫碗稀飯罷。酒後空著個肚子，等一會又要難過了。」

「我不喫了。」田元初擦擦嘴，抽起菸卷來。

飯畢，方天艾說道：

「大哥，我還沒有拜見拜見大仙娘呢。」

「這時，她屋裡有人嗎？」田元初問龐錦蓮。

「待我過去看看。」龐錦蓮說著去了。

一時，有人過來請，田元初便偕方天艾到上房來。

龐月梅年紀越老，鴉片白粉的癮頭越大，人也越瘦，運道也越紅。她見方天艾進來，從煙燈上略欠一欠身，懶懶地說聲「坐」。便問田元初道：

「這就是你的拜弟嗎？」

「是的，大仙娘，我特地帶他過來給你老人家請安。」

「大仙娘娘，你老人家可好？」方艾搶上一步，打個扦兒說，「天艾給你老人家請安。」

「不敢當。請坐。」龐月梅靠在煙燈上說，「你吸煙嗎？這邊來靠一會罷。」

「他不會抽，讓我來一口。」田元初說著，便在龐月梅對面靠下來。

龐錦蓮和方天艾在煙榻前面的圈椅上坐了，龐錦蓮親手遞給方天艾一杯茶。說道：

「小小弟，你請喝茶。」

方天艾謝了。龐月梅便東一句西一句地問方天艾在外邊的情形。

「你說四川，」龐月梅好奇地說，「你到過四川來？四川有個酆都城，是陰間閻王老子的住處，你到過嗎？」

「媽，你說笑話，」龐錦蓮道，「活人怎麼見得著閻王老子！見過閻王老子的人，還能跑到這裡來給你請安嗎？」

「我不過是瞎問問。」龐月梅微微嘆口氣說，「不知怎的，我近來老想著陰世間的事情，越想越怕。莫不是我要不好？人過了五十，太陽落山了。好日子沒有幾天了！」

「你老人家這可是多慮！」方天艾緊接過去說，「我多少學過一點相面。照你老人家這個貌相看，早哩早哩。至少也要活過八十歲，才談得到大限。」

「你倒會奉承人。」

龐月梅說著，高興地笑了。她再三端詳那方天艾。說道：

「你看，還是人家八娘娘命好，雖是丈夫死得早，跟前卻有個孩兒，傳宗接代，香火不斷。像我，祇是一輩子的人了，死了就完了！」

「你有這樣一個好女兒，」田元初說，「連委員長都做了，還不是一樣？」

「他也和我一樣，祇是一輩子的事。絕貨！」

「絕貨就絕貨，你管她怎的！」龐錦蓮白了她母親一眼。

龐月梅指著方天艾，卻對田元初說：

「你看你這個拜弟，八娘娘跟前這個孩兒，長得多高多大，多麼體面！女人家留得下這樣一條根，死了也甘心。」

「大仙娘，」田元初笑道，「你喜歡我這個拜弟嗎？你要真喜歡他，想有這麼個兒子，那容易。我給你介紹，教他拜在你跟前，你收下他做你的兒子就是了。他沒有娘，你沒有兒，你們兩個認為母子，正是各得其所，再合適也沒有了。」

「我正怕死呢，你倒來說這種沒高低的話，折我的壽。」龐月梅伸手過去在田元初的腮上輕輕擰了一下。

「那有什麼！」龐錦蓮說，「元初的把弟，給你做個兒子，也不便宜了外人！他比我還小兩歲，你難道養不出他來！」

「你看你倒當真起來了。人家是大戶家的少爺，我是什麼人，你也不想想！」

「如今不講那個了，」方天艾鄭重地說，「我說句實在的話，我出門將近二十年，這回回來，母親死了，心裡正難過呢。要是大仙娘不嫌棄，肯認我做兒子，讓我仍舊有個母親，我真是求之不得。就衹怕大仙娘如今這個身分，看不上我，不肯要，那我就不敢高攀了。」

田元初聽了，大聲說道：

「好，天艾，你行了，不愧是田元初的把弟，不給哥哥丟人！這幾句話，說得懇切極了。我說，大仙娘，你老人家也不必客氣了。算我的面子，你認養了天艾罷，也不辱沒了你老人家。天艾，你快磕頭罷，還等什麼！」

方天艾剛要下跪，卻給龐錦蓮一把拉住了。她道：

「小小弟，你聽我的。頭呢，是要磕的，可不能這麼隨便磕。現在既然兩方同意了，也等揀個好日子，請幾桌客，正正式式拜認一下才算數。」

「是的，姊姊。」方天艾答應著，坐下，轉面向龐月梅說道，「媽，那我們就一言為定，等揀了日子，我給你老人家磕頭罷。」

「好，孩兒，生受你！」龐月梅高興地說。

四十

方天艾在正式的儀式之下，公開拜認龐月梅為母之後，他便不再姓方了，也不再叫天艾。他改姓龐，起個新名字叫做孝梅。他逢人輒道：

「我做了龐月梅的兒子了。我改名換姓，叫做龐孝梅了。請務必記住我的新姓名，不要弄錯了。」

有時候，人家誤叫了他一聲方天艾，他便不耐。沉著臉說：

「你看，你這不是明明地罵人嗎？哪個姓方？鬼才姓方呢！」

又有一種人，看見了他，便想起他的母親八娘娘來，說到「你的母親」如何如何，他也很有反感。他道：

「你快別亂說！誰是我的母親呀？北街上龐月梅才是我的母親呢。我的姊姊龐錦蓮現做革命婦女委員會委員長，你不知道嗎？」

方天艾，不，他已經是龐孝梅了。龐孝梅這一連串有聲有色的表演，博得省委代表的完全滿意。他曾在一個公開的集會上發表他的意見。說：

「整個方鎮，許多大戶，真正坦白悔罪，毫不戀惜地脫開本階級，一下子跳入無產階級的革命洪爐，徹底把握無產階級的革命意識，作為無產階級革命運動中最前進的鬥士，不愧為無產階級的革命英雄，這樣的人，算來算去，祇有兩個：一個是自願下嫁陶老六的方冉武娘子，一個是自願拜認龐月梅為母的方天艾。幾千年來的喫人禮教，幾千年來反人性的倫常關係，幾千年來殺人不見血的封建道德，在這兩個人的英勇行動之下，可憐亦復可笑地粉碎了。這兩個人，抵得上千軍萬馬。這兩個人，抵得上十萬噸傳單標語。這兩個人，一個革命美人，一個革命英雄，值得我們所有革命青年男女的崇拜，效法。這兩個人，在無產階級的革命歷史上，必將成為前無古人後無來者的標準人物。」

省委代表為了獎掖這兩個標準人物，特地把鎮委員會之下的革命財政委員會委員長一職交給龐孝梅充任。而由陶六嫂任副委員長。龐孝梅得到省委代表的支持，在革命財政委員會之下設立了一家「黃海銀行」，由龐孝梅和陶六嫂分任正副行長。龐孝梅派人上C島買了幾部石印機來，專印「革命兌換券」。這種革命兌換券，由黃海銀行發行，並約法三章：（一）兌換券一元實抵銀洋一元，（二）俟革命成功後兌還現洋，（三）拒用者死。因為石印機晝夜開工的緣故，革命兌換券就大量出籠，普遍地使用到民間去了。

龐孝梅又在例行的群眾大會上，提出議案，把東嶽廟前的廣場定名為「龐月梅廣場」，方鎮最大最長的一條南北大街命名為「龐月梅大街」，這都是為了紀念「方鎮革命之母」龐月梅的。這兩個提案，都因為得到省委代表的支持而獲順利通過。

「方鎮革命之母」這一尊號，原是省委代表的一句口頭禪，省委代表分析方鎮的無產階級革命運動，認為是在龐月梅的孕育之下生長起來的。龐孝梅為了討好省委代表和龐月梅雙方，才有龐月梅廣場和龐月梅大街的提議。龐孝梅在任何場合，對於無論什麼人，提到龐月梅，總是稱「家母」的。

方天艾認母改姓一舉，在方鎮的人心上無異投下了一顆炸彈。這事情太離奇，離奇得難以令人相信，而又是的的確確的事實，不由你不相信。後來龐孝梅做了黃海銀行行長，發行革命兌換券，傳說他藉此發財了，旁觀者才若有所悟地說一聲：

「噢，原來如此！」

方祥千是鎮上對於這一事件唯一提出評論的人，他以為認母改姓，完全是封建宗法社會殘留下來的一種無聊的資產階級的反動行為。他說：

「方天艾原是共產黨，很早就背叛共產黨，加入國民黨。現在又脫開國民黨，再入共產黨。這種反反覆覆的行為，完全表現他對於革命認識的不夠堅定，完全表現他是一個機會盲目主義的反革命分子。」

龐月梅的一切，向來沒有人敢有異言。這回，方祥千也公然對她加以攻擊。說：

「這個老而不死的賣淫婦，她除了知道抽鴉片，吸白粉，弄錢，玩年輕的男人，她又懂得什麼？這個完全是地主資產階級的玩物，和地主資產階級利害一致的反動分子。她和方天艾一樣，有暗暗勾通國民黨，腐蝕無產階級革命運動的最大可能性。」

方祥千以政委資格，對旋風縱隊直屬的一個「前衛隊」，發表其政治訓辭的時候，說來說去，就說動了肝火。這個前衛隊是方培蘭的親兵，嫡系之中的嫡系，方祥千便暢所欲言了。他大聲疾呼：

「我們無產階級的革命運動，不是從天上掉下來的。是用無數生命，無數血淚，經過多年的培植，才有今天的成就。我們不能眼看這難得的成就，敗壞在少數偽裝革命的資產階級的走狗手裡。我們如果要肅清這些反動分子，保障革命的成果，我們的前衛隊就不能推諉它的責任。」

方祥千越說越惱，他終至於不能控制他自己的感情了。他捏緊拳頭，嘴裡噴著唾沫，有近於歇斯底里地破口大罵：

「你們放心，毛主席夫人藍平是我的乾女兒。必要的時候，我可以把這一切一切出賣革命的現象，經由毛夫人呈報毛主席。我的意見，能夠直接反映到黨的最高層，我可以運用黨的最高層的力量來糾正這些右傾機會主義的新官僚主義。我沒有猶豫，沒有顧慮。有必要的時候，我就決定這樣做。」

方祥千的話，還要繼續下去。站在旁邊的方培蘭卻早已嚇得面無人色。他一直說：

「六叔，算了，不要再講了！你老人家這是怎麼了？」

然而方祥千理也不理他。他急了，跑過去把方祥千攔腰抱起來，便抱到他的辦公室裡去。他一面傳令前衛隊解散，一面輕輕埋怨方祥千。說道：

「你這樣公開攻擊他們，圖的是什麼？他們難道會因為你的攻擊，改變他們的作風？這是萬萬不會的。你老人家還是忍點氣，慢慢再想法子罷。再也不要公開得罪他們！」

「不，培蘭，讓革命在他們手裡敗壞了，是太可惜了！這個地方的共產黨是我一手做起來的，他就像我的兒子一樣，我不能眼看著我的兒子墮落下流，我在道義上有管教我的兒子的責任。他們近來太不像話了，他們對不起我這個做老子的！」

方祥千說著，傷心地哭了。六十歲的人，這樣抽抽噎噎地衹顧落下淚來，方培蘭看在眼裡，心裡不覺一慘。他搖搖頭，不住地衹顧搓著兩隻手嘆氣。

第二天，「龐月梅廣場」上就有鎮委員會召集的臨時群眾大會，由省委代表親自主持。省委代表發表演說，對於方祥千的指摘公開提出答覆。他說：

「可笑得很。你的乾女兒是毛主席的夫人嗎？失敬，我敬領教。人家認母改姓，是反動的封建落伍行為。那麼你認個乾女兒，又算是什麼呢？你的意見可以直接反映致毛主席嗎？失敬，我敬領教。原來你是乾國丈哪。……」

省委代表嘻笑怒罵，毫不留情地講了兩個多鐘點。人叢裡忽然發生了槍聲。立刻有人高聲大叫：

「殺人了，殺人了！」

於是會場秩序大亂，你踩我擠，呼兒喚女，夾雜著哭聲，笑聲，喊叫聲，哄成一片。

事後點查，會眾多人斃命，輕傷重傷均有。省委代表就祕密提報了省委會，說方祥千暗使前衛隊搗亂會場，破壞革命，是國特無疑。

省委會特為此事派下一個調查團來。調查結果，認為方祥千地主資產階級意識太濃厚，對於打擊封建殘餘的革命行動，竟不惜加以摧殘，尤其要不得。調查團特別指出，方祥千和他所卵翼的方培蘭，有把持地方武力，恃作私人政治資本的重大嫌疑。

調查團把方祥千和方培蘭找了來，當面告訴他們這些話，要他們提出答辯。兩個人頭上就立刻冒出了汗珠子。方祥千說：

「千言萬語，不如事實證明。我和方培蘭自願把旋風縱隊的職務辭掉，把整個縱隊交出來，以明心跡。」

調查團告訴他們：「你所說的，這是一件大事，不在調查團處理的職權以內。」要他們兩個親自到山區去，直接請示省委會的革命軍事委員會。方祥千立刻答應下來：

「我去，我去，就和調查團一路去。」

他又問方培蘭說：

「你去不去，培蘭？」

「我去。既是你老人家去，我就陪你去。」

於是方培蘭把縱隊司令一職交給許大海代理，便啟程了。他和方祥千兩個人除了自備一輛騾車代步，有個趕車的跟著以外，沒有攜帶任何隨從人員，甚至連自衛手槍都沒有帶。他們嘴裡不說，心裡卻在想，這總該夠坦白了罷。兩個人一路幻想著，這一到山區，三言兩語問過了，一定就得到慰問，得到支持，馬上派給新的任務；或者仍然教回來繼續帶旋風縱隊，也不一定的。

到達山區，兩個人被送進「省府招待所」居住。剛坐下，就有個和氣而又恭敬的招待員彎著腰走進來，交給兩個人一疊表。說道：

「司令，政委，辛苦辛苦！這幾種表，請在半點鐘以內填好，我好登記。」

兩個人接過來一看：第一種是本人自傳要項，第二種是祖宗三代詳細履歷表，第三種是本人妻子女詳細履歷表，第四種是對於共產主義的研究與認識，第五種是對於史達林主義的研究與認識，第六種是對於毛澤東主義的研究與認識，第七種是對於中國共產黨的認識，第八種是對於聯共和國際共產黨的認識，第九種是對於抗日統一戰線的認識，第十種是對於聯合政府的認識，第十一種是對於三民主義的批判，第十二種是對於中國國民黨的批判。每一題目之下，分成若干細目，製為表式，以備逐項填答。

方祥千擦擦眼鏡，翻著看了一下。喫驚地說：

「哼，半點鐘以內填好？那怎麼辦得到？這要是正經填起來，至少也得半個月才能填得好！」

「噯呀。」方培蘭也說，「十二種哩！六叔，你老人家來罷，我可是實在的不行！」

「沒有關係。要是半點鐘實在填不好，延長幾分鐘沒有關係！」那個和氣而又恭敬的招待員，說完這句話，便走了出去。

兩個人看了這情形，面面相覷，半晌說不出話來。他們開始覺得對於「山區」的情形隔膜起來了。方培蘭把那一疊表往桌子上一放，說道：

「管他呢，我是填不來這個東西！」

「有個辦法，」方祥千說，「等我們把天苡找了來問問情形再說。也許這個招待所不知道我們兩個人的來歷。要是知道了，就用不著填表了。」

「有什麼不知道？他一進門就叫司令，叫政委。像是相識一般。」

「不管怎樣，我們找天苡來見見面也好。」

於是方祥千跑出去請教那位招待員，問他知道不知道「反動地主懲治委員會」的地點。

「這個委員會的委員長方天苡是我的兒子，我打算託你替我送一封信去。」

「有信，我派人替你送去。任何機關的地址，我們招待所都知道的。」

信送出之後，方祥千也就不再理會那些表格。卻問那招待員，招待所裡有沒有飯喫。招待員回答說：

「招待所裡是有飯的。不過要你們先把那十二種表填好，我登記了，送到上級去審查批准了，才能開給你們喫，這是一定的手續。」

方培蘭一聽，不由地伸了一下舌頭。說道：

「這麼說，不填表就不給飯喫，是不是？」

「是的，是這樣子。」招待員恭敬地答應著，又彎了彎腰。

「我問你，」方祥千很覺得事情有點尷尬，「外面街上有賣飯喫的地方嗎？」

「有的，如果你們要出去喫飯，我叫個人來給你們帶路。」

招待員出去一下，帶進四個腰佩駁殼槍的大兵來。說道：

「這四個人負責保護你們。不論你們要到哪裡去，他們都認得路。」

兩個人一見武裝，不安地對望一望。嘴裡卻說：

「謝謝，太麻煩你們幾位。」

四個大兵，冷冷的，沒有答話，也沒有表情。

兩個人走出招待所，四個大兵寸步不離地廝跟著，跟得兩個人不得主意起來。在一家小飯鋪裡匆匆用過飯，方祥千說：

「我們趕快回去罷，怕天苡來了。」

方培蘭忙應著。一路回來，方培蘭祇顧想同那四個大兵發話，他們總是沒有回答，也沒有表情。直到回到招待所的房間裡，這才不見了這四個木頭一般的大兵。方培蘭輕輕告訴方祥千說：

「六叔，你看這情形，怕不對罷！這四個人，明明是監視我們的。」

「等問問天苡就知道了。也許他們這裡招待來賓，是這麼個規矩。革命混亂時期，反動派隨時隨地都在搗亂，保護來賓，也是必要的。」

然而一天過去，方天苡沒有來。問問招待員，信可是送去了，有送信簿上蓋回來的圖章為憑。叔姪兩個，一夜不得好睡。第二天上午，由四個大兵引導保護，到「反動地主懲治委員會」去看天苡，又沒有看到。

「委員長出去了，不在。」

「到哪裡去了呢？」

「不知道。」

「什麼時候回來呢？」

「不知道。」

叔姪兩個便照預定計畫，到省府去見主席，省委會去見書記，革命軍事委員會去見主席，都喫到閉門羹，什麼人也見不到。四個大兵卻保護得更加周到了，連上茅房都跟進裡邊去。

回到招待所，方培蘭見沒有人，便說：

「六叔，今天的情形很明白了。我們兩個這就算完了。早知如此，我們不該到這裡來。在鎮上，我還有點辦法。」

「我真怎麼也想不通，」方祥千搖著頭說，「他們這樣對付我們，到底是什麼意思？」

「我想，或許是因為我們有個旋風縱隊的關係。這個縱隊，是我們爺兒兩個一手造成的，幾次打勝仗，又成了名，大約他們就不放心了。」

「我們不是已經老老實實地繳出去了嗎？」

「他不防你再拿回嗎？而且我早已覺得，我那兩個徒弟，一個許大海，一個田元初，早已投降了省委代表了。他們聯成一氣，就把我們兩個擠到死窩兒裡來了。」

方培蘭說著，深深地嘆一口氣。接著又說：

「我這個人待人太誠實，想不到最後被人家出賣了。」

「衹講利害，不顧信義，無論是個人或是團體，都不會成功的。他們一天到晚地講同志愛，原來是假的。」

方祥千雖是這麼說，心裡卻並不絕望。他總以為像他和方培蘭這樣老的資格，這樣多的勞績，在黨裡的地位是永遠無法可以一筆抹煞的。這一回，也許調查團方面的同志沒有把實情報告得正確，因而引起了誤會。他想，如果他能見到主席或書記，衹要把話說明白，隔膜就會消除了的。

從這一天開始，他們兩個人除了喫飯便不離開招待所了。走，走不掉，解釋又無從解釋，就衹好任之天命了。到了這時候，兩個人反倒不愁了，也不急了。

這樣，住了大約夠一個月。一天早上，天剛剛亮，招待員進來說話了，他好像比以前更加客氣。

「今天省委會有通知來，請你們兩位去參加全省農民代表大會呢。請早準備一下。」

九點多鐘，兩個人便在四名武裝的保護之下，出現於全省農民代表大會的露天大會場上。這個大會和共產黨的一切群眾大會一樣，台前是黑鴉鴉的人山人海，台上是紅色要人們輪流發表的冗長演說。

方祥千和方培蘭被請上台去。

這時候，在台上演說的是方天苡。他提高喉嚨說：

「……總而言之，我們懲治反動地主的工作，已經做得成效大著。但是有沒有達到理想的境地呢？我可以說，沒有，沒有，差得遠呢！直到現在，還有許多反動地主，待機而動，企圖死灰復燃。」

講到這裡，台前有人高聲大呼：

「消滅他，消滅他！」

群眾跟著這一呼聲，發出響雷一般的吼聲：

「消滅他，消滅他！」

台上有人展動一面小紅旗，群眾立刻安靜下來。方天苡繼續說：

「這裡有一個最顯著的例子，就是方鎮方祥千和方培蘭。這兩個人出身於地主資產階級，眼看著無產階級的革命勢力起來了，地主資產階級沒落了，就偽裝革命，混進我們無產階級的革命行列之內。盤踞高位，把持地方武力，勾結國民黨，妄想消滅革命勢力，恢復地主資產階級的特權，為帝國主義的亡華政策作開路先鋒。……」

「打死他，打死他！」

「打死這兩個狗！」

群眾又怒吼了。方天苡繼續說：

「我不冤枉他們，我不拿到真憑實據，我也不敢隨便說他們。我老實說，這個方祥千原是我的父親，方培蘭是我的族兄。最近方祥千有一封親筆信寫給我，我現在把這封信的內容，念出一段來給你們大家聽聽。」

方天苡一邊說著，一邊從衣袋裡摸出一封信，便高聲讀起來。

「這下面是方祥千信上的話。

「目前正是消滅無產階級革命勢力的最好時機。國民黨的軍隊已經大量增援，並且和日軍取得默契，即將配合進攻。國民黨的土地政策，是根本不承認共產黨的分田結果，已經準備把土地重新交還給地主，仍然因襲舊日地主鄉紳統治的那種政策，扶持並發揚地主資產階級的特權。……」

「打死他，趕快打死他！」

「消滅這個狗！」

群眾又在怒吼，彷彿天地都震動了。

「請不要發怒，他下面的話，還更可惡呢！你們請聽：

「我已經和培蘭徹底把握旋風縱隊的武力，準備響應國民黨的進攻。光明就在眼前了，這真是我們的好消息。你在山區要注意蒐集共產黨的機密情報，報告國民黨，為國民黨立功。……

「這是他的親筆信。我把這封信呈給主席，請主席提交大會，討論解決的辦法。」

「殺掉他，殺掉他！」

方天苡轉身把那封信交給居中而坐的大會主席，主席是一個雇農出身的共產黨員，最近剛剛受過共產黨的嚴格訓練。他接過那封信來，立到台口，疾言厲色地說道：

「這個案子，真憑實據，沒有再加討論的必要。我提議：第一，由大會呈請革命軍事委員會將方培蘭所任旋風縱隊司令一職免掉，把方祥千的政委也免掉。第二，把方祥千和方培蘭兩個人解回方鎮去，交給方鎮革命農民委員會召集大會，徹底加以清算和鬥爭。」

「通過，通過！」

台下群眾又大吼。

「我還有一個重要提議，」主席又說，「反動地主懲治委員會委員長方天苡大義滅親，應由大會予以嘉勉。這個人真正是我們無產階級的好兒子！」

「好兒子，好兒子！」

群眾呼聲未已，農民自衛隊的武裝隊員，已經把方祥千和方培蘭反綁了，眼睛也蒙了起來，兩個人被簇擁著首先離開大會場，高高低低走了許多山路，在一個地方停了下來，祇聽見有人說：

「解開他們，先關在這裡。」

於是鬆了綁。就有人問：

「眼蓋呢？」

「也給去了罷！」

於是蒙眼布也解了去，兩個人被推進一個地窖。這種地窖是冬天存放紅薯用的，它的特點是冬暖夏涼。但現在正是暮春時候，桃花謝了，地氣正上升，裡邊的空氣卻是混濁而又潮溼的，一陣陣發著霉氣。

兩個人一直跌進去。過了半天，才從黑暗中看見對方的臉。方培蘭自言自語地說：

「沒有別的人罷？」

他向各個暗角，定睛察看了一下，就自己回答自己說：

「沒有呢。」

他就地坐下，悄聲說：

「六叔，你老人家怎麼樣？」

「我不怎麼樣。你呢？」

「剛才他們不說嗎？要解我們兩個回方鎮呢。要是真解回去的話，那邊是我的天下，我有辦法，就不要緊了。」

「不，培蘭，」方祥千顫著喉嚨，聲音微弱地說，「天下是會易手的。他們不安排好，沒有把握，就肯解我們回去嗎？我看，回去也是不行了。你看，一切一切，哪一件不是他們預先安排的？」

方培蘭沉吟一會，用手拍著自己的額部，說：

「你老人家這麼說，也有道理。好，完了就完了罷！祇是完得不明不白，不大夠味兒。」

「培蘭，我這時候，祇有一個念頭：我太對不起你了。」

「怎麼，你老人家這是什麼話？你給培蘭鬧客氣了！」

「我是被我自己的一種理想欺騙了。而我又騙了你！培蘭，假如不是我來騙你，我知道你永遠不會幹共產黨的。你不幹共產黨，也就不會有今天了！」

「噯呀，」方培蘭笑了笑說，「你老人家這樣說，我倒不自在了。我難道是三歲小孩子，會受人家的騙！當時也是我自己樂意的呀！你老人家快不要再說這種話了。人生一世，不過就是這麼一回事！還不是像在賭錢場裡押寶一樣，贏了固然好，輸了也就算了！」

「話雖這麼說，我們總是失敗了！」

「六叔，你剛才說，你這時候祇有一個念頭。我也一樣，我這時候也祇有一個念頭。」

「你的念頭是什麼？」

「我嗎，我是想著，從今以後，再也沒有機會喫喫你老人家那個煙薰燒雞了。這才是真正的遺憾呢！」

說了，兩個人不自然地笑了一下。方培蘭又說：

「你看，我們動身以前，也沒有找珍千七叔算個卦看看，到底出行吉利不吉利。六叔，這個時候我想起來了，當初我們的縱隊，起名叫旋風，就不是好兆頭。你老人家想，旋風固然有聲有勢，代表迅速和威力，無奈它好景不常，有如曇花一現，一陣颳過去，就消散了，變得什麼也沒有了。我們爺兒兩個不正是這樣的嗎？熱鬧了一陣，今天打進紅薯窖子的冷宮裡來了！金錢，名譽，地位，理想，希望，什麼也沒有了。不正像一陣颳過了的旋風嗎？」

方祥千聽了這個話，想起過去種種，真像是一個夢。他有點激動了，不住地點著頭。一邊說：

「三十年來，我作著一個漫長的夢！直到今天，他們才幫助我明瞭了一個真理。培蘭，豈但你我兩個人的遭遇像是一陣旋風。我想，照他們這種作法，整個共產黨的將來，也一定要像一陣旋風。他們雖然蓬勃一時，然而終必轉瞬即逝，消滅得無蹤無影，變成歷史的陳跡。我們此時固然自以為身當大難，但從整個人類演進的過程來看，共產黨的興起祇是順流中偶然激起的一個回漩而已。走著相反的方向，是永遠沒有可能達到目的的，他們萬萬沒有成功的道理。培蘭，這就是一個真理。」

「旋風，旋風，他們不過是一陣旋風！」

兩個人喃喃地說。

（全文完）

後記（原刊明華書局版）

《旋風》四十章，寫成於民國四十一年歲首。曾於四十六年冬，改題書名曰《今檮杌傳》，並加對仗回目，自印五百冊，分贈各方，以為紀念。乃蒙各先進同好，不以淺陋見識，多方予以鼓勵，令人既感且愧。而一般意見，頗病其書名之生僻，且以對仗回目有近蛇足。作者當時出此，半屬遊戲性質，偶遣一時之興而已，初無意迷戀於骸骨，亦不以為新酒宜乎舊瓶。茲幸有就教於更多讀者之機會，特復其原名，並刪去對仗回目，而魯魚亥豕，同獲校正，是猶還我本來，示人以真面目矣，亦快事也。

姜　貴

中華民國四十八年五月七日
於台南東門寄廬

附錄

論姜貴的《旋風》

蒼茫黃葉地、日暮多旋風

夏志清 著
劉紹銘 譯

一如高陽先生在他的長文〈關於《旋風》的研究〉（載於《文學雜誌》一九五九年八月號）所言，《旋風》是近代中國小說中最傑出的一本，同時也是一部能夠發人深省的研究共產主義的專書，與張愛玲的《秧歌》和《赤地之戀》占著同樣重要的地位。較少為人注意的是，《旋風》實在是中國諷刺小說傳統——從古典小說到近代作家如老舍、張天翼和錢鍾書——中最近一次的開花結果。張愛玲的短篇，無論人物與背景，多出自中國小說的傳統。姜貴對西方小說的技巧，在訓練上雖不能和張愛玲相比，但野心卻大，因為他的《旋風》是揉合著中國傳統小說和西方「浪人小說」（Picaresque novel）技巧的產品。由此看出，今天嚴肅的中國和日本作家，為了希望能在世界文壇一顯身手，迫著自己去發掘本國的固有傳統，日見成功，這真是一個可喜的現象。

《旋風》早在一九五二年就脫稿，可是要到一九五七年才有單行本面世，而且祇印了五百本（原名《今檮杌傳》）。書出之後，馬上引起台灣文壇廣泛注意。這可能是胡適先生在讀完作者送給他的贈書後，馬上寫了一封信給作者，熱烈捧場（「五百多頁的一本書，我一口氣就讀完了，可見你的白話文真夠流利痛快，讀下去毫不費勁，佩服！佩服！」）。這封信，後來製版刊了出來，成了新版本的代序。胡適這麼給姜貴熱烈捧場，理由不難理解，蓋台灣出版的反共小說，多屬八股之作。而《旋風》卓然而立，以錯綜複雜的中國生活（正面恐怖腐敗，兼而有之）做背景，從五四時期開始到抗戰初期止，把共產黨在中國竄起之來龍去脈，有非常扣人心弦的交代。除此以外，再找不到一本現代中國小說對現代中國的各種不同面貌，報導得這麼詳細，這麼引人入勝的了。

小說開始的六十頁，描寫早期共產黨在山東T城（濟南）內的組織活動。以後的全部篇幅，就集中在描寫方鎮中方家的故事。方家也就夠品流複雜的了，既出了共產黨的陰謀家，也同時是生活腐化的當地望族。主角方祥千（就是上面所指的共產黨陰謀家，讀書人出身），對中國前途，極為關心，把心血全用在栽培當地共產黨的勢力上。在這方面，他的主要搭檔人是他的一個遠房姪子方培蘭。方培蘭是個舊小說中「俠盜」之類的人物，疏財仗義，很得當地老百姓的擁護。這兩個人物，實在可以說是作者用來作為衰頹的中國傳統中，受侵蝕最少的兩個代表：一是儒家哲學思想，二是一直受流行小說頌揚的黑社會人物的俠義之風。可是，即使憑著這兩個人，也抗拒不了共產黨以外的腐蝕勢力，因為小說結尾時，共產黨勢力，已經在山東穩定起來了。在他們的控制下，那一帶區域，搞得亂七八糟，而兩個在這地方搞組織的領導人物也被出賣了。

以姜貴的看法，這兩人的失敗，是因為他們把對中國社會不滿的對象弄錯了。他們厭惡的，看來是人類所處的情況居多，而不是所謂中國的國恥。做人的責任，本來就是「常懷千歲憂」，搞革命的人，如果連這種做人的獨特負荷也要消除，就沒有成功的希望。方祥千提倡共產主義所犯的錯誤，與康有為和其他許多晚清的學者一樣，是一種烏托邦理想主義的錯誤。他們企圖以一種抽象的、自以為是更快樂的、更公平的社會秩序來替代傳統的家庭與社會的組織，真是愚蠢不過的事。在遊說方培蘭入夥時，方祥千採取攻心之術，處處提到他姪兒的「家庭痛苦」，也充分地表露了他對社會主義無知的悲哀。

「俄國經過十月革命以後，社會革命成功了。大家做工，大家種田，大家喫飯，大家一律平等，大家都有自由。結婚自由，離婚自由。老婆不如心，馬上離掉，再換新的。國家設有育兒院，孩子養下來，往育兒院一送，你就不用管了，一點也不牽累你！病了，國家設有醫院，免費替你醫治。老了，國家有養老院給你養老送終。總之，人家俄國是成功了。」

「好呀，天下間有這種好地方！」

「這就是孔夫子所理想的大同世界。大道之行也，天下為公。……」

方祥千這番話，用意當然是以不負責任和人類自私的天性去打動方培蘭：老婆一不如意，離掉她；孩子既是你性活動的副產品，不請自來，往育兒院一送，不就了事？蘇俄政權用來壓抑人性自由發展的種種措施，竟被方祥千一本正經地解釋為孔夫子大同世界之實現，真可說是滑稽之尤。

不過，這種想法，居然能在民國時期的知識分子中立足，足證道德價值之早已淪亡。（雖然方祥千這類人，確可在某些儒家經典中找出一些片段來支持他的烏托邦理論，可是，值得注意的是儒家處處重「禮」。那就是說，儒家對人類境況的看法是很實際的：人畢竟是個社會動物，應該在修身上下工夫，以防止道德行為的敗壞。）如果共產黨的超道德的社會福利制度，對方祥千這一類與自己切身利害並無很大關係的領袖已經有吸引力，也就難怪共產主義一為社會上更為自私的階層所接受後，社會秩序顯得這麼混亂，人民的表現，顯得那麼貪婪可怕了。在這方面看來，《旋風》實在是一部以諷刺手法來描寫色欲、貪婪與欺詐的書。

胡適在致作者的信中，祇稱讚了本書的白話文流利，好多場面都處理得有力、動人，和對共產主義成功的分析細緻等。高陽在〈關於《旋風》的研究〉一文中，叫我們進一步去注意本書所受傳統中國小說的影響。同時，他還以佛洛依德的觀點去分析書中幾個人物的性心理變態。可是，高陽先生讀得雖然細心，卻沒有注意到這一點：變態行為的描寫，通常是帶有諷刺作用的。而且，嚴格來講，這本小說大部分是喜劇化的（有些惡作劇的場面，令人笑不可抑）。《旋風》所創造出來的喜劇，是一種荒謬的喜劇。中國現代小說中，不乏這種成功的例子。借用歐文．何奧論杜斯妥也夫斯基《著魔者》（The Possessed）一句話，《旋風》是一齣「徹頭徹尾的滑稽戲」（drenched，in bubboonery）、見何奧著作《政治與小說》。當然，《旋風》不是一本富有深奧哲學意味的小說，因此在這方面不能與《著魔者》相提並論。《著魔者》營造了兩種強烈相對的氣氛：一種是因虛無主義與極權主義而引起的夢魘，一種是時隱時現的，代表著基督教愛心的靈光。）而姜貴也不是杜斯妥也夫斯基的信徒。可是，為了要把那一群自私的、執迷不悟、走向自毀之途的人好好地寫出來，姜貴祇好採取與杜斯妥也夫斯基在《著魔者》中相同的冷嘲熱諷的態度，用以點出道德混亂狀態之可怕，肯定心智冷靜的重要。在《旋風》中的人物，沒有幾個逃得出作者對他們的嘲諷，因為在他看來，在這群人，共產黨也好，非共產黨也好，都腐爛得無可救藥了。

茲分兩點來說。第一，即使共產黨的目標不錯，但他們所用的手段，最後祇會助長罪惡的勢力。方祥千大體說來雖然是個正直的人，但在他早期幹共產黨地下工作時，卻要不斷地妥協，為了掩護身分和增強運動勢力，他顧不了道德原則的奢侈考慮了。由此可見早期的共產黨，但求能夠增強自己的勢力，不惜採取敲詐暗殺的手段、不惜鼓勵罪惡與毒品的流通、不惜通敵（日本軍人）、不惜與任何惡勢力合作。共產黨人對土娼龐月梅、龐錦蓮母女（既是他們的「聯絡官」，又是姘頭）的唯命是從，祇不過是他們在「力爭上游」時什麼事都做得來的荒誕例子之一。

第二，即使就人而論，共產黨也不見得比他們「反動」的、祇會為自己打算的同胞好出多少。小說開頭不久，我們就看到了一齣由一個從上海來的共方代表（史慎之）所演的話劇。這位代表先生，出盡了一切恐嚇與恐怖的手段來榨取財產，為的並不是黨的利益，而是要維持自己和當地一個唱花旦的（金彩飛）一切喫喝開支。史慎之不久就被砍了頭。這是本書許多恐怖的話劇中的一齣。許書快要到結尾時，我們看到許大海和方天艾這兩個土共「成功」的諷刺故事，既荒誕，又可怕。許大海心狠手辣，本是方培蘭的大弟子，要傳衣缽的，可是為了自己在黨內「喫得開」，不惜把師傅和方祥千也出賣了。而方天艾更表現得進步。他本是方祥千最早的一個弟子，可是為了巴結龐月梅，不惜背棄了自己系出名門的姓氏，認了這土娼做母親，這兩件事實在有很大的象徵意義，因為從許大海的叛師與方天艾的背祖，我們可以看到傳統中國社會結構的瓦解。這真是忘恩負義與「有奶是娘」的最佳寫照。反過來說，如果方祥千和方培蘭兩人不是受過傳統中國「忠義」觀念薰陶過的話，說不定在同樣欺詐瞞騙的環境下，他們的所作所為完全與他們晚輩一模一樣。

《旋風》所描寫的道德混亂狀態，由頭到尾都非常緊湊。可是，值得注意的是作者在本書中的弦外之意，如果這種混亂的種子，不是老早就植根於非革命分子的中國人意識中，共產黨是不會得勢的。這就是姜貴為什麼花這麼多的篇幅來描寫方姓各大家族的盛衰的原因了。他們毫不經心地自毀前途，正好與共產黨有計畫地製造社會暴動，成一諷刺性的比對。追求色欲享受的人，正如革命家一樣，是會對人類的狀況不滿的，所不同的是，他們要求的祇是官能享受上無限制的刺激而已。就拿地主方冉武來說吧（他可能是現代中國文學中最冥頑不靈的一個浪子）：他把家財散盡，為的祇是想把土娼一類貨色的女人帶進家來。方老太太是另外一個例子。她在丈夫死後，對西門氏諸多虐待，祇不過為了報復，因為西門氏當年甚得丈夫歡心。把她冷落了。而報復的心理，與淫欲一樣，往往是大動亂的前奏曲。

蔣夢麟先生致姜貴函

姜貴先生文席：

平時碌碌少暇，無法將《旋風》詳讀。前週小病數日，病中乃有時間於二日內一氣讀完。閱畢掩卷，感慨萬千，真為我平添不少舊恨新愁。茲拉雜記之。

本書以小說體裁寫北伐與抗戰期間前後土共發展的歷史，其中移植穿插，多本於事實，故可作土共發展實錄看，亦可作共黨搶奪政權歷史看。

青島濟南為我舊遊之地，北大同學又多齊魯兩地之人，平時耳濡目染，客地已無殊故鄉。書中所稱張督辦（中昌）、韓青天兩位主席，和我在北平有同會之雅，而且我逃出北平，就為躲避這位督辦。其他亦多為當時耳聞目擊之事，故讀來毫不陌生。

侯達所說「綠林政策」與江西一套完全相同，不過規模大小不同罷了。這說明江西與方鎮所採方法是一樣的。土匪、幫會、道教、軍閥、貪官、汙吏、土豪、劣紳、地痞、流氓、窯子、毒販和一批急進的知識分子聯合起來演出了這一部「新水滸傳」，想「代天行道」。以馬克斯為天父，斯太林為天兄，毛澤東為天皇，行「階級鬥爭」的「道」。

中國向以廣土眾民自豪，但土廣而農業生產不足以維全國人民的生計，民眾而貧病交迫，知識低下。乾隆以後，生齒日繁，民生日弊。人口膨脹更以史無前例之速度激增，證以我國歷史之治亂循環，近百年來大陸之禍亂相尋，其為歷史之重演乎？

農復會在台工作，以協助政府實行土地改革與增加生產同時並進，故能使台灣農村安定繁榮。但近年的人口激增，已為台灣社會帶來不少隱憂。

耑申謝忱，並候

文祺。

蔣夢麟拜覆　四十八年十月十二日

《懷袖書》題記

姜　貴

《旋風》於去年六月間出版後，我一連讀到了十多篇批評的文章。季兂文先生的〈好書出頭〉在《中華日報・副刊》發表，那是第一篇。季先生的「過譽」曾經使我深受震動，因為那已不是普通書評的寫法。看那行文，一般讀者會以為季先生與《旋風》作者不知道有多深的關係，他給《旋風》捧場來了。不要說別人，就連我自己讀來，也有一點那樣的感覺。以後我寫去一信，致謝那一「如此負責的推薦」，這才獲知季兂文原是林適存先生的筆名，而我與林先生原是素昧平生的。

最引人注意的是高陽先生在《文學雜誌》上發表的一篇〈關於《旋風》的研究〉，胡適之先生曾為此文特地寫一封信來給我道賀，認為我獲得一位文字知己。就我而言，豈僅知己而已，我在寫給高陽先生的謝函中，鄭重地使用了「感恩知己」這句話。

面對許多溢美之詞，我不能不覺得慚愧，而每當我的弱點被異常恰當而又明白地指出，肺腑如見，像一個神醫的診斷，那種時候才使我更為心折。繼高陽先生而評《旋風》的王集叢先生指出我幾個缺點，他說：「作者在觀念上對共黨的認識，較其在實際生活上對之的了解要多些，也要深刻些。」一如此銳利的觀察，透徹的分析，真令我驚服、嘆服。我想，《旋風》的種種弱點，千言萬語，歸納起來，都應委咎於「作者對共黨的實際鬥爭和生活的了解似乎還不夠」這一點上。祇須談到這一點，問題的核心已被準確地把握，其他一切應當是「技術」的了。

《旋風》於四十一年一月間寫成，六年之間，遭受書店、雜誌、日報及其他方面的退稿，先後不下數十次。像生下了一個不長進的孩子，為我招來許多無謂的煩惱。多次我要把它付之一炬，以了卻罣礙，而又不忍。以後因為一個偶然的機會居然也出版了，我反倒並不覺得高興，因為受累太多，實在得不償失。及至讀到高陽先生的「研究」，我才有「一番心血總算沒有白費」之感。

四十六年秋間，我年達大衍之數，這是半個世紀，在個人也算是一件大事。我平常不做生日，四十歲那年曾經邀約少數親友在上海成都路寓內分餻小飲以壽。從那時起，由於大陸失陷，避難來台，做生意消折了本錢，而老妻病廢，一直有點流年不利。我怪誰呢？誰讓我怪呢？最妥當莫如怪自己。於是我就硬說大大不該四十稱壽，過什麼生日！臨到五十，不得不通融一番，採取了做九不做十的辦法，先一年便行動了。

想想，如其大排壽筵，招搖無益，不如不聲不響地搞點什麼紀念。這便想起了我的《旋風》。從箱子底下把它翻出來，為了好玩，我給它題個新名字叫做《今檮杌傳》，又弄些陳腔濫調，湊上一套對仗回目，自掏腰包，一下子印了五百本。「檮杌」一辭，不能算太生僻，作這本書的名字也不算不恰當。事後想來，我祗遺憾多用了一個「傳」字。如果是「今檮杌」，那就古香古色，更覺雅緻了。

《今》的封面，我原想用米勒（Michelangelo）的〈失魂者〉那幅著名的古畫。從宗教立場言，共產黨的行徑，「失魂者」對他們是最恰當不過的一個稱呼。但找來找去，找不到這塊板子，又無法複製，祇好放棄。以後用的這個花花綠綠的封面，是一個小孩子塗抹的，反正是好玩吧，這就算封面了。

《今》我贈出大約二百本，也收到幾十封回信。馬星野先生方任中國國民黨中央委員會第四組主任，立即在《宣傳週報》（第十卷第二十四期）予以介紹。中國青年寫作協會亦在他的《會務通訊》第二十六期刊出推薦的告白。李辰冬先生覆函，謂「深感興趣，一氣讀完，此為數十年來未有之情形。」以及胡適之先生遠自紐約的回信；四十七年六月間胡先生在台北國立政治大學演講，又加以引證。這一切，都曾引起我的深深感激的情緒。

但我的「贈閱政策」並非無往不利，也曾受到意想不到的「嚇阻」。我把書寄贈某出版社一冊，「敬贈」字樣題在封面上，結果竟被退回。附有退函，說「我們不要你這本書」。

《今》的黯淡時期，使我不能忘懷的是孫旗先生。他對於一個不相識的無名作者的一本被冷落的無名的小說，獨排眾默，一連寫了三篇文章分別在台港發表，提出了「中國風味」這一批評和介紹。二十年前，王任叔跋我的小說〈突圍〉，有謂「讀此一小說，如讀中國山水畫，使人悠然意遠。」我說老實話，我不能不以我具有中國小說的寫作傳統為光榮。此種光榮，當我再次遇到的時候，那便是孫旗先生。

我必須坦白承認，對於寫小說，我是一個外行，我從未在這一方面下過真實的工夫（高陽先生推斷我「受過現代小說技巧的訓練不多，而又不是職業作家」，他說得一點不錯）。我衹是採用了這一表達方式老老實實隨隨便便地寫出我要說的真話而已。方以直先生說得乾脆，任何人不能偽造人生；這裡還得再加上一句，任何人亦不能塗改時代。如有人有此企圖，他注定失敗。

《今》被恢復了原形，正式發行之後，有一位前輩學人必須在此一提的，那就是蔣夢麟先生。卜少夫先生從香港寫信告訴我，說蔣先生因年齡關係，為節省目力，常常減少閱讀，但為《旋風》卻作了大量的支出。更可感的是蔣先生於讀過之後，曾經寫給我一封近千字的長函，把《旋風》比作一部《新水滸傳》。

教會方面對於文藝作品的要求，態度一向是謹嚴的。趙雅博神父的一篇〈讀後〉，最具有「權威性」。

言曦先生是我所敬佩的，我常捧著《中央日報》的副刊，細心地讀他的短論。我的名字和拙作《旋風》，能在他的筆下提及（特別是在談小說的時候），我尤感興奮。

應當加以說明的是，上面我提到的這些名字，評介《旋風》的那些報章雜誌及其作者，沒有一個是和我有一面之緣的。我生活的另一種圈子裡面，與文藝界出版界素無任何一線之淵源。形骸有蓬山之隔，而此心相通，也算得是人生快事了。

我清楚也知道，批評家的態度是冷靜的、理智的，他們的批評針對作品而發，或褒或貶，實無所愛憎於作者。他們攻擊弱點，亦未嘗留情。但《旋風》所受到的勉勵，忝為作者的姜貴，總覺得有一種感激之情。

古詩，「置書懷袖中，三歲字不滅，此心抱區區，懼君不識察。」此書，乃是情書。但顧梁汾寄吳漢槎寧古塔以詞代書，那有名的「季子平安否？」有謂「置此札，君懷袖。」「懷袖」之義，不但變成了同性朋友的關係，而且出於授之者的要求。用典，往往如此。

「此心抱區區」，「區區」者何？照我的領會和解釋，應當是那一種「感恩知己」的心情。我輯印《旋風》的評文，而題其書名曰《懷袖書》，意在表示個人對於那些善意的批評家一番「感恩知己」之意而已，用典當否，也就不管它了。

但願時代進步，真的「今日究竟強如昨日」，我多苦多難的自由中國必將有偉大的小說產生。旋風，這算什麼!?

本書曾經盡量搜集，期無遺漏。但我以職業關係，見聞偏少，假如尚有其他評文為我所未見，沒有能納入此集的，那真是我非常遺憾的事。以後如有機會，當再補入之。

編排方面大致是這樣的：因為書名曾經更易，旋又復原，其來龍去脈，須先了解，所以把〈《今檮杌傳》自序〉和〈《旋風》後記〉兩篇與〈題記〉接排。所有寫作經過，作者觀點，閱此可獲悉其大概。其次為詩、函、告白、消息。以下評介的文章，則概以發表先後為序。總之，不論如何排列，就姜貴而言，「懷袖」之意，固無分軒輊也。

——中華民國四十九年九月一日

關於九歌版《旋風》

一、民國四十一年，姜貴完成《旋風》，卻屢遭退稿。四十六年自費出版五百冊，加上對仗回目，因坊間有相同書名，題名《今檮杌傳》。四十八年，經吳魯芹先生介紹還書名原貌《旋風》，去對仗回目，由台北明華書局出版。五十一年，版權移至高雄大眾。五十四年，姜貴將本書及另一長篇《碧海青天夜夜心》版權售與高雄長城書店。

二、民國八十八年五月二十一日，承長城書店沈秋和先生美意，轉讓《旋風》及《碧海青天夜夜心》二書版權予九歌。為使這部眾人傳誦、多年來卻無緣閱讀的「經典」有一清楚面貌，書中特保留姜貴自費出版《今檮杌傳》的自序、回目，明華版後記；並加彩色插頁，重製當年胡適先生致姜貴原函及姜貴先生與文友合照暨全家福照片。

三、製作附錄：

1. 重新整理姜貴作品目錄、《旋風》評論資料彙編。

2. 姜貴自費出版有關《旋風》評論專書《懷袖書》的題記，由本文可一探小說大家對文人相重的感恩，以及他對這部作品的創作心情及時代滄桑感。

3. 轉載蔣夢麟先生於民國四十八年閱讀《旋風》後致姜貴函，以及夏志清教授於民國六十一年以英文寫作、劉紹銘先生翻譯的〈論姜貴旋風〉。

四、這部在書市湮沒近四十年的經典得以新面貌問世，蒙作家羅盤、王開平先生，小民、應鳳凰及鄭至慧女士等熱心提供各種珍本及照片、資料等，一併致謝。

——編　者

作者生平及其作品目錄

應鳳凰 整理

一、作者生平

姜貴，本名王林渡，一名王意堅，民國前四年十一月三日生於山東省諸城縣相州鎮。民國六十九年十二月十七日病逝於台中，享年七十三歲。

姜貴具有強烈的反共思想，一生命運多舛。少年時期為躲避馬克斯主義學說的洗腦，便藉故離開濟南，轉學至青島，並在此時加入了國民黨。民國十六年，他歷經了寧漢分裂、南昌暴動（小說《重陽》便以此為重要背景及題材），對共產黨的形成、滋長、本質有了更深刻的了解，這也是他後來寫《旋風》的主要原因。

民國十七年，他在上海認識了一位護士——嚴雪梅女士，不久，便成為他的妻子。「九一八」事變之後，至北京入北京大學管理系畢業。民國二十六年投軍，參加了剿匪以及抗日，到抗戰勝利時，姜貴已是湯恩伯將軍總部的一員上校了，但不久便退役，轉經商。

民國三十七年，姜貴舉家遷至台灣台南。民國四十一年，《旋風》問世，但卻屢遭退稿的命運，民國四十六年，他出錢自印《旋風》，分送親友，但因坊間有同名的書，便將書名改為《今檮杌傳》，二年後，因吳魯芹先生的推薦，正式由明華書局印行出版，並恢復《旋風》原名。

民國五十年，妻子病逝，三年後，完成另一部長篇《碧海青天夜夜心》。

姜貴當了近三十年的職業作家，完成二十餘部作品，其中以《旋風》與《重陽》最具代表，夏志清教授曾推崇他為「晚清、五四、三十年代小說傳統的集大成者」。他刻劃了近代中國社會的悲歡離合及驚心動魄，兼顧反諷與同情，為中國現代文學史，留下了珍貴的紀錄。榮獲第一屆吳三連文藝獎。

二、姜貴作品目錄書名

書名	出版者	出版時間	頁數／開數
小說			
迷惘	上海：現代書局	一九二九年	
突圍（中篇）	上海：世界書局	一九三九年七月	一六〇頁／32開
今檮杌傳	台北：自印	一九五七年十月	四六〇頁／32開
旋風（今檮杌傳重排）	台北：明華書局	一九五九年六月	五一九頁／32開
旋風（重排）	高雄：大眾出版社	一九六二年	五一九頁／32開
旋風（重排）	高雄：長城出版社	一九六六年	五一九頁／32開
旋風（重排）	台北：九歌出版社	一九九九年九月	六〇八頁／25開
旋風（重排）	台北：九歌出版社	二〇〇五年七月	六〇八頁／25開
重陽	台北：作品出版社（自費）	一九六一年四月	五七四頁／32開
重陽（重排）	台北：皇冠出版社	一九七三年四月	六〇四頁／32開
春城	台北：東方圖書公司	一九六三年	
江南江北	香港：真理學會	一九六三年	

碧海青天夜夜心	高雄：長城出版社	一九六四年七月	八四六頁／32開
碧海青天夜夜心（重排）	台北：九歌出版社	一九九九年九月	七六八頁／25開
乍暖還寒	台灣新聞報	一九六五年	
白金海岸	台中：台灣省新聞處	一九六六年五月	二四八頁／32開
小園花亂飛	中華日報	一九六六年	
卡綠娜公主	台北：聯合圖書公司	一九六七年	
卡綠娜公主（重排）	台北：生活雜誌社	一九七〇年六月	二三七頁／32開
朱門風雨	台北：聯合圖書公司	一九六七年	
朱門風雨（重排）	台北：生活雜誌社	一九七〇年六月	
妒花記	自由談雜誌	一九六七年	
焚情記	台北：聯合圖書公司	一九六八年一月	三〇五頁／32開
湖海揚塵錄	台北：中國時報社	一九六八年十一月	五〇六頁／32開
烈婦峰	台北：驚聲文物供應社	一九七一年十一月	五一〇頁／32開
喜　宴	台北：中華電視出版社	一九七二年	五五六頁
桐柏山	台北：幼獅文化公司	一九七四年	
白馬篇	台北：幼獅文化公司	一九七四年六月	三三九頁／32開

花落蓮成　台北：遠景出版公司　一九七七年二月　一九八頁／32開
蘇不纏的世界（中篇）　台北：遠景出版公司　一九七七年三月　三一〇頁／32開
雲漢悠悠（中篇）　台北：時報文化公司　一九七八年一月　一三二頁／32開
白　棺　台北：聯亞出版社　一九七八年五月　一八一頁／32開
曲巷幽幽　台北：天華出版社　一九七九年一月　三九二頁／32開
姜貴自選集　台北：黎明文化公司　一九八〇年三月　三九〇頁／32開
永遠站著的人（短篇）　台北：九歌出版社　一九八二年八月　三〇三頁／32開
姜貴小說續編（短篇）　台北：九歌出版社　一九八七年五月　二五三頁／32開

散　文

無違集　台北：幼獅文化公司　一九七四年八月　三二二頁／32開

選　集

懷袖書　春雨樓出版社　一九六〇年九月　一五〇頁／32開

《旋風》相關評論索引

評論文章	評論者	原載處	原載日期
一部未發行的文獻性小說：今檮杌傳	孫　旗	香港自由人半週刊七四〇期	一九五八年四月九日
評介姜貴著《今檮杌傳》	丁　天	幼獅文藝八卷四期	一九五八年五月十五日
中國風味的小說《今檮杌傳》	方　一	青年戰士報學習生活一六一期	一九五八年五月二十七日
《今檮杌傳》片感	崇　仁	自由中國十九卷二期	一九五八年七月
關於《旋風》的研究	高　陽	文學雜誌六卷六期	一九五九年八月二十日
好書出頭——看姜貴小說的殘缺意識	季先文	中華日報	一九五九年七月二十日

評《旋風》	王集叢	政治評論半月刊二卷十二期	一九五九年八月二十五日
《旋風》人物考	方以直	徵信新聞（中國時報前身）	一九五九年九月九日
再談《旋風》	方以直	徵信新聞	一九五九年九月十一日
《旋風》及其他	王峰	中國時報	一九五九年十月二十一日
評介長篇文藝巨著《旋風》	黃靈	今日世界一八三期	一九五九年十一月一日
姜貴與姜貴的《旋風》	阮日宣	新聞天地六一五期	一九五九年十一月二十八日
評姜貴著《旋風》	劉心皇	幼獅文藝十一卷六期	一九五九年十二月
萬里迢迢	林適存	作品月刊一卷二期	一九六〇年二月一日
一年來的熱鬧小說——姜貴先生的《旋風》	羅盤	文壇季刊第六號	一九六〇年五月一日
《旋風》著者及其寫作淵源	方其	時報雜誌二九卷九期	一九六〇年五月二十九日
《旋風》・姜貴・我	高陽	幼獅文藝十三卷一期	一九六〇年七月
《旋風》讀後	趙雅博	恆毅月刊十九卷十二期	一九六〇年七月一日
一個值得推薦的長篇《旋風》	程光蘅	香港時報讀書生活週刊	一九六〇年八月二十二日

論姜貴的《旋風》	夏志清	中國時報	一九七二年六月十四日
	劉紹銘譯	幼獅文藝三六卷三期	一九七二年九月
《旋風》與姜貴	張　放	青年戰士報	一九七二年十一月十三日
論姜貴小說	惠　天	中央日報	一九七三年四月二十八～二十九日
		海外文摘二六〇卷	一九七四年五月
		書評書目十四期	一九七四年六月
論姜貴小說的主題	Timothy A. Ross（羅體模）陳森譯	書評書目十四期	一九七四年六月
姜貴的心靈世界：兼論《旋風》、《重陽》的成就	亞　菁	中華文藝十二卷五期	
		中國現代文學評論集	一九七七年二月
《旋風》的英譯本	彭　歌	聯合報	一九七七年九月十六日
從《旋風》看姜貴的反共意識	洛曉湘	青年戰士報	一九七七年十月三～五日
半靠勇氣半傻氣半查字典半猜謎	T. A.	書評書目五十七期	一九七八年一月
「文化外銷」從兩本小說的英譯談起	黃碧端	聯合報	一九七八年一月二十八日

竊國者——暴戾無常的《旋風》	方念國	民聲日報	一九七九年四月八日
羅體模《旋風》吹壞了姜貴	葛浩文 羅文蓉譯	中國時報	一九七九年六月二十六日
姜貴的兩部小說	夏志清著 劉紹銘譯	中國現代小說史	一九七九年九月
重讀《旋風》	孫達明	中央日報	一九八一年一月七日
姜貴的《旋風》談起	尼　洛	文學思潮九期	一九八一年九月
讀《今檮杌傳》	周棄子	文學思潮九期	一九八一年九月
記姜貴與他的《今檮杌傳》	尹雪曼	文學思潮九期	一九八一年九月
就《重陽》看姜貴小說的殘缺意識	林依潔	書評書目一〇〇期	
姜貴、張愛玲、陳若曦小說的「反共意識」	亞　菁	中華日報	一九七七年五月
	亞　菁	現代文學評論	一九八三年二月
張愛玲與姜貴反共小說之比較	呂清泉	張愛玲的小說世界	一九八四年七月
姜貴《旋風》中的人物	張素真	台灣新生報	一九八七年九月四～七日

小說、清黨、大革命、茅盾、姜貴、安德烈、馬婁與一九二七年政治風暴	王德威	中外文學 二〇卷十二期	一九九二年五月
姜貴長篇小說：《旋風》與《重陽》研究	童淑蔭	東吳大學中文研究所論文	一九九六年一月
蒼苔黃葉地，日暮多旋風——論姜貴《旋風》	王德威	台灣經典研討會論文集	一九九九年六月
姜貴《旋風》世紀末重出江湖	羅　奇	聯合報	一九九九年五月二十四日
姜貴旋風消失三十年後重現書市	張夢瑞	民生報	一九九九年八月十三日
旋風又起，姜貴傳奇再現	陳文芬	中國時報	一九九九年九月二日
沉寂四十年重現書市，姜貴旋風再起	江中明	聯合報	一九九九年九月二日
逝去的文學，價值的重生——姜貴旋風今昔觀	邱　婷	民生報	一九九九年九月二日
徒然的反共，消逝的文學？	董成瑜	中國時報	一九九九年九月九日
旋　風	蓮　珠	大成報	一九九九年十月二十日
旋風中的繡花鞋	齊邦媛	中國時報	一九九九年十二月五～六日
重組星圖，釋放小說天空	張　殿	聯合報	二〇〇〇年五月十五日

特載：

介紹姜貴的《旋風》

應鳳凰

這本書被文學評論家稱作五〇年代台灣「反共文學」的代表。帽子雖大，命運卻坎坷，出版過程很不順利——原稿被退了幾十次，最後作者自己花錢印製，出版後又讓作者常覺得「寫了這本書真是倒楣」，因為他的生活因此很不安定、官司纏身。姜貴在一九八〇年去世時，這本書早已絕版多年，可以想見它的寂寞。

為什麼要寫這本書？根據作者的序言，山東籍的他原本是軍人，年級輕輕就加入國民黨軍隊，參與北伐、抗日。一九四八年退役之後來到台灣，經商了兩年，沒想到生意失敗，妻子又臥病。他有「國破家亡」之痛，加上年輕時已有寫作經驗，所以當他想到這些年在大陸的親身經歷時，便興起「我想我應當知道共產黨是什麼」的念頭，於是從一九五一年九月開始動筆，每天清晨四點起身，寫兩、三個鐘頭，到隔年元月終於寫完四十萬字的《旋風》。

姜貴在初版的扉頁上親手題了一句話，既表達寫作動機，也呈現書的主題：「蒼苔黃葉地，日暮多旋風。」書名叫「旋風」，有兩層意思：首先，這本書描述「中國共產黨何以會得勢」，何以能在中國充分發展的經過。小說中以作者家鄉山東濟南一個大姓家族的衰微和沒落為背景，披露當時的社會問題與病態。軍閥、土匪、妓女、日軍浪人、流氓土豪劣紳等人物偷雞摸狗，為害社會，形成「蒼苔黃葉地」，正好是共產主義在當地興起的溫床。總之，這部書裡極少有正派人物，彷彿故意寫一大堆「雞鳴狗盜之徒」，所以他再三強調這是本「紀惡為戒」的小說，其次，「旋風」的意象或「象徵」表示它「來得急去得快」；雖然看起來很強大、橫掃一切，但總是短暫、不能持久。姜貴在五百多頁長篇小說的最後一頁，忍不住寫了一段「中心思想」，把他想說的結論，透過男主角「方祥千」表達出來：「他們（共產黨）雖然蓬勃一時，然而終必轉瞬即逝，消滅得無蹤影，變成歷史的陳跡。……走著相反的方向，永遠沒有可能達到目的，他們萬萬沒有成功的道理。」

《旋風》雖寫於台灣，故事背景卻是三〇年代的山東，也就是描寫今天共產黨的前身，從山東「共產主義研究會」的草創時代寫起，一直寫到中國的抗日時期。小說藉由各色人物的活動，把共產黨在中國竄起的來龍去脈交代得一清二楚，難怪學者夏志清說它是一部「能發人深省的研究共產主義的專書」。

小說在絕版了將近四十年之後，一九九九年終於「重現江湖」，由九歌出版社重新排版印刷，讓它以嶄新面貌與世人見面。隨著這次新版的誕生，這部小說也增添兩項新的身分：其一，封面加了「台灣文學經典」，其二，被冠以「現代水滸傳」的頭銜。也許以新世紀的兩岸實況，「反共小說」並不符合讀者的心理需求，所以不再被強調；然而「反共」卻可說是道道地地上世紀五〇年代的「台灣觀點」，因為大陸作家不可能，也寫不出反共文學，或許這才是《旋風》躍入「台灣文學經典」的原因吧。

——原刊《國語日報》二〇〇一年七月七日

本文作者應鳳凰女士，現任國立台北教育大學台灣文化研究所副教授。著有《筆耕的人》等，編有《姜貴小說集》、《姜貴中短篇小說集》等。

九　歌　文　庫　1　2　2　3

旋風

國家圖書館出版品預行編目 (CIP) 資料

旋風 / 姜貴著 . -- 四版 . -- 臺北市 : 九歌 , 民 105.05
616 面 ; 14.8×21 公分 . -- (九歌文庫 ; 1223)
ISBN 978-986-450-053-6 (平裝)

857.7　　　　105003423

作　者——姜貴
創 辦 人——蔡文甫
發 行 人——蔡澤玉
出版發行——九歌出版社有限公司
臺北市 105 八德路 3 段 12 巷 57 弄 40 號
電話 / 20-25776564 傳真 / 02-25789205
郵政劃撥 / 0112295-1

九歌文學網　www.chiuko.com.tw

印　刷——晨捷印製股份有限公司
法律顧問——龍躍天律師 ・ 蕭雄淋律師 ・ 董安丹律師
重排初版——1999 年 9 月 10 日
新典藏版——2005 年 7 月 10 日
增訂初版——2009 年 12 月 10 日
增訂新版——2016 年 5 月
新版 2 印——2019 年 4 月

定　價——450 元
書　號——F1223
I S B N——978-986-450-053-6